I0666865

Das Geheimnis der Poseidon

Jürgen Lill

Copyright © 2014 Jürgen Lill

Coverfoto © Juri Lee
Autorenfoto: © Simone Busch

ISBN: 3981630351
ISBN-13: 978-3-9816303-5-0

Ungekürzter Text
Alle Rechte vorbehalten. All rights reserved.

Das Werk, einschließlich seiner Teile, ist urheberrechtlich geschützt. Jede Verwendung ist ohne Zustimmung des Autors unzulässig. Dies gilt insbesondere für die elektronische oder sonstige Vervielfältigung, Übersetzung, Verbreitung oder öffentlich Zugänglichmachung.

INHALT

Teil 3 – Das Unvorstellbare

Teil 1 – Das Unerwartete

1 DAS MÄDCHEN AUS DER TORTE

Oft sind es die unerwarteten Dinge im Leben, die das Leben erst lebenswert machen, die ihm seine Würze verleihen und das triste Grau des Alltags durch eine Palette bunter Farben ersetzen. Und manchmal muss die Leere des Seins sich erst mit Chaos füllen, bevor sich eine Ordnung bilden kann, die dann auch wieder durch das Unerwartete in seinen Grundfesten erschüttert wird.

Wenn nur alles so einfach wäre, wie diese Feststellung zu treffen und in Worte zu fassen.

Ich kann mich noch gut an diesen Tag im November erinnern. Es war der Fünfundzwanzigste. Ich war erst wenige Wochen zuvor in das kleine Einzimmerappartement eingezogen, in dem ich hoffte, Abstand zu dem Chaos zu gewinnen, das mein bisheriges Leben bestimmt hatte, und mein weiteres Leben in Bahnen zu lenken, die meiner Zukunft mehr Sicherheit und Ordnung versprachen, als das bereits erwähnte Chaos meiner Vergangenheit es vermocht hatte. Umzugskartons stapelten sich noch überall in den Zimmerecken. Um sie auszupacken fehlte mir der Platz. Aber zu dieser Zeit störte mich das nicht. Ich machte mir noch keine genauen Vorstellungen darüber, wie die Ordnung meines neuen Lebens aussehen sollte. Zuerst einmal musste ich Abstand gewinnen, durchatmen und die Vergangenheit Vergangenheit sein lassen. Nur wenn man keine genau definierten Vorstellungen von dem Ziel hat, auf das man zusteuern möchte, wenn man noch nicht einmal eine Richtung hat, in die man sich bewegen kann oder will, dann fällt es schwer, das loszulassen, das einem bisher, wenn schon keine Ordnung, dann doch zumindest einen trügerischen Halt geboten hat.

Kurz gesagt: Ich drehte mich im Kreis. Ich musste meine Vergangenheit loslassen, um in die Zukunft zu blicken, aber solange diese Zukunft nicht greifbar war, gelang es mir nicht, die Fäden aus Gedanken und Gefühlen und Erinnerungen an längst gestorbene Hoffnungen, die mich an meine Vergangenheit banden, zu zerschneiden.

Das Appartement war so trist und grau wie das trübe Novemberwetter.

Ich schlief auf einer Matratze am Boden und meine einzigen Möbelstücke waren ein fahrbarer Drehstuhl und ein wackliger Tisch vom Sperrmüll, auf dem ich in meinem Frust über einem Zweitausendteilepuzzle von Schloss Neuschwanstein, das ich zu etwa zwei Drittel fertig hatte, grübelte.

Ich drehte mich im Kreis. Und bei jeder Drehung warf ich einen lustlosen Blick auf das unvollendete Puzzle und schöpfte im Vorbeidrehen einen Löffel voll Nudelsuppe aus meinem Teller, den in der Drehung zu essen mir inzwischen meistens gelang, ohne mir aufs Hemd zu kleckern.

Die schrille Türglocke war das erste Unerwartete an diesem Tag. Sie bescherte mir nicht nur einen Schwall Nudelsuppe auf mein bis dahin sauberes Hemd, sondern warf nach einem durch die Hitze der Suppe auf meinem Bauch hervorgerufenen Fluch auch die Frage auf: *Wer isn das jetzt?*

Mit dem Suppenteller in der Hand trottete ich zur Tür und öffnete. Davor standen zwei schnaufende Lieferanten, die ein Tablett mit einer riesigen, weißen Torte trugen, die nur aus Zuckerguss zu bestehen schien.

„Ihre Torte!" schnaufte der vordere Bote mit hochrotem Kopf, während ihm der Schweiß über das Gesicht rann.

„Meine Torte?" fragte ich verwundert und schob mir mechanisch einen Löffel voll Suppe in den Mund.

„Ja verdammt; Ihre Torte!" bestätigte der Mann erbost.

Möglicherweise lag es daran, dass ich im zwölften Stock wohnte und es keinen Aufzug im Haus gab, dass der aus der Puste geratene Mann etwas verärgert wirkte. Aber es gab keinen Grund dafür, diesen Ärger an mir auszulassen. Deshalb antwortete ich unbeeindruckt: „Die hab ich nicht bestellt."

„Sind Sie Josef Lederer, wohnhaft Oberer Unterberg 2?"

„Ähm, ja", antwortete ich überrascht, denn der Name und die Adresse stimmten mit meinem Namen und meiner Adresse überein.

„Dann ist das verdammt noch mal Ihre Torte. Und jetzt gehen Sie mir aus dem Weg oder wir lassen sie hier im Treppenhaus stehen."

Grübelnd trat ich zur Seite und sah Suppe schlürfend zu, wie die beiden schwitzenden Boten die Torte in mein Appartement trugen und auf dem Puzzle auf dem verdächtig wackelnden Tisch abstellten.

„Unterschreiben Sie hier!" forderte der Sprecher der beiden mich auf, als die Torte endlich auf dem Tisch stand. Und als ich zögerte, versicherte er mir: „Sie müssen nur den Empfang quittieren."

Ich schüttelte aber den Kopf und wiederholte noch einmal, dass ich die Torte nicht bestellt hätte. Irgendwie kam mir der Verdacht, dass das Ganze ein ausgeklügelter Betrugsversuch wäre und ich, wenn ich den Empfang quittierte, eine saftige Rechnung für diese eklig pappige Zuckergusstorte, die ich nicht haben wollte, bezahlen müsste. Ich bereute schon, die beiden überhaupt hereingelassen zu haben und hoffte nur, dass mein Puzzle noch zu retten wäre.

Auf meine Weigerung nahm der zweite schnaufende Bote den ersten beim Arm und raunte ihm atemlos und in einer Art Panikattacke zu: „Ich schlepp das Teil ganz sicher nicht mehr nach unten."

Der erste blickte unschlüssig vom zweiten zu mir und murmelte: „So eine Scheiße."

Dann rauschten die beiden ohne Unterschrift von mir ab und knallten die Tür hinter sich zu. Und während ich ihnen noch verwundert mit meinem Suppenteller in der Hand bis zur geschlossenen Tür hinterher blickte, hörte ich hinter mir plötzlich einen Knall und ein euphorisches „Überra …"

Erschrocken fuhr ich herum und sah in einer Wolke auf den Boden rieselnden Konfettis ein nacktes Mädchen, das sich offenbar gerade den Kopf an der Zimmerdecke gestoßen hatte, in meiner Torte stehen. In den zweiten Teil ihrer „Überraschung", in das „…schung" mischte sich zumindest ein Laut, der eindeutig nach Schmerzen klang. Die ausgebreiteten Arme des Mädchens knickten ein und es hielt sich benommen den Kopf. So standen wir uns zwei oder drei Sekunden schweigend und uns gegenseitig überrascht musternd gegenüber, während ich mechanisch eine Nudel einzuzelte und das letzte Konfetti zu Boden schwebte. Dann nahm das Mädchen schnell seine Hände vom Kopf und bedeckte mit seinen Armen seine Blöße.

„Sie sind nicht Rizzo!" stellte es halb verwundert, halb verärgert fest.

„Nein", bestätigte ich, durch den Anblick des schönen, nackten Mädchens nervös werdend und legte den zu zittern beginnenden Löffel in den zu zittern beginnenden Teller, den ich nirgendwo abstellen konnte, weil mein einziger Tisch mit einer Torte belegt war, in der ein nacktes Mädchen stand.

„Das war keine Frage", erklärte dieses auf meine Bestätigung und sah sich suchend in meinem kleinen Zimmer um.

„Kann ich Ihnen …" begann ich unsicher und machte einen Schritt auf das Mädchen zu. Aber es streckte mir abwehrend eine Hand entgegen und erwiderte energisch, aber ebenso unsicher: „Bleiben Sie, wo Sie sind."

„Entschuldigung!" stammelte ich verlegen und blieb so abrupt stehen, dass die Suppe in meinem Teller gefährlich schwappte. Wieder setzte ein peinliches Schweigen ein. Das Mädchen in der Torte schien die Situation ebenso wenig zu begreifen wie ich. In seinem schönen, aber belämmert dreinblickenden Gesicht mit den großen, fragenden Augen glaubte ich den Spiegel meiner eigenen Verwirrung zu erkennen.

Was sollte ich tun? Was sollte ich sagen oder fragen? Warum hatte ich die Torte überhaupt angenommen?

Als das Mädchen ansetzte, eine neue Frage zu formulieren, nahm das Unglück seinen Lauf. Der Tisch schwankte unter dem Gewicht der Torte und des darin stehenden Mädchens, wie die Suppe in meinem zitternden

Teller. Und noch bevor ich dem Mädchen zurufen konnte, sich nicht zu bewegen, knickte das vordere Tischbein um. Der Tisch neigte sich, die Torte geriet ins Rutschen, das Mädchen schrie; und dann schien mein ganzes Zimmer zu explodieren.

Konfetti, Puzzleteile und Tortenstücke wurden durch den Raum katapultiert, das Mädchen flog in meine Arme, ich flog in meinen Drehstuhl und rollte auf diesem mit dem Mädchen, das im Suppenteller auf meinem Schoß saß, bis an die Kante meiner Matratze. Dort kippte der Stuhl um, ich lag auf der Matratze und das Mädchen lag auf mir drauf. Der Suppenteller flog durch die Luft und landete nur ganz knapp neben meinem Kopf. Erleichtert atmete ich auf, weil dieses todbringende Geschoss mich verfehlt hatte. Aber da löste sich von der Zimmerdecke ein großes Tortenstück. Ich sah es auf mich zurasen, konnte aber weder ausweichen, noch es abfangen, weil das Mädchen auf mir auch über meinen Armen lag. Gerade noch rechtzeitig schloss ich meine Augen. Dann klatschte mir das Tortenstück ins Gesicht. Offensichtlich wirkte der Anblick sehr erheiternd auf das nackt auf mir liegende Mädchen, denn es begann plötzlich zu kichern. Aber ich bekam unter dem dicken, pappigen Teig nicht nur keine Luft mehr, wodurch ich zu ersticken drohte, sondern der Zuckerguss war auch noch so hart gewesen, dass der Schmerz meiner gebrochenen Nase mir die Tränen durch meine zusammengepressten Augenlider trieb.

Immerhin wischte mir das Mädchen behutsam das Tortenstück aus dem Gesicht. Gierig atmete ich ein. Und nachdem ich meine Arme unter dem Mädchen befreit hatte, wischte ich mir auch die klebrige Masse aus den Augen.

Das über mich gebeugte Mädchen wirkte wie ein Engel auf mich. Aber über ihm zogen bereits drohende Schatten auf. Zu spät erkannte ich, dass der Stapel aus Umzugskartons am Kopfende meiner Matratze sich zu neigen begann. Reflexartig legte ich schützend meine Arme um das Mädchen und zog es an mich. Sein Protest wurde unter einem Berg aufplatzender Kartons begraben, aus denen sich eine Lawine hervorquellender Bücher wie ein harter, kantiger Lavastrom über uns ergoss.

Dann war es still. Ich wagte nicht, mich zu bewegen und kaum zu atmen, aus Angst, damit eine neue Katastrophe heraufzubeschwören. Auch das Mädchen rührte sich nicht. Eigenartigerweise wurde mir genau in diesem Moment angespannten Abwartens bewusst, wie gut es sich unter meinen Händen anfühlte. Eine Hand hatte ich auf seinem Kopf liegen, den ich schützend in meinen Nacken gedrückt hatte. Und mit dem zweiten Arm bedeckte ich so viel wie möglich von seinem schlanken Rücken. Ich spürte seinen warmen Atem an meinem Hals und seinen Herzschlag unter meiner Hand. Das Mädchen lebte also noch. Trotzdem machte ich mir große Sorgen.

4

„Sind Sie in Ordnung?" fragte ich ängstlich und kaum laut genug, um es als Flüstern bezeichnen zu können. Trotzdem hörte mich das Mädchen, denn es hauchte mir ebenso leise und ohne sich auch nur im Mindesten zu bewegen, ins Ohr: „Ich glaube schon."

Und nach einigen weiteren Sekunden, während denen keiner von uns wagte, sich zu bewegen, fragte sie zurück: „Und Sie?"

Ich war zwar überzeugt, dass meine Nase gebrochen war, antwortete aber trotzdem: „Ich bin okay."

Wieder vergingen einige Sekunden, die ich mehr genoss, als es mir in dieser Situation angebracht erschien. Immer bewusster nahm ich das Mädchen wahr, das nackt auf mir lag. Seine Brüste schmiegten sich, nur getrennt durch mein mit Nudelsuppe getränktes Hemd, an mich. In den Geruch der Suppe und des Kuchens mischte sich ganz dezent der zarte, verführerische Duft des Mädchens.

„Du riechst gut", sprach ich meine Feststellung in Gedanken versunken aus. Und erst als der Satz über meine Lippen war, wurde mir bewusst, was ich eben gesagt hatte. Sofort entschuldigte ich mich.

„Tut mir leid", platzte ich heraus. „Ich wollte Sie nicht …"

Ja was wollte ich eigentlich nicht? Verlegen stockte ich. Aber das Mädchen half mir aus der peinlichen Situation heraus, indem es erwiderte: „Sie müssen sich nicht entschuldigen."

Trotzdem fühlte ich mich schuldig und fragte deshalb sofort: „Sollen wir versuchen, aufzustehen?"

„Ja, natürlich!" gab das Mädchen mir Recht und erhob sich langsam auf Hände und Knie. Meine Hände glitten von seinem Körper und auch meine Bücher rutschten von seinem Rücken. Es bot einen schönen Anblick, wie es auf allen Vieren über mir kniete. Seine langen, blonden Haare umrahmten uns wie ein Schleier und seine festen, runden, weder besonders großen, noch zu kleinen Brüste, an denen noch vereinzelte Nudeln klebten, baumelten einen Moment lang verführerisch über meinem Gesicht. Wie gerne hätte ich in diesem Moment mit meinen Lippen die kleinen, rosigen Knospen berührt. Doch ich tat es nicht. Ich genoss nur den verführerischen Anblick und begnügte mich mit der Vorstellung, es zu tun.

Das Mädchen war eine Stripperin, das war klar. Ebenso klar war aber auch, dass es nicht für mich aus der Torte hatte springen sollen, sondern dass wohl irgendwo irgendwie irgendwelche Adressen vertauscht worden waren. Wer auch immer dieser Rizzo war, nach dem das Mädchen mich gefragt hatte; ich war es definitiv nicht. Und wenn mir schon klar war, dass Stripperinnen keine Prostituierten waren und sich deshalb nicht gerne von Kunden, bzw. Publikum begrapschen ließen, dann war umso klarer, dass das erst recht auf Personen zutraf, die nichts für ihren Auftritt bezahlt, sondern sich diesen erschlichen hatten. Obwohl ich nicht gewusst oder geahnt hatte, dass ein Mädchen aus der Torte springen würde, kam ich mir wie ein Dieb oder Betrüger vor, weil ich diese Torte überhaupt angenommen hatte. Ich hatte sie nicht bestellt und ganz genau gewusst, dass es niemanden gab, der mir eine Torte geschickt hätte. Ich mochte ja noch nicht einmal Torte.

Als das Mädchen sich soweit aufgerichtet hatte, dass es mir ins Gesicht sehen konnte, sagte es besorgt „Sie sind verletzt" und tastete behutsam nach meiner blutenden Nase. Ich tastete ebenfalls nach meiner Nase und wurde mir wieder des stechenden Schmerzes bewusst, der in meine Stirn und meinen Kiefer strahlte. Als unsere Fingerspitzen sich auf meiner kaputten Nase trafen, zuckte das Mädchen wie elektrisiert zurück.

Eigenartig, dachte ich mir. *Warum kann sie meine Nase berühren, zuckt aber vor meiner Hand zurück?*

Das noch immer über mir kniende Mädchen sah sich fieberhaft um und fragte dann: „Wo ist Ihr Bad?"

„Neben der Eingangstür", antwortete ich und vermutete, dass die Stripperin sich frisch machen und irgendwie bedecken wollte. Doch sie nahm meine Hand, ohne diesmal vor der Berührung zurückzuzucken, sagte „Kommen Sie" und versuchte, mir beim Aufstehen zu helfen. Dann zog sie mich, nackt wie sie war, hinter sich her ins Bad.

Mein Zimmer war ein einziges Schlachtfeld, wie ich jetzt feststellte. Der Tisch war zusammengebrochen, die Torte klebte in tausend Stücken an den Wänden, am Fenster und am Boden. Und überall im Zimmer verstreut lagen wild durcheinander Puzzleteile und Konfetti unter umgekippten Kartons und Bergen aus Büchern. Es war kaum möglich, ins Bad zu kommen, ohne auf irgendetwas zu treten, auf das man nicht treten wollte.

Ich erschrak vor meinem eigenen Spiegelbild; weniger vor den verschmierten Kuchenresten, als vielmehr vor der geschwollenen und blutenden Nase und dem dunklen Bluterguss, der sich unter meinem rechten Auge ausbreitete.

„Setzen Sie sich", forderte das Mädchen mich auf, ohne sich um seine Nacktheit zu kümmern. Ich gehorchte und setzte mich leicht benommen auf den Klodeckel. Das Mädchen feuchtete mein Handtuch im Waschbecken an und begann ganz vorsichtig und behutsam, mein Gesicht zu waschen.

„Warum tun Sie das?" fragte ich verwirrt, da ich annahm, dass das Mädchen ziemlich verärgert darüber sein musste, bei mir abgeliefert und in so ein Chaos verwickelt worden zu sein.

Aber das Mädchen schien sich ebenso schuldig zu fühlen wie ich, denn es antwortete beschämt: „Das ist das Mindeste, was ich tun kann, nach allem, was ich angerichtet habe."

„Das ist doch nicht Ihre Schuld", wehrte ich ab und bemühte mich vergebens, nicht auf die vor meinem Gesicht wippenden Brüste zu starren, auf denen sich durch die Kälte im ungeheizten Bad eine verführerische

Gänsehaut auszubreiten begann.

Als mein Gesicht gewaschen und sauber war, befühlte das Mädchen noch mal vorsichtig meine Nase. Ihr angespannter Gesichtsausdruck verhieß nichts Gutes, als sie mir mit samtweicher Stimme und den Worten „Das wird jetzt ein bisschen weh tun" schonend beizubringen versuchte, dass ich gleich höllische Schmerzen zu erleiden haben würde. Noch bevor ich fragen konnte, was sie damit meinte, schob sie meine Nase mit einem ekelhaften knirschenden Krachen wieder in seine ursprüngliche, biologisch und evolutionstechnisch dafür vorgesehene Position. Es fühlte sich an, als ob mir jemand die Nase mit einem rostigen Messer abgeschnitten hätte. Obwohl ich nicht besonders wehleidig bin, schrie ich ein überraschtes „Au!" in die Welt, während ich zusammenzuckte und mir die Tränen in die Augen schossen.

Ich brauchte ein paar Sekunden, um wieder zu Atem zu kommen. Und eigenartigerweise stellte ich dabei fest, dass der Schmerz weg war. Das war aber nicht die einzige Feststellung, die ich machte. Meine Wange war an die Brüste des Mädchens geschmiegt; und dieses streichelte mir sanft durch die Haare. Eigentlich hätte ich mich jetzt, wo der Schmerz verflogen war, aus dieser Position wieder lösen können. Aber es fühlte sich viel zu gut an, um diesen wohlverdienten Trost so schnell und undankbar von mir zu weisen. Also schloss ich wieder meine Augen und genoss die mir geschenkte Zärtlichkeit. Die durch meine Haare streichelnden Finger waren unendlich sanft und hatten eine beruhigende und einlullende Wirkung. Und die sich an meine Wange schmiegenden Brüste waren so weich und warm, sie rochen so unbeschreiblich gut und vermittelten mir ein Gefühl von Geborgenheit, wie ich es in meinem Leben noch niemals empfunden hatte.

Irgendwie machten mir diese Gefühle plötzlich Angst. Ich kannte dieses Mädchen nicht. Ich kannte nicht mal seinen Namen. Ich wusste nur, dass es eine Stripperin war. Und eine Stripperin war nicht unbedingt das, was ich mir als Beziehung vorgestellt hätte, wenn ich überhaupt schon über die Möglichkeit einer neuen Beziehung nachgedacht hätte.

Gerade als ich versuchen wollte, alle Gedanken auszublenden, um einfach nur den Moment zu genießen, hörte ich die Stimme des Mädchens ebenso besorgt wie zärtlich fragen: „Geht es Ihnen jetzt besser?"

„Die Schmerzen sind weg", gestand ich, ohne mich dabei aber von seiner Brust zu entfernen. Doch als ich spürte, dass die Hand des Mädchens aufhörte, mich zu streicheln und sich aus meinen Haaren löste, sah ich mich gezwungen, auch wieder von dem Mädchen abzurücken. Mehr oder weniger unbewusst drehte ich meinen Kopf dabei aber so, dass meine Lippen ganz zufällig die zarte Haut der Brüste, an die ich mich geschmiegt hatte, streifte.

„Entschuldigung", stammelte ich verlegen, um die Unabsichtlichkeit dieser Aktion zu betonen. Doch das Räuspern des Mädchens zeigte mir, dass meine Unschuldsmiene wohl nicht sehr überzeugend gewesen sein konnte.

„Wie …" begann ich stotternd, um das Thema zu wechseln. „Wie haben Sie das mit meiner Nase gemacht?"

„Ich hab sie nur wieder eingerenkt", erklärte das Mädchen mit einer Miene, die mich hoffen ließ, dass sie mir die plumpe Berührung verziehen hatte. Und bevor ich weiter fragen konnte, ob es davon überhaupt etwas verstand, erklärte es bereits: „Ich habe drei Semester Medizin studiert."

„Und dann?" fragte ich, weil es sich so anhörte, als ob das Kapitel dieses Studiums bereits abgeschlossen wäre. Das Mädchen antwortete nicht. Es schien ganz in Gedanken versunken zu sein, fragte dann aber plötzlich: „Kann ich mal telefonieren?"

„Natürlich", antwortete ich und merkte, dass es mich traurig machte, dass das Telefonat, welches das Mädchen führen wollte, zur Folge haben würde, dass es (das Mädchen) wieder gehen würde. Ich stand vom Klodeckel auf und zwängte mich an dem Mädchen vorbei aus dem winzigen Badezimmer. Betreten blieb ich in der Tür stehen und überblickte das verwüstete Appartement. Ich hatte keinen Festnetzanschluss, sondern nur ein Handy. Fieberhaft versuchte ich zu rekapitulieren, wo es gelegen hatte, bevor die Torte geliefert worden war. Ich glaubte mich daran zu erinnern, es auf dem Puzzle auf meinem Tisch abgelegt zu haben und hoffte nur, dass die Lieferanten das Tablett mit der Torte nicht darauf abgestellt hatten. Alles was auf dem Tisch gelegen hatte, war jetzt überall im Zimmer verteilt. Ich hatte keine Ahnung, wo ich zum Suchen anfangen sollte. Resigniert drehte ich mich zu dem Mädchen, das auch einiges von der Torte und meiner Suppe abbekommen hatte, um und sagte: „Das kann ein bisschen dauern. Wenn Sie wollen, können Sie duschen, solange ich suche."

„Danke", bedankte sich das Mädchen und bat mich: „Bitte beeilen Sie sich."

Ich nickte wortlos und machte mich an die Suche, während ich durch die geöffnete Badezimmertür hörte, wie die Brause aufgedreht wurde.

So eigenartig und absurd die Situation war und so groß auch das entstandene Chaos war, tat es doch gut, zu spüren, dass da jemand war.

Fieberhaft suchte ich nach meinem Handy und fand es schließlich begraben unter einem großen Tortenstück, noch bevor das Mädchen fertig geduscht hatte. In meiner Küche, die so winzig war, dass man sich kaum umdrehen konnte, versuchte ich die Tasten von dem klebrigen Brei zu befreien und mein Handy dadurch wieder benutzbar zu machen. Als ich jedoch den Wasserhahn aufdrehte, um mein Geschirrtuch zu befeuchten, schrie das Mädchen unter der Dusche erschrocken auf.

„Entschuldigung!" rief ich ins Bad, weil ich nicht daran gedacht hatte, dass man den Wasserhahn in der Küche nur anzusehen brauchte, damit im

Badezimmer nur noch kaltes Wasser aus der Leitung kam.

Kurz darauf kam das Mädchen in die Küche. Es hatte sich nur mein kleines Handtuch um die Hüfte gewickelt. Schnell überzeugte ich mich, dass das Handy wieder funktionierte und reichte es ihm.

„Hier", sagte ich und zwängte mich an dem Mädchen vorbei. Dann fuhr ich fort: „Sie können in der Küche telefonieren. Ich muss auch erst mal duschen, bevor ich mich ans Aufräumen mache."

In Gedanken versunken stand ich in der kleinen Duschkabine und spülte die Suppen- und Kuchenreste aus meinen Haaren und von meinem Körper. Eigenartigerweise berührte es mich überhaupt nicht, dass das Puzzle, an dem ich seit über einer Woche gearbeitet hatte, um meine Gedanken zu beschäftigen, unwiederbringlich zerstört war. Auch der kaputte Tisch und überhaupt das ganze, entstandene Chaos ließen mich ziemlich kalt. Meine Gedanken wanderten immer wieder nur zu dem Mädchen aus der Torte. Erst jetzt, wo ich seit seinem Auftauchen zum ersten Mal einige Augenblicke der Ruhe und Besinnung ganz für mich allein hatte, wurde mir bewusst, wie schön das Mädchen war. Es war klein und zierlich. Und dabei hatte es doch wunderbar weibliche Formen; nicht voll und üppig, sondern fest und straff mit einer unbeschreiblichen, jugendlichen Anmut und Frische. Lange, blonde Locken umrahmten das schöne Gesicht und flossen bis weit auf den Rücken. Am meisten hatten mich aber seine Augen fasziniert, dieses strahlende Blau in der Farbe des Himmels an einem wolkenlosen Junitag und dieser offene, unschuldige Blick, der nichts vor der Welt verbergen zu können schien und dabei so viel fragte.

Ich glaube, es waren diese Augen, die in meiner Vorstellungskraft so gar nicht zu einer Stripperin passen wollten. Zu rein schien mir die Seele hinter diesen Augen zu sein, um sich für Geld vor Fremden zu entblößen.

Ich musste über die Naivität meiner eigenen Gedanken lächeln, denn eigentlich konnte ich selbst nichts Verwerfliches darin sehen, zu strippen. Ganz im Gegenteil: Ich hätte es eher als Sünde betrachtet, so viel Schönheit vor der Welt zu verstecken. Die Zeit verfliegt so schnell. Was heute noch jung und straff ist, ist morgen bereits alt und welk. Ich war dankbar für den Anblick, den das Mädchen mir geboten hatte, auch wenn er nicht für mich bestimmt gewesen war. Und jetzt, wo ich nackt in der Dusche stand und meinen eigenen Körper bewusst wahrnahm, reagierte dieser auch auf die Bilder des nackten Mädchens, die die Erinnerung vor meinem geistigen Auge neu erstehen ließ. Mein Penis schwoll an und richtete sich langsam auf.

Oh, wie sehr hätte ich mir in diesem Moment gewünscht, dass das Mädchen zu mir unter die Dusche gekommen wäre. Doch als plötzlich die Badezimmertür aufgerissen wurde und das Mädchen ins Bad stürmte, zuckte ich erschrocken und wegen meiner mir deutlich anzusehenden erotischen Gedanken schuldbewusst zusammen. Das Mädchen, das noch immer nur mit meinem Handtuch bekleidet war, riss die Duschkabinentür auf, zuckte beim Anblick meiner Erektion ebenfalls zusammen und meinte entsetzt: „Das macht es nur noch schlimmer."

Dann packte es mich am Handgelenk und sagte ebenso angsterfüllt wie nachdrücklich: „Schnell, wir müssen hier raus!"

2 FLUCHT NACH OBEN

Ungeachtet meiner Nacktheit zog das Mädchen mich hinter sich her aus der Dusche und schob mich aus meinem Appartement ins Treppenhaus. Ich hielt das Ganze zuerst für einen Spaß und kicherte über dieses aufregend zu werden versprechende Spiel still in mich hinein. Doch als die Appartementtür hinter uns ins Schloss fiel und mir bewusst wurde, dass ich keinen Schlüssel dabei hatte, stellte ich zu meiner Bestürzung fest: „Ich hab die Dusche nicht abgedreht."

„Vergiss die Dusche!" sagte das Mädchen hastig und versuchte, mich im Treppenhaus weiter nach oben zu schieben. Seine Panik schien nicht gespielt zu sein und das machte mich irgendwie stutzig. Als das Mädchen loslaufen wollte, blieb es wie angewurzelt stehen und blickte an sich nach unten. Ich folgte seinem Blick und sah, dass das Handtuch in der geschlossenen Tür klemmte. Vergebens versuchte ich, es herauszuziehen. Da hörten wir von unten im Treppenhaus Geräusche. Das Mädchen erbleichte und flüsterte tonlos: „Sie sind schon da!"

„Wer?" fragte ich arglos, aber unwillkürlich auch flüsternd zurück. Das Mädchen legte mir sofort seine zweite Hand auf den Mund und flüsterte: „Später!"

Mit der ersten Hand hielt es mich noch immer am Handgelenk. Und damit zog es mich mit mehr Kraft, als ich ihm zugetraut hätte, im Treppenhaus nach oben. Dass das Handtuch in meiner Tür zurückblieb und das Mädchen dadurch ebenso nackt war wie ich, ignorierte es einfach. Langsam wurde mir doch etwas mulmig zumute. Das Ganze schien kein Spaß zu sein.

Eigentlich wäre diese Unheil verkündende Spannung Anlass genug gewesen, dass meine Erektion sich wieder hätte zurückbilden müssen, doch die Nähe und der Körperkontakt zu dem Mädchen und der Umstand, dass wir beide nackt waren, ließ diesen vernünftig erscheinenden, taktischen Rückzug meiner hormongesteuerten Erregung nicht zu. Ganz im Gegenteil: Der Druck wurde so stark, dass es fast schmerzte. Ich war mir meiner Peinlichkeit durchaus bewusst, jedoch nicht in der Lage, diesen Umstand zu ändern. Also lief ich mit einem im Takt meiner Schritte wippenden Ständer an der Hand des schönen und so furchtsamen Mädchens nach oben. Das war aber nicht sehr weit, denn über mir gab es nur noch eine Etage mit

Appartements. Darüber kam das Dachgeschoss; ein einziger, großer Raum, der sich über die Fläche des ganzen Hauses erstreckte. Die schwere, eiserne Tür war unverschlossen. Sie quietschte in den Angeln, als ich sie öffnete.

„Leise", ermahnte mich meine schöne Begleiterin auf dieser Flucht vor etwas, von dem ich keine Ahnung hatte, was es war. Doch je vorsichtiger und langsamer ich die Tür zu öffnen versuchte, umso lauter schien sie zu quietschen. Ich zog sie nur so weit auf, dass das Mädchen und ich durch den Spalt hindurch schlüpfen konnten. Als wir uns in dem Dachgeschoss suchend nach einem Versteck umblickten, meinte das Mädchen hoffnungsvoll: „Wenn wir Glück haben, glauben sie, dass wir das Haus verlassen haben, bevor sie gekommen sind."

„Wer denn?" hakte ich noch einmal neugierig nach, weil ich nicht dumm sterben wollte.

„Rizzos Männer!" flüsterte das Mädchen furchtsam. Das genügte mir im Moment als Antwort, auch wenn ich keine Ahnung hatte, wer dieser Rizzo denn eigentlich war und was er von mir wollen könnte. Bevor ich weitere Aufklärung über die seltsame Situation erbitten konnte, musste ich erst einmal die Hoffnung des Mädchens, dass wir in Sicherheit sein könnten, ausbremsen. Ich räusperte mich also kurz und erklärte dann: „Ich bin nass aus der Dusche gestiegen und tropfe jetzt noch. Sollte also wirklich irgendjemand hinter uns her sein, aus welchen Gründen auch immer, dann muss er nicht besonders scharfsinnig sein, um meinen Fußspuren hier rauf zu folgen."

Das Mädchen blickte an mir nach unten und zuckte beim Anblick meiner peinlichen Erregung noch einmal überrascht zusammen. Schnell hob es sein Gesicht wieder und sah mir vorwurfsvoll in die Augen.

„Dafür kann ich nichts", entschuldigte ich mich verlegen. Das Mädchen, das aber nicht nur meine anhaltende Erektion bemerkt, sondern auch den nassen Abdruck meines Fußes auf dem Boden gesehen hatte, und deshalb davon überzeugt war, dass wir unseren Verfolgern nicht mehr entkommen konnten, meinte nur besorgt: „Sie sollten das in den Griff bekommen, bevor die uns erwischen."

„Sehr witzig", erwiderte ich sarkastisch, „Wie denn?"

„Erzählen Sie mir doch nicht, Sie hätten sich noch nie einen runter geholt."

„Ich soll hier,… vor Ihnen …?"

Misstrauisch werdend stockte ich und sah mich noch einmal in allen Richtungen um. Da ich aber nichts entdecken konnte, wandte ich mich wieder an das Mädchen und fragte geradeheraus: „Okay, wo ist die Kamera?"

„Sie glauben …?" fragte das Mädchen empört zurück, atmete einmal tief durch, um die ihr zugefügte Beleidigung hinunterzuschlucken und erklärte dann: „Glauben Sie mir: Sie wollen nicht, dass die Männer Sie in dem

Zustand mit mir sehen. Rizzo würde sich denken, dass Sie und ich …"

„Ich werde auf keinen Fall hier vor Ihnen onanieren!"

Das Mädchen schluckte nervös und atmete noch einmal tief durch. Dann fiel es vor mir auf die Knie, packte zögernd zu und begann meinen Penis mit gleichmäßigen Auf- und Ab-Bewegungen zu massieren. Es nahm sich nicht die Zeit für ein Vorspiel, sondern legte sofort richtig los und nahm sogar noch seine zweite Hand zu Hilfe, bis meine Erektion durch seine Bemühungen zu einer mir bis dahin unbekannten Größe anschwoll. Immer schneller wurden seine Bewegungen. Und obwohl es eine rein mechanische Aktion sein sollte, waren seine kleinen, zartgliedrigen Hände dabei zärtlicher und gefühlvoller, als alles, was ich bisher erlebt hatte.

Doch dann geschah es. Die Eisentür wurde quietschend aufgerissen und drei Männer in teuren Anzügen erschienen mit Pistolen in ihren Händen im Dachgeschoss. Sie waren schneller oben gewesen, als wir erwartet hatten.

„Jetzt wird er ganz sicher denken, dass Sie und ich …", stöhnte ich atemlos und noch weit entfernt von einem erlösenden Orgasmus.

Das Mädchen erhob sich zitternd. Ich schob es langsam hinter mich und bedeckte meine Erektion mit meinen Händen, als die Männer auf uns zukamen.

„Sind Sie Josef Lederer?" fragte mich der vorderste, der italienisch aussehenden Männer in akzentfreiem Hochdeutsch.

„Wer will das wissen?" fragte ich noch etwas atemlos zurück und versuchte dabei, mir meine Nervosität nicht anmerken zu lassen.

„Verzeihen Sie bitte meine Unhöflichkeit", entschuldigte sich der Sprecher mit ausgesuchter Höflichkeit. „Mein Name ist Julio Rizzo. Ich bin der Bruder von Franco Rizzo. Meine beiden Begleiter heißen Bono Rocca und Massimo Fulchi. Und das kleine Spielzeug da hinter Ihnen gehört, soweit ich weiß, meinem Bruder. Es sollte mein Geburtstagsgeschenk an ihn sein."

„Beschweren Sie sich beim Lieferservice", entgegnete ich innerlich zitternd, aber nach außen mit der Miene eines vollkommen unbeeindruckten Mannes.

Rizzo lachte kurz amüsiert auf und erwiderte: „Josef, … ich darf doch Josef zu Ihnen sagen? Die Lieferanten sind bereits zur Verantwortung gezogen worden. Wissen Sie, wenn es nach mir gegangen wäre, dann wäre die Sache damit erledigt gewesen. Ehrenwort! Aber mein Bruder ist da etwas … na ja, sagen wir: Pingelig, … kleinlich. Er mag es nicht, wenn jemand mit seinen Spielsachen spielt. Und besonders Geschenke von der Familie sind ihm heilig. Das verstehen Sie doch, nicht wahr, Josef?"

Der Ton des Mannes war so sanft und mitfühlend, dass die in seinen Worten versteckte Drohung umso deutlicher wurde. Da ich aber nicht mag, wenn man mir droht, ließ ich mich auf sein Spiel ein und antwortete: „Warum kaufen Sie ihrem Bruder nicht einfach ein neues Spielzeug, Julio?

Es gibt hier gleich um die Ecke einen großen Spielwarenladen. Da finden Sie bestimmt was Passendes! Vielleicht ein Puzzle, das beruhigt die Nerven."

Wieder lachte Julio. Doch diesmal war ihm anzumerken, dass sein Lachen falsch war. Er spielte die Rolle des Überlegenen, was einem nackten Mann gegenüber ohnehin nicht schwer ist, noch dazu, wenn man selbst eine Waffe in der Hand hält. Dass ich mich aber nicht so eingeschüchtert gab, wie er es erwartet hatte, brachte ihn aus dem Konzept. Und diese Verunsicherung versuchte er durch sein Lachen zu überspielen.

Das Mädchen schmiegte sich ängstlich an meinen Rücken. Und das brachte mich ebenfalls aus dem Konzept, obwohl ich gar keines hatte. Als die kleinen Hände sich zitternd in meine Oberarme gruben und die weichen Brüste sich an meinen Körper schmiegten, zuckten Blitze durch mein Gehirn und ich befürchtete, dass meine Hände nicht ausreichen würden, um meine weiter anwachsende Erektion bedeckt zu halten.

Es gibt ein Aktfoto vom jungen Burt Reynolds. Darauf liegt er auf einen Ellenbogen gestützt und hat die andere Hand im Schoß. Auf die Frage, was er denn da mit seiner Hand verberge, antwortete er angeblich: „Mit der Hand? Mit dem Arm!"

Genauso hätte ich jetzt antworten müssen, wenn mich jemand gefragt hätte.

Es war mir kaum möglich, mich auf die Männer vor mir zu konzentrieren. Ich wollte mich einfach nur umdrehen, das Mädchen in meine Arme schließen und … und so weiter!

Noch bevor Julio ausgelacht hatte, war ich richtig sauer. All die Gedankenfetzen, die mir im Bruchteil einer Sekunde durch den Kopf geschossen waren, hatten an dem Punkt geendet, in dem die Männer genau in dem Moment aufgetaucht waren, als es gerade am schönsten gewesen war. Wer glaubten diese Idioten denn, wer sie waren, dass sie einfach in meinen ersten Sex seit Monaten und in den wahrscheinlich vielversprechendsten meines Lebens platzten?

Julios Lachen endete abrupt. Zwar noch immer lächelnd aber doch sehr nachdrücklich forderte er mich auf: „Geben Sie mir die Kleine, Josef und machen Sie es nicht schlimmer, als es bereits ist."

Habe ich schon erwähnt, dass ich sauer war? Ich war sauer und hatte durch den an mich geschmiegten nackten Körper des Mädchens sicherlich einige durchgeschmorte Synapsen, die mich unbewusst dazu veranlassten, den Helden spielen zu wollen, denn ohne meine Worte vorher abzuwägen, erwiderte ich: „Jetzt ist es aber genug, Julio. Kauf Dir einen Lutscher und geh woanders spielen."

Ein Pistolenknauf auf dem Kopf tut weh; und das nicht nur, wenn man bereits eine gebrochene Nase hat. Der Schmerz dauerte aber nicht lange, denn im selben Moment, in dem er einsetzte, fiel ich bereits in die tiefe

Dunkelheit einer Ohnmacht.

Es ist eigenartig, wie man im Dunkeln Orte erkennen kann, an denen man vorher noch nie gewesen war. Als ich zusammengekrümmt und ohne Bewegungsfreiheit in völliger Dunkelheit wieder zu mir kam, wusste ich sofort, wo ich war: Im Kofferraum eines fahrenden Autos! Und ich war nicht allein. Während mein zurückkehrendes Bewusstsein gemeinsam mit mir durchgeschüttelt wurde, registrierte ich, dass ich noch immer nackt und mit einem anderen nackten Körper eigenartig verschlungen war.

Allein der zarte, erregende Duft dieses Körpers hätte genügt, um mich davon zu überzeugen, dass es das Mädchen aus der Torte war, das hier bei mir lag. Dass mein Gesicht auf seiner Brust lag und ich eine kleine, harte Knospe zwischen meinen Lippen spürte, was unwillkürlich einen Saugreflex bei mir auslöste, war also ein überflüssiges, wenn auch sehr angenehmes, weiteres Indiz für die Identität meiner Leidensgenossin.

„Sind Sie also endlich wieder wach?" stellte das Mädchen fragend und halb besorgt, halb vorwurfsvoll fest, wobei sich ein leises, erregtes und erregendes Stöhnen in sein Flüstern mischte.

Wenn meine eigene Erregung sich während meiner Ohnmacht gelegt hatte, dann erwachte sie jetzt mit einem Schlag zu neuem Leben.

„Sind Sie verrückt?" fragte mich das gemeinsam mit mir entführte Mädchen in einem Anflug von Panik, packte in der Enge und Dunkelheit des Kofferraums zielsicher zu und drückte das, was sich zwischen unseren Körpern so plötzlich und energisch auszubreiten begonnen hatte, ebenso energisch wieder nach unten, was aber einen völlig gegenteiligen Effekt hatte. Mein Penis schwoll in der Hand des Mädchens explosionsartig zu voller Größe an, was dem Mädchen ein verzweifeltes „Oh mein Gott" entlockte, in das sich aber wieder ein leises, erregtes Stöhnen mischte. Dann gewann das Stöhnen die Oberhand. Die Brust, an dessen kleiner, erregter Knospe ich unbewusst sog, presste sich fester gegen meine Lippen und die um den Schaft meines erigierten Gliedes gelegten Finger schlossen sich wie ein Schraubstock immer fester. In Verbindung mit der Bewegung der unruhigen Fahrt führte das Mädchen damit unbewusst das fort, was es im Dachgeschoss des Hauses, in dem ich wohnte, begonnen hatte. Je mehr meine Erregung zunahm, umso leidenschaftlicher sog ich an und verbiss mich in der kleinen, zitternden Brustwarze und umso hemmungsloser klammerte das Mädchen sich an meinen harten, zitternden Penis.

„Bitte hören Sie auf", hauchte das Mädchen mit flehender Stimme, ohne jedoch seinen Griff zu lockern. „Ihretwegen werden die uns noch beide töten!"

Sie haben doch angefangen, dachte ich mir, weil ich mit vollem Mund nicht sprechen konnte und in meinem Zustand ohnehin nicht in der Lage gewesen wäre, mich zu artikulieren.

Im nächsten Moment explodierte ich mit der Gewalt einer

Sonneneruption. Und obwohl ich meinen Körper dabei intensiver spürte, als jemals zuvor in meinem Leben, war ich überzeugt, in diesem Moment gestorben zu sein, denn ich flog auf ein gleißendes, helles Licht zu. Doch bevor ich den Frieden, in den ich einzugehen gedachte, wirklich begriffen hatte, hörte ich ein empörtes: „Bäh! Ich glaub ich spinne. Der hat mich angespritzt!"

Das gleißende Licht war nur gewöhnliches Tageslicht gewesen, das mir in die Augen gefallen war, als jemand im denkbar unpassendsten Moment den Kofferraum geöffnet hatte.

Eine zweite Stimme fing fast hysterisch zu lachen an und brachte vor lauter Lachen kaum die Worte heraus: „Das glaube ich einfach nicht. Die zwei sind unglaublich. Die haben's im Kofferraum miteinander getrieben, während wir dachten, sie scheißen sich vor Angst an."

Die dritte Stimme lachte diesmal nicht. Es war Julios Stimme. Und sie klang sehr ernst, als er sagte: „Das wird Franco nicht gefallen. Die beiden sind nicht unglaublich. Die sind bescheuert oder lebensmüde. Holt sie da raus und bringt sie ins Haus!"

Die Hände von Julios beiden Begleitern packten das Mädchen und mich und zerrten uns brutal aus dem Kofferraum. Erst jetzt bemerkte ich, dass das Mädchen und ich mit Handschellen aneinander gekettet waren. Der weiße Kies auf der Auffahrt zu der mit uralten Bäumen umstandenen Villa bohrte sich unangenehm in meine Fußsohlen. Aber das störte mich weniger, als im Moment meines Orgasmus so jäh und unfreundlich aus dem Höhepunkt meines sexuellen Lusterlebens herausgerissen worden zu sein. Obwohl ich einen Orgasmus gehabt hatte, und sogar einen außergewöhnlich heftigen, fühlte es sich jetzt so an, als ob ich noch nicht fertig gewesen wäre.

3 FLUCHT NACH VORNE

Das schöne Mädchen an meiner Seite tastete mit auf den Boden gehefteten Blick nach meiner Hand. Ich nahm die kleine Hand in meine und flüsterte beruhigend: „Hab keine Angst."

Da wurde ich auch schon mit einem kalten Pistolenlauf, der sich in meinen Rücken bohrte, nach vorne geschubst. Und die Stimme des Mannes, der den Kofferraum geöffnet hatte, befahl mir streng und mit noch immer hörbarem Ekel: „Vorwärts, Du Sau!"

Sofort blieb ich abrupt stehen, drehte mich um und erwiderte: „Nicht in dem Ton, Du Arsch!"

Der Mann erbleichte, fing zu zittern an und holte mit seiner Pistole aus. Doch Julio hielt ihn zurück. Energisch packte er dessen Handgelenk und sagte streng: "Nicht hier, Bono. Oder willst Du Dich mit meinem Bruder anlegen?"

„Ich scheiß auf Deinen Bruder!" fauchte der außer sich geratene Bono zurück. „Ich lass mich von dem Typ nicht anpissen."

„Er hat Dich nicht angepisst, sondern angespritzt", warf der zweite Begleiter Julios, der also Massimo sein musste, lachend ein. Bono hatte aber keinen Sinn für dessen Humor, entriss Julio seine Hand und erschoss Massimo. Doch bevor er weiteres Unheil anrichten konnte, erschoss Julio den Amokschützen. Das war die richtige Zeit, um schleunigst das Weite zu suchen. Meine Hand schloss sich fester um die Hand des Mädchens, während ich flüsterte: „Nichts wie weg hier."

Dann zog ich sie auch schon rennend hinter mir her über den kalten, feuchten, aber sehr gepflegten Rasen und versuchte, einige immergrüne Sträucher zwischen uns und Julio zu bringen. Dass er uns hinterher rief, wir sollten stehen bleiben, glaubte ich in Anbetracht der Situation durchaus überhören oder ignorieren zu dürfen.

Ich musste das Mädchen nicht lange ziehen. Es kam sofort an meine Seite und lief Hand in Hand mit mir mit der anmutigen Geschmeidigkeit eines Panthers. Im Augenwinkel sah ich seine langen, blonden Haare wie eine Mähne wehen und die festen Rundungen seiner Brüste wippen.

Da wir hinter uns einen Mann wussten, der ohne mit der Wimper zu zucken einen anderen Mann erschossen hatte, hatten wir keine Zeit zu verlieren. Die feuchte, trübe Kälte des Novembertages spürte ich kaum, auch wenn sich nicht nur auf dem Körper des Mädchens, sondern auch auf meinem eine Gänsehaut ausbreitete. Julio schien uns nicht zu verfolgen. Vermutlich wollte er seine teuren Schlangenlederschuhe auf dem feuchten Rasen nicht ruinieren. Es dauerte aber nicht lang, bis wir Hundegebell hinter uns hörten. In dem Moment hatten wir aber bereits eine hohe, steinerne Mauer erreicht, die das riesige, an einen Schlosspark erinnernde Grundstück einfasste.

Da das Mädchen und ich mit Handschellen aneinander gekettet waren, waren wir aufeinander angewiesen. Und eigenartigerweise handelten wir so, als ob wir ein seit langem eingespieltes Team wären. Wortlos und ohne uns abzusprechen machte ich dem Mädchen eine Räuberleiter. Und ebenso wortlos kletterte es von meinen Händen auf meine Schulter, und von dort schob oder hob ich es weiter bis an die Mauerkante, wo es sich mit der freien Hand festklammerte, bis ich hinterher geklettert war. Trotz der Behinderung durch die Handschellen gelangten wir so ohne großen Zeitverlust auf die Mauer.

Meine Erektion hatte sich nach meinem so jäh abgewürgten Orgasmus zwar etwas zurückgebildet, konnte sich während unserer Flucht aber nicht so recht entscheiden, wie sie sich weiter verhalten sollte. Als ich dem Mädchen jedoch auf die Mauer hoch half und sein schlanker, geschmeidiger Körper meinen Körper und mein Gesicht streifte, während es an mir nach oben kletterte, siegte wieder die Peinlichkeit. Als wir zusammen auf der Mauer standen, fragte das Mädchen nur kopfschüttelnd: „Kannst Du auch mal an was anderes denken?"

„Ich denke ja gar nicht dran", gab ich kleinlaut zurück. Ich konnte doch schließlich auch gar nichts dafür, dass mein Körper so intensiv auf den Anblick und die Berührungen des Mädchens reagierte. Dieses schenkte mir aber ein kurzes, verschämtes Lächeln und erwiderte flüsternd: „Ich schon. Aber mich hindert es nicht beim Laufen."

Das hätte es nicht sagen dürfen. Denn mit dem Wissen, dass das Mädchen erotische Gedanken oder Fantasien von mir hatte, wurde es mir fast zur Unmöglichkeit, mich noch länger auf unsere Flucht zu konzentrieren. Mit offenem Mund starrte ich das schöne Mädchen an, das mit einer erregenden Gänsehaut nackt mit mir auf der Mauer stand. Ich hatte das Gefühl mich ohne weiteres Zutun, allein durch das Wissen über die erotische Anziehungskraft, die zwischen uns herrschte, einem neuen Orgasmus zu nähern. Meine Erektion erreichte auf jeden Fall die Größe und Festigkeit von vor meinem Orgasmus wieder.

Wenn ich jetzt schon nicht mehr Herr meiner Sinne war, dann blieb doch wenigstens das Mädchen noch bei Verstand. Ohne nach seinem Geständnis auch nur eine Sekunde zu zögern, nahm es wieder meine Hand und zog mich auf der Mauer balancierend hinter sich her. Erst als das Hundegebell so nahe kam, dass wir Angst hatten, entdeckt zu werden, wollten wir von der Mauer in die Freiheit springen. Doch da hörten wir auch an der Außenseite der Mauer einige kläffende Hunde näher kommen. Noch hatten sie uns nicht entdeckt. Ohne zu zögern sprangen das Mädchen und ich wieder in den parkähnlichen Garten und versteckten uns hinter einem Gebüsch. Wenn wir Glück hätten, würden die Hunde unsere Spur an der Stelle verlieren, an der wir auf die Mauer geklettert waren. Das hofften wir zumindest. Und tatsächlich blieben die Hunde an dieser Stelle und sprangen kläffend an der Mauer nach oben. Die hinterher eilenden Männer nahmen die Hunde wieder an die Leine und gaben über Funk durch, dass wir über die Mauer geflohen wären. Jetzt konnten wir also nicht mehr über die Mauer fliehen, weil man auf der anderen Seite bereits Jagd auf uns machte.

„Wir müssen zum Haus", flüsterte ich. Die Kälte kroch langsam in meinen Körper. Und vor allem froren meine Füße. Und wenn mir die Kälte jetzt bereits zusetzte, wie musste dann erst das viel kleinere und zartere Mädchen frieren! Es widersprach mir nicht, sondern sah mich nur besorgt an. Aber wir hatten keine andere Wahl. Also schlichen wir, jede Deckung ausnutzend, auf das Haus zu. Schon von weitem sahen wir hinter einer großen Glasfront in einem riesigen, beleuchteten Salon eine ausgelassene Feier.

„Rizzos Geburtstagsparty", flüsterte das Mädchen vor Kälte zitternd.

Auf dem Rasen vor der Glasfront war ein großer Swimmingpool, oder eher ein Schwimmbecken, in dem sich einige nackte Frauen und auch einige Männer, die allerdings in Badehosen, tummelten. Das Wasser wirkte sehr verlockend. So, wie es dampfte, musste es herrlich warm sein.

„Kennen die Dich hier?" fragte ich das Mädchen, ohne darüber nachzudenken, dass ich es plötzlich duzte. Aber nach allem, was wir bereits miteinander erlebt hatten, wäre es auch idiotisch gewesen, weiterhin ‚Sie' zu sagen. Das Mädchen hatte mich auf der Mauer ja schließlich auch schon geduzt.

Es schüttelte den Kopf und antwortete, meinen Gedankengang auffassend: „Auf so einer Party kennt bestimmt nicht jeder jeden."

Kurz überblickte ich noch einmal das Getümmel. Um den Pool herum standen mehrere Liegen. Und auf einigen davon lagen weiße Bademäntel. Als ich das Mädchen darauf aufmerksam machte, meinte es aber nachdenklich und mit einem leicht spöttischen Unterton: „Wir können nicht um den ganzen Pool herumspazieren. Dafür bist Du zu auffällig."

Und dabei schnippte es mit einem Finger provozierend und fester als der Vorwurf, den es damit zum Ausdruck bringen wollte, es rechtfertigte, gegen meine pralle, dunkelrote Eichel, so dass mein hoch aufgerichtetes Glied ein paar mal wie der Mast eines Segelbootes im Sturm hin und her wippte. Überrascht zuckte ich zusammen. Doch die unerwartete Stimulation war so erregend, dass ein Schauer meinen Körper durchströmte. Und dass der Blick des Mädchens mit unverhohlener Faszination länger auf meinem schwankenden Mast haften blieb, als der Anstand es gebot, machte es mir nicht leichter.

Oh wie sehr hätte ich mir gewünscht, mit diesem Mädchen irgendwo an einem gemütlicheren Ort und ohne mordlüsterne Verfolger auf den Fersen allein zu sein. Wie gern hätte ich das Mädchen weiter so mit mir spielen lassen und wie gern hätte ich mit ihm gespielt. Aber wir kauerten frierend in einem Gebüsch und mussten uns schnellstens überlegen, wie wir wieder ins Warme kämen.

„Wenn wir es bis in den Pool schaffen", begann das Mädchen, nachdem mein Mast ausgeschaukelt hatte, ohne aber den Blick von ihm abzuwenden, „dann komme ich vielleicht aus den Handschellen raus."

„Wenn Du da rauskommst, warum musst Du dann erst ins Wasser?" fragte ich verwirrt.

Erst jetzt hob das Mädchen seine Augen und blickte mir ins Gesicht.

„Weil meine Hände schon ganz steif vor Kälte sind", antwortete es entschuldigend, fügte dann aber mit dem selben, spöttischen Unterton, den ich zuvor schon bemerkt hatte, hinzu: „Bei mir darf doch wohl auch mal was steif werden."

Unwillkürlich wanderte mein Blick auf die Brüste des Mädchens und die kleinen, harten, provokant abstehenden Knospen.

„Jetzt tu mal nicht so, als ob das bloß auf Deine Hände zutreffen würde", erwiderte ich und nutzte die Gelegenheit, um mich für den Schnipser des Mädchens zu revanchieren, indem ich mit den Fingern meiner freien Hand seine linke Brustwarze anschnippte, was mit den steifgefrorenen Fingern gar nicht so einfach war. Mein Versuch, dabei ebenfalls spöttisch zu klingen, scheiterte allerdings an der Bewunderung und Faszination, die ich für das Mädchen und seine Schönheit hegte, weshalb ich auch sofort ein schlechtes Gewissen wegen meiner Flegelhaftigkeit bekam. Das Mädchen sah mich voller Entrüstung an und protestierte; nicht wie erwartet gegen meine freche Berührung, sondern gegen meine Auslegung seines Zustandes.

„Bei mir kommt das von der Kälte!" rechtfertigte es sich, nur um mir dann vorzuwerfen: „Bei Dir ist das trotz der Kälte! Der müsste jetzt so klein sein."

Dabei zeigte es mit Daumen und Zeigefinger einen Abstand von zwei oder drei Zentimeter, packte dann bei seinen nächsten Worten ungeniert zu und zog an meinem Penis, so als ob es ihn nach oben heben und mir vor die Augen halten wollte: „Aber sieh ihn Dir an. Das ist doch nicht normal."

Durch den heftigen Ruck verlor ich das Gleichgewicht und stürzte rückwärts auf den kalten Boden. Und das an mich gekettete Mädchen fiel auf mich drauf, ohne meinen Penis dabei loszulassen. Ganz im Gegenteil: Es klammerte sich daran, als ob er sein einziger Halt auf der ganzen Welt wäre. Mit geschlossenen Augen atmete ich ein paar Mal tief durch, um die fast unerträgliche Erregung wieder in den Griff zu bekommen. Mein Penis zuckte erwartungsvoll in der kleinen Faust des Mädchens. Doch es war weder die richtige Zeit noch der richtige Ort. Die Kälte des Bodens fraß sich in meinen Rücken. Ich musste wieder aufstehen.

Selbst während des Aufstehens behielt das Mädchen meinen Penis in seiner Hand. Ich wagte nicht zu fragen, warum es das tat. Doch da fragte es selbst bereits mit einer mir bisher nicht an ihm aufgefallenen Schüchternheit: „Hättest Du die Torte und mich angenommen, wenn beides für Dich bestimmt gewesen wäre?"

Ich wusste nicht, wie ich diese Frage hätte beantworten sollen. Torte und Mädchen waren nicht für mich bestimmt gewesen. Und um alle meine verworrenen Gedanken, Gefühle, Wünsche, Hoffnungen, Zweifel, Ängste, und so weiter, die mich seit dem Auftauchen des Mädchens beschäftigten, in Worte zu fassen, hätte ich vermutlich Wochen gebraucht. Als ich schwieg, flüsterte das Mädchen, plötzlich sehr traurig wirkend: „Lass uns versuchen, den Pool zu erreichen."

Verwirrt nickte ich. Dann schlichen wir im Schutz der Bäume und Büsche und der anbrechenden Dämmerung so nah wie möglich an den Swimmingpool heran, wie es möglich war, ohne gesehen zu werden. Von dem Baumstamm, hinter dem wir dann standen, waren es nur noch wenige Meter bis an den Beckenrand. Die meisten anderen Badenden waren am gegenüberliegenden Ende des Beckens, von wo aus sie schnell in die Wärme des Hauses flitzen konnten.

Ich fragte mich, ob sich das Mädchen bewusst war, dass es noch immer meinen Penis in seiner Hand hielt, als es vorschlug: „Wir spazieren jetzt einfach zum Pool und springen rein, als ob wir dazu gehören. Einverstanden?"

Dann wollte es auch schon loslaufen, ohne auf eine Antwort von mir zu warten. Doch ich blieb noch stehen, zog das Mädchen wieder hinter den Baumstamm zurück und drehte es behutsam zu mir um. Und als es mir fragend in die Augen blickte, sagte ich unsicher: „Ja! Ich hätte Dich angenommen, festgehalten und nicht mehr hergegeben!"

Die hellen Augen des Mädchens füllten sich mit Tränen. Doch als ich mich dafür entschuldigen wollte, etwas Falsches gesagt zu haben, stellte es sich schnell auf seine Zehenspitzen und hinderte mich mit einem zaghaften Kuss am Sprechen. Zögernd erwiderte ich den Kuss. Hatten sich am Anfang unsere Lippen nur ganz sanft berührt, so wurde der Kuss nach und nach immer leidenschaftlicher. Wir waren wie zwei ausgehungerte Tiere, die sich nacheinander verzehrten. In diesem Moment spürte ich weder die Kälte, noch die Angst. Es gab nur noch das Mädchen aus der Torte und mich auf der Welt. Als unsere Lippen sich dann nach ich weiß nicht, wie langer Zeit wieder trennten, flüsterte das Mädchen vor Erregung keuchend:

„Danke!"

„Wofür?" fragte ich ebenso keuchend zurück. Und das Mädchen hauchte mit so viel Liebe in der Stimme, wie ich nicht glaubte, verdient zu haben: „Fürs Festhalten!"

Während wir uns geküsst hatten, hatten wir uns mit unseren Armen umschlungen. Jetzt griff das Mädchen wieder zärtlich nach meinem Penis und setzte erneut dazu an, mich hinter sich her zum Swimmingpool zu ziehen und auf diese Weise meine Nacktheit und Erregung vor den Blicken der geladenen und ausgelassen feiernden Geburtstagsgäste zu verbergen.

Als wir hinter dem Baumstamm hervorgetreten waren, gab es kein Zurück mehr. So unbefangen wie möglich spazieren wir auf das dampfende Becken zu. Doch wir hatten noch nicht den halben Weg zurückgelegt, als das Mädchen vor mir plötzlich stockte. Als ich ihm über die Schulter blickte, sah ich einen Mann aus dem Haus kommen, der große Ähnlichkeit mit Julio hatte.

„Rizzo", flüsterte das Mädchen mit bebender Stimme.

„Kennt er Dich?" fragte ich besorgt.

„Er nicht", erwiderte das Mädchen, nickte in Richtung Julio, der seinem Bruder gerade aus dem Haus hinterher gelaufen kam, und fuhr verzweifelt fort: „Aber er schon!"

Wenn Julio uns jetzt sah, dann waren wir verloren. Ohne zu überlegen, drehte ich das Mädchen schnell zu mir um, küsste es und versuchte es langsam rückwärts gehend wieder zurück zum Baum zu ziehen. Mit Glück, dachte ich mir, würden die Brüder sich nur denken, dass sich ein verliebtes Pärchen dezent zurückziehen will.

Doch wir hatten noch keine zwei Schritte rückwärts gemacht, da hörten wir Julio schon rufen. Das Blut gefror mir in den Adern, als ich seine Stimme erkannte und am Kopf des Mädchens vorbeiblinzelnd sah, dass er zu uns herüberblickte, während er rief: „Hey, ihr da! Seid ihr lebensmüde. Ich sagte: Niemand geht in den Garten. Also springt wieder in den Pool oder ihr verlasst die Party!"

Er hatte uns also nicht erkannt. Ich hob beschwichtigend meine freie Hand ohne mein Gesicht sehen zu lassen. Das Mädchen flüsterte: „Schnell", dann lief es mit gesenktem Kopf und mich hinter sich her ziehend zum Pool. Aus dem Augenwinkel sah ich dass Julio uns skeptisch musterte, als wir ins Wasser sprangen. Er machte sogar einen Schritt auf uns zu, wurde dann aber wieder von seinem Bruder angesprochen und ließ sich von ihm in ein Gespräch verwickeln.

Das Mädchen und ich tauchten tief in das Wasser ein. Die Wärme kribbelte wie tausende Nadelstiche auf unseren durchgefrorenen Körpern, doch sie brauchte eine Weile, bis sie uns soweit durchdrungen hatte, dass wir zum Zittern aufhörten. Als ich über den Rand des Beckens nach Julio spähte, bemerkte ich, dass auch er immer wieder nachdenklich in unsere

Richtung blickte.

„Ich glaube, er hat uns erkannt", flüsterte das Mädchen besorgt. Und ich erwiderte: „Zumindest scheint er etwas zu ahnen."

Das Mädchen packte die Handschellen und versuchte, seine kleine, feingliedrige Hand durch den engen Ring zu ziehen. Mit wachsender Nervosität blickte ich zwischen ihm und Julio hin und her. Julio schien seinem Bruder immer weniger Aufmerksamkeit zuschenken. Plötzlich brach er das Gespräch ab und kam auf den Pool zu. Genau in diesem Moment hatte das Mädchen seine Hand befreit.

„Kannst Du tauchen?" fragte ich schnell. Das Mädchen nickte nur und ich fordert es in Richtung einiger ausgelassen planschender Gäste nickend auf: „Schnell, in die Gruppe dort rein."

Im nächsten Moment waren wir auch schon abgetaucht. Aus der Sicherheit der Menge heraus sah ich Julio das Becken mit seinen Augen absuchen, während er ein Handy zückte und mit jemandem zu sprechen begann. Er rief anscheinend Verstärkung. Unser einziger Vorteil war, dass Julio glaubte, das Mädchen und ich wären noch mit Handschellen aneinander gekettet. Mit dem Rücken zu Julio stieg das Mädchen lasziv aus dem Wasser, trocknete sich ab und schlüpfte in einen der bereit liegenden Bademäntel, während ich im Pool wartete. Das Mädchen schien sich unendlich viel Zeit zu lassen. Ich wurde immer nervöser, doch ich wusste auch, wie wichtig es war, dass das Mädchen sich unauffällig benahm. Zu große Hektik oder Eile hätten leicht Julios Blicke auf sich ziehen können. Als das Mädchen mit dem Bademantel bekleidet war, nahm es einem zweiten, um ihn für mich am Beckenrand ablegen zu können. Doch gerade, als es mit dem zweiten Bademantel in der Hand in meine Richtung loslaufen wollte, stand plötzlich Julios Bruder Franco vor ihm.

„Hallo, schönes Kind", flirtete er es plump an. „Ich glaube, wir beide sind noch nicht miteinander bekannt gemacht worden."

„Ja", erwiderte das Mädchen lächelnd. Ich spürte seine Nervosität und glaubte, Rizzo müsste sie ebenfalls spüren. Doch er fuhr nur in seiner selbstgefälligen Art fort: „Darf ich mich vorstellen? Ich bin Franco Rizzo. Und mit wem hab ich das Vergnügen?"

„Elaine", stotterte das Mädchen verlegen, „Elaine Becker."

„Und mit wem sind Sie da, Elaine?" forschte Rizzo weiter. Kurz streifte mich der verzweifelte Blick des Mädchens, bevor es antwortete, „Dicky hat mich mitgebracht" und dem erstbesten Gast im Pool, der zufällig in seine Richtung blickte, lächelnd zuwinkte. Der Mann winkte erfreut über die Aufmerksamkeit des schönen Mädchens zurück.

Der Trick hätte funktionieren können, doch Rizzo blickte misstrauisch von dem Mann zurück zu dem Mädchen und fragte skeptisch: „Dicky?"

Das Mädchen kicherte verlegen und antwortete: „Das ist wegen seinem, … na ja, Sie wissen schon!"

„Nein, weiß ich nicht", beharrte Rizzo ernst.

Das Mädchen atmete kurz durch und erklärte weiter lächelnd: „Na wegen seinem Dicky eben; kurz aber dick!"

Rizzo grübelte eine Sekunde über die Worte des Mädchens und brach dann plötzlich in ein übertriebenes Gelächter aus. Er warf ,Dicky' einen hämisch grinsenden Blick zu und legte besitzergreifend seinen Arm um das Mädchen.

„Kommen Sie", sagte er einschmeichelnd. „Ihnen muss kalt sein. Gehen wir an die Bar."

Ich war drauf und dran, aus dem Pool zu springen, um das Mädchen aus Rizzos Klauen zu befreien. Doch es hielt mich mit einem schnellen Blick zurück, ließ den Bademantel aus seinen Fingern gleiten und spazierte mit Rizzo ins Haus. Während sie nach drinnen gingen, kamen zwei Männer eilig an ihnen vorbei nach draußen gelaufen. Die beiden, die durch ihre Anzüge und Haarschnitte wie Klone von Bono und Massimo wirkten, begaben sich schnurstracks zu Julio. Jetzt war keine Zeit mehr zu verlieren. Ich hielt das lose Ende der Handschellen fest in meiner Faust, um sie so gut wie möglich zu verbergen, sprang aus dem Becken und warf mir sofort den von dem Mädchen aus der Torte fallengelassenen Bademantel über die Schultern. Ohne mich noch einmal umzuwenden, schlenderte ich mit der größtmöglichen Selbstverständlichkeit ins Haus, obwohl sich mir die Nackenhaare bei dem Gedanken aufstellten, dass Julio oder einer seiner Gorillas mich von hinten erschießen würde. Erst als ich im Salon stand, wagte ich mich umzublicken. Julio und seine Männer umrundeten das Becken und nahmen alle Pärchen genau in Augenschein. Und nachdem das erfolglos blieb, schickte Julio die Männer wieder nach irgendwo in den Park. Unter den Partygästen vermutete er uns ganz sicher nicht.

Ungeniert nahm ich mir ein Glas Champagner von einem an mir vorbei getragenen Tablett und begab mich in Hörweite von Franco Rizzo und dem Mädchen, die zusammen an der Bar standen.

„Wissen Sie", begann Franco gerade zu erzählen, „mein Bruder wollte mich heute mit einer Stripperin überraschen, die aus einer Torte hätte springen sollen. Aber leider ging bei der Lieferung etwas schief. Doch ich muss gestehen, Ihr Anblick ist eine mehr als angemessene Entschädigung für diesen Verlust."

„Ich werde aber nicht für Sie strippen", erwiderte das Mädchen verlegen lächelnd.

Es war so unglaublich schön. Und seine spürbare Unsicherheit und Nervosität machten es nur noch bezaubernder.

„Ich hab Sie beobachtet, als Sie aus dem Pool gestiegen sind", gestand Franco mit mehr Selbstbewusstsein, als mir gefallen wollte. „Sie sind mit Abstand die schönste und begehrenswerteste Frau, die ich in meinem ganzen Leben gesehen habe!"

Das Mädchen errötete, schwieg aber zu Francos Worten.

„Kommen Sie, trinken Sie was Elaine", forderte Franko es auf und reichte ihm ein Glas vom Tresen.

„Nein, danke", lehnte das Mädchen mit wachsender Unruhe ab. Doch je größer seine Nervosität wurde, desto sicherer schien sich Franco seiner Sache zu sein. Mit selbstgefälliger Überheblichkeit drückte er dem Mädchen das Glas in die Hand und sagte in gespielt vorwurfsvollem Ton: „Sie beleidigen mich, wenn Sie auf meiner Geburtstagsparty nicht mit mir anstoßen wollen, Elaine."

„Na gut", erwiderte das Mädchen, „aber nur ein Glas."

Die beiden stießen an und tranken. Franco nahm einen kleinen Schluck und das Mädchen nippte nur. Und als es das Glas mit verzogenen Mundwinkeln wieder absetzte, fragte es: „Was ist das? Das schmeckt bitter."

„Nehmen Sie noch einen Schluck!" forderte Franco das Mädchen auf. „Das Aroma entfaltet sich erst beim zweiten Schluck."

Das Mädchen zögerte, doch Franco nahm das Glas und führte es ihm mit den Worten wieder an die Lippen: „Glaub mir, Du wirst nie wieder etwas anderes trinken wollen, wenn Du davon erst einmal gekostet hast."

„Mir ist ein bisschen schummrig", erwiderte das Mädchen und schob das Glas von sich.

Mir kam ein schlimmer Verdacht. Franco wollte das Mädchen betäuben oder vergiften. Entweder hatte er es doch erkannt und wollte es unauffällig beseitigen oder verschwinden lassen, oder er wollte mehr von dem Mädchen, als eine Stripperin ihm geboten hätte. Und das wollte er sich einfach nehmen. Mein Verdacht wurde zur Gewissheit, als ich bemerkte, dass das Mädchen leicht schwankte und Franco es sofort mit den Worten stützte: „Kommen Sie Elaine, ich bringe Sie nach oben. Dort können Sie sich ein wenig ausruhen."

Fieberhaft überlegte ich, was ich machen konnte, um das Mädchen aus dieser Situation zu befreien. Von Julio war nichts zu sehen. Also wagte ich einen verzweifelten Versuch. Ich spazierte an den beiden vorbei, tat so, als ob ich Franco erst jetzt bemerken würde und sprach ihn an.

„Franco?" fragte ich. „Sie sind Franco Rizzo, nicht wahr?"

Der Angesprochene funkelte mich gefährlich an. Doch ich fuhr fort, als ob ich das drohende Glitzern in seinen Augen nicht bemerkt hätte: „Ihr Bruder hat nach ihnen gesucht. Er hat irgendetwas von einer Torte erzählt und dass sie die beiden hätten. Wissen Sie, was er damit meint?"

Francos Ausdruck wurde nicht besser durch das, was ich ihm erzählte. Sein Blick, in dem sich Misstrauen, Neugier und Ungeduld die Waage hielten, schien mich durchdringen zu wollen. Aber es gelang mir, mit gelangweilter Mine seinem Blick standzuhalten.

„Wo ist mein Bruder jetzt?" fragte er mit befehlsgewohntem Ton. Ich zuckte mit den Schultern und antwortete gleichgültig: „Ich glaube, er ist zur Grundstücksmauer irgendwo im Westen gelaufen."

„Okay", erwiderte Franco knapp. „Passen Sie auf die Kleine hier auf bis ich wieder da bin. Und wenn sie einschläft, bringen Sie sie nach oben. Gleich um die Ecke hinter der Treppe steht im Gang ein Sofa. Ich mache Sie persönlich dafür verantwortlich, dass die Kleine noch da ist, wenn ich zurückkomme!"

Francos Stimme duldete keinen Widerspruch. Und ich hatte auch gar nicht vor, ihm zu widersprechen. Also nickte ich artig und sah zu, wie Franco durch die Tür in der großen Glasfront hinaus zum Pool lief und sich dort umblickte.

4 EINE SACHE UNTER MÄDCHEN

„Danke", flüsterte das Mädchen. „Das war im letzten Augenblick."

Überrascht sah ich es an, da es plötzlich wieder ganz munter zu sein schien. Da erklärte es mir mit einem vorsichtigen Blick über den Tresen: „Ich hab nichts getrunken. Ich hab im Spiegel gesehen, dass der Barkeeper mir was ins Glas geschüttet hat."

„Dann nichts wie weg hier" erwiderte ich schnell, nahm die Hand des Mädchens und zog es hinter mir her die von Franco beschriebene Treppe hoch. Das Sofa stand an dem bezeichneten Ort. Doch ich beachtete es nicht, sondern sah mir die Türen im Gang an.

„Was machen wir hier oben?" flüsterte das Mädchen ängstlich. Wenn ich das nur gewusst hätte. Ich zuckte mit den Schultern und antwortete: „Wenn er feststellt, dass ich ihn belogen habe, ist hier oben, wo er mich hin geschickt hat, sicher der letzte Ort, an dem er nach uns suchen wird."

In dem Moment hörten wir Franco bereits die Stufen nach oben eilen.

„Der Mann wird noch bereuen, sich mit mir angelegt zu haben", hörten wir ihn lauthals brüllen. Darauf erwiderte Julios Stimme: „Wir finden ihn, Franco; ihn und die Stripperin!"

„Du hast die beiden doch erst ..." donnerte Franco seinen Bruder vorwurfsvoll an. Mehr hörten wir allerdings nicht. Wir wollten uns von den beiden gefährlichen Brüdern nicht im Korridor im Obergeschoss der Villa überraschen lassen und flohen daher schnellstens durch die erstbeste Tür in einen der unbeleuchteten Räume, um uns dort zu verstecken. Die Brüder liefen an der Tür vorbei und betraten anscheinend ein anderes Zimmer, denn wir konnten sie im Gang nicht mehr hören.

Schweigend lauschten wir eine Weile in die Dunkelheit des Raums, bis ich es wagte, das Mädchen aus der Torte flüsternd zu fragen: „Wie heißt Du denn eigentlich?"

Ich spürte den Blick des Mädchens auf mir, als es antwortete: „Elaine Becker!"

„Was denn", fragte ich verwundert, „Du hast diesem Mafiosi Deinen richtigen Namen gesagt?"

„Entschuldigung", flüsterte das Mädchen kleinlaut zurück. „Mir ist so spontan kein anderer eingefallen."

Das leuchtete ein. Zaghaft tastete ich nach der Hand des Mädchens, führte sie an meine Lippen und erwiderte: „Tut mir leid. Ich wollte Dir keinen Vorwurf machen."

Und nach einem weiteren zarten Kuss auf die Fingerkuppen des Mädchens, fuhr ich fort: „Elaine ist ein schöner Name!"

„Danke" flüsterte das Mädchen verlegen und ich stellt mich nun meinerseits vor: „Ich heiße Josef Lederer."

Dann stellte ich die Frage, die mich schon die ganze Zeit beschäftigt hatte: „Wusstest Du, für wen Du aus der Torte springen solltest?"

„Ich wusste nur den Namen und dass es eine große Party sein sollte", antwortete Elaine und erklärte weiter: „Ich hab erst, als ich von Dir aus in der Agentur angerufen habe, erfahren, dass Franco Rizzo sich nicht unbedingt an Gesetze hält, dass er sehr verärgert über das verschlampte Geschenk seines Bruders war und dass schon ein paar Leute unterwegs waren, um jeden, der sein Geschenk auch nur angeschaut hat, zur Rechenschaft zu ziehen. Mein Agent hat nur gemeint, ich sollte so schnell wie möglich abhauen und untertauchen, bis Gras über die Sache gewachsen wäre."

„Und warum hast Du mich mitgenommen?" fragte ich nachdenklich.

Elaine drückte zärtlich meine Hand und antwortete: „Ich konnte Dich denen doch nicht in die Hände fallen lassen. Du kannst doch am wenigsten etwas für das ganze Chaos."

Es erschien mir so absurd, dass ein Niemand wie ich Ziel der Rache eines Gangsterbosses sein sollte. Doch nach allem, was bisher passiert war, musste ich mich mit dieser Tatsache abfinden. Gerührt über Elaines Fürsorge flüsterte ich nur: „Danke!"

Dann spürte ich, wie sich in der Dunkelheit Elaines Lippen auf meine legten. Doch ich konnte diesen Kuss nicht lange genießen, denn eine Verbindungstür zu einem Nebenzimmer flog auf, ein Lichtschalter wurde gedrückt und Elaine und ich sahen uns plötzlich einem etwa siebzehn oder höchstens achtzehn Jahre alten Mädchen gegenüber. Es war noch kleiner, als die zierliche Elaine, hatte lange, dunkle Haare und schwarze Augen und wirkte in seiner jugendlichen Schönheit eigenartig katzenhaft und wild.

Einen Moment lang sah es uns überrascht aber ohne Furcht an, dann fragte es neugierig: „Seid ihr die beiden, die sie alle suchen?"

Ich zögerte einen Moment, bevor ich nickte und antwortete: „Ich fürchte: Ja. Und wer bist Du?"

Das Mädchen zögerte nicht und antwortete auch nicht. Es drehte sich um und rief in den Raum hinter sich: „Nonno, ich habe Francos Geschenk gefunden und den Typ, der es ausgepackt hat."

„Gutes Kind", antwortete eine schwache Stimme krächzend.

Elaine und ich sahen uns fragend an. Wir wussten nicht, ob wir die Flucht ergreifen oder den Besitzer dieser Stimme um Hilfe bitten sollten. Doch noch bevor wir eine Entscheidung getroffen hatten, rollte ein alter

Mann im Rollstuhl in die offene Tür, musterte uns mit zusammengekniffenen Augen und meinte mit einem zufriedenen Nicken: „Bene!"

„Bene?" fragte ich. Und Elaine erklärte mir: „Gut! Bene heißt gut!"

„Gut für ihn oder für uns?" fragte ich skeptisch.

„Das wird sich noch zeigen", beantwortete der schrumpelige Alte die an Elaine gerichtete Frage. Dann wandte er sich an das noch bei ihm stehende Mädchen, das ihn gerufen hatte und forderte es mit einem genüsslichen Klaps auf dessen Po auf: „Lauf Ottavia und hole Deine Brüder. Franco wird sich freuen, wenn er sein Geschenk doch noch bekommt."

„Moment, Moment, Moment", warf ich sofort hastig ein, um das hübsche, dunkelhaarige Mädchen am Loslaufen zu hindern. Doch es beachtete mich noch gar nicht, sondern erwiderte auf Nonnos Aufforderung: „Er wird sauer sein, weil der da", erst jetzt beachtete es mich und deutete dabei in meine Richtung, „sein Geschenk schon vor ihm hatte."

„Der beruhigt sich schon wieder", meinte der Alte beschwichtigend und holte zu einem neuen Klaps auf den Hintern des Mädchens aus. Doch Ottavia wich der Hand des alten Lüstlings mit einem Schritt zur Seite gekonnt aus und gab zu bedenken: „Aber der da", dabei deutete sie wieder auf mich, „wird das nicht mehr erleben."

„Kenne ich den jungen Mann?" fragte der Alte verwirrt und musterte mich von neuem. Ich schüttelte den Kopf und antwortete: „Nein, aber es wäre trotzdem schade um mich."

„Wir geben ihm einfach die Stripperin und sagen, der Typ ist entkommen", schlug Ottavia vor. Doch ich protestierte sofort: „Nur über meine Leiche!"

Ottavia sah mich halb vorwurfsvoll, halb belustigt an und erwiderte in sarkastischem Ton: „Genau das wollte ich verhindern!"

„Fein!" erwiderte ich ebenso sarkastisch. „Dann geh mit dem Alten einfach wieder nebenan spielen und vergiss, dass Du uns gesehen hast."

Ottavia mochte meinen Sarkasmus weniger, als ihren eigenen. Ohne auch nur eine Sekunde über meinen Vorschlag nachzudenken, rief sie ganz laut in Richtung Flur: „Franco, Julio!"

Instinktiv sprang ich nach vorne und versuchte, dem Mädchen den Mund zuzuhalten. Gleichzeitig rollte Nonno in das Nebenzimmer davon.

„Schnapp Dir den Alten!" forderte ich Elaine auf und schrie im nächsten Moment auf, weil Ottavia mich in die Hand gebissen hatte. Sofort korrigierte ich mich und schlug vor: „Nein, kümmere Du Dich um das Mädchen. Ich schnapp mir den Alten."

Ich holte den Rollsuhl ein, bevor Nonno durch die Tür aus dem Nebenzimmer in den Gang entkommen konnte.

„Nicht so schnell, Väterchen", sagte ich und schob den Alten wieder ins andere Zimmer, in dem sich Elaine und Ottavia einen wilden Kampf lieferten.

Die Augen des Alten begannen sofort zu leuchten.

„Ah, Catfight", rief er erfreut und setzte noch eines drauf, indem er den beiden sich am Boden wälzenden Mädchen auffordernd zurief: „Ausziehen!"

Bevor ich reagieren konnte, packte er mich am Handgelenk und krächzte fieberhaft: „Ich setze zehn Millionen Lira auf meine Enkeltochter! Halten Sie die Wette, junger Mann?"

„Ich, äh, was?" stotterte ich, um dann verwirrt festzustellen: „Es gibt keine Lire mehr, Väterchen!"

„Wieso nicht?" fragte der Alte ebenso verwirrt zurück und fragte mit plötzlich feuchten Augen: „Hat man mich etwa bestohlen?"

„Hä?" fragte ich, um dann zu erklären: „Wir haben das Jahr 2011! Die Lire wurden vor über zehn Jahren abgeschafft."

„Du meine Güte", röchelte der Alte erbleichend. „Das muss ich sofort Franco erzählen!"

Ich runzelte die Stirn, weil ich annahm, dass der Alte mich verscheißern wollte. Aber als er anfing, nach Luft zu japsen, bekam ich doch Angst um ihn. Auf einem Sideboard entdeckte ich ein Tablett mit einer Whiskeyflasche und einigen Gläsern. Vorsichtig stieg ich über die beiden sich am Boden wälzenden Mädchen, die sich an den Haaren zogen und sich gegenseitig die Kleider zerfetzten. Ich hatte keine Zeit, um zu versuchen, den Kampf zu beenden oder ihm zuzusehen, murmelte nur „Entschuldigung", während ich über die beiden hinüberbalancierte und goss dann ein Glas Whiskey halb voll. Als ich mit dem Glas in der Hand zurück stieg, entschuldigte ich mich noch einmal. Dann kniete ich mich zu dem Alten, setzte ihm das Glas an die Lippen und flößte ihm etwas von dem Whiskey ein.

„Ah, das tut gut!" freute sich der Alte neu belebt und forderte mich auf: „Nehmen Sie sich auch einen, junger Mann."

Warum eigentlich nicht? dachte ich mir, balancierte noch einmal über die beiden Mädchen rüber und goss mir ebenfalls ein.

„Alla Salute!" prostete der erregte Alte, der beim Anblick der sich gegenseitig immer weiter entblößenden Mädchen bereits zu sabbern begann, mir mit leuchtenden Augen zu. Ich hob ebenfalls mein Glas, sagte „Cheers!" und nahm einen kräftigen Schluck. Das tat gut nach all der Aufregung.

Ottavia hatte Elaine den Bademantel über die Schultern gezogen und versuchte das nun wieder nackte Mädchen mit dem Gürtel des Bademantels zu fesseln. Doch Elaine wand sich aus dem Griff ihrer ebenso kleinen wie geschmeidigen Widersacherin und riss ihr mit einer schnellen Bewegung die letzten Fetzen ihres Kleides vom Leib. Darunter trug Ottavia nur einen ganz winzigen, nichts verbergenden, schwarzen Spitzen-String-Tanga. Elaine packte auch diesen und riss mit aller Gewalt daran. Der dünne Stoff schnitt tief zwischen die rosigen Schamlippen des Mädchens.

Ich schluckte nervös. Es war Zeit, einzugreifen und diesen Kampf zu beenden. Ich packte Elaine bei den Schultern und zog sie mit sanfter Gewalt von Ottavia zurück. Doch Elaine gab den erstaunlich widerstandsfähigen Stoff des Slips nicht frei und zog Ottavia auf diese Weise hinter sich her.

„Es ist Zeit, von hier zu verschwinden, Elaine!" drängte ich flehend. Doch Ottavia fauchte mich wie ein Panther an: „Misch Dich nicht ein. Ich brauche Deine Hilfe nicht!"

Ich wollte ihr doch gar nicht helfen. Ich wollte doch nur verschwinden, bevor durch den Lärm, den die beiden kreischenden Mädels verursachten, die durchgeknallten Rizzo Brüder mit ihren Bodyguards auftauchten.

Auch der sabbernde Alte, der keine Skrupel hatte, sich an seiner eigenen Enkeltochter aufzugeilen, zischte mich an: „Maledetto, ich seh' nichts mehr. Geh doch aus dem Weg, porca miseria!"

Elaine schenkte mir einen kurzen Blick und keuchte halb erschöpft, halb erregt: „Ich muss das erst erledigen!"

In der selben Sekunde riss der Stoff von Ottavias Slip. Die beiden jetzt komplett nackten Mädchen taumelten auseinander und der Alte angelte mit einem Gehstock nach mir, um mich aus seinem Sichtfeld zu schieben.

„Weg da, porca vacca!" fluchte er und holte mit seinem Stock aus, um nach mir zu schlagen. Ich entwand ihm den Stock ohne Mühe und drohte mit zusammengekniffenen Augenbrauen: „Noch eine solche Aktion und ich schieb Dich nach nebenan!"

Das hatte gesessen. Der Alte wagte nicht einmal, mir zu widersprechen. Wie ein geprügelter Hund kuschte er vor meinem erhobenen Zeigefinger zurück und leerte nervös sein Glas, ohne den Blick dabei aber von den miteinander ringenden Mädchen abzuwenden.

Irgendetwas lief hier grade völlig falsch. Aber ich konnte nichts tun. Ich musste den Ausgang des Kampfes abwarten. Dass weder Julio noch Franco bisher vom Kampflärm angelockt worden waren, machte mich auch irgendwie nervös. Sie mussten es doch hören, wenn sie noch auf dieser Etage waren.

Ottavia sprang in ihrer katzenhaften Art auf Elaine zu und versuchte, sie in den Schwitzkasten zu nehmen. Aber Elaine wich schnell zur Seite und fegte mit einem gekonnten Tritt Ottavias Beine weg. Die fiel rückwärts auf den Boden. Elaine sprang sofort über sie und kniete sich auf Ottavias Arme. Sie musste ihre ganze Kraft aufwenden, um ihre kleine, geschmeidige Gegnerin auf dem Boden zu fixieren.

„Gibst Du auf?" keuchte Elaine nach Luft ringend.

„Niemals!" erwiderte Ottavia gepresst und bäumte sich erneut unter ihrer Gegnerin auf.

Der Alte neben mir tastete mit zitternden Fingern nach dem Reißverschluss seiner Hose.

„Ich warne Dich", fuhr ich ihn entsetzt an. „Die Hose bleibt zu!"

„Du gönnst mir aber auch gar nichts", schmollte er und griff eingeschnappt nach seinem leeren Glas.

„Kannst Du wenigstens …?" fragte er und warf einen vielsagenden Blick auf die Whiskeyflasche. Ich nahm sein Glas nicht mit, sondern holte die Flasche zu uns. Als ich jedoch mit den Worten „Entschuldigung, ich müsste noch mal …" über Ottavias strampelnde Beine zurückbalancierte, trat das kleine Miststück mit aller Gewalt nach oben. Ich sah Sterne funkeln und ging nach Luft japsend in die Knie, ohne die wertvolle Flasche aber loszulassen.

Der böse Alte kicherte voller Schadenfreude und rieb sich hämisch die knochigen Hände. Auf allen Vieren kroch ich durch die Sternennacht zu ihm zurück und zog mich am Rollstuhl mühsam wieder auf die Beine.

„Das hat weh getan, nicht wahr?" fragte der Alte mitfühlend. Doch sein nur schlecht unterdrücktes Gekicher entlarvte seine Anteilnahme als die Farce, die sie war.

Während der Alte mir die Flasche aus der Hand nahm und sich nachschenkte, versuchte Ottavia mit ihren Beinen über Elaines Kopf zu kommen, um die auf ihr Sitzende von sich herunterhebeln zu können. Elaine beugte sich aber so weit nach vorne, dass Ottavia ihr Vorhaben nicht gelang. Doch als Elaine ganz dicht über Ottavia gebeugt war, änderte die ihre Taktik. Elaines Brüste baumelten ganz knapp über Ottavias Gesicht. Und ohne Vorwarnung verbiss die sich plötzlich in Elaines linke Brustwarze. Elaine stieß einen Schmerzensschrei aus und auch der Alte neben mir schrie. Erschrocken blickte ich ihn an und sah, dass sein Glas überlief und der teure Whiskey auf seine Hose kleckerte.

„Diamine!" jammerte er fluchend. „Ausgerechnet jetzt."

Ich nahm ihm die Flasche aus der Hand und stellte sie neben mir ab. Der Alte trank einen großen Schluck aus seinem überschwappenden Glas und forderte mich dann fieberhaft auf:

„Holen Sie sich nebenan einen Stuhl, junger Mann. Es macht mich nervös, wenn Sie da so zappelig neben mir rum stehen."

Das war ja mal wieder typisch. Jetzt war ich also schuld daran, dass der alte Lüstling, der seine Augen nicht von den beiden nackten Mädchen abwenden konnte, so lange Whiskey in sein Glas gegossen hatte, bis es übergelaufen war. Ich strafte ihn mit Schweigen und ging nach nebenan, um mir einen Stuhl zu holen. Doch der Alte rief mir sofort hinterher: „Und bring die Zigarrenkiste vom Schreibtisch mit, mein Junge."

Dass er sich nicht entscheiden konnte, ob er mich duzen oder siezen sollte, war ja schon nervig genug. Während ich nach der Zigarrenkiste griff, murmelte ich deshalb genervt vor mich hin: „Ich bin nicht Dein Junge, Du seniler Perversling!"

Dann beeilte ich mich, an seine Seite zurückzukommen, denn ich muss gestehen, ich wollte auch nichts von dem Kampf verpassen, wenn ich ihn schon nicht beenden durfte.

Gierig griff der Alte in die Zigarrenkiste und zog sich eine der Zigarren tief einatmend unter der Nase entlang.

„Ah," stöhnte er genüsslich. „Das ist fast wie in meiner Jugend."

Dann schenkte er mir einen dankbaren Blick und forderte mich freundschaftlich auf: „Bedien Dich, Junge. Greif zu!"

„Nein danke", wehrte ich ab. „Ich rauche nicht."

„Dann wird's Zeit, dass Du damit anfängst", drängte der Alte mich freundschaftlich, knipste die Enden von zwei Zigarren ab und reichte mir eine mit den Worten: „Das sind die besten Zigarren der Welt!"

Wenn ich schon Whiskey trank, dann konnte ich auch noch Zigarre rauchen. Wahrscheinlich würde ich den Tag sowieso nicht überleben. Also gab ich dem Alten und mir Feuer und gemeinsam verfolgten wir weiter gespannt den Kampf der beiden nackten Mädchen, während ich feststellte, dass die Zigarre tatsächlich richtig gut schmeckte.

Ottavia war noch immer in Elaines Busen verbissen. Doch Elaine bohrte ihre Daumen seitlich in die Wangen ihrer so unfair kämpfenden Gegnerin, bis die ihren Mund wieder öffnete und die zarte Brust, auf der sich deutlich die Abdrücke von Ottavias Zähnen abzeichneten, freigab. Elaine hielt sich sofort ihre schmerzende Brust. Doch dadurch gelang es Ottavia sich aus ihrer unterlegenen Position zu befreien und Elaine abzuwerfen. Und noch bevor Elaine ihr Gleichgewicht wieder gefunden hatte, sprang Ottavia über sie und nahm sie in eine sehr schmerzhaft aussehende Beinschere. Ottavias Schenkel lagen um Elaines Hals und drückten ihr die Luft ab.

„Soll ich Dir vielleicht doch …?" wagte ich vorsichtig bei Elaine anzufragen, da ich Angst hatte, Ottavia würde sie erwürgen. Doch Elaine gelang es, einen Arm zwischen Ottavias Schenkel zu bekommen und sich so genug Luft zu verschaffen, um mir zu antworten: „Nein. Ich kämpfe fair!"

Trotz des Gewichts von Ottavia, die Elaines Hals mit ihren Schenkeln umklammert hielt, gelang es Elaine, sich leicht aufzurichten. Ottavia lag wieder auf dem Rücken. Doch ihre schlanken Schenkel hielten Elaine eisern gefangen.

„Gib auf!" forderte Ottavia ihre Gegnerin mit vor Anstrengung rotem Kopf auf. Doch Elaine gab nicht auf. Vermutlich dachte sie sich ,*Wenn Du beißt, dann beiße ich eben auch*', denn sie schaffte es, ihren Kopf ein wenig zu drehen, schnappte plötzlich zu und biss in Ottavias winzige Schamlippen. Ottavia unterdrückte einen Schrei und krümmte sich zusammen. Im nächsten Moment öffnete sie zitternd ihre Schenkel. Elaine nutzte aber nicht, wie erwartet, die Gelegenheit, um ihre Position zu ändern. Ihre Zähne gaben zwar die zarten, rosigen Schamlippen Ottavias frei. Doch im selben Moment bohrte sie ohne Vorwarnung ihren Zeigefinger in die kleine Spalte. Ottavia bäumte sich stöhnend auf.

Ich verschluckte mich am Rauch meiner Zigarre und musste husten, wodurch ich einen perfekten Rauchkringel in die Luft blies. Irgendwie fühlte ich mich eigenartig berauscht. Und durch die Änderung der Situation der beiden gegeneinander kämpfenden Mädchen merkte ich, dass auch wieder eine gewisse Erregung einsetzte, die ich im Griff gehabt hatte, seit ich mit dem Bademantel bekleidet war.

Ottavia hatte gegen Elaine kämpfen können, doch gegen den sich langsam in ihr bewegenden Finger war sie vollkommen wehrlos. Und es blieb nicht bei dem Finger. Elaine beugte sich wieder über Ottavias Schoß und küsste ganz sanft die winzigen Schamlippen, zwischen denen ihr Finger ganz langsam rein und raus glitt. Ottavia bäumte sich am ganzen Körper zitternd immer wieder stöhnend auf und mein Penis suchte sich einen Weg durch den Spalt aus dem Bademantel. Schnell drehte ich mich von dem neben mir röchelnden Alten weg, damit der meinen Zustand nicht sah. Doch durch die ruckartige Bewegung fiel etwas von der Glut meiner Zigarre herunter und landete auf der prallen Spitze meiner so vorwitzigen, aus dem Bademantel herausragenden Erektion. Mit einem Schmerzensschrei sprang ich auf und klopfte mir die Glut von der Eichel.

Genau in dem Moment flog die Tür zum Gang auf und Franco blieb beim Anblick der sich abspielenden Szenen wie angewurzelt im Rahmen stehen.

Die beiden Mädchen hatten ihn noch nicht entdeckt und Elaine begann gerade damit, mit ihrer Zungenspitze sanft Ottavias Klitoris zu liebkosen.

Berauscht vom Whiskey und der Zigarre und wahrscheinlich noch mehr vom Anblick der beiden nackten Mädchen, plumpste ich taumelnd auf den Stuhl zurück.

„Ottavia!" schrie Franco mit sich überschlagender Stimme und hochrotem Kopf in den Raum!

Ottavia zuckte erschrocken zusammen, rutschte sofort von Elaine weg und bedeckte ihre Blöße vor ihrem Bruder mit den Händen. Auch Elaine angelte nach dem am Boden liegenden Bademantel und bedeckte sich sofort damit. Beide Mädchen wichen ängstlich vor Franco zurück, der aufgebracht auf sie zustürmte. Es war an der Zeit einzugreifen.

Ohne zu zögern sprang ich wieder aus dem Stuhl und stellte mich schützend vor die Mädchen, nur um dabei festzustellen: „Mir ist schlecht. Ich glaub, ich muss mich übergeben."

Ich war Whiskey und Zigarren einfach nicht gewöhnt, von der Todesangst, die ich an dem Tag bereits ausgestanden hatte, ganz zu schweigen. Ottavia packte mich am Arm und zog mich mit den Worten „Schnell, hier rein!" zu der dritten Tür im Raum. Sie öffnete und schob mich in ein geräumiges und sehr nobel wirkendes Bad. Sofort stürzte ich zur Toilette und tat, was ein Mann tun muss, der mehr getrunken und geraucht hat, als er verträgt.

5 UNERWARTETE FLUCHTHILFE

Als mein Magen leer war und ich mich schwer atmend und mit kaltem Schweiß auf der Stirn langsam erhob, fühlte ich mich schon erheblich besser. Ich spülte mir gerade am Waschbecken den Mund aus, als ich brutal von hinten gepackt und wieder ins Nebenzimmer gezerrt wurde.

Elaine saß nackt und gefesselt auf dem Stuhl, auf dem ich vorher gesessen hatte. Ihr gegenüber standen Franco und Julio, hinter denen sich ein paar Bodyguards aufgebaut hatten. Von Ottavia war nichts mehr zu sehen, außer ihrem zerrissenen Slip, der noch am Boden lag. Und der zeternde Alte wurde eben in den Nebenraum geschoben. Dann schloss sich die Tür hinter ihm. Die zwei Bodyguards, die mich aus dem Bad gezerrt hatten, stießen mich in die Mitte des Raumes und stellten sich zu ihrem Rudel.

„Ihr beiden", begann Franco übertrieben theatralisch, machte eine viel zu lange Kunstpause und fuhr dann mit vor Zorn bebender Stimme fort, „habt mir meinen Geburtstag versaut!"

„So ein Quatsch!" widersprach ich und knickte im selben Augenblick über einer Faust zusammen, die sich mir in den Magen rammte. Am Boden kniend und nach Atem ringend dachte ich mir nur *,Na zum Glück hab ich vorher schon gekotzt'*, während Elaine an ihren Fesseln zerrte um mir zu Hilfe zu kommen.

„Ihr Schweine!" schrie sie unsere Gastgeber vorwurfsvoll an. Franco ging auf sie zu und gab ihr eine schallende Ohrfeige.

„Böser Fehler", murmelte ich, während eine Kälte in mir aufstieg, die ich vorher noch nicht an mir gekannt hatte. Ich vergaß meine eigenen Schmerzen und sprang den Mafiosi an. Meine Faust traf ihn am Kinn, noch während ich in der Luft war. Franco flog wie eine Puppe zur Seite und brach besinnungslos zusammen. Sofort wollten sämtliche Bodyguards auf mich einstürmen, aber Julio drückte mir seine Pistole an die Schläfe und hielt die Männer mit dem Ausruf „Er gehört mir!" zurück. Gleichzeitig flog aber auch wieder die Tür zum Nebenzimmer auf. Ich nutzte die kurze Ablenkung, die Julio zur Tür blicken ließ und griff nach seiner Pistole. Aber ich konnte sie ihm nicht entreißen. Julio hielt sie krampfhaft fest und versuchte, sie sofort wieder auf mich in Anschlag zu bringen. So kam es zu einem kurzen Gerangel, das aber nach wenigen Augenblicken durch einen so lauten Knall aus der Richtung der geöffneten Tür beendet wurde, dass mir davon die Ohren klingelten.

Kalk rieselte auf Julio und mich von der Decke nieder. Entsetzt blickten wir beide zum Ursprung des Knalls. Da saß der Alte mit einer abgesägten Schrotflinte im Anschlag in seinem Rollstuhl und donnerte uns krächzend an: „Jetzt ist es aber genug, perdinci!"

„Aber Nonno!?" rief Julio (dem anscheinend auch die Ohren klingelten, denn er rief lauter, als es nötig gewesen wäre) dem Alten kleinlaut zu.

„Kein Aber!" krächzte der Alte, hinter dem die inzwischen wieder bekleidete Ottavia stand, erregt zurück und fuchtelte gefährlich mit der Schrotflinte rum. Ganz langsam, um keine verdächtigen Bewegungen zu machen, ließ ich die Pistole, um die ich mit Julio gerungen hatte, los und trat mit erhobenen Händen vorsichtig einen Schritt zurück.

„Alles ist gut!" versuchte ich den Alten zu beschwichtigen. Aber der funkelte mich zornig an und krächzte heiser: „Nimm die Hände runter, Junge. Das sieht doch albern aus."

Stirnrunzelnd gehorchte ich. Auch Julio senkte seine Hände, in denen er noch die Pistole hielt. Doch da donnerte ihn der Alte an: „Du nicht, Julio!"

„Aber Nonno!" flehte Julio noch einmal. „Du erniedrigst mich vor einem Fremden!"

„Das hast Du Dir selbst zuzuschreiben, Julio! Wie oft hab ich Franco und Dir gesagt: Unser Haus ist heilig! Unsere Gastfreundschaft ist heilig! Steck die Waffe weg!"

Zögernd aber widerspruchslos gehorchte Julio.

„Ihr da, verschwindet!" rief der resolute Alte den Bodyguards zu. Sein Wort duldete keinen Widerspruch.

„Und Du", fuhr er an Julio gewandt fort, „kümmerst Dich um Deinen Bruder!"

Ohne mich anzusehen zwängte sich Julio an mir vorbei, packte Franco an den Armen und schleifte ihn aus dem Zimmer in den Gang. Er knallte die Tür hinter sich nicht zu, wie ich es erwartet hätte, sondern schloss sie ganz behutsam und leise.

„Manchmal muss man den jungen Wölfen noch ihre Grenzen aufzeigen", meinte der Alte an mich gewandt nachdenklich. Gleichzeitig lief Ottavia schon an ihm vorbei und band Elaine von dem Stuhl los, an den sie noch immer gefesselt war. Dann forderte sie sie auf: „Komm mit nach nebenan."

„Wozu?" fragte Elaine unsicher und bedeckte wieder ihre Blöße, obwohl es niemand mehr im Raum gab, der sie noch nicht nackt gesehen hatte. Ottavia nahm Elaines Hand und antwortete aufmunternd „Du kannst was von meinen Klamotten anziehen", während sie sie schon hinter sich her durch den angrenzenden Raum führte.

„Und Du kommst mit mir", forderte der Alte mich auf. „Komm her.

Du musst mich schieben."

Nachdem er noch immer die Flinte in der Hand hielt, gehorchte ich sofort. Der Alte dirigierte mich in einen Raum auf der anderen Seite des Ganges. Dort öffnete er einen riesigen Kleiderschrank voller teurer Anzüge, Hemden und was das Herz eines modebewussten Mafiosi sonst noch erfreute, und forderte mich auf: „Bedien Dich, Junge!"

„Aber ich kann doch nicht …" begann ich das Angebot zögernd auszuschlagen. Der Alte ließ mich aber nicht ausreden, sondern sagte: „Sciocchezze, dummes Zeug! Du kannst nicht im Bademantel von hier fliehen."

„Fliehen?" fragte ich verwundert, da ich gedacht hatte, dass Elaine und ich jetzt außer Gefahr wären.

„Hier im Haus bin ich der Padrone", erklärte der Alte. Plötzlich wirkte er sehr müde. „Doch da draußen kann ich Euch nicht mehr schützen. Deswegen müsst Ihr so schnell wie möglich von hier verschwinden!"

Ich schluckte nervös, wandte mich wieder dem offen Schrank zu und fragte, während ich zögernd nach einem Anzug griff: „Kann ich das …?"

„Nimm was Dir gefällt, Junge. Aber beeile Dich und komm dann wieder in das Zimmer gegenüber."

Der Alte ließ mich allein und rollte zurück über den Gang. Ich beeilte mich, etwas Passendes zum Anziehen für mich zu finden. In so teuren Anzügen fühlte ich mich nicht wohl. Aber da die Größe passte, und nichts anderes da war, beeilte ich mich, in einen davon zu schlüpfen. Kurz dachte ich sogar daran, mir eine Krawatte umzubinden, verzichtete aber doch auf diesen unnötigen und unbequemen Schnickschnack. Ich hatte Krawatten schon immer gehasst.

Als ich in den Raum auf der anderen Seite zurückkehrte, wartete der Alte bereits ungeduldig mit einer kleinen Tasche auf dem Schoß.

Er musterte mich kurz von oben bis unten und fragte dann streng: „Wo ist die Krawatte? So schlampig kannst Du nicht rumlaufen."

„Ich mag keine Krawatte!" antwortete ich ehrlich. Der Alte zog eine Grimasse und erwiderte erschöpft: „Wir haben keine Zeit zum Streiten."

In dem Moment erschien Franco aufgebracht in der Tür.

„Was soll das, Nonno?" herrschte er den Alten an. Der funkelte ihn aber nur böse an und befahl ihm streng: „Warte in Deinem Zimmer auf mich, Franco. Ich komme gleich zu Dir."

„Du kannst nicht …" schrie Franco aufbrausend zurück. Da schoss der Alte die zweite Ladung aus der Schrotflinte in die Decke, dass mir wieder die Ohren dröhnten und donnerte zurück: „Sag mir nicht, was ich kann, Franco. Warte in Deinem Zimmer!"

Wild schnaubend funkelte Franco mich ein paar Sekunden lang hasserfüllt an. Dann wandte er sich um und rauschte zornig durch die Tür. Auch er knallte sie nicht zu, sondern ließ sie einfach offen stehen.

Der Alte wandte sich mir wieder zu und sagte sehr ernst: „Ich habe hier eine Tasche mit einhunderttausend Euro!"

Das alte Schlitzohr kannte die aktuelle Währung also doch.

„Das sollte genügen, dass ihr eine Weile untertauchen könnt. Aber ich stelle eine Bedingung."

„Welche?" fragte ich nervös, da ich eine neue Gefahr witterte.

„Ihr nehmt meine Enkeltochter mit!"

„Ottavia?" fragte ich verwundert. Der Alte nickte und ich erklärte kopfschüttelnd: „Auf keinen Fall!"

„Sie ist hier nicht mehr sicher", erklärte der Alte mir traurig. „Ottavia wurde adoptiert. Wenn Franco herausfindet, dass sie keine Blutsverwandte von ihm ist, wird er sie vergewaltigen, bis er ihrer überdrüssig wird, dann wird er sie Julio überlassen. Und am Ende stecken sie sie in ein Bordell auf Sizilien."

„Warum erzählen Sie mir das?" fragte ich mit einem Kloß im Hals. Irgendwie wagte ich nicht mehr, ihn weiter zu duzen. Der Alte stöhnte und antwortete dann: „Ich werde nicht mehr lange leben, mein Junge. Das Mädchen stand mir immer näher, als die beiden Jungen. Durch sie habe ich erkannt, wie viel ich in meinem Leben falsch gemacht habe. Ich will nicht, dass sie für meine Sünden büßt."

„Aber warum vertrauen Sie mir das alles an?" fragte ich noch immer sehr betroffen und nahm die Hand des Alten. „Sie kennen mich doch gar nicht."

„Das stimmt; ich kenne Dich nicht", bestätigte der Alte. „Aber ich bin ein guter Menschenkenner. Nimm Ottavia mit Dir. Sie kann Dir und dem Mädchen helfen."

„Wie?" fragte ich und überlegte, ob sie mein Puzzle von Neuschwanstein rekonstruieren könnte.

Da tauchte Ottavia mit der jetzt auch wieder bekleideten Elaine in der Tür auf.

„Was ist los?" fragte Ottavia ihren Großvater, da sie wohl die Spannung spürte, die in der Luft lag.

„Du wirst die beiden begleiten, mein Kind", erklärte der Alte ihr ohne Umschweife.

„Aber das geht nicht", widersprach ich sofort verzweifelt, während beide Mädchen verständnislos zwischen dem Alten und mir hin und her blickten. „Ich hab nur ein winziges Appartement, das …"

„Hast Du noch immer nicht begriffen, dass Du nicht mehr nach Hause zurückkehren kannst?" fragte der Alte mich ebenso mitfühlend wie ungeduldig.

„Aber ich muss doch das Wasser in der Dusche noch abdrehen", erwiderte ich verwirrt. Erst jetzt begann ich langsam zu begreifen, dass Elaine und ich nicht nur aus diesem Haus entkommen mussten, sondern dass das erst der Anfang einer langen Flucht sein würde.

Niemand beachtete meinen Einwand. Und Ottavia, aus deren dunklen Augen plötzlich dicke Tränen kullerten, fragte ihren Großvater nur schluchzend: „Warum schickst Du mich weg, Nonno?"

Der Alte sah mich an und fragte mich: „Wie heißt Du, Junge?"

Ich sagte ihm meinen Namen und an Ottavia gewandt erklärte er: „Josef wird es Dir erklären! Und jetzt müsst ihr gehen. Nehmt meinen Ford. Den können sie nicht orten."

„Nonno!" schluchzte Ottavia. Aber der Alte herrschte uns nur streng an: „Ab jetzt mit Euch!"

Ich tastete nach Elaines Hand und fragte zaghaft: „Ottavia?"

Zögernd löste sie sich von ihrem Großvater, dessen Hand sie eben noch geküsst hatte. Dann folgte sie uns zur Tür. Doch da hielt uns der Alte noch einmal auf. Er rief uns hinterher: „Siehst Du, dass ich Recht hatte, Josef?"

Ich wusste nicht, was er meinte und sah ihn fragend an. Da erklärte er: „Dass ich ein guter Menschenkenner bin. Jeder andere hätte sich sofort die Tasche mit dem Geld geschnappt. Aber Du nimmst die Mädchen und vergisst das Geld einfach."

Er gab Ottavia zuerst die Tasche und dann einen Klaps auf den Po und forderte uns dann plötzlich wieder sehr streng auf: „Jetzt geht endlich!"

Ich konnte spüren, wie er selbst gegen die Tränen ankämpfte, die ihm beim Abschied seiner Enkeltochter in die Augen stiegen und die er uns nicht sehen lassen wollte.

6 PLÖTZLICH ZU DRITT

Ottavia führte uns in eine riesige, unterirdische Garage, in der ein ganzer Fuhrpark stand. Sie lief zu einem alten, aber gepflegten Ford und fragte mich: „Können Sie fahren?"

Ich nickte und Ottavia forderte mich auf: „Dann fahren Sie!"

Ich hielt den beiden Mädchen die Türen auf der Beifahrerseite auf. Ottavia setzte sich nach vorne und Elaine nach hinten. Dann stieg ich selbst ein. Der Schlüssel steckte. Ich fuhr los. Das Garagentor öffnete sich automatisch. Und auch das Tor an der Zufahrt zum Grundstück wurde für uns geöffnet, ohne dass wir auch nur anhalten mussten.

„Und wohin jetzt?" fragte ich, als wir endlich auf der Straße waren.

„So schnell und weit wie möglich von hier weg!" antwortete Ottavia in Gedanken versunken.

Im Rückspiegel suchte ich nach Elaines Augen. Es tat gut, sie aus der Dunkelheit auf mich gerichtet zu spüren.

„Ich muss nach Hause!" stellte ich noch einmal fest. Doch Ottavia widersprach sofort mit einem energischen „Nein!"

„Ich habe weder Geld noch Papiere bei mir", versuchte ich zu erklären. Aber Ottavia fragte mich: „Was ist mit der Tasche von meinem Großvater?"

„Da sind hunderttausend Euro drin", erklärte ich. „Aber die gehören mir nicht."

„Wenn Nonno sie Ihnen gegeben hat, dann gehören sie Ihnen auch! Und um Papiere kümmere ich mich. Unter Ihren Namen können Sie jetzt sowieso nicht mehr leben. Also fahren Sie."

„Was ist mit Dir, Elaine?" fragte ich in den Rückspiegel. Das schöne Mädchen aus der Torte beugte sich etwas nach vorne, so dass ich es besser erkennen konnte, legte mir seine kleine Hand zärtlich auf die Schulter und erklärte: „Ich habe nichts, zu dem ich zurück könnte."

„Dann sind wir schon zwei", resümierte Ottavia traurig und wandte sich dann mit der Frage an mich: „Was sollen Sie mir erklären?"

Es war mir unangenehm, Ottavia beibringen zu müssen, was ihr Großvater mir anvertraut hatte. Es sind schließlich immer die Überbringer schlechter Nachrichten, die hingerichtet werden. Verlegen räusperte ich mich und druckste herum: „Ich weiß nicht, wie ich das jetzt erklären soll,

… ich meine, … also …"

„Jetzt stellen Sie sich nicht so an. So schlimm wird's wohl nicht sein. Und Ihnen kann es ja auch egal sein. Bin ich vielleicht adoptiert?"

Ich war froh, dass Ottavia die Wahrheit offenbar schon kannte und antwortete daher erleichtert darüber, dass ich es ihr nicht erklären musste: „Ja!"

Neben mir wurde es so still, dass ich mich durch einen Blick auf Ottavia davon versichern musste, dass sie noch da war. Trotz der Dunkelheit konnte ich sehen, dass alles Blut aus ihrem Gesicht gewichen war.

„Bitte halten Sie an!" bat sie mich tonlos. Ich fuhr an den Straßenrand und blieb stehen. Ottavia sprang sofort aus dem Wagen und blieb schwer atmend in der Dunkelheit neben der offenen Tür stehen.

„Du hättest es ihr vielleicht etwas schonender beibringen sollen", flüsterte Elaine mir von der Rückbank mitfühlend zu.

„Aber ich hab doch gar nicht, … ich dachte, sie weiß es schon, … sie hat doch selbst gesagt …" stotterte ich, mich verteidigend, herum.

„Entschuldige", bat Elaine sofort und strich mir sanft über die Wange. Dann stieg sie aus und wechselte ein paar geflüsterte Worte, die ich nicht verstehen konnte, mit Ottavia. Ich sah, dass sie sie tröstend in den Arm nahm. Die über die beiden schwenkenden Scheinwerferlichter einiger vorbeifahrender Autos machten mich ziemlich nervös. Wir waren noch nicht weit gekommen und die Gefahr tatsächlich verfolgt zu werden, erschien mir inzwischen als sehr real.

Die beiden Mädchen stiegen wieder in den Wagen. Ottavia trocknete sich die Tränen, während ich weiterfuhr und bat mich mit vom Weinen heiserer Stimme: „Bitte erzählen Sie mir alles, was mein Großvater gesagt hat."

Ich tat es. Und als ich geendet hatte, hielt ich wieder an, wandte mich an das verlassene, kleine Mädchen, das wie ein Häufchen Elend neben mir saß und bat: „Bitte verzeih mir, dass ich Dir solche Nachrichten ausrichten muss."

Ottavia wandte mir ihr hübsches Gesicht zu und legte dankbar ihre Hand auf meinen Arm.

„Nonno hat recht", erklärte sie mir noch immer weinend. „Er ist ein guter Menschenkenner. Es musste jemand besonderes kommen, dem er mich anvertrauen konnte."

„Tut mir leid", widersprach ich zynisch, „aber ich bin ganz und gar nichts Besonderes."

Das Mädchen zwang sich zu einem Lächeln. Doch dann senkte es plötzlich seinen Blick, zupfte an meinem Ärmel und stellte fest: „Sie haben ja noch immer die Handschellen dran."

Ich zuckte mit den Schultern, weil ich an diesem Umstand im Moment ohnehin nichts ändern konnte und erwiderte: „Bitte sag nicht Sie zu mir.

Ich heiße Josef!"

„Ottavia!" stellte Ottavia sich ebenfalls vor und von der Rückbank erklang ein scheues „Elaine!"

„Fahr weiter Josef", forderte Ottavia mich auf. „Ich kann Dir die Handschellen aufmachen, wenn wir Halt machen. Aber erst einmal müssen wir weiter von hier weg sein."

Ottavia lotste mich auf Nebenstraßen zurück in die Stadt und von dort auf die Autobahn nach Westen.

„Zuerst fahren wir nach Frankreich", erklärte sie uns. „Dort bekommen wir Papiere."

Ich fuhr die ganze Nacht durch. Elaine und Ottavia schwiegen und irgendwann bemerkte ich, dass sie beide eingeschlafen waren. Der vergangene Tag, was er jedem von uns dreien gebracht hatte und was das für das weitere Leben von jedem von uns bedeutete, war etwas, das auch jeder von uns alleine begreifen und verarbeiten musste. Deshalb konnte ich gut verstehen, wie sehr die Probleme und die daraus resultierenden Gedanken und Sorgen an den Kräften der Mädchen zehrten. Es war gut, dass sie schliefen.

Ich selbst begriff noch gar nichts. Ich hatte aufgehört, etwas zu begreifen, seit mir die Torte, aus der dann Elaine gesprungen war, geliefert worden war. Seit diesem Moment war nichts mehr passiert, mit dem ich gerechnet hatte. Alles war unerwartet gekommen und hatte mich völlig unvorbereitet getroffen. Ich war in ein Chaos gestürzt worden, das ich nicht in der Lage war, zu begreifen. Doch eigenartigerweise fühlte es sich gut an. Das würde sich vermutlich ändern, sobald ich anfing, das Ausmaß dessen, was geschehen war, zu erfassen, nahm ich an.

Im Moment fühlte es sich fast wie Liebe an. Was ich gemeinsam mit Elaine erlebt und erlitten hatte, erschien mir auf der langen Fahrt durch die Nacht so unwirklich, als wenn es nur ein böser Traum gewesen wäre. Doch es war kein Traum und es hatte irgendetwas zwischen uns entstehen lassen, eine Art Zusammengehörigkeitsgefühl, und mehr noch. Ich fühlte mich zu dem Mädchen aus der Torte hingezogen, ich fühlte mich für es verantwortlich und ich wollte in seiner Nähe sein und es mit allen meinen Sinnen wahrnehmen! Doch eigenartigerweise mischten sich in meine Sehnsüchte nach Elaine auch immer wieder die Bilder, die sich von dem Kampf zwischen ihr und Ottavia unauslöschlich in mein Gehirn gebrannt hatten. Vor allem das Ende des Kampfes, in dem es kein Kampf mehr gewesen war, sondern ein zärtliches Liebesspiel, wollte mir nicht aus dem Kopf gehen.

Die Verantwortung für Ottavia hatte ich mir nicht ausgesucht; sie war auch nicht aus einer gemeinsam überstandenen Gefahr entstanden. Man hatte sie mir aufgebürdet und ich hatte diese Bürde nicht tragen wollen. Und doch fühlte es sich gut an, Ottavia jetzt neben mir zu wissen. Sie war auf meine Seite gekippt und schlief ganz friedlich mit ihrem Kopf auf meiner Schulter.

Ich hatte Angst vor dem Morgen. Ich hatte Angst vor dem Moment, an dem sich die Wege von Elaine, Ottavia und mir trennen würden. Und das würden sie; spätestens, wenn wir die Ausweise bekommen würden, von denen Ottavia uns versprochen hatte, dass sie sie für uns besorgen könnte. Davon war ich überzeugt.

Wenn wir uns trennten, dann würde ich nicht nur wieder der Niemand sein, der ich immer gewesen war; schlimmer noch: Ich würde so einsam sein, wie noch niemals in meinem Leben.

Zum ersten Mal in meinem Leben war da etwas, war da jemand, an dem ich festhalten wollte, mit dem ich mein Leben teilen wollte. Aber es waren zwei!

Ich hätte mir gerne eingeredet, dass ich mich nur um Ottavia sorgte, weil ich ihrem Großvater versprochen hatte, mich um sie zu kümmern. Aber das wäre nicht die Wahrheit gewesen. Elaine und Ottavia erschienen mir plötzlich wie die zwei Seiten einer Münze. Ich wollte sie beide haben und ich wollte auf keine von ihnen verzichten. Und das erschien mir selbst so absurd und deshalb unmöglich.

Als der Morgen dämmerte, fuhr ich von der Straße ab in einen abgelegenen und schon halb überwucherten Waldweg. Ich brauchte dringend eine Pause, wenn ich nicht riskieren wollte, hinterm Steuer einzuschlafen.

Als ich den Motor ausstellte, fragte Elaine gähnend von der Rückbank: „Was ist los?"

„Ich bin müde", erklärte ich flüsternd, um Ottavia nicht zu wecken, die noch immer an meiner Schulter schlief. Elaine rieb sich die Augen und stellte dann ebenfalls flüsternd fest: „Es wird ja schon hell. Tut mir leid, ich bin wohl eingeschlafen."

„Ist okay!" erwiderte ich, während ich in ihren Augen versank, die mich aus dem Rückspiegel zärtlich musterten. „Gestern war ein ziemlich anstrengender Tag!"

„Ja", stimmte Elaine mir zu. „Aber es war der beste Tag meines Lebens!"

Eigenartig, dachte ich mir. Und noch während ich über Elaines Worte grübelte, flüsterte sie bereits: „Warte, ich helfe Dir."

Im nächsten Moment drehte sie bereits meine Lehne flacher, was mir nicht möglich gewesen wäre, ohne Ottavia zu wecken. Ottavia gab einen wohligen Laut von sich, drehte sich ein wenig und lag mit ihrem Kopf schließlich auf meiner Brust, ohne dabei aufzuwachen.

„Armes, kleines Mädchen!" flüsterte Elaine sanft und strich Ottavia dabei zärtlich eine Haarsträhne aus dem Gesicht.

„Zwei arme, kleine Mädchen!" flüsterte ich zurück. Aber dabei fielen mir bereits die Augen zu und ich glitt hinüber in einen tiefen, aber unruhigen Schlaf. Das letzte, was ich beim Hinüberdämmern wahrzunehmen glaubte, waren Elaines weiche Lippen, die sich sanft auf meine legten und die gehauchten Worte: „Schlaf mein Prinz!"

7 MEHR ALS NUR FLUCHTGEFÄHRTEN

Das Chaos, das mich am vergangenen Tag wie eine Lokomotive überrollt hatte, ließ mich auch im Schlaf nicht los und jagte mich in Gestalt von Franco und Julio und einer Armee geklonter Bodyguards durch wirre Träume. Immer wieder schienen sie mich zu erwischen; immer wieder ergriffen sie Elaine und Ottavia, um sich an ihnen zu vergreifen; aber immer wieder gelang es mir, ihnen die Mädchen zu entreißen und gemeinsam mit den beiden die Flucht fortzusetzen, nur um unseren Verfolgern doch wieder in die Arme zu laufen. Der ganze Traum war wie ein verrücktes ‚Bäumchen wechsle Dich Spiel‘, das mich nicht zur Ruhe kommen ließ und mir keine Erholung schenkte.

Als ich wieder erwachte, fühlte ich mich wie gerädert. Ich lag allein im Wagen und alles tat mir weh. Ein Blick auf die Uhr zeigte mir, dass es kurz vor zehn war. Sofort richtete ich mich auf und suchte mit den Augen nach den beiden Mädchen, für deren Sicherheit ich mich verantwortlich fühlte. Doch sie waren nirgendwo zu sehen.

Der Waldweg, in den ich eingebogen war, um uns den Blicken von eventuellen Verfolgern zu entziehen, mündete auf eine kleine Lichtung, durch die sich ein schmaler Bach schlängelte. Als ich aus dem Wagen stieg, um mich an diesem Bach zu erfrischen, stellte ich fest, dass die Handschellen, die ich beim Einschlafen noch am Handgelenk hängen hatte, geöffnet neben mir auf dem Beifahrersitz lagen. Ottavia hatte sie also anscheinend geöffnet, während ich noch geschlafen hatte.

Der Novembermorgen war kalt und feucht. Nebelschwaden zogen über die Lichtung und ließen mich die Bäume auf der gegenüberliegenden Seite nur schemenhaft erkennen. Ich fröstelte. Aber da ich allein war, zog ich mich aus, stieg in das nicht einmal knietiefe Wasser und wusch mich gründlich ab. Das tat gut, erfrischte und weckte die Lebensgeister. Als ich fertig war, mich umwandte und wieder aus dem Wasser steigen wollte, sah ich mich plötzlich den beiden Mädchen gegenüber, die mir lächelnd zusahen und sich dabei angeregt aber flüsternd miteinander unterhielten; ganz offensichtlich über mich.

Noch bevor ich Worte fand, um meine Überraschung über das plötzliche Auftauchen der beiden auszudrücken, begannen die beiden so herzerfrischend zu lachen, dass ich beinahe mitgelacht hätte. Da ich aber überzeugt war, der Anlass dieser Heiterkeit zu sein, brummelte ich nur mürrisch: „Weiber!"

Gleichzeitig versuchte ich, meine Blöße zu bedecken und das, was ich als Ursache für das Gelächter lokalisiert zu haben glaubte, mit den Worten zu erklären: „Das Wasser ist saukalt!"

Das gab der Erheiterung der beiden nur neue Nahrung. Sie prusteten noch lauter als zuvor los. Doch dann zwang sich Ottavia plötzlich zu ein wenig Ernsthaftigkeit. Sie versuchte, ihr Lachen zu unterdrücken und bat mit noch immer zuckenden Mundwinkeln: „Bitte entschuldige! Wir haben nicht wegen der Kälte gelacht, sondern wegen Deinem überraschten Blick!"

Verwirrt überlegte ich noch, ob ich die Entschuldigung annehmen sollte, da erklärte Elaine bereits: „Ich mag Dich bei jeder Temperatur!"

Und Ottavia forderte mich versöhnlich lächelnd auf: „Komm raus. Wir haben Frühstück besorgt."

Elaine kannte mich bereits nackt. Wir hatten ja sogar schon so was wie Sex miteinander gehabt. Trotzdem genierte ich mich jetzt nicht nur vor Ottavia, sondern auch vor ihr und versuchte, meine Blöße weiter bedeckt zu halten, während ich aus dem eisigen Wasser zu steigen versuchte. Doch die kleine Böschung war steil und glatt. Aufmerksam beobachteten die beiden hübschen Mädchen, wie ich mit nur einer Hand vergeblich versuchte, mich hochzuziehen, während ich die andere krampfhaft in meinen Schoß presste. Dass die beiden mir dabei so aufmerksam zusahen, machte es nicht besser. Meine Füße begannen im eisigen Wasser, in das sie ständig wieder zurückrutschten, empfindlich zu frieren, doch die Blicke der Mädchen brannten auf meiner Haut. Und ich wusste: Wenn ich nicht schnellstens aus dem Wasser käme und mich wieder bekleidete, würde eine Hand nicht mehr ausreichen, um das zu bedecken, was ich vor den Blicken der Mädchen verborgen halten wollte.

Elaine verschränkte demonstrativ ihre Arme unter ihren Brüsten, schürzte ihre Mundwinkel und meinte lakonisch: „Anerzogene Scham und Scheinmoral!"

„Hä?" fragte ich. Und Elaine fuhr im selben Tonfall fort: „Kann ganz schön hinderlich sein!"

Ottavia blickte von mir zu Elaine und wieder zurück. Offensichtlich verstand sie schneller als ich, wovon Elaine sprach, denn sie übernahm deren lakonische Art und meinte genauso knapp: „Besonders, wenn man im kalten Wasser steht!"

Vorwurfsvoll blickte ich in die beiden schönen Gesichter über mir und bemerkte, dass sie ein neues Gelächter nur mühsam unterdrücken konnten. Als Mann hätte ich wahrscheinlich nicht gewagt, die beiden so ungeniert anzustarren, wenn sie so nackt und hilflos gewesen wären, wie ich es war. Doch ich konnte den beiden nicht einmal böse sein. Ich genoss das Prickeln der Situation mehr, als ich mir selbst eingestehen wollte und hütete mich deshalb, den Vorwurf, den ich den beiden machen wollte, in Worte zu fassen. Jetzt war es ohnehin schon zu spät, denn Ottavia stellte trocken fest: „Scheint so, als ob das Wasser grade warm geworden wäre!"

Ich blickte an mir nach unten und stellte fest, dass mein Penis sich weigerte, sich länger hinter meiner Hand verstecken zu lassen. Vorwitzig und mit mehr Selbstbewusstsein, als ich selbst besaß, ragte meine pralle, dunkle Eichel über die Grenzen meiner Hand hinaus.

„Geradezu heiß!" korrigierte Elaine schnurrend Ottavias Vermutung mit großen Augen, während ich vergaß, dass mir gerade die Füße abfroren, weil ein neuer Blutschwall in meine Lenden strömte und meinen so unvernünftigen Penis weiter anschwellen ließ.

„Hört zu", stammelte ich verlegen, ohne zu wissen, was ich eigentlich sagen wollte. Ich hätte Elaine und Ottavia gerne erklärt, dass das eine Morgenlatte wäre, die nichts mit ihnen zu tun hatte, wusste aber ganz genau, dass ich damit nur für neue Heiterkeit gesorgt hätte. Die beiden hätten genauso gut wie ich selbst gewusst, dass das nicht stimmte. Es waren ihre Blicke auf meinem nackten Körper, die mich erregten, die den Wunsch in mir weckten, die beiden ebenfalls nackt zu sehen, sie zu berühren, die Knospen ihrer Brüste auf meinen Lippen zu spüren, die zarten Düfte ihrer Haut zu atmen und sie auf jede erdenkliche Art zu lieben. Aber das war nicht möglich. Zumindest nicht jetzt. Und zu einer anderen Zeit wahrscheinlich erst recht nicht. Jetzt waren wir jedenfalls auf der Flucht und mussten zusehen, dass wir weiter kamen. Und diese Erkenntnis war es schließlich auch, die ich als in eine Frage gepacktes Argument vorbrachte.

„Meinst Du, wir werden noch verfolgt?" fragte ich Ottavia. Ihr Lächeln verschwand augenblicklich. Sie nickte und antwortete nachdenklich und ernst: „Wir sind vielleicht niemals wieder sicher."

Dann atmete sie tief durch und streckte mir ihre kleine Hand mit den Worten entgegen: „Komm aus dem Wasser, bevor Du Dich verkühlst."

Und als ich noch immer zögerte, versprach sie mir: „Keine Angst, ich beiß Dich nicht."

Schade eigentlich, dachte ich mir, nahm zögernd ihre Hand und ließ mir von ihr aus dem Bach helfen. Dass die beiden Mädchen dabei meine Erektion sehen konnten, und sie sich auch genau betrachteten, konnte ich nicht ändern. Dass ich aber ihre Blicke wie Berührungen spürte, brachte mich nahe an den Rand eines Höhepunktes. Soweit wollte ich es aber nicht kommen lassen. Mit fast übermenschlicher Anstrengung versuchte ich, die Anwesenheit der beiden schönen Mädchen zu ignorieren, was mir immerhin soweit gelang, dass ich ihnen nicht auf die für die Jahreszeit viel zu dünnen Kleider ejakulierte.

Da ich kein Handtuch hatte, wollte ich mich so nass, wie ich noch war, schnellstens wieder anziehen. Doch Ottavia nahm meine Kleidung, bevor ich sie erreichte und forderte mich auf: „Komm mit zum Wagen. Du musst

Dich abtrocknen."

„Aber ich …" stotterte ich. Da nahm aber Elaine bereits meine Hand und sagte zärtlich: „Gestern hat Dich dieser Zustand doch auch nicht gestört."

Und während sie das sagte, schnippte sie, wie schon einmal am Abend zuvor, mit dem Mittelfinger ihrer zweiten Hand meine pulsierende Eichel an, so dass mein hoch aufgerichteter Penis wieder ein paar mal hin und her wippte.

„Gestern hatte ich gar keine Zeit, um mir darüber klar zu werden, in was für einem Zustand ich war." stieß ich gepresst hervor und versuchte gleichzeitig, die erregende Stimulation zu ignorieren.

Ottavia hatte den Wagen erreicht und sah jetzt schelmisch lächelnd zu, wie ich Hand in Hand mit Elaine und mit im Takt meiner Schritte wippendem Ständer auf sie zulief. Als wir sie erreichten, meinte sie melancholisch verträumt: „Ihr beide wärt ein hübsches Paar."

Sie sagte nicht, dass wir es waren, sondern dass wir es wären, wenn wir es wären. Es war an der Zeit, darüber zu sprechen, wie es weitergehen sollte. Doch zuerst musste ich mich wieder anziehen.

Ottavia legte mir eine Decke aus dem Kofferraum über die Schulter und begann, mich damit abzureiben. Irgendwie schien sie magische Hände zu haben, denn unter ihren Berührungen schwand nicht nur die Kälte, sondern auch alle Verspannungen und ich entdeckte dabei außerdem ganz neue erogene Zonen an mir.

Gestern war ich noch allein, dachte ich mir, während ich mich mit geschlossenen Augen Ottavias zärtlich reibenden Händen überließ. Ich hatte mein Leben neu ordnen wollen und nicht im Entferntesten an so etwas wie eine neue Beziehung gedacht, bis plötzlich Elaine aus der Torte gesprungen war. Irgendwie schien es so etwas wie Liebe auf den ersten Blick gewesen zu sein. Aber im selben Moment, in dem Elaine erschienen war, war das Chaos ausgebrochen. Und weil nicht alles schon kompliziert genug gewesen war, war dann auch noch Ottavia aufgetaucht. Bei ihr war es keine Liebe auf den ersten Blick gewesen; aber auf den zweiten dafür umso mehr. Ich war verwirrt über meine eigenen Gefühle und wünschte mir ein klein wenig, ein Macho zu sein, um mit der Situation nicht nur umgehen, sondern sie auch ausnutzen zu können. Doch ich war kein Macho, war ich niemals gewesen und werde ich niemals sein. Ich war nur ich; ein kleiner Niemand, der weder beruflich noch in Beziehungen bisher das große Los gezogen hatte.

Ottavia blieb nicht hinter meinem Rücken, sondern umrundete mich und rieb mir auch die Brust trocken. Ein erregender Schauer nach dem nächsten durchströmte meinen Körper. Nur langsam dämmerte mir, dass ich mich vorne durchaus auch allein abtrocknen konnte. Aber erst als Ottavias Hand wie zufällig mein steil aus der Decke herausragendes Glied streifte, fand ich zusammenzuckend wieder in die Realität zurück. Verwirrt riss ich die Augen auf und starrte in Ottavias mich mit zärtlicher Neugier musternde Augen.

„Danke fürs Abtrocknen", sagte ich verlegen, während ich die Decke über meinen Penis zog.

Ottavia nickte als Antwort nur sanft lächelnd. Ich beeilte mich, wieder in den Anzug zu schlüpfen. Dann setzten wir uns alle drei wieder ins Auto und ließen uns das von den Mädchen besorgte Frühstück schmecken. Am besten tat der heiße Kaffee, da wir alle drei für die Jahreszeit zu leicht bekleidet waren und froren.

Nach dem Frühstück fuhren wir weiter. Wir waren bereits in Frankreich und hatten nur noch etwa eineinhalb bis zwei Stunden Fahrtzeit bis Paris, wo die Adresse war, bei der Ottavia uns Papiere besorgen wollte. Als wir uns wieder auf der Straße befanden, begann ich das Gespräch, das schon so lange überfällig war. Die Situation von uns dreien musste geklärt werden. Deshalb begann ich die Unterhaltung mit den Fragen an Ottavia: „Wie ist das mit den Papieren? Wer macht das? Und wie und was und überhaupt?"

„Nonno, mein Großvater", begann Ottavia, verstummte aber sofort wieder, da ihr bei ihren Worten wohl selbst erst wieder bewusst wurde, dass der alte Mafiosi gar nicht ihr Großvater war. Sie war adoptiert worden und musste diese Neuigkeit, die ihr ein Fremder (ich) mitgeteilt hatte, erst verarbeiten. Bisher hatte sie sich erstaunlich tapfer gehalten, doch jetzt brachen plötzlich ihre Schleusen und sie begann lautlos zu weinen. Elaine umarmte sie sofort von hinten, küsste sie auf die Wange und sagte tröstend: „Weine nur, kleine Ottavia. Manchmal hilft es."

„Und die anderen Male?" fragte Ottavia leise schluchzend.

„Heilt nur die Zeit die Wunden."

Es dauerte eine Weile, bis Ottavias Tränen wieder versiegten. Als sie sich die letzten schniefend von der Wange wischte, sagte sie fast trotzig: „Ich weiß gar nicht, warum ich überhaupt heule. Ich war in dieser Familie nie zuhause. Meine Eltern, … Adoptiveltern, habe ich nie kennen gelernt. Sie starben, als ich noch ganz klein war. Franco und Julio waren schon als Kinder gemein und grausam. Damals haben sie mich oft geschlagen. Aber vor drei Jahren wollte Julio mich vergewaltigen. Franco ist dazu gekommen und hat Julio windelweich geprügelt. Ich dachte wirklich, er wollte mir helfen. Aber nachdem er Julio durch die Tür geprügelt hatte, holte er selbst seinen Schwanz aus der Hose und sagte kalt lächelnd, als ältester Bruder hätte er das Anrecht, mich als erster zu nehmen."

Ottavia atmete bei der Erinnerung an diesen Vorfall ein paar Mal tief durch. Dann fuhr sie fort: „Es war Großvater, der mich gerettet hat. Selbst Franco wagt nicht, sich offen gegen ihn aufzulehnen. Nonno ist der Einzige, der mir so etwas wie Liebe geschenkt hat. Aber er hat niemals erlaubt, dass ich irgendetwas von seinen Geschäften mitbekam. Ich war immer von allem ausgeschlossen und fühlte mich deswegen auch immer sehr einsam. Vor etwa zwei Jahren hat Großvater seine Geschäfte offiziell an Franco übertragen. Aber trotzdem ist er das Oberhaupt der Familie und hat in jeder Angelegenheit, die die Familie betrifft, das letzte Wort. Vor ein paar Wochen hat er mich in sein Arbeitszimmer gerufen und mir eine Adresse in Paris genannt. Er hat gesagt, ich sollte sie mir gut einprägen, denn wenn er nicht mehr da wäre, um mich zu beschützen, wäre ich in großer Gefahr. Das einzige, was mich vor dieser Gefahr schützen könnte, wäre unter einem anderen Namen und weit weg von Deutschland und Sizilien ein neues Leben zu beginnen. Den neuen Namen mit allen dazugehörenden Papieren bekomme ich unter dieser Adresse. Großvater hat mich schwören lassen, dass ich Franco und Julio niemals etwas von diesem Gespräch erzähle und dass ich die Adresse, die er mir genannt hat, auch niemals erwähne."

Als Ottavia geendet hatte, räusperte ich mich verlegen und stellte dann nüchtern fest: „In Deiner Erzählung geht es nur um Papiere für Dich. Da war keine Rede von Elaine und mir."

Ottavia stutzte und begann zu grübeln. Dann meinte sie nachdenklich: „Großvater weiß, wohin wir wollen. Er hätte uns bestimmt gesagt, wenn ihr dort keine Papiere bekommen würdet. Und Du hast doch auch gemeint, er hätte gesagt, ich könnte Euch helfen. Wie sollte ich Euch helfen, wenn nicht dadurch, dass auch ihr neue Pässe bekommt? Es wäre doch völlig sinnlos, wenn nur ich eine neue Identität annehmen würde."

„Wieso denn?" fragte ich zynisch. „Wenn Du unter einem anderen Namen untertauchst, wird Dich niemand mehr mit uns in Verbindung bringen!"

Ottavia sah mich vorwurfsvoll von der Seite an und fragte gekränkt: „Glaubst Du, dass ich Euch einfach so im Stich lasse?"

„Es wäre die klügste Entscheidung!"

Ottavia wandte sich schmollend von mir ab und blickte aus dem Seitenfenster und im Rückspiegel bemerkte ich Elaines halb vorwurfsvollen, halb verunsicherten, auf mich gerichteten Blick.

„Was?" formte ich lautlos mit meinen Lippen, damit Ottavia es nicht hörte. Doch Elaine zuckte nur mit den Schultern und strich mir sanft über die Wange. Wir kannten uns alle drei gegenseitig erst seit weniger als einem Tag. Vertrauen war in unserer Situation ein Luxus, den sich keiner von uns leisten konnte. Das erkannte auch Elaine. Plötzlich wandte sich Ottavia wieder zu Elaine und mir und sagte feierlich: „Solange Ihr nicht von mir verlangt, dass ich verschwinde, bleibe ich bei Euch. Das verspreche ich!"

„Und was machst Du, wenn wir uns trennen?" fragte ich verwirrt zurück.

Meine Verwirrung sprang auf Ottavia über. Sie schüttelte den Kopf und fragte uns: „Warum solltet Ihr Euch trennen?"

Ich zuckte mit den Schultern und stellte die Gegenfrage: „Warum sollte ich annehmen, dass auch nur eine von Euch mit mir zusammen bleiben wollen würde?"

Beide Mädchen schwiegen betreten, was ich als Bestätigung für den Gedanken nahm, den ich eben ausgesprochen hatte. Warum sollten sie bei mir bleiben wollen? Wer war ich denn schon? Ein Niemand, ein Feigling, der weglief und sich versteckte. Traurigkeit breitete sich in mir aus, während ich bitter feststellte: „Seht Ihr: Darauf wisst Ihr keine Antwort."

„Was ist mit Dir?" fragte Elaine tonlos von der Rückbank, räusperte sich und fragte mit etwas mehr Stimme: „Würdest Du mit Ottavia und mir zusammenbleiben wollen?"

„Wen interessiert das schon?" fragte ich noch bitterer. Ich hatte mich so sehr in meinen Selbstzweifeln verloren, dass ich Elaines Frage nicht einmal als solche wahrgenommen hatte. Doch zu meiner Überraschung antworteten auf meine Frage beide Mädchen gleichzeitig: „Mich!"

Und Elaine erklärte sofort ihr Interesse an meiner Antwort damit, dass sie sagte: „Ich will wissen, ob der Mann, in den ich mich gestern verliebt habe, auch etwas für mich empfindet."

Überrumpelt von diesem Geständnis blieb ich mit quietschenden Reifen stehen. Und während ich noch sprachlos in den Rückspiegel starrte, fuhr Elaine unsicher fort: „Und ich will wissen, ob das Mädchen, das mich gestern noch seinen Brüdern überlassen wollte, heute anders über mich denkt?"

„Das tu ich!" sagte Ottavia sofort, nahm Elaines Hände in ihre und küsste sie innig. Das gab mir die Zeit, um mir darüber klar zu werden, ob Elaine tatsächlich gerade gesagt hatte, dass sie mich liebt.

Mit zärtlicher Inbrunst erklärte Ottavia: „Ich hätte Dich schon gestern mit meinem Leben gegen Franco und Julio verteidigt! Seit wir uns in unserem Kampf zum ersten Mal berührt haben, habe ich das Gefühl, als wärst Du ein Teil von mir."

„So ist es mir auch gegangen", gestand Elaine und küsste nun ihrerseits Ottavias Hände. Dann wandte sie sich wieder an mich und sagte mit zitternder Stimme: „Jetzt musst nur noch Du sagen, was Du denkst oder ob Du etwas fühlst."

Ich öffnete bereits den Mund, da legte aber Ottavia schnell ihre Hand auf meinen Arm und sagte eindringlich: „Nein warte: Lass mich zuerst. Ich war noch nicht fertig."

Unsicher aber neugierig nickte ich und Ottavia platzte förmlich heraus: „Ich hab mich fast mein ganzes Leben lang wie eine Gefangene gefühlt. Großvater war mein einziger Freund. Aber durch die Macht, die er repräsentiert, war er auch immer sehr einsam. Du bist der einzige Mensch, bei dem ich jemals gesehen habe, dass er auf Augenhöhe mit ihm gesprochen hat. Und Großvater hat es geduldet! Aber ich kann nicht sagen, dass es nur deswegen ist, dass ich Dich ebenso liebe, wie Elaine. Du bist der erste Mann in meinem Leben, der noch unschuldig wirkt. Nein, nicht so, wie Du jetzt denkst. Ich meine das wirklich ernst. Ich meine, ich kann spüren, dass Du ein gutes Herz hast. Lach nicht! Glaubst Du, ich denke schlecht von Dir, weil Du einen Ständer bekommst, wenn Dich zwei verliebte Mädels mit ihren Augen verschlingen? Es wäre schade, wenn es nicht so wäre! Aber Du befürchtest, dass Du uns damit beleidigst und schämst Dich deshalb dafür. Ich glaube, Du weißt selbst nicht, wie rein Deine Seele ist. Aber ich jedenfalls liebe Dich dafür!"

Vor so viel unerwarteter Anerkennung für etwas, das ich selbst als Schwäche an mir angesehen hatte, schoss mir das Blut wie einem Schulbub in die Wangen. Ich wusste nicht, was ich dazu sagen sollte, doch Elaine sagte mit offener Bewunderung zu Ottavia: „Du hast genau das ausgesprochen, was auch ich empfinde, nur hätte ich meine Gefühle niemals so mit Worten ausdrücken können."

„Worte sind so unwichtig, wenn man liebt", gab Ottavia melancholisch zurück. „Es kommt nicht darauf an, wie viele man davon verbraucht, wenn nur das Herz laut genug spricht. Außer …"

Da Ottavia an dieser Stelle einfach abbrach, fragte ich neugierig: „Außer?"

Ottavia sah mich mit ihren schwarzen Augen zärtlich an und erklärte fast entschuldigend: „Außer bei Dir; außer bei jemandem, der einfach nicht glauben will, dass ein anderer Mensch ihn lieben könnte."

„Ihr wollt mir jetzt wirklich erzählen, dass ihr mich beide liebt?" fragte ich ungläubig und mit einem Anflug von Zynismus. Ottavia seufzte resigniert und erwiderte nur: „Siehst Du: Genau das meine ich."

Verwirrt blickte ich von Ottavia zu Elaine, als könnte ich in ihren Augen eher die Wahrheit erkennen. Doch Elaine sah mich nur mitleidig an, strich mir sanft über die Wange und sagte traurig: „Sieht so aus, als wärst Du ein hoffnungsloser Fall."

„Ich, ähm …", stotterte ich, weil ich einfach nicht glauben konnte, dass die beiden wunderbarsten Mädchen, die ich jemals gesehen hatte, mich wirklich lieben könnten und deshalb glaubte, mich lächerlich zu machen, wenn ich ihnen meine Liebe eingestand. Doch dann gab ich mir einen Ruck, sagte zu mir selbst, dass ich nichts zu verlieren hätte und zu den beiden Mädchen: „Wenn ich glauben könnte, dass ihr beide mich tatsächlich liebt, dann würde ich Euch alle beide festhalten und den Rest meines Lebens mit Euch verbringen; egal ob wir für immer auf der Flucht bleiben müssten oder irgendwo ein neues Leben beginnen könnten. Wenn nur eine von Euch mich lieben könnte, würde ich sie für immer festhalten und die andere mein Leben lang vermissen. Und wenn sich meine Wege wieder von Euren trennen, dann werde ich für den Rest meiner Tage einsamer sein, als ich es in meinem bisherigen Leben jemals war."

„Was empfindest Du für Ottavia und mich?" hakte Elaine noch einmal nach, da ihr meine Erklärung so nicht genügte. Und obwohl ich noch immer befürchtete, mich zum Gespött der beiden zu machen, gestand ich ein: „Ich liebe Euch; alle beide!"

Elaine und Ottavia flogen mir gleichzeitig um den Hals und küssten mich. Ich weiß nicht, welche von ihnen dabei weinte. Ich spürte nur heiße Tränen auf meine Wange tropfen. Und Elaine flüsterte leise schluchzend: „Jetzt sind wir unbesiegbar!"

Ich erwiderte die Küsse der beiden Mädchen; ganz zärtlich nur und noch schüchtern, aber ehrlich und mit dem beginnenden Bewusstsein, dass die Liebe, die uns verband wahrhaftig war. Ich konnte nicht mehr an ihr zweifeln. Wir waren nicht mehr nur eine zufällig zusammengewürfelte Gruppe von sich auf der Flucht befindenden Menschen; wir waren vom Schicksal füreinander bestimmt und damit, wie Elaine es ausgedrückt hatte, unbesiegbar.

„Auf nach Paris", sagte Ottavia feierlich, als ihre Lippen sich wieder von meinen gelöst hatten. „Wir haben noch einiges zu erledigen."

8 EINE ADRESSE IN PARIS

Wir hatten beschlossen, uns gegenseitig zu vertrauen. Nachdem wir uns unsere Liebe eingestanden hatten, entstand ganz allmählich ein Zusammengehörigkeitsgefühl, das sich wie eine schützende Mauer um unsere kleine Gemeinschaft manifestierte. Hier waren wir sicher; hier konnte nichts und niemand uns etwas anhaben. Wir würden immer füreinander einstehen, denn wir gehörten ab jetzt zusammen. Obwohl es mir während der Fahrt nach Paris selbst noch immer wie ein Traum erschien, der unmöglich wahr sein konnte, spürte und akzeptierte ich die Liebe, die ich nicht nur geben durfte, sondern auch geschenkt bekam. Weder Elaine, noch Ottavia hatten irgendwelche Bedenken wegen der entstandenen Konstellation geäußert. Und während ich zuvor noch überzeugt gewesen wäre, dass eine Dreiecksbeziehung zwischen zwei Mädchen und einem Mann nicht gut gehen kann, fühlte es sich jetzt plötzlich so an, als ob es genau so sein müsste.

Bevor wir in Paris die Adresse aufsuchten, die Ottavia als einzigen Anhaltspunkt hatte, gingen wir einkaufen. Unsere jetzige Kleidung war zu leicht, wodurch wir nicht nur froren, sondern auch auffielen. Und auffallen wollten wir so wenig wie möglich.

Shopping mit Mädels: Früher wäre es ein Alptraum für mich gewesen. Doch mit Elaine und Ottavia durch die Kaufhäuser und Boutiquen der Stadt zu bummeln, brachte nicht nur ein Gefühl von Normalität in unsere Leben zurück. Es machte Spaß. Wir fühlten wirklich, dass wir zusammengehörten, blödelten ausgelassen herum, als ob es keine Gefahr gäbe, die uns bedrohte und kleideten uns neu, bequem und der Jahreszeit angemessen ein. Es war mir unangenehm, das mir von Ottavias Großvater anvertraute Geld mit mir herumzutragen und auszugeben. Doch ich gewöhnte mich auch daran. Einhunderttausend Euro sind eine Menge Geld. Und die Versuchung, Geld auszugeben, wenn man so viel davon mit sich rumschleppt, ist groß. Dennoch gingen wir sparsam damit um. Wir wussten nicht, wie lange wir mit diesem Geld auskommen mussten und welche Ausgaben uns noch bevorstanden. Weder Elaine, noch Ottavia bestanden auf teure Markenklamotten. Wir begnügten uns alle drei mit dem Nötigsten und den günstigsten Angeboten. Außer Kleidung legten wir uns nur noch die wichtigsten Kosmetikartikel zu: Seife, Deo, Zahnbürsten und

Zahnpasta. Alles in allem hatten wir einschließlich des Frühstücks, das Elaine und Ottavia am Morgen besorgt hatten, weniger als zweihundert Euro ausgegeben.

Als wir dann schließlich in der Straße parkten, in der die Adresse war, die Ottavia aufsuchen sollte, holte uns die Realität wieder ein. Ottavia blickte nervös zwischen Elaine und mir hin und her und fragte ängstlich: „Was machen wir, wenn nur ich neue Papiere bekomme?"

Ich war nahe dran, wieder in den Zynismus zu verfallen, in den ich mich schon fast mein ganzes Leben lang geflüchtet hatte, und Ottavia zu raten, Elaine und mich in diesem Fall zu vergessen und mit dem Geld ihres Großvaters allein unterzutauchen. Doch ich tat es nicht, denn ich war mir inzwischen absolut sicher, dass Ottavia uns wirklich nicht um ihrer eigenen Sicherheit Willen im Stich lassen und verlassen würde. Sie war ein Teil von uns und suchte unseren Rat. Sie wollte nicht hören, dass sie uns zurücklassen sollte und wäre zu Recht gekränkt gewesen, wenn ich ihr gesagt hätte, dass ich sie so einschätzte. Also zuckte ich nur mit den Schultern und antwortete: „Darüber machen wir uns Gedanken, wenn wir wissen, wie es aussieht."

Ottavia atmete schwer aus, nickte und erwiderte: „Ich geh am besten alleine rein."

Dann küsste sie zuerst mich und dann Elaine, stieg aus dem Wagen und lief über die Straße. Elaine und ich sahen ihr mit ängstlicher Sorge hinterher.

„Ich hab kein gutes Gefühl", sage Elaine mit leise bebender Stimme und klammerte sich furchtsam an meinen Arm. Ich hatte auch kein gutes Gefühl, schwieg aber, um Elaine nicht noch mehr zu ängstigen.

Über der Tür des kleinen Ladens, den Ottavia betrat, stand in großen Lettern, von denen bereits die ursprünglich goldene Farbe abblätterte ‚Brocante'. Dabei wirkte dieser heruntergekommene Antiquitätenladen selbst schon wie eine Antiquität. Hinter dem verschmutzten Schaufenster war es dunkel. Der Laden schien aus dem vorletzten Jahrhundert zu stammen und schon genauso lang nicht mehr betreten worden zu sein. Die Spannung war beinahe unerträglich. Die Minuten, die wir auf die Rückkehr Ottavias warteten; schienen zu Stunden zu werden. Ich hielt es schließlich nicht mehr aus und sagte mit dem prophetischen Gefühl einer schlimmen Vorahnung: „Ich sehe nach, wo sie bleibt."

Elaines Finger gruben sich noch fester in meinen Arm, während sie erwiderte: „Ich komme mit."

Doch ich schüttelte den Kopf, gab ihr einen zärtlichen Kuss und sagte: „Es ist besser, einer bleibt hier und passt auf das Geld auf. Wenn die Luft rein ist, komme ich in ein paar Sekunden wieder durch die Tür heraus. Wenn nicht ..."

Ja, was wenn nicht? Ich konnte den Satz selbst nicht beenden und sah

Elaine Rat suchend in die Augen. Doch Elaine wusste keinen Rat.

„Wahrscheinlich machen wir uns ganz umsonst Sorgen", versuchte ich uns beide zu beruhigen. Noch einmal trafen sich unsere Lippen, dann stieg ich aus dem Wagen, lief über die Straße und schlenderte bis zur Tür des Antiquitätenladens. Irgendwo bimmelte ein kleines Glöckchen, als ich die in ihren Angeln quietschende Tür öffnete. Doch niemand reagierte auf das Bimmeln. In dem düsteren Laden schien es keine Farben zu geben. Alles war vergilbt und schmutzig grau. Der Staub lag fast zentimeterdick auf den Antiquitäten, die sich in perfekter Unordnung überall bis unter die Decke stapelten und Spinnweben zogen sich quer durch den Raum. Dieser Laden war also mit Sicherheit wirklich schon sehr lange nicht mehr betreten worden.

Eigenartig, dass die Tür nicht verschlossen war, dachte ich mir und fragte mich in der nächsten Sekunde, *Wo ist Ottavia?*

Der Laden war leer. Weder stand ein Verkäufer hinter dem verstaubten Tresen, noch war von Ottavia auch nur die kleinste Spur zu entdecken. Jetzt machte sich die alles bedeckende Staubschicht bezahlt. Ich folgte Ottavias deutlich sichtbaren Spuren über die unter meinen Schritten knarzenden Dielen bis hinter die Ladentheke. Dort trafen ihre kleinen Fußabdrücke auf größere. Irgendjemand mit Schuhgröße 45 oder 46 hatte sich dort anscheinend längere Zeit aufgehalten und geraucht. Das auffällige Profil der Schuhe war an einigen Stellen deutlich zu erkennen und in einem Aschenbecher unter dem Tresen lagen frische Kippen einer mir unbekannten Zigarettenmarke. Das gefiel mir alles gar nicht. Die Spuren von Ottavia und dem Mann, der hier gewartet hatte, verschwanden durch eine hölzerne Tür. Instinktiv griff ich nach einem persischen Dolch, pustete den Staub von ihm herunter und zog ihn aus der reich verzierten, silbernen Scheide. Dann versuchte ich, den verbeulten Türknauf aus Messing zu drehen, um der Fährte weiter zu folgen. Doch der Knauf ließ sich nicht drehen. Die Tür war verschlossen. Jetzt waren meine Befürchtungen zur Gewissheit geworden. Ottavia war in eine Falle gelaufen.

Obwohl es kalt in dem unbeheizten Laden war und die Wolken meines Atems sich wie winzige Perlen an den mich umgebenden Spinnweben aufreihten, trat mir Schweiß auf die Stirn; kalter Schweiß, der mich frösteln ließ. Ich hatte keine Anhaltspunkte, wer in dem Laden auf Ottavia gewartet hatte und wohin er sie verschleppt haben könnte, deshalb durfte ich keine Zeit verlieren. Zuerst klopfte ich an die Tür und rief zaghaft Ottavias Namen. Doch niemand antwortete. Schließlich hämmerte ich mit meinen Fäusten gegen die Tür und rief lauter, doch mit dem selben Ergebnis. Verzweifelt rannte ich gegen die Tür an. Sie gab nicht nach. Auch meinen Tritten hielt sie stand. Doch schließlich gelang es mir, sie mit einer Hellebarde aufzuhebeln. Es dauerte einige Sekunden, bis meine Augen sich soweit an die Dunkelheit gewöhnt hatten, dass ich in dem fensterlosen

Hinterzimmer zumindest Konturen erkennen konnte. Obwohl ich einen Lichtschalter betätigte, blieb es dunkel. Ich tastete mich an den Wänden entlang, bis ich wieder eine Tür fand. Diese war nicht versperrt. Ich stürzte durch sie hindurch in einen verwilderten Hinterhof, in dem alte Autoreifen, ein Kühlschrank und sonstiger Müll von Efeu überwuchert wurde. Doch auch hier gab es keine Spur von Ottavia. Wieder schrie ich verzweifelt ihren Namen und lief durch eine kleine nach Kloake stinkende Gasse in einen weiteren Hinterhof, in dem ein schwarzer, wie ein Leichenwagen wirkender Kombi mit abgedunkelten Scheiben stand. Als ich mich ihm vorsichtig näherte, fuhr er mit quietschenden Reifen los. Ich rannte ihm auf die Straße hinterher und rief wieder Ottavias Namen. Doch sie antwortete nicht.

Einholen konnte ich den Wagen nicht. Deswegen versuchte ich mich auf der menschenleeren Straße zu orientieren. Der Eingang zum Antiquitätenladen und unser Wagen waren in der nächsten Seitenstraße. Schnell rannte ich um die Ecke. Doch als ich den Wagen erreichte, war auch von Elaine keine Spur mehr zu entdecken. Auch sie war verschwunden. Panik erfasste mich. Was sollte ich nur tun? Ich hatte den Leichenwagen verfolgen wollen, in dem ich Ottavia vermutete. Doch wo war jetzt Elaine? Noch während meine Gedanken wirr durch meinen Kopf kreisten, öffnete sich die Tür des Antiquitätenladens und Elaine erschien verstört auf der Straße. Sie sah mich verwundert an und wollte eine Frage formulieren, doch ich kam ihr zuvor, indem ich ihr ungeduldig zurief: „Schnell, in den Wagen!"

Elaine fragte nicht, was geschehen war, sondern flog geradezu über die Straße und setzte sich neben mich. Und während ich die Verfolgung des Leichenwagens aufnahm und hoffte, ihn wieder zu finden, erzählte ich ihr in knappen Worten, was ich in dem Laden vorgefunden hatte.

„Ich hab mir Sorgen gemacht", gestand Elaine, als ich geendet hatte. „Als Du auch nicht mehr aufgetaucht bist, musste ich einfach nachsehen, was passiert ist."

Ich nahm ihre kleine, auf meinem Schenkel liegende Hand in meine und führte sie zärtlich an meine Lippen. Im selben Augenblick rief Elaine aber schon aufgeregt nach vorne deutend: „Da vorne ist er!"

Sie hatte Recht. Ein Stück voraus fuhr der dunkle Kombi, bei dem es sich tatsächlich um einen Leichenwagen handelte, wie wir beim Näherkommen erkannten. Ich hatte nicht erwartet, den Wagen tatsächlich wieder auf den Straßen der mir fremden Stadt zu finden. Aber wir hatten ihn wieder gefunden und kamen ihm immer näher. Doch der Fahrer erkannte anscheinend, dass er verfolgt wurde, denn plötzlich gab er Gas und versuchte, uns abzuschütteln. Immer weiter kamen wir in die Randgebiete der Stadt, bis wir sie schließlich hinter uns ließen. Und auf einer langen, geraden Landstraße gelang es mir, den Leichenwagen zu überholen und zum Stehenbleiben zu zwingen. Ohne zu zögern sprang ich aus dem Auto und lief auf den Leichenwagen zu, der mit laufendem Motor auf der Straße stand und irgendwie sehr bedrohlich wirkte. Durch die abgedunkelten Scheiben konnte ich nichts erkennen. Selbst die Windschutzscheibe war für Blicke von außen undurchdringlich. Noch bevor ich den Wagen erreichte, öffnete sich die Fahrertür, ein junger Mann stieg aus und fragte mit hartem, französischem Akzent: „Josef Lederer?"

„Wo ist Ottavia?" schrie ich aufgebracht zurück und zückte den persischen Dolch, den ich noch immer bei mir trug. Doch der Mann zog unbeeindruckt eine Pistole aus dem Gürtel und schoss in die Luft. Damit hatte er mehr Erfolg, als ich mit dem lächerlichen Dolch, denn ich war beeindruckt und blieb auf der Stelle stehen. Doch bevor ich mir Gedanken darüber machen konnte, was ich gegen den mit einer Pistole bewaffneten Mann ausrichten könnte, sprach dieser bereits weiter. Ich verstand jedoch kein Wort, da er französisch sprach und ich von dieser Sprache nur einige Grundkenntnisse besaß. Also fragte ich verwirrt: „Was?"

Elaine war hinter mir aus dem Wagen gestiegen und an meine Seite getreten. Und sie erklärte mir: „Er sagt, Du sollst den Wagen dort in dem Feldweg parken und dann sollen wir in seinen Wagen einsteigen."

Ich vertraute dem Mann nicht und fragte deshalb noch einmal: „Wo ist Ottavia?", was ich auch gleich selbst zu übersetzen versuchte: „U ä Ottavia?"

Doch der Mann verstand selbst kein Französisch, denn er fragte mich verständnislos: „Quoi?"

Schließlich stellte Elaine noch einmal die selbe Frage, wie ich. Und diesmal verstand er endlich, denn er antwortete ausführlicher. Nachdem er geendet hatte, erklärte mir Elaine: „Er sagt, sie ist hinten im Wagen."

Diese Antwort trug nicht dazu bei, mein Misstrauen zu beseitigen.

„Warum steigt sie nicht aus?" fragte ich Elaine leise und forderte sie dann auf zu übersetzen: „Sie soll aussteigen!"

Dem Mann war anzusehen, dass es ihm unangenehm war, als er erklärte, dass das nicht möglich war, weil Ottavia schlief. Doch bevor ich Elaine bitten konnte, weitere Fragen für mich zu übersetzen, erklärte der Mann bereits weiter, dass er uns alles erklären würde, dass wir jetzt aber unseren Wagen von der Straße schaffen und bei ihm einsteigen sollten, bevor die Männer auftauchen würden, die Ottavia und uns in dem Antiquitätenladen erwartet hätten. Nachdem Elaine fertig übersetzt hatte, meinte sie nachdenklich: „Ich glaube, er meint es ehrlich."

Doch ich war noch nicht überzeugt und erwiderte: „Ich will erst Ottavia sehen!"

Elaine übersetzte meine Forderung. Der Mann wirkte ungeduldig, nickte aber und ging voraus hinter den Leichenwagen. Dort öffnete er die beiden Türen. Ottavia lag auf eine Bahre geschnallt und wirkte ebenso leblos wie die Leiche, die neben der Bahre auf dem Boden des Wagens lag.

„Einer der Männer, die uns verfolgen", übersetzte Elaine die Erklärung des Franzosen. Ich fühlte Ottavias Puls. Sie lebte. Und da sie keine sichtbaren Wunden hatte, beschloss ich, dem Mann zu gehorchen. Doch bevor ich zu unserem Wagen zurücklief, um ihn von der Straße herunter zu fahren und in dem Waldweg zu verstecken, flüsterte ich Elaine zu: „Steig nicht in den Wagen, bevor ich nicht wieder zurück bin!"

Wenige Augenblicke später saßen wir beide in dem Leichenwagen und dessen Fahrer begann seine Erklärung, die Elaine für mich übersetzte.

Der Antiquitätenhändler Pierre ... Pierre? Und wie weiter? ... Nur Pierre. Er war bereits vor über einem Jahr gestorben. Und unser Leichenwagenfahrer Pierre ... Pierre? So wie der Antiquitätenhändler? ... So, wie der Antiquitätenhändler, Pierre, nichts weiter, nur Pierre; also Pierre hatte Pierre beerbt. Den alten Rizzo hatte er, der lebendige Pierre, nie kennen gelernt. Den hatte nur der verstorbene Pierre gekannt. Und der lebende Pierre wusste auch nicht, woher die beiden sich gekannt hatten. Das interessierte ihn auch nicht. Ihn interessierten nur die Verpflichtungen, die er vom verstorbenen Pierre mit seinem Erbe übernommen hatte.

Elaine und ich saßen beide hinten bei Ottavia, was nicht sehr gemütlich war, weil wir uns den Platz mit der Leiche teilen mussten. Während ich ungeduldig Elaine zuflüsterte „Wann kommt der endlich mal zum Punkt?", wanderte mein Blick vom Gesicht der friedlich schlafenden Ottavia zu dem Toten, also zu dem Toten im Leichenwagen, nicht zu dem verstorbenen Pierre. Der war ja auch gar nicht da. Mir fielen die hellen, nicht zum dunklen Anzug passenden Turnschuhe der Leiche auf. Und da ich mich an die Abdrücke der Schuhe im Antiquitätenladen erinnerte, sah ich mir das Profil der Schuhe an. Dabei stellte ich nicht nur fest, dass es nicht mit dem übereinstimmte, das ich gesehen hatte, sondern auch, dass bei dem Toten bereits die Leichenstarre eingesetzt hatte. Er war also schon lange bevor Ottavia im Antiquitätenladen aufgetaucht war, tot gewesen.

„Was machst Du da?" fragte Elaine mich leise flüsternd, als ich begann, die Leiche zu untersuchen. Doch ich wusste selbst nicht so genau, was ich eigentlich machte. Ich wusste nur, dass wir in Gefahr waren und fühlte mich für die beiden Mädchen, die so plötzlich und unerwartet in mein Leben geschneit waren, verantwortlich. Deshalb konnte ich nicht nur passiv abwarten, wie es weitergehen würde. Ich hatte Ottavia allein und schutzlos in den Antiquitätenladen gehen lassen. Und sie war betäubt und entführt worden. Anstatt Elaine zu antworten, unterbrach ich Pierre, indem ich ungehalten nach vorne rief: „Was ist mit Ottavia?"

Obwohl Elaine noch nicht übersetzt hatte, verstand Pierre anscheinend den Inhalt meiner Frage, denn er gestand zögernd ein, dass er sie mit Chloroform betäubt hatte. Und bevor ich diese Information soweit verarbeitet hatte, dass ich in einer Weise darauf hätte reagieren können, die die Sicherheit des Fahrers und damit auch die der Fahrt selbst, und damit auch die der Mitfahrenden, gefährdet hätte, übersetzte Elaine mir bereits die hastig vorgetragene Bitte Pierres an mich, nichts Unüberlegtes zu tun, da er alles erklären könnte.

„Dann soll er doch endlich damit anfangen!" erwiderte ich, vor Sorge um Ottavia ziemlich erregt.

Die weitere Unterhaltung führte Elaine, ohne dass ich ihr vorsagte, was sie übersetzen sollte. Und erst, als sie fertig war, wendete sie sich wieder an mich und erklärte mir: „Das Wichtigste zuerst: Ottavia müsste bald wieder aufwachen. Er sagt, er musste sie betäuben, weil sie ihm nicht freiwillig folgen wollte. Sie mussten aber so schnell wie möglich aus dem Haus verschwinden, weil es beobachtet wird."

„Ich hab niemanden gesehen", warf ich nachdenklich ein und hörte Elaine dann weiter zu.

„Ich auch nicht", stimmte sie mir zu und fuhr dann fort: „Er sagt, Ottavia dabei zu helfen unterzutauchen, ist eine der Verpflichtungen, die er von Pierre geerbt hat. Er wusste seit dem Tod von diesem, dass sie irgendwann in dem Laden auftauchen würde. Doch er hatte keinen Anhaltspunkt, wann das sein würde. Angeblich betritt er selbst den Antiquitätenladen niemals …"

„Das stimmt", bestätigte ich diese Aussage, da ich nur ganz frische Spuren in der Staubschicht auf dem Boden des Ladens gesehen hatte. Elaine meinte nur „Aha" auf diese Unterbrechung und erzählte dann weiter: „Er wohnt genau gegenüber von dem Laden und kann so jeden sehen, der hineingeht, was jedoch seit Jahren nicht mehr passiert ist. Heute Nacht hat er das Glimmen von Zigarettenglut in dem Laden gesehen, ohne dass er aber bemerkt hatte, dass jemand den Laden betreten hat. Es musste sich also jemand über den Hof Zutritt verschafft haben. Als er sich dann selbst über den Hof angeschlichen hat, hat ihn ein zweiter Mann angegriffen; der Tote hier. Der im Laden gewartet hatte, ist entkommen. Aber er ist sich sicher, dass der Laden überwacht wird und wir deshalb verfolgt werden. Und …"

An der Stelle hielt Elaine plötzlich inne, so dass ich fragte: „Und was?"

„Und er sagt, dass er bereits zuviel Zeit damit vergeudet hätte, langsam genug zu fahren, dass er Dich nicht abgehängt hat."

Und ich hatte gedacht, es wäre eine spannende Verfolgungsjagd gewesen, an dessen Ende ich den Leichenwagen zum Stehenbleiben gezwungen hatte.

„Warum wollte er denn, dass wir ihm folgen, wenn er doch Angst davor hat, verfolgt zu werden?" fragte ich mit neu erwachtem Misstrauen gegen Pierre. Elaine hatte sich darüber anscheinend noch keine Gedanken gemacht. Sie runzelte die Stirn und übersetzte unserem Fahrer die von mir gestellte Frage, worauf dieser antwortete, dass es die Art gewesen war, in der ich nach Ottavia gerufen hatte. Zuerst hatte er gedacht, dass Ottavias

Verfolger ihr bereits auf den Fersen wären und wollte mit ihr so schnell wie möglich in dem bereitgestellten Leichenwagen verschwinden. Da sie sich aber wehrte und schrie, sah er sich gezwungen, sie zu betäuben, damit die Verfolger sie nicht hörten. Bevor sie aber das Bewusstsein verloren hatte, hatte sie meinen Namen gerufen. Und in meinen verzweifelten Rufen hatte er zu erkennen geglaubt, dass ich Angst um Ottavia hatte und deshalb keiner von denen sein konnte, die ihr anscheinend bereits auflauerten. Nur wie hätte er mir erklären sollen, warum er Ottavia betäubt hatte? Es war keine Zeit für Erklärungen gewesen, die ich ihm ohnehin nicht geglaubt hätte. Die Verfolger hatten jeden Augenblick auftauchen können. Deswegen war es wichtig gewesen, erst einmal vom Ort des Geschehens zu verschwinden und aus der Stadt raus zu kommen.

Ich war mir nicht sicher, ob ich verstand, was Elaine mir da übersetzte. Aber bevor ich meine Zweifel zum Ausdruck bringen konnte, schlug Ottavia die Augen auf. Und als sie mich verwirrt anblinzelte und erkannte, schlang sie sofort ihre schlanken Arme um meinen Nacken und gestand mir unter Tränen und Küssen: „Ich hatte solche Angst, Euch zu verlieren!"

Allerdings musste ich die Küsse mit Elaine teilen, was mir aber trotz der Kürze unserer aufgezwungenen und dennoch, wie es mir schien, vorherbestimmten Beziehung als völlig normal erschien.

9 IN DER FALLE

Als Ottavia wieder etwas klarer wurde, klagte sie nicht nur über Kopfschmerzen und Übelkeit, sondern fragte auch verwirrt: „Wo sind wir?"

Elaine schilderte knapp unsere Situation. Und kurz darauf meldete sich unser Fahrer wieder.

„Wir sind da!" übersetzte Elaine seine Worte, als wir in die Einfahrt zu einem heruntergekommenen Landhaus bogen. Das Tor schloss sich hinter uns automatisch, was mir gar nicht gefallen wollte. Dann blieb der Wagen vor dem Haus stehen. Die beiden Hecktüren wurden aufgerissen und ich starrte in die hämisch grinsenden Gesichter von Franco und Julio Rizzo. Elaine und Ottavia waren ebenso überrascht, wie ich. Pierre war ausgestiegen und erschien ebenfalls hinten am offenen Heck. Zwar mit französischem Akzent, aber ansonsten in perfektem Deutsch sagte er zu den beiden Brüdern: „Wie verschbroschen; am Leben und wohlauf!"

Dann wendete er sich an uns und sagte in vollendeter Höflichkeit: "Isch offe, Sie aben die Fahrt und das Unteraltungsprogramm genossen."

Alles, was er uns erzählt hatte, war gelogen gewesen. Er hatte uns verkauft. Ich hechtete aus dem Wagen und meine Faust traf den verlogenen Franzosen, noch während ich in der Luft war, am Kinn. So wie Franco am Tag zuvor brach auch Pierre wie ein nasser Sack besinnungslos zusammen. Ich war immer ein Sportler gewesen, aber ich wollte nie ein Kämpfer sein. Doch jetzt war ich in Rage geraten, weil ich nicht mehr nur für mich selbst verantwortlich war, sondern mich auch noch für das Leben und die Sicherheit von Elaine und Ottavia verantwortlich fühlte. Ich war nicht bereit, die beiden kampflos einem Schicksal zu überlassen, das ich mir nicht einmal ausmalen wollte. Als Fahrer hatte Pierre vielleicht Rücksicht auf mich nehmen müssen, um mich nicht abzuhängen. Aber verscheißern hätte er mich nicht sollen, denn ich nahm keine Rücksicht auf ihn.

Franco und Julio zückten beide gleichzeitig ihre Pistolen. Aber durch meinen Sprung aus dem Wagen stand ich direkt bei ihnen. Und ich war noch in Bewegung. Julio hatte nicht einmal Zeit, auf mich anzulegen, denn ich packte sofort seine Hand mit der Pistole und drehte sie ihm so auf dem Rücken, dass sich nicht nur ein scheußliches Knacken in seinem Handgelenk mit seinem noch scheußlicheren, kreischenden Schrei, der mir in den Ohren weh tat, vermischte, sondern ich ihn mit seiner Pistole selbst von hinten in den Kopf hätte schießen können. Ich dachte, Franco damit zwingen zu können, seine Pistole fallen zu lassen. Doch Franco kam mir zuvor. Er zielte in den Wagen auf Elaine und sagte völlig kalt und gefühllos: „Lass ihn los!"

Gleichzeitig kamen aus dem Haus auch schon vier oder fünf der geklonten Bodyguards der Rizzos gelaufen. Obwohl sich Ottavia schützend vor Elaine warf, änderte sich nichts in Francos kalter, versteinerter Mine. Und ich war zu wenig Spieler, um das Leben auch nur eines der beiden Mädchen zu gefährden. Ich ließ Julio sofort los und hob meine Hände. Und während Julio, aus meinem Griff befreit, jammernd von mir weg taumelte und die Pistole seiner zitternden Hand entglitt, drehte Franco seinen ausgestreckten Arm mit seiner Pistole in der Hand in meine Richtung. Ich sah noch den Blitz in der Mündung der Waffe, ohne aber den Schuss zu hören. Dann wurde alles weiß. Und das Weiß ging langsam über in das dunkle Schwarz der Finsternis, in die ich sank. Ich war tot!

Wiedergeboren wurde ich in einem düsteren, stinkenden Kellergewölbe. Ich schlüpfte nicht aus dem Bauch einer glücklichen Mutter, sondern hing in Ketten an einer kalten, feuchten Wand. Da war auch kein Arzt, der mir einen Klaps auf den Po gab und mich dann auf die nackte Brust meiner liebenden Mutter legte, sondern jemand hatte mir anscheinend gerade einen Eimer Wasser ins Gesicht geschüttet, denn ich erwachte prustend und triefend mit Wasser in der Nase.

So hatte ich mir das eigentlich nicht vorgestellt.

„Er lebt tatsächlich noch", hörte ich eine quietschige Stimme gehässig lachen, noch bevor ich etwas erkennen konnte.

Das war also nichts mit der Wiedergeburt. Ich steckte noch immer im selben erschossenen Körper, den ich glaubte, längst verlassen zu haben. Ich wusste nur nicht, warum ich noch lebte.

Eine andere Stimme erwiderte befehlend auf die erste: „Sag Rizzo Bescheid, dass er wach ist."

Doch die erste quietschte immer noch gehässig aber nicht mehr lachend zurück: „Spinnst Du? Glaubst Du, ich bin lebensmüde und störe den, wenn er sich grad mit seiner Schwester vergnügt?"

„Ich bringe ihn um, wenn er ihr etwas antut!" meldete sich eine dritte Stimme, in der ich sonderbarerweise meine eigene erkannte, zu Wort. Und bevor ich mir darüber klar wurde, dass das wirklich ich gesagt hatte, lachte das Quietschen wieder gehässig.

Endlich schaffte ich es, meine Augen zu öffnen.

„Du", schrie mich ein kleines, wieselartiges Etwas quietschend an, und plusterte sich dabei auf wie eine Zeichentrickfigur, die kurz davor ist, zu platzen. „Du bringst niemand um. Du bist nämlich selber schon tot!"

Was denn jetzt? fragte ich mich ziemlich verwirrt. *Bin ich jetzt doch tot oder was?*

Über meine Lippen kam aber nur: „Niemanden!"

„Hä?" kreischte die kleine Imitation eines Mannes quietschend. Und ich erklärte ihm: „Es heißt: Niemanden! Du bringst niemanden um. Und außerdem bist Du selbst schon tot und nicht selber."

Okay, das war der Beweis: Ich lebte noch. Wenn ich hier einen auf Schlaumeier machte, konnte ich gar nicht tot sein. Das kleine Wiesel wich erschrocken vor mir zurück, drehte sich zu dem anderen um, der wie einer der typischen Klone der Rizzo-Bodyguards aussah und quietschte ihn ängstlich an: „Hast Du das gehört? Er hat mich bedroht!"

„Hat er nicht."

„Hat er doch!"

„Du redest vielleicht einen Quatsch."

„Er hat gesagt, ich bin tot."

„Wäre", mischte ich mich an dieser Stelle in das absurde Gespräch. „Er hat gesagt, ich wäre tot!"

„Da, hörst Du? Er hat's schon wieder gesagt."

„Jetzt hol endlich Rizzo!"

Zögernd, aber ohne noch einmal zu widersprechen, wuselte das Wiesel durch die schwere Tür des wie ein mittelalterliches Verließ aussehenden Kellerraums. Der Bodyguardklon kam, mich neugierig musternd, auf mich zu und sagte lächelnd: „Den hast Du aber ganz schön fertig gemacht."

Aufgrund der aktuellen Rollenverteilung versuchte ich gar nicht erst, dem Lächeln und den freundlichen Worten des Mannes irgendeine Bedeutung zuzumessen. Ich stand frierend, nackt und angekettet an der feuchten Kellerwand und der in feinen Zwirn gekleidete Bodyguard kam mir für meinen Geschmack viel zu nahe. Deswegen erwiderte ich auf seine Höflichkeit nur die bissige Frage: „Bist Du schwul, oder was?"

Es zuckte amüsiert in den Mundwinkeln des Mannes, als er antwortete: „Nein, keine Angst. Ich tu Dir nichts."

Erleichtert atmete ich auf. Doch da setzte er noch einmal an und erklärte lächelnd: „Zumindest nicht so. Ich werde Dir vermutlich jeden Knochen im Leib einzeln brechen. Vielleicht schneide ich Dir auch was ab oder schieb Dir 'ne Stange Dynamit in den Arsch. Aber keine Angst: Ich fick' Dich nicht."

Darauf verschlug es mir erst mal die Sprache. Und mein Folterknecht, dem das ganz offensichtlich nicht verborgen blieb, fragte mich auch noch süffisant: „Hat's Dir die Sprache verschlagen?"

Ich war zu stolz, um zu antworten und hüllte mich deshalb in majestätisches Schweigen.

Der Mann tastete nach meiner Brust über meinem Herzen und ich fühlte einen stechenden Schmerz meinen Körper durchdringen.

„Du hattest mehr Glück als Verstand", erklärte er mir. „Die Kugel ist von einer Rippe abgeprallt und oberhalb von Deinem Herz, … oder heißt es Herzen?"

Ich antwortete nicht und er fuhr fort: „Na egal: Sie hat Dein Herz verfehlt und ist durch Deinen Körper durchgegangen, ohne irgendwelche lebenswichtigen Organe oder Gefäße zu verletzen. Du scheinst ein echter Glückspilz zu sein."

„Ha ha!" antwortete ich zynisch, worauf er sich freute: „Na siehst Du: Die Sprache hast Du auch schon wieder gefunden."

„Kannst Du jetzt trotzdem Deinen Finger wieder aus dem Einschussloch nehmen, Du Arschloch?" presste ich gequält hervor.

Der freundliche Folterknecht lächelte mich halb mitleidig, halb anerkennend an, als er erwiderte: „Kein Grund, gleich persönlich zu werden. Ich mach hier auch nur meinen Job."

Dabei drückte er mir seinen Finger noch etwas tiefer in den Schusskanal. Ich presste die Zähne aufeinander und bemühte mich, den Schrei, der mir in der Kehle steckte, zu unterdrücken, während ich stoßweise durch die Zähne ein und ausatmete und Tränen mir in die Augen schossen.

„Jeder andere hätte jetzt geschrieen!" meinte der Mann, der zwar auch nur seinen Job machte, aber das sehr pflichtbewusst.

„Darauf kannst Du lange warten!" stieß ich keuchend hervor, worauf sich sein Finger noch tiefer in das Einschussloch bohrte und ich wie am Spieß zu brüllen begann.

„Na, so lange auch nicht", meinte der Scheißkerl zufrieden und zog seinen Finger wieder zurück. Erleichtert atmete ich durch, als der unerträgliche Schmerz wieder nachließ. Und als ich wieder genug Atem hatte, um sprechen zu können, fragte ich den Mann: „Wo ist Elaine?"

„Bei Rizzo. Das sagte ich doch."

Nein, das stimmte nicht. Deshalb korrigierte ich ihn halb fragend: „Ich dachte, der ist mit Ottavia beschäftigt?"

Der Mann genoss es sichtlich, mich leiden zu sehen, als er antwortete: „Meinst Du, er schafft sie nicht beide?"

Ich zerrte an meinen Ketten, doch es war sinnlos. Mein linker Arm war völlig kraftlos. Als ich von den Toten wieder erwacht war, war ich völlig schmerzfrei gewesen. Doch seit der Folterknecht in meiner Wunde herumgepopelt hatte, strahlte der Schmerz in jede Richtung hin aus, und vor allem in den linken Arm. Durch die Anstrengung wurde der Schmerz nur wieder schlimmer.

„Vergiss es", entmutigte mich der Mann, der sich wieder auf seinen Stuhl neben der Tür gesetzt hatte und mich aufmerksam musterte. „Da kommst Du nicht raus. Also spar Dir Deine Kräfte. Wenn Julio Rizzo aus dem Krankenhaus zurück ist, will er sicher seinen Spaß mit Dir haben."

„Was hat er denn? Ist er krank?"

Der Mann lachte amüsiert auf und antwortete vergnügt: „Du machst mir Spaß. Du hast ihm doch den Flügel gestutzt. Scheint ein ziemlich komplizierter Bruch zu sein. Also wenn der wieder zurück ist, möchte ich nicht in Deiner Haut stecken."

Ich mochte schon jetzt nicht in meiner Haut stecken, erwiderte aber herausfordernd und ohne die möglichen Konsequenzen völlig durchdacht zu haben: „Das war eine rhetorische Frage. Jemand, der sich einen Affen wie Dich hält, kann ja nur krank sein."

Wütend sprang der Mann auf und machte einen Satz auch mich zu. Im selben Moment flog aber die schwere, eisenbeschlagene Tür quietschend auf und das quietschende Wiesel kam kopfüber hereingepurzelt. Bevor mein Folterknecht und ich begriffen, was geschah, sprangen Ottavia und Elaine hinter dem Kleinen in das Verließ. Beide hatten Pistolen in den Händen und zielten sofort auf den Folterknecht.

10 WIEDER AUF DER FLUCHT

„Waffe fallen lassen!" befahl Ottavia streng. Und ihrer Stimme war anzuhören, dass sie durchaus gewillt war, von ihrer Waffe Gebrauch zu machen, falls der Mann nicht gehorchen sollte. Trotzdem klang der ziemlich unbeeindruckt, als er schulterzuckend antwortete: „Ich hab doch gar keine, Mädchen."

„Na dann nimm wenigstens die Hände hoch", befahl Ottavia weiter.

„Das wird Deinen Brüdern aber gar nicht gefallen", erwiderte der Bodyguard amüsiert lächelnd, hob dabei aber trotzdem brav seine Hände. Gleichzeitig kam schon Elaine zu mir gelaufen und untersuchte die Ketten, mit denen ich an der Wand hing.

„Wo sind die Schlüssel?" fragte sie den Bodyguard, als sie sich davon überzeugt hatte, dass sich die Eisen nicht öffnen ließen.

„Die hat Rizzo", antwortete der Gefragte so gelangweilt, dass er sich ein Gähnen nicht verkneifen konnte. Da knallte ein Schuss und ich spürte einen brennenden Schmerz in meiner Brust. Ich war aber nicht getroffen, sondern vor Schreck nur so zusammengezuckt, dass die Schussverletzung, die ich bereits hatte, durch die ruckartige Bewegung wieder wie Feuer brannte. Dem gelangweilten Bodyguard ging es schlechter. Er stürzte mit zwischen seine Beine gepresste Hände auf seine Knie. Ich sah, dass Blut zwischen seinen Fingern hervorquoll, während sein Schmerzensschrei sich mit der Frage vermischte: „Spinnst Du?"

„Komisch", antwortete Ottavia nachdenklich durch den Rauch des Schusses. „Das Gleiche hat mich Franco auch gefragt, als ich …"

Sie vollendete den Satz nicht, sondern wechselte nur einen vielsagenden Blick mit Elaine, die ohne zu zögern zu dem blutenden Bodyguard sprang und seine Taschen durchsuchte, während Ottavia ihn in Schach hielt. Der Lügner hatte die Schlüssel zu meinen Ketten einstecken. Elaine befreite mich und kettete das Wiesel an meine Stelle. Dann flohen wir aus dem Verließ, das wir hinter uns versperrten.

„Warum hast Du den anderen nicht auch gefesselt?" fragte ich, auf Elaines und Ottavias Schultern gestützt.

„Er würde verbluten", antwortete Elaine. Und damit hatte sie vermutlich Recht.

Wir gelangten ungehindert in den Hof und flüchteten in den

Leichenwagen, in dem wir hergebracht worden waren. Diesmal setzte sich Elaine ans Steuer, während ich mich hinten auf die Bahre legte und Ottavia sich um mich kümmerte.

Es tat gut, mich ein wenig bemitleiden und umsorgen zu lassen. Ottavia hatte einen großen Erste-Hilfe-Kasten aus dem Haus mitgenommen und begann sofort damit, meine Wunde zu reinigen. Zumindest hatte sie das vor. Aber bevor sie irgendetwas unternehmen konnte, stellten wir fest, dass Elaine keinen Führerschein und auch keine Fahrpraxis besaß. Der Wagen fuhr nicht wie erwartet an, sondern hüpfte wie ein Känguru in mehreren Sätzen vorwärts. Meine Schusswunde schmerzte ekelhaft.

Elaine entschuldigte sich kleinlaut, nachdem der Wagen nach dem dritten oder vierten Hopser wieder stand. Dann hörten wir sie leise zu sich selbst sagen „Die Kupplung langsam kommen lassen …", bevor der Wagen wieder loshüpfte. Doch dann fuhren wir; geschätzte fünf Meter im Kreis, bevor Elaine nervös nach hinten rief: „Das Tor ist zu!"

Ottavia wendete sich nach vorne und erwiderte sofort: „Gib Gas. Wir brechen durch."

Vielleicht lag es daran, dass Elaine zu zögernd beschleunigt hatte, dass wir nicht durchbrachen. Unsere Flucht im Leichenwagen endete am Tor, das nicht nachgegeben hatte. Dafür hatte der Wagen einen Totalschaden und ich fühlte mich ebenso.

„Es tut mir so leid" schluchzte Elaine weinend und fragte besorgt: „Seid ihr okay?", während sie schon zu uns nach hinten kletterte.

„Ich schon", antwortete Ottavia, „aber Josef sieht nicht gut aus."

Tatsächlich fühlte ich mich so, als würde ich wieder ohnmächtig werden. Wie in Trance bekam ich mit, dass Elaine sagte: „Lass mich mal ran."

Dann untersuchte sie hastig meine Wunde, gab mir einen zärtlichen, aber ebenso hastigen Kuss und flüsterte mit bebender Stimme: „Das wird jetzt ein wenig weh tun."

Und was soll ich sagen? Es tat weh. Und wie!

Ottavia hielt meinen Kopf in ihrem Schoß, während Elaine die Wunde reinigte, desinfizierte und sowohl das Eintritts- als auch das Austrittsloch der Kugel, mit der ich erschossen worden war, zunähte.

Mir fiel ein, dass Elaine mir etwas von einem Medizinstudium erzählt hatte und ich dachte mir, dass sie definitiv eine bessere Ärztin als Autofahrerin war. Doch als ich schon wieder am Hinüberdämmern war und die beiden sich um mich sorgenden Mädchen sich aufzulösen begannen, drang von irgendwo doch noch Elaines Stimme zu mir durch.

„Du stirbst mir hier nicht weg!" sagte sie energisch und rüttelte mich. „Hast Du verstanden?"

Ich hatte sie verstanden und versuchte sogar zu lächeln, während ich schwach nickte. Sofort legten sich ihre Lippen auf meine und ihre Tränen flossen in meine Augen. Doch ich konnte diesen Moment nicht lange genießen.

„Du musst jetzt aufstehen, Josef", forderte Elaine mich auf. Und gemeinsam mit Ottavia half sie mir aus dem Wagen. Ich stützte mich auf die Schultern der beiden geliebten Mädchen, während wir zu Fuss weiter flohen. Doch nach nur wenigen Schritten bat ich: „Lasst mich zurück. Ich halte Euch nur auf. Ohne mich …"

„Halt die Klappe, Josef!" befahl Ottavia und versuchte, ihre Stimme dabei streng klingen zu lassen. Doch sie konnte ihre Besorgnis nicht verbergen.

Elaine und Ottavia waren bekleidet, ich hatte nur eine dünne Decke über meine Schultern geworfen und lief barfuss durch den auch in Frankreich kalten Novembertag. Ich weiß nicht, wie sie es schafften, aber irgendwie gelang es den beiden Mädchen, mich zurück zu unserem eigenen Wagen zu bringen, den ich abseits der Straße in einem Waldweg abgestellt hatte.

So weit so gut, dachte ich mir, während ich fast im selben Moment, in dem Elaine und Ottavia mich auf den Rücksitz schoben, einschlief.

Als ich wieder zu mir kam, fühlte ich mich erholt und war fast schmerzfrei. Ich lag in einem warmen, weichen Bett in einem hellen Raum. Es dauerte einen Moment, bis ich mich an das durch das Fenster scheinende Sonnenlicht gewöhnt hatte und mich umsehen konnte. Es war auf den ersten Blick zu erkennen, dass es ein Hotelzimmer war; nicht groß, aber sauber und gemütlich. Ich war allein. Und langsam setzte die Erinnerung an unsere Flucht ein. Wo waren die Mädchen?

„Elaine?" rief ich leise, „Ottavia? Wo seid Ihr?"

Niemand antwortete mir.

Als ich die Decke zurückwarf, bemerkte ich, dass mein Oberkörper ordentlich verbunden war und mein linker Arm in einer Schlinge lag. Mich aufzurichten, bereitete mir Schmerzen, doch sie waren erträglich. Abgesehen von Verband und Schlinge war ich nackt. Also tappte ich auf wackeligen Beinen nackt ins Badezimmer. Ich war um einiges schwächer, als ich es beim Aufwachen angenommen hatte. Mein Kreislauf sackte ab und es flimmerte vor meinen Augen. Keuchend ließ ich mich auf den Boden nieder und legte meine Beine auf den Klodeckel, bis ich mich wieder besser fühlte. Dann machte ich mich frisch. Es war ein beruhigendes Gefühl, nicht nur meine, sondern auch die Zahnbürsten von Elaine und Ottavia in dem Glas vor dem Spiegel zu entdecken. Das war der erste Hinweis darauf, dass die beiden noch irgendwo sein mussten. Ansonsten war das Zimmer leer, abgesehen von der Tasche mit dem Geld, die unter dem Bett lag. Jetzt war ich mir sicher, dass die beiden Mädchen wiederkommen würden. Wären sie entführt worden, dann wäre das Geld mit Sicherheit auch weg gewesen.

Erschöpft von meiner Überprüfung des Hotelzimmers kroch ich zurück ins Bett und schlief bald darauf wieder ein.

Als ich wieder wach wurde, fühlte ich eine innere Unruhe. Kein Laut war zu hören, doch ich spürte eine drohende Gefahr. Als mein Blick suchend durch den Raum flog, bemerkte ich, dass sich die Türklinke lautlos senkte. Obwohl ich die Pistole vorher nicht einmal bewusst registriert hatte, griff ich ohne nachzudenken unter mein Kopfkissen, zog sie hervor und legte auf den in der sich lautlos öffnenden Tür erscheinenden Julio an. Er hatte ebenfalls eine Waffe in der Hand, allerdings in der linken, denn seine rechte trug er in einem dicken Gipsverband. Als er mich im Bett entdeckte, hob er zu zögern die Waffe. Bevor er abdrücken konnte, knallte mein Schuss und der jüngere der beiden Rizzo Brüder fiel mit weit aufgerissenen Augen, aus denen er mich ungläubig anstarrte, auf die Knie, während die Waffe seiner kraftlosen Hand entglitt.

Julio hatte weniger Glück, als ich es gehabt hatte, denn ich verfehlte sein Herz nicht. Doch noch ehe das Leben ihn verließ, stürzten Elaine und Ottavia durch die Tür. Die beiden Mädchen erfassten die Situation mit einem Blick. Als sie davon überzeugt waren, dass ich unversehrt war, griff Ottavia sofort nach Julios Waffe und zielte auf ihn. Doch sie sah ihn nur noch sterben. Mit mehr Verwunderung als Trauer über den Tod ihres Bruders ließ sie die Waffe wieder sinken. Und als ein Geräusch aus dem Gang zu hören war, wandte sie sich sofort an Elaine.

„Schnell", sagte sie. Und wie ein eingespieltes Team zogen die beiden den Leichnam ins Zimmer und verschlossen die Tür hinter sich.

„Wir dachten schon, wir kämen zu spät", sagte Elaine mit nur mühsam zurückgehaltenen Tränen, stürzte zu mir und umarmte mich zärtlich und so behutsam, wie meine Verletzung es erforderte.

Nachdem die beiden Mädchen Julio in den Duschvorhang eingewickelt hatten, bekam ich von ihnen die Informationen, die mir in der bisherigen Geschichte gefehlt hatten:

Nachdem Franco mich erschossen hatte, waren Elaine und Ottavia ebenso wie die Rizzo Brüder und deren Bodyguards der Meinung gewesen, dass ich tot wäre. Franco hatte kalt lächelnd befohlen, die beiden Mädchen in sein Zimmer zu bringen. Doch während Elaine durch den Schock und den Schmerz ihrer Trauer um mich noch wie gelähmt war, hatte Ottavia ihren älteren Bruder wie eine Wildkatze angesprungen. Der Angriff war so plötzlich, unerwartet und mit einer Heftigkeit gekommen, dass Franco sich gegen das kleine, zierliche Mädchen nicht zu wehren vermocht hatte. Erst seinen Bodyguards war es mit vereinten Kräften gelungen, ihn von der kleinen Furie zu befreien. Doch da hatte Ottavia sein Gesicht bereits wie eine Wildkatze zerfetzt gehabt. Vor Wut schäumend war es Franco schwergefallen, sich zu beherrschen. Doch es war ihm gelungen. Er hatte zwei Männer damit beauftragt, Julio in ein Krankenhaus zu begleiten, damit sein gebrochener Arm versorgt würde und sich selbst Elaine und Ottavia in sein Zimmer bringen lassen. Mit Handschellen waren die beiden Mädchen an die eisernen Bettpfosten gefesselt worden. Und nachdem Franco sich das Blut aus dem Gesicht gewaschen hatte, war er über die beiden hergefallen. Brutal hatte er seiner Adoptivschwester die Kleider vom Leib gerissen. Und in dem Bewusstsein, dass ich tot war und dass sie daran nichts mehr ändern könnte, war Ottavia in eine lethargische Gleichgültigkeit gestürzt, in der sie stoisch bereit gewesen wäre, alles über sich ergehen zu lassen. Doch jetzt war es Elaine, die um ihrer Freundin Willen wieder ihren Kampfgeist entdeckt hatte. Sie hatte gestrampelt und nach Franco getreten, bis der von Ottavia abgelassen und sich ihr zugewendet hatte. Doch genau in dem Moment, in dem er ihre Beine fixiert gehabt und bereits ihre Bluse zerrissen hatte, war die Tür aufgeflogen und einer der Bodyguards war in das Zimmer gestürzt gekommen und hatte ganz aufgebracht berichtet, dass ich noch am Leben wäre. Nachdem Franco seine Verärgerung über die Unterbrechung und seine Verwunderung über diese Nachricht überwunden gehabt hatte, hatte er dem Mann befohlen, mich nach unten zu bringen, wo einer seiner Männer, dessen Namen die Mädchen nicht verstanden hatten, sich um mich kümmern sollte. Kaum hatte sich die Tür hinter dem Mann wieder geschlossen gehabt, da hatte sich Franco wieder Elaine zugewandt. Doch bevor er in der Lage gewesen war, ihr irgendetwas anzutun, hatte Ottavia ihn in eine Beinschere genommen. Zuerst war er noch der Meinung gewesen, sich aus der Umklammerung von Ottavias Schenkeln befreien zu können, doch Elaine hatte sofort in den ungleichen Kampf eingegriffen und mit ihren Beinen seine Arme umklammert, während Ottavias Schenkel seinen Hals zugedrückt hatten. Als es Franco langsam gedämmert hatte, dass er sich aus den Umschlingungen aus eigener Kraft nicht befreien konnte, hatte er versucht, nach Hilfe zu rufen, doch es war nur noch ein ersticktes Röcheln aus seinem Mund gekommen. Erst als die beiden Mädchen sicher gewesen waren, dass Franco wirklich bewusstlos war, hatten sie ihre Beinscheren wieder geöffnet. In Francos Hosentasche hatten sie die Schlüssel für ihre Handschellen gefunden, mit denen sie sich selbst befreien und Franco anketten konnten. Dann hatten sie die Schlüssel im Klo hinuntergespült und sich wieder bekleidet. Damit waren sie genau zur rechten Zeit fertig gewesen, bevor das quietschende Wiesel zaghaft an die Tür geklopft hatte. Diese Karikatur zu überwältigen, war ihnen ein Leichtes gewesen. Und jetzt, da sie gewusst hatten, dass ich noch am Leben war, hätten sie es mit jedem Gegner aufgenommen, um mich zu befreien. Den Rest meiner Rettung hatte ich mitbekommen.

Was ich noch erfuhr, war der Umstand, warum Elaine ihr Medizinstudium abgebrochen hatte. Sie war während ihres zweiten Semesters Zeuge eines schweren Verkehrsunfalls gewesen und hatte sofort versucht die medizinische Erstversorgung am Unfallort zu übernehmen.

Doch das Unfallopfer war unter ihren Händen gestorben.

„Eigenartig", sinnierte Elaine, „ich konnte damals nicht ertragen, jemanden sterben zu sehen. Und heute bin ich bereit für die, die ich liebe, selbst zu töten."

Aber sie war nicht nur bereit, zu töten, sondern durch ihr Studium auch in der Lage gewesen, meine Wunde so zu versorgen, dass sie die Hoffnung hatte, ich würde wieder vollständig genesen, wenn ich mich lang genug schonen würde. Aber genau da lag das Problem: Julio hatte uns gefunden. Und jetzt war Julio tot. Wir mussten verschwinden, und zwar schnell.

Ottavia und Elaine hatten Kleidung für mich gekauft. Sie halfen mir beim Anziehen. Dann schafften sie die in den Duschvorhang gewickelte Leiche von Julio heimlich in unseren Wagen in der Tiefgarage des Hotels. Und dann ging unsere Flucht weiter. Wir waren wieder in Paris. Julio versenkten wir mit ein paar Steinen beschwert in der Seine. Und obwohl nicht einmal Ottavia Liebe für ihn gekannt hatte, standen wir noch lange am Ufer und beteten still für seine Seele. Es war Elaine, die uns schließlich aus unseren Gedanken riss, indem sie sagte: „Wir sollten nicht zu lange hier bleiben."

Damit hatte sie Recht. Da sie selbst nicht Autofahren konnte, wie sich herausgestellt hatte und ich noch zu schwach war, setzte sich Ottavia wieder ans Steuer. Sie hatte zwar auch keinen Führerschein und auch keine Fahrpraxis, wie sie uns gestand, aber sie kannte die Verkehrsregeln und besaß ein gutes Gespür für den Wagen. Ich fühlte mich sicher, wenn sie fuhr. Und sie fuhr nach Süden.

„Wir waren noch einmal im Antiquitätenladen und auch in der Wohnung gegenüber, von der Pierre gesprochen hatte", erzählte Ottavia, als wir die Stadtgrenze hinter uns gelassen hatten. „Und wir haben das hier gefunden."

Dabei zog sie ein zerknittertes Couvert aus der Tasche.

„Was ist das?" fragte ich neugierig und Elaine antwortete darauf: „Eine Nachricht für Ottavia. Der richtige Pierre, der bei dem sie sich melden sollte, war von ihrem Großvater informiert worden, dass sie kommt."

„Als er feststellte, dass er beobachtet wurde", übernahm Ottavia wieder den weiteren Bericht, „hat er uns eine Nachricht geschrieben. Er hat wohl geahnt, dass Franco und Julio ihn beseitigen würden, wenn sie bereits erfahren hatten, dass er uns helfen wollte. Auf dem Spiegel in seinem Bad hab ich ein Gedicht entdeckt, das Nonno mir als Kind oft aufgesagt hatte. Nonno hatte mir damals gesagt, dass niemand außer ihm und mir dieses Gedicht kennen würde. Deshalb wurde ich darauf aufmerksam. Ich wusste, dass es etwas bedeuten musste, es bei Pierre zu entdecken. Hinter dem Spiegel steckte die Nachricht für mich. Wir haben eine Adresse in Marseille, wo wir Papiere bekommen können."

Das war eine gute Neuigkeit. Doch ich war skeptisch, ob wir nicht wieder bereits von Francos Männern erwartet werden würden, wenn wir in Marseille ankamen.

Ottavia fuhr die ganze Nacht durch und als ich wieder erwachte, konnte ich bereits das Meer riechen.

Während ich noch herzhaft gähnte und mich streckte, blinzele Ottavia mir verliebt im Rückspiegel zu und sagte so leise, dass sie Elaine, die noch auf dem Beifahrersitz schlief, damit nicht weckte: „Guten Morgen, mein Engel."

„Guten Morgen mein schöner Traum", erwiderte ich ebenso leise.

Ich hatte ein schlechtes Gewissen, weil Ottavia ganz alleine die Verantwortung für uns drei hatte tragen müssen, während Elaine und ich friedlich geschlafen hatten. Es bestand ja nicht nur die Gefahr, von Francos Männern erwischt zu werden, sondern auch, in eine Polizeikontrolle zu geraten. Ohne Papiere wären wir in ziemliche Erklärungsnot geraten.

Mich aufzurichten bereitete mir Schmerzen. Ich hasste dieses Gefühl der Hilflosigkeit und Ohnmacht, das mich den beiden geliebten Mädchen nur zur Last machte. Ich wollte sie beschützen und nicht auf ihren Schutz angewiesen sein. Darum fiel es mir schwer, die Geduld aufzubringen, die das Verheilen meiner Wunde erforderte.

„Bitte bleib liegen", bat Ottavia mich sanft. Doch da saß ich bereits und küsste zärtlich ihren Nacken. Ottavia schnurrte wie ein Kätzchen und der Wagen machte einen kleinen Schlenker, von dem auch Elaine erwachte.

„Es ist gefährlich, den Fahrer abzulenken", flüsterte Ottavia noch immer schnurrend, während sie den Wagen wieder auf die Spur brachte.

Elaine entschuldigte sich dafür, dass sie eingeschlafen war und kletterte dann zu mir auf den Rücksitz, um sich meine Wunde anzusehen.

„Das sieht gut aus", meinte sie beruhigt. „Du musst Dich nur eine Zeit lang schonen."

„Nicht ganz einfach, wenn man auf der Flucht ist", erwiderte ich sarkastisch. Doch Elaine streichelte mir zärtlich durch die Haare, küsste mich und flüsterte: „Verlass Dich einfach auf Ottavia und mich."

In dem Moment fuhr der Wagen durch ein Schlagloch. Elaine und ich stießen mit den Köpfen zusammen und taumelten benommen auseinander. Mein Veilchen war kaum noch zu sehen und die Schwellung meiner gebrochenen Nase bildete sich auch bereits zurück. Aber anscheinend wollte es das Schicksal so, dass ich in Elaines Gegenwart immer etwas abbekam. Doch diesmal hatte es sie auch getroffen.

„Entschuldigung", bat Ottavia ganz schuldbewusst und gestand uns, grad nicht auf die Straße geachtet zu haben, weil sie uns im Rückspiegel betrachtet hatte. Ich musste als erster über die Absurdität lachen, die mich anscheinend verfolgte. Meine Schusswunde schmerzte durch die Erschütterung mehr, als das Zusammenstoßen unserer Köpfe. Doch ich bemühte mich, mir die Schmerzen nicht anmerken zu lassen. Da Elaine in mein Lachen eingestimmt hatte, konnte ihr auch nichts passiert sein. Wir lächelten uns nur verliebt an und Ottavia sagte ganz verträumt: „Es ist so schön, Euch beide anzusehen."

„Und es ist schön, Dich zu sehen", gab Elaine leise zurück und legte ihre Hand sanft auf Ottavias Schulter.

11 EINE ADRESSE IN MARSEILLE

Am frühen Nachmittag standen wir verwirrt am Hafen. Wir waren etliche Male die Straßen abgefahren. Aber die Adresse, die Pierre für Ottavia hinterlassen hatte, gab es nicht. Hier gab es nur den Fischmarkt, ohne eine einzige Hausnummer. Die Enttäuschung und Resignation stand uns allen Dreien ins Gesicht geschrieben.

„Was machen wir jetzt?" fragte Ottavia und hatte dabei Mühe, die Tränen zurückzuhalten, die ihr durch die Ausweglosigkeit unserer Situation in die Augen steigen wollten. Weder Elaine, noch ich wussten eine Antwort. Da klopfte plötzlich ein schmächtiger, vielleicht zwölf oder dreizehn Jahre alter Junge an die Scheibe der Fahrertür. Ottavia kurbelte die Scheibe mechanisch herunter. Und bevor sie den Jungen fragen konnte, was er wollte, fragte der bereits: „Vous êtes Ottavia?"

Ottavia wechselte im Rückspiegel einen kurzen Blick mit mir und nickte dem Jungen dann als Antwort stumm zu. Der Junge öffnete die Tür und forderte Ottavia auf, auf den Beifahrersitz zu rutschen, was ich nicht durch seine Worte, sondern allein durch seine Körpersprache verstand. Ottavia gehorchte schweigend und der Junge stieg in den Wagen und fuhr los.

Na hoffentlich kommen wir jetzt in keine Polizeikontrolle, dachte ich mir besorgt. Der Junge fuhr zwar wie ein Profi. Trotzdem war er noch ein Junge. Außerdem kannten wir ihn nicht und wussten nicht, wohin er uns brachte. Aufmerksam beobachtete ich den Kleinen, während ich mir gleichzeitig die Strecke einzuprägen versuchte. Dabei bemerkte ich zweierlei: Erstens, dass der Junge keinen direkten Weg fuhr, sondern viele Umwege machte. Und zweitens, dass er im Rückspiegel aufmerksam beobachtete, was für Autos hinter uns fuhren. Erst als er überzeugt davon war, dass wir nicht verfolgt wurden, brachte er uns zum eigentlichen Ziel dieser Fahrt. Plötzlich bog er in die Garage eines kleinen Gemüseladens. Und sofort schloss sich das Tor hinter uns. Der Junge sprang aus dem Wagen und forderte uns auf, ihm zu folgen. Wenige Augenblicke später standen wir in einem Hinterzimmer des Ladens und der Verkäufer, ein gemütlich wirkender, älterer Mann mit grüner Schürze und einer Baskenmütze auf dem Kopf, kam nach hinten, strich dem Jungen anerkennend durch die Haare und schickte ihn in den Laden, um die Kundschaft zu bedienen.

„Pedro ist ein guter Junge!" lobte er den Kleinen, während er sich uns wieder zuwandte. Er hatte eine angenehme Stimme und wie man es von einem alten Franzosen erwarten konnte, einen französischen Akzent.

„Und wer sind Sie?" fragte ich ebenso neugierig wie angespannt.

Der Alte, dessen rotgeäderte, knollige Nase auf langjährigen und ausgiebigen Rotweingenuss schließen ließ, ließ seinen Blick aus kleinen, fröhlichen Augen über Ottavia, Elaine und mich schweifen, nickte zufrieden und forderte uns auf: „Setzt Euch erst mal."

Zögernd gehorchten wir. Der Alte rief etwas nach nebenan und setzte sich zu uns an den großen Tisch, an dem wir Platz genommen hatten. Kurz darauf kam ein hübsches Mädchen, das nur wenig älter als Pedro war und brachte ein Tablett mit Baguette, Käse, Schinken, Oliven und Pepperoni.

„Bedient Euch!" forderte der Alte uns auf und brach sich dabei selbst schon ein Stück von der Weißbrotstange ab. Da wir hungrig waren, folgten wir auch dieser Aufforderung. Das Mädchen kam noch einmal zurück und brachte einen großen Krug mit Wein und einige Becher. Nachdem sie das Zimmer wieder verlassen hatte, begann der Alte, während er herzhaft zulangte: „Nach dem Essen könnt ihr Euch nebenan frisch machen. Dann machen wir Passfotos von Euch. Und in zwei Tagen habt ihr neue Papiere."

Das machte mich erst einmal sprachlos. Ich wechselte einen überraschten und staunenden Blick mit Ottavia und Elaine und wusste gar nicht, was ich zuerst fragen sollte; wer er war, warum er das tat, was das Ganze kosten würde, oder einfach nur *Und dann?*

Es war vermutlich nicht allzu schwer, uns unsere Verwunderung anzusehen. Der Alte kichert still in sich hinein und setzte, nachdem er den zweiten Becher Wein hinuntergekippt hatte, von neuem an: „Ich schulde Pierre etwas. Und Pierre hatte Rizzo etwas geschuldet. Es ist also alles in Ordnung."

„Pierre ist tot", sagte Ottavia da leise. Der Alte nickte betrübt und erwiderte: „Ich weiß."

Dann atmete er aber laut pfeifend ein, straffte sich und erklärte: „Ein Grund mehr, meine Schuld zu begleichen."

Nach dem Essen führte das Mädchen uns im Obergeschoss des Hauses in ein Badezimmer. Sie legte uns einige Handtücher zurecht und ließ uns dann allein. Das Essen hatte gut getan und uns gestärkt. Trotzdem fühlte ich mich durch das aufrechte Sitzen wieder erschöpft. Ich ließ also erst einmal Ottavia und Elaine duschen und legte mich solange flach auf den Fußboden. Es war erst zwei Tage her, dass ich angeschossen worden war. Aber ich hatte weder die Zeit, noch die Geduld für eine langwierige Genesung. Ich war mit zwei geliebten Menschen, für die ich mich verantwortlich fühlte, auf der Flucht. Da konnte ich mir keine Schwäche leisten. Und dennoch lag ich mit geschlossenen Augen auf dem

Badezimmerboden und dämmerte, vom Prasseln des Wassers und den leisen Stimmen der beiden Mädchen eingelullt, langsam in einen unruhigen Schlaf. Ich erwachte erst wieder durch die sanfte Berührung warmer Waschlappen, mit denen Ottavia und Elaine mich zu reinigen versuchten. Auch sie wussten, dass wir auf der Flucht waren und keine Zeit zu verlieren hatten. Daher hatten sie mich entkleidet, ohne dass ich davon erwacht war und wuschen mich jetzt ganz zärtlich und liebevoll. Trotz der angespannten Situation nahmen sie alle Rücksicht auf mich.

Als ich die Augen öffnete, sah ich Ottavia und Elaine zu beiden Seiten von mir knien. Sie waren ebenfalls noch nackt. Und der Anblick ihrer Nacktheit und der langsamen Bewegungen, mit denen sie behutsam meinen Körper wuschen und die ihre Brüste in sanfte und verführerische Schwingungen versetzte, ließ mich im Moment alle Sorgen, Ängste und Schmerzen vergessen. Die beiden waren so unbeschreiblich schön! Schweigend ließ ich die Reinigung über mich ergehen und sah meinen beiden Engeln nur fasziniert zu. Es war einer dieser Momente, in denen die Liebe, die uns so unerwartet überrannt hatte; fast greifbar zu sein schien, wie ein höheres Wesen, das seine schützenden Schwingen um uns gelegt und uns mit unsichtbaren Ketten aneinander geschmiedet hatte. Wir gehörten zusammen; das war das einzige, das ich wusste; das einzige, das zählte; das einzige, das noch irgendeine Bedeutung hatte.

Elaine und Ottavia hatten natürlich bemerkt, dass ich die Augen geöffnet hatte. Doch keiner von uns sprach ein Wort, bis die Erhabenheit der Situation nicht mehr verhindern konnte, dass sich durch den Anblick der beiden nackten Mädchen und ihrer zärtlichen Berührungen etwas in meiner Körpermitte zu regen begann.

„Schön, dass Du wieder etwas fühlst", flüsterte Elaine, während sie mich verliebt anlächelte und zärtlich über meinen anschwellenden Penis streichelte. Auch Ottavia legte ihren Waschlappen beiseite und tastete ganz sanft und zögernd nach meinem Penis. Ich sah, wie sie sich verlegen auf die Unterlippe biss und einen fragenden Blick auf Elaine warf. Die lächelte sie nur zärtlich und ermutigend an und legte meinen inzwischen vollständig erigierten Penis liebevoll in Ottavias Hand. Da war sie wieder, diese bezaubernde Unsicherheit, mit der Ottavia verriet, dass sie bei weitem nicht so tough war, wie sie sich für gewöhnlich gab.

„Ich hab noch keine Erfahrungen", flüsterte sie fast tonlos während sie mit einem hinreißend scheuen Augenaufschlag ihren Blick ganz kurz in meinen senkte. Dennoch behielt sie meinen Penis dabei in ihrer kleinen Hand und massierte ihn mit leichtem Druck so behutsam, als könnte sie mich verletzen, wenn sie nur ein klein wenig beherzter zugreifen würde.

Ich hätte ihr gerne geantwortet, dass das nichts machte, und dass ich weder etwas von ihr verlangte, noch erwartete. Doch ich schwieg. Ich spürte, dass sie die Antworten, die ich ihr hätte geben können, kannte. Was sie tat, tat sie aus eigenem Willen und aus der Neugier heraus, mich und meinen Körper zu entdecken und zu berühren. Und so berührte, betastete und liebkoste sie mich mit der Sensibilität einer Blinden. Welch einen Unterschied bot die zurückhaltende und liebevolle Zärtlichkeit, mit der sie mich jetzt berührte, zu der katzenhaften Wildheit, mit der sie sich erst wenige Tage zuvor einen gnadenlosen Kampf mit Elaine geliefert hatte und in dessen Verlauf sie mir sehr schmerzhaft genau dorthin getreten hatte, wo sie mich nun mit fast heiliger Ehrfurcht berührte. Am liebsten hätte ich meinen Arm um Ottavia gelegt und sie einfach nur an mich gezogen. Doch Ottavia kniete auf meiner linken Seite. Und mein linker Arm war durch die Schussverletzung noch immer fast gelähmt. Jeder Versuch, ihn zu benutzen, fühlte sich an wie ein glühendes Eisen, das durch den Schusskanal geschoben wurde. Obwohl ich keinen Laut von mir gab, sah Elaine mir meine Schmerzen wohl an.

„Streng' Dich nicht an, mein Engel", hauchte sie voller Liebe und Zärtlichkeit in ihrer warmen, weichen Stimme, die mir einen wohligen Schauer durch den Körper jagte, hob meine rechte Hand an ihre Lippen und drückte sie dann an ihr Herz. Ihre Brüste waren so warm und weich, wie ihre Stimme. Es tat gut, sie unter meiner Hand zu spüren, während Ottavia meinen Penis mit der Sanftheit eines sich ausbreitenden Schmetterlingsflügels ertastete.

Trotz meiner Verwundung und der drohenden Gefahr, in der wir noch immer schwebten, war ich in diesem Moment unendlich glücklich und hätte mit keinem König dieser Welt tauschen wollen. Konnte ich mehr vom Leben erwarten, als es mit diesen beiden Wesen teilen zu dürfen, die mich alle Ängste und Sorgen vergessen ließen? Nein, das konnte ich nicht. Vor ein paar Tagen war ich noch der Niemand gewesen, für den alle anderen mich immer gehalten hatten, bis ich selbst davon überzeugt gewesen war, nur ein Niemand zu sein. Vielleicht war ich jetzt noch immer dieser Niemand. Natürlich war ich noch ein Niemand! Schlimmer noch: Ich war ein Niemand der alles verloren hatte, einschließlich seiner eigenen Identität. Ich war ein Niemand der vor einem Jemand auf der Flucht war und sich verstecken musste. Und dennoch war ich glücklich, denn ich liebte und wurde wider geliebt!

Leider konnten wir den Zauber des Augenblicks nicht lange auskosten, denn es klopfte leise an der Tür und das Mädchen, das uns bewirtet und nach oben geführt hatte, sagte etwas, wovon ich nur ‚Photographe' heraushörte.

„Der Fotograf für die Passbilder ist da", erklärte Elaine, nachdem sie dem Mädchen eine Antwort durch die geschlossene Tür zugerufen hatte. Wenige Minuten später standen wir wieder frisch gewaschen und frisiert im Hinterzimmer des Ladens von wo aus wir wieder in einen Nebenraum geführt wurden. Die Fotos waren schnell gemacht. Dann führte uns der

Junge, der uns hierher gebracht hatte, über eine hinter dem Haus verlaufende Gasse ein paar Häuser weiter in ein kleines Zimmer. Hier könnten wir bleiben, bis die Pässe fertig wären, erklärte er uns. Er bat uns im Auftrag des Alten, das Zimmer nicht zu verlassen und zeigte uns das Bad und den vollen Kühlschrank. Dann schlich er sich wieder davon.

12 EIN ZIMMER, ZWEI TAGE, DREI LIEBENDE

„Zwei Tage", sinnierte ich grübelnd. Zwei Tage sollten wir jetzt tatenlos darauf warten, dass der Alte sein Versprechen halten und uns Pässe besorgen würde. Was, wenn er uns nur hatte fotografieren lassen, um uns in Sicherheit zu wiegen? Was, wenn er die Fotos dazu benutzte, um Franco zu beweisen, dass er uns unter Kontrolle hatte? Obwohl ich meine Gedanken nicht aussprach, schien Ottavia sie zu erraten, denn sie legte ihre Hand auf meinen Arm und meinte: „Ich glaube, er ist ehrlich!"

Ich blickte von Ottavia zu Elaine. Elaine nickte bestätigend und erwiderte: „Wir müssen ihm vertrauen. Eine andere Möglichkeit haben wir gar nicht."

Damit hatte sie vermutlich Recht. Ich nickte also ebenfalls und stimmte den beiden Mädchen damit zu. Doch die Untätigkeit, zu der wir für die nächste Zeit verurteilt waren, ließ mich die Gefahr, in der wir noch immer schwebten, nur umso deutlicher spüren.

„Nutz' die Zeit, um Dich zu erholen", riet mir Elaine, die sich sehr um meinen Gesundheitszustand sorgte.

Doch das Warten machte uns alle drei nervös. Während ich auf der Couch lag und die Sekunden zählte, bis meine Wunde endlich verheilte, liefen die beiden Mädchen unruhig im Zimmer auf und ab, blickten immer wieder durch die vergilbten Vorhänge auf die belebte Straße vor dem Haus und saßen abwechselnd an meiner Seite, so als könnte ihre Sorge um mich den Heilungsprozess beschleunigen. Aber auch wenn die Unruhe, die von Ottavia und Elaine ausging, spürbar in der Luft lag, sich auf mich übertrug und damit verhinderte, dass sich ein Zustand erholsamer Ruhe und Entspannung einstellen konnte, war ich doch froh, die beiden um mich zu haben und genoss jede kleinste Aufmerksamkeit, mit der sie mich beschenkten. Am Abend verbreitete das warme Licht einiger flackernder Kerzen eine beruhigende Atmosphäre in dem kleinen Raum. Es hatte sogar etwas sehr romantisches, Elaine und Ottavia im Lichtschein dieser Kerzen zu betrachten und die über ihre Gesichter tanzenden Schatten zu beobachten.

„Ihr seid so unglaublich schön!" stellte ich, fasziniert von diesem Anblick, von neuem fest. Doch Elaine wendete sich an Ottavia und meinte sarkastisch flüsternd: „Er fantasiert."

Ottavia lächelte über den Scherz. Doch während sie Elaine betrachtete, wurde sie wieder ganz ernst und ihr Gesicht nahm einen sehr verträumten Ausdruck an. Es war, als ob sie einen Engel betrachten würde, während sie sanft über Elaines Wange streichelte und hauchte: „Nein, er fantasiert nicht. Du bist wunderschön."

Elaines Augen füllten sich mit Tränen. Sie nahm Ottavias kleine Hand in ihre Hände und küsste sie leise schluchzend.

Der Zustand, in dem wir alle drei uns befanden, war erfüllt von einer Atmosphäre überbrodelnder Emotionen. Auf der einen Seite war die Furcht vor unseren Verfolgern, diese vorher unbekannte und unvorstellbare Todesangst, die uns ebenso lähmte, wie sie uns über uns selbst hinauswachsen ließ; und auf der anderen Seite war die Liebe, die so plötzlich und unerwartet über uns hereingebrochen war, uns zusammenschweißte und so intensiv durchströmte, dass es beinahe weh tat. Keiner von uns hatte in seinem bisherigen Leben jemals dieses Gefühl der Geborgenheit kennen gelernt, das wir uns gegenseitig schenkten, ohne uns dessen selbst bewusst zu werden. Wir wollten nur zusammen sein, wollten der Gefahr, in der wir schwebten, entrinnen und uns um nichts mehr sorgen müssen. Während ich die beiden Mädchen so betrachtete, wurde mir erst bewusst, wie leicht es für mich gewesen war, mein altes Leben hinter mir zu lassen. Es war, als hätte ich mit einer Schere meine Vergangenheit abgeschnitten, um mich vom Ballast alles früher gewesenen zu befreien. Mein Leben hatte in dem Moment begonnen, als mir eine Torte geliefert worden war, die nicht für mich bestimmt gewesen war. Mein Leben hatte mit Elaine begonnen und war durch Ottavia vervollständigt worden. Es gab nur noch uns. Aufgewühlt und verwirrt, wie wir alle drei waren, war es kein Wunder, dass Tränen sehr leicht flossen. Aber die Tränen, die Elaine jetzt vergoss, waren Tränen der Liebe und des Glücks. Und sie waren so ansteckend, dass Ottavia ebenfalls zu weinen begann. Leise schluchzend lagen die beiden Mädchen sich in den Armen und klammerten sich so fest aneinander, als befürchteten sie, dass jemand sie mit Gewalt wieder auseinanderreißen wollte. Silbern glänzende Linien funkelten auf ihren Wangen und verschmolzen zwischen ihren Körpern.

Obwohl beide bekleidet waren und in diesem Moment wohl selbst gar keine Gedanken an Sex hatten, war die Atmosphäre im Raum erfüllt von prickelnder Erotik, die auch auf mich, den unbeteiligten, aber vom Anblick der beiden geliebten Mädchen überwältigten Zuseher übersprang. Ich fühlte das in der Luft liegende Vibrieren und Pulsieren, das mir ein angenehmes Ziehen in den Lenden bescherte, noch bevor Ottavia und Elaine sich dessen bewusst waren. Sie waren wie zwei kleine, zarte und zerbrechliche Mädchen, die sich Schutz suchend aneinander klammerten. Doch in ihnen brannte ein verzehrendes Feuer, das ihre versiegenden Tränen verdampfen ließ, um die Luft mit den damit freigesetzten Pheromonen zu schwängern;

ein Feuer, das ausbrechen und lodern wollte. Plötzlich trafen sich die Lippen der beiden. Was für einen Unterschied bot dieser Anblick zu dem Kampf, den Elaine und Ottavia sich bei ihrer ersten Begegnung geliefert hatten. Trotzdem bildete ich mir ein, Ottavias Großvater wieder feurig rufen zu hören „*Ausziehen!*", wie er es während des Kampfes der beiden getan hatte. Ich schmunzelte über diesen Gedanken, musste mir aber eingestehen, dass ich mir genau das wünschte. Ich selbst war noch zu lädiert und schwach, um aktiv einen Beitrag zu unserer jungen Liebe leisten zu können, die sich so sehr auch nach körperlicher Vereinigung sehnte. Doch es machte mich glücklich, Elaine und Ottavia glücklich zu sehen; es erregte mich, ihre Erregung zu spüren; es genügte mir, sie betrachten zu können, ihnen zusehen zu dürfen und so ihre Leidenschaft und Liebe zu teilen. Als Ottavia mit zitternden Fingern nach dem obersten Knopf von Elaines Bluse tastete, knisterte die von Verlangen aufgeladene Atmosphäre unseres kleinen Exils. Unwillkürlich richtete ich mich etwas auf, um den beiden besser zusehen zu können. Elaines Bluse schien irgendwie geschrumpft zu sein, denn der dünne, weiße Stoff, durch den sich deutlich sichtbar die harten, erregten Knospen abzeichneten, spannte plötzlich so sehr über den festen Rundungen ihrer Brüste, als könnte er deren Leidenschaft nicht länger bändigen. Als der oberste Knopf aufsprang, keuchte Elaine vor Erregung und auch Ottavias Atem ging laut und zitternd. Elaine schloss die Augen und überließ sich vollkommen Ottavias unerfahrener Leidenschaft und Neugier. Ottavia zögerte einen Moment, blickte von Elaines schönem Gesicht wieder in deren Dekolleté und warf dann mir einen Blick zu, in dem sich ihre Unsicherheit ebenso wie ihre Erregung widerspiegelte. Ich weiß nicht, was sie in meinem Gesicht lesen konnte. Ich weiß nur, dass ich mir dachte: *Mach weiter!*

Ottavia schenkte mir ein scheues Lächeln und einen zärtlich angedeuteten Kussmund und wendete sich dann wieder Elaine zu, die mit in den Nacken gelegten Kopf, geschlossenen Augen und leicht geöffneten Lippen das Abbild reiner Sinnlichkeit darstellte. Ottavias Lippen legten sich ganz sanft auf Elaines Hals. Trotzdem zuckte Elaine bei dieser zarten Berührung heftig zusammen und ein Schauer durchlief ihren Körper. Ottavia tastete nach dem nächsten Knopf von Elaines Bluse und fingerte ungeschickt daran herum. Als sie nach einigen Minuten aber noch immer nicht geschafft hatte, ihn so behutsam zu öffnen, wie es offensichtlich ihre Absicht gewesen war, griff sie mit beiden Händen vorsichtig in Elaines Dekolleté, packte den Stoff der Bluse und zog ihn ganz langsam auseinander. Ein Knopf nach dem anderen gab der zärtlichen Gewalt nach und sprang mit einem ‚*Twäng*' davon. Atemlos vor Spannung sah ich gebannt zu, bis mir einer der Knöpfe ins Auge sprang und ich mir ein ‚*Au*' verkneifen musste, um nicht den Fluss des Geschehens durch eine so unqualifizierte Äußerung zu unterbrechen. Dabei dachte ich aber gar nicht nur an mich. Die Liebe zwischen Elaine und Ottavia war ebenso groß und real, wie die zwischen jedem dieser Mädchen und mir. Wir gehörten einfach zusammen, auch wenn wir erst anfingen, das zu begreifen. Für eine Sekunde überlegte ich sogar, ob ich nach nebenan ins Bad schleichen sollte, um die beiden nicht zu stören. Aber dann zog ich es doch vor, weiter zuzusehen; zuerst einäugig und erst nach einigen Minuten wieder in 3D.

Elaine trug keinen BH. Das brauchte sie auch nicht. Ihre Brüste waren so straff und fest, wie halbierte Kokosnüsse; nur unendlich viel schöner.

Ottavia streifte die jetzt offene Bluse über Elaines Schultern. Obwohl es nicht kalt in unserem Zimmer war, bemerkte ich, dass sich eine Gänsehaut auf Elaines Körper ausbreitete. Die kleinen, harten Knospen ihrer Brüste zogen sich vor Erregung noch weiter zusammen und reckten sich zitternd Ottavia entgegen. Ganz langsam, zögernd und selbst vor Erregung am ganzen Körper zitternd, beugte sich Ottavia nach vorne. Ihre vollen, fein geschwungenen Lippen öffneten sich ein klein wenig und legten sich so sanft wie eine schmelzende Schneeflocke auf eine von Elaines zitternden, rosigen Knospen. Ein leiser, unterdrückter Schrei entwand sich Elaines Brust. Ihr Zittern wurde immer heftiger; trotzdem blieb sie noch immer mit geschlossenen Augen stehen und überließ sich Ottavias liebevoller Zärtlichkeit. Ottavia hatte ebenfalls ihre Augen geschlossen und ihre Lippen liebkosten nur ganz sanft die kleine Knospe. Nach einigen Minuten wechselte sie zu Elaines zweiter Brust. Auch dort ließ sie sich unendlich viel Zeit. Ihre Lippen schienen die kleine, bebende Knospe kaum zu berühren. Und dennoch war nicht zu übersehen, dass Elaines Erregung sich immer weiter steigerte. Da öffnete Ottavia ihre Lippen etwas weiter und ihre ebenmäßigen Zähne, die wie Perlen im Kerzenschein schimmerten, gruben sich langsam und behutsam in die rosige Knospe. Wieder schrie Elaine leise auf, ohne aber zu versuchen, sich dem zärtlichen Biss zu entziehen. Ottavias Zähne öffneten sich wieder, aber nur um gleich darauf wieder zuzuschnappen; liebevoll, verspielt und ein klein wenig fester, als beim ersten mal. Elaine tastete nach der Stuhllehne, um einen Halt zu finden, während sie ihre Brüste weiter ungeschützt Ottavias erwachender Leidenschaft auslieferte. Immer stürmischer schnappte Ottavia nach Elaines kleinen Knospen, zog mit den Zähnen an ihnen und sog sie zwischen ihren Lippen in ihren Mund ein. Dann packte sie mit beiden Händen zu, hielt die wunderschönen, prallen Brüste ganz fest und presste mit überbrodelnder Leidenschaft ihre Lippen auf die dunkler gewordenen Knospen. Elaine schwankte, schloss ihre Arme um Ottavias Kopf und presste das schöne Gesicht gegen ihre zitternden Brüste.

Allein vom Anblick dieser zärtlichen und liebevollen Leidenschaft gelangte ich an den Rand eines Höhepunktes, den ich nur mit Mühe unterdrücken konnte.

Ottavia ließ Elaine auch jetzt noch nicht zur Ruhe kommen, sondern tastete nach deren Jeans. Ungestüm öffnete sie den Reißverschluss und zog die offene Hose mit beiden Händen nach unten. Elaine trug nicht nur keinen BH; sie trug auch keinen Slip. Es war schwer für mich, meine Selbstbeherrschung aufrecht zu erhalten. Meine Kehle war trocken und mein Atem stockte bei dem Anblick, der sich mir bot.

Ottavia entzog sich Elaines Händen wieder und kniete sich vor dem jetzt nackt im Zimmer stehenden Mädchen auf den Boden. Sie half Elaine dabei, aus den Hosenbeinen zu steigen und spreizte deren Beine ein wenig. Dann näherte sich ihr Gesicht langsam Elaines Schoß und ihre Lippen legten sich ganz behutsam auf die winzigen Schamlippen. In dem Moment kippte Elaine. Ich sah noch, wie sie mit den Händen rudernd nach der Stuhllehne angelte, während ich mich gleichzeitig fragte, warum sie nicht wenigstens jetzt ihre Augen öffnete. In meiner körperlichen Verfassung konnte ich unmöglich schnell genug bei Elaine sein, um sie aufzufangen. Trotzdem sprang ich instinktiv los, aus Angst, sie würde sich verletzen. Doch bevor ich sie erreichte, lag sie schon in Ottavias Armen, die sie ohne Hektik und in vollkommener Ruhe aufgefangen hatte.

Die schnelle, ruckartige Bewegung meines fehlgeschlagenen Rettungsversuchs schien sich in einem glühenden Stück Eisen in meiner Schusswunde zu manifestieren. Für einen Moment wurde mir schwarz vor Augen und die Luft blieb mir weg. Doch als die beiden geliebten Mädchen mich voller Sorge anstarrten, winkte ich sofort beschwichtigend ab, um sie in ihrem zärtlichen Liebesspiel nicht zu stören. Doch es war bereits zu spät. Ottavia und Elaine sprangen wie auf Kommando auf, stützten mich und halfen mir zurück auf die Couch.

„Es tut mir leid", keuchte ich betroffen. „Ich wollte nicht …"

Weiter kam ich nicht, denn Ottavias Lippen legten sich sanft auf meine und schnitten meine Entschuldigung damit ab. Elaine erwiderte auf meine Worte: „Mir tut es leid. Ich hätte mich nicht so fallen lassen dürfen. Ich hätte wissen müssen, dass Du versuchen würdest, mich aufzufangen."

„*Ich* hätte Dich nicht fallen lassen dürfen", versuchte jetzt auch noch Ottavia, die Schuld auf sich zu nehmen. Dabei traf niemand eine Schuld. Woran auch? Daran, dass wir uns liebten? Wir mussten alle drei über die Absurdität lächeln. Elaine knöpfte mein Hemd auf und sagte mit bezaubernder Anteilnahme: „Lass mich mal den Verband sehen."

Ich hätte mir gewünscht, dass die beiden in ihrem prickelnden Liebesspiel fortfahren würden, wusste aber, dass die Stimmung jetzt vorüber war und akzeptierte deshalb, dass Elaine sich um mich kümmerte. Durch den Verband sickerte wieder Blut. Elaine beruhigte Ottavia mehr, als mich, als sie erklärte, dass das Wundsekret wäre und abfließen müsste. Sie reinigte die Wunde und verband sie neu. Dann schmiegten sich die beiden Mädchen ganz dicht an mich. Elaine war noch immer nackt. Es tat unendlich gut, sie in meinen Armen zu spüren und den Duft ihres nach

Liebe riechenden Körpers zu atmen.

Langsam wurden wir wieder ruhiger. Die Erregung der beiden Mädchen flaute nach und nach ab und auch meine Schmerzen versiegten wieder. So, wie wir aneinandergekuschelt auf der Couch lagen, fühlten wir nur noch diese grenzenlose Geborgenheit in unserer kleinen Gemeinschaft. Wir hielten uns und wurden gehalten. Es war das absolute Glück.

Der nächste Tag war schlimmer als der erste in dem kleinen Zimmer. Die Ungewissheit nagte an jedem von uns. Nach dem Essen fragte Ottavia, die schon während des ganzen Vormittags sehr in sich gekehrt gewesen war: „Was sollen wir machen, wenn wir Ausweise bekommen? Wohin sollen wir gehen? Wovon leben?"

Ich zuckte mit den Schultern und Elaine ahmte meine Geste ratlos nach.

„Wie wäre es mit Australien?" fragte Ottavia und versuchte in unseren Gesichtern eine Antwort auf diesen Vorschlag zu lesen.

„Warum nicht?" erwiderte ich. Für mich spielte es keine Rolle, wo ich war, wenn ich nur mit Elaine und Ottavia zusammen sein konnte.

„Ja, warum nicht Australien?" stimmte Elaine mir zu. Ottavia sah uns dankbar an. Es war ihr anzumerken, dass ihr etwas auf dem Herzen lag, worüber sie sprechen wollte. Wir drängten sie nicht und warteten geduldig, bis sie sich überlegt hatte, wie sie beginnen sollte. Schließlich öffnete sie den Mund und sagte: „Franco ist kein so kleiner Ganove, wie es bis jetzt vielleicht auf Euch den Eindruck macht. Ich hab euch ja erzählt, dass Nonno seine Geschäfte immer vor mir geheim gehalten hat. Aber Franco hat sich immer mit seiner Position und Macht gebrüstet und ich wünschte, ich hätte nie erfahren, wie skrupellos er ist. Er steht an der Spitze von einem international operierenden Netzwerk und jetzt, wo Julio tot ist, wird er dieses Netzwerk sicher auch nutzen, um uns wieder zu erwischen. Obwohl die Familie seit mehreren Generationen in Deutschland lebt, ist die Blutrache in ihr noch tief verwurzelt. Selbst Nonno würde sich jetzt wahrscheinlich gegen uns stellen."

„Dein Großvater?" fragte ich besorgt. Ottavia antwortete traurig: „Mein Großvater, der er nicht ist."

Und nach einer kurzen Pause und einem tiefen Seufzer, fuhr sie fort: „Aber er war Julios Großvater! So sehr Nonno mich auch liebt und so sehr er mich vor Franco und Julio beschützen wollte ... Durch Julios Tod muss er auch unser Blut fordern. Er kann gar nicht anders."

„Damit habt ihr beiden nichts zu tun", erklärte ich sofort. „Ich hab Julio erschossen. Also wenn Deine Familie ..."

„Ex Familie!"

„Wenn Deine frühere Familie Julios Tod rächen will, muss sie sich an mich halten!"

„Vor allem sind wir unter diesen Umständen hier nicht mehr sicher", warf Elaine plötzlich ein und erklärte diesen Einwurf auch sofort. „Wenn

Dein Großvater sich wirklich gegen uns stellt, dann wird Deine Familie sehr schnell herausfinden, wo wir jetzt sind!"

Elaine hatte Recht. Wir waren nicht sicher, wo wir waren. Aber ohne neue Papiere war es uns nicht möglich unterzutauchen. Schließlich meinte Ottavia: „Sie haben Julio bestimmt noch nicht gefunden. Und wenn sie ihn noch nicht gefunden haben, wissen sie auch nicht, dass er tot ist."

„Das können sie sich doch zusammenreimen", meinte ich skeptisch. Doch eigenartigerweise hellte sich Ottavias Gesicht weiter auf. Sie schüttelte den Kopf und erwiderte: „Nein, das können sie nicht. Franco würde niemals auf den Gedanken kommen, dass Du, Elaine oder ich ihm gefährlich werden könnten."

Durch Ottavias Worte begann gerade ein Hoffnungsschimmer, sich in unseren furchtsamen Herzen auszubreiten. Aber Elaine machte dieser Hoffnung sofort wieder den Garaus, indem sie erklärte: „Doch, das würde er. Nachdem Josef ihn bereits bewusstlos geschlagen und Julio den Arm gebrochen hat und wir beide ihn überwältigt und dann Josef befreit haben, hat er schon erfahren, dass er uns nicht unterschätzen sollte."

Eigenartigerweise tat mir Elaines Erklärung sehr gut. Erst durch ihre Worte wurde mir bewusst, dass wir tatsächlich etwas erreicht hatten. Wir waren nicht nur willenlose Opfer, sondern hatten uns erfolgreich zur Wehr gesetzt. Zum ersten Mal seit langer Zeit hatte ich das Gefühl, kein Niemand zu sein, obwohl ich mich genau zu diesem Zeitpunkt durch die Schussverletzung so hilflos wie ein kleines Kind fühlte.

Ottavia grübelte eine Weile über Elaines Worte, und meinte dann: „Es sind zwei unterschiedliche Dinge, sich nur zu wehren und zu fliehen, oder jemanden zu töten. Ich glaube nicht, dass er uns das zutraut, solange er keinen Beweis dafür hat. Aber natürlich wird er Überlegungen anstellen, was mit Julio passiert ist."

„Wenn er nicht damit rechnet, dass wir ihm gefährlich werden könnten, dann sollten wir vielleicht zurück fahren und ihn in seinem eigenen Bau stellen", überlegte ich laut. Elaine und Ottavia starrten mich ob dieses absurden Vorschlags mit großen Augen überrascht an. Doch meine Gedanken waren meinen Worten bereits vorausgeeilt und so schüttelte ich sofort meinen Kopf und wendete mich entschuldigend an Ottavia.

„Tut mir leid!" sagte ich mit aufrichtiger Reue. „Ich hab nicht daran gedacht, dass es irgendwie doch noch Deine Familie ist."

Ottavia schüttelte ebenfalls den Kopf, während ihre Augen feucht zu schimmern begannen, und erwiderte traurig: „Nur Nonno war jemals so etwas wie Familie für mich. Vor Franco und Julio hab ich mich immer gefürchtet. Sonst gibt es niemand."

Ich öffnete meinen rechten Arm und Ottavia schmiegte sich sanft an meine Brust. Erst nach einigen Minuten flüsterte sie schniefend: „Ich weine nicht wegen meiner Familie, sondern weil zum ersten Mal in meinem

Leben, jemand meinetwegen bereit ist, zu kämpfen."

„Unseretwegen", erwiderte ich leise, denn immerhin ging es auch um Elaines und mein Leben. Ottavia küsste mich aber sanft auf die Wange und antwortete dankbar: „Und ich bin ein Teil von uns!"

Das stimmte.

Während der Minuten, in denen ich Ottavia so im Arm hielt, grübelte ich noch einmal über ihre Befürchtung nach, dass ihr Großvater sich durch Julios Tod gegen sie wenden könnte. Und plötzlich sagte ich in voller Überzeugung: „Er wird immer zu Dir stehen!"

Ottavia und auch Elaine sahen mich fragend an und ich erklärte ihnen: „So, wie Dein Großvater von Dir gesprochen hat, liebt er Dich mehr, als seine eigenen Enkel. Er war nur um Deine Sicherheit besorgt und hat sogar selbst Julio mit seiner Flinte bedroht. Er wird uns nicht verraten!"

Ottavia sah mich dankbar an und erwiderte nachdenklich: „Ich hoffe, Du hast Recht. Seit er mich mit Euch weggeschickt hat und Du mir erzählt hast, dass ich adoptiert worden bin, hab ich das Gefühl, als hätte ich ihn überhaupt nicht gekannt."

„Bereust Du, dass Du bei uns bist?" fragte ich mitfühlend und streichelte ihr sanft über den Rücken.

Ottavia schüttelte den Kopf, sah mich mit ihren dunklen, feucht schimmernden Augen so verständnislos an, als könnte sie nicht begreifen, wie ich diese Frage überhaupt hatte stellen können und antwortete: „Ihr seid das Beste, was mir in meinem ganzen Leben passiert ist!"

Wir sehnten uns alle drei so sehr danach, uns gegenseitig zu berühren, uns zu spüren und zu halten; aber die Anspannung, unter der wir durch die Ungewissheit während des Wartens in dem kleinen Zimmer standen, ließ nicht zu, dass sich die Atmosphäre noch einmal so erotisch auflud, wie am Tag zuvor.

Als die zwei Tage verstrichen waren, ohne dass der Alte uns in irgendeiner Weise kontaktiert hatte, wurden unsere Befürchtungen und Zweifel fast unerträglich und nahmen sehr bedrohliche Formen an. Jedes Geräusch und jeder Passant auf der Straße schienen eine Gefahr für uns darzustellen. Ich wollte schon in den Laden gehen, um nachzuforschen, was mit den Papieren war, die der Alte uns versprochen hatte. Aber Elaine und Ottavia widersprachen mir ganz entschieden. Wenn, dann würden sie gehen, meinten sie, weil ich noch zu schwach war und seit der letzten Nacht sogar Fieber hatte. Elaine versuchte, mich deswegen zu beruhigen. Aber ich sah, dass sie sich selber Sorgen um mich machte; mehr als ich selbst, denn ich war nur besorgt um die Sicherheit der beiden Mädchen und lehnte es deshalb auch ab, von ihnen in ein Krankenhaus gebracht zu werden.

Franco wusste, wie schwer ich verletzt war. Und wenn sein Einfluss und seine Macht wirklich so groß waren, wie Ottavia es angedeutet hatte, dann hätte er mit Sicherheit erfahren, wenn ich in ein Krankenhaus eingeliefert worden wäre. Und die Polizei wäre auch davon unterrichtet worden, wenn jemand mit einer Schussverletzung im Krankenhaus aufgetaucht wäre. Was hätten wir denen erzählen sollen? Dass wir auf der Flucht vor einem Mafiosi waren, dessen Bruder ich erschossen hatte? Dass der Mafiosi und sein Bruder hinter uns her waren, weil eine für ihn bestimmte Geburtstagstorte versehentlich an mich geliefert worden war und das in der Torte steckende Mädchen deshalb für mich nackt aus dieser herausgesprungen war? Dass mich und das Mädchen aus der Torte außerdem die Schwester der beiden Mafiosi, die gar nicht ihre Schwester war, weil sie als Kind adoptiert worden war, auf Wunsch des Großvaters der Mafiosibrüder begleitete, damit diese ihr nichts antun würden?

Wer hätte uns das geglaubt? Und wenn die Polizisten uns geglaubt hätten, dann hätte es unter ihnen sicher auch solche gegeben, die sich das Kopfgeld, das Franco mit ziemlicher Sicherheit auf uns ausgesetzt hatte, hätten verdienen wollen. Nein: Ins Krankenhaus zu gehen, wäre keine gute Idee gewesen.

„Wenn wir bis zum Abend nichts gehört haben, gehe ich in den Laden", meinte Elaine irgendwann am Nachmittag. Aber Ottavia widersprach sofort, indem sie erwiderte: „Nein, *ich* gehe in den Laden! Wenn ich nicht zurückkomme, musst Du Dich um Josef kümmern! Ich verstehe nichts von Medizin."

Auch ich wollte meinen Senf wieder dazu geben, weil ich nicht zulassen wollte, dass eines der Mädchen sich in Gefahr begab. Aber in dem Moment hörten wir Schritte im Treppenhaus und lauschten angespannt auf die sich nähernden Geräusche. Es klopfte an der Tür und die Stimme Pedros, des Jungen, der uns in dieses Zimmer geführt hatte, meldete sich davor. Elaine öffnete ihm die Tür. Pedro überreichte ihr ein kleines Päckchen und sprach kurz mit ihr. Ich konnte nicht verstehen, was sie sagten, aber Ottavia hörte aufmerksam zu und wendete sich an mich, als der Junge wieder gegangen war.

„Wir müssen weg", sagte sie sehr ernst. „Sie suchen uns."

„Und wo gehen wir hin?" fragte ich unsicher und versuchte mich auf wackeligen Beinen von der Couch zu erheben. Die beiden Mädchen waren sofort bei mir und stützten mich, während Elaine auf meine Frage antwortete: „Pedro holt uns in fünf Minuten in der Gasse hinter dem Haus ab."

Unsere wenigen Habseligkeiten waren schnell zusammengepackt. Und so begaben wir uns wieder auf die Flucht.

13 SINTIJA

Pedro erwartete uns bereits ungeduldig in der Gasse. Er ermahnte uns zur Eile und führte uns dann zu einer Bushaltestelle, an der eben ein Linienbus hielt. Wir schafften es gerade noch einzusteigen, bevor die Türen sich wieder schlossen. Eigenartigerweise stieg Pedro nicht mit in den Bus. Ottavia und ich setzten uns in die letzte freie Sitzbank, während Elaine beim Fahrer die Tickets für uns löste. Dann setzte sie sich zu uns. Während der Fahrt, vor all den anderen Fahrgästen konnten wir nicht sprechen. Außerdem ging es mir nicht besonders gut, so dass ich die Augen schloss und döste, bis Ottavia mich sachte an der Schulter rüttelte und mir ins Ohr flüsterte, dass wir aussteigen müssten.

„Wo sind wir hier?" fragte ich, als wir dann, nachdem der Bus ohne uns weitergefahren war, mutterseelenallein an der Bushaltestelle irgendwo außerhalb der Stadt am Straßenrand standen.

„Außerhalb der Stadt", erklärte Elaine, zog eine kleine Skizze aus dem Päckchen hervor, das Pedro ihr gegeben hatte und versuchte, sich anhand der Zeichnung zu orientieren.

„Kannst Du noch ein Stück gehen?" fragte sie mich besorgt. Ich nickte. Die beiden Mädchen stützen mich wieder und Elaine führte uns mit den Worten „Hier entlang" von der Straße weg. Das Gelände war sehr steinig und wurde nach und nach immer steiler. Normalerweise wäre das kein Problem für mich gewesen. Aber durch meine Wunde, die es mir nicht erlaubte, meinen linken Arm zu benutzen und durch das steigende Fieber erlebte ich diesen Abstieg wie in einer alptraumhaften Trance. Obwohl es selbst für Südfrankreich für die Jahreszeit kalt war, stand mir der Schweiß auf der Stirn und durchnässte meine Kleidung; vor meinen Augen flimmerte es, selbst dann noch, wenn ich sie schloss und ich keuchte so atemlos, als wenn ich einen Marathon gelaufen wäre. Schließlich erreichten wir die Küste. Wir befanden uns in einer einsamen Bucht, in der in einiger Entfernung vom Ufer eine Segelyacht ankerte.

„Das muss sie sein", meinte Elaine voller Hoffnung und winkte in die Richtung der Yacht. Ich konnte den malerischen Anblick aber kaum genießen. Erschöpft setzte ich mich auf einen großen Stein und schloss die Augen. Die ganze Welt schien sich um mich zu drehen.

„Nur noch ein kleines Stück, mein Engel", hauchte Ottavia mir zu und versuchte, mich wieder auf die Beine zu ziehen. Also öffnete ich die Augen wieder. Ich sah ein Schlauchboot von der Yacht aus zum Ufer rudern und erhob mich mit Hilfe von Ottavia und Elaine wieder.

„Wir haben es fast geschafft", versuchte auch Elaine, mich anzuspornen. Und so torkelte ich wie ein Betrunkener zwischen den beiden Mädchen der Stelle entgegen, an der das Schlauchboot das Ufer erreichen musste. Ich sah darin nur eine einzelne Person sitzen, die uns, nachdem sie auf uns zuruderte, ihren Rücken zukehrte. Und als das Boot sich beim Landen knirschend über die Steine des Ufers schob und der Ruderer sich uns zuwendete, erkannte ich in ihm das Mädchen, das uns im Hinterzimmer des Gemüseladens bedient und uns anschließend ins Badezimmer geführt hatte, damit wir uns frisch hatten machen können. Das Mädchen sprang aus dem Boot und kam uns entgegengelaufen. Ich weiß noch, dass ich mir dachte, dass es, ebenso wie Pedro, für sein Alter sehr ernst wirkte, obwohl es sogar versuchte, uns anzulächeln. Mehr weiß ich nicht, weil ich in dem Moment das Bewusstsein verlor.

Wie lange ich geschlafen hatte, wusste ich nicht. Es schien ein endloser Fiebertraum gewesen zu sein, in dem ich nur immer wieder die zärtliche Pflege wahrgenommen hatte, die mir zuteil geworden war. Aber irgendwann war ich dann endlich in einen tiefen, erholsamen Schlaf gefallen.

Als ich wieder zu mir kam, wusste ich sofort, dass ich mich auf einem Boot befand. Ich spürte das gleichmäßige Rollen der Wellen unter mir und erinnerte mich an die Yacht, die ich in der Bucht hatte ankern sehen. Ich musste auf dieser Yacht sein, doch ich spürte, dass sie nicht mehr vor Anker lag. Leicht wie eine Feder und schnell wie ein Pfeil glitt sie durchs Wasser. Das leise Gurgeln und Plätschern der Wellen, die vom Rumpf der Yacht so wie das Rote Meer von Moses geteilt wurden, hatte etwas sehr Beruhigendes. Ohne dass ich meine Augen öffnete, fühlte ich mich behütet und in Sicherheit. Irgendwie hatte ich aber Angst davor, dass dieses Gefühl der Geborgenheit wieder verschwinden könnte, sobald ich die Welt um mich herum durch meine Augen wahrnehmen würde. Ich weiß deshalb nicht einmal, wie lange ich schon bei Bewusstsein war, als ich mich endlich dazu durchringen konnte, meine Augen zu öffnen.

Die Koje, in der ich lag, befand sich, nach den spitz zulaufenden Wänden der Kajüte zu schließen, im Bug der Yacht. Über mir befand sich ein großes, einen kleinen Spalt geöffnetes Klappfenster aus Plexiglas, durch das das Tageslicht die Kajüte erhellte. Ich blinzelte nach oben in den wolkenlosen Himmel und wunderte mich über die angenehme Temperatur der Luft, die durch das Fenster hereinströmte. Als ich versuchte, mich aufzurichten, stellte ich fest, dass ich sogar meinen linken Arm bewegen, wenn auch noch nicht belasten konnte. Erst in diesem Moment entdeckte ich die Gestalt am Fußende der Koje, die mich mit liebevoller Zärtlichkeit betrachtete.

„Elaine", flüsterte ich voller Dankbarkeit und Liebe und streckte ihr meine linke Hand entgegen, während ich mich auf die rechte stützte. Elaine griff ohne zu zögern zu, hielt meine Hand in beiden Händen und zog sie sanft an ihre Lippen. Aber dann sah sie mir in die Augen, und erwiderte: „Elaine ist tot!"

Für einen Moment glaubte ich, mich noch in einem Traum zu befinden, der sich gerade in einen Alptraum verwandeln zu wollen schien. Doch Elaine, die nur eine winzige, hellblaue Bikinihose trug und mir meine Verwirrung wohl ansah, lächelte mich sanft an und erklärte: „Du siehst vor Dir Mia Lablache, mein Prinz!"

Jetzt erst kehrte langsam die Erinnerung zurück. Mir fiel das Päckchen wieder ein, das Pedro Elaine überreicht hatte, bevor wir aus Marseille geflohen waren.

„Die Ausweise", sinnierte ich. „Haben wir welche?"

Elaine, oder Mia, wie sie jetzt hieß, rutschte zu mir hoch und nickte freudestrahlend, während mein Blick magisch von ihren in der Bewegung wippenden Brüsten angezogen wurde.

Mia Lablache klingt schön, dachte ich mir, fragte dann aber sofort misstrauisch: „Und wer bin ich jetzt?"

Elaine, Mia zog einen Pass aus einem Regalfach über der Koje und reichte ihn mir. Zögernd nahm ich ihn entgegen und betrachtete ihn, während Mia mich mit ungeduldiger Spannung beobachtete. Vorher hatte ich mir keine Gedanken darüber gemacht. Aber jetzt fürchtete ich mich davor, plötzlich nicht mehr Josef Lederer zu sein, der ich mein ganzes Leben lang gewesen war. Deshalb zögerte ich, den Pass zu öffnen und blickte Elaine unschlüssig an. *Elaine, Mia?*

„Was ist mit Ottavia?" fragte ich nervös. Mias Ausdruck entspannte sich wieder und nahm einen mitleidigen Ausdruck an.

„Es tut mir leid", entschuldigte sie sich. „Du warst über eine Woche krank und ich überfalle Dich jetzt so mit den Neuigkeiten."

„Über eine Woche?" fragte ich ungläubig. Mia nickte und antwortete: „Morgen ist der zweite Advent."

Das musste ich erst einmal verarbeiten. Wenn ich darüber nachdachte, wie ausgeruht und fit ich mich fühlte, erschien es mir durchaus plausibel. Also hob ich meinen Blick wieder in Mias mich mit geduldiger Zärtlichkeit betrachtende Augen, nickte und fragte noch einmal: „Also: Wie heißt Ottavia jetzt?"

Mia begann wieder zu lächeln. Und dieses Lächeln war so bezaubernd, dass ich deutlich spürte, wie mein Herz durch diesen Anblick schneller schlug.

„Melani", antwortete sie mit soviel Liebe in der Stimme, dass mir ein wohliger Schauer über den Rücken lief. Die Betonung des Namens lag dabei auf dem *a*, wodurch er einen ganz eigenen, in meinen Ohren exotischen Klang hatte. „Melani Lablache, meine kleine Schwester!"

Ich sah Mia überrascht an. Aber sie strahlte vor Glück, küsste mich sanft auf die Lippen und flüsterte: „Die beste Schwester, die ich mir nur wünschen könnte."

Jetzt war ich doch auch neugierig darauf, meinen eigenen, neuen Namen zu erfahren. Doch noch während ich den Pass aufklappte, kam mir eine neue Befürchtung und ich fragte schnell: „Ich bin doch nicht etwa euer Bruder?"

Mia lachte kurz über meine Frage und schüttelte den Kopf.

„Keine Angst", antwortete sie. „Es gibt nichts, was den Anschein erwecken könnte, dass wir uns nicht lieben dürften."

„Außer die Scheinmoral der Leute, die mir missgönnen würden, dass ich die zwei schönsten Schwestern der Welt ganz allein für mich haben möchte."

„Die kann Dir niemand wieder wegnehmen", erwiderte Mia, vor Verlegenheit errötend.

Ich blätterte den Pass auf und las: „Louis Crichlow?"

„Louis mit stummem *s*", korrigierte mich Mia. Ich sah sie skeptisch an. Es war leichter für mich, die neuen Namen von Elaine und Ottavia zu akzeptieren, als mich an diesen ungewohnten Klang zu gewöhnen, auf den ich von nun an hören sollte.

„Louis", grübelte ich, „Crichlow ... Louis Crichlow."

Schließlich atmete ich einmal tief durch und meinte aufmunternd zu Mia, die mich mit einem Ausdruck musterte, als befürchtete sie, dass ich den Namen ablehnen würde: „Klingt doch gar nicht so schlecht, oder?"

Die Spannung wich aus ihrem Gesicht und sie antwortete erleichtert: „Mir gefällt Dein Name, mein wunderschöner Louis!"

„Meine wunderschöne Mia", flüsterte ich verliebt zurück. „Mia, Melani und Louis! Drei gegen den Rest der Welt!"

Glücklich ließ ich mich zurück auf das Bett fallen und wiederholte dabei noch einmal für mich selbst: „Mia, Melani und Louis!"

Da spürte ich Mias auf mich gerichteten Blick und bemerkte die neue Anspannung darin.

„Was?" fragte ich verunsichert. Mia zögerte einen Moment, bevor sie antwortete: „Wir sind nicht zu dritt."

Eine schlimme Befürchtung begann sich in mir auszubreiten. Sofort setzte ich mich wieder auf und fragte mit einem Anflug von Panik: „Wo ist Ottavia?"

„Melani ist an Deck!" antwortete Mia beruhigend. Jetzt verstand ich gar nichts mehr und sah sie nur fragend an, weil ich nicht wusste, wie ich eine Frage, die ich selbst nicht begriff, formulieren sollte. Wieso waren wir nicht zu dritt, wenn wir doch alle drei auf der Yacht waren? Die Frage wäre so einfach gewesen. Aber wenn ich sie hätte stellen können, hätte mich auch die Antwort nicht so überrascht.

„Wir sind jetzt zu viert", erklärte Mia, um mich nicht länger auf die Folter zu spannen.

„Zu viert?" fragte ich nervös. Mia nickte und antwortete: „Sintija!"

„Wer ist Sintija?"

„Sintija ist der Name der Yacht", erklärte Mia.

Ich atmete erleichtert auf und erwiderte: „Ich dachte schon, da wäre jetzt wirklich noch jemand."

Doch Mia fuhr in ihrer Erklärung noch fort: „Sie wurde nach Deiner Tochter benannt!"

In Gedanken schrie ich ein entsetztes *Was?* Doch ich brachte kein Wort heraus und starrte Mia nur ungläubig an, während ich erwartete, in meine Ohnmacht zurückzusinken.

„Sintija ist ein ganz bezauberndes Mädchen!" versuchte Mia mich aufzumuntern. Doch ich begriff noch immer nicht und rechnete in Gedanken noch einmal durch, wie lange ich ohne Bewusstsein gewesen war.

Das muss eine Frühgeburt gewesen sein, dachte ich mir verwirrt, überlegte kurz und fragte Mia dann: „Hatten wir überhaupt schon Sex; also so richtig?"

Mia sah mich ebenso mitleidig wie amüsiert an, umarmte und küsste mich und antwortete schließlich: „Mein armer Prinz. Sintija ist nur *Deine* Tochter! Du warst als einziger von uns alt genug, um diesen Part übernehmen zu können."

Langsam dämmerte es mir und ich fragte benommen: „Das Mädchen bei dem Gemüsehändler; das Mädchen im Schlauchboot?"

„Sintija Crichlow", bestätigte Mia, „Deine Tochter!"

Ein neuer Name war eine Sache. Aber deswegen gleich Vater werden? Nein, das hatte definitiv nicht in meinem Interesse gelegen!

„Das kann ich nicht!" gestand ich Mia mit einem Klos im Hals. Doch ich wusste ebenso gut wie sie, dass es jetzt kein zurück mehr gab. Ich wusste nur nicht, warum man mir diese Bürde überhaupt auferlegt hatte. Ich hatte doch schon Probleme genug. Und jetzt, wo aus Elaine, Ottavia und Josef Mia, Melani und Louis geworden waren und ich die Hoffnung gehabt hatte, nur mit diesen beiden geliebten Mädchen ein ganz neues Leben beginnen zu können, da sollte ich plötzlich ein Kind haben, um das ich mich kümmern musste? Nein danke, ohne mich!

„Nein!" sagte ich deshalb noch einmal ganz energisch. Da bemerkte ich am anderen Ende der Kajüte plötzlich einen Schatten auf der Treppe, die an Deck führte. Zwei schlanke, von der Sonne gebräunte Beine wurden sichtbar und stiegen langsam die Stufen nach unten. An der katzenhaften Geschmeidigkeit der Bewegungen erkannte ich Ottavia bereits, als gerade mal die kleinen, zierlichen Füße aufgetaucht waren. Sie war komplett nackt und wickelte sich erst auf der Treppe ein dünnes, durchscheinendes und nichts verbergendes Tuch um die Hüfte. Mein Herz schlug bei ihrem Anblick sofort wieder schneller. Als sie sah, dass ich wach war und in der Koje saß, rief sie freudestrahlend „Josef, endlich!" und lief sofort zu Elaine und mir nach vorne. Sie hatte also unsere neuen Namen auch noch nicht wirklich verinnerlicht. Im nächsten Augenblick lagen wir uns bereits in den Armen. Ein leichtes Ziehen ging von meiner Wunde aus, doch es war bei weitem nicht mehr so schmerzhaft, wie vor meiner Ohnmacht. Überschwänglich küsste sie mich immer wieder, bis Elaine, Mia ein leises, verlegenes Räuspern hören ließ. Ottavias Lippen trennten sich wieder von meinen.

„Tut mir leid, dass ich so reingeplatzt bin", sagte sie entschuldigend zu Mia, fuhr dann aber an mich gewandt mit feucht schimmernden Augen fort: „Aber ich bin so glücklich, dass Du endlich wieder wach bist!"

Zärtlich streichelte sie mir über die Wange, während ihre schwarzen Augen mein Gesicht in einer Weise studierten, als wäre ich ein anderer Mann geworden, seit wir uns das letzte mal gesehen hatten.

„Hast Du ihm schon die Neuigkeiten erzählt?" fragte sie Mia.

„Ich war gerade dabei."

Noch einmal küsste Ottavia mich mit inniger Leidenschaft. Dann sagte sie entschuldigend zu mir: „Du musst verzeihen, mein Engel; aber ich war von Deiner Pflege so gut wie ausgeschlossen. Das hat mich fast verrückt gemacht. *Frau Doktor Mia* hat Tag und Nacht an Deiner Seite gewacht, wobei ich ihr nicht viel helfen konnte. Sie ist eine tolle Ärztin!"

„Übertreibe nicht", warf Elaine errötend ein. Doch ich wusste, dass es keine Übertreibung war. Ohne ihre Kenntnisse und Fähigkeiten hätte ich meine Verwundung sicher nicht überlebt. Dankbar drückte ich ihre kleine Hand und Melani fuhr fort: „Und wenn Mia sich einmal ausruhen musste, dann hat jemand anderes darauf bestanden, über Dich zu wachen."

Melani warf Mia einen fragenden Blick zu und Mia erklärte ihr: „Ich hab's ihm eben erzählt."

„Und?" fragte Melani mich aufgeregt? Ich verstand die Frage nicht und wiederholte daher nur: „Und?"

„Du hast eine ganz bezaubernde Tochter!" erklärte Melani. „Dazu musst Du doch irgendeine Meinung haben."

„Ich will keine Tochter", gestand ich, da ein Kind in meinen Augen das Ende des Paradieses bedeutete, das ich mir für Ottavia, Elaine, oder meinetwegen auch für Melani, Mia und mich ausgemalt hatte. Ein Kind war eine Verantwortung, die ich weder tragen konnte, noch wollte. Dazu war ich einfach noch nicht bereit. Unsere gegenwärtige Situation lud schließlich auch nicht gerade dazu ein, sich mit Familienplanung zu befassen, denn auch wenn wir neue Pässe hatten, waren wir doch noch immer auf der

Flucht und mussten einen Ort finden, an dem es uns möglich war, mit den neuen Existenzen, die wir angenommen hatten, ein neues Leben zu beginnen. Das allein war schwierig genug. Unter solchen Bedingungen hegt man keinen Kinderwunsch. Also zumindest ich nicht.

Melani nahm mich zärtlich in ihre Arme und flüsterte mir ins Ohr: „Du wolltest auch mich nicht mitnehmen, mein Engel. Erinnerst Du Dich?"

„Das ist etwas völlig anderes", argumentierte ich. Doch da bat Mia so eindringlich, dass die Schuldgefühle, die sie wegen meiner ablehnenden Haltung in mir weckte, mir im Herzen wehtaten: „Bitte gib ihr eine Chance!"

„Ohne Sintija wären wir nicht einmal hier", beeilte sich Melani zu erklären, solange meine harte Schale durch Mias Bitte angeschlagen und ich dadurch emotional noch angreifbar war. „Sie ist die einzige, die die Yacht steuern kann!"

„Genau genommen hat sie sich sogar für uns geopfert", führte Mia die Erklärung weiter aus, bevor ich Zeit zum nachdenken hatte. „Weder Ottavia, ... Melani, noch ich haben einen Segelschein. Du warst ohne Bewusstsein. Sintija hatte den Auftrag, uns in Sicherheit zu bringen und war angewiesen, uns im Fall, dass wir die Yacht nicht steuern könnten, zu begleiten. Nur für diesen Fall hatte sie selbst Papiere, die sie als Deine Tochter ausweisen, bekommen."

„Ist das wahr?" fragte ich gerührt. Doch da schüttelte Mia den Kopf und antwortete: „Nein, aber es klingt gut. Sintija hätte uns auf jeden Fall begleitet."

„Man kann doch nicht einfach so ein Kind verschenken", entgegnete ich empört. Doch Mia erwiderte darauf sofort: „Sie wollte mit uns mit!"

Diesmal konnte ich spüren, dass es wirklich die Wahrheit war.

„Sintija ist ein Findelkind", erklärte Mia weiter. „Sie hatte niemals eine Familie und musste von klein auf für ihren Lebensunterhalt arbeiten. Weiß der Teufel, was sie ausgerechnet an Dir gefunden hat, dass sie geglaubt hat, Du könntest ihr den Halt geben, den sie bisher nicht hatte."

Ich wollte meiner Empörung über diesen ungerechtfertigten Angriff sofort Ausdruck verleihen, wusste aber nicht, was ich darauf hätte erwidern können und starrte Mia deshalb nur verständnislos mit offenem Mund an. Da erkannte ich aber, dass sie Recht hatte und klappte meinen Mund wieder zu. Was hatte sich dieses Kind nur dabei gedacht, sich mich als Vater zu erwählen?

Mia und Melani sahen mich erwartungsvoll an, bis ich schließlich resigniert seufzte und fragte: „Kann ich mit ihr reden?"

Die Gesichter der beiden hellten sich auf und Melani antwortete schnell: „Aber natürlich. Sie ist schließlich Deine Tochter!"

Ich bemerkte den skeptischen Blick, den Mia Melani zuwarf. Sie nahm ihre kleine Schwester am Arm und sagte an mich gewandt: „Wir schicken sie runter.“

Dann verschwanden die beiden leise miteinander flüsternd nach oben.

Es ist nur eine Rolle, die ich spielen soll, dachte ich mir und hoffte, die Sache mit dieser Gewissheit ganz entspannt angehen zu können. Trotzdem war ich nervöser, als vor meinem ersten Date. Ich wischte meine schwitzigen Hände an der dünnen Decke ab, unter der ich, wie ich feststellte, nackt war. Außerdem hatte ich, wie ich erst jetzt registrierte, eine Erektion.

Kein Wunder, dache ich mir. So lange, wie ich geschlafen hatte, musste ich ja eine Morgenlatte haben.

Wäre ich nur vorher aufs Klo gegangen.

Jetzt war es dafür zu spät. Sintija stieg bereits die Stufen nach unten. Am Fuß der Treppe blieb sie stehen und sah mich aus großen, fragenden Augen unsicher an. Als ich sie betrachtete, wurde mir bewusst, wie wenig Beachtung ich ihr im Haus des Alten geschenkt hatte, dem wir unsere neuen Pässe zu verdanken hatten. Ich hätte nicht einmal sagen können, welche Haarfarbe sie hatte. Sie war irgendwo zwischen dunkelblond und braun und die Haare fielen ihr bis weit auf den Rücken, wie ich jetzt feststellte. Zur Haarfarbe schienen ihre exotisch wirkenden Augen in einem eigenartigen Widerspruch zu stehen. Sintija trug nur ein hellblaues T-Shirt, auf dem stand ‚*papa – la crème des hommes’*.

So wie Mia und Melani ging auch sie barfuss. Ich hoffte nur, dass sie unter dem T-Shirt, das nur knapp ihren Hintern bedeckte, eine Unterhose trug. Ihre Brüste waren für ihr Alter schon gut entwickelt und sogar größer, als die von Melani. Sie war auch nur wenig kleiner als Melani und bis auf die etwas üppigere Oberweite ebenso zierlich. Als ich sie mir jetzt betrachtete und dabei nervös schluckte, wünschte ich mir nur, sie wäre nicht ganz so hübsch gewesen.

Wenn ich schon Vater werden musste, warum konnte ich dann nicht mit etwas Kleinerem anfangen, mit etwas, das körperlich noch nicht so entwickelt war, dass es die Blicke der Männer auf sich zog und deren Fantasien anregte? Ich hatte in Mia und Melani alles was ich mir nur erträumen konnte und noch mehr. Trotzdem erfüllte mich der Gedanke, dieses Mädchen jetzt als Tochter behandeln zu sollen, mit Panik, denn es lag etwas in seinen Augen, das mich magisch anzog. Und das hatte nichts mit väterlichen Gefühlen zu tun. Hätte ich sie nur irgendwo auf der Straße gesehen, dann hätte ich mich auch nur an ihrem Anblick erfreut und sie anschließend wieder vergessen. Aber ich sollte ihr Vater sein.

Ich werde ein grauenhafter Vater sein, dachte ich mir. *Wenn ich mich auf diese Rolle einlasse, werde ich wohl der eifersüchtigste Vater sein, der jemals über eine Tochter gewacht hat.*

Ich hatte panische Angst davor, Sintija einen Platz in meinem Herzen einzuräumen und gleichzeitig die Distanz eines Vaters wahren zu müssen. Doch alleine, das Wort *Distanz* in Gedanken zu formulieren, machte mir die

Lächerlichkeit meiner Gedankengänge schon bewusst. Ich hatte zwei wunderbare Frauen; das war mehr als ein einzelner Mann verdiente! Sintija war noch ein Kind. Auch wenn ich bezweifelte, der Rolle eines Vaters gewachsen zu sein, gab es keinen vernünftigen Grund, etwas anderes, als ein Kind in ihr zu sehen. An diesem Gedanken hielt ich fest, als ich ihr fragend zurief: „Sintija?"

„Papa?" antwortete das durch mein Zögern verunsicherte Mädchen mit zitternder Stimme auf meine Frage. Die dünne, aber dennoch wohlklingende Stimme drang tief in mein Herz. Aber in ihr auch noch mit *Papa* angesprochen zu werden, war fast zuviel für mich. Ich wünschte mir fast, wirklich der Vater dieses Mädchens zu sein und bedauerte, nicht miterlebt zu haben, wie es herangewachsen war.

„Ich glaube, wir beide haben viel nachzuholen", sagte ich mit soviel aufrichtiger Zuneigung, wie man sie nur für eine lange vermisste und endlich wiedergefundene Tochter hegen kann. Da ich, wie bereits erwähnt, unter meiner Decke nackt war, außerdem eine Erektion hatte und deshalb meiner Tochter nicht entgegeneilen konnte, lud ich sie mit den Worten „Komm her, Sintija" und einer Geste, die diese Einladung unterstrich, zu mir ein. Sintija eilte mir vor Freude weinend entgegen, wobei ihre Brüste verführerischer wippten, als ich es wahrhaben wollte. Als sie bei mir war, nahm sie meine ihr entgegengestreckten Hände und flüsterte noch einmal schluchzend: „Papa!"

Lange und ergriffen sahen wir uns nur an und versuchten gegenseitig in unseren Augen zu lesen. Sintijas Augen waren unbeschreiblich. Sie hatten das intensive Grün von Smaragden, die von Goldfäden durchzogen wurden. Solche Augen hatte ich noch nie gesehen. Und noch nie zuvor hatte ich das Gefühl gehabt, dass meine Seele so sehr von Augen aufgesogen worden wären; nicht einmal bei Elaine und Ottavia.

„Wer bist Du?" fragte ich verwirrt, während ich Sintija meine rechte Hand entzog, um mir über die Augen zu wischen. Sintija sah mich nur fragend an. Ich versuchte, ihrem Blick auszuweichen, blieb mit meinen Augen dann aber an ihrem T-Shirt hängen, unter dem die kleinen, vollen Rundungen ihrer Brüste mit den winzigen, sich deutlich durch den Stoff abzeichnenden Knospen, sich schwer hoben und senkten. Meine Kehle war trocken und ich musste mehrmals schlucken, um mich nicht mehr wie ein Verdurstender zu fühlen und wieder einen Ton herausbringen zu können. Mit Gewalt riss ich meinen Blick von Sintijas Brüsten los und sah ihr wieder in die Augen.

„Ich weiß nicht, ob ich das kann", gestand ich ihr. „Ich weiß auch nicht, was Du von mir erwartest. Ich bin nur ein Niemand. Ich hab in meinem Leben nichts erreicht und absolut keine Ahnung, was es bedeutet, Vater zu sein. Du hast etwas Besseres verdient, als einen *Vater*, der in Dir mehr Frau als Kind sieht, obwohl er weiß, dass Du noch ein Kind bist."

Ich fühlte mich schlecht, atmete schwer, floh vor Sintijas Blick und suchte ihn wieder, um von neuem in ihm zu ertrinken. Da sagte sie ganz leise und scheu: „Je ne parle pas allemand."

„Was?" fragte ich verwirrt zurück und gestand meiner Tochter, die ich so unvorbereitet bekommen hatte: „Ich spreche nicht französisch."

Im selben Moment wurde mir aber auch klar, dass Sintija mir genau das Gleiche gestanden hatte. So wie ich kein französisch verstand, verstand sie kein deutsch. Was für eine Basis sollte das denn sein, um Vater und Tochter zu ,spielen'? Sintija und ich blickten uns einige Sekunden lang in einer seltsamen Mischung aus Resignation und Selbstironie an und brachen dann gleichzeitig in ein herzhaftes Lachen aus. Doch unser Humor half uns nicht über die uns voneinander trennende Sprachbarriere hinweg. Das sahen wir beide ein. Stumm sahen wir uns an. Und stumm begriffen wir, dass es nicht funktionieren konnte. Sintijas Hände glitten aus meinen auf die Decke, kamen dabei aber genau auf meine hoch aufgerichtete Erektion zu liegen. Einen kurzen Moment stutzte sie, dann rief sie überrascht: „Oh, mon Dieu!"

Anstatt ihre Hände aber sofort zurückzuziehen und hysterisch schreiend vor mir zu flüchten, wie ich es von einer wohlerzogenen Tochter hätte erwarten können, packte sie mit beiden Händen reflexartig zu und betastete meinen unter diesem Griff weiter anschwellenden Penis in einer Art, als wollte sie sich davon überzeugen, dass sich unter dem dünnen Stoff der Decke wirklich das regte, was sie vermutete. Ich war so perplex, dass ich nicht einmal protestieren konnte. Und bevor ich meine Selbstbeherrschung wiedererlangt hatte, sagte Sintija schon im Ton der Empörung: „Papa!"

Trotzdem ließ sie noch immer nicht los. Und deshalb nahm ich schnell ihre Handgelenke und zog ihre Hände aus meinem Schoß. Da Sintija aber nicht losließ, zog sie dabei auch die Decke mit hoch, so dass ich plötzlich nackt vor ihr saß.

„Das ist nicht lustig, Sintija!" sagte ich streng. Doch ganz offensichtlich fehlte es meiner Tochter am nötigen Respekt, denn obwohl sie selbst noch versuchte, vorwurfsvoll zu schauen, zuckten ihre Mundwinkel merklich. Und plötzlich brach sie in ein so bezauberndes Lachen aus, dass ich ihr nicht einmal böse sein konnte. Da Sintija noch immer die Decke in ihren Händen hielt, bedeckte ich mich schnell mit meinen Händen. Sintija sagte irgendetwas, das ich nicht verstand. Es hatte aber den Klang einer Entschuldigung. Und ich war geneigt, diese anzunehmen. Da aber eine Verständigung nicht möglich war, fragte ich sie: „Kannst Du Elaine, ich meine Mia holen, oder Melani? Verstehst Du? Mia, Melani?"

„Oui", antwortete Sintija lächelnd, stellte sich zwischen meinen Beinen auf das Bett und klappte das Fenster über uns ganz auf, so dass sie Mia und Melani an Deck zurufen konnte, dass wir ihrer Hilfe bedurften. Als Sintija aber so vor mir stand und sich streckte, rutschte ihr T-Shirt nach oben.

Das, was ich befürchtet hatte, war der Fall. Sie trug nichts darunter und ich hatte ihre winzige Spalte direkt vor meinem Gesicht. Schnell packte ich mit beiden Händen den Stoff ihres T-Shirts, und zog ihn so weit nach unten, dass sie wieder bedeckt war. Dadurch verlor Sintija aber das Gleichgewicht und stieg mir, da ich meine Hände ja aus meinem Schoß genommen hatte, genau auf meinen hoch aufgerichteten Penis. Er gab unter ihrem Gewicht nach und wurde von ihrem zierlichen Fuß ins Polster gedrückt. Obwohl Sintija mit ihrem ganzen Gewicht auf ihm stand, war es ein der Situation völlig unangemessen schönes und erregendes Gefühl. Verwundert blickte Sintija nach unten. Und obwohl sie sehen musste, worauf sie stand, blieb sie stehen, wendete sich wieder den beiden Mädchen an Deck zu und sprach weiter mit ihnen. Sie streckte sich sogar und stellte sich dabei auf die Zehenspitzen, um das Gewicht zu erhöhen, als ich versuchte zurückzurutschen, um meinen Penis damit unter ihrem Fuß hervorzuziehen. In dem Moment stieg Melani am anderen Ende der Kajüte die Stufen herunter. Als sie sah, wie ich verzweifelt versuchte, meinen Penis aus seiner peinlichen Lage zu befreien, begann auch sie so herzerfrischend zu lachen, dass ich mitgelacht hätte, wenn ich mich nicht so geschämt hätte. Als sie dann noch immer lachend vor mir stand und ich sie mit hochrotem Kopf flehend anblickte, brachte ich nur ein klägliches „Hilfe!" hervor. Melani gab Sintija einen liebevollen Klaps auf den nackten Po und sagte etwas zu ihr. Jetzt endlich ging Sintija in die Hocke, um wieder ganz in die Kajüte herunterzukommen. Aber noch immer stand sie auf meinem Penis.

„Könntest Du ihr bitte sagen, dass sie von mir runtersteigen soll?" bat ich Melani fast tonlos, weil meine Stimme versagen wollte. Doch bevor Melani meine Bitte übersetzen konnte, tat Sintija so, als würde sie ihr Missgeschick eben erst bemerken und zog ihren Fuß ganz langsam über meine Eichel zurück. Mein Penis schnellte nach oben und klatschte gegen meinen Bauch.

„Ihr scheint Euch ja schon gut angefreundet zu haben", meinte da Mia, die ebenfalls unter Deck erschienen war.

„Nein, haben wir nicht", gab ich erregt zurück, packte mir die Decke und warf sie über meinen Schoß. Wären nur Mia und Melani da gewesen, hätte ich es genossen, ihre Blicke auf meinem Penis zu spüren, ich hätte es genossen, wenn sie sich mit ihm beschäftigt hätten, auch die Vorstellung, dass sie sich auf ihn gestellt hätten, wie Sintija es getan hatte, war sehr reizvoll. Aber Sintija war einfach zu jung. Und außerdem war sie ja meine Tochter.

Als erstes ging ich ins Bad, um mich frisch zu machen und um auf die Toilette zu gehen, damit der Druck, der mir die peinliche Morgenlatte beschert hatte, wieder verschwand. Aber eigenartigerweise musste ich gar nicht auf die Toilette.

Als ich dann mit der um meine Hüfte gewickelten Decke wieder aus dem Bad kam, forderten mich die Mädchen auf, mit an Deck zu kommen. Unter Deck hatte mich die Yacht ja schon begeistert. Aber hier oben, den Blick nach allen Richtungen bis zum Horizont schweifen lassen zu können, die wärmenden Strahlen der Sonne und die salzige Brise auf der Haut zu spüren und zum ersten mal seit Ewigkeiten wieder durchatmen zu können; das war wirklich das Paradies, das ich mir immer erträumt hatte. Es tat unendlich gut, mich zu strecken und zu recken. Im Badezimmerspiegel hatte ich gesehen, dass ich hager geworden war. Aber es schadete mir nicht, ein paar Kilo verloren zu haben. Ich fühlte mich so stark, als hätte ich Bäume ausreißen können.

Melani stand am Steuer, während Mia und Sintija nackt auf dem Sonnendeck auf mich warteten. Auf meine Bitte hin zog sich Sintija wieder ihr T-Shirt über, wenn auch etwas widerwillig. Am liebsten hätte ich die Decke, die ich noch um meine Hüfte gewickelt hatte, selbst weggeworfen und mich nackt von Wind und Sonne und Mia und Melani liebkosen lassen. Aber ich hatte noch immer meine Erektion. Und damit konnte ich mich unmöglich vor Sintija präsentieren, denn dem Alter nach war sie noch ein Kind, auch wenn ihre biologische Uhr etwas anderes behauptete und Sintija sich ihrer Reize nur allzu deutlich bewusst war. Als ich dann bei den beiden saß, begann Mia mit ihrer Erzählung, um mich über den aktuellen Stand unserer Situation aufzuklären.

Als erstes erfuhr ich, dass sie mir während meines Fiebers einen Katheder gelegt hatte, den sie erst kurz vor meinem Erwachen entfernt hatte. Das erklärte, warum ich nicht auf die Toilette gemusst hatte, nicht aber, warum ich eine so hartnäckige Morgenlatte vor mir hertrug.

Als Sintija Elaine, Ottavia und mich mit dem Schlauchboot auf die Yacht gebracht hatte, hatten sich alle drei Mädchen wegen meines kritischen Zustandes große Sorgen gemacht. Elaine wollte mich sogar doch noch in ein Krankenhaus in Marseille bringen, erfuhr jedoch von Sintija, dass man sich in den Krankenhäusern der Stadt bereits nach uns erkundigt hatte. Dort aufzutauchen wäre Selbstmord gleichgekommen, denn wir hatten zwar neue Pässe bekommen, aber die Art meiner Verwundung hätte mich sofort wieder als den entlarvt, der ich in Wirklichkeit war. Da die Bordapotheke der *SINTIJA* sehr gut ausgestattet war, hatte sich Elaine dann sofort auf meine Pflege konzentriert, während Sintija, die wirklich als einziges der Mädchen Ahnung vom Segeln hatte, Kurs auf Barcelona genommen hatte. In Spanien, so hofften die Mädchen, würde man uns noch nicht vermuten. Und wenn mein Zustand sich bis dahin nicht gebessert hätte, dann hätten sie mich dort, selbst auf die Gefahr hin, unser Inkognito nicht wahren zu können und Rizzos Häscher wieder auf unsere Spur zu führen, doch noch zu einem Arzt gebracht. Aber zum Glück besserte sich mein Zustand.

Elaine und Ottavia hatten sich natürlich auch sofort mit unseren neuen

Pässen befasst. Die Vorstellung, ab diesem Zeitpunkt Schwestern zu sein, hatte ihnen gefallen, denn sie hatten beide bisher das Gefühl nicht gekannt, eine richtige Familie zu haben. Und weil sie begriffen, dass wir nicht nur vor anderen Menschen diese Rollen spielen durften, sondern wirklich zu den Personen werden mussten, deren Namen in unseren Pässen standen, redeten sie sich auch nur noch als Mia und Melani an. Dass Sintija uns begleitete, hatte die beiden zwar auch überrascht, aber sie begriffen, dass das Mädchen als Skipper unentbehrlich war. Warum Sintija allerdings zu meiner Tochter geworden war, das hatte sie nicht verraten wollen. Sie war ein sehr ernstes und verschlossenes Mädchen, das durch Elaines und Ottavias, beziehungsweise durch Mias und Melanis aufrichtige Dankbarkeit und Herzlichkeit aber sehr schnell auftaute.

Ab dieser Stelle bestand Sintija darauf, selbst zu erzählen. Mia fungierte nur noch als Dolmetscherin. Als wir bei dem alten Gemüsehändler, bei dem Sintija lebte, aufgetaucht waren, hatte sie natürlich mitbekommen, dass wir auf der Flucht waren und neue Pässe erhalten sollten. So wie wir hatte auch sie noch niemals eine Familie gehabt. Und obwohl ich sie kaum bemerkt hatte, hatte sie geglaubt, etwas oder jemand in mir zu erkennen, zu dem sie gehörte. Sie hatte den Alten angefleht, bei mir bleiben zu dürfen. Der hatte einen ganzen Tag lang über diese sonderbare Bitte nachgegrübelt. Dann hatte er sich entschlossen, dem Schicksal Sintijas, das sie selbst in ihre kleinen Hände nehmen wollte, nicht im Wege zu stehen. Also hatte er in die Wege geleitet, dass auch sie einen Pass erhielt, der sie als meine Tochter auswies. Erst jetzt erfuhr ich, dass Sintija vorher auf den Namen Isabelle gehört hatte, meist aber nur Isa gerufen worden war.

Auf meine Frage, was sie denn eigentlich in mir zu sehen geglaubt hatte, antwortete sie laut Mias Übersetzung: „Es war kein Sehen, Papa. Es war ein Fühlen!"

„Ich hab gar nichts gefühlt. Ich hab Dich kaum wahrgenommen."

„Das konntest Du auch nicht. Ich hab in meinem Leben gelernt, unauffällig zu sein und nicht aufzufallen. Die meisten Menschen merken überhaupt nicht, wenn ich anwesend bin. Außerdem warst Du krank."

„Und was war das grad unter Deck? Das war nicht gerade *unauffällig*."

„Tut mir leid, Papa. Ich war so aufgedreht, weil Du endlich aufgewacht bist."

„Vor allem war das nicht das Verhalten einer Tochter. Wie alt bist Du denn überhaupt?"

Sintija errötete, senkte verlegen ihre Augen und antwortete dann ganz leise: „Vierzehn."

„Vierzehn", wiederholte ich und schüttelte resigniert den Kopf. Doch da setzte Sintija sofort zu ihrer Verteidigung an: „Ja, aber im März werde ich bereits fünfzehn, laut meinem neuen Ausweis allerdings erst im Oktober."

Ich blickte Rat suchend unsere Dolmetscherin Mia an. Aber anstatt mich darin zu unterstützen, Sintija klarzumachen, dass sie zu jung war, um sich in sexueller Weise mit Männern, vor allem mit mir, zu beschäftigen, zuckte die nur mit ihren Schultern und meinte ganz lapidar: „Ich war mit dreizehn in meinen Mathelehrer verliebt. Wenn er gewollt hätte, hätte er damals alles mit mir machen können."

„Das ist keine große Hilfe", raunte ich vorwurfsvoll und erklärte dann energisch: „Als Josef Lederer bin ich nur durch einen Zufall und ohne eigenes Verschulden ins Visier eines Mafiaclans geraten. Ich möchte jetzt nicht als Louis Crichlow wegen Sex mit Minderjährigen in den Knast!"

Nachdem ich das klargestellt hatte, herrschte einige Sekunden lang betretenes Schweigen, das Sintija dann schließlich ganz kleinlaut und schluchzend brach.

„Wir hatten keinen Sex!" sagte sie entschuldigend, aber in einem Tonfall, als wenn ich ihr ein Unrecht zugefügt hätte. Dann lief sie weinend in die Kajüte, noch bevor Mia fertig übersetzt hatte.

„Was hab ich denn gemacht?" fragte ich Mia und Melani, deren Blicke vorwurfsvoll auf mich gerichtet waren. Mia legte ihre Arme um mich, küsste mich zärtlich auf die Wange und antwortete dann ganz sanft und nachdenklich: „Sintija ist ein so zartes und zerbrechliches Mädchen und wahrscheinlich einsamer, als jeder von uns es jemals gewesen ist. Sie braucht Liebe und jemanden, der ihr Halt und Geborgenheit gibt und niemanden, der sie zurückstößt."

Der Vorwurf in Mias Worten schnürte mir die Kehle zu. Obwohl ich überzeugt war, mich Sintija gegenüber richtig verhalten zu haben, indem ich das Verhältnis zwischen uns klarzustellen versucht hatte, fühlte ich mich jetzt doch mies und schuldig. Ich hätte nicht nur sagen dürfen, was nicht sein darf, sondern auch, dass ich sie trotzdem mochte.

„Ich rede mit ihr", sagte Mia leise und tröstend, gab mir noch einen Kuss und wollte sich erheben. Doch ich hielt sie schnell am Handgelenk zurück, schüttelte den Kopf und erwiderte: „Nein, das muss ich selbst machen."

Mia lächelte mich dankbar an und sagte leise: „Ich weiß!"

Auch Melani nickte mir ermutigend zu, als ich mich erhob und die Decke um meine Hüfte fester zog. Dann stieg auch ich wieder die Treppe in die Kajüte hinunter. Kurz zögerte ich noch einmal auf den Stufen, weil mir die Sprachbarriere wieder einfiel, die Sintija und mich trennte. Aber dann dachte ich mir, dass ich das trotzdem allein machen musste. Also ging ich weiter. In der Kajüte konnte ich Sintija nicht sehen. Sie war weder im Wohnraum, noch in dem Küchenabschnitt oder in der Koje im Bug. Ich wollte gerade an die Badezimmertür neben der Treppe klopfen, als ich von der anderen Seite das leise Schluchzen Sintijas vernahm. Also klopfte ich an der der Badezimmer gegenüberliegenden Tür. Nichts geschah, nur das

Schluchzen verstummte. Also klopfte ich noch einmal. Und diesmal fragte Sintijas dünne Stimme ganz zaghaft: „Que tu veux?"

„Ich wollte mich entschuldigen", antwortete ich, obwohl ich die Frage nicht verstand. Und da Sintija, die mich genauso wenig verstand, wie ich sie, nichts darauf erwiderte, fragte ich weiter: „Darf ich reinkommen?"

Ganz leise öffnete ich die Tür. Dahinter war eine zweite Schlafkoje. Sintija hatte sich auf die Laken geworfen und sah mich jetzt aus großen, traurigen und von ihren Tränen noch feucht schimmernden Augen erwartungsvoll an.

„Darf ich mich setzen?" fragte ich unsicher. Die Situation schien so absurd zu sein. Mich bei einem Mädchen entschuldigen zu müssen, war schon schlimm genug. Aber dieses Mädchen aus heiterem Himmel auch noch zur Tochter bekommen zu haben, war eindeutig mehr, als ich schon verarbeiten konnte, vor allem, weil Sintija sich eben auch nicht wie eine Tochter verhalten hatte.

Sintija schien den Sinn meiner Frage verstanden zu haben, denn sie richtete sich selbst etwas auf und deutete auf die Bettkante. Ich setzte mich. Und wie schon einmal suchten unsere Blicke sich und unsere Seelen schienen ineinander zu fließen.

Ich musste mich mit Gewalt wieder aus diesem Bann befreien, um das sagen zu können, was ich sagen wollte. Und obwohl ich wusste, dass Sintija die Worte nicht verstand, die ich sagte, hoffte ich doch, dass sie den Sinn verstehen würde.

„Es tut mir leid", begann ich mit aufrichtiger Reue. „Ich wollte Dich nicht verletzen. Seit ich in diese ganze Sache reingeschlittert bin, weiß ich nicht mehr, wo mir der Kopf steht. Auf der einen Seite hab ich alles verloren, auf der anderen Seite hab ich die zwei wundervollsten Frauen der Welt kennen gelernt. Elaine und Ottavia, jetzt Mia und Melani sind so unglaublich. Ich hätte niemals damit gerechnet, dass ich mich so verlieben könnte; und noch dazu in zwei Mädchen auf einmal. Und dann bist plötzlich Du noch da … Ich hatte noch niemals eine Beziehung, in der ich mir hätte vorstellen können, Vater zu werden. Wenn ich darüber nachdenke, dann wären Mia und Melani die ersten und einzigen Frauen, mit denen das überhaupt denkbar wäre. Aber solange wir keinen Platz haben, an dem wir sicher sind, wären solche Gedanken auch völlig abwegig. Abgesehen davon sehe ich es inzwischen auch als sehr verantwortungslos an, überhaupt noch ein Kind in diese kaputte Welt zu setzen. Nimm Dir allein mal unsere Situation: Was Du vorhin gemacht hast, kann mich ins Gefängnis bringen. So sind unsere Gesetze. Typen wie die Rizzos können ungestraft jedes Verbrechen begehen, weil sie die richtigen Leute schmieren. Die wahren Verbrecher sind die Politiker, die Banken, die Richter, die Polizisten …"

Ich merkte, dass ich irgendwie in meiner Ausführung abgedriftet war und suchte daher nach einem neuen Ansatzpunkt, obwohl Sintija mir aufmerksam zugehört hatte. Aber für sie war vermutlich egal, was ich sagte, wenn nur die Emotionen in den Worten sie erreichten.

„Was ich sagen wollte:" begann ich von neuem. „Die Vorstellung, Vater zu sein, oder spielen zu müssen, ist mir noch so fremd. Und weil Du eh nicht verstehst, was ich sage: Du bist viel zu schön, um meine Tochter sein zu können, Wenn ich nicht schon lieben und geliebt werden würde und wenn Du nur drei Jahre älter wärst, dann hätte ich Dein Spiel vorhin sicherlich genossen! Aber so … Wenn wir Vater und Tochter sein müssen, dann müssen wir das anständig machen. Bitte gib mir die Chance, ein guter Vater zu sein, auch wenn ich erst so spät in Dein Leben gekommen bin. Lass uns aus der Zeit, bis Du volljährig bist und Deine eigenen Wege gehst, das Beste machen. Okay?"

Sintija antwortete nicht; wie sollte sie auch, wenn sie die Frage nicht verstehen konnte. Aber sie streckte mir zögernd ihre Hände entgegen. Ich nahm sie und zog Sintija an mich. Dass ihre Brüste sich dabei durch den dünnen Stoff ihres T-Shirts an mich schmiegten, versuchte ich zu ignorieren. Doch selbst der Versuch, es so wirken zu lassen, als bemerkte ich es nicht, scheiterte, denn mein Herz begann wie wild zu schlagen. Trotzdem lagen wir uns lange so in den Armen und hielten uns ganz fest.

Ich war Vater!

Die *SINTIJA* war unser Zuhause geworden, auf dem Mia, Melani, Sintija und ich auf engstem Raum miteinander lebten. Melani hatte sich schon während der Zeit, als ich noch ohne Bewusstsein gewesen war, die Grundkenntnisse des Segelns angeeignet. Und jetzt, wo es mir von Tag zu Tag besser ging und ich nicht mehr auf die Pflege der Mädchen angewiesen war, konnte auch ich mich an den anfallenden Arbeiten beteiligen. Da wir so unverhofft zu Yachteignern geworden waren, verwarfen wir den ursprünglich gefassten Entschluss, nach Australien zu fliegen und beschlossen, stattdessen den Atlantik zu überqueren, wofür wir, da wir ohne irgendwelche Verpflichtungen und ohne Zeitdruck segelten, drei bis vier Wochen einplanten. Wir hatten einen Wassertank mit eintausend Litern Fassungsvermögen und, was uns noch mehr Autonomie versprach, einen Wassermacher, der nach dem Prinzip funktionierte, dass Meerwasser durch eine feine Membran gedrückt wird, die alle Salzionen und Verunreinigungen herausfiltert. In Algeciras bunkerten wir noch Lebensmittel, dann machten wir uns auf in dieses, wie ich im Nachhinein eingestehen muss, sehr unüberlegte Abenteuer.

Teil 2 – Das Unheimliche

14 DIE FLAUTE

Endlich! Endlich hatte ich die Fäden, die mich noch an meine Vergangenheit gebunden hatten, gekappt. Der Neuanfang war nicht so passiert, wie ich es mir in meinem kleinen Appartement vorgestellt hatte. Es war das Unerwartete gewesen, das so plötzlich über mich hereingebrochen war und das mich in einen Strudel extremer und unvorhersehbarer Ereignisse gerissen hatte. Und als die Wogen sich jetzt glätteten, hatte das Schicksal eine Gemeinschaft aus vier Personen zusammengewürfelt, die sich nicht gesucht hatten und dennoch füreinander bestimmt waren. Auf der *SINTIJA* fühlten wir uns sicher und unantastbar. Wir hatten unsere Verfolger abgeschüttelt und unsere Spuren verwischt.

Wie trügerisch doch unsere scheinbare Sicherheit war. Wie hatte ich nur annehmen können, dass wir das Unerwartete genauso abgeschüttelt hätten, wie Rizzos Späher?

Unsere Fahrt auf der *SINTIJA* wurde zu einer Bewährungsprobe für uns und unsere Gefühle.

Sintija war die einzige von uns, die Segelerfahrung besaß. Aber bisher war sie nur im Mittelmeer *gedümpelt*, wie sie es selbst ausdrückte, und sie hatte auch noch nie die Verantwortung für eine Yacht in der Größe der *SINTIJA* getragen. Melani, Mia und ich lernten zwar eifrig, aber das konnte nicht darüber hinwegtäuschen, dass wir keinerlei praktische Erfahrungen besaßen und uns jegliche Routine fehlte. Obwohl wir ohne Zeitdruck segelten, mussten wir feststellen, dass es an Bord einer Yacht immer irgendetwas zu tun gab. Einer musste immer am Ruder sein. Im Atlantik galten andere Gesetze, als im Mittelmeer, wo man einfach mal auf den Autopilot vertrauen konnte. Das konnte man im Atlantik zwar auch, aber trotzdem musste dabei immer einer Wache halten. Die Probleme fingen aber bereits bei der Durchquerung der Straße von Gibraltar an. Durch die herrschende Flaute, konnten wir nicht gegen die Strömung in den Atlantik segeln. Und unser Hilfsmotor gab schon beim ersten Versuch den Geist auf. Als dann aber plötzlich der Wind auffrischte, segelten wir frohgemut durch die Passage und sprangen ohne nachzudenken auf das Karussell der

Meeresströmungen, die uns nach Amerika bringen sollten. Den Motor hatten wir vorher allerdings nicht reparieren lassen. Böser Fehler!

Weder ich, noch eines der Mädchen kannte sich mit Motoren aus. Als ich beschloss, ihn mir zumindest anzusehen, um nach dem Fehler zu suchen, wusste ich noch nicht einmal, wo der Motor überhaupt war. Und als ich ihn lokalisiert hatte, wäre ich nicht an ihn heran gekommen, ohne ein Loch in die Bordwand zu schneiden, was mir aber keine gute Idee zu sein schien. Also ließ ich diese Arbeit erst einmal ruhen. Sintija brachte Mia, Melani und mir die Grundbegriffe der Navigation bei. Das war eine große Erleichterung. Wenn jeder von uns errechnen konnte, wo wir uns befanden, dann gab uns das ein Gefühl der Sicherheit, denn es nahm uns die Furcht vor dem Gedanken, ziellos durch die Unendlichkeit zu treiben. Unsere Tage waren ausgefüllt mit einer sich langsam einstellenden Routine. An Bord einer Yacht kann man sich nicht aus dem Weg gehen. Aber das störte keinen von uns. Das einzige Problem, das sich daraus ergab war, dass es mir nur dann möglich war, mit Mia und / oder Melani intim zu werden, wenn Sintija am Steuer stand oder schlief. Aber an Bord einer Yacht kann man nicht wirklich etwas tun, ohne dass die anderen etwas davon mitbekommen. Und so war sich natürlich auch Sintija bewusst, was Mia, Melani und ich trieben, wenn sie nicht dabei war. Wahrscheinlich interpretierte sie sogar viel mehr hinein, als in dieser Zeit wirklich passierte, denn mehr, als uns nur nackt in den Armen zu liegen und uns gegenseitig zu halten und zu spüren war da nicht. Manchmal wirkte Sintija recht melancholisch, wenn ich ihr dann wieder in die Augen blickte. Aber sie schwieg dazu. Sie wusste, dass die beiden Mädchen und ich zusammengehörten und akzeptierte es. Auch versuchte sie nicht mehr, mich selbst in einer kompromittierenden und für eine Tochter unangemessenen Weise zu berühren. Sintija und ich lernten mit Mias und Melanis Hilfe nach und nach gegenseitig unsere Sprachen und kamen uns dadurch auf einer sehr herzlichen Ebene immer näher. Ich begann wirklich so etwas wie Vatergefühle für sie zu entwickeln und konnte sie im Arm halten, ohne ihren Körper als weiblichen Körper, der sich an meinen Körper schmiegte, zu beachten. Ich hielt einfach nur meine Tochter im Arm. Die stetig wachsende Liebe, die uns verband, war für mich absolut körperlos. Nach einer Woche waren wir bereits soweit, dass wir uns ohne Hilfe von Melani oder Mia miteinander unterhalten konnten; halb französisch, halb deutsch, und wenn uns noch Worte fehlten, mit Händen und Füßen.

In dieser ersten Woche kamen wir auch gut voran. Wir segelten zuerst in südlicher Richtung und schwenkten dann nach und nach immer mehr nach Westen. Dann kam die Flaute und, nachdem wir keinen funktionierenden Motor hatten, der Stillstand. Es war, als ob plötzlich die Zeit aufgehört hätte, zu existieren. Nichts regte sich mehr. Das Meer war im wahrsten Sinne des Wortes spiegelglatt. Nicht die kleinste Welle kräuselte sich auf der

Oberfläche. Niemals zuvor hätte ich mir vorstellen können, dass es einen solchen, absoluten Stillstand auf dem Meer geben könnte. Der Himmel war nicht besser, als das Meer. Er war ein grelles, lichtdurchtränktes Grau, durch das man nicht einmal die Position der Sonne lokalisieren konnte. Jedes kleinste Geräusch, das wir an Bord verursachten, wirkte unwirklich laut. Unwillkürlich unterhielten wir uns nur noch flüsternd und versuchten auch sonst jedes Geräusch zu vermeiden. Mit ehrfürchtigem Staunen standen wir an Deck und suchten den Horizont vergeblich nach irgendeiner Regung ab.

„Was ist das?" fragte Melani furchtsam. Sintija war die einzige, die uns vielleicht eine Antwort auf die Frage nach diesem Phänomen hätte geben können. Aber auch sie zuckte nur ratlos mit den Schultern und klammerte sich etwas fester an meinen Arm.

„Das ist nur eine Flaute", versuchte ich die Stimmung wieder etwas zu lockern, auch wenn mir dieser Zustand, der so plötzlich eingetreten war, als wenn jemand einen Schalter umgelegt und damit jede Bewegung, jedes Geräusch und jedes Lebenszeichen außerhalb unserer Yacht ausgeknipst hätte, selbst unheimlich war. Aber nur, weil wir das Wetter auf dem Ozean nicht kannten, musste das keine Bedeutung haben. Ich machte mir nur Sorgen, weil das Barometer so schnell und weit gefallen war und Sintija sprach dann aus, was wir wahrscheinlich alle selbst schon befürchtet hatten: „Wir sollten uns auf einen Sturm gefasst machen."

Ich nickte, gab Sintija einen Kuss auf die Stirn und sagte zu den Mädchen: „Verstaut ihr alles sicher. Ich sehe noch mal nach dem Motor."

„Ich helfe Dir", erwiderte Melani sofort. Und ich war dankbar für ihre Hilfe, weil sie mehr handwerkliches Geschick besaß, als ich. Mia verstaute alles sicher unter Deck und Sintija blieb an Deck um das Wetter zu beobachten, und uns jede kleinste Änderung sofort mitteilen zu können.

Mit Melanis Hilfe gelang es mir diesmal, den Motor soweit freizulegen, dass wir sein Gehäuse öffnen konnten. Man musste nichts von Motoren verstehen, um zu erkennen, dass der Motorblock, der nur noch einen einzigen, in sich zusammengeschmolzenen Klumpen bildete, kaputt war.

„Das war's wohl", meinte ich resigniert, als ich diesen verschmort riechenden, schwarzen Block betrachtete. Aber Melani schlug vor: „Lass ihn uns ausbauen. Vielleicht können wir noch was retten, wenn wir ihn erst gesäubert haben und sehen, was überhaupt durchgebrannt ist."

Das machten wir dann auch; zwei schwitzende, mit Ruß und Öl beschmutzte Gestalten, denen die Arbeit so leicht von der Hand ging, weil sie sich am Anblick des anderen so sehr erfreuen konnten. Melani trug nur eines meiner Unterhemden und eine Shorts. Das Unterhemd war so groß, dass ihr ständig die Träger runterrutschten und so fast permanent mindestens eine ihrer kleinen Brüste unbedeckt war. Je länger wir arbeiteten, umso schmutziger wurde sie. Das Unterhemd war von Ruß und

Öl durchtränkt und auf Melanis schweißnasser Haut schimmerte es ebenfalls in dunklen Regenbogenfarben.

„Du bist so unbeschreiblich schön", stellte ich wieder einmal voller Bewunderung fest. Melani sah mich mit einem eigenartig wehmütigen Blick an, der all ihre Verletzlichkeit zum Vorschein brachte und erwiderte: „Ich hab Angst, Louis!"

„Das musst Du nicht!"

Ohne zu zögern schloss ich meine Arme um Melani, zog sie an mich und hielt sie ganz fest. Zärtlich legte ich meine Lippen auf ihre und versprach nach diesem innigen und liebevollen Kuss: „Nichts und niemand kann uns jetzt noch etwas anhaben, mein Engel. Wir sind Franco entkommen. Und auch wenn der Motor dieser Yacht kaputt ist und wir ihn nicht mehr zum Laufen bringen, ist die *SINTIJA* doch seetüchtig."

„Weißt Du das?" fragte Melani besorgt. „Was, wenn wirklich ein Sturm aufzieht? Sind wir dann in der Lage, ihm zu trotzen?"

„Ich werde allem trotzen, was Dich, Mia oder Sintija bedroht!"

„Das weiß ich, mein wunderschöner Louis. Ich hab nur Angst davor, dass Du es beim nächsten Mal nicht überlebst."

Melanis Augen schimmerten feucht. Und bevor ich etwas erwidern konnte, zogen ihre Tränen schimmernde Linien über ihre schmutzigen Wangen und tropften auf ihre Brüste.

„Mein kleiner Engel!" flüsterte ich, drückte Melani noch fester an mich und küsste ihr die Tränen von den Wangen, während ich gegen meine eigenen Tränen ankämpfte.

„Alles klar bei euch da unten?" hörten wir da Mias sanfte Stimme uns zärtlich fragen.

„Ja, natürlich", antwortete Melani schniefend und wischte sich mit dem Handrücken einen Tropfen von der Nase.

„Du bist eine schlechte Lügnerin", erwiderte Mia liebevoll, stieg zu uns herunter und schloss ihre Arme um Melani und mich, worauf Melani lauthals zu schluchzen begann. Sie hatte wirklich Angst. Ich glaube, ich erkannte erst in diesem Moment, welchen seelischen Ballast sie zu tragen hatte. Wir alle hatten unser bisheriges Leben hinter uns lassen müssen. Doch Melani musste erst verarbeiten, dass ihre bisherige Existenz nur eine Lüge gewesen war und dass diejenigen, die sie bisher als Familie gekannt hatte, plötzlich zu ihren Todfeinden geworden waren. Das war mehr, als so ein kleines, zerbrechliches Wesen allein bewältigen konnte.

„Wir sind bei Dir", flüsterte ich tröstend. Und Mia versprach ihr: „Und wir lassen Dich nie wieder allein!"

So kauerten wir eng umschlungen zusammen und versuchten, uns gegenseitig Halt zu geben und Mut zu machen. Aber da ich in diesem Moment die Verantwortung, die wir gegenseitig füreinander übernommen hatten, in seinem ganzen Ausmaß und in seiner ganzen Bedeutung erkannte, weil ich plötzlich sah, dass nichts so selbstverständlich war, wie ich es bisher angenommen hatte, dachte ich auch an Sintija, die ganz allein und ausgeschlossen von unserer kleinen, eingeschworenen Gemeinschaft an Deck Wache hielt. Mia schien meine Unruhe zu spüren und meine Gedanken zu erraten, denn sie sah mich eindringlich an und forderte mich sanft lächelnd auf: „Na geh schon zu ihr. Wir kommen gleich nach."

Ich küsste Melani und Mia, befreite mich aus ihren Armen und stieg nach oben an Deck. Sintija stand wie in Trance an der Reling und blickte in die Ferne. Obwohl ich mich ihr absolut lautlos näherte, sprach sie mich an, ohne sich nach mir umzuwenden, als ich hinter ihr stand.

„Es tut mir leid, Papa", sagte sie halb auf deutsch, halb auf französisch. „Ich dachte, ich könnte segeln. Aber die Instrumente spinnen; sogar die Kompassnadel dreht sich wie ein Kreisel. Ich weiß nicht, wo wir sind."

Ich nahm Sintija behutsam bei den Schultern und küsste sie zärtlich auf die Haare.

„Hab keine Angst, kleine Sintija", versuchte ich sie zu beruhigen, während sie sich an meine Brust lehnte und meine Arme über ihre Brüste zog, um sich daran festzuhalten. Ich achtete nicht darauf, sondern hielt sie einfach nur in meinen Armen, um ihr den Halt zu geben, den ich ihr als Vater schuldete und den ich ihr gerne geben wollte, soweit es in meiner Macht lag.

„Wir wissen doch in etwa, bis wohin wir gesegelt waren", nahm ich das Gespräch wieder auf, als wir so aneinandergeschmiegt an der Reling standen und in die absolute Regungslosigkeit des Ozeans blickten. „Und da wir uns jetzt nicht mehr bewegen, müssen wir uns also noch in dieser Gegend befinden."

„Was ist mit den Instrumenten?" fragte Sintija besorgt. Ich hatte sie mir selbst noch nicht angesehen, wollte Sintija im Moment aber auch nicht loslassen und antwortete deshalb spekulierend: „Hm, das hängt sicherlich mit der sonderbaren Wetterlage zusammen. Wenn sich das Wetter wieder ändert, dann funktionieren die bestimmt auch wieder."

„Hoffentlich", erwiderte Sintija und presste meine Arme etwas fester auf ihre Brüste. Ich spürte, dass sie trotz der schwülen Hitze fröstelte und unterdrückte daher die aufsteigende Beklemmung, die mich meine Arme zurückziehen lassen wollte. Sintija fürchtete sich und suchte Schutz in meinen Armen. Wenn sie selbst nichts anderes in die Umarmung ihres Vaters hineininterpretierte, warum sollte ich es dann tun?

In diesem Moment kamen Mia und Melani mit dem Motorblock nach oben an Deck. Als sie sahen, dass sich noch immer nichts rührte, meinte Mia ganz melancholisch: „Es wirkt so, als ob wir in einem Gemälde gefangen wären."

Das traf es recht gut, da die absolute Bewegungslosigkeit um uns herum etwas sehr Unwirkliches hatte. Die beiden Mädchen legten den Motor auf eine Matte und betrachteten ihn skeptisch bei dem diffusen Tageslicht. Ich gab Sintija noch einen Kuss und entzog ihr dann meine Arme wieder, um mir den Motor ebenfalls zu betrachten. Doch als ich resigniert den Kopf schüttelte, meinte Mia ermutigend: „Lass es uns wenigstens versuchen."

Also holten wir das Werkzeug nach oben und begannen, den Motor an Deck auseinander zu nehmen. Sintija half uns, indem sie die einzelnen Teile reinigte. Und Mia hatte sich in die Küche verzogen, um Essen zu machen. Da es nicht so aussah, als würde sich das Wetter sehr schnell ändern, vergaßen wir erst einmal wieder unsere Sicherheitsvorkehrungen. Wenn sich wirklich ein Sturm zusammenbrauen würde, dann hätten wir immer noch genug Zeit, um alles wieder zu sichern, dachten wir uns.

Aber was, wenn kein Sturm kam, sondern etwas anderes?

Aus heiterem Himmel, ohne jede Vorwarnung, machte es plötzlich einen gewaltigen, dumpfen Schlag. Die *SINTIJA* neigte sich so weit auf die Seite, dass der Mast beinahe die noch immer spiegelglatte Oberfläche des Wassers berührt hätte. Unser Motor wurde in seinen Einzelteilen über Bord katapultiert, und mit ihm unser komplettes Werkzeug. Ich selbst klammerte mich reflexartig an der Reling fest und spürte zum ersten Mal seit Tagen wieder meine inzwischen gut verheilte Wunde. Trotzdem fasste ich im selben Reflex, in dem ich mich festklammerte, mit der zweiten Hand nach Melanis Hand und konnte so verhindern, dass sie über Bord geschleudert wurde. Sintija konnte ich nicht sehen, da sie sich gerade hinter mir befunden hatte. Als die Yacht sich jetzt ächzend wieder aufrichtete und Melani und ich auf noch zitternden Beinen wieder stehen konnten, fragte Melani furchtsam flüsternd: „Was war das?"

Sie erwartete aber keine Antwort von mir, da wir im selben Moment feststellten, dass Sintija verschwunden war.

„Sintija!" schrie ich in einem Anfall von Panik über das Meer, auf dem die von der kippenden Yacht verursachten Wellen in der Ferne schon kaum noch zu erkennen waren. Alles schien so ruhig und friedlich zu sein, wie vorher.

„Schau nach Mia", sagte ich schnell zu Melani und sprang in der nächsten Sekunde kopfüber von Bord. Es war dunkel unter Wasser, auch wenn das diffuse Tageslicht, die durch meinen Sprung aufgewühlte Oberfläche matt durchdrang. Ich tauchte tief hinab in die schweigende Finsternis. Und als das Tageslicht schon nicht mehr bis zu mir durchdrang und ich befürchtete, die Orientierung zu verlieren, tauchte ich dennoch tiefer in die Finsternis. Plötzlich glaubte ich, ein grelles Licht vor mir zu sehen. Ich griff hinein und stieß mit meiner Hand an etwas. Ich wusste sofort, dass es Sintija war, packte zu und zog den leblosen Körper zurück an die Oberfläche. Unter Wasser hatte ich nichts gedacht und nichts gefühlt. Zeit und Raum schienen nicht mehr existiert zu haben. Doch als ich jetzt die Oberfläche durchbrach, schienen meine Lungen zu platzen, als ich mit letzter Kraft einatmete. Sintija hing leblos in meinen Armen und atmete nicht. Wieder legte ich von hinten meine Arme um ihre Brust und presste sie mehrmals ruckartig zusammen. Nichts passierte. Sintija blieb weiter wie tot.

„Du bist nicht tot", rief ich in meiner Verzweiflung, um mich vom Gegenteil dessen zu überzeugen, was ich befürchtete. Es ist eigenartig, zu welcher Irrationalität der menschliche Geist in solchen extremen Situationen neigt. Ich kann mir nicht einmal erklären, wie das, was ich weiter sagte, in meinem Gehirn entstanden ist. Aber ich erinnere mich an jedes Wort und weiß, dass ich getan hätte, was ich versprach.

„Ich hab Dich nicht aus den Tiefen des Ozeans zurückgeholt, um Dich nur noch tot in meinen Armen zu halten", sagte ich voller Verzweiflung. „Wenn ich nur Deine leblose Hülle an die Oberfläche zurückgeholt habe, dann tauche ich so weit und tief, bis ich Deine Seele wieder gefunden habe, um sie Dir zurückzugeben! Ich überlasse Dich nicht dem Meer, und wenn ich gegen Poseidon selbst um Dich kämpfen müsste! Ich liebe Dich, Sintija! Hörst Du mich?"

Mit den letzten Worten presste ich Sintijas Brust noch einmal zusammen. Da endlich hustete sie einen Wasserschwall aus und kam langsam wieder zu Bewusstsein. Es dauerte eine Weile, bis sie wieder zu Kräften kam und alles Wasser aus ihren Lungen gehustet hatte. Ich war so glücklich darüber, dass es mir gelungen war, sie zu retten, dass ich kein Wort herausbrachte. Ich wollte sie nur noch sicher zurück auf die Yacht bringen und wissen, wie es Mia ging. Auch Sintija sprach nicht. Und erst, als ich mich umblickte, um nach der *SINTIJA* Ausschau zu halten, und Sintija meinem Blick folgte, stellten wir fest, dass wir zwischen dreißig und vierzig Meter von der Yacht entfernt waren. Das war sehr eigenartig, da ich davon überzeugt gewesen war, senkrecht nach unten getaucht zu sein.

Melani stand mit Mia an der Reling. Die beiden winkten uns erleichtert zu und schlossen uns überglücklich in die Arme, als wir wieder an Deck standen.

Mia hatte eine Platzwunde an der Stirn und einen aufgeschlagenen Ellenbogen. Aber es sah schlimmer aus, als es in Wirklichkeit war.

„Das ist nichts", beruhigte sie mich, als ich ihr mit den Worten „Arme kleine Mia" behutsam das Blut von der Stirn wischte. Und noch bevor sie zuließ, dass Melani ihr einen Verband anlegte, bestand sie darauf, Sintija zu untersuchen.

„Mir fehlt nichts", sagte Sintija, wirkte dabei aber noch völlig abwesend. Als Melani dann Mias Platzwunde verband, wollte ich mich um Sintija kümmern. Doch sie wich vor mir zurück, schüttelte, als ich etwas sagen wollte, den Kopf, um mir zu bedeuten, dass sie nicht sprechen wollte und verschwand unter Deck.

Verwirrt sah ich zu Mia und Melani.

„Lass ihr ein bisschen Zeit", bat Melani. Und Mia fragte nachdenklich: „Was hast Du alles zu ihr gesagt, als sie noch ohne Bewusstsein war?"

„Nichts", antwortete ich, da ich mich in dem Moment gar nicht daran erinnern konnte, etwas zu Sintija gesagt zu haben. Doch im selben Moment, in dem ich es sagte, kehrte die Erinnerung zurück. Also schüttelte ich verwirrt den Kopf und korrigierte mich: „Nur Blödsinn. Ich hatte solche Angst, dass sie …"

Ich wagte nicht, das Wort *tot* auszusprechen und stockte deshalb an dieser Stelle.

„Und wie geht es Dir?" fragte mich Melani, während sie zärtlich nach meiner Hand griff und mich eindringlich musterte.

„Ich bin okay", antwortete ich gleichgültig. In dem Moment konnte ich gar nicht an mich selbst denken, weil ich mich noch zu sehr um die Mädchen sorgte.

„Ihr wart über fünf Minuten da unten!" erklärte Melani da. Ihre schwarzen Augen waren halb fragend, halb fasziniert auf mich gerichtet. Mia musterte mich ebenso eindringlich und schien mir bis auf den Grund meiner Seele zu blicken. Doch entgegen dieses Gefühls, das ihr Blick in mir auslöste, sagte sie melancholisch: „Deine Seele ist unergründlicher als das Meer."

Dann erhob sie sich und ging mit den Worten „Ich sehe noch mal nach Sintija" nach unten.

Als Melani und ich dann allein an Deck waren, schmiegte sich das kleine, zierliche Mädchen ebenso zärtlich wie schutzsuchend an mich und stellte noch einmal die Frage: „Was war das, Louis? Was hat uns zum Kentern gebracht?"

„Keine Ahnung", antwortete ich kopfschüttelnd. Der Schlag, den wir gehört hatten, hatte dumpf geklungen. Was auch immer uns unter Wasser gerammt hatte, hatte also keine harte Oberfläche gehabt, es konnte also kein Metall, kein Holz und auch kein Eis gewesen sein. Für einen Eisberg wäre es irgendwo zwischen dem fünfzehnten und zwanzigsten nördlichen Breitenkreis, wo wir uns in etwa befinden mussten, auch viel zu warm gewesen. Außerdem hätten wir auch den aus dem Wasser ragenden Teil eines Eisbergs sehen müssen. Da war aber nichts gewesen. Die See war, soweit das Auge reichte, spiegelglatt gewesen. Deswegen schied auch Treibholz aus. Ein U-Boot, das so dicht unter der Wasseroberfläche gefahren wäre, dass es uns hätte rammen können, hätten wir in dem glasklaren Wasser sehen müssen. Gut, wir waren gerade mit dem Motor beschäftigt gewesen und hatten unsere Aufmerksamkeit deswegen nicht auf das Wasser gerichtet gehabt. Aber eine Kollision mit einem U-Boot hätte auch anders geklungen.

„Vielleicht ein Wal", spekulierte ich. Die Idee erschien mir zwar selbst absurd. Aber etwas Besseres fiel mir nicht ein.

„Vielleicht ein Wal", wiederholte Melani nachdenklich meinen Versuch einer Erklärung und ließ ihren Blick dabei angestrengt über die unbewegte Oberfläche des Ozeans schweifen, unter der sich genauso wenig regte, wie über ihr. Dann flüsterte sie furchtsam erschauernd: „Oder etwas anderes!"

Ich lächelte sie an und erwiderte aufmunternd: „So wird Seemannsgarn gesponnen. Keine Angst mein Engel: Was auch immer uns gerammt hat; es gibt eine logische Erklärung dafür."

Gleichzeitig fühlte aber auch ich die Furcht vor dem Unbekannten, das in meiner Fantasie unter uns lauerte und uns verschlingen wollte. Doch diese irrationale Furcht durfte ich mir nicht anmerken lassen. In Situationen wie diesen ist das wichtigste, einen klaren Kopf zu behalten. In Panik zu verfallen hätte alles nur noch schlimmer gemacht. Und schlimm war unsere Situation schon genug. Wir hatten keinen kaputten Motor mehr, sondern gar keinen. Wir waren auf Wind angewiesen und hatten keinen Wind. Die Instrumente sagten uns nicht mehr, wo wir waren. Und die Sonne verbarg sich hinter einem eigenartigen Schleier, der uns ihre Position nicht erkennen ließ. Nicht einmal jetzt, während der hereinbrechenden Dämmerung waren wir in der Lage zu sagen, in welcher Richtung die Sonne unterging. Es zeigte sich kein roter Streifen am Horizont und es war auch nicht zu erkennen, von wo die Dunkelheit aufzog. Das Licht schwand einfach, als ob es mit einem Dimmer heruntergedreht würde. Für abergläubische Menschen lieferte unsere Lage genug Grund, um sich zu fürchten. Und wer nicht abergläubisch war, der wurde es in dieser Situation. Die sich ausbreitende Beklemmung war deutlich zu spüren.

Mia blieb lange bei Sintija unter Deck und ich begann bereits, mir ernsthafte Sorgen zu machen. Hatte Sintija vielleicht doch irgendwelche inneren Verletzungen davongetragen, die wir nicht gesehen hatten, hatte sie zuviel Wasser geschluckt oder war ihr Gehirn zu lange ohne Sauerstoffversorgung gewesen? Diese und ähnliche Fragen stellte ich mir mit wachsender Ungeduld, bis ich schließlich zu Melani sagte: „Ich muss nach unten."

Melani quälte die Ungewissheit aber genauso wie mich, weshalb sie mich begleitete. Der einzige Grund, weshalb wir überhaupt so lange gewartet hatten, war der gewesen, dass wir nicht hatten stören wollen, wenn Mia mit Sintija sprach. Als wir jetzt in die Koje unter der Treppe blickten und Sintija in Mias Schoß liegen sahen, legte Mia schnell ihren Zeigefinger auf die Lippen und bedeutete uns damit, leise zu sein.

„Sie schläft jetzt", flüsterte sie leise und streichelte dabei ganz zärtlich über Sintijas Haare.

Da Mia keine weiteren Anstalten machte, etwas zu sagen, mussten Melani und ich uns in Geduld üben. Sintija schlief und Mia hatte durch nichts angedeutet, dass sie einen ernsthaften Schaden davongetragen hätte. Das musste uns im Moment genügen. Also begannen wir so leise, wie es uns möglich war, die noch verwüstete Küche aufzuräumen und Abendbrot herzurichten. Doch wir hatten alle drei keinen rechten Appetit. Ich bat Mia und Melani, mir Bescheid zu geben, wenn Sintija wieder wach würde und setzte mich mit einem Glas Wein wieder an Deck, um die Nachtwache zu übernehmen. Die kurze Dämmerung war bereits der Finsternis der Nacht gewichen. Nicht ein Stern zeigte sich am Himmel und noch immer regte sich nicht das kleinste Lüftchen. Ich grübelte noch lange über die seltsamen Ereignisse des Tages und schlief dann friedlich ein. Im Traum suchte ich in der Tiefe und Dunkelheit des Ozeans nach Sintija. Verzweifelt irrte ich umher und rief immer wieder ihren Namen. Doch ich konnte sie nicht finden.

15 ZWEIFEL

Wovon ich wach wurde, wusste ich nicht. Nichts rührte sich und es war noch stockfinstere Nacht. Nur ein ganz schwacher Schimmer aus bläulich blassem Mond- und Sternenlicht durchdrang die Wolkendecke und ließ mich die Konturen der Yacht erkennen. Und vor mir sah ich die Silhouette eines nackten Mädchens, in dem ich Sintija erkannte. Sie stand einfach nur da und betrachtete mich. Schweigend streckte ich ihr meine Hand entgegen. Sie nahm sie und ließ sich zu mir auf die weiche Matte des Sonnendecks nieder. Die Nacht war so warm, dass man keine Decke brauchte. Ich selbst trug auch nur eine Badehose. Sintija legte sich zu mir und schmiegte ihren nackten Körper an mich. Und ich schloss meine Arme um sie, um sie zu halten und zu beschützen. Obwohl ich mich vor Sintijas Nacktheit fürchtete, tat es gut, sie in meinen Armen zu halten und bald schliefen wir so wieder ein.

Als ich wieder erwachte, dämmerte es bereits. Noch immer hatte sich nichts an dem sonderbaren Wetter geändert. Kein Lüftchen regte sich und Himmel und Meer waren zu einer einzigen grauen Masse ohne Konturen verschmolzen. Sintija lag noch so in meinen Armen, wie sie eingeschlafen war. Ihre Augen waren geschlossen und die tiefen, gleichmäßigen Atemzüge sagten mir, dass sie noch nicht erwacht war. Sie war so unbeschreiblich schön. Ich konnte meinen Blick nicht von ihr abwenden. Die sanften, träumenden Augen mit den schweren Wimpern, die kleine, gerade Nase und der sinnliche Schwung ihrer leicht geöffneten Lippen, umrahmt vom goldbraunen Schimmer ihrer vollen Haare, ließen ihr Gesicht wie das eines Engels wirken. Aber jetzt, beim beginnenden Tageslicht blieb auch Sintijas Körper nicht meinem Blick verborgen. Die kleinen, festen Brüste hoben und senkten sich mit jedem Atemzug und ich spürte die unwiderstehliche Anziehungskraft der winzigen, rosa Knospen. Schnell wandte ich mich ab. Ich spürte, dass mein Herz schneller schlug und atmete ein paar Mal tief durch. Dann zog ich vorsichtig meinen Arm unter Sintijas Kopf hervor und erhob mich lautlos, um das Mädchen nicht zu wecken. Leise stieg ich die Stufen in die Kajüte hinunter, um mich frisch zu machen. Doch bevor ich ins Bad ging, warf ich einen Blick in die Koje unter der Treppe. Da lagen eng umschlungen und noch tief schlafend Mia, Melani ... und Sintija. Das konnte nicht sein. Es war nicht möglich. Sintija lag doch an Deck. Ein paar

Sekunden lang starrte ich die drei nur an, dann wischte ich mir verwirrt die Augen. Doch nichts änderte sich an dem Bild. Noch immer lagen alle drei Mädchen in der Koje. Schnell stieg ich wieder an Deck. Doch von Sintija war nichts mehr zu sehen. Wie auch, wenn sie unter Deck war.

Verwirrt kniete ich mich auf das Sonnendeck. Ich glaubte, noch die Wärme von Sintijas und meinem Körper wahrzunehmen. Und auch der zarte Geruch von Sintijas Haut lag noch in der Luft. Jetzt schlug mein Herz wirklich schnell. Hätte ich Sintija nur während der Nacht gesehen, dann hätte ich mir einreden können, dass es nur ein Traum gewesen wäre. Aber Sintija war noch in meinen Armen gelegen, als ich wieder erwacht war. Ich hatte sie lange betrachtet; ihr Gesicht und ihren Körper, hatte ihrem Atem gelauscht und ihn auf meiner Haut gespürt. Ich hatte sie in meinen Armen gehalten, ihren Körper an meinem Körper gespürt. Ihre Wärme, ihren Geruch und ihren Herzschlag; alles hatte ich ganz deutlich wahrgenommen. Das war kein Traum gewesen. Und doch lag Sintija schlafend unter Deck.

Noch während ich über die Unmöglichkeit des eben Erlebten nachgrübelte und verzweifelt nach einer logischen Erklärung suchte, die mich davon hätte überzeugen können, dass ich nicht den Verstand verlor, hörte ich Mias Stimme.

„Guten Morgen mein Engel", sagte sie sanft, während sie von der Treppe bereits auf mich zukam. „Hast Du gut ... Hast Du einen Geist gesehen?"

So verwirrt, wie ich noch war, als ich mich ihr zuwendete, war ihre Frage durchaus verständlich. Und als ich es nicht schaffte, meine Gedanken so weit zu sortieren, um Mia zu antworten oder ihr zumindest ebenfalls einen guten Morgen zu wünschen, stellte sie mit sachlicher Verwunderung fest: „Du hast wirklich einen Geist gesehen!"

„Unsinn", widersprach ich noch immer verwirrt. „Ich hab nur, ... ich bin nur, ... ich weiß nicht."

Mia war sofort bei mir und nahm mich in ihre Arme.

„Alles ist gut, mein Engel", versuchte sie mich zu beruhigen. Mein Kopf ruhte an Mias Brüsten und sie streichelte mir zärtlich durch die Haare. Es tat gut, gehalten zu werden. Doch plötzlich bekam ich Angst, dass auch sie nicht real sein könnte. Ich befreite mich aus ihren Armen und sah ihr in die Augen. Mia erwiderte meinen Blick voller Neugier und Besorgnis. Doch sie sagte nichts und wartete geduldig, bis ich selbst ihr die Frage stellte: „Hat Sintija die ganze Nacht bei euch unter Deck geschlafen?"

„Ja, warum?"

Ich erzählte Mia mein seltsames Erlebnis. Weder unterbrach sie mich, noch lachte sie mich aus. Sehr ernst und nachdenklich hörte sie mir bis zum Ende zu. Dann sagte sie ganz versonnen: „Sintija war gestern auf der anderen Seite!"

„Du meinst, sie war tot?" fragte ich nicht weniger verwirrt, als ich es ohnehin schon war. Mia nickte, sah mich so eindringlich forschend an, wie am Tag zuvor, als sie gemeint hatte, dass meine Seele unergründlicher als das Meer wäre und antwortete: „Du hast sie zurückgeholt!"

„Aber wie …" setzte ich zu einer neuen Frage an. Mia ließ mich aber nicht aussprechen, sondern schnitt meine Frage mit den Worten ab: „Sie wird Dir selbst alles erzählen. Gestern war sie noch zu verwirrt, um mit Dir zu sprechen. Anscheinend seid ihr jetzt auf eine andere Art miteinander verbunden."

„Das meinst Du doch nicht ernst, oder?"

„Ich weiß, dass Sintija die ganze Nacht bei mir gelegen hat. Aber genauso weiß ich, dass das, was Du mir erzählt hast, die Wahrheit ist!"

„Und wenn ich verrückt werde?" fragte ich ernsthaft besorgt. Mia nahm mein Gesicht in ihre kleinen Hände und flüsterte beruhigend: „Das wirst Du nicht, mein Engel."

Dann gab sie mir einen ganz zärtlichen und innigen Kuss.

Normalerweise vertraue ich meinen Sinnen, doch in diesem Fall hegte ich ernsthafte Zweifel. Deshalb gelang es Mia auch nicht, meine Bedenken vollständig auszuräumen. Aber da ich mich körperlich gut fühlte und bisher keine anderen Anzeichen von Geisteskrankheit an mir festgestellt hatte, beschloss ich, zumindest abzuwarten, ob Sintija mir etwas über meine offensichtlichen Halluzinationen sagen und damit zur Klärung meines Geisteszustandes beitragen könnte.

Es dauerte nicht lange, bis auch Sintija und Melani erwachten, was vielleicht daran lag, dass ich in meiner Ungeduld etwas lauter als gewöhnlich mit dem Geschirr klapperte, während ich mit Mia das Frühstück machte. Die beiden blinzelten uns aus der Koje müde an und sahen uns bei der Arbeit zu. Dann machten sie sich frisch. Und kurz darauf saßen wir alle zusammen am Frühstückstisch.

Es war an der Zeit, uns Gedanken über unsere Lage zu machen. Wir hatten Proviant für mehrere Wochen, einen fast vollen Wassertank und außerdem einen Wassermacher, mit dem wir jederzeit Frischwasser machen konnten. Außerdem gab es keinen Zeitplan, an den wir uns halten mussten. Aus dieser Perspektive betrachtet, konnten wir also noch ganz entspannt sein. Was Anlass zur Besorgnis gab, war die eigenartige, anhaltende Flaute, die keiner von uns bisher in dieser Art erlebt hatte. Außerdem funktionierten unsere Instrumente noch immer nicht. Die Kompassnadel drehte sich im Kreis und aus dem Funkgerät kam nur ein Rauschen. Und dann war noch immer diese Ungewissheit darüber, was uns am Tag zuvor zum Kentern gebracht hatte. Vor allem aber wollte ich eine Erklärung darauf haben, wie es möglich sein konnte, dass Sintija während der Nacht gleichzeitig bei Mia und Melani und bei mir gewesen war. Also fragte ich, noch während wir aßen: „Können wir reden?"

Mia und Melani bejahten die Frage sofort. Sintija biss sich aber nervös auf die Unterlippe und sah mich unsicher an. Das Funkeln ihrer golddurchzogenen, dunkelgrünen Augen zog mich magisch in seinen Bann. Ich hatte das Gefühl, als wenn meine Seele vollständig von Sintija aufgesogen werden würde, bis ich mich selbst durch ihre Augen sah. Das war unheimlicher, als meine Ungewissheit über Sintijas Aufenthaltsort während der Nacht. Ich zwang mich dazu, meine Augen zu schließen, um mich mit Gewalt aus dem Bann zu befreien, in dem ich gefangen war. Und erst da schien ich aus Sintijas Körper herauszutorkeln und in meinen eigenen zurückzukehren. Mir war schwindelig. Als ich schwer atmend meine Augen wieder öffnete, lag ich am Boden der Kajüte. Mein Kopf war in Mias Schoß gebettet und auch Melani und Sintija beugten sich über mich.

„Ist alles in Ordnung, mein Engel?" fragte Mia besorgt und wischte mir kalten Schweiß von der Stirn. Ich versuchte mich zu erinnern, was passiert war. Und Mia erklärte auf meinen fragenden Gesichtsausdruck hin: „Du bist vom Stuhl gekippt."

Verwirrt suchte ich Sintijas Blick. Und endlich sprach auch sie wieder mit mir.

„Je suis désolé, Papa. Es tut mir leid", sagte sie und wirkte dabei ebenso verwirrt, wie ich es war. Die Mädchen halfen mir wieder auf den Stuhl und dann begann Sintija mit niedergeschlagenen Augen leise und bedächtig zu erzählen: „Als ich gestern über Bord geschleudert wurde, bin ich ohnmächtig geworden. Ich hab nicht einmal gemerkt, dass ich ins Wasser gefallen bin. Alles war dunkel. Aber ich fühlte mich leicht und schwerelos. Ich hatte das Gefühl, zu schweben. Von irgendwo, ganz weit weg, hab ich Musik gehört. Sie war so schön, aber so unwirklich, als wenn sie nicht von dieser Welt wäre. Ich wollte auf die Musik zugehen, konnte aber nicht feststellen, aus welcher Richtung sie kam. Und dann sah ich plötzlich das Licht …"

Sintija unterbrach sich. Unsicher und scheu suchten ihre Augen meinen Blick und ich verstand ihre stumme Frage: *Glaubst Du mir, Papa?*

Wie hätte ich ihr nicht glauben können? Ohne mir bewusst zu werden, dass ich ihren Gedanken gehört hatte, nickte ich und antwortete so, wie Sintija gefragt hatte - in Gedanken: *Oui, mon ange; ja, mein Engel!*

Sintija nickte ebenfalls; kaum merklich, aber mit einem Ausdruck von Erleichterung und Dankbarkeit in ihren geheimnisvoll schimmernden Augen. Dann ging sie wieder in sich und fuhr in ihrer Erzählung fort: „Ich bin ganz langsam auf das Licht zugeschwebt. In dem Moment wusste ich, dass ich gestorben war. Aber ich war ohne Furcht. Alle Ängste, die ich im Leben, im Hier und Jetzt, in meinem Körper und in meinem Herzen trug, sind von mir abgefallen. Ich war so unendlich glücklich, wie ich es mir niemals vorstellen konnte. Und dann sah ich sie: Maman! Obwohl ich meine Mutter im Leben nie gesehen habe, habe ich sie sofort erkannt. Sie war so schön wie ein Engel, kam mir aus dem Licht entgegen und hat mich in ihre Arme genommen. Ich hab vor Glück geweint. Und Maman hat gesagt, dass sie mich nach Hause bringt. Ihre Stimme war so sanft und weich und so voller Liebe. Sie hat mich an der Hand genommen und in das Licht geführt. Es war wie ein großes Tor. Und auf der anderen Seite war eine so unbeschreiblich schöne Landschaft. Es gab keine Häuser oder Straßen, nur sanfte Hügel mit grünen Wiesen voller Blumen und riesigen, uralten Bäumen. Von irgendwo kam Fred, der Nymphensittich, den ich als Kind gehabt hatte und der vor zwei Jahren gestorben ist, angeflogen. Er hat sich auf meine Schulter gesetzt und mir wie früher am Ohrläppchen geknabbert. Und Maman hat gesagt, dass ich zuhause bin. Doch dann hat sie sich plötzlich umgedreht und wieder in das Licht geschaut. Sie hat ganz verwundert ausgesehen und gesagt: *Das ist unmöglich! Niemand ist jemals so weit gegangen, um jemand zurückzuholen. Du wirst wahrlich geliebt mein Kind. Schnell, Du musst Dich beeilen, bevor es zu spät ist. Deine Zeit ist noch nicht vorbei, Deine Aufgabe ist noch nicht erfüllt.*

Ich kann mich an jedes Wort genau erinnern. Fred ist wieder davongeflogen und Maman hat mich zurück in das Licht geschoben, ohne sich von mir zu verabschieden. Und während sie noch meine rechte Hand hielt, griff jemand aus dem Licht nach meiner Linken. Maman ließ mich los und ich wurde durch das Licht zurück in die Dunkelheit gezogen."

Wieder machte Sintija eine Pause. Und wieder suchte sie meinen Blick. Ihre Augen schimmerten feucht, als sie ganz leise noch hinzufügte: „Den Rest kennst Du, Papa."

Ich hatte Sintija andächtig schweigend zugehört und auch Mia und Melani waren mucksmäuschenstill gewesen. Für einen Zyniker wie mich wäre es normalerweise nicht leicht gewesen, eine solche Erzählung zu glauben. Aber seit es mir gelungen war, Sintija vor dem Ertrinken zu retten, waren einige sonderbare Dinge passiert, die ich mit kalter Logik nicht erklären konnte; außerdem hatte ich, während Sintija gesprochen hatte, ganz deutliche Bilder von dem, was sie beschrieben hatte, vor Augen gehabt. Es fiel mir also gar nicht ein, Zweifel an ihren Worten zu hegen. Da ich aber auch nicht wusste, was ich darauf erwidern sollte, nahm ich sie nur schweigend in meine Arme und ließ zu, dass sie sich an meiner Brust ausweinte. Mia und Melani standen leise auf und gingen an Deck, um Sintija und mich allein zu lassen. Als Sintijas Tränen dann langsam versiegten, blieb sie trotzdem an meiner Brust und vergrub ihr Gesicht an meinem Hals.

„Ist es wahr?" fragte sie mich leise. „Ist es wahr, dass Du mich liebst?"

„Ich könnte ein leibliches Kind nicht mehr lieben, als Dich", antwortete ich ergriffen.

„Ich bin aber nicht Dein Kind, obwohl ich es sein wollte. Jetzt weiß ich, dass ich eine Mutter habe, die auf mich wartet."

Da ich nicht wusste, was Sintija damit sagen wollte, schwieg ich. Und

Sintija fuhr fort: „Ich hab gehört, was Du gesagt hast, als Du mich an die Wasseroberfläche zurückgeholt hast."

„Ich hatte Angst um Dich", gestand ich ein und wunderte mich gleichzeitig darüber, dass Sintija mich hatte hören können, als sie noch ohne Bewusstsein gewesen war, als sie nicht einmal mehr geatmet hatte.

„Du hast gesagt, dass Du mich liebst! Und in dem Moment hast Du mich nicht als Tochter gesehen!"

Jetzt löste sich Sintija von meiner Brust, um mir in die Augen blicken zu können. Es war eine stumme Frage und ich konnte sie nicht mit einer Lüge beantworten. Also sagte ich: „Nein, ich hab Dich nicht als Tochter gesehen. Ich hab Dich nicht als Kind gesehen, aber auch nicht als Frau, sondern als eines von drei Wesen, die ich von ganzem Herzen liebe!"

„Liebe unterscheidet nicht", sagte Sintija melancholisch, gab mir schnell einen Kuss und erklärte, bevor ich gegen diesen protestieren konnte: „Ich liebe Dich auch, Papa!"

Indem sie mich wieder Papa nannte, nahm sie mir die Sorge, dass sie mehr von mir erwarten könnte, als ich einem Mädchen in ihrem Alter geben konnte. Ich entspannte mich wieder und wagte dann zu fragen: „Wo warst Du heute Nacht, Sintija? Wo hast Du geschlafen?"

Sintija dachte eine Weile nach, bevor sie antwortete: „Ich weiß: Du hast es nicht gemerkt. Aber ich habe sofort, als ich Dich das erste Mal gesehen habe, gespürt, dass uns etwas verbindet. Und ich weiß, dass Du genauso wie ich spürst, dass da etwas ist, wenn wir uns in die Augen sehen. Und es ist sehr stark!"

„Ja, das stimmt", räumte ich ein. Ich konnte es ja auch schlecht leugnen, nachdem ich mich nur durch den Blickkontakt mit Sintija vor wenigen Minuten erst bewusstlos am Boden wiedergefunden hatte.

„Glaubst Du, dass das die Liebe ist, die von Herzen kommt, Papa?"

„Ich weiß es nicht", gestand ich ein. „Die Liebe, die ich durch Mia, Melani und Dich kennengelernt habe, ist etwas so Reines und Klares. Aber wenn ich mich in Deinen Augen verliere, und ich gebe zu, dass das schon ein paar Mal passiert ist, dann ist das so gewaltig. Ich kann es nicht kontrollieren und fühle mich hilflos und schwach."

„Weil Du Dich dagegen wehrst", erklärte Sintija da eifrig. Ich sah sie verwundert an und sie erklärte weiter: „Wenn Du es geschehen lässt; wenn Du die Kraft spürst und sie fließen lässt, dann wirst Du verstehen, wie sehr wir beide miteinander verbunden sind!"

Sintija ließ ihre Worte einen Moment lang auf mich wirken. Dann fuhr sie fort: „Ich war gestern tot, Papa! Und irgendetwas ist passiert, als Du mich ins Leben zurückgeholt hast."

Ich beobachtete, wie Sintija nach Worten suchte, um zu erklären, was sie selbst nicht begreifen konnte. Dann sah sie mir wieder in die Augen und sagte: „Maman hat gesagt, dass noch niemals jemand so weit gegangen ist, wie Du, um jemand ins Leben zurückzuholen. Du warst selbst schon fast auf der anderen Seite und hast es trotzdem geschafft, mich wieder aus dem Licht zu ziehen."

Wieder rang Sintija verzweifelt nach Worten. Es tat mir im Herzen weh, zu sehen, wie sie sich quälte. Aber es war wichtig für uns beide, dass das, was wir nicht begreifen konnten, in Worte gekleidet wurde, damit wir zumindest versuchen konnten, es zu begreifen. Schließlich platzte Sintija los: „Unsere Seelen sind in dem Licht miteinander verschmolzen, Papa! Ich brauche Dir nicht mehr in die Augen zu sehen, um zu fühlen, was Du fühlst. Ich bin irgendwie Eins mit Dir geworden. Und wenn Du an mich denkst, dann kann ich Dich in meinen Gedanken berühren. Ich kann meinen Körper verlassen und bei Dir sein! Zumindest konnte ich es heute Nacht!"

Sintija wirkte erschöpft, als sie jetzt endete und mich so überrascht anblickte, als wenn ich ihr diese Geschichte erzählt hätte und nicht sie mir. Lange grübelte ich über ihre Worte. Aber alles, was ich dazu sagen konnte, war: „Ja, Du warst bei mir, heute Nacht. Und es war schön! Trotzdem verstehe ich es nicht. Du warst so real. Ich hab Dich in meinen Armen gehalten."

„Ich konnte nur bei Dir sein, weil Du es auch wolltest, weil Du nach mir gerufen hast und weil ich immer da sein werde, wenn Du mich brauchst."

Ich erinnerte mich an meinen Traum, in dem ich nach Sintija gerufen hatte, schüttelte verwirrt meinen Kopf und sagte schließlich: „Warum kannst Du nicht einfach so sein, wie andere Mädchen in Deinem Alter, Freundinnen haben, in die Disco gehen, Dir ein Pferd wünschen …?"

„Was soll ich denn mit einem Pferd hier auf der Yacht?"

Die Frage war natürlich berechtigt. Trotzdem fiel mir als Antwort nur wieder die Gegenfrage ein: „Hä?"

„Discos mag ich nicht", fuhr Sintija fort, „und Mädchen in meinem Alter sind schlimmer als eine biblische Plage."

„Du bist ein Mädchen in Deinem Alter!"

„Touché!"

„Aber Du bist anders."

„Wie soll ich denn sein? Wie hättest Du mich denn gerne, Papa?"

Tja, wie sollte Sintija sein? Was erwartete ich von einem vierzehnjährigen Mädchen, von einer Tochter, von meiner Tochter? Wenn sie so eine kleine, aufgebrezelte Discomaus gewesen wäre, die keinen Tag überlebt hätte, ohne ihren Freundinnen per sms oder übers Internet die alltäglichen Belanglosigkeiten mitzuteilen, die sich vor jeder Arbeit gedrückt hätte, damit ihre Fingernägel nicht abbrechen und die sich ein Pferd gewünscht hätte, dann wäre unsere Flucht niemals so verlaufen, wie sie verlaufen war; dann hätte Sintija bei unserer ersten Begegnung nichts für mich empfunden und ich hätte nicht herausfinden können, dass ich etwas für sie empfinde; dann wäre sie niemals zu meiner Tochter geworden. Sintija war definitiv kein gewöhnliches Mädchen. Sie war auf eine sehr ernste und melancholische Weise reifer als andere Mädchen ihres Alters. Und sie sehnte sich nach Liebe, Geborgenheit, Zugehörigkeit und vielleicht auch etwas zu sehr nach körperlicher Nähe zu mir. Aber ich konnte nicht leugnen, dass es eine geistige Verbindung zwischen uns gab, die mit Logik nicht zu erklären war. Ich sah Sintija tief in die Augen, ohne mich gegen den Fluss von Energie zu sperren, der zwischen unseren Seelen zu strömen begann und antwortete Sintija, ohne den Mund zu öffnen: *Sei nur Du selbst mein Engel. Ich will Dich nur so, wie Du wirklich bist!*

Sintija stürzte sich wieder in meine Arme und wir hielten uns lange nur schweigend fest. Wir mussten beide erst lernen zu akzeptieren, dass uns etwas verband, das über unseren Verstand ging. Aber es war schön und es fühlte sich gut an.

Da hörten wir ein leises Räuspern.

16 PROBLEME

Als ich aufblickte, sah ich Mia am Fuß der Treppe stehen. Und sie sagte entschuldigend, aber mit deutlich hörbarer Besorgnis in ihrer Stimme: „Tut mir leid, euch zu stören; aber wir haben ein Problem!"

„Noch eins?" fragte ich sarkastisch. Und Mia antwortete: „Das Ruder klemmt."

Das war ein Problem. Solange die Flaute anhielt, spielte es keine Rolle. Aber sobald wieder Wind einsetzte, wären wir manövrierunfähig. Was auch immer uns am Tag zuvor gerammt hatte, musste am Ruder etwas verbogen haben. Sintija und ich folgten Mia nach oben an Deck. Melani stand am Steuerrad und versuchte es zu drehen. Aber es hatte nur wenige Zentimeter Spiel.

„Es lässt sich nicht bewegen", erklärte Melani und wirkte in ihren Bemühungen schon ziemlich verzweifelt. Ich versuchte es ebenfalls. Doch das Ruder gab auch roher Gewalt nicht nach. Nachdem ich mich davon überzeugt hatte, dass ich es so nicht frei bekommen würde, traf ich die weise Feststellung: „Es klemmt!"

An Mias und Melanis Gesichtern war deutlich abzulesen, dass dies weder eine neue, noch eine hilfreiche Erkenntnis war. Deshalb sagte ich entschlossen: „Ich sehe es mir mal an."

Im nächsten Moment sprang ich bereits über die Reling, ohne auf Sintijas Warnruf, mit dem sie mich zurückhalten wollte, zu achten. Es war ja verständlich, dass sie das Meer fürchtete, nach dem, was sie am Tag zuvor durchgemacht hatte. Doch mit unserem Ruder musste etwas geschehen, wenn wir je wieder Land sehen wollten. Also tauchte ich kopfüber in die Fluten. Doch bevor ich das Ruderblatt erreicht hatte, packte mich etwas am Arm. Erschrocken fuhr ich herum und sah, dass Mia mir gefolgt war und mir aufgeregt mit Zeichen verständlich zu machen versuchte, dass wir wieder nach oben mussten. Kaum waren unsere Köpfe über Wasser, da rief Melani schon panisch: „Schnell raus aus dem Wasser!"

Ich wusste nicht, was los war. Aber ich wusste, dass es einen triftigen Grund dafür geben musste, um Melani in Panik zu versetzen. Sie reichte Mia die Hand und zog sie mit Sintijas Hilfe eilig zurück an Bord. In dem Moment bemerkte ich den Schatten unter Wasser, der sich schnell auf mich zu bewegte, und hüpfte wie ein Pinguin mit Torpedoantrieb aus dem

Wasser an Deck der *SINTIJA*. Der Schatten glitt lautlos unter der Yacht hindurch, ohne dass die Wasseroberfläche sich auch nur kräuselte. Er wirkte von der Form fast wie ein in die Länge gezogenes Krokodil; wie ein grob geschätzt dreißig Meter langes Krokodil!

Melani, die noch ganz vorne an der Reling gestanden hatte, um auch mir zu helfen, an Bord zu kommen, schwankte vor Entsetzen und flüchtete sich in meine Arme. Eine Frage lag uns allen auf der Zunge: *Was war das?* Aber keiner sprach sie aus, da jeder von uns in den Gesichtern der anderen lesen konnte, dass auch sie keine Antwort darauf wussten. Also sagte ich, nachdem ich den ersten Schreck überwunden hatte, nur lakonisch: „Na wenigstens hat er uns heute nicht gerammt."

Ich wusste zwar nicht, ob es diese urzeitlich anmutende Kreatur gewesen war, die am Vortag gegen unseren Kiel geschwommen war, aber die Erklärung bot sich zumindest an.

„Was machen wir jetzt?" fragte Melani in meinen Armen furchtsam flüsternd. „Wenn dieses Ding da im Wasser lauert, kommst Du nicht an das Ruder."

Mia ließ mir keine Zeit, um mir über diesen Umstand Gedanken zu machen. Sie blickte gebannt zum Horizont und sagte erbleichend: „Ich möchte ja nicht die Stimmung verderben. Aber wir haben ein Problem!"

Welche Stimmung? fragte ich mich sarkastisch. Mia fragte ich aber genervt: „Was denn noch?"

Da ich so wie Melani und Sintija aber auch Mias Blick gefolgt war, erübrigte sich eine Antwort. Der struktur- und übergangslose Horizont, diese eben noch unsichtbare Linie, in der das Meer mit dem Himmel verschmolzen war, begann sich zu verdunkeln. Ein Unwetter zog auf. Bei uns regte sich zwar noch kein Lüftchen, aber das konnte sich bereits in wenigen Augenblicken ändern. Und wenn die *SINTIJA* dann nicht manövrierfähig war, dann waren wir verloren.

Ohne zu zögern sprang ich unter Deck und holte ein Seil. Ein Ende knotete ich um mein Handgelenk, das andere reichte ich Melani.

„Behaltet das Meer im Auge", ordnete ich an. „Und falls das Viech wieder auftaucht, zieht mich raus."

Es war ein eigenartiges Gefühl, Anordnungen zu treffen, da es mir völlig fremd war, die Führung zu übernehmen. Doch die Situation ließ uns keinen zeitlichen Spielraum, um darüber zu reden, was wir tun sollten oder konnten. Wir mussten handeln und ich vertraute darauf, dass wir wie ein eingespieltes Team funktionieren würden. Doch als ich von Bord springen wollte, wurde ich mit einem heftigen Ruck zurückgerissen. Ich hätte Melani nicht so viel Kraft zugetraut. Doch sie hatte mich wirklich ganz alleine von den Beinen gerissen und versuchte jetzt sogar, mich an dem Seil noch weiter von der Reling wegzuziehen.

„Du kannst da nicht rein springen", sagte sie mit noch mehr Panik als zuvor. „Wenn wir das Ding nicht sehen …?"

Mia und Sintija unterstützten Melani in ihrer Argumentation. Alle drei redeten aufgeregt durcheinander und versuchten mich von der Reling wegzuziehen. Doch ich deutete mit einem Nicken hinter die drei. Sie drehten sich furchtsam um und sahen jetzt auch, wie nah das Unwetter uns schon gekommen war. Im selben Moment setzte auch der Wind ein und wühlte die eben noch spiegelglatte See auf. Ich durfte keine Zeit mehr verlieren, befreite mich von dem Seil und sprang über Bord. Jetzt war unter Wasser kaum noch etwas zu erkennen. Mehr tastend fand ich das Ruderblatt und versuchte es frei zu bekommen. Ich bot all meine Kraft auf, aber es rührte sich nicht. Schließlich musste ich wieder auftauchen, um Luft zu schnappen. Das Meer hatte sich in den wenigen Augenblicken, in denen ich unter Wasser gewesen war, in einen brodelnden Hexenkessel verwandelt. Die See peitschte gegen die Bordwand der *SINTIJA* und ließ sie wie einen Spielball auf den Schaumkronen tanzen. Die Yacht schwankte gefährlich hin und her. Jeder neue Wellenkamm konnte sie zum Kentern bringen und unter sich begraben. Die Mädchen riefen mir von Deck aufgeregt zu. Doch ihre Stimmen drangen durch das Tosen des Sturms nicht bis zu mir. Ich deutete nach unten, um ihnen verständlich zu machen, dass ich noch mal nach unten musste und tauchte im selben Moment auch schon wieder ans Ruder. Wieder bot ich all meine Kraft auf. Und wieder bewegte sich nichts. Doch das Leben von Mia, Melani und Sintija hing davon ab, dass ich das Ruder frei bekam. Obwohl mir die Luft wieder knapp wurde, strengte ich mich in einem letzten, verzweifelten Aufbäumen noch einmal an. Da spürte ich, dass jemand an meiner Seite war. Sehen konnte ich nichts. Vor meinen Augen flimmerte es bereits. Doch gemeinsam boten wir noch einmal alle Kraftreserven auf und endlich löste sich das Ruder. Es war frei. Mit letzter Kraft kam ich an die Wasseroberfläche zurück. Meine Lungen schmerzten und ich musste husten. Neben mir tauchte Mia auf und klammerte sich an mir fest. Sie hatte das Seil um ihre Brust geschlungen und schrie, um den Sturm zu übertönen: „Klettere am Seil hoch."

Normalerweise hätte ich ihr den Vorzug gelassen. Doch wenn Mia mit dem Seil an Deck gezogen worden wäre, wäre das Seil weg gewesen. Jede Welle hätte mich von der *SINTIJA* entfernen können, bevor die Mädchen mir das Seil wieder hätten zuwerfen können. Zusammen wären Mia und ich zu schwer gewesen, um von Melani und Sintija an Deck gehievt zu werden. Also kletterte ich in der Sicherheit, dass Mia mit dem Seil gesichert war, schnell nach oben und zog sie dann ebenfalls an Deck.

Letztendlich hatten wir also doch wie ein eingespieltes Team funktioniert. Und zum Glück war während dieser Aktion das urzeitliche Seeungeheuer nicht wieder aufgetaucht. Ich war stolz auf meine Mädchen. Doch noch konnten wir uns nicht in Sicherheit wiegen. Wir setzten das

Segel und machten uns daran, dem Sturm zu trotzen.

Der Kontrast von der absoluten Stille, die bis vor wenigen Minuten geherrscht hatte und in der wir uns nur ehrfürchtig flüsternd unterhalten hatten, zu dem in den Ohren schmerzenden Brüllen des Sturms, das unsere Stimmen kaum zu durchdringen vermochten, war unvorstellbar. Meine Stimme überschlug sich, als ich den Mädchen zurief, unter Deck zu gehen und alle Luken zu schließen. Sie ließen mich nicht gern allein an Deck. Doch sie wussten, dass ich Recht hatte. Einer musste die *SINTIJA* im Wind halten, damit die sich inzwischen haushoch auftürmenden Wellenberge sie nicht überrollten. Und auch wenn Sintija am meisten von uns vom Segeln verstand, musste ich dieser eine sein, denn ich war stärker als die Mädchen. Selbst ich würde alle meine Kräfte aufbieten müssen, um gegen die Gewalt der Elemente zu bestehen und ich bezweifelte, ob ich diesen Kampf gewinnen konnte. Doch dann fiel mir wieder ein, was ich zu Sintija gesagt hatte, als ich sie leblos in meinen Armen gehalten hatte: *Ich überlasse Dich nicht dem Meer, und wenn ich gegen Poseidon selbst um Dich kämpfen müsste!*

Das Meer forderte mich heraus. Poseidon selbst forderte mich zum Kampf um Sintija. Doch es ging um mehr, denn auch die Leben von Mia und Melani lagen als Einsätze auf dem Tisch. Ich begann, diesen Sturm als persönliche Angelegenheit zwischen mir und Poseidon zu betrachten und hob zornig den mir hingeworfenen Fehdehandschuh auf, um ihn dem Herausforderer zurück ins Gesicht zu schleudern.

„Du wirst Sintija nie bekommen", schrie ich trotzig in den Sturm, der mir ins Gesicht peitschte. „Nicht Sintija, nicht Melani und auch nicht Mia!"

Der Bug der *SINTIJA* schnitt tief in eine Wand aus Wasser, die sie überrollte und mich von Bord zu spülen versuchte. Doch ich klammerte mich eisern fest. Und als die *SINTIJA* wieder aus der Welle herausschoss, schüttelte ich mich wie ein nasser Hund und schrie herausfordernd: „War das alles? Hast Du nicht mehr zu bieten?"

Obwohl es noch Vormittag sein musste, war es stockfinster geworden. Die Dunkelheit wurde nur von grellen Blitzen durchbrochen, die mit ohrenbetäubendem Knall ins Meer fuhren, um dann wie phosphoreszierende Gespenster auf den Wellenkämmen weiter zu tanzten. Es war eine unheimliche Szenerie. Im Licht der Blitze konnte ich die gewaltige Höhe der Wellen erahnen, zwischen denen die *SINTIJA* wie eine Nussschale umhergeworfen wurde. Mein Hochmut wich einer ehrfürchtigen Demut und ich begann mir Vorwürfe dafür zu machen, dass der kleine, unbedeutende Niemand, der ich immer gewesen war, sich plötzlich hatte anmaßen wollen, die Götter herauszufordern. Doch dann machte ich mir wieder bewusst, dass Selbstvorwürfe mir in dieser Situation nicht helfen konnten. Ob ich diese Prüfung bestand oder nicht, hing einzig und allein von meiner Kraft und meinem Willen ab. Auf einen gütigen Gott, der ein Einsehen oder Mitleid gezeigt hätte, brauchte ich nicht zu hoffen. Mein Körper spannte sich wieder an und ich wiederholte in Gedanken noch einmal: *Du bekommst sie nicht! Nicht heute und an keinem anderen Tag, an dem noch ein Tropfen Blut durch meine Adern fließt.*

Die *SINTIJA* erklomm die höchsten Berge und sank in die tiefsten Täler. Immer wieder tauchte sie in die rollenden Schaumkämme der sich überschlagenden See; aber jedes Mal stieg sie wieder an die Oberfläche empor. Die Wellen kamen nicht einheitlich aus einer Richtung, sondern überkreuzten sich in ihren Bahnen und türmten sich an den Schnittkanten zu wahren Riesen auf, die sich mit aller Macht auf die *SINTIJA* stürzten. Es war mir unmöglich abzuschätzen, wie lange der Sturm schon andauerte. Ich fühlte meine Muskeln erlahmen, gab aber trotzdem nicht auf. Einen solchen Kampf hatte ich noch nie ausgetragen, einen Kampf gegen einen Gegner, der mir keine Sekunde der Erholung gönnte und der jede Schwäche und jede Unaufmerksamkeit gnadenlos ausnutzte. Wäre es nur um mich selbst gegangen, dann hätte ich mich irgendwann geschlagen gegeben; ich hätte einfach gesagt, *ich kann nicht mehr,* und die Ruhe und den Frieden des Todes, der mir als Unterlegenem in diesem ungleichen Kampf gewiss gewesen wäre, dankbar angenommen. Doch es ging nicht nur um mich. Als ich spürte, wie meine Kräfte erlahmten und verzweifelt überlegte, wie lange ich noch durchhalten könnte, um die drei geliebten Mädchen unter Deck zu beschützen, fühlte ich plötzlich Sintijas Anwesenheit. Sie legte von hinten ihre Arme um mich und flüsterte mir ins Ohr: *Hab keine Angst, Papa. Poseiden kann Dich nicht bezwingen und das weiß er auch. Du hast mich ihm schon einmal entrissen. Was auch immer unser Schicksal ist: Es ist nicht, in diesem Sturm umzukommen!*

Ich wusste, dass Sintija nicht wirklich bei mir war. Sie war in Sicherheit unter Deck; in Sicherheit, solange ich nicht aufgab und nicht versagte. Für einen kurzen Moment genoss ich Sintijas Nähe, ich genoss es, ihre um mich geschlungenen Arme zu spüren, nahm ihre kleine Hand in meine, um sie zu küssen und erwiderte dann, mit neuer Kraft und neuem Mut erfüllt: *Danke, mein kleiner Schatz!*

Dann verbannte ich sie wieder unter Deck, um meine ungeteilte Aufmerksamkeit wieder voll und ganz dem ungebändigten Sturm widmen zu können.

„Du kannst mich nicht besiegen", schrie ich in die mir entgegenbrandende Gischt, „denn ich bin nicht allein!"

Poseidon brauste wütend auf und schleuderte seinen ganzen Zorn gegen die kleine, auf dem berstenden Dach seines Reiches tanzende *SINTIJA*. Mehrmals wollte eines der Mädchen an Deck kommen, um mir zu helfen oder um mich abzulösen. Aber ich schaffte es nicht, vor mir selbst zu rechtfertigen, auch nur eines von ihnen dieser gewaltigen, uns zürnenden Macht auszusetzen. Viel zu klein, zu zart und zu zerbrechlich erschienen sie mir im Gegensatz zur grausamen Unerbittlichkeit der unbezwingbaren

Naturgewalten, die uns zu zerschmettern drohten. Fast zornig über die Gefahr, in die sie sich begeben wollten, schickte ich sie jedes Mal wieder unter Deck. Und da sie einsahen, dass eine Diskussion das letzte war, was wir in dieser Situation gebrauchen konnten; und auch weil sie begriffen, dass meine Sorge um sie, wenn sie sich an Deck befunden hätten, mich von der eigentlichen Aufgabe abgelenkt hätte, gehorchten sie mir. Sie ließen es sich aber nicht nehmen, mir mehrmals etwas zu Essen und zu trinken zu bringen, was ich dankbar annahm, da der Kampf gegen die Naturgewalten sehr kräftezehrend war. Irgendwann kam Mia mit einem Mantel, den sie mir über die Schulter werfen wollte. Aber der Sturm riss ihn ihr aus den Händen und ich schickte sie mit der Versicherung wieder nach unten, dass ich keinen Mantel bräuchte. Sintija war die einzige gewesen, deren Anwesenheit ich für einen kurzen Moment geduldet hatte; und das auch nur, weil ich gewusst hatte, dass es nur ihr Geist, nicht aber ihr Körper gewesen war, der bei mir gewesen war.

Der Sturm wollte einfach kein Ende nehmen. Stunde um Stunde drehte ich den Bug der *SINTIJA* in die Wellen, damit sie uns nicht von der Seite überrollen und umwerfen konnten. Ich dachte nichts mehr, ich fühlte nichts mehr, ich funktionierte nur noch wie eine Maschine, kalt und emotionslos. Ich hatte aufgehört, einem grollenden Gott zu zürnen. Ich verrichtete nur noch meine Arbeit. Alles, was ich wahrnahm, war die Richtung, aus der die Wellenberge anrollten und die Reaktion der *SINTIJA* auf mein Halsen und Wenden.

17 FROHE WEIHNACHTEN

Noch niemals in meinem Leben war ich so erschöpft gewesen, noch niemals hatte jeder einzelne Muskel in meinem Körper so sehr gebrannt. Als der Wind sich endlich legte und die See sich beruhigte, stand ich steif wie eine Statue am Steuerrad. Sintija, Mia und Melani kletterten überglücklich an Deck. Doch die in ihren Gesichtern stehende Erleichterung über die überstandene Gefahr wich einem Ausdruck von purem Entsetzen, als sie mich erblickten. Ich war unfähig, mich zu bewegen. Die einzige Bewegung, die von mir ausging, war das Zittern meiner Muskeln. Mein Atem ging so flach, dass sich nicht einmal meine Brust hob und senkte. Meine Finger, zwischen denen Blut aus offenen Blasen hervorsickerte, hielten krampfhaft das Steuerrad umklammert. Jetzt, wo der Sturm sich gelegt hatte, waren sie so steif, dass ich sie nicht öffnen konnte.

„Oh, mein Gott! Schnell helft mir", rief Mia sofort Melani und Sintija zu, als sie mich so erblickte. Sie mussten Gewalt anwenden, um meine Finger vom Steuerrad zu lösen. Dann legten sie mich behutsam auf das Sonnendeck und breiteten eine Decke über mich. Als der Sturm begonnen hatte, hatte ich nur eine Badehose getragen. Am Anfang hatte die Abkühlung sogar noch gut getan. Aber jetzt war ich völlig unterkühlt, was mir während des Sturms noch nicht einmal bewusst geworden war.

Während Sintija das Ruder übernahm, desinfizierte und verband Mia meine offenen Hände. Dann zog sie mir die Badehose aus, wusch mir mit Melanis Hilfe die Salzkruste vom Körper und rieb mich mit Franzbranntwein oder etwas in der Art ein. Ich fühlte, dass langsam wieder Leben in meine Glieder kam und das Blut zu strömen begann.

„Leg Dich zu ihm und halte ihn warm", trug Mia liebevoll Melani auf. Und während Melani sich auszog und zu mir unter die Decke schlüpfte, mit der die beiden mich wieder zugedeckt hatten, ging Mia unter Deck. Melani schmiegte sich an mich und ihre kleine Hand wanderte unter der Decke zärtlich über meinen Körper. Ich schnurrte wohlig und dachte mir, dass allein dieser Moment es wert war, dem Sturm getrotzt zu haben. Die liebevolle Zärtlichkeit, mit der Melani mich berührte, löste nach und nach meine Verspannungen. Doch so, wie sie die Steife in meinen Gliedern löste, schien sie sie in meine Körpermitte zu ziehen, denn dort wuchs unter der

Decke eine deutliche Erhebung heran.

Wunderbare, kleine Melani! dachte ich mir und überließ mich weiter schnurrend ihren ebenso zärtlichen, wie neugierigen Händen. Da kam Mia wieder an Deck. Sie hatte ein volles Glas dabei, räusperte sich lächelnd, als sie die Bewegung unter der Decke bemerkte und sagte dann: „Hier trink das, mein Engel. Das ist gegen die Übersäuerung der Muskeln."

„Mir geht's schon wieder gut", erwiderte ich, merkte dabei aber, wie schwer mir selbst das Sprechen fiel. Und als ich versuchte, mich aufzurichten, stellte ich fest, dass ich es ohne Hilfe nicht konnte. Mia und Melani halfen mir und flößten mir das Getränk ein. Und als ich getrunken hatte, gab mir Mia einen zärtlichen Kuss und sagte voller Liebe: „Frohe Weihnachten, mein Prinz!"

„Weihnachten?" fragte nicht ich, sondern Melani, während ich mich damit begnügte, nur ungläubig meine Stirn zu runzeln und die Zeit zu überschlagen, die wir inzwischen auf der *SINTIJA* verbracht hatten.

„Heute ist Weihnachten?" fragte auch Sintija überrascht vom Steuerstand. „Ich hab gar keine Geschenke für euch."

„Ihr seid das schönste und wertvollste Geschenk, das ich je bekommen habe", erwiderte ich dankbar und verliebt, und fand es dabei selbst traurig, den Dreien nichts schenken zu können. „Frohe Weihnachten meine wunderschönen Engel!"

„Frohe Weihnachten, Joyeux Noël", wünschten auch Melani und Sintija und umarmten und küssten sich, Mia und mich.

Das Wetter war wieder schön geworden. Die Sonne stand strahlend am Himmel und es wehte ein stetiger, angenehm warmer Wind aus …? Ja, aus welcher Richtung wehte der Wind eigentlich? Das war die Frage. Weihnachten hin oder her: Wir mussten zu allererst feststellen, ob die *SINTIJA* den Sturm unbeschadet überstanden hatte und unsere Position und unseren Kurs berechnen. Als ich aufstehen wollte, um mich an diese Arbeit zu machen, drückten Mia und Melani mich mit sanfter Gewalt wieder auf das Sonnendeck zurück.

„Du machst erst mal gar nichts, sondern ruhst Dich aus!" sagte Mia fürsorglich, warf Melani einen vielsagenden Blick zu und wandte sich dann Sintija zu. Melani bedeckte meine Lippen mit ganz zarten Küssen, zwischen denen sie mir verliebt zuhauchte: „Entspann Dich, mein Engel."

Da mein Körper sich inzwischen zumindest schon wieder erwärmt hatte, schlug sie die Decke zurück und küsste mein stoppeliges Kinn, meinen Hals und meine Brust. Ganz langsam wanderten ihre Lippen tiefer über meinen Bauch. Mein erigierter Penis vibrierte und zuckte vor Ungeduld schon lange, bevor Melanis Lippen ihn erreichten. Und dann wanderten sie an ihm vorbei, ohne ihn zu berühren. Die prickelnde Erregung war fast unerträglich. Dann endlich nahm Melani meinen Penis in ihre kleine Hand und richtete ihn steil auf. Ihre Lippen legten sich so sanft wie eine gehauchte Liebeserklärung auf meine Eichel. Ich spürte, wie weich sie waren und wie zärtlich sie sich anschmiegten. Dieser Kuss hatte nichts Forderndes und nicht Ungestümes. Er versprach keinen wilden, hemmungslosen Blowjob, sondern schien die reine, unverdorbene Essenz gefühlvoller Liebe und Zärtlichkeit zu sein. Es war nur ein gegenseitiges Fühlen, ein gegenseitiges Wahrnehmen, das aber um so vieles erotischer und erregender war, als alles, was ich bisher erlebt hatte; einschließlich Mias, beziehungsweise damals noch Elaines panischer Versuch, mich zum Höhepunkt zu bringen, damit Rizzos Männer mich nicht mit einer Erektion in ihrer Gegenwart erwischten.

Ich erinnerte mich daran, wie Melani mir in Marseille gestanden hatte, dass sie noch keine Erfahrung mit Männern hatte, und wie sanft und zärtlich sie mich schon damals berührt hatte. Es schien schon eine Ewigkeit her zu sein, dass wir dort auf unsere neuen Papiere gewartet hatten. Und obwohl unsere Liebe so rein und vollkommen war, hatten wir doch noch keinen wirklichen Sex miteinander gehabt. Uns gegenseitig nackt anzusehen, mit scheuer Ehrfurcht zu berühren und in den Armen zu halten, war bisher das einzige gewesen. Für mehr war auf unserer bisherigen Flucht auch gar nicht die Zeit gewesen. Obwohl ich die Liebe, die mich mit Mia und Melani verband, inzwischen vollkommen akzeptierte, nahm ich nichts als selbstverständlich hin. Ich habe niemals meine Ehrfurcht vor den beiden verloren, niemals meine Bewunderung für ihre Schönheit und niemals meine Dankbarkeit für ihre Liebe. Dass ich sie berühren durfte und von ihnen berührt wurde, blieb immer ein kleines Wunder für mich. Und so war auch die jetzige Situation etwas so unbeschreiblich Schönes, etwas so Neues und Erregendes, dass ich es kaum begreifen konnte. Melani machte nichts; sie schmiegte sich nur an mich, hielt meinen pulsierenden Penis in ihrer kleinen Hand und hatte ihre Lippen ganz sanft auf dessen aufgeblähter Spitze liegen. Obwohl sie sich nicht bewegte, nahm meine Erregung immer weiter zu. Ich fühlte wieder das Brennen in meinen Muskeln, als mein Körper sich in seiner Erregung anspannte, doch ich achtete nicht darauf. Und so schwanden die Schmerzen genauso schnell wieder aus meinem Bewusstsein, wie sie dort aufgetaucht waren. Es blieb nur noch die zärtliche Berührung Melanis, das erregende Fühlen und Wahrnehmen, das mich in eine bis dahin ungekannte Ekstase katapultierte. Ich war definitiv zu schwach für diesen Zustand, aus dem ich mich weder befreien konnte, noch wollte. Ich hatte vorher nicht gewusst, was Lust und Erregung wirklich war und zu welchem intensiven Erleben ich in der Lage war. Ich hatte nicht gewusst, dass ich eine solche Stufe der Erregung erreichen konnte, dass ich zu einer solchen Ekstase überhaupt fähig war. Und plötzlich erlebte ich sie. Ich verlor vollkommen die Kontrolle über meinen Körper und befand mich in einem Zustand, der mich an den Moment erinnerte, als ich Sintija aus dem Licht gezogen hatte. Es war fast wie Sterben, nur unendlich viel schöner. Zeit und Raum lösten sich um mich herum auf. Und dann explodierte ich in einem so gewaltigen Orgasmus, wie ich ihn mir niemals auch nur hätte vorstellen können. In immer neuen Schwallen schoss mein Sperma gegen Melanis Lippen, die sich noch immer nicht von meiner Eichel lösten. Noch immer machte Melani nichts; weder öffnete sie ihre Lippen, noch presste sie sie zusammen, um ein Eindringen durch den enormen Druck zu verhindern. Sie ließ ihre Lippen ganz einfach nur mit unverminderter Zärtlichkeit auf meiner Eichel liegen, bis der letzte schwache Schwall aus ihr hervorgesickert war. Mein Bauch war bedeckt mit der milchig-weißen Flüssigkeit, die auf beiden Seiten meines Körpers auf das Sonnendeck tropfte und eine Pfütze unter mir bildete. Erst jetzt, als ich mich glücklich und erschöpft der mich überkommenden Schwere überlassen wollte, packte Melanis Hand ein wenig fester zu, womit sie ein Erschlaffen meines noch immer erregt zuckenden Penis verhinderte. Ihre Lippen begannen, meine Eichel mit immer neuen Küssen zu bedecken; zuerst noch ganz zärtlich, aber nach und nach immer leidenschaftlicher und mit einer sich langsam steigernden Wildheit. Obwohl ich geglaubt hatte, nicht mehr ertragen zu können, fiel die Schwere wieder von mir ab und machte einer neuen Erregung Platz. Plötzlich tauchte auch wieder Mia auf. Sie schmiegte sich an meine andere Seite, presste ihren schlanken Körper an mich und beobachtete verliebt Melanis wachsende Leidenschaft. Diesmal war es Melani, die meinen Penis zu Mia bog und damit ihr eigenes Liebesspiel unterbrach. Mia legte ihre Lippen in einem zärtlichen Kuss auf meine dunkelrote Eichel. Doch als sie sie wieder löste, schnippte sie verschmitzt lächelnd mit ihren Fingern dagegen, wie sie es schon einige Male gemacht hatte. Diesmal wippte mein Penis nicht hin und her, da Melani ihn noch fest in ihrer kleinen Faust hielt. Doch Mias Schnipser entlockte mir ein ebenso überraschtes wie erregtes Stöhnen. Melani entging nicht, dass mir Mias kleine Attacke gefiel. Sie ließ meinen Penis los und schnippte ihn nun selbst an. Da er jetzt nicht mehr gehalten wurde, wippte er auf Mias Seite. Die schnippte ihn wieder zurück. Und so ging es ein paar Mal hin und her. Es war wie ein kleines Tennismatch, mit dem die beiden mich wieder nahe an einen neuen Orgasmus brachten. Melani und Mia hatten sichtlich Spaß. Und ich genoss das erregende Spiel der beiden ebenso, wie die Erkenntnis, dass endlich alle Sorgen von den beiden abgefallen waren. Wir waren Rizzo entkommen, hatten die Kollision mit einem Seeungeheuer, die Flaute und den Sturm überstanden; die *SINTIJA* schien unbeschädigt zu sein und ein warmer Wind trieb uns stetig voran. Wir waren außer Gefahr und Mia und Melani waren so gelöst, wie noch nie zuvor, seit wir zusammen waren. Und so brodelten ihre Liebe und ihre Leidenschaft in diesem zärtlichen und übermütigen Spiel fast über. Wir hatten uns so sehr nacheinander gesehnt, nach unserer Liebe und nach gegenseitigen Berührungen. Jetzt endlich gab es nichts mehr, was uns daran hinderte, unsere Liebe zu leben. Meine Erschöpfung und das Brennen in meinen Muskeln waren das einzige, das mich davon abhielt, selbst aktiv zu werden. Aber ich genoss es sehr, den passiven Teil dieses Spiels zu übernehmen und mich auf so unbeschreiblich schöne Weise verwöhnen zu lassen. Einzig Sintija blieb von dieser körperlichen Liebe ausgeschlossen. Ich muss gestehen, dass ich in diesem Moment auch gar nicht an sie dachte. In diesem Moment gab es nur Mia und Melani für mich.

Die beiden spielten so ausgelassen mit meinem Penis, dass ich so viel Glück überhaupt nicht fassen konnte. Immer wilder schnippten sie ihn hin und her. Aber trotz aller Wildheit spürte ich doch, dass beide von der gleichen Ehrfurcht wie ich erfüllt waren und niemals etwas Gefühlloses tun würden. Das Gefühl war das Wichtigste. In seinem Rahmen war alles möglich. Als Melani meinen Penis wieder Mia zuschnippte, schnippte die ihn plötzlich nicht mehr zurück, sondern schnappte mit ihren Zähnen nach meiner Eichel. Ich spürte, wie sie sich langsam schlossen; nicht brutal, sondern ganz behutsam und voller Zärtlichkeit. Mia wollte mir nicht wehtun, sondern lotete ebenso spielerisch wie leidenschaftlich die Grenzen ihrer und meiner Lust aus, ohne dass das, was sie tat, etwas mit Dominanz und Unterwerfung zu tun hatte. Und ich muss zugeben, dass sie noch weit von meinen Grenzen entfernt war. Ihr zärtliches Knabbern war unglaublich erregend. Und selbst, als sie ein paar Mal fester in meine Eichel biss und meinen Penis dabei so wie ein Raubtier seine erlegte Beute knurrend schüttelte, steigerte sie meine Erregung damit nur noch mehr. Ich zitterte schon wieder am ganzen Körper. Während Mia an meinem Penis knabberte, beugte Melani sich über mich und küsste mich ganz zärtlich. Ihre Lippen waren so straff wie ihr ganzer Körper und dabei trotzdem unglaublich weich und zärtlich. Sie schmeckten so süß wie die Liebe selbst. Doch unser Kuss war im völligen Gegensatz zu Melanis und Mias wildem Liebesspiel zurückhaltend und scheu und spiegelte unsere gegenseitige Anbetung wider. Melani hat mir erst später gestanden, dass sie sich in meiner Gegenwart immer klein und unsicher gefühlt hat, so wie es mir selbst ja auch mit ihr, Mia und sogar mit Sintija ging. Ich konnte das Glück, von diesen drei Mädchen geliebt zu werden, niemals ganz begreifen. Und für Melani, die durch ihre Brüder immer nur erfahren hatte, dass Frauen nur Spielzeuge für Männer waren, die man sich kaufen, die man misshandeln und die man, wenn man ihrer überdrüssig geworden war, wieder wegwerfen konnte, war meine Liebe ein ebenso großes Wunder, wie es ihre Liebe für mich war. Dass ein Mann zu solcher Liebe fähig sein konnte, war so neu und unglaublich für sie, und dass ausgerechnet sie mit dieser Liebe beschenkt wurde, machte ihr beinahe Angst. Es störte sie nicht, diese Liebe teilen zu müssen, obwohl mich selbst dieser Umstand immer irgendwie belastete. Melani und Mia hatten erkannt, dass sie selbst genauso zusammengehörten, wie sie zu mir gehörten, weil sie sich gegenseitig genauso liebten, wie sie mich liebten. Sie wollten nicht mehr aufeinander verzichten und kamen deshalb auch nie auf den Gedanken, aufeinander eifersüchtig zu sein, so wie auch ich niemals den Eindruck gewann, dass die Liebe zwischen ihnen, mir etwas von ihrer Liebe nehmen könnte.

Nachdem Melani ihre Lippen wieder von meinen gelöst hatte, beugte sie sich so über mich, dass die kleinen, vor Erregung harten und zitternden Knospen ihrer Brüste meine Lippen liebkosten. Ich schloss meine Augen, küsste sie ganz sanft und berauschte mich am zarten Geruch von Melanis Haut, während Mia noch zärtlich an meinem Penis knabberte. So wie ich durch Mias Liebesbisse am ganzen Körper zitterte, begannen auch Melanis kleine Brüste durch meine Küsse immer stärker zu zittern. Um sie nicht zu verlieren, schnappten meine Lippen behutsam nach den vor Erregung über ihnen tanzenden Knospen, um sanft an ihnen zu saugen. Melani schrie vor Erregung leise auf; ihre Arme umschlangen meinen Kopf und pressten mein Gesicht gegen ihre in der Liebe so unerfahrenen Brüste.

Wunderbare, kleine Melani!

Mias zärtliche Bisse waren inzwischen in ein zärtliches und verspieltes Liebkosen meiner Eichel durch ihre Zunge und ihre Lippen übergegangen. Und während mein Gesicht sich an Melanis kleinen, festen und vor Erregung bebenden Busen schmiegte, spürte ich, dass ich einen weiteren Orgasmus nicht mehr lange würde zurückhalten können. Doch bevor ich endgültig soweit war, unterbrach Mia auch diese Zärtlichkeiten. Ein paar Sekunden der Schonung entfernten mich wieder von dieser fast überschrittenen Grenze. Die Ruhepause war aber nicht einmal lange genug, um das Beben meines Körpers abebben zu lassen. Mia richtete sich auf, stieg mit einem Bein über meine Hüfte, nahm meinen pulsierenden Penis zärtlich in ihre Hand und fragte, plötzlich sehr unsicher wirkend: „Darf ich?"

Ich öffnete die Augen und blinzelte über eine von Melanis kleinen Knospen an mir nach unten. Mia kniete mit gespreizten Beinen über mir, hielt meinen Penis in ihrer Hand und dirigierte seine pralle, dunkelrot glänzende Spitze an ihre winzigen, leicht geöffneten Schamlippen. Ich wollte antworten, brachte vor Erregung aber kein Wort heraus und nickte deshalb nur leicht. Langsam ließ sich Mia auf meinen Penis herab. Ihre kleine Scheide war noch fast trocken. Sie presste immer wieder von neuem gegen meinen Penis. Und jedes Mal nahm sie ihn ein klein wenig weiter in sich auf. Mia war so eng, dass ich das Gefühl hatte, ihre pulsierende Scheide würde meinen Penis erdrücken. Doch es war so erregend, dass ich mich unwillkürlich in Melanis kleiner Knospe verbiss, um nicht laut zu schreien. Mias Atem ging schnell und gepresst. Immer wieder ließ sie einen unterdrückten Schrei oder ein wohliges Stöhnen hören. Als mein Penis dann ganz in ihrer kleinen Scheide war, konnte ich kaum fassen, wie eng sie war, wie fest sie ihn umschloss und festhielt.

Mia, mein wunderschöner Engel, mein verführerisches Mädchen aus der Torte; wie sehr ich Dich liebe!

Melani entzog ihre kleine, zuckende Brustwarze mit einem leisen Schrei meinen Zähnen. Doch als ich mich sofort entschuldigen wollte, weil ich befürchtete, in meiner unkontrollierten Erregung zu fest zugebissen zu haben, legte sie sanft lächelnd einen Finger auf meine Lippen. Sie ließ meinen Kopf wieder auf das Sonnendeck nieder, erhob sich auf die Knie und fragte ganz leise und ebenso unsicher wie zuvor Mia: „Darf ich auch?"

Ich verstand nicht, was sie meinte und blickte sie nur fragend an, sofern ich in meinem erregten Zustand überhaupt noch in der Lage für irgendeinen Gesichtsausdruck war. Unsicher, zögernd und mir dabei schüchtern in die Augen blickend, hob Melani ein Bein über mein Gesicht. Sie kniete breitbeinig über mir und näherte ihre jungfräuliche, kleine Spalte meinen Lippen.

Natürlich darfst Du das, meine wunderbare, kleine Melani!

Ich nahm den schwachen, dezenten und so unbeschreiblich erregenden Geruch wahr und sog ihn gierig ein. Für einen Menschen, der so empfindlich auf Gerüche, vor allem auf Körpergerüche reagiert wie ich, waren die Gerüche von Mia, Melani und sogar von Sintija wie eine Offenbarung. Ich habe nicht ein einziges Mal erlebt, dass eine von ihnen etwas für meine Nase unangenehmes verströmt hätte; ganz im Gegenteil: Ich war süchtig nach ihnen und bin es noch immer. Ohne Parfüm, nur durch den Gebrauch von Wasser und Seife, waren die drei gepflegter und sauberer, als jede andere Frau, die ich jemals gekannt habe. Es war wohl diese Kombination aus den eigenen Gerüchen oder Pheromonen der Mädchen, ihrer natürlichen Hygiene und dazu noch die Wirkung von Wind und Sonne auf ihrer Haut, die mir so zu Kopf stieg.

Ganz behutsam und mit schmerzenden Muskeln tastete ich mit einer Hand nach Melanis kleiner Scheide, während Mia über meinem Penis hockte und sich ganz langsam auf und ab bewegte. Mit zitternden Fingern versuchte ich, die winzigen, inneren Schamlippen freizulegen und ein wenig zu öffnen. Dann ließ sich Melani so weit herab, bis die winzigen Hautfältchen ihrer Schamlippen meine Lippen berührten. Selbst vor kaum noch zu ertragender Erregung am ganzen Körper bebend, liebkoste ich mit meinen Lippen Melanis Schamlippen, während ihr wunderbarer Geruch mich zusätzlich noch erregte. Ich geriet in einen ganz eigenartigen, mir völlig unbekannten aber unbeschreiblich angenehmen und erfüllenden Trancezustand. Alles passierte unendlich langsam; Mias Ritt auf meinem Penis und auch meine Küsse auf Melanis Schamlippen, Sogar das Beben und Zittern unserer drei sich gemeinsam dem erlösenden Höhepunkt nähernden Körper schien nur noch in Zeitlupe vor sich zu gehen. Das pulsierende Zucken von Mias Scheide, die meinen Penis so fest umschloss, als wollte sie ihn nie wieder freigeben, übertrug sich auf mich. Ich wollte Melanis Schamlippen eigentlich immer weiter nur mit meinen Lippen liebkosen, bäumte mich dann aber vor nicht mehr zu beherrschender Ekstase plötzlich auf und presste meine Lippen gegen die kleinen, in der Liebe noch so unerfahrenen Hautfältchen. Melani stöhnte leise auf und da konnte ich mich nicht mehr beherrschen und ließ meine Zunge zwischen ihre Schamlippen gleiten. Sie schmeckte so gut, wie sie roch und war so eng, dass ich bezweifelte, dass sie in der Lage wäre, meinen Penis aufzunehmen. Melani schrie erschrocken auf, presste ihre zuckende Scheide aber weiter gegen meine Lippen. Mia hatte aufgehört, sich zu bewegen. Es zuckten nur noch ihre Scheide, die meinen Penis wie eine reife Frucht auszupressen versuchte und mein Penis, der sich gegen diesen Widerstand anscheinend immer weiter aufblähen wollte. Gleich nach Melani schrie auch Mia leise auf. Mein Körper bäumte sich in unkontrollierten Zuckungen auf und ich verbiss mich zärtlich in Melanis zitternden Schamlippen. Es war so weit: Ich spürte, wie mein Penis in einem neuen Orgasmus plötzlich anschwoll. Gleichzeitig erhöhte sich aber der Druck von Mias Scheide, dass es fast schmerzte. Aber es war ein angenehmer, unglaublich erregender Schmerz. Gleichzeitig mit mir war auch Mia gekommen. Und auch Melani war in einem Orgasmus gefangen, aus dem es ihr nicht gelang, sich zu befreien.

Ich weiß nicht, wie lange dieser Zustand absoluter Ekstase andauerte. Während Mia auf mir saß, unfähig sich von mir zu lösen, weil jeder Versuch, sich zu erheben, unseren nicht enden wollenden Orgasmus in eine neue Phase katapultierte, kippte Melani irgendwann von mir herunter und entzog mir damit ihre Schamlippen und die winzige Knospe ihrer Klitoris, an der ich mich festgesaugt gehabt hatte. Leise weinend und noch immer am ganzen Körper bebend klammerte sie sich an mir fest und ich legte schützend meine Arme um sie, obwohl ich selbst kaum noch Kontrolle über meinen Körper hatte. Irgendwann hatte Melani sich wieder beruhigt. Es war wohl über eine Stunde gewesen, während der sie sich in meinen Armen von ihrem Orgasmus erholt hatte, wie sie mir später erzählte. Doch Mia und ich waren noch immer in diesem Zustand der Ekstase gefangen. Mia war nach vorne gekippt und hatte sich an Melani festgeklammert. Als Melani sich dann aus unseren Armen löste, kam Mia auf meine Brust zu liegen und wir klammerten uns aneinander fest. Unser gemeinsamer Orgasmus dauerte unvermindert an und steigerte sich bei jeder kleinsten Regung noch weiter. Zum zweiten Mal hatte ich das Gefühl, vor Lust zu sterben oder in irgendein Nirwana einzugehen. Irgendwann muss dieser Zustand der Ekstase in eine Ohnmacht oder einfach nur in tiefen Schlaf übergegangen sein, denn ich erinnere mich nicht daran, wie er geendet hat.

18 UND WIEDER FLAUTE

Das erste, das in mein Bewusstsein drang, als ich wieder erwachte, war die Stille und Reglosigkeit. Als nächstes spürte ich das Brennen in meinen wunden Händen. Ich öffnete meine Augen. Doch als ich meine Hände heben wollte, um sie mir anzusehen, fühlte es sich so an, als ob jede Vene und jede Faser meines Körpers mit hauchfeinen Glasfasern ausgegossen wäre, die beim geringsten Versuch, mich zu bewegen, in Millionen winziger Teile zersplittern würden. Also lag ich bewegungslos da und blickte in den dunstig-blauen Himmel. Das Segel hing schlaff und bewegungslos und es dämmerte. Ob es aber Morgen- oder Abenddämmerung war, konnte ich beim besten Willen nicht feststellen. Noch während ich mir dachte, dass ich mich dazu zwingen müsste, mich zu bewegen, hörte ich Sintijas weiche Stimme leise flüstern: „Papa, endlich bist Du wieder wach."

Das Mädchen beugte sich über mich und gab mir einen zärtlichen Kuss. Ich erwiderte den Kuss so, wie ein liebender Vater seine Tochter küsst. Dennoch hatte ich den Eindruck, dass unsere Lippen länger aufeinander lagen, als es sich geziemte, was jedoch nicht meine Schuld war, da ich noch nicht in der Lage war, mich zu bewegen. Jedenfalls war ich irgendwie verstört, als Sintijas Lippen sich von meinen lösten und stammelte nur verlegen, was mir gerade so einfiel: „Guten Morgen mein Schatz! Wie spät ist es?"

Sintijas Lachen war so natürlich und erfrischend, dass es mein Innerstes berührte, sie dabei anzusehen und ihr zuzuhören.

„Es ist schon der erste Weihnachtsfeiertag, Papa", klärte sie mich, noch immer lächelnd, auf. „Und die Sonne ist eben untergegangen."

„Oh!"

„Du hast über vierundzwanzig Stunden geschlafen. Aber so lange, wie Du gegen Poseidon um Mia, Melani und mich gekämpft hast, hast Du den Schlaf auch mehr als verdient."

„Oh!"

Wieder schenkte Sintija mir ein bezauberndes Lächeln für meine Überraschung, die ich nur in dämlichen *Oh's* auszudrücken vermochte. Plötzlich hatte ich ein ganz schlechtes Gewissen. Ich hatte Sintija am Vortag vollkommen vergessen gehabt. Ich hatte Weihnachten mit Melani und Mia in einem Rausch sexueller Ekstase verbracht und war danach in eine Art Koma gefallen, während es doch meine Pflicht gewesen wäre, besonders an diesem Tag meiner Tochter ein liebevoller Vater zu sein.

„Es tut mir so leid", sagte ich voller Bedauern für mein Versagen als Vater und zwang mich dabei, meinen rechten Arm zu heben, um Sintija sanft über die Wange zu streicheln. Das Glas in meinen Muskeln gab dem Versuch nach und zerbarst.

Sintija schmiegte ihre Wange an meine noch verbundene Hand, nahm diese dann zärtlich in ihre Hände und drückte ihre Lippen darauf. Doch dabei fragte sie mich schon: „Was denn, Papa?"

„Dass ich gestern nicht für Dich da war", gestand ich reumütig ein. „Dass ich an unserem ersten Weihnachten …" Ich stockte, da ich meiner Tochter nicht beschreiben wollte, was ich getrieben hatte, während ich mich doch um sie hätte kümmern sollen. Sintija sah mich aus ihren goldgrünen Augen voller Liebe an. Ihre Lippen schwiegen, doch in meinem Kopf hörte ich ihr Herz zu mir sprechen:

Ich war so glücklich darüber, dass Du den Sturm besiegt hast, Papa. Und ich hab gesehen, wie gut Dir die Liebe und die Zärtlichkeiten von Mia und Melani getan haben und auch, wie glücklich Du sie gemacht hast …

„Das hast Du gesehen?" stotterte ich verlegen.

„Natürlich. Ich stand doch am Steuer!"

Sintijas Lächeln war so bezaubernd und entwaffnend unschuldig, dass ich nicht wusste, was ich darauf erwidern sollte. Natürlich hatte sie am Steuer gestanden. Ich hatte sie zuvor doch selbst noch dort stehen sehen. Ich hatte Mia und Melani vor den Augen Sintijas geliebt und fühlte, wie mir diese Erkenntnis die Schamesröte ins Gesicht trieb. Meine Wangen schienen in Flammen zu stehen, was Sintijas Lächeln aber nur noch bezaubernder machte. Gleichzeitig hörte ich aber auch schon Melani fragen: „Was hast Du gesehen, Sintija?"

Da ich sie nicht sehen konnte, versuchte ich, mich aufzurichten. Das gelang mir aber nur, weil Sintija mich dabei stützte und hoch zog. Und bevor sie selbst es tun konnte, antwortete ichbereits auf Melanis Frage: „Uns!"

„Ja, natürlich hat sie uns gesehen", erwiderte Melani, die mit einem Tablett von der Treppe aus auf uns zukam. Und sie lächelte mich dabei so verführerisch an, dass ich spürte, wie meine Beine wieder weich wurden. Hinter ihr kam auch Mia an Deck. Als sie mich erblickte, senkte sie errötend ihre Augen. Doch bevor ich fragen konnte, was los war, stürmte sie bereits auf mich zu, fiel mir so stürmisch um den Hals, dass wir beide über Bord gefallen wären, wenn Sintija mich nicht noch gestützt und gehalten hätte und küsste mich immer wieder mit der ungestümen Leidenschaft ihrer Liebe. Und noch während sie das tat, erklärte Melani bereits: „Zum Glück war Sintija gestern da, um euch beide zu retten."

Ich wollte fragen, inwiefern Sintija uns gerettet hatte, doch Mia hing noch immer an meinen Lippen und machte es mir damit schwer, meine Gedanken zu sortieren. Abgesehen davon hätte ich mich ihren Küssen selbst dann nicht entziehen können, wenn ich es gewollt hätte. Ich wollte es aber nicht. Als sich unsere Lippen dann doch irgendwann wieder trennten und wir wie zwei Ertrinkende nach Luft schnappten, klammerte sich Mia noch immer an mir fest und presste ihren Körper an mich. Und ich hielt sie ganz fest und genoss dieses Gefühl. Nach einer Weile beruhigte sich Mia wieder. Und erst in dem Moment registrierte ich, dass Melani auf dem Tablett Abendessen an Deck gebracht hatte. Mit steifen Gliedern, aber ansonsten ausgeruht und fit stieg ich nach unten, um mich erst einmal frisch zu machen und auf die Toilette zu gehen. Danach setzte ich mich zu den drei Mädchen an Deck. Eine Kerze brannte auf dem Tisch. Und nachdem ich einige Minuten lang in die Flamme geblickt und dabei über den Umstand nachgegrübelt hatte, dass sie nicht flackerte, drängte sich mir die Frage auf: „Seit wann ist wieder Flaute?"

„Seit gestern Abend schon", antwortete Sintija sofort. „Es hat eigentlich gleich nach dem Sturm wieder angefangen ... während ihr beschäftigt wart."

Ich sah sie grübelnd an. Nach dem Sturm hatte ich noch den warmen Wind wahrgenommen; dann war ich so auf Mia und Melani konzentriert gewesen, dass ich auf das Wetter nicht mehr geachtet hatte. Also nickte ich verstehend und ließ meinen Blick dann weiter über Melani zu Mia schweifen. Dann wendete ich mich wieder an Sintija und stellte ihr die Frage, die mich vor Neugier schon fast platzen ließ: „Du hast Mia und mich gerettet?"

Sintija schüttelte verlegen lächelnd den Kopf. Aber trotz der rasch hereinbrechenden Dunkelheit entging es mir nicht, dass jetzt sie errötete. Da ergriff Melani nicht nur Sintijas Hand, um diese liebevoll zu drücken, sondern auch das Wort.

„Mia weiß es schon", begann sie die Erklärung. „Ihr habt gestern in eurer ..."

„Ekstase", flüsterte Sintija schüchtern, als Melani auf der Suche nach dem passenden Wort an dieser Stelle stockte. Und Melani griff das Wort sofort dankbar auf.

„Ekstase!" wiederholte sie Sintijas Vorschlag. „Ihr habt beide das Bewusstsein verloren. Aber ihr habt dabei noch so gezittert und gebebt, dass wir Angst bekamen, ihr würdet euch verletzen. Ich war ja selbst noch wie in Trance. Aber Sintija hat mich aufgerüttelt und gemeint, dass wir euch festhalten müssten, bis ihr euch wieder beruhigt hättet. Also haben wir uns an euch festgeklammert; ich an Mia und Sintija an Dir. Aber es ist immer schlimmer geworden. Wir konnten euch kaum halten. Da kam Sintija auf die Idee, dass wir euch trennen sollten. Das war aber nicht möglich. Wir haben so fest an euch gezogen, wie es uns nur möglich war. Aber Dein bestes Stück ist so fest in Mia gesteckt, dass wir Angst bekamen, wir würden ihn abreißen, bevor Mias Körper ihn freigeben würde. Durch unsere Bemühungen haben wir euch aber anscheinend noch weiter erregt. Es hat so gewirkt, als wärt ihr dadurch zu einem neuen Höhepunkt gekommen. Und danach seid ihr auch beide ganz ruhig geworden."

Auf der einen Seite war ich peinlich berührt von der Vorstellung, dass Sintija nicht nur neutraler Zuseher bei Mias, Melanis und meiner ausschweifenden Weihnachtsorgie gewesen war, sondern sogar noch als Retter aus einem absurden Sex-Unfall hatte fungieren müssen. Und auf der anderen Seite spürte ich, wie eine neue Erregung sich bei dieser Erzählung in mir ausbreitete.

Wunderschöne Mia, wunderbare Melani und Sintija, meine bezaubernde, kleine Tochter!

Ich bin nicht klein, Papa!

Natürlich bist Du klein!

Nicht für meine Größe!

Aber für Dein Alter!

Das liegt an meinen Genen. Wir Italiener werden nicht besonders groß!

Ich dachte, Du bist Französin?

Ich bin ein Findelkind. Ich kann mir selbst aussuchen, was ich bin.

Du bist meine Tochter, tu es ma fille! Wir Crichlows stammen von einer alten, kanadischen Familie ab, auch wenn das Schicksal uns in die Welt getrieben hat.

Ja, Papa!

Ich liebe Dich, mein Schatz!

Ich liebe Dich auch, Papa!

„Seid ihr fertig?" fragte Melani an dieser Stelle und starrte uns mit ihren dunklen Augen fasziniert an.

„Womit?" fragte ich verwirrt zurück. Und zu meiner Überraschung antwortete darauf Mia: „Glaubt ihr, wir merken nicht, dass ihr euch stumm unterhalten könnt, seit ihr da unten wart?"

„Oh!"

Da war es wieder, mein dämliches *Oh*, mit dem ich die Sprachlosigkeit meiner Überraschung so treffend auszudrücken vermochte. Sintija kicherte aber auf eine so bezaubernde Art los, dass ich in einem Anflug von Hysterie in dieses Kichern mit einstimmte. Und bevor ich mich wieder unter Kontrolle hatte, räusperte sich Sintija bereits und sagte entschuldigend zu Melani und Mia: „Entschuldigung!"

Und ich beeilte mich, auf die noch fragenden Blicke der beiden hin, schnell zu ergänzen: „Wenn ich es verstehen würde, würde ich es euch erklären … Aber das tue ich nicht."

„Das musst Du auch nicht", erwiderte Mia sanft und melancholisch. „Ich kann es zwar auch nicht erklären. Aber ich verstehe es."

„Oh!"

Diesmal kicherte nicht nur Sintija, sondern Melani und Mia fielen nacheinander in dieses Kichern mit ein. Wir befanden uns wohl alle hart an der Grenze zur Hysterie. Zu vieles war geschehen, was nicht leicht zu verarbeiten und fast unmöglich zu begreifen war. Damit umzugehen erforderte einiges an Selbstverleugnung oder Humor. Wir zogen den Humor vor.

„Ich bin irgendwann in der Nacht aufgewacht", nahm Mia Melanis Erzählung wieder auf. „Wir beide waren noch immer eng umschlungen und steckten auch sonst noch fest, wenn Du verstehst, was ich meine."

Ich verstand es und Mia stellte mir die Frage: „Hast Du schon mal gehört, dass ein Mann und eine Frau ... also dass der Mann so fest in der Frau ... dass sein Penis in der Frau festgesteckt ist, dass er ihn nicht mehr aus ihr herausziehen konnte?"

„Nicht vor heute", antwortete ich kopfschüttelnd.

„Genau so war es aber", erklärte Mia. „Ich wollte aufstehen. Aber obwohl wir beide schon ganz entspannt waren, wie es mir schien, ging es nicht. Dein Penis ist in mir festgesteckt, oder mein Körper hat ihn nicht wieder hergeben wollen; wie auch immer ... Scheidenkrampf heißt das wohl. Ich hatte während meines Studiums das Thema leider noch nicht. Jedenfalls fühlte es sich nicht unangenehm an; ganz im Gegenteil! ... Nach einiger Zeit ist es mir dann gelungen, meine ... mich so weit zu entspannen und zu lockern, dass ich ohne chirurgischen Eingriff wieder von Dir losgekommen bin."

„Schade, dass ich das alles verschlafen habe", erwiderte ich etwas enttäuscht darauf. Doch Mia antwortete ermutigend: „Wir können das gerne noch mal wiederholen, wenn Du vorher nicht zwei Tage und zwei Nächte am Steuer gestanden und einem Orkan getrotzt hast!"

„Und wenn mein Kind im Bett ist!" vervollständigte ich die Bedingungen für diese Herausforderung. Doch damit löste ich nur wieder ein allgemeines Gelächter aus und Melani fragte mich stirnrunzelnd: „Ist Dir eigentlich klar, mein wunderschöner Louis, dass Sintija keine drei Jahre jünger ist als ich? Sie ist kein Kind mehr!"

"Sie ist erst vierzehn!"

„Fast fünfzehn, Papa!"

„Franco und Julio haben Mädchen auf den Strich geschickt, die jünger waren als Sintija und noch um vieles unreifer", erklärte Melani weiter. „Die wussten nicht einmal, was sie taten und wurden dazu gezwungen. Bitte gib Sintija die Chance, sich normal zu entwickeln."

Ich wollte etwas darauf erwidern. Doch bevor ich mir die Worte zurecht gelegt hatte, sprang bereits Mia für Sintija in die Bresche.

„Du sollst ja keinen Sex mit ihr haben", sagte sie sanft. „Aber versuche nicht, das Thema Sex vor ihr geheim zu halten, sondern behandle es als das, was es ist."

„Das Natürlichste der Welt!" gestand ich ein, obwohl ich mich meiner Vaterrolle unter solchen Gesichtspunkten nicht wirklich gewachsen fühlte. Doch mir war selbst klar, dass Sintija aus dem Alter für Barbipuppen längst heraus war, dass sie eindeutig sexuelle Interessen hatte und dass sie Mia und mich während unserer in einer Ohnmacht gipfelnden Ekstase in der vergangenen Nacht durch ihre Umsicht wohl wirklich beschützt hatte. Sintija war kein Kind mehr. Doch genau das machte mir Angst. Und deshalb wünschte ich mir in diesem Moment wieder, doch zum Vater eines jüngeren Kindes verdammt worden zu sein, am besten noch eines Sohnes, der niemals eine sexuelle Anziehungskraft auf mich hätte entwickeln können.

Würdest Du mich wirklich eintauschen, Papa?

Ich sah Sintija tief in die goldschimmernden Smaragdaugen, wehrte mich auch nicht dagegen, von ihnen aufgesogen zu werden und schüttelte als Antwort auf ihre stumme Frage meinen Kopf.

Mia sagte aber wie als Antwort auf Sintijas Frage: „Er würde Dich um nichts auf der Welt wieder hergeben, Sintija. Das weißt Du."

"Ja, das weiß ich!"

Sintijas Augen füllten sich mit Tränen. Ich nahm meine kleine große Tochter schweigend in die Arme und hielt sie ganz fest.

Was sind wir nur für ein eigenartiges Gespann?

Wir waren drei Mädels und ich. Und ich fragte mich, was sich ein Mann mehr hätte wünschen können. Die Antwort war ganz einfach. Aber es war wieder Mia, die sie aussprach: „Mehr Selbstbewusstsein!"

Da wurde mir bewusst, dass auch Mia sich irgendwie in meine und in Sintijas Gedanken einklinken konnte, denn sie beantwortete jetzt zum zweiten Mal eine nur in Gedanken gestellte Frage. Neugierig sah ich sie an. Das Blau ihrer Augen schien lebendig und tief zu sein wie die See oder wie ein ganzes Universum. Doch sie erwiderte meinen Blick mit einem genauso fragenden Ausdruck und sagte mit einem Achselzucken leise und unsicher: „Anscheinend ist unser Ausflug in die Ekstase auch nicht ohne Folgen geblieben."

„Oh!"

Das war also geklärt. Fein! Aber wie sollte es jetzt weitergehen? Bisher waren meine Gedanken über die Zukunft kaum über die aktuelle Situation hinausgegangen. Jetzt plötzlich spürte ich die Verantwortung, die ich mir so bereitwillig hatte aufbürden lassen, in seiner ganzen Gewichtigkeit auf meinen Schultern lasten. Wir konnten nicht für ewig auf der *SINTIJA* bleiben. Auch wenn es im Moment so schien, als wenn meine einzige Sorge wäre, Sintija vor dem Anblick der ausschweifenden Sexualität zu beschützen, die ich mit Mia und Melani am liebsten ständig neu entdeckt und gelebt hätte; und vielleicht auch, mich selbst vor Sintijas betörender Schönheit und ihrer sich nach Berührung und Zärtlichkeit sehnenden Liebe zu mir zu schützen, in der sich das Bewusstsein ihres eigenen Körpers und ihrer erwachenden Sexualität widerspiegelte, fragte ich mich plötzlich: *Was wird danach? Was soll aus Sintija werden?*

Ich hatte doch die Verantwortung für sie, und auch für Mia und Melani.

„Du musst zur Schule gehen", sagte ich noch grübelnd zu Sintija.

„Pourquoi?"

„Weil, … weil, … weil ich es sage. Basta!"

Was während des Sturms funktioniert hatte, löste jetzt nur allgemeine Heiterkeit aus. Meine Autorität war in der Flaute untergegangen, wie ein über Bord geworfener Stein.

„Ich will nicht in die Schule, Papa!"

„Du musst doch was lernen."

„Ich hatte bisher non-scolarisation."

„Was ist das denn?"

„In Frankreich kann man auch zuhause lernen."

„Dann müssen wir einen Hauslehrer für Dich finden."

„Nein, Papa. Non-scolarisation ist eine Lernform, bei der die Kinder selbst bestimmen, was sie lernen, ohne Unterrichtsplan. Ich kann lesen, schreiben, rechnen. Ich kann allein einen Laden leiten und die Bücher führen, ich kann segeln … wenn Wind weht und die Instrumente funktionieren. Ich kann Auto fahren, auch Lastwagen. Ich kenne mich aus in Geschichte und Erdkunde, spiele Flöte und Akkordeon, kann ein bisschen zeichnen, bin handwerklich geschickt, sportlich, spreche Italienisch und jetzt auch ein bisschen Deutsch …"

„Fein", unterbrach ich Sintija leicht spöttisch. „Wenn Du schon alles weißt und kannst, machst Du eben eine Lehre."

Sintija blickte halb verwundert und halb amüsiert von mir zu Mia und weiter zu Melani. Die wollte eben den Mund öffnen, um mir zu widersprechen, wie ich annahm. Da fiel mir aber ein, dass sie selbst erst siebzehn Jahre alt sein konnte und kam ihr zuvor: „Und Du kannst Dich gleich anschließen, mein Engel!"

„Ay ay Käpt'n!"

Melani sprang auf und salutierte zackig, als sie mir so antwortete. Dabei löste sich aber das um ihre Hüfte gewickelte Tuch und sie stand nackt vor mir. Trotzdem blieb sie weiterhin stramm stehen. Ich sah ihr an, dass ihr der Schalk im Nacken saß und sie sich das Lachen kaum verkneifen konnte. Ihre kleinen Brüste zitterten verführerisch, während sie so vor mir stand. Es fiel mir schwer, nicht einfach über sie herzufallen, sie in meine Arme zu schließen und ihren Körper mit zärtlichen Küssen zu bedecken. Doch ich ließ mich auf ihr Spiel ein und erwiderte streng: „Rühren Matrose!"

Während Melani ihre Hand in einer schnellen Bewegung herunternahm und dabei mit beiden Beinen übertrieben aufstampfte, prusteten Sintija und Mia schon los. Doch Mias Lachen erstarb schnell wieder. Sie stand hinter

Melani, umarmte sie sanft und bedeckte mit ihren feingliedrigen Händen die kleinen Brüste. Melani schloss die Augen, legte ihren Kopf in den Nacken und entblößte damit ihren Hals, auf den Mia sanft ihre Lippen legte. Dann sah Mia wieder zu mir und meinte nachdenklich: „Solange wir auf der Yacht sind, sollten wir uns darauf konzentrieren, mein Prinz. Wenn oder falls wir irgendwo ein neues Zuhause finden, dann können wir uns immer noch Gedanken darüber machen, wie und wovon wir weiterhin leben sollen. Meinst Du nicht auch?"

Ich nickte, wendete mich dann aber wieder an Sintija und sagte zärtlich zu ihr: „Ich hab nicht viel Zeit, um Dir ein Vater zu sein und um Dir etwas mit auf den Weg zu geben. Aber ich will wenigstens versuchen, es richtig zu machen, damit Du einmal auf eigenen Füßen stehen kannst."

„Du machst alles richtig, Papa!"

Wieder küsste mich Sintija zärtlicher und inniger, als es sich für eine Tochter geziemte. Ich spürte, wie mir heiß wurde und mein Körper auf das Mädchen reagierte, nahm sie bei den Schultern und drückte sie sanft zurück. Verlegen senkte Sintija ihren Blick und ich küsste sie tröstend auf die Stirn, da ich ihr nicht das Gefühl geben wollte, sie zurückzuweisen. Da schlang sie schnell wieder ihre Arme um mich, klammerte sich an mir fest und flehte: „Bitte schicke mich nicht weg, Papa."

„Natürlich schicke ich Dich nicht weg", versprach ich.

„Auch nicht, wenn ich volljährig werde. Ich kann auf eigenen Füßen stehen. Das kann ich jetzt schon. Aber ich will bei Dir bleiben; bei Dir, Mia und Melani!"

Was hätte ich darauf erwidern sollen? Ich schlang meine Arme um Sintija, drückte sie schweigend an mich und musste mir dabei eingestehen, dass ich ihr längst verfallen war.

Da der Himmel nach dem Sturm aufgeklart war, hofften wir jetzt zumindest wieder unsere Position bestimmen zu können. Anhand der eigenartig verzerrt wirkenden Sternbilder kamen wir aber immer wieder zu dem Ergebnis, dass wir uns auf der Südhalbkugel befinden mussten; etwa viertausend Kilometer südlicher als wir angenommen hatten.

Wie das sein konnte? Keine Ahnung. Nicht einmal Sintija, unsere erfahrenste Seglerin hatte eine plausible Erklärung dafür.

Unser Funkgerät war noch immer tot und die Kompassnadel bewegte sich inzwischen gar nicht mehr, sondern imitierte eine stehen gebliebene Uhr.

„Hoffentlich kommt nach dieser Flaute nicht wieder ein Sturm", sagte ich bang zu den Mädchen, da ich nicht wusste, ob ich mit meinen wunden Händen einen solchen Kampf noch einmal würde durchstehen können.

Wir waren wieder dazu verdammt, abzuwarten und nichts zu tun. Eigentlich hätten wir die Zeit genießen können, da wir es nicht eilig hatten und uns niemand erwartete. Wir waren vollkommen frei. Aber die Situation war dennoch besorgniserregend. Wir waren alle zutiefst verunsichert durch die Begebenheiten unserer bisherigen Reise und wünschten uns deshalb nichts sehnlicher, als endlich wieder festen und sicheren Boden unter die Füße zu bekommen.

Ich nutzte die Zeit der zweiten Flaute, um mich wieder zu erholen, lernte mit Sintija immer weiter ihre und sie meine Sprache, da wir uns bei weitem noch nicht so flüssig unterhalten konnten, wie ich es hier wiedergebe. Und zeitweise vergaßen wir unsere Furcht vor dem Unbekannten, das uns diese seltsame und schon wieder mehrere Tage andauernde Flaute bescherte.

Mia, Melani und Sintija sonnten oft nackt an Deck. Und wenn ich den Eindruck hatte, dass Sintija schlief, wagte auch ich, meine Badehose auszuziehen. Vor allem Mia redete immer wieder auf mich ein, dass ich mich meiner Nacktheit auch vor Sintija nicht zu schämen brauchte und dass ich mir einfach vorstellen sollte, einen FKK-Urlaub mit meiner Familie zu verbringen. Aber da ich beim Anblick der drei nackten Mädchen schon fast mit einer Dauererektion herumlief, konnte ich mich dazu nicht durchringen. Ich wollte ja, dass Sintija eine normale Sexualität entwickeln konnte. Aber wie sollte sie das, wenn ihr Vater immer nur mit einem erigierten Glied vor ihr herumwedelte? Ich nahm diese Rolle wirklich ernst und wollte für Sintija ein Vater sein, zu dem sie aufblicken konnte, und kein Lüstling.

„Du versteifst Dich da auf etwas", drückte Mia es meiner Meinung nach sehr unpassend aus, während wir gerade dabei waren, in der Kajüte den Tisch für das Abendessen zu decken. Sintija war mit Melani noch an Deck. Und da ich mit Mia allein war, ging ich auf ihre Wortwahl ein und erwiderte: „Ich versteife mich nicht, sondern mir versteift es sich. Und das ..."

Weiter kam ich nicht, denn Mia packte herzhaft zu, drückte durch den Stoff meiner Badehose mit einer Hand meine Hoden und mit der anderen meinen Penis und meinte mit gespieltem Entsetzen: „Oh mein Gott; Du hast Recht!"

Wenn es sich nur nicht so gut angefühlt hätte. Ich schloss meine Augen und schnurrte genießerisch. Doch ehe ich begriff, was Mia im Schilde führte, hörte ich ein kurzes *Ratsch* und dann noch eines und das, was einmal meine Badehose gewesen war, fiel zerschnitten zwischen meinen Beinen zu Boden. Mia legte die Schere auf den Tisch zurück, kniete sich vor mir auf den Boden und nahm Penis und Hoden wieder in ihre Hände.

„Melani und Sintija kommen sicher gleich zu Essen runter", stöhnte ich ebenso erregt, wie besorgt. Und Mia antwortete darauf amüsiert: „In der Situation waren wir schon einmal. Erinnerst Du Dich, mein Schatz?"

„Mhm!" nickte ich und Mia meinte weiter lächelnd: „Aber heute habe ich keine Angst, dass die, die uns so entdecken können, Dir irgendetwas antun würden."

„Mhm!"

„Ich muss also nicht versuchen, Dir mit Gewalt Abhilfe zu verschaffen."

„M, m."

Mia drückte ihre Lippen ganz sanft auf meine durch ihren Griff noch weiter anschwellende Eichel.

„Ich mag seine glatte Haut", flüsterte sie verliebt. „Und ich mag es, wenn er so hart ist!"

Kaum hatte sie das gesagt, schnappten auch schon ihre Zähne nach meiner Eichel und bissen liebevoll zu.

„Es ist schön, an ihm zu knabbern", flüsterte sie weiter, hob dann aber plötzlich ihren Blick und fragte mich: „Magst Du das überhaupt? Oder bin ich Dir zu wild?"

„Ich mag alles, was Du machst", antwortete ich heiser, als ich meine Stimme, die ich in meiner Erregung verloren hatte, endlich wieder fand. „Und Du darfst alles mit ihm machen!"

Mia lächelte in einer Weise, die nichts Gutes verhieß, oder das Beste.

„Na dann mach ich das doch", flüsterte sie verschmitzt, schnipste mit ihrem Finger gegen meine Eichel, dass mein steil aufgerichtetes Glied wieder hin und her wippte und forderte mich plötzlich auf: „Mach die Augen zu, mein Engel!"

Neugierig auf das, was sie vorhatte, gehorchte ich. Ich spürte, wie sie mit ihren Fingern meine Hoden und die Peniswurzel umfasste. Dann schlang sie ein dünnes Band darum und knotete es mit einem Ruck ganz fest. Das Blut staute sich in meinem ohnehin schon zum Platzen prallen Penis und Mia biss ohne Vorwarnung wieder in meine Eichel. Sie biss sehr fest zu, aber obwohl ich erschrak und zusammenzuckte, fühlte es sich unglaublich erregend an. Unwillkürlich straffte ich mich und streckte ihr meinen Penis noch mehr entgegen, um ihn ihr auszuliefern.

Fester, wollte ich vor Erregung fast bitten, denn so, wie Mia mich auf ihre Weise stimulierte, lernte ich eine völlig neue Seite des Lustgewinns an mir kennen. In meinem Kopf hörte ich Mia auf meinen Gedanken mit der Gegenfrage antworten: *Wirklich?*

Ich hatte schon erlebt, dass Mia meine Gedanken lesen konnte. Jetzt hörte ich zum ersten Mal ihre Stimme in meinem Kopf, obwohl ich mir sicher war, dass ihr Mund nicht gesprochen hatte, weil sie meine Eichel noch zwischen ihren Zähnen hatte. Doch darüber konnte ich in dem Moment wirklich nicht nachdenken. Ich flüsterte nur heiser: „Ja!"

Kaum hatte ich es gesagt, da schnappten Mias Zähne erneut und noch fester zu. Tief gruben sie sich in meine Eichel. Mia knurrte wieder wie ein wildes, oder eher wie ein verspieltes Tier, und schüttelte meinen Penis wie eine gefangene Beute. Und dann biss sie ein paar Mal hintereinander ganz schnell und fest zu, dass ich schon glaubte, dadurch zum Orgasmus zu gelangen. Doch kurz bevor ich soweit war, hörte Mia wieder auf. Sie schlang das Lederband, wie ich erkannte, als ich schwer atmend nach unten blinzelte, noch ein paar Mal um Peniswurzel und Hoden, zuerst um alles, dann nur um die Hoden, und dann band sie diese einzeln ab. Zwei pralle, runde Bälle und darüber ein steil aufragender Penis mit einer dunkelroten, und zum Platzen prallen Eichel. Mia liebkoste sie kurz mit ihren Lippen und flüsterte ebenso erregt, wie ich es war: „Er fühlt sich so unglaublich gut an. Ich mag seinen Geruch so sehr und seinen Geschmack!“

Und schon biss sie wieder zu; nicht mehr ganz so fest wie zuvor, aber noch immer mit wilder und liebevoller Leidenschaft. Und als ihr Zähne ihn wieder freigaben, rief sie ganz unvermittelt: „Melani, Sintija; Essen ist fertig!“

Meine Badehose lag als zerschnittener Fetzen am Boden, mein Penis war kunstvoll verschnürt und Mia hielt das Ende des Lederbandes in ihrer kleinen Faust und hielt es auf Spannung. Wäre nur Melani unter Deck gekommen, hätte sich daraus ein durchaus prickelndes Spiel zu dritt entwickeln können. Aber vor Sintija wollte ich mich so nicht präsentieren. Mir war klar, dass Mia mich absichtlich in diese peinliche Situation bringen wollte, um mich auf diese Weise dazu zu bringen, unsere nicht zu verleugnende Sexualität auch vor Sintija als etwas Natürliches einzugestehen. Doch irgendetwas in mir sperrte sich noch dagegen. Gegen den Widerstand des Lederbandes zwängte ich mich schnell auf die Sitzbank. Sintija saß zu meiner Rechten, Melani nahm links von mir Platz und Mia mir gegenüber. Unter dem Tisch hielt sie das Lederband auf Spannung. Und wenn sie daran anzog, was sie in gleichmäßigen Bewegungen tat, während sie das Brot schnitt, klatschte mein Penis jedes Mal von unten gegen die Tischplatte. Ich presste meine Zähne aufeinander und versuchte dabei ein gleichgültiges Gesicht zu machen. Doch das verräterische Klatschen unter dem Tisch veranlasste Melani und Sintija, mich neugierig von der Seite anzusehen. Schnell fasste ich unter den Tisch, um meinen Penis festzuhalten und so ein weiteres Klatschen zu verhindern. Doch da zog Mia mit einem plötzlichen Ruck so fest an dem Lederband an, dass sie mich damit fast unter den Tisch gezogen hätte.

Die Hände bleiben auf dem Tisch, mein Schatz. Du willst doch nicht, dass Deine Tochter denkt, Du würdest bei ihrem Anblick und auch noch während des Essens onanieren!

Ich warf Mia einen halb flehenden, halb vernichtenden Blick zu. Die Mädchen trugen während des Essens alle ihre Bikinis. Ich war der einzige, der nackt am Tisch saß. Und Mia machte sich einen Spaß daraus, mit meiner Wehrlosigkeit zu spielen.

Na warte, Du Biest, dachte ich mir, obwohl ich ihr in Wahrheit gar nicht böse sein konnte. Sintija blickte mit fragenden Augen von mir zu Mia und wieder zurück. Dann beugte sie sich neugierig nach unten, um unter den Tisch zu sehen.

„Und?" fragte ich sie da schnell, um ihre Aufmerksamkeit oben zu behalten.

„Und was?"

„Was tut sich so auf dem Meer?"

„Es ist ruhig!"

Mia schnitt eine weitere Scheibe Brot ab und mein Penis klatschte wieder im Rhythmus gegen die Tischplatte. Da begann Melani plötzlich zu lachen. Meine Aufmerksamkeit war auf Sintija gerichtet gewesen, deshalb hatte ich nicht bemerkt, ob Melani unter den Tisch geblickt hatte. Als ich sie jetzt fragend ansah, fragte sie mich nur mit noch zuckenden Mundwinkeln: „Was ist?"

Am liebsten wäre ich vor Scham aufgestanden und an Deck gegangen. Aber wenn ich in dem Moment etwas nicht konnte, dann war es Aufstehen und irgendwo hin gehen. Am Schlimmsten an der ganzen Situation war, dass ich sie als so unglaublich prickelnd und erregend empfand. Noch während ich als Antwort auf Melanis Frage den Kopf schüttelte, fiel Mia plötzlich ihre Gabel herunter.

„Hoppla", sagte sie, verschwand unter dem Tisch und fast im selben Augenblick spürte ich bereits, wie sich eine Schlinge hinter meiner Eichel ruckartig und fest zusammenzog. Gleich darauf tauchte Mia mit ihrer Gabel wieder auf. Am liebsten hätte ich jetzt selbst unter den Tisch geschaut, um festzustellen, was Mia gemacht hatte. Ich spürte nur dass etwas fest hinter meiner Eichel verschnürt war. Doch Mia hielt noch immer nur das Ende eines Lederbandes in ihrer Hand und als sie wieder daran zog, spannte es sich wieder an meinen Hoden. Doch da wurde die Schlinge hinter meiner Eichel ganz langsam nach links, in Melanis Richtung gezogen. Mein Penis bog sich immer weiter in diese Richtung, bis das Lederband, das ich jetzt zwischen Melanis Fingern wahrnahm ihn ganz stramm in ihre Richtung gezogen hatte. Doch noch immer zog Melani weiter und ich rutschte unmerklich in ihre Richtung. Immer weiter zog sie, bis es schon auffallen musste wie ich mich immer weiter auf sie zu bewegte. Gegen den Widerstand des straff gespannten Lederbandes versuchte ich, meine Position zu behaupten und schaffte es sogar, wieder ein klein wenig Abstand zu Melani zu gewinnen, obwohl ich den Eindruck hatte, dass die Schlinge sich dabei immer fester zuzog und meine vor Erregung wild pochende Eichel dadurch wirklich bald platzen würde. Kaum hatte ich einen Zentimeter gewonnen, da zog Melani mit einem so festen Ruck wieder an dem Band dass ich vor Überraschung pfeifend zwischen den Zähnen einatmete.

„Tut mir leid", sagt Melani sofort schuldbewusst, beugte sich unter den

Tisch und versicherte sich unter vielen zärtlichen Küssen auf meine überpralle Eichel davon, dass mir nichts passiert war. Meine Hände krallten sich vor nicht mehr zu beherrschender Erregung in die Polster der Sitzbank. Und diesmal schaffte ich es nicht mehr, Sintija davon abzuhalten, neugierig unter den Tisch zu schauen. Ein paar Sekunden lang sah sie schweigend zu, wie Melani meinen kunstvoll verschnürten Penis liebevoll und tröstend küsste. Dann richtete sie sich wieder in sitzende Haltung auf, sah mich so eindringlich an, dass mir schwindelte und sagte schließlich vorwurfsvoll: „Und ich darf nur angezogen am Tisch sitzen!"

Das ist nicht meine Schuld, mein Engel!

Ja, ich sehe, wie wehrlos Du bist. Ha!

Ich hab ihn überrumpelt, kam mir da Mia zu Hilfe. Sintija blickte Mia voller Liebe aber irgendwie traurig und mit feuchten Augen an, stand vom Tisch auf, gab Mia einen Kuss und ging wortlos an Deck. Ich sah noch, wie sie schon auf der Treppe ihr Bikinioberteil öffnete, dann war sie weg.

„Das war wohl nichts", sagte ich auch irgendwie traurig zu Mia. Melani setzte sich wieder auf und ich zwängte mich, so wie ich war, aus der aus der Sitzbank und lief Sintija hinterher an Deck.

19 POSEIDON

Sintija stand nackt an der Reling und starrte auf eine senkrecht neben unserer Yacht aufragende Wand aus rostigem Eisen. Der Anblick dieser gigantischen Wand war so überwältigend, dass ich vor Überraschung von hinten gegen Sintija prallte. Sie tastete sofort hinter sich und klammerte sich an meinem steil aufragenden, noch verschnürten Penis fest.

„Was ist das, Papa?" fragte sie mich furchtsam flüsternd, ohne sich nach mir umzuwenden. Doch ich konnte nicht antworten. Durch die vorherige erregende Stimulation war ich schon nahe an einem Orgasmus gewesen. Und dieser entlud sich jetzt durch Sintijas sich vor Furcht an meinen Penis klammernde Hand. Mein Samen ergoss sich in mehreren Schüben auf Sintijas schmalen Rücken und lief von dort über ihren kleinen, festen Po und ihre schlanken Beine hinunter.

„Tut mir leid", keuchte ich erschöpft und mit zitternden Beinen. „Das wollte ich nicht."

Erst jetzt wandte Sintija sich nach mir um, ohne dabei aber meinen noch wild in ihrer kleinen Hand pochenden Penis loszulassen. Verwirrt blickte sie von meinem Penis in meine Augen.

Du kannst ihn jetzt wieder loslassen, mein Engel.

Anstatt meiner stummen Bitte nachzukommen, verstärkte sich Sintijas Griff noch. Und durch ihr deutlich spürbares Zittern, das meinen Orgasmus noch nicht ganz hatte abklingen lassen, explodierte ich ein zweites Mal und spritzte ihr auch noch auf ihre kleinen, runden Brüste und den schlanken Bauch.

„Bitte", flehte ich und befreite meinen zuckenden Penis mit zitternden Fingern aus Sintijas Griff.

„Hast Du das gesehen, Papa?" fragte sie mich, noch immer furchtsam flüsternd und deutete mit ihrer zweiten Hand nach oben. Weit über uns entdeckte ich an der überhängenden Wand den kaum noch lesbaren Schriftzug *POSEIDON*.

„Schnell, komm unter Deck", erwiderte ich, nach der Feststellung, dass wie aus dem Nichts plötzlich ein Schiff direkt neben der *SINTIJA* aufgetaucht war. Mein Penis zuckte noch immer vor Erregung und ich konnte mich kaum auf den Beinen halten. Aber ich war zumindest noch soweit bei Verstand, dass ich begriff, mich in diesem Zustand und in der Situation, in der ich mich gerade mit meiner Tochter befand, nicht vor der

Besatzung dieses Schiffes zeigen zu dürfen. Ich schob Sintija also vor mir her wieder die Stufen unter Deck.

„Was ist los?" fragte Mia und starrte überrascht auf Sintijas kleinen, nackten Körper, von dem vorne und hinten mein Samen tropfte.

„Schnell, zieht euch an", erwiderte ich und suchte Halt am Esstisch. „Neben uns ist ein riesiges Schiff."

„Ein Schiff?" fragte Melani ungläubig. „Das hätten Sintija und ich doch sehen müssen. Wir waren doch gerade noch oben."

„Es ist die *POSEIDON*", flüsterte Sintija geheimnisvoll, ohne anscheinend zu bemerken, wie Mia sie mit einem Waschlappen säuberte.

Die Mädchen zogen sich nur schnell leichte Kleider über und ich schlüpfte in eine Shorts, ohne daran zu denken, vorher die Lederbänder zu lösen, die mir oben aus dem Hosenbund baumelten. Dann liefen wir aufgeregt an Deck zurück.

Die *POSEIDON* war so dicht, dass wir ihren Rumpf mit ausgestreckten Armen erreichen konnten.

„Hallo", riefen wir nach oben. „Ahoi! Ist da jemand?"

Niemand antwortete auf unser Rufen. Und schließlich sagte Sintija ganz leise und Unheil verkündend: „Es ist ein Geisterschiff!"

Ich wandte mich ihr lächelnd zu und erwiderte beruhigend: „Unsinn, es ist ein …"

Weiter kam ich nicht. Ich wusste auch gar nicht, was ich eigentlich sagen wollte, da ich keine Ahnung hatte, was die *POSEIDON* für ein Schiff war. Ich hatte Sintija einfach nur beruhigen wollen. Als ich sie aber betrachtete, während ich eine logische Erklärung für das plötzliche und von uns allen unbemerkte Auftauchen dieses gigantischen Schiffes aus dem nicht vorhandenen Ärmel zu zaubern versuchte, konnte ich ihre Furcht als etwas Greifbares wahrnehmen. Sintija glaubte nicht, dass die *POSEIDON* ein Geisterschiff war; sie wusste es! Und als ich meine Erklärung abbrach, suchte sie meine Augen und flüsterte: „Ich kann Stimmen aus dem Schiff hören."

Mit den Ohren war nichts zu hören, außer dem leisen Atem der Mädchen; es herrschte noch immer diese unnatürliche Stille, die seit Anbruch der Flaute jedes von uns selbst verursachte Geräusch so unnatürlich laut erscheinen ließ. Aber durch die geistige Verbindung zu Sintija hörte ich, was sie hörte; Geräusche, Flüstern und Gemurmel aus dem Inneren der *POSEIDON*.

„Stimmen aus einer anderen Zeit, Papa!"

Trotz der tropischen Hitze lief mir ein Schauer über den Rücken. Doch mein logisch denkender Verstand glaubte nicht an Geistergeschichten und so schüttelte ich den sich ausbreitenden Schauer wieder von mir ab und erwiderte: „Irgendjemand wird auf dem Schiff sein."

Und damit wendete ich mich wieder um und rief noch einmal nach oben

„Ahoi POSEIDON, hier ist die SINTIJA!"

Doch auch diesmal kam keine Antwort und kein Gesicht ließ sich an der Reling blicken.

„Ich glaube, da ist wirklich niemand auf dem Schiff", meinte Mia nachdenklich. Und Melani fragte mehr neugierig als furchtsam: „Aber wie kann das sein?"

Die Rostschicht auf dem Rumpf der POSEIDON schien tatsächlich darauf hinzudeuten, dass das Schiff seit Jahren oder Jahrzehnten nicht mehr gepflegt wurde. Auch liefen keine Maschinen. Es lag genauso still im Wasser, wie unsere Yacht. Doch wie sollte ein Schiff ohne Besatzung so lange im Meer treiben, ohne im erstbesten Sturm zu kentern, oder an irgendeiner Küste zu zerschellen?

„Wie kann das sein?" wiederholte ich Melanis Frage. Und da weder ich noch eines der Mädchen eine Antwort darauf wusste, meinte ich auffordernd: „Sehen wir es uns an."

Da klammerte sich Sintija aber an meinen Arm und flehte mich an: "Bitte geh nicht auf die POSEIDON, Papa!"

„Was kann denn schon passieren, Sintija?" fragte ich sie beruhigend.

„Ich weiß es nicht, … aber es wird passieren!"

„Wie sollen wir denn überhaupt an Bord kommen?" fragte da Melani. „Die Bordwand ist mindestens vierzig Meter hoch."

Guter Einwand. Ich schlug vor, unser Beiboot zu Wasser zu lassen, und um die POSEIDON herum zu rudern, um herauszufinden, ob es irgendwo eine Möglichkeit gab, an Bord zu kommen.

„Bleibt ihr hier", forderte ich die Mädchen auf, als ich ins Beiboot kletterte. Sintija wollte mich wieder zurückhalten, aber ich erklärte ihr: „Wir müssen doch zumindest nachsehen, mein Engel. Vielleicht ist ja doch noch jemand auf dem Schiff. Vielleicht braucht jemand Hilfe. Solange kein Wind geht, können wir uns sowieso nicht von dem Schiff entfernen."

„Wir könnten mit dem Beiboot wegrudern und die SINTIJA hinter uns her ziehen."

Ich nahm Sintijas schönes Gesicht zwischen meine Hände und gab ihr einen Kuss auf die Stirn.

„Hab keine Angst, mein Engel", sagte ich beruhigend und wollte erneut ins Beiboot klettern. Doch da griff Mia schnell nach den aus meiner Shorts baumelnden Lederbändern und hielt mich mit einem leichten Ruck zurück.

„Ich glaube, Sintija hat Recht", sagte sie besorgt. „Lass uns von hier verschwinden."

„Ich sehe es mir doch nur mal an."

„Ich komme mit!" sagte Melani, der ein altes, rostiges Schiff keine Angst machen konnte. Mia nickte resigniert und bat uns nur noch, vorsichtig zu sein.

„Das sind wir", versprach Melani. Dann stiegen wir ins Beiboot und ich ruderte uns um den Bug der *POSEIDON* herum. Die Ausmaße des Schiffes waren gigantisch. Es musste um die vierhundert Meter lang sein. Überwältigt und eingeschüchtert von solchen Dimensionen fiel mir dazu nur ein: „Ich wusste nicht, dass es so große Schiffe gibt."

„Ich auch nicht", gestand Melani ein und klang dabei auch nicht mehr ganz so zuversichtlich. Doch dann deutete sie nach vorne und sagte aufgeregt: „Dort ist eine Treppe."

Ich drehte mich um und sah die eiserne Außentreppe, die ebenso rostig war, wie das ganze Schiff. Wenig später banden wir die Leine am Geländer fest und ich sagte mit einem flauen Gefühl im Magen: „Ich gehe voraus."

„Aber ich bin leichter als Du", widersprach Melani. „Mich trägt die Treppe eher, als Dich."

„Wenn ich nicht an Bord komme, gehst Du auch nicht", widersprach ich energisch Melanis Widerspruch. Und eigenartigerweise widersprach sie mir darauf nicht mehr. Die *POSEIDON* hatte es durchaus drauf, selbst die abenteuerlustige und draufgängerische Melani einzuschüchtern.

Vorsichtig stieg ich auf die unterste Stufe der Treppe. Sie knarzte gefährlich, trug mich aber. Langsam und jede neue Stufe sorgfältig prüfend stieg ich höher. Melani folgte dicht hinter mir. Etwa auf halber Höhe, aber schon gut zwanzig Meter über dem Meer, bewegte sich eine Stufe unter meinem Fuß, so dass ich mich hütete, mein Gewicht auf diesen Fuß zu verlagern. Vorsichtig testete ich, ob die nächste Stufe mich wieder tragen konnte. Und nachdem sie fest war, ließ ich die lockere Stufe aus und machte Melani auf die gefährliche Stelle aufmerksam. Als ich mich dabei zu ihr umwandte, bemerkte ich, wie sie sich an die Bordwand drückte und am Geländer festklammerte, das genauso rostig und wackelig wie die Treppe selbst war. Zwanzig Meter über dem Meer, auf einer fadenscheinigen, rostigen Treppe an einer senkrechten Wand; das konnte einem durchaus weiche Knie bescheren.

„Geht es noch?" fragte ich Melani besorgt. „Oder willst Du lieber umkehren und im Boot warten?"

Melani lächelte mich tapfer an, schüttelte den Kopf und antwortete: „Ich darf nur nicht nach unten schauen."

Tapfere, kleine Melani: Auf einer Treppe, deren Haltbarkeit man bei jedem Schritt prüfen musste, schaute man nur nach unten. Und durch die knarzenden Gitterroststufen, die einem kein bisschen das Gefühl von Sicherheit vermittelten, sah man ständig das Meer unter sich, das sich mit jedem Schritt weiter entfernte.

Je höher wir stiegen, umso mulmiger wurde auch mir. Die Treppe war oben kurioserweise mehr vom Rost zerfressen, als auf Meereshöhe. Und auf den letzten zehn Metern gab es etliche Stufen, die unter meinem Gewicht nachgaben. Eine brach unter meinem Fuß ab und fiel in die gähnende Tiefe, die mir erst richtig bewusst wurde, als ich gebannt den

Sturz der Stufe verfolgte, bis sie klatschend auf die Wasseroberfläche traf und versank. Ich war schon einmal von einer dreißig Meter hohen Brücke ins Wasser gesprungen. Aber da war es meine Entscheidung gewesen. Ich hatte selbst bestimmt, ob ich sprang und wann ich sprang. Wenn jetzt die Treppe mit Melani und mir in die Tiefe gestürzt wäre, hätte ich kaum Kontrolle über den Sturz gehabt. Und die Wahrscheinlichkeit, dass wir uns dabei an den Eisenstreben der Treppe oder beim Aufprall auf das Wasser verletzt hätten, war nicht gering. Deshalb sagte ich, nachdem die Stufe tief unter uns im Meer versunken war, zu Melani: „Ich glaube, Du kehrst doch lieber wieder um."

Melani schüttelte aber energisch den Kopf und erwiderte: „Ich bleib bei Dir!"

Da ich keine Lust hatte, auf der maroden Treppe zu diskutieren und wusste, dass ich Melani ohnehin nicht hätte umstimmen können, akzeptierte ich ihre Entscheidung, ermahnte sie nur noch einmal zur Vorsicht und stieg vorsichtig weiter voran nach oben. Wir waren gerade noch drei oder vier Meter unterhalb der Reling, als es passierte: Eine Stufe brach wieder unter meinem vorsichtig tastenden Fuß ab und stürzte in die Tiefe. Und als ich schnell das Gewicht verlagerte, brach nicht nur auch die Stufe, auf der ich stand ab, sondern die ganze Treppe riss an dieser Stelle ab. Ich klammerte mich reflexartig an das Geländer des oberen, noch festen Treppenteils und packte gleichzeitig Melanis Handgelenk. So baumelten wir hilflos in fast vierzig Meter Höhe und beobachteten mit Entsetzen, wie die Treppe unter uns mit lautem Getöse ins Meer donnerte. Und als sie versank, zog sie unser kleines Beiboot, das am Geländer festgebunden war, mit in die Tiefen des Ozeans.

„Scheiße!"

Eigentlich verwende ich Ausdrücke wie diesen nicht. Aber in dieser Situation war es das einzige, das mir einfiel. Das Geländer, an dem ich hing bog sich knirschend nach unten und der Rost brannte in meiner eben erst verheilten Handfläche.

„Schnell", sagte ich zu Melani, „Du musst an mir nach oben klettern."

Melani versuchte es, fand an meinem verschwitzten Körper aber keinen Halt. Ich spürte, wie ihr Handgelenk mir langsam entglitt und versuchte sie mit einer verzweifelten Kraftanstrengung so weit anzuheben, dass sie mit ihrer freien Hand meinen Hosenbund greifen konnte. Das gelang.

„Halt Dich gut fest", forderte ich sie auf. Melani klammerte sich auch mit der zweiten Hand an meine Hose. Dadurch bekam auch ich meine zweite Hand wieder frei, angelte damit nach dem Geländer, an dem ich hing und versuchte, als das gelungen war, mich daran hochzuziehen. So klein und leicht Melani war, erschwerte ihr zusätzliches Gewicht diese Kletteraktion erheblich. Ich kam nur zentimeterweise voran, fühlte wieder das Brennen in meinen Muskeln und meine fast schon vergessene

Schussverletzung. Das Geländer bog sich schneller nach unten, als ich klettern konnte. Die Verzweiflung und vor allem die Angst um Melani verliehen mir neue Kräfte. Während ich mich nur mit einer Hand an dem Geländer festklammerte, angelte ich mit der zweiten nach der untersten, noch stehenden Stufe der Treppe. Aber genau in dem Moment, in dem ich sie zu fassen bekam, passierte das nächste Unglück. Meine Shorts, an der Melani hing, rutschte plötzlich über meinen Hintern. Melani schrie panisch auf und ich zog reflexartig meine Knie an. Die Shorts blieb in meinen Kniekehlen hängen. Doch als Melani sich an ihr festgeklammert hatte, hatte sie auch die heraushängenden Lederbänder zu fassen bekommen, wodurch sie jetzt nicht nur an meiner Hose hing, sondern auch an meinem Penis. Durch den plötzlichen Ruck schrie auch ich erschrocken auf. Glücklicherweise blieb alles dran, doch Penis und Hoden wurden schmerzhaft nach unten gezogen. Fast hätte ich durch diesen Schreck die Stufe wieder losgelassen. Doch mit zitternden Fingern klammerte ich mich fest und zog mich mit beiden Händen hoch. Es gelang mir, meinen Oberkörper auf die Stufe zu ziehen, dann klammerte ich mich an die nächste Stufe und zog mich weiter hoch, bis ich ein Knie auf die unterste Stufe heben konnte. Jetzt hatte ich genug Halt, um nach unten zu greifen und Melani ebenfalls auf die Stufe hoch zu heben. Meine Shorts flatterte davon, um so wie die Treppe und das Beiboot im Meer unterzugehen. Aber das interessierte mich im Moment nicht. Wichtig war nur, dass Melani und ich in Sicherheit waren. Da die Treppe verdächtig knarzte und das untere Ende des Geländers plötzlich auch noch abbrach, schob ich Melani so schnell, wie ich mich auf der Treppe zu bewegen wagte, vor mir her nach oben. Nur wenige Augenblicke später betraten wir das Deck des gewaltigen Ozeanriesen. Doch bevor ich es mir genauer betrachten konnte, setzte ich mich erschöpft hin und bat Melani die Lederbänder an meinem Penis zu lösen. Ich selbst war mit meinen vor Anstrengung noch zitternden Fingern nicht dazu in der Lage.

„Es tut mir so leid, mein Engel", entschuldigte sich Melani, als sie sah, wie die Lederbänder meine Eichel und meine Hoden abgeschnürt hatten. Aber es war ja nicht ihre Schuld. Ich hätte die Bänder ja nur abzunehmen brauchen, bevor ich in meine Hose geschlüpft war. Dass ich es nicht getan hatte, hatte wohl nur daran gelegen, dass ich das prickelnde Spiel genossen hatte und das Gefühl der Erregung, trotz der neuen Situation, die mit dem Erscheinen der POSEIDON entstanden war, noch aufrecht hatte erhalten wollen. Die Knoten hatten sich so fest zugezogen, dass Melani ihre Zähne benutzen musste, um sie zu lockern. Aber trotz meiner Absicht, die Bänder loszuwerden, bevor mich jemand von der Besatzung so sah, hatte Melanis Versuch, mich aus meiner Situation zu befreien, eine wieder mal sehr unpassende, anregende Wirkung auf mich. Mein Penis schwoll so schnell an, dass Melani überrascht aufblickte und in fast vorwurfsvollem Ton sagte:

„So bekomme ich die Knoten ja nie auf."

„Tut mir leid", entschuldigte jetzt ich mich. Die Lederbänder hatten sich so fest zugezogen, dass es schmerzte. Aber in meinem erregten Zustand empfand ich diese Art von Schmerzen als sehr angenehm und luststeigernd. Doch das wollte ich gar nicht. Es war schlimm genug, dass ich nackt auf die POSEIDON gekommen war. Aber meine dekorativ verschnürten Erektion war definitiv mehr, als ich dem Kapitän und der Besatzung plausibel hätte erklären können. Eigenartigerweise erschien aber noch immer niemand, um Melani und mich an Bord willkommen zu heißen. Obwohl ich die Bänder noch trug, erhob ich mich wieder und ließ meinen Blick neugierig über das riesige Schiff schweifen. Keine Menschenseele war zu sehen. Aus den Aufbauten des Schiffes konnte ich nicht einmal darauf schließen, um was für eine Art Schiff es sich überhaupt handelte. Das lag natürlich vor allem daran, dass ich kein Experte auf dem Gebiet war. Es schien kein Passagierschiff zu sein, wirkte auf mich aber auch nicht wie ein Frachtschiff. Melani und ich sahen uns ratlos an. Ich wollte schon loslaufen, um unter Deck nach einem Lebenszeichen zu suchen; da hielt mich Melani noch einmal zurück und meinte lächelnd: „Warte, mein Schatz; Davon sollte ich Dich doch erst mal befreien, bevor wir weitergehen."

Und während sie das sagte, zog sie verspielt an dem Lederband an, was nicht gerade dazu beitrug, meiner Erregung Einhalt zu gebieten. Dass wir noch niemanden angetroffen hatten, der uns Aufschluss über das Schiff hätte geben können, war zwar auf der einen Seite irgendwie beunruhigend, trug auf der anderen Seite aber dazu bei, dass wir uns wieder freier und ungezwungener fühlten. Wir hatten den Aufstieg auf der verrosteten Treppe geschafft. Das hatte uns das unser Beiboot und meine Shorts gekostet. Aber wir hatten überlebt! Wir hatten also guten Grund, erleichtert zu sein.

Melani kniete sich vor mich hin und begann wieder mit ihren Zähnen die Knoten zu lockern. Von dem um meine Hoden geschlungenen Lederband konnte sie mich relativ problemlos befreien. Doch als sie sich an dem unter meiner Eichel festgezogenen Knoten zu schaffen machte, schürte sie damit meine Erregung so intensiv, dass ich trotz der beiden erst vor kurzem von Sintija herbeigeführten Orgasmen einen neuen Höhepunkt erreichte. Genau in dem Moment, in dem der Knoten sich endlich lockerte und Melani erleichtert sagte „Ich hab's", schoss ich ihr ins Auge. Melani zuckte zurück, kicherte aber gleich darauf los und fragte mich kopfschüttelnd, während sie sich die Flüssigkeit aus dem Auge wischte: „Hat Sintija auch versucht, Dich von den Lederbändern zu befreien?"

„Hä?"

„So wie sie vorhin in die Kajüte gekommen ist, dürftest Du noch gar nicht schon wieder können."

Eigentlich hatte sie damit Recht. Ich war früher nie so potent gewesen, dass ich mehrmals so kurz hintereinander einen Orgasmus gehabt hatte. Darauf ging ich aber nicht ein. Wichtiger erschien es mir, zu erklären: „Das mit Sintija war ein Unfall! Sie hat sich vor Schreck über den Anblick dieses Schiffes an mir festgeklammert. Und nach dem, was Mia und Du während des Essens mit mir angestellt habt, bin ich gekommen, bevor ich mich aus ihrem Griff wieder befreien konnte."

Melani sah mir wohl an, wie unangenehm mir diese Sache war, denn sie gab mir einen zärtlichen Kuss und sagte beruhigend: „Du musst Dir deswegen keine Vorwürfe machen, mein Engel."

Dann nahm sie meine Hand und forderte mich auf: „Komm, sehen wir uns das Schiff mal an."

Melani hatte ihre noch auf der Treppe so deutlich spürbare Furcht vollkommen verloren. Anscheinend befanden wir uns tatsächlich auf einem von jeder Menschenseele verlassenen Schiff. Und Melani fühlte sich darauf, wie auf einem riesengroßen Abenteuerspielplatz.

„Ich bin schon als Kind immer in leerstehende Häuser gegangen, um ihnen ihre Geheimnisse zu entlocken", gestand sie mir ein, während wir noch staunend die ungeheuren Ausmaße der POSEIDON zu begreifen versuchten. Grob geschätzt vierhundert Meter lang und sechzig Meter breit war sie um ein Vielfaches größer als jedes Schiff das ich jemals gesehen oder von dem ich jemals gehört hatte.

„Das ist kein Haus", sagte ich ehrfürchtig. „Das ist eine Stadt!"

Die eiserne, fest montierte und jetzt fast vollständig abgebrochene Außentreppe, über die Melani und ich auf der Steuerbordseite an Deck gekommen waren, endete im vorderen Drittel des Schiffes. Von hier aus war es kaum möglich, sich einen umfassenden Überblick über das Schiff zu verschaffen. Weit entfernt von uns, am Heck der POSEIDON überragte ein mindestens fünfzig Meter hoher Aufbau alles Übrige. Am Bug gab es ähnliche Aufbauten, die sich aber ‚nur' etwa dreißig Meter über das Deck erhoben. Dazwischen waren über die gesamte Länge des Schiffes verteilt mehrere kuppelartige Erhöhungen.

„Das sollten wir uns mal von oben ansehen", schlug ich vor. Da wir uns näher am Bug des Schiffes befanden, entschieden wir uns dafür, zuerst diese Aufbauten zu untersuchen. Bevor wir das taten, liefen wir aber erst nach backbord, um Mia und Sintija auf der SINTIJA mitzuteilen, dass wir an Bord der POSEIDON angelangt waren und bisher noch kein Lebenszeichen entdeckt hatten. Doch als wir das Deck überquert hatten und uns auf der Backbordseite über die Reling beugten, erschraken wir nicht wenig. Von der SINTIJA war nichts zu sehen. Weder lag sie unter dem rostigen Namenszug der POSEIDON, wo Melani und ich ins Beiboot umgestiegen waren, noch trieb sie auf dem offenen Meer.

„Wo ist die Yacht?" fragte Melani mit einem Anflug von Panik. Ich schüttelte ratlos den Kopf, während ich fieberhaft nach einer Antwort auf diese Frage suchte.

„Vielleicht ist sie weiter nach vorne getrieben?" schlug ich als Möglichkeit vor. Schnell rannten wir bis ganz nach vorne an den Bug der POSEIDON. Aber weder auf der Steuerbord-, noch auf der Backbordseite war etwas von unserer Yacht zu entdecken. Mein Herz pochte laut und schmerzhaft in meiner Brust. Die Angst um Sintija und Mia schnürte mir beinahe die Luft zum Atmen ab.

„Wo sind sie?" fragte jetzt auch ich und fühlte panische Angst mein Herz wie eine eiserne Klaue umfassen.

Vielleicht hinten! Hinten war die einzige Möglichkeit, wohin die *SINTIJA* getrieben sein konnte. Sie musste hinter dem Heck der *POSEIDON* liegen. Sie musste einfach dort sein!

„Komm mit", forderte ich Melani auf und rannte so schnell ich konnte an der Reling entlang. Die Länge des Schiffes war eindeutig mehr, als eine Runde auf dem Sportplatz. Und nach der eingeschränkten Bewegungsfreiheit auf der *SINTIJA* während der letzten Wochen brannten meine Lungen nach diesem Sprint wie Feuer. Ich achtete nicht darauf. Alles woran ich dachte, war die Hoffnung, an die ich mich klammerte: Die Yacht und mit ihr Mia und Sintija mussten dort hinten sein. Doch sie waren es nicht. Nichts war dort außer der unbeweglichen See, auf der bis zum Horizont auch nicht der kleinste Punkt dem Auge einen Halt bot.

Melani traf fast eine halbe Minute nach mir am Heck der *POSEIDON* ein.

„Und?" rief sie mir schon von weitem atemlos zu. Ich drehte mich zu ihr um und schüttelte mit der Unfähigkeit, die Antwort selbst zu akzeptieren, nur ausdruckslos meinen Kopf.

Die *SINTIJA* war verschwunden. Melani und ich waren allein. Doch das war unmöglich. Nicht das leiseste Lüftchen wehte; weder bewegte sich die *POSEIDON*, noch konnte unsere Yacht sich ohne Wind fortbewegt haben.

Als ich mich zu Melani umwandte, flimmerte es vor meinen Augen. Ich glaubte, einen Schatten hinter ihr wahrzunehmen, der seitlich zwischen die Kuppelaufbauten huschte, schrieb das aber meinen überreizten Nerven zu und erwähnte es deshalb auch nicht, als Melani mir außer Atem in die Arme stürzte.

Jetzt nur nicht die Nerven verlieren, dachte ich mir, während ich das kleine, zitternde Mädchen fest an mich drückte.

„Wir gehen noch einmal das ganze Schiff ab", sagte ich tröstend. „Irgendwo muss es einen toten Winkel geben."

Hand in Hand gingen wir an der Reling entlang und beugten uns alle paar Meter darüber, um die *SINTIJA* wieder zu finden. Doch sie war nicht da. Nach einer kompletten Runde und über einer Stunde mussten wir uns endgültig eingestehen, dass es keinen toten Winkel außerhalb der POSEIDON gab. Mia und Sintija waren verschwunden. Übelkeit stieg in mir hoch und ich machte mir die schlimmsten Vorwürfe, nicht auf Sintija gehört zu haben. Warum hatte ich unbedingt auf dieses verfluchte Schiff kommen müssen?

„Sie sind weg", sagte Melani wie in Trance. Wir konnten es beide nicht begreifen. Und plötzlich begann ein schlimmer Verdacht, sich in unsere Herzen zu schleichen. War es möglich, dass die *SINTIJA* gesunken war? Konnte es sein, dass sie untergegangen war und Mia und Sintija mit in die Tiefe gerissen hatte? Meine Übelkeit wurde so stark, dass ich glaubte, mich übergeben zu müssen. Doch noch während ich mich schweißgebadet und keuchend über die Reling beugte, sagte Melani plötzlich ganz energisch: „Nein!"

Ich atmete tief durch, um die Übelkeit zu verjagen und sah Melani fragend an.

„Sie sind nicht ertrunken!" erklärte sie voller Überzeugung. „Sie können beide viel zu gut schwimmen. Sie würden nicht einfach untergehen."

Das stimmte. Selbst wenn die Yacht gesunken wäre, müssten die beiden noch im Wasser sein. Das waren sie aber nicht. Nichts war im Wasser, nur die *POSEIDON*.

Die Überzeugung Melanis, dass Mia und Sintija noch am Leben waren, machte auch mir wieder Hoffnung und Mut. Auch wenn wir nicht erklären konnten, wohin sie mit der Yacht verschwunden waren, kamen wir zu der Überzeugung, dass wir es fühlen würden, wenn ihnen etwas geschehen wäre.

„Du kannst Dich doch in Gedanken mit Sintija unterhalten", meinte Melani plötzlich. „Kannst Du nicht versuchen, sie zu erreichen?"

Ich konnte nicht nur mit Sintija, sondern wie ich festgestellt hatte, auch mit Mia auf diese Weise kommunizieren. Aber das war immer nur gewesen, wenn wir zusammen gewesen waren. Deshalb erklärte ich enttäuscht darüber, Melanis bitte nicht erfüllen zu können: „Das ist nicht wie telefonieren, mein Engel. Ich kann nicht einfach eine Nummer wählen, und Sintija geht ran."

„Versuche es bitte wenigstens."

Versuchen konnte ich es ja. Zu verlieren hatten wir nichts. Also schloss ich die Augen und versuchte mich auf Sintija und Mia zu konzentrieren. Es war, als wenn ich versucht hätte, einen Radiosender, der auf Langwellenfrequenz sendet, einzustellen. Es kamen nur Sprachfetzen bei mir an, die eher meinen Erinnerungen an die beiden geliebten Mädchen entsprungen waren, als ihren Köpfen. Resigniert gab ich den Versuch wieder auf und sagte entschuldigend zu Melani: „Es tut mir leid, aber es geht nicht."

„Ist schon gut", erwiderte sie sanft und drückte meine Hand. Seit Melani und ich unsere Runde um das Schiff begonnen hatten, hatten wir uns nicht mehr losgelassen. Wir hielten uns so fest bei den Händen, als könnte der andere ebenso spurlos verschwinden wie die *SINTIJA*, sobald wir den Kontakt zueinander verlieren würden.

„Wir sind allein meine wunderschöne Melani. Hoffen wir, dass Mia und Sintija in Sicherheit sind."

Teil 3 – Das Unvorstellbare

20 UNGEWISSHEIT

Die kurze Dämmerung wich sehr schnell der Finsternis einer sternlosen Nacht. In der Nähe der Treppe, über die wir auf das Schiff gelangt waren, kauerten Melani und ich uns eng zusammen. In der Dunkelheit wagten wir nicht, ins Innere der *POSEIDON* vorzudringen. Also versuchten wir, uns gegenseitig aneinander festklammernd, Schlaf zu finden. Doch wir fanden ihn nicht, sondern unterhielten uns noch lange flüsternd über unsere Situation und das Schicksal unserer Gefährtinnen. So vieles war geschehen, seit wir uns kennengelernt hatten. Das Unerwartete hatte uns ebenso zusammengeführt, wie es uns auch immer wieder in eine neue Richtung gezwungen hatte. Doch seit wir auf der *SINTIJA* in die erste Flaute geraten waren, war an die Stelle des Unerwarteten das Unheimliche getreten. Dinge waren geschehen, die wir mit logischem Menschenverstand nicht erklären konnten; zuletzt das plötzliche Auftauchen der *POSEIDON* aus dem Nichts und das unerklärliche Verschwinden der *SINTIJA* samt Mia und Sintija. Trotz allem, was wir bisher durchgemacht hatten, waren Mia und Melani und Sintija und ich während unserer gemeinsamen Flucht immer mehr zusammengewachsen. Während der letzten Tage hatten wir sogar endlich begonnen, die Lust aufeinander und die Leidenschaft, die in uns brodelte, und nach der wir uns alle so sehr verzehrten, zu entdecken. Doch ohne Vorwarnung waren wir jetzt voneinander getrennt worden, vom Schicksal oder einem rachsüchtigen Gott gewaltsam auseinander gerissen. Das Schlimmste war die Ungewissheit über das Schicksal Mias und Sintijas. Auch wenn Melani und ich überzeugt davon waren, dass sie am Leben waren (vielleicht klammerten wir uns auch nur an diese Vorstellung), wussten wir nicht, was geschehen war und wo sie waren. Schlimmer konnte es nicht mehr kommen. Nach dem Unerwarteten und dem Unheimlichen musste nach dem Gesetz der Wahrscheinlichkeit jetzt wieder Normalität einkehren.

„Morgen sieht sicher alles schon ganz anders aus", sagte ich aufmunternd zu Melani und versuchte, ihr damit Mut zu machen. Sie dankte es mir mit einem zärtlichen Kuss und schmiegte sich noch enger an mich.

Als wir die *POSEIDON* betreten hatten, war nicht ein Laut zu hören gewesen. Doch während der Nacht war das Schiff voller Geräusche. Das unheimliche Knarzen führte ich auf die Abkühlung während der Nacht zurück und auf das Arbeiten des Materials, das sich zusammenzog. Doch woher das Pfeifen kam, konnte ich mir nicht erklären. Es klang wie Wind, der durch leere Hallen fegt. Und manchmal schwoll es so an, dass man hätte denken können, ein einsamer Wolf würde in den Eingeweiden des Schiffes heulen. Wind hätte dieses Pfeifen und Heulen erklären können. Doch es ging kein Wind. Kein Lufthauch regte sich. Mir fiel auch nichts Plausibles ein, was das leise Flüstern und Tuscheln hätte hervorrufen können, das überall um uns herum zu hören war. Und das Poltern, das so klang, als wenn ein Hammer in einem langen, dünnen Schacht nach unten fallen und dabei an die Schachtwände stoßen würde, war auch nur schwer auf eine natürliche Ursache zurückzuführen.

Kurz gesagt: Melani und ich machten in dieser Nacht kein Auge zu. Die unheimlichen Geräusche wirkten auf uns so, als wenn das Schiff selbst lebendig wäre. Und so lauschten wir furchtsam in die Finsternis und warteten auf den Anbruch des Morgens.

Als die Morgendämmerung einsetzte, verstummten auch langsam die Geräusche der Nacht. Und erst zu dieser Zeit fiel ich in einen kurzen und unruhigen Schlaf, in dem mein Geist zu verarbeiten versuchte, was er nicht begreifen konnte. Ich träumte von Melani, Mia und Sintija. Melani stand vor mir. Ich hielt sie bei den Schultern. Mia und Sintija standen uns gegenüber und ich bemerkte, wie der Abstand zwischen uns immer größer wurde. Um uns herum herrschte tiefste Finsternis. Und diese begann Mia und Sintija immer mehr einzuhüllen. Doch bevor die beiden unseren Augen vollkommen entschwunden waren, streckte Sintija mir flehend ihre kleine Hand entgegen und rief mir zu: *Papa, bitte halt mich!*

Schweißgebadet schreckte ich aus dem Schlaf. Melani hielt mich, streichelte mir sanft durch die Haare und sagte beruhigend: „Alles ist gut, mein Liebling. Es war nur ein Traum."

Es war ein Traum. Dennoch waren wir allein auf der *POSEIDON*.

Bevor wir uns an die Erkundung des Schiffes machten, gingen wir noch einmal die komplette Runde an der Reling entlang und suchten das Meer nach der *SINTIJA* ab. Doch die Yacht blieb verschwunden.

„Und jetzt?" fragte Melani unsicher.

„Fangen wir oben an", schlug ich vor. „Verschaffen wir uns erst einmal einen Überblick über das Schiffsdeck."

Hand in Hand spazierten wir nach Achtern zu den Aufbauten am Heck. Achtzehn Stockwerke hoch erhob sich vor uns ein wahres Hochhaus in den Himmel. Ich schätzte es auf ungefähr fünfzig Meter und fragte mich wieder, wie man nur ein so riesiges Schiff bauen konnte. Vorsichtig griff ich nach dem Türgriff. Er war rostig, wie alles auf dem Schiff und ließ sich nicht bewegen. Doch da die Tür nur anlehnte, war das auch nicht nötig. Die Tür selbst war aber auch festgerostet. Erst jetzt, um versuchen zu können, die Tür zu öffnen, ließ ich Melanis Hand los. Mit einem Fuß stemmte ich mich an der Wand ab; und dann zog ich mit meiner ganzen Kraft. Nichts rührte sich. Auch Melani packte mit an und legte sich mächtig ins Zeug. Immer wieder zogen wir ruckartig zur gleichen Zeit an, bis sich endlich ein leises Knirschen hören ließ. Dann gaben die Scharniere endlich nach. Stück für Stück zogen wir die Tür soweit auf, bis wir durch den Spalt schlüpfen konnten.

„Soweit, so gut."

Wir standen in einem langen Gang, der nach rechts und links verlief und von dem mehrere Türen weiter ins Innere des Schiffsaufbaus führten. Hier war deutlich weniger Rost, als an Deck, was vor allem für die Füße sehr angenehm war. Melani trug nur ein leichtes Sommerkleid und ging barfuss. Und ich war seit unserem katastrophalen Betreten der *POSEIDON* über die Außentreppe komplett nackt. Rechts von uns, ganz am Ende des Ganges, also auf der Steuerbordseite des Schiffes, fiel eine große, zweiflügelige Glastür besonders auf.

„Hier lang", sagte ich, nahm wieder Melanis Hand und lief mit ihr dorthin. Die Schwingtüren knirschten zwar in den Scharnieren, ließen sich aber problemlos öffnen. Meine Intuition hatte mich nicht getrogen. Wir standen in einem großen Treppenhaus, das sowohl nach oben, als auch nach unten führte. Oben fiel durch Fenster in jedem Absatz helles Tageslicht herein, doch nach unten führten die Stufen in tiefste Finsternis. Ein kalter, modriger Lufthauch schien von dort unten heraufzuwehen. Melani klammerte sich etwas fester an meine Hand und auch ich spürte ein leichtes Unbehagen, als wir in die Finsternis blickten. Zum Glück wollten wir ja nach oben. Stockwerk um Stockwerk stiegen wir höher. Der Rost hörte fast vollständig auf. Alles wirkte so freundlich und hell, dass wir schon glaubten, es müsste uns jeden Moment ein Offizier oder sonst irgendein Mannschaftsmitglied auf der Treppe entgegenkommen. Doch es kam niemand.

Im sechzehnten Stockwerk endete das Treppenhaus.

„Was ist jetzt los?" fragte ich verwundert. „Warum geht's nicht weiter?"

„Vielleicht gibt es zur Brücke ein separates Treppenhaus nur für den Kapitän", schlug Melani vor.

„Möglich. Aber wo?"

Wir öffneten die Tür zum Gang und folgten ihm auf die Backbordseite. Dort war ein Aufzug, der aber nicht mehr ging.

„Das kann nicht der einzige Weg nach oben sein", überlegte ich. Und Melani pflichtete mir bei.

„Stimmt", sagte sie. „Im Falle eines Stromausfalls hätte es sonst ja keine Möglichkeit mehr gegeben, hoch oder wieder runter zu kommen."

Vielleicht wäre es sinnvoll gewesen, uns zu trennen, um eine Treppe nach oben zu suchen. Aber das unheimliche Gefühl der Beklemmung, das uns spätestens in dem Moment erfasst hatte, als wir festgestellt hatten, dass Mia und Sintija verschwunden waren, ließ uns einfach nicht los. Irgendetwas Seltsames ging hier vor. Und solange wir nicht wussten, ob es mit der Flaute oder mit diesem Schiff zu tun hatte, wollten wir kein Risiko eingehen.

Ich will Dich nicht auch noch verlieren, mein Engel!

Ich Dich auch nicht!

Wir nahmen uns wieder an den Händen und öffneten die erstbeste Tür im Gang. Ein ekelhafter, an Verwesung erinnernder Geruch strömte uns entgegen. Ohne den Raum näher zu untersuchen, zogen wir die Tür schnell wieder zu und flüchteten vor dem Gestank. Wir liefen zurück ins Treppenhaus, das auch eine zweite Tür auf der Etage hatte. Doch genau in dem Moment, als ich diese Tür öffnete, traf es mich wie ein Blitz. Ich wendete mich Melani zu und sah sie verwundert und fragend an. Und Melani blickte mich genauso überrascht mit großen Augen an. Bevor wir die Tür zu dem stinkenden Raum geöffnet hatten, hatte ich Melani auf einen Gedanken von mir antworten hören. Erst jetzt war in mein Bewusstsein gedrungen, dass ich diese Fähigkeit bisher nur mit Sintija und Mia geteilt hatte.

„Du hast gehört, was ich gedacht habe?" fragte ich unsicher. Melani nickte. Und ich fragte weiter: „Und Du hast mir darauf geantwortet?"

„Nur mit meinen Gedanken."

Ich zog Melanis Hand an meine Lippen und küsste sie mit Tränen in den Augen. Unsere Liebe war das einzige, das wir noch hatten. Und dass diese Liebe zu solchen Wundern fähig war, erfüllte mich mit soviel Glück und Hoffnung und der Zuversicht, dem was da noch kommen sollte, mit Melani an meiner Seite trotzen zu können, bis wir wieder mit Mia und Sintija vereint wären, dass ich meine Tränen nicht zurückhalten konnte. Melani fiel mir um den Hals und küsste mich mit der Hingabe und Leidenschaft ihrer Jugend immer wieder.

Wir werden sie wieder finden, versprach sie mir voller Überzeugung.

Ja, das werden wir! Und jetzt entreißen wir der POSEIDON ihr Geheimnis.

In der Euphorie, in die wir uns auf diese Weise so plötzlich versetzt sahen, wurde ich mir auch meiner Nacktheit wieder auf sehr deutliche und angenehme Weise bewusst. Ich fühlte Melanis schlanken, sehnigen Körper unter dem dünnen Stoff ihres Kleidchens sich an mich schmiegen, ich spürte ihre hungrigen Lippen auf meinen und nahm ihren unvergleichlichen, betörenden Geruch wahr. Mein Körper reagierte sofort auf diese Reize, denen er sich seit des letzten Abends nur wegen meiner Sorge um Mia und Sintija hatte entziehen können. Mein Penis richtete sich langsam auf und schob sich unter Melanis Kleid. Melani blickte überrascht an uns nach unten und lächelte über den Anblick meiner neu entstehenden Erektion. Schüchtern tastete sie danach. Doch als sie meinen Penis in ihrer kleinen Hand hielt und er darin noch weiter anwuchs, sagte ich schnell: „Lass uns das für später aufheben, meine wunderschöne, kleine Melani. Sehen wir erst mal zu, was wir über das Schiff herausfinden."

„Ja", nickte Melani, beugte sich schnell nach unten und drückte ihre Lippen in einem ungestümen Kuss auf meine aus ihrer Faust herausragende, pralle Eichel.

„Ich möchte ihn gar nicht loslassen", sagte sie enttäuscht, drückte ihn einen Moment lang ganz fest und griff dann doch wieder nach meiner Hand.

Also weiter.

Ich öffnete die Tür und wir betraten einen weiteren Gang. Zuerst hatten wir den Eindruck, uns in einem Labyrinth zu befinden, doch wir merkten sehr schnell, dass alles eine Struktur hatte. Mehrere quer und längs verlaufende Gänge durch die Etage kreuzten sich in rechten Winkeln. Durch die Fenster am Ende eines jeden Ganges drang zwar nicht genug Licht, um sie komplett zu erhellen. Aber durch das einfallende Licht konnte man sich zumindest orientieren. Sechzig Meter in der Breite und fünfzig Meter in der Tiefe maß dieser Schiffsaufbau. Und zu unserer Erleichterung gab es in der Mitte noch eine Treppe, die auch in die oberen Etagen führte. Trotz der Glaskuppel über dem Treppenhausschacht war es hier düster und unheimlich. Aber die letzten beiden Etagen waren schnell überwunden. Eine schwere Eisentür führte ins oberste Stockwerk. Anscheinend hatte jemand versucht, sie mit Gewalt von außen zu öffnen. Sie war verkratzt und wies deutliche Spuren von Gewaltanwendung auf, war letztendlich aber von innen geöffnet worden. Melani deutete nach oben und ich entdeckte das nach außen geklappte Segment im Glaskuppeldach.

„Entweder hier hat jemand gelüftet", überlegte ich und Melani spann den Gedanken weiter: „Oder der Jemand hat sich überlegt, dass er über das Dach schneller in diese Etage kommt, als durch die Tür."

Da die Tür jetzt offen stand, blieb uns der Weg über das Dach erspart. Vorsichtig betraten wir den Gang und ich rief zaghaft: „Hallo? Ist da jemand?"

Niemand antwortete. Um ehrlich zu sein, hatten wir auch nicht damit gerechnet. Doch die unerklärlichen Geräusche der Nacht ließen uns noch immer hoffen und fürchten, auf ein lebendiges Wesen zu treffen; hoffen, weil wir uns davon Aufschluss über die *POSEIDON* und ihr Schicksal versprachen und Hilfe für uns und Mia und Sintija hätten erbitten können, und fürchten, weil wir nicht wussten, mit wem oder was wir es zu tun hatten und weil es uns schwer fiel, Vertrauen zu etwas oder jemandem zu fassen, das oder der sich vor uns verbarg.

Vielleicht haben wir uns die Geräusche ja auch nur eingebildet.

Mir fiel wieder ein, dass ich am Tag zuvor den Eindruck gehabt hatte, einen Schatten hinter Melani wahrgenommen zu haben, was ich in dem Moment meinen überreizten Nerven zugeschrieben hatte. Doch jetzt, in meiner Erinnerung, schien dieser Schatten plötzlich viel klarere Konturen zu haben und ich fragte mich, ob ich mich an das erinnerte, was ich wirklich gesehen hatte, oder ob mir mein Gehirn einen Streich spielte.

„Woran denkst Du?" fragte Melani und musterte mich dabei eindringlich. Ich erzählte ihr von meiner Erinnerung an den Schatten und erklärte: „Ich bin mir nur nicht sicher, was ich gesehen habe, oder ob ich überhaupt etwas gesehen habe."

„Ich glaube, Du hast etwas gesehen", erwiderte Melani und erklärte diese Überzeugung mit den Worten: „Ich habe das Gefühl, beobachtet zu werden, seit wir an Bord dieses Schiffes sind."

Im obersten Stockwerk des Heckaufbaus war es durch gläserne Dachfenster, die im Abstand von wenigen Metern in die Decke eingelassen waren, erheblich heller, als in den tiefer gelegenen Etagen. Vorsichtig schlichen wir durch die Gänge, bis wir schließlich die Kommandobrücke fanden, von der aus wir die POSEIDON wie aus einem Turm überblicken konnten. Fünfzig Meter über dem Deck und neunzig Meter über dem Meer konnte es einem hier fast schwindelig werden.

„Wie kann man nur ein so riesiges Schiff bauen?" fragte ich überwältigt von den Dimensionen erneut. Und Melani fügte meiner Frage noch hinzu: „Und zu welchem Zweck?"

Staunend standen wir vor der breiten Fensterfront. Tief unter uns, auf dem Deck erhoben sich die Glaskuppeln, die uns schon am Vortag aufgefallen waren, eigenartige Gebilde aus Glas und Stahl die mich an Geschichten Jules Vernes erinnerten. Melani hatte aber eine bessere Idee.

„Es sieht aus, wie riesengroße Gewächshäuser", meinte sie nachdenklich. Und das traf es ziemlich gut. Was sich unter den Kuppeln befand, konnten wir nicht erkennen, da das Glas ziemlich schmutzig und beschlagen wirkte. Doch dass das Glas beschlagen war, konnte durchaus auf Gewächshäuser hindeuten.

Ich sah mich weiter auf der Brücke um. Stühle und Tische waren umgeworfen worden und Glasscherben bedeckten den Boden, was uns dazu veranlasste, uns noch vorsichtiger zu bewegen und jeden Schritt genauestens abzuwägen. Auch waren einige längst vertrocknete und von der Zeit ausgebleichte Flecke auf dem Teppich zu sehen. *Blut*, dachte ich mir, auch wenn nicht mehr wirklich festzustellen war, worum es sich dabei handelte. Jedenfalls wirkte es so, als ob ein Kampf auf der Brücke stattgefunden hätte. Aber wer gegen wen gekämpft hatte, und warum, das vermochten wir nicht zu sagen. Schließlich entdeckte ich das Logbuch der POSEIDON.

„Hier", sagte ich zu Melani, „das kann uns vielleicht Aufschluss darüber geben, was hier passiert ist.“

21 DAS LOGBUCH DES KAPITÄNS

Das Logbuch war aufgeschlagen. Ich pustete den Staub von den Seiten und las den letzten Eintrag:

2. April 1946
Auf den Tag genau 7 Monate nach Ende des 2. Weltkrieges muss das Projekt ‚Eden 1'
endgültig als gescheitert angesehen werden.
Außer mir sind nur noch mein erster Offizier Schneider und unser Bordarzt Dr.
Rodriguez auf der Brücke am Leben. Unsere Lebensmittelvorräte sind schon seit über
einer Woche aufgebraucht. Einem neuen Ansturm werden wir nicht mehr standhalten
können.

So endete das Logbuch der *POSEIDON*. Melani und ich sahen uns ebenso verwundert wie besorgt an. Unsere Hauptsorge galt jetzt uns selbst. Wenn es schon vor über fünfundsechzig Jahren keine Lebensmittel mehr an Bord dieses Schiffes gegeben hatte, dann mussten wir zusehen, dass wir das Schiff so schnell wie möglich wieder verließen. Am Tag zuvor hatten wir noch gut gegessen. Ohne Nahrung würden wir es also sicherlich einige Tage problemlos überstehen, doch wenn es kein Wasser gab, saßen wir ziemlich in der Klemme. Es war noch nicht Mittag und schon jetzt spürte ich, wie der Durst mich plagte. Mehr noch als um mich sorgte ich mich aber um Melani. Ich fühlte mich für sie verantwortlich und konnte nicht tatenlos abwarten, dass sie verdurstete. Trotzdem hatte es keinen Sinn, in Panik zu verfallen.

Da die Elektronik an Bord nicht mehr funktionierte, ging auch die Klimaanlage nicht und es heizte sich auf der Brücke unangenehm auf. Deshalb schnappte ich mir das Logbuch und sagte zu Melani: „Wir müssen nach unten, wo es kühler ist."

Melani nickte und wir liefen zurück zum Treppenhaus. Schon ein Stockwerk tiefer war die Temperatur deutlich kühler. In einem großen Aufenthaltsraum machten wir es uns nahe an einem Fenster bequem. Ich saß auf einem bequemen Sofa, an dem die Jahre spurlos vorübergegangen waren; Melani saß auf meinem Schoß, schlug das Logbuch des Kapitäns auf und begann von Anfang an zu lesen. Der erste Eintrag stammte vom 25. September 1945 und lautete:

Nach dreieinhalb Jahren Bauzeit lief die POSEIDON heute um 0:53 Uhr vom Stapel.
Dabei war die gesamte Crew bereits an Bord.
Einschließlich der Offiziere habe ich 173 Männer unter mir.
Ziel und Zweck der Reise ist bisher noch ebenso geheim, wie der Name der Werft und
deren genaue Position. Ich weiß nur, dass wir von Venezuela aus gestartet sind.
Dass nicht einmal ich als Kapitän bislang irgendwelche Informationen erhalten habe,
lässt mich fast bereuen, den Kontrakt unterzeichnet zu haben. Doch die bereits auf
meinem Konto verbuchte Summe von 1,8 Millionen $ sind ein guter Anreiz, vorerst nicht
zu viele Fragen zu stellen. Wem sollte ich sie auch stellen? Während die Schiffscrew im
Heck untergebracht ist, haben sich die Wissenschaftler unter Professor Ullbrich im
Bugturm eingenistet. Bisher habe ich von ihnen weder etwas gehört noch gesehen, außer
den Lichtern in ihren Festern und unter den Glaskuppeln.
Alles, was ich bisher über die Operation weiß, ist der Kurs, dem ich folge.

Kapitän Jeffrey van Wildenhain

Nach diesem ersten Eintrag hatte sich eine ganze Weile nichts Erwähnenswertes ereignet. Der Kapitän hatte seine Offiziere und die Mannschaft kennen gelernt und dabei festgestellt, dass viele von ihnen eine kriminelle Vergangenheit gehabt hatten oder aufgrund von schwerwiegenden Verfehlungen auf keinem ,anständigem' Schiff mehr hätten anheuern können.

Und dennoch fahren sie heute auf dem größten Schiff, das jemals vom Stapel lief, hatte er sich am dritten Tag der Reise gewundert und sich bei dieser Gelegenheit auch zum ersten Mal gefragt, warum man ausgerechnet ihm dieses Kommando anvertraut gehabt hatte. Wie alle Mann der Besatzung hatte er sich nicht beworben gehabt, sondern war persönlich angesprochen worden. Man hatte großzügig über die von ihm gemachten Fehler hinweggesehen gehabt und ihm versichert, dass man vollstes Vertrauen in ihn setze. Zuerst hatte ihm dieses Vertrauen geschmeichelt gehabt, doch nach einigen Tagen auf See, während denen er noch immer nicht den Zweck der Reise hatte erfahren dürfen, hatte er sich zu fragen begonnen, welcher verantwortungsbewusste Reeder einen Kapitän mit einem offensichtlichen Alkoholproblem eingestellt haben würde. Immerhin hatte er eine Havarie verursacht gehabt, die fünf Männern das Leben gekostet gehabt hatte, vom finanziellen Schaden ganz zu schweigen.

So wie der Kapitän sich diese Frage vor sechsundsechzig Jahren gestellt hatte, fragten auch wir uns, wie man einem solchen Mann eine derartige Verantwortung hatte übertragen können.

„Mir kommt es so vor, als hätten sie nur Männer angeheuert, die niemand vermisst", überlegte Melani; und ich spürte, wie ein Schauer über ihren Rücken lief und hielt sie ganz fest in meinen Armen. Irgendetwas war damals ganz sicher nicht mit rechten Dingen zugegangen.

Wir blätterten weiter. Der nächste interessante Eintrag stammte vom 3. Oktober 1945.

Habe heute endlich Professor Ullbrich kennengelernt. Er ist hier mit einer Delegation seiner wissenschaftlichen Mitarbeiter angetanzt und hat auf ganz wichtig gemacht. Hat mich vor den Offizieren wie einen dummen Jungen aussehen lassen.

Wenn er mir noch mal so blöd kommt, dreh ich mit dem Kahn um und fahre wieder zurück nach Venezuela, oder nach Panama.

Soll er sich sein Geld doch in den Arsch schieben.

„Oops", meinte Melani an dieser Stelle, „seine Ausdrucksweise lässt aber sehr zu wünschen übrig! Glaubst Du, dass das das offizielle Logbuch ist?"

„Keine Ahnung", antwortete ich schulterzuckend. „Uns kann es jedenfalls nur Recht sein, wenn er kein Blatt vor den Mund nimmt. So erfahren wir wenigstens hoffentlich etwas."

Unser Ziel ist der Südatlantik. Genaue Koordinaten? Bekomme ich nicht. Ich soll einfach nur den Kurs beibehalten.

‚Dazu werden sie doch wohl in der Lage sein, Kapitän? Oder schaffen sie das ohne Rum nicht?'

Und das vor den Männern. Ich glaube, Jefferson macht sich schon Hoffnung auf meinen Posten. Aber kampflos werde ich sicher nicht abtreten.

Alles, was ich über den Zweck der Reise erfahren habe, ist ein Name: „Eden 1"

Was auch immer er bedeuten mag.

Das eingebildete Arschloch Ullbrich hüllt sich in geheimnisvolles Schweigen und fühlt sich dabei wie Gott höchstpersönlich. Er ist der alleinige Herrscher auf diesem Kahn und lässt das auch seinen eigenen Mitarbeitern gegenüber raushängen. Na wenigstens bin ich nicht der einzige, dem er so auf die Füße tritt.

Nachtrag:

Jetzt ist es raus: Die Mannschaft weiß von den Männern, die ich auf dem Gewissen habe.

Eineinhalb Wochen auf See und ich muss bereits eine Meuterei fürchten. Zum Glück ist Schneider ein tüchtiger Offizier, der hinter mir steht und den Mob noch unter Kontrolle hat. Der Hinweis, dass trotz des mir angelasteten Unglücks keiner in der Mannschaft ist, der ehrenhafter und qualifizierter wäre als ich, um diesen Kahn zu führen, hat die Männer erst mal wieder zum Schweigen gebracht.

Wieder passierte mehrere Tage nichts Wichtiges. Doch dann, am 13. Oktober 1945 wurde es langsam interessant.

Wir haben unser Ziel erreicht; irgendwo im Nirgendwo südlich des Südäquatorialstroms.

Ullbrich hat heute eine Ansprache gehalten. Demnach werden wir hier für die nächsten eineinhalb Jahre liegen. Er hat die Mannschaft zur Disziplin ermahnt und scharfe Maßnahmen bei Verstößen angedroht. Möchte nur wissen, was er mit seinen Weißkitteln ausrichten will, wenn es hier mal kracht.

Immerhin: Es ist für alle Arten von Annehmlichkeiten für die Männer gesorgt; es gibt einen Gymnastikraum, eine Bibliothek und sogar ein Kino. Ab heute ist sogar Alkohol freigegeben. Nur eines fehlt den meisten Männern: Eine Frau!

Auch für mich gibt es nichts mehr zu tun, außer die Verantwortung für die Männer zu tragen. Um die Disziplin aufrecht zu erhalten, habe ich einen Dienstplan erarbeitet, der die Männer zu Wach- und Putzdiensten heranzieht. Zuviel Freizeit ist nicht gut auf einem Schiff!

15. Oktober 1945

Heute Nacht hat es einen Unfall im Bugturm gegeben. Die Wache hat einen grellen Blitz wie von einer Explosion auf dem Dach des Gebäudes bemerkt. Eigenartigerweise war aber nichts zu hören gewesen. Doch eine Druckwelle hat sich ausgebreitet und das ganze Schiff erschüttert.

Ich habe sofort verlangt, mit Ullbrich zu sprechen, wurde aber zurückgewiesen.

„Die Schiffscrew hat keinen Zutritt zu den Forschungseinheiten; niemals und unter keinen Umständen!"

Mir wurde aber versichert, dass die Explosion ein kontrolliertes und erfolgreich verlaufenes Experiment war.

Langsam frage ich mich, was Ullbrich hier wirklich vorhat. Will er schon den nächsten Weltkrieg vorbereiten?

Seit heute Nacht herrscht außerdem Flaute. Das Meer ist so glatt, wie ich es noch nie erlebt habe. Und dieser Zustand dauert nun schon den ganzen Vormittag an.

Schneider hat mir gemeldet, dass einige abergläubische Männer glauben, Ullbrich und seine Wissenschaftler hätten diesen Zustand mit ihrer Explosion herbeigeführt. Ich muss mit ihnen reden, um einen Aufruhr zu verhindern.

Noch eine beunruhigende Meldung hat mich erreicht: Die komplette Bordelektronik ist ausgefallen und der Kompass dreht sich im Kreis. Selbst wenn ich jetzt wieder zurückfahren wollte, könnte ich es nicht.

Ich muss Ullbrich zur Rede stellen! Was macht er? Was ist ‚Eden 1'?

17. Oktober 1945

Professor Ullbrich hat mich ermahnt, mich ruhig zu verhalten und die Männer im Zaum zu halten.

Hab mir gestern zum ersten Mal seit zwei Jahren wieder einen genehmigt.

Unsere Bordmechaniker arbeiten Tag und Nacht. Sie sagen, dass sie keinen Fehler finden können. Trotzdem bringen sie die Motoren nicht zum laufen. Und mit den Elektronikern ist es das Gleiche. Wir haben keinen Funk und damit keine Verbindung zur Außenwelt.

Doch für Ullbrich scheint alles in Ordnung zu sein.

3. November 1945

Noch immer weiß ich nicht, was Ullbrich unter den Glaskuppeln für ein Experiment laufen hat.

Der Schiffskoch hat gemeldet, dass einige Konserven verdorben sind und die Lebensmittel maximal bis Februar reichen.

Seit die Flaute herrscht, lässt sich auch kein Fisch mehr blicken. Nur ein riesiges Seeungeheuer, einen Leviathan wollen ein paar abergläubische Matrosen gesehen haben.

Ich muss dringend mit Ullbrich reden. Ohne Verpflegung können wir keine eineinhalb Jahre hier durchhalten, schon gar nicht mit abergläubischen Matrosen, die Furcht und Panik verbreiten.

4. November 1945

Professor Ullbrich war heute Morgen auffallend höflich und zeigte sich sogar besorgt über das Versorgungsproblem. Er hat gesagt, sobald wir das Schiff wieder in Gang bekommen, können wir heimfahren.

15. November 1945

Die Mechaniker haben die Motoren komplett auseinander genommen und wieder zusammengebaut. Sie schwören, dass die Motoren in einwandfreiem Zustand sind und dass eine Art Kraftfeld, die auch für die anhaltende, unnatürliche Flaute verantwortlich sein soll, sie blockiert.

Kann an dieser Geschichte etwas dran sein?

Von Ullbrich habe ich seit seiner Versicherung, dass wir nach Hause fahren können, nichts mehr gesehen oder gehört. Ich muss dringend mit ihm reden.

16. November 1945

Im Bugturm antwortet niemand mehr auf unser Klopfen. Wenn ich nicht noch Licht aus ihren Fenstern sehen würde, würde ich annehmen, dass sie alle tot sind.

2. Dezember 1945

Der Koch meldet immer häufiger verdorbene Lebensmittel. Ich habe Schneider geschickt, sich einen Überblick zu verschaffen.

5. Dezember 1945

Ich habe die Lebensmittel rationiert. Außerdem musste ich das Petroleum für private Lampen streichen.

Ullbrich lässt sich noch immer nicht blicken.

12. Dezember 1945

Drei der Rettungsboote und elf Mann sind verschwunden. Sie haben sich heute Nacht heimlich davon gemacht.

Unter dem Rest der Mannschaft macht sich langsam Panik breit.

Ich habe keine Schusswaffen, mit denen ich die restlichen Boote bewachen lassen könnte. Zum Glück hat auch sonst niemand an Bord irgendwelche Waffen.

18. Dezember 1945
Der Koch ist weg. Er hat die Wachen bei den Booten mit einem Fleischermesser getötet und ist mit so vielen Konserven geflüchtet, wie er heimlich in eines der Rettungsboote schaffen konnte.
Die restlichen Boote hat er unbrauchbar gemacht.

Die Meuterei beginnt!

Ich muss unbedingt mit Ullbrich sprechen.
Ullbrich und seine Wissenschaftler haben sich im Bugturm verschanzt. Immerhin hat er sich am Fenster gezeigt – um mir zuzurufen, dass ich verschwinden soll.
Wohin denn? Wenn noch eines der Boote ganz wäre, würde ich auch das Weite suchen.
Schneider ist es gelungen, die Männer noch einmal zu beruhigen.
Guter Mann!
Ich lasse jetzt auch die Lebensmittel bewachen. Einiges ist während des Tumults schon verschwunden.
Ich berufe eine Lagebesprechung ein.

20. Dezember 1945
Zwei der drei Rettungsboote sind heute Nacht plötzlich wieder aufgetaucht. Ich habe die Männer in Arrest genommen. Sie sind völlig verwirrt. Angeblich wurden sie von ganz alleine wieder zurück zum Schiff getrieben. Sie sagten übereinstimmend, dass es so gewesen wäre, als wenn sich der Raum zwischen den Booten plötzlich ausgedehnt hätte, so dass ein Boot weitergefahren ist und die anderen beiden wieder zur POSEIDON zurückgekehrt sind, obwohl die Männer aus Leibeskräften dagegen gerudert hätten.

Melani und ich sahen uns überrascht an.

„Kann es sein, dass die POSEIDON auf die gleiche Weise so schnell neben der SINTIJA aufgetaucht und die SINTIJA mit Mia und Sintija dann wieder verschwunden ist?" fragte mich Melani aufgeregt.

„Wenn ich das Phänomen verstehen würde, könnte ich die Frage vielleicht beantworten", antwortete ich. „Auf jeden Fall sollten wir das Meer im Auge behalten. Lies weiter!"

24. Dezember 1945
Ich sitze mit Schneider, Dr. Rodriguez und den übrigen Offizieren bei einem kleinen Schmaus zusammen. Jefferson hab ich als Wachaufsicht eingeteilt.
Die Frage steht im Raum, ob wir uns die beiden Rettungsboote schnappen und versuchen, von hier zu entkommen.

25. Dezember 1945
Gestern Abend wurde zuviel getrunken. Ich bin heute erst am Nachmittag auf die Beine gekommen.

2. Januar 1946
Ein paar Männer zeigen erste Anzeichen von Skorbut. Es muss dringend etwas geschehen.
Die Flaute hält an.

18. Januar 1946
Zwei Männer sind tot, gestorben an verdorbenem Fleisch, wie Dr. Rodriguez meint.
Zum Glück reicht der Gin noch mindestens drei Jahre.

20. Januar 1946
Jeffrey van Wildenhain ist als Kapitän dieses Schiffes untragbar geworden. Hiermit übernehme ich, Peter Jefferson vor Zeugen das Kommando über die POSEIDON!
Van Wildenhain steht wegen Trunksucht unter Arrest, bis die Mission erfüllt ist und/oder wir in einen sicheren Hafen einlaufen.
Ich verlange noch heute Aufklärung über die Mission von Professor Ullbrich. Sollte mir die Aufklärung verweigert werden, werde ich die Mission des Professors als gescheitert erklären und eigenhändig beenden. Es gibt keinen Zweifel mehr daran, dass durch seine Experimente diese nun schon mehr als drei Monate andauernde, unnatürliche Flaute, sowie das Versagen sämtlicher Bordelektronik verursacht wurden.

1. Februar 1946
Drei Tage lang hat Jefferson Zutritt zum Bugturm gefordert. Dann wurde er mit seiner Delegation von fünf Halsabschneidern eingelassen.
Da wir seither nichts mehr von den Männern gehört haben, wurde ich nun wieder einstimmig als Kapitän der POSEIDON bestätigt.
Kapitän Jeffrey von Wildenhain

15. Februar 1946
Ein Streit um die Lebensmittelrationen ist heute unter den Männern eskaliert und hat einigen von ihnen das Leben gekostet. Die anderen weigern sich jetzt, die Leichen für eine christliche Beisetzung in der See herauszugeben.
Gott steh uns bei.

21. Februar 1946
Jetzt ist es soweit: Die Lebensmittelvorräte sind aufgebraucht.
Alle Versuche, in den Bugturm einzudringen, sind gescheitert.
Von den 173 Männern, die ich unter meinem Kommando hatte, sind schon jetzt nur noch etwa 140 übrig.

3. März 1946

Die Männer sterben wie die Fliegen. Doch wir bekommen keine Leichen mehr zu sehen.
Die POSEIDON hat sich in drei Lager aufgespalten:
Die Wissenschaftler unter Professor Ullbrich, die im Bugturm wie in einer uneinnehmbaren Festung sitzen und auch das komplette Mittelteil des Schiffes für sich beanspruchen.
Ich, die Offiziere und der Bordarzt Dr. Rodriguez, die wir uns mit einem geheimen Lebensmittelvorrat und mehr Gin, als selbst ich trinken kann, im obersten Stockwerk des Heckturms verschanzt haben.
Und die degenerierte Mannschaft, die sich gegenseitig zerfleischt und wie es inzwischen zweifelsfrei feststeht, die Leichen frisst, unter uns. Täglich rennen sie gegen die schwere Eisentür zu unserer Etage an.
Wir halten uns bereit!

5. März 1946

Mein zweiter Offizier wollte heute mit Ullbrich verhandeln und ist mit einer weißen Fahne losgegangen. Er kam nicht einmal bis auf das Deck des Schiffes.

6. März 1946

Die Meute rennt heute schon den ganzen Tag gegen unsere Tür an. Sie wissen, dass wir noch Lebensmittelvorräte haben, „weil Phelb so saftig war".
Zum Glück sind die Tür und die Dachfenster stabil. Doch wir wissen, dass sie irgendwann durchbrechen werden.
Die Anspannung unter der wir stehen, ist unerträglich.

18. März 1946

Heute haben wir unsere letzte Konserve gegessen. Ab jetzt gibt es nur noch Gin. Cheers!

25. März 1946

Ich frage mich, wie viele Männer der Mannschaft noch am Leben sind. Innerhalb weniger Wochen haben sich kräftige und gesunde Menschen vor unseren Augen in Wilde verwandelt.
Ullbrich muss doch wissen, dass auch er ohne Mannschaft niemals wieder von hier fort kommt. Und doch lässt er zu, dass die Männer sich in Kannibalen verwandeln und die Köpfe der Toten als Trophäen auf dem Deck präsentieren.

Den letzten Eintrag vom 2. April des Jahres 1946 hatten wir bereits gelesen. Betroffen saßen wir noch lange schweigend zusammen. Was sich hier vor über sechzig Jahren für eine Tragödie abgespielt hatte, war unvorstellbar.

„Kein Wunder, wenn wir das Gefühl haben, dass es hier spukt", meinte Melani beklommen, als sie ihre Sprache wieder fand. Ich drückte sie fest an mich und küsste zärtlich ihre Schläfe. Es tat gut, sie nach dieser Lektüre im Arm zu halten, sie als lebendiges Wesen zu spüren und zu wissen, nicht allein zu sein. Zwei Dinge waren vor allen anderen wichtig: Wir mussten das Meer im Auge behalten, falls die *SINTIJA* wieder auftauchen sollte und wir mussten noch einmal in die obere Etage, um herauszufinden, ob es dort noch Gin gab, denn es war auf jeden Fall besser, Gin zu trinken, als gar nichts.

22 SCHATTEN UND ERINNERUNGEN

Melani und ich durchsuchten die gesamte obere Etage des Heckturms. Doch wir fanden nicht eine einzige Flasche Gin oder sonst irgendein Getränk.

Außer der Brücke gab es hier die privaten Räume des Kapitäns und der Offiziere; geschmackvoll und luxuriös ausgestattete, kleine Wohnungen. Jeder hatte sein eigenes Badezimmer, es gab eine Gemeinschaftsküche, Aufenthaltsräume, und, und, und.

„Die haben hier an nichts gespart", meinte Melani staunend. „Der Kapitän und seine Offiziere hatten anscheinend jeden erdenklichen Luxus."

„Aber wozu", fragte ich mich, „wenn doch von Anfang an vorgesehen war, dass niemand von ihnen je wieder zurückkehrt? Wozu diese unglaubliche Geldverschwendung?"

Melani wusste genauso wenig eine Antwort darauf, wie ich selbst. Im Badezimmer des Kapitäns waren sogar die Wasserhähne vergoldet. Doch was hat man von den wertvollsten und schönsten Wasserhähnen, wenn kein Wasser durch sie hindurch fließt? Plötzlich sagte Melani ganz aufgeregt: „Kapitän van Wildenhain hat Wasser überhaupt nicht erwähnt. Er hat nur vom Essen und von Gin geschrieben!"

Und während sie das sagte, drehte sie schon voller ungeduldiger Hoffnung den Wasserhahn am Waschbecken auf. Doch außer einem Gurgeln, das auf Unterdruck in der Leitung schließen ließ, passierte nichts. Melani taumelte enttäuscht in meine Arme. Noch waren wir fit. Ich durfte nicht zulassen, dass Melani resignierte und sagte deshalb sofort: „Wir waren noch nicht auf der anderen Seite, im Bugturm. Wenn Professor Ullbrich einkalkuliert hat, dass die Mannschaft der *POSEIDON* draufgeht, dann hat er doch sicher für sich und seine wissenschaftlichen Mitarbeiter bessere Voraussetzungen geschaffen."

Melani lächelte mich dankbar an. Aber es war ihr anzusehen, dass ich ihr mit meinen Worten nur wenig Hoffnung schenken konnte. Und das drückte sich auch in ihrer Feststellung aus: „Das alles war vor weit über sechzig Jahren, Louis. Was soll da jetzt noch sein?"

„Schatten", antwortete ich melancholisch. „Schatten und Erinnerungen."

Alles, was das Flair des Glamours in den oberen Räumen störte, war der

Vandalismus, der hier stattgefunden hatte. Wer auch immer als Sieger aus dem vom Kapitän erwarteten Kampf hervorgegangen war, hatte offensichtlich alles durchsucht und dabei keine Rücksichten auf den Prunk genommen. Dass jemand diesen Kampf überlebt haben musste, sagte uns schon die Tatsache, dass wir keine Leichen, oder deren Überreste entdeckt hatten. Um Melanis Willen war ich dafür sehr dankbar.

Hier, im Heckturm, nach irgendwelchen Wasserreserven zu suchen, hatte mit Sicherheit keinen Sinn. Also machten wir uns auf, den Bugturm zu erforschen. Auf dem Weg dorthin sahen wir aus jedem Fenster und suchten den Horizont nach der *SINTIJA* ab; leider vergeblich.

Die Tür zum Bugturm war verschlossen. Den deutlich sichtbaren Spuren nach zu schließen, waren wir nicht die ersten, die versuchten, durch diese Tür zu kommen. Doch der massive Stahl hatte allen Anstürmen standgehalten.

„Keine Chance", meinte Melani mit wachsender Verzweiflung. „Da kommen wir nicht rein."

„Es muss einen Weg geben", widersprach ich. Doch Melani erwiderte in einem Anflug von Hysterie fast zornig: „Hundertdreiundsiebzig Männer waren auf der anderen Seite des Schiffes untergebracht. Wie willst Du schaffen, was keinem von ihnen gelungen ist?"

Ich nahm Melani sanft bei den Schultern und bat sie eindringlich: „Bitte verliere jetzt nicht die Nerven, mein Engel. Wir beide können das schaffen. Und wir werden es schaffen, das verspreche ich Dir! Wir werden das hier überleben!"

Melani sank weinend an meine Brust und bat mich schluchzend: „Bitte verzeih. Ich weiß, wenn es jemand schafft, dann Du."

„Wir!"

„Du hast schon einmal Poseidon besiegt und wirst es wieder tun!"

Erst in diesem Moment wurde mir bewusst, dass ich den Meeresgott Poseidon für das Unglück verantwortlich gemacht hatte, das Sintija beinahe das Leben gekostet hatte. Ich hatte ihn herausgefordert und dafür hatte er uns den Sturm geschickt. Und jetzt saßen Melani und ich auf einem Schiff namens *POSEIDON* fest.

„Das ist es", sagte ich verwundert über diese Erkenntnis. „Ich kämpfe noch immer gegen Poseidon."

Die Idee, es mit einem realen, wenn auch göttlichen Gegner zu tun zu haben, und nicht nur als willenlose und unfähige Spielfigur auf einem toten Klotz mitten im Ozean festzusitzen, gab mir selbst die Überzeugung, mein Melani gegebenes Versprechen einhalten zu können. Wir würden das hier überleben.

„Hörst Du, Poseidon", schrie ich herausfordernd über das Schiff und den Ozean, „Du kannst uns nicht besiegen! Wir werden Dir Deine Geheimnisse aus dem rostigen Leib reißen und überleben!"

Und weil ich in diesem Moment so voller Euphorie war, richtete ich meine Gedanken an meine verschollene Tochter und fragte sie: *Hast Du das gehört, Sintija?*

Die erhoffte Antwort blieb leider aus, obwohl ich mir so sicher gewesen war, dass Sintija mich hören und mir antworten würde. Melani legte mir zärtlich ihre Hand auf den Arm und flüsterte ebenso enttäuscht, wie ich es war: „Sie kann Dich nicht hören, mein Engel!"

Wenigstens hatte Melani mich gehört. Ich nahm ihre Hand in meine, küsste sie und versprach noch einmal: „Wir schaffen das. Und dann finden wir auch Mia und Sintija wieder!"

Grübelnd blickte ich mich um und erwog die uns zur Verfügung stehenden Optionen. Die Glaskuppeln standen auf mehr als vier Meter hohen Sockeln; vier Meter hohe, senkrechte Wände aus Stahl. Darüber erhoben sich die mit Stahlstreben durchzogenen Kuppeln bis zu zwanzig Meter in den Himmel. Wieder fiel mir auf, dass das Glas der Kuppeln von innen beschlagen war und sagte mit dem entstehenden Atom einer Idee im Kopf zu Melani: „Kondenswasser bedeutet Trinkwasser. Da müssen wir also rein."

Melani sah mich skeptisch an und erwiderte so skeptisch wie sie blickte: „Kondenswasser? Wer weiß, was da unten verdunstet, vergammelt oder verwest."

Melanis Gedanken ließen auch mich skeptisch blicken, doch ich weigerte mich, mir meine eigenen Zweifel an der Erfüllbarkeit meines gegebenen Versprechens einzugestehen und sagte deshalb zuversichtlich: „Wir werden es herausfinden, mein Engel!"

Das war aber leichter gesagt, als getan. Allein, die Sockel der Kuppeln zu überwinden, stellte ein Problem dar. Als wir zwischen den Kuppeln hindurch schritten, entdeckten wir eine am Boden liegende Leiter, und Melani meinte sofort: „Wir sind nicht die ersten, die sehen wollen, was da unten ist."

Die Leiter war unversehrt. Ich lehnte sie an den Sockel, vor dem sie gelegen hatte und kletterte nach oben. Melani folgte mir. Der Sockel bildete einen schmalen Sims um die Glaskuppel herum. Darauf balancierend lehnten wir uns gegen das Glas, legten unsere Hände um die Augen und versuchten durch den grünbraunen Belag auf der Innenseite des Glases zu sehen. Nur schemenhaft, wie durch einen dicken Nebel, konnten wir erahnen, was unter der Kuppel lag.

„Das sieht aus, wie ein Urwald?" meinte Melani. Ihre Feststellung klang eher wie eine Frage.

Die *POSEIDON* war um die vierhundert Meter lang, eher mehr, als weniger. Rechnete man die Aufbauten am Heck und am Bug weg, blieben noch über dreihundert Meter übrig.

„Dreihundert Meter Urwald", grübelte ich. „Wozu soll das gut sein, hier, auf einem Schiff, mitten im Ozean?"

Melani grübelte ebenfalls über diese Frage. Doch plötzlich sagte sie: „Das ist *EDEN one!*

Kapitän van Wildenhain hatte das Projekt ,*EDEN one*' in seinen Aufzeichnungen erwähnt. Doch er hatte selbst nicht erfahren, worum es sich bei diesem Projekt gehandelt hatte und in seinen Aufzeichnungen auch keine Vermutungen darüber angestellt. Das, was wir jetzt unter den Glaskuppeln zu sehen glaubten, legte die Vermutung nahe, dass ,*EDEN one*' durchaus biblisch zu sehen war.

„Professor Dingsbums wollte allem Anschein nach ein neues Eden schaffen", grübelte ich. „Wenn das so ist, dann muss es dort unten eine Vegetation geben, die ein Überleben ermöglicht."

„Wenn das so ist", griff Melani meine Überlegung auf, „dann war Professor Ullbrich ein Wahnsinniger, der hundertdreiundsiebzig Männer, beziehungsweise hundertvierundsiebzig mit dem Kapitän, in den Tod geschickt hat, um sich ein schwimmendes Gewächshaus zu errichten. Außerdem würde der Name *EDEN one* allein schon auf seinen Größenwahnsinn hindeuten, denn wenn er sich wirklich auf die Bibel bezieht, müsste es doch *EDEN two* heißen."

So groß unsere Furcht vor dem Bedrohlichen unserer Situation auch war. Die Neugierde, zu erfahren, welchen Zweck die Fahrt der *POSEIDON* wirklich gehabt hatte, überwog in diesem Moment.

Plötzlich schreckte Melani von der Scheibe zurück durch die sie mit angelegen Händen wieder gespäht hatte. Es gelang mir gerade noch, sie am Arm zu fassen und davor zu bewahren, vom Sockel der Kuppel zu stürzen.

„Da war was", sagte sie erschrocken, sobald sie wieder sicher stand.

Ich selbst hatte mir in dem Moment nur Melani betrachtet gehabt, deren anmutige Schönheit und Geschmeidigkeit mich jedes Mal faszinierte und fesselte, wenn ich sie ansah; deshalb hatte ich nichts von dem mitbekommen, was unter dem schmutzigen Glas vor sich gegangen war.

„Was?" fragte ich neugierig.

Melani zuckte mit den Schultern und antwortete: „Ich weiß es nicht. Es ging so schnell. Irgendetwas ist durch die Baumwipfel da unter uns gehuscht."

Angestrengt spähte ich ebenfalls wieder durch das Glas, konnte aber nicht die kleinste Bewegung erkennen.

„Da ist nichts", sagte ich enttäuscht. Aber ich vertraute Melanis Sinnen trotzdem genug, um ihr zu glauben, dass sie etwas gesehen hatte, wenn sie selbst daran glaubte. Darum schlug ich vor: „Lass uns weiter um die Kuppel gehen. Vielleicht können wir irgendwo mehr sehen."

Wir waren noch keine fünf Meter gegangen, als ein lautes Krachen uns zusammenzucken ließ. Sofort wendeten wir uns um und sahen zu unserer Überraschung, dass die Leiter umgefallen war.

„Wie ist das möglich?" fragte ich verwundert. Als wir auf dem Sockel angelangt waren, war die Leiter felsenfest gestanden. Weder gab es eine spürbare Bewegung auf dem Schiff, noch ging auch nur das leiseste Lüftchen. Obwohl wir nichts und niemanden sahen oder hörten, kamen wir zu der Überzeugung, dass die Leiter nicht von alleine umgefallen sein konnte. Irgendjemand oder -etwas musste sie umgeworfen haben.

„Warte!" sagte ich zu Melani, hängte mich an die Kante des Sockels und ließ mich fallen. Vier Meter klingt nicht nach viel, sind aber nicht zu unterschätzen. Doch ich schaffte den Sprung unbeschadet, rollte mich auf dem rostigen Boden ab und kam sicher wieder auf die Füße. Als ich aber in meiner Erregung schon loslaufen wollte, um den heimlichen Saboteur zu erwischen, solange er sich noch an Deck versteckte, rief Melani mir schnell hinterher: „Lass mich nicht allein, Louis!"

Sie hatte Recht. Wenn wir nicht allein auf der *POSEIDON* waren und wenn, wer auch immer sich noch hier befand, uns nicht wohlgesonnen war, dann sollten wir uns nicht so blindlings in eine Verfolgung stürzen, die uns trennen würde. Ich blieb also stehen und stellte die Leiter wieder auf. Kaum lehnte sie aber am Sockel, als ich das Gefühl hatte, angerempelt zu werden. Und im nächsten Moment fiel die Leiter schon wieder polternd um. Ich hatte niemanden gesehen. Doch Melani schrie erschrocken auf und rief mir, während ich mich noch aufrappelte, von oben zu: „Das war ein Schatten, Louis!"

„Ein Schatten?" fragte ich skeptisch, „wohl eher der Geist von einem der hier gestorbenen Mannschaftsmitglieder."

Irgendwie glaubte ich selbst nicht, was ich da sagte. Und eigentlich bin ich an dieser Stelle meiner Aufzeichnungen an dem Punkt, an dem ich weiß, dass kein Mensch mir glauben wird. Gespenstergeschichten fallen ja doch eher in die Rubriken ‚Märchen' und ‚Sagen', oder wie man in diesem Fall wohl vermuten wird: ‚Seemannsgarn'. Doch trotz meiner Überzeugung, meine Glaubwürdigkeit einzubüßen, habe ich mich entschlossen, auch die weiteren Begebenheiten so niederzuschreiben, wie sie sich zugetragen haben, beziehungsweise, wie ich sie wahrgenommen habe.

Irgendetwas hatte mich geschubst, irgendetwas hatte die Leiter umgeworfen. Aber nichts und niemand war da. Und so sehr mein rationaler Verstand auch versuchte, eine logische Erklärung für das Phänomen zu finden, oder zu erfinden; ich gelangte zu keinem anderen Schluss, als dass es ein Geist gewesen sein musste, der hier am helllichten Tag spukte, beziehungsweise schubste.

Trotzig stellte ich die Leiter wieder auf und wartete. Diesmal war ich vorbereitet. Alle meine Sinne arbeiteten auf Hochtouren. Und daher bemerkte ich diesmal den Schatten, als er wieder auftauchte. Und tatsächlich versuchte er wieder, die Leiter umzuwerfen. Doch da ich diesmal damit gerechnet hatte, packte ich schnell zu und hielt sie fest. Kurz versuchte der Schatten gegen meinen Widerstand die Leiter umzuwerfen. Doch ich gab nicht nach. Da ließ der Schatten ein zorniges Grollen hören und huschte blitzschnell die Leiter nach oben zu Melani. Die wich erschrocken zurück, als sie ihn auf sich zukommen sah, doch da schien er schon durch sie hindurch zu gehen. Melani schrie auf und stürzte vom Sockel. Mit einem schnellen Satz war ich zur Stelle und konnte sie gerade noch auffangen, bevor sie auf dem rostigen Deck aufschlug. In dem Moment fiel die Leiter wieder polternd um und ein schadenfrohes, dumpfes Lachen war zu hören. Irgendwie schien der Geist recht albern zu sein. Und hätte er nicht eben erst Melani aus vier Meter Höhe auf das Deck geschubst, dann hätte er noch nicht einmal bedrohlich gewirkt.

„Bist Du okay?" fragte ich besorgt Melani, nachdem ich sie aufgefangen hatte und in meinen Armen hielt. Anstatt zu antworten, fragte sie nur verwirrt: „Was zum Teufel ...?"

Sie formulierte die Frage nicht zu Ende. Doch ich wusste auch so, was sie hatte fragen wollen:

Was zum Teufel war das? Was zum Teufel sollte das? Was zum Teufel will dieses Gespenst von uns? Was zum Teufel eben!

Ich stellte Melani auf den Boden und antwortete: „Finden wir es raus!"

Melani sah mich durchdringend an und erwiderte nickend: „Er ist unter Deck!"

„Er?"

„Der Schatten! Als er mich geschubst hat, hat er gesagt, dass er unten wartet."

„Er hat mit Dir gesprochen?" fragte ich überrascht.

„Und außerdem hat er mich unsittlich berührt!"

„Aha, wo denn?"

„Er hat mir an den Busen gegrapscht, als er mich geschubst hat. Hau ihm bitte aufs Maul, wenn wir ihm wieder begegnen."

Obwohl die ganze Situation so dramatisch und unheimlich war, wirkte Melanis kaltschnäuzige Unerschrockenheit irgendwie sehr drollig. Ihr schien es ebenso zu gehen wie mir. In die passive Opferrolle gedrängt worden zu sein, hatte ihr unsere Situation als sehr aussichtslos erscheinen lassen. Und das hatte ihr Angst gemacht. Jetzt wusste sie, womit wir es zu tun hatten. Und auch wenn das ein Gespenst war, fürchtete sie sich davor weniger, als vor dem Nichts. Es tat gut, sie wieder voller Tatendrang zu sehen und nicht mehr nur darauf bedacht sein zu müssen, mich von ihrer Mutlosigkeit nicht anstecken zu lassen.

„Also nach unten!" sagte ich und nahm Melanis Hand. Dann liefen wir wieder zum Heckaufbau. Nach unten führte die Treppe in völlige Dunkelheit. Aber wir fanden schnell eine Möglichkeit, uns eine Fackel aus einem Besenstiel, Stoffstreifen und Kunststofffolien zu bauen. Durch das Plastik brannte die Fackel besser und länger, als wir erwartet hatten. Und so stiegen wir in den Bauch der *POSEIDON* hinunter. Es herrschte eine im wahrsten Sinne des Wortes ‚gespenstische Stille‘ unter Deck. Trotzdem hatten wir bald das Gefühl, nicht allein zu sein. Melani klammerte sich etwas fester an meine Hand und flüsterte: „Spürst Du es auch? Sie sind da!“

Ja, ich spürte es auch; aus der Dunkelheit auf uns gerichtete Blicke. Sehen konnten wir niemanden. Doch ein Tuscheln und Flüstern breitete sich langsam aus und zeigte uns, dass wir unserem Ziel näher kamen. Schließlich standen wir im Maschinenraum. Das flackernde Licht unserer Fackel verlor sich in der Tiefe des Raumes. Ein kalter Luftzug streifte mich und ließ Melani erschauern. Und plötzlich wurde ihre Hand aus meiner gerissen. Melani schrie auf und wurde von unsichtbaren Händen in die Dunkelheit gezerrt. Doch ich war nicht bereit, mir Melani einfach so entreißen zu lassen und nahm sofort die Verfolgung auf. Und da sich auch Melani energisch wehrte, und mir durch ihre Flüche und Schimpftiraden den Weg wies, hatte ich sie auch bald wieder eingeholt. Schatten mit menschlichen Gestalten zerrten an ihr. Melanis Kleid zerriss und wurde ihr Fetzen um Fetzen vom Leib gerissen, bis sie vollkommen nackt gegen die Schatten ankämpfte. Ihr kleiner, athletischer Körper bäumte sich auf. Doch es gelang ihr nicht, sich aus den kalten Griffen der Schatten zu befreien. Obwohl ich sie schon fast wieder erreicht hatte, konnte ich Melani nicht helfen. Ich wurde von unzähligen Händen zurückgehalten und konnte mir nur mit der Fackel einen Freiraum erkämpfen. Als ich merkte, dass Melani vor meinen Augen doch langsam wieder in die Finsternis verschleppt werden würde, ohne dass ich es verhindern können hätte, schrie ich zornig und aufgebracht: „Lasst sie los oder ich schicke jede eurer verdammten Seelen eigenhändig zur Hölle!“

Ein dumpfes, hohles und bitteres Lachen antwortete mir und wurde als Echo wieder und wieder auf mich zurückgeworfen. Und plötzlich tauchte wie aus dem Nichts eine Gestalt vor mir auf; kein Schatten, wie die anderen, sondern von innen leuchtend; phosphoreszierend in grünem Licht.

„Was glaubst Du, wo wir hier sind?“ fragte sie mich mit hohler Stimme. „Welche Hölle könnte schlimmer sein, als das hier?“

Trotz des Schrecks, den dieses Gespenst mir einjagte, zuckte ich mit den Schultern und antwortete: „Ähm, keine Ahnung.“

Das Gespenst setzte sofort an, wieder etwas zu sagen. Doch ich ließ es nicht zu Wort kommen und setzte noch hinzu: „Aber wenn ihr Melani nicht sofort freigebt, dann werde ich eine finden, gegen die euch das hier wie der Himmel vorkommen wird.“

Wenn jemals ein Mensch einen Geist fassungslos gemacht hat, dann war das ich in diesem Moment. Der Geist starrte mich mit offenem Mund entgeistert an. Ich hielt ihm drohend die Fackel entgegen. Doch da blickte er von mir zur Flamme und blies sie aus wie eine Geburtstagskerze. Da stand ich nun in völliger Dunkelheit, denn auch das unheimliche Leuchten des Geists war verloschen, und sagte zynisch: „Sehr witzig."

Doch eigentlich fand ich die Situation alles andere als lustig. Melani war vor meinen Augen entführt worden und ich stand tief in den Eingeweiden der *POSEIDON*, wo es mir ohne Licht unmöglich war, mich zu orientieren. Oben hatte ich die Fackel mit einem mechanischen Gasofenanzünder aus der Kombüse angezündet. Den hatte ich aber in der Kombüse gelassen. Da ich noch immer vollkommen nackt war, hätte ich ihn auch gar nicht einstecken können. Jetzt stand ich mit meiner erloschen Fackel im Dunkeln und philosophierte über den Zweck einer erloschenen Fackel im Dunkeln.

„Melani!" rief ich in die Finsternis. „Hörst Du mich?"

Melani antwortete nicht, doch ich hörte Geräusche, die ich so deutete, dass sie noch gegen die sie entführenden Gespenster kämpfte. Also stolperte ich durch die Finsternis in die Richtung, aus der ich sie zu hören glaubte und stieß mir die Schienbeine und den Kopf. Da tauchte vor mir wieder das grünlich leuchtende Gespenst auf. Sofort schlug ich mit der Fackel nach ihm. Doch sie ging ohne jeden Widerstand durch die körperlose Erscheinung hindurch. Einen Moment lang sah mich das Gespenst fast mitleidig an, dann riss es mir die Fackel aus der Hand und schlug eine Rückhand, mit der es zu Lebzeiten sicherlich eine glänzende Karriere als Tennisspieler hätte gemacht haben können. Kurzzeitig wurde es hell, denn durch mich ging die Fackel nicht durch; sie traf mich am Kopf und helle Sterne umkreisten mich.

Aua, dachte ich mir, sagte aber: „Nicht fair!"

Warum zum Teufel gingen meine Schläge durch den Geist durch und er konnte mit solcher Wucht zuschlagen? Das war doch wirklich unfair. Das Gespenst antwortete nicht auf meinen Vorwurf, sondern deutete auf eine Stelle hinter sich in der Dunkelheit. Und als ich in die bezeichnete Richtung blickte, wurde es auch dort heller. Ohne dass ich den Ursprung einer Lichtquelle entdecken konnte, sah ich Melani von unsichtbaren Händen oder Fesseln mit gespreizten Armen und Beinen vor einer eisernen Wand stehen. Sofort wollte ich auf sie zueilen, um sie zu befreien. Doch das grüne Gespenst streckte mir seine Hand entgegen und hielt mich mit einem unsichtbaren Kraftfeld, das ich nicht überwinden konnte, zurück.

„Löse den Fluch und befreie unsere Seelen", befahl es mir. „Dann, und *nur* dann geben wir das Mädchen wieder frei!"

„Was denn für ein Fluch?"

„Das Kraftfeld, das von diesem Schiff ausgeht, das Kraftfeld, das die Flaute verursacht; es hält uns hier gefangen."

„Warum schaltet ihr das Kraftfeld nicht selbst ab? Ihr habt doch bewiesen, dass ihr Materie bewegen könnt."

„Wir können weder den Bugturm, noch den *EDEN one* Bereich betreten."

„Tja, dumm gelaufen. Hättet ihr mal das Kleingedruckte in euren

Verträgen gelesen", meinte ich nicht ohne Schadenfreude. Da brauste der Geist wütend auf und schrie mich an: „Du hast Zeit bis Mitternacht! Wenn der Bann bis dahin nicht gebrochen ist, dann gehört das Mädchen zu uns!"

Mir war nicht ganz klar, was das Gespenst damit ausdrücken wollte, doch ich hatte eine böse Ahnung und erwiderte deshalb sofort: „Wenn ihr sie freilasst, verspreche ich, dass wir zusammen eine Lösung für euer Problem suchen."

„Nein!" donnerte er mich an. „Ihr seid nicht die ersten, die auf die POSEIDON gelangt seid ..."

„Sind!"

„Was?"

„Ihr seid nicht die ersten, die auf die POSEIDON gelangt *sind*, muss es heißen!"

„Argh!" Jetzt war er wirklich wütend. „Alle haben immer nur versucht, wieder von hier zu entkommen. Aber keinem ist es je gelungen. Jetzt füllen sie unsere Reihen. Du hast Zeit bis Mitternacht, nackter Mann. Dann gehört das Mädchen uns, selbst wenn es Dir danach noch gelingt, das Kraftfeld abzuschalten. Und wenn es Dir nicht gelingt, wirst Du bald wieder und bis in alle Ewigkeit mit ihr vereint sein."

Bis in alle Ewigkeit mit Melani vereinigt zu sein klang ja gar nicht so übel. Nüchtern betrachtet wäre diese Aussicht sogar sehr verlockend gewesen, wenn da nicht ... Ja, wenn da nicht noch Mia und Sintija gewesen wären, die auf der SINTIJA vermutlich ebenfalls noch im Flaute-Kraftfeld der POSEIDON gefangen waren, und wenn Melani und ich diese Ewigkeiten nicht zusammen mit den durchgeknallten Seelen der Mannschaft dieses Schiffes auf diesem rostigen Kahn hätten verbringen müssen. Nein, diese Optionen waren nicht das, was ich mir vorgestellt hatte. Also rief ich in die Finsternis außerhalb des Fackelscheins: „Ich hol Dich da raus, Melani!"

Und während ich mich noch zu orientieren versuchte, um so schnell wie möglich zurück an Deck zu gelangen, von wo aus ich irgendwie in den Bugturm kommen musste, rief ich noch hinterher: „Ich liebe Dich!"

Doch irgendwie klang diese Liebeserklärung selbst in meinen eigenen Ohren wie eine Entschuldigung für mein Scheitern. Ganz auf mich alleine gestellt, fühlte ich mich plötzlich wieder ganz klein, unbedeutend und unfähig, irgendetwas zu leisten. Ich wusste nur, dass Melanis Schicksal in meinen Händen lag und dass ich keine Ahnung hatte, wie ich sie retten sollte. Doch da spürte ich sie in mir und ich hörte ihre Stimme in meinem Kopf voller Liebe und ganz zuversichtlich zu mir sprechen: *Hab keine Angst, mein Engel! Ich bin bei Dir!*

Irgendwie war die Situation an Absurdität kaum noch zu überbieten. Melani wurde als körperlicher Mensch von Geistern, Schatten oder Seelen gefangen gehalten; aber diese konnten nicht verhindern, dass Melanis Seele sich frei bewegte und zu mir sprach. Und so gelang es Melani tatsächlich, mir meine Angst und Zweifel zu nehmen. Also marschierte ich schnurstracks zurück nach oben. Mittag war bereits vorüber. Ich durfte keine Zeit verlieren. Nach einem kurzen Kontrollblick über das Meer machte ich mich an die Arbeit.

Wenn ich nicht in den Bugturm hineinkam, überlegte ich, dann musste ich es über die Glaskuppeln versuchen. Was auch immer *EDEN one* für ein Projekt gewesen sein mochte; von dem Areal unter den Kuppeln musste es einen Zugang zur Zentrale des verrückten Professors geben. Ich stellte die Leiter wieder auf und hoffte, dass der schubsende Geist sie jetzt, da ich im Auftrag der Geister handelte, in Ruhe lassen würde. Und zumindest diese Hoffnung erfüllte sich. Doch weder konnte ich von den Sockeln der Kuppeln auf diese hinaufklettern, noch gab es irgendwo eine Öffnung. Ich lief zurück in den Heckaufbau und machte mich auf die Suche nach etwas Schwerem, mit dem ich das Glas der Kuppeln zerschlagen konnte. In einer Mannschaftskoje fand ich das Skelett eines Mannes. Und neben ihm lag ein Tagebuch. Obwohl die Zeit drängte, nahm ich das Tagebuch und überflog seinen Inhalt, in der Hoffnung, Informationen zu finden, die mir bei meiner Aufgabe hilfreich sein konnten. Ich erfuhr, dass der Mann Thomas Brown geheißen hatte. Er war Maschinist gewesen und der letzte Überlebende der kannibalischen Schiffsbesatzung.

Zum Glück sind sie jetzt nur noch Gespenster, die keine Nahrung mehr brauchen, dachte ich beim Gedanken an Melani, die sich in der Hand der Seelen dieser Kannibalen befand.

Der letzte Eintrag Browns stammte vom zweiten Oktober 1946, also mehr als ein halbes Jahr nach Kapitän van Wildenhains letztem Eintrag im Logbuch der *POSEIDON.* So lange hatte er im Kampf ums Überleben die Oberhand über all die anderen zum Sterben verurteilten Kreaturen auf diesem Höllenschiff, wie er es immer wieder bezeichnete, behalten.

Es herrscht das Gesetz des Dschungels, hatte er geschrieben, *das Gesetz des Stärkeren. Fressen und gefressen werden, und das im wahrsten Sinne des Wortes! Ich ekle mich vor mir selbst. Aber solange noch ein Tropfen Blut durch meine Adern fließt, klammere ich mich an mein Leben. Und ich kämpfe darum!*

Später hat er seinen Ekel dann wohl überwunden, denn er schrieb:

Heute hab ich Simon erlegt. Oh wie schön es ist, zu beobachten, wie das Leben aus ihm heraus fließt. Sein Blut schmeckt so süß. Ich überlege mir, wie ich ihn zubereite. Mit Majoran oder Basilikum? Noch schleichen Pat, Michael und der Schwede durch die Gänge. Ich muss aufpassen, dass sie mich nicht überraschen und mir das Fleisch abjagen. Bis jetzt trauen sie sich nicht in meine Etage. Aber der Hunger wird sie früher oder später ihre Furcht überwinden lassen.

Ziemlich am Ende seiner Aufzeichnungen hatte er sich sogar sehr makabere Gedanken über die Zukunft gemacht, denn er schrieb:

Pats Fleisch reicht vielleicht noch drei Wochen, wenn ich einteile. Was dann? Er war der letzte. Ich muss dringend zurück an Land. Oh wie gern möchte ich wieder in einer Stadt leben, eine Stadt voller Menschen, einer Stadt voller Essen. Ich möchte endlich eine Frau kosten, zarte Jungfrauenbrüste auf Rosmarin. Allein bei dem Gedanken läuft mir das Wasser im Mund zusammen.

Über den Bugturm und die Glaskuppeln fand ich nur ziemlich am Anfang seiner Tagebucheintragungen etwas. Zu dieser Zeit waren Kapitän van Wildenhain und seine Offiziere noch am Leben gewesen und die Männer hatten angefangen, Gruppen zu bilden. Sie hatten versucht, mit Gewalt in den Bugturm einzudringen, was ihnen aber nicht gelungen war.

Die verdammte Tür zum Bugturm ist aus massivem Stahl, hatte Brown geschrieben. *Und die scheiß Kuppeln sind aus Panzerglas. Wir haben einen Stahlbolzen von mehr als einer Tonne Gewicht auf die Kuppeln katapultiert. Und das Glas hat nicht mal einen Kratzer. Wir werden alle auf diesem Höllenschiff sterben.*

Dieser Eintrag machte meine Hoffnung zunichte, das Glas der Kuppeln zerbrechen zu können. Doch er brachte mich auf einen anderen Gedanken. Das Katapult hatte ich vorher schon entdeckt gehabt, ohne es mir aber näher zu betrachten oder mir Gedanken darüber zu machen.

Eilig lief ich nach oben auf die Brücke. Von hier aus konnte ich das Schiff mit den Glaskuppeln bis zum Bugturm überblicken. Ich nahm das Fernglas des Kapitäns an die Augen und ließ meinen Blick aufmerksam über das Schiff wandern. Zufrieden mit meinen Beobachtungen lief ich wieder nach unten. Das Katapult war zu schwer, als dass ich es ohne Hilfsmittel bewegen konnte. Doch mit einem Seilzug konnte ich das schwere Gerät langsam über das Deck bewegen. Ich kam nur langsam voran und der Weg vom Heckturm zum Bugturm war weit. Der Nachmittag schritt voran. Mein Schweiß floss in Strömen und die Zunge klebte mir am Gaumen. Hätte ich nur einen Schluck Wasser gehabt. Doch ich hatte ihn nicht. Und so trieb mich die Verzweiflung zu immer neuen Höchstleistungen an.

Schließlich stand das Katapult in Position. Ich hätte mich so gerne ausgeruht, hatte aber keine Zeit zu verlieren. Die Sonne sank im Westen immer tiefer. In zwei Stunden würde sie ins Meer plumpsen. Und ich wusste: Wenn ich versagte, dann würde Melani sie nie wieder aufgehen sehen. Also gönnte ich mir keine Pause und versuchte den Durst zu ignorieren, der mich seit Stunden peinigte. Zum Glück gab es auf der *POSEIDON* jede Menge Seile. Ich knotete eines davon an einen kleinen Hilfsanker, legte diesen auf das Katapult und zielte auf das Dach des Bugturms. Allein das Katapult zu spannen kostete mich übermenschliche Kräfte und viel zu viel Zeit. Dann schoss ich den Anker nach oben. Er knallte im oberen Drittel des Bugturms gegen die Wand und flog in hohem Bogen auf Deck zurück.

„Scheiße", fluchte ich und floh vor dem tödlichen Geschoss, das laut krachend auf dem rostigen Boden landete. Ich justierte das Katapult neu, legte den Anker darauf, wickelte das Seil wieder auf, spannte und schoss. Und diesmal flog der Anker auf das Dach des Bugturms. Doch ich hatte einen anderen Fehler gemacht. Ich hatte das Seil nicht abgemessen. Es hatte lang genug ausgesehen. Doch jetzt hing sein Ende gute zehn Meter über dem Boden. Die Leiter, die Melani und ich gefunden hatten, war nicht mehr als fünf Meter lang. Ich hatte also keine Möglichkeit, an das Seil heranzukommen. Resigniert sank ich auf die Knie. Doch dann blickte ich zur Sonne, die mir nur noch eine Stunde Tageslicht schenken würde. Glücklicherweise gab es mehrere Anker, die vermutlich von den Beibooten stammten. Und Seile waren, wie bereits erwähnt, in Massen vorhanden. Diesmal maß ich die Länge ab und knotete zwei Seile aneinander, damit es lang genug wurde. Es war kurz vor Sonnenuntergang, als ich wieder soweit war, einen erneuten Versuch zu starten. Es gelang. Auch dieser Anker flog auf das Dach des Bugturms. Und das Seil reichte noch bis auf das Deck herab. Vorsichtig zog ich daran, bis der Anker sich auf dem Dach verhakte. Ein paar mal zog ich fest an, um die Sicherheit zu prüfen. Und als ich mich überzeugt hatte, dass es halten würde, begann ich den beschwerlichen Aufstieg. Er war weit beschwerlicher, als ich erwartet hatte. Die dreißig Meter brachten mich endgültig an den Rand meiner Reserven. Etwa fünf Meter unter dem Dach glaubte ich, nicht mehr weiter zu können. Meine Muskeln waren erlahmt und zitterten. Ich wusste, dass ich nicht einmal mehr die Kraft gehabt hätte, um wieder nach unten zurück zu klettern. Kraftlos hing ich an der senkrechten Wand. In meiner Verzweiflung versuchte ich, das Seil um meine Füße zu wickeln. Es gelang und so konnte ich meine Arme etwas entlasten. Und nach ein paar Minuten wagte ich den Versuch, die restlichen Meter noch zu bewältigen. Ich glaube, wenn es nur um mich gegangen wäre, hätte ich aufgegeben und das Seil einfach losgelassen. Aber Melanis Schicksal hing davon ab, ob ich scheiterte oder nicht. Und wie ich vermutete, lagen auch Mias und Sintijas Schicksale in meinen schwachen Händen. Am schwierigsten war es dann, über die Kante auf das Dach zu klettern. Wieder hatte ich keine Reserven mehr und glaubte, es nicht zu schaffen. Doch da hörte ich Melanis Stimme in meinem Kopf.

Du hast es fast geschafft, mein Engel, sagte sie ganz sanft. *Schließe Deine Augen und atme tief durch, ganz langsam und gleichmäßig ... und jetzt zieh Dich nach oben. So ist es gut!*

Schwer keuchend lag ich auf dem Rücken und blinzelte in den dunkler werdenden Himmel. Mühsam erhob ich mich. Mein ganzer Körper schmerzte; vor allem aber meine Arme. Die Sonne war schon untergegangen.

Reiß Dich zusammen, sagte ich zu mir selbst und sah mich auf dem Dach um. Wie auf dem Heckturm gab es auch hier gleichmäßig angeordnete, gläserne Dachfenster. Ich lief von einem zum anderen, rüttelte daran und blickte in die darunter liegenden Räume und Gänge.

Alle Dachfenster waren verschlossen. Doch sie waren nicht aus dem Sicherheitsglas, aus dem die Glaskuppeln gebaut waren, sondern aus Plexiglas. Das war zwar stabil, aber ich war dennoch überzeugt, durch eines der Dachfenster in den Bugturm gelangen zu können. Mit Hilfe einer der Anker, die ich auf das Dach katapultiert hatte, gelang es mir auch wirklich, eines der Fenster aufzuhebeln. Als das geschafft war, ließ ich mich in den Gang darunter hinunterfallen. Der weiche Teppichboden tat gut unter meinen vom Rost wunden Füßen.

Wohin jetzt? überlegte ich und drückte auf einen Lichtschalter, ohne mit irgendeiner Reaktion darauf zu rechnen. Doch zu meiner Verwunderung gingen die Neonlichter in dem düsteren Gang an und ließen ihn in kaltem Licht erstrahlen. Professor Ullbrich hatte also tatsächlich bessere Voraussetzungen für sich und seine Mitarbeiter geschaffen, als für die Schiffscrew.

So ein Schweinehund, dachte ich mir und öffnete die Tür zum erstbesten Raum. Hier herrschte nicht der pompöse Luxus, wie im Obergeschoss des Heckturms, sondern die kühle Sterilität eines Krankenhauses oder Labors. Auf mich wirkte die Leere aber fast noch mehr wie ein Leichenhaus. Nach all den Jahren war nicht zu erwarten, dass selbst von den Wissenschaftlern noch irgendwer am Leben war. In den Räumen herrschte peinliche Ordnung und Sauberkeit. Nur die vertrockneten Substanzen in den Reagenzröhrchen zeugten davon, dass hier seit langer Zeit nicht mehr gearbeitet worden war. Als ich ein Badezimmer fand, drehte ich zögernd an den Knöpfen der Armaturen am Waschbecken. Und zu meiner Überraschung sprudelte nach einem kurzen Gurgeln und Zischen das reinste und klarste Wasser aus dem Wasserhahn. Skeptisch probierte ich und stellte fest, dass es fast so gut schmeckte, wie das Wasser aus dem Wassermacher der *SINTIJA*. Gierig trank ich in großen Zügen und bedauerte dabei nur, Melani nicht ebenfalls etwas davon abgeben zu können. So gestärkt machte ich mich voll neuem Elan an die Arbeit. Stockwerk um Stockwerk durchsuchte ich den Bugturm, bis ich schließlich in einer Art Schaltzentrale stand.

Hier muss es sein, dachte ich mir, während ich die blinkenden Lichter an der Wand studierte und herauszufinden versuchte, was sie bedeuteten. Doch ich wurde aus den Anzeigen und Lichtern nicht schlau. In einer verschlossenen Schublade, die ich erst aufbrechen musste, fand ich jedoch die Aufzeichnungen Professor Ullbrichs.

„EDEN 1“ stand in goldenen Lettern auf dem in schweres Leder gebundenen Wälzer. Ich nahm das Buch heraus, öffnete die Schnalle und schlug es auf. Auf der ersten Seite stand noch einmal der Titel *EDEN 1*, darunter *Eine neue Chance für die Menschheit* und darunter *Professor Hieronymus Phelbs Ullbrich*.

Ich blätterte weiter und blieb mit ungläubigem Staunen bereits am ersten Satz hängen, den der Professor in das Buch geschrieben hatte, denn er lautete:

Am Anfang schuf ich das Paradies.

Das ist wenigstens geklärt, dachte ich mir verblüfft. *Du warst ganz sicher verrückt.*

So wie der Professor geschrieben hatte, hätte man denken können, er hätte die POSEIDON ganz allein mit seinen eigenen Händen gebaut.

Es ist vollbracht, hatte er geschrieben. *Ich habe eine Heimat für mein Eden geschaffen. Und ich taufe es auf den Namen POSEIDON, denn wahrlich ich sage euch, dass mein Paradies aus dem Meer auferstehen und sich die Erde untertan machen wird! Die verkommene Menschheit wird vom Angesicht der Erde getilgt und beginnt mit Adam und Eva noch einmal ganz am Anfang.*

Ein mulmiges Gefühl breitete sich beim Lesen dieser Zeilen in mir aus. Dieser Wahnsinnige hatte nicht nur vorgehabt, hier ein kleines Experiment mit einem Gewächshaus-Paradies zu starten, sondern er hatte offensichtlich vorgehabt, die bestehende Menschheit auszulöschen.

Wie wollte er das vollbringen? fragte ich mich. *Mit einer Atombombe? Oder mit Viren oder Bakterien?*

Das funktionierende Flautekraftfeld zeugte jedenfalls von der Genialität des Professors und bewies in meinem Augen wieder einmal, wie nah Genie und Wahnsinn beieinander liegen. Professor Ullbrich war jedenfalls nicht zu unterschätzen gewesen und ich fragte mich, was an seinem Plan nicht funktioniert hatte. Warum war die Menschheit nicht ausgelöscht worden. Warum hatte niemals jemand von der Existenz der Poseidon überhaupt Kenntnis genommen?

Ich hätte gerne das Buch weiter gelesen. Doch ich hatte keine Zeit, um mich darin zu vertiefen. Also überflog ich die Aufzeichnungen nur nach einem Hinweis auf das Flautekraftfeld, da ich dieses dringend abschalten musste, um Melanis Leben zu retten. Schließlich fand ich den Eintrag vom 13. Oktober 1945. Professor Ullbrich schrieb darin:

Wir haben unsere endgültige Position erreicht. Die Arbeiten an der Justierung des Wetterfeldes laufen auf Hochtouren.

Und am 14. Oktober hatte der Professor dann geschrieben:

Heute Nacht beginnt es! Ich werde das Wetter abschalten und damit Gott auf die Plätze verweisen. Ab dieser Nacht gibt es nur noch einen Gott: MICH!

Kein Wort über den Ablauf dieser Aktion und nicht den kleinsten Hinweis darauf, wie sein Wetterfeld überhaupt funktioniert. Langsam begriff ich, dass ich hier eine vom selbst ernannten Gott geschriebene Bibel in der Hand hielt. Darin würde ich keine technischen Details finden können.

Nachdenklich legte ich das Buch zur Seite und ließ meinen Blick durch den Raum schweifen. Irgendwo mussten noch andere Aufzeichnungen existieren. Aber wo? Ich durchsuchte alle Schubladen und Fächer. Nichts. Verzweifelt fragte ich mich, wie spät es überhaupt schon war. Woher sollte ich ohne Uhr wissen, wie viel Zeit mir noch bis Mitternacht blieb? Mit wachsender Nervosität lief ich in die angrenzenden Räume. Und ich hatte Glück. Ich fand, wonach ich suchte: Schaltpläne. Doch meine Enttäuschung war groß, als ich feststellen musste, dass ich nicht den Schimmer einer Ahnung hatte, wie ich diese Pläne lesen sollte.

Sind das überhaupt Schaltpläne? fragte ich mich ebenso verzweifelt wie verwirrt. *Oder sind es Schnittmuster für die göttliche Garderobe des Professors?*

Für mich klangen alle Bezeichnungen nach böhmischen Dörfern und die Pläne hätten wirklich alles sein können. Mit wachsender Ungeduld blätterte ich die Pläne durch, bis ich eines mit der Überschrift *WETTERFELD* in meinen Händen hielt. Mit dem Plan selbst konnte ich auch nach ausgiebigem Studium nicht das Geringste anfangen. Doch der Verweis auf das Aktenzeichen **W 01 PO / 14-10-45** ließ mich meine Hoffnung wiedergewinnen. Ich hatte zuvor schon einen Aktenschrank bemerkt und öffnete die Schublade mit der Beschriftung **V - Z**. Darin fand ich die Akte mit dem Aktenzeichen des Wetterfeld-Plans. Ich öffnete sie und überflog die Einträge. Doch was ich darin las, gefiel mir ganz und gar nicht.

Problem eins: Um das Wetterfeld ein- oder wieder auszuschalten, braucht man drei Personen; zwei, die zur selben Zeit einen Knopf in zwei voneinander getrennt liegenden Räumen drücken und halten müssen, und eine, die in einem dritten Raum einen Schüssel drehen muss, sobald dort ein Licht aufleuchtet.

Problem zwei: Die Aktivierung des Wetterfeldes diente nur dem Zweck, die *POSEIDON* vor der Welt zu verbergen und dem Professor alle Zeit und Ruhe für seine Schöpfung zu geben, die er brauchte. Doch gekoppelt an dieses Wetterfeld war eine biologische Waffe. Sobald *EDEN one* selbstständig funktioniert hätte, wäre das Wetterfeld abgeschaltet worden. Und damit wären gleichzeitig Viren freigesetzt worden, die die Menschheit innerhalb weniger Wochen komplett ausradiert hätten. Der einzig sichere Ort auf der Erde wäre dann die *POSEIDON* gewesen. Nach einiger Zeit hätten sich die Viren neutralisiert und Gott Ullbrich hätte Adam und Eva die Erde geschenkt.

Das ist jetzt ein ziemliches Problem, grübelte ich. Weder konnte ich allein das Flaute-, beziehungsweise Wetterfeld abschalten, um Melani zu retten, noch hätte ich es auf meine Kappe genommen, die Menschheit auszulöschen. Es gab zwar nicht viele Menschen, die mir etwas bedeuteten; genau genommen gab es nur drei: Mia, Melani und Sintija! In dem einen Punkt, dass die Erde ohne die Menschheit besser dran wäre, konnte ich Professor Ullbrich nicht einmal widersprechen. Aber mir fehlte dieser Funken göttlichen Größenwahnsinns, der es mir erlaubt hätte, mich zum alleinigen Richter und Henker über das Leben selbst aufzuspielen.

Durch die Bredouille, in die ich durch die neu gewonnen Erkenntnisse geraten war, stellten sich mir zwei Fragen:

Erstens: *Was mache ich jetzt?*

Und zweitens: *Warum hat Ullbrich sein Werk nicht vollendet?*

Warum musste er ausgerechnet mich vor eine Entscheidung stellen, die das Leben eines geliebten Menschen von mir forderte? Ich musste irgendetwas tun. Nur was?

Wie spät ist es überhaupt?

Energisch klappte ich die Akte zu und lief zum Ausgang des Bugturms. Von innen konnte ich die Tür problemlos öffnen. Der Schlüssel hing daneben an einem Brett und die Riegel gingen so leicht, als wenn sie eben erst frisch geölt worden wären. Bewaffnet mit einer Dynamo-Taschenlampe, die mit einer Kurbel aufgeladen wurde, lief ich nach draußen an Deck. Doch kaum war ich im Freien, da blieb ich auch schon wieder wie angewurzelt stehen. Vor dem Bugturm standen die Geister oder Seelen, anscheinend der kompletten Besatzung der *POSEIDON,* als unheimliche, schattenhafte, dunkle und wabernde Masse. Der Anblick wirkte so bedrohlich auf mich, dass ich furchtsam zurücktaumelte. Doch aus den Schatten löste sich eine Gestalt, in der ich den Sprecher der Gespenster erkannte, da sie, anscheinend nur des Effektes wegen, wieder grünlich leuchtete. Die Erscheinung schwebte auf mich zu und sprach mit deutlich hörbarer Bewunderung und Euphorie in der hohl klingenden Stimme zu mir:

„Du hast es geschafft. Du bist in den Bugturm gelangt. Die Lichter brennen!"

„Aber ich kann das Kraftfeld nicht abschalten", erwiderte ich kleinlaut und beobachtete, wie die Bewunderung des Gespenstes sich in Fassungslosigkeit und Wut verwandelte.

„Willst Du, dass das Mädchen stirbt?" donnerte es mich an.

„Nein! Bitte lass mich erklären."

„Sprich!"

Ich erklärte dem Gespenst die Problematik, die sich mir stellte und versuchte ihm klarzumachen, dass ich alles menschenmögliche versucht hatte. Doch es brachte mich mit einer großen, theatralischen Handbewegung zum Schweigen und versank in dumpfes Grübeln. Als das Schweigen bereits ungenehm zu werden drohte und die schattenhaften Gespenster drohend näher kamen, fragte ich den Grünen zaghaft: „Und?"

Das Gespenst betrachtete mich mit funkelnden Augen und befahl streng: „Warte!"

Dann schwebte es zu den übrigen Gespenstern zurück und diskutierte anscheinend mit ihnen. Ich konnte nicht verstehen, was sie sprachen. Doch ich spürte die aufgeladene Spannung, die sich jeden Augenblick entladen konnte. Und da die Gespenster sich gegenseitig nichts mehr anhaben konnten, war mir klar, dass alle Wut sich gegen mich und Melani richten würde, wenn es zur Eskalation kommen würde. Darauf wollte ich aber nicht warten. Mit dem Mut der Verzweiflung nutzte ich die Gelegenheit, solange die Gespenster noch mit sich selbst beschäftigt waren, und schlich mich vorsichtig in weitem Bogen um den Pulk herum. Und kaum hatte ich die erste Glaskuppel zwischen sie und mich gebracht, da begann ich zu laufen. Das Mond- und Sternenlicht erhellte das Deck ausreichend. Doch als ich den Heckturm betrat, begann ich hektisch an der Kurbel der Taschenlampe zu drehen. Und in ihrem schwachen Licht stieg ich nach unten in den Maschinenraum und rief Melanis Namen.

„Louis?" antwortete sie aus der Dunkelheit. „Ich bin hier!"

Ich lief auf die Stimme zu. Sie kam aus einem angrenzenden Raum. Doch als ich durch die Tür trat, sah ich mich dem grünleuchtenden Geist gegenüber und fühlte mich von den Schatten der anderen Gespenster umringt.

„Was wird das denn?" fragte mich der Grüne verwundert.

Ich atmete tief durch und versuchte, mir den Anschein von furchtloser Unerschrockenheit zu geben, als ich mit fester Stimme antwortete: „Ich hab gemacht, was ihr wolltet. Ich war im Bugturm und hab herausgefunden, wie sich das Kraftfeld abschalten lässt. Jetzt hole ich Melani. Also geh mir aus dem Weg!"

„Du musst nicht so schreien", erwiderte das Gespenst mit wachsender Verwunderung, ohne aber Anstalten zu machen, mich vorbei zu lassen. Dann kam es mir ganz nah und flüsterte mir drohend ins Ohr: „Ich spüre Deine Furcht, nackter Mann!"

Meine Maske der Unerschrockenheit bekam einen Sprung. Doch ich versuchte, diese Tatsache mit Sarkasmus zu überspielen, indem ich nun meinerseits ganz nah an das durchscheinende Ohr des Geistes herankam und ebenso drohend flüsterte: „Wenigstens lebe ich noch! Und ich bin auch kein Kannibale, so wie Du es warst!"

„Ich war nie ein Kannibale", brauste der Geist zornig auf. „Ich war Arzt, als ich noch lebte und habe bis zuletzt versucht, Menschenleben zu retten."

„Du kannst mir viel erzählen."

„Du glaubst mir nicht?" fragte der Grüne mit einem Anflug von Panik. Anscheinend bedeutete es ihm wirklich viel, mich von seiner Unschuld zu überzeugen.

„Nein", antwortete ich, verbesserte mich aber sofort. „Das heißt: Ja. Ja, ich glaube Dir nicht. Und es ist mir auch scheißegal, wer oder was Du zu Lebzeiten warst. Jetzt bist Du nur ein blödes Gespenst, das droht, ein Mädchen zu töten, das ich liebe. Also fahr zur Hölle!"

Ich hatte mich in Rage geredet, weil ich wirklich Angst um Melani hatte.

Und anscheinend hatte ich damit den Nerv des Gespenstes getroffen, denn es setzte fast weinerlich an, sich rechtfertigen zu wollen. Doch ich fuhr ihm ins Wort und donnerte es an: „Warum überhaupt verhandle ich hier mit einem beschissenen Arzt? Ich möchte mit dem Kapitän sprechen!"

Der Geist starrte mich mit offenem Mund so fassungslos an, wie schon einmal. Ein paar Mal setzte er an, etwas zu sagen, brachte aber mehrere Minuten lang kein Wort heraus. Dann sagte er völlig verwirrt und mehr zu sich selbst als zu mir: „So habe ich mir das bei Gott nicht vorgestellt."

Ich zuckte verständnislos mit den Schultern. Bevor ich diese Geste aber mit der Frage *Was?* untermalen konnte, erläuterte der Geist selbst schon seine Worte.

„So habe ich mir das tot sein nicht vorgestellt", erklärte er. „So habe ich es mir nicht vorgestellt, als Geist behandelt zu werden. Ich dachte, als Seele, als Mensch, der einmal gelebt und der Spuren hinterlassen hat, hätte ich ein bisschen Respekt und Ehrfurcht verdient."

Fast tat er mir leid. Doch noch immer war Melani in der Hand der Geister. Und ich kann niemanden respektieren, der einen von mir geliebten Menschen bedroht. Deshalb erwiderte ich nachdenklich: „Wer Furcht sät, wird niemals Ehrfurcht ernten."

Der Geist sah mir in die Augen und schien darin lesen zu wollen. Dann nickte er zustimmend und sagte: „Gut, rede mit dem Kapitän."

Dann zog er sich zurück und verschmolz mit der dunklen Masse der mich umringenden Gespenster. Langsam wurde der Kreis um mich immer enger. Ich fühlte den Hass der Geister gegen mich und die wachsende Bedrohung. Nervös drehte ich mich im Kreis, aus Angst, von hinten angegriffen zu werden.

„Wo ist denn der Kapitän?" schrie ich in die drohenden Schatten. „Wo ist Kapitän van Wildenhain?"

Langsam und zögernd löste sich einer der Schatten aus der Masse und schwebte schwankend auf mich zu.

„Ich bin es", lallte er theatralisch. „Ich bin Kapitän Jeffrey van Wildenhain."

Dabei verbeugte er sich taumelnd. Und als er sich wieder aufgerichtet hatte, lallte er weiter: „Womit kann ich dienen?"

Ich öffnete den Mund, um Melani von ihm zu fordern, da plusterte er sich vor mir auf wie ein eitler Gockel und begann lallend zu prahlen: „Ich bin der größte Kapitän aller Zeiten. Ich habe das größte Schiff gesteuert, das jemals die Weltmeere befahren hat."

Ich starrte den offensichtlich betrunkenen Geist ebenso fassungslos an, wie der Geist des Doktors zuvor mich angestarrt hatte. Der Kapitän fuhr immer weiter fort zu prahlen, dass er von Poseidon höchstpersönlich an dessen Tafel eingeladen wurde, wo er bis zum Ende aller Tage mit Rum versorgt werden würde, dass er an der Seite Poseidons über das Meer herrschen würde, und so weiter.

„Doktor?" fragte ich unsicher in die mich umringende Wand aus Gespenstern, denen die Schadenfreude über meine Enttäuschung über den Geist des Kapitäns deutlich anzumerken war. Obwohl der Geist des Doktors in der Masse der anderen Geister nicht leuchtete, entdeckte ich ihn. Er wirkte sehr ernst und versonnen, als er den Geist des Kapitäns und mich beobachtete. Aber er machte keine Anstalten, selbst wieder mit mir zu sprechen.

„Ich hole jetzt Melani", sagte ich zu ihm, da ich in ihm nun doch eher einen Gesprächspartner akzeptierte, als im Kapitänsgespenst. Doch kaum hatte ich es gesagt, da wuchs der Geist des Kapitäns zu riesiger Größe an und er schrie donnernd: „Nein! Das Mädchen bleibt bei mir!"

Hilfesuchend blickte ich zum Geist des Doktors. Doch der wandte sich jetzt von mir ab und tauchte in der Masse der Geister unter, die sich jetzt ebenfalls wieder drohend vor mir aufbauten. Die Situation stand kurz vor der Eskalation.

Melani, was soll ich machen?

Bring Dich in Sicherheit und vergiss mich.

Das könnte Dir so passen. Ich denk ja gar nicht dran!

„Okay", rief ich in die drohende Gespensterwand und gewann damit zumindest wieder ihre Aufmerksamkeit. „Ihr wollt die Menschheit auslöschen. Gut, bitte; ich hab es bereits erklärt. Drei Leute müssen den Vorgang starten, um das Wetterfeld abzuschalten und die Viren freizusetzen. Macht euren Scheiß allein."

„Wir können nicht in den Bugturm", schrie es mir aus der mich umringenden Schattenwand entgegen.

„Wieso nicht?" fragte ich. „Die Tür ist offen."

„Wir können nicht hinein!" schrie es wieder. Und in der nächsten Sekunde begann es. Ich wurde geschubst, gestoßen und geschlagen. Die Geister kreischten und zerrten an mir. Doch da erschien plötzlich Melani und befahl ihnen: „Lasst ihn los!"

Obwohl sie ganz leise gesprochen hatte, hatten alle sie gehört. Das Gekreische verstummte und die Geister starrten sie ungläubig an.

„Wie ist sie freigekommen?" fragte einer. Da verschaffte der Geist des Doktors sich zuerst Raum und dann Gehör.

„Sie glaubt nicht mehr an euch!" erklärte er der aufgebrachten Meute ganz ruhig. Die Geister zögerten einen Moment. Dann flog der erste auf Melani zu und versuchte, sie zu packen. Melani schloss ihre Augen und stand ganz ruhig da. Die Hand des Geistes ging einfach durch sie hindurch. Andere Geister folgten dem ersten aufgebracht. Ich wollte Melani zu Hilfe eilen, konnte die unsichtbare Mauer aber nicht durchbrechen. Da hörte ich Melanis Stimme ganz sanft in meinem Kopf:

Versuche nicht, gegen sie zu kämpfen, mein Engel. Sei ganz ruhig und ignoriere sie.

Dann können sie Dir nichts anhaben.

Da ich die Kraft der mich haltenden und an mir zerrenden Gespenster aber deutlich spürte, gelang es mir nicht, ruhig zu sein und sie zu ignorieren. Erst als Melani ganz langsam durch die Masse der sie angreifenden Schatten hindurchschritt und mich zärtlich bei der Hand nahm, übertrug sich ihre Ruhe auf mich. Es fühlte sich an, als würde eine Leichtigkeit und völlige Entspannung aus Melani in mich hineinströmen und mich ausfüllen.

Komm mit, sagte sie stumm zu mir und führte mich ganz langsam und ruhig an Deck und dann weiter bis zum Bugturm. Die wabernde Masse der Geister hatte uns bis an die Tür des Bugturmes begleitet und umringt. Doch sie hatten nicht mehr vermocht, uns aufzuhalten. Und als wir den Schiffsaufbau betraten, blieben sie kreischend an der Tür zurück. Sie konnten tatsächlich nicht hinein.

Erst jetzt, als wir in Sicherheit und getrennt von den Geistern waren, fiel Melani mir erleichtert und schwach um den Hals. Überglücklich küsste ich sie, hob sie hoch und trug sie in den nächsten Raum. Es war eines der Labore. Ich setzte Melani behutsam auf einen Sessel und füllte ihr am Waschbecken ein großes Glas mit Wasser, das ich ihr schnell an die Lippen führte. Sie trank gierig in großen Zügen das ganze Glas aus, lächelte mich dankbar an und sagte: „Danke."

Dann schlief sie fast im selben Augenblick vor Erschöpfung ein. Ich deckte sie mit einem Laken zu und ließ sie schlafen, während ich sie noch lange mit einer Mischung aus Wehmut und Bewunderung betrachtete. Dann kroch ich zu ihr auf den Sessel, nahm sie in meine Arme und schlief so bald ebenfalls ein.

Als ich erwachte, schien die Sonne durch das Fenster. Melani lag noch schlafend in meinen Armen. Lange betrachtete ich ihr schönes Gesicht. Ihre dunklen, fast schwarzen Haare flossen wie ein seidiger Schleier über ihre Wangen und bedeckten ihre kleinen, festen Brüste. Behutsam zog ich das Laken von ihrem zarten, geschundenen Körper. Als die Geister noch Macht über sie gehabt hatten und Melani sich gegen ihre Attacken gewehrt hatte, hatte sie einige Blessuren davongetragen; Schrammen, Aufschürfungen und blaue Flecken. Doch das tat ihrer Schönheit keinen Abbruch; ganz im Gegenteil: Sie war eine kleine Kämpferin und bekam durch ihre Wunden eine fast unwirkliche Schönheit. Sie wirkte wie eine Märtyrerin, wie eine Heilige. Doch ihre Wunden waren zum Glück nur oberflächlich. Sanft stich ich ihr eine Haarsträhne aus dem Gesicht und bedeckte ihre vollen, sinnlichen Lippen mit einem zärtlichen Kuss. Als ich meine Lippen wieder von ihren löste, schnurrte Melani leise, streckte sich und schlang ihre Arme um meinen Nacken, ohne die Augen zu öffnen. Noch einmal küsste ich sie mit all meiner Liebe. Und diesmal erwiderte Melani meinen Kuss und wir verschmolzen in diesem zu einer einzigen Seele. Der zarte, sinnliche Geruch, der Melanis Körper entströmte, sieg mir zu Kopf und ich spürte, wie ihr junger, geschmeidiger Körper sich an mich schmiegte; ihre Arme, die mich umschlangen und an sich zogen, ihre kleinen, festen Brüste, die sich an meine Brust pressten und ihre Schenkel, die mich ebenfalls umschlangen und festhielten. In diesem Moment gab es nur uns beide; Melani und mich. Sogar Mia und Sintija, um die ich mich sorgte, seit wir von ihnen getrennt waren, entschwanden während unseres Kusses aus meinen Gedanken. Es tat gut zu lieben und geliebt zu werden; von ganzem Herzen und mit einer erwachenden Leidenschaft, die uns für die Entbehrungen der letzten Tage überreich entschädigte. Melani zu küssen, sie zu schmecken und zu riechen, ihr Verlangen, ihre Erregung und ihre Hingabe ebenso zu spüren, wie ihren nackten Körper unter meinem Körper und in meinen Händen, war wie ein Funke in einer Dynamitkiste. Mein Penis schwoll so schnell und intensiv an, dass es beinahe schmerzte. Ich war überzeugt, dass er bei der geringsten Berührung platzen würde wie ein zu fest aufgeblasener Luftballon. Doch als Melani spürte, was sich da zwischen uns ausbreitete, tastete sie sofort danach und umschloss ihn mit ihren kleinen Fäusten. Unsere Lippen trennten sich und Melani streichelte mit meiner dunkelroten, prallen Eichel über die kleinen, harten Knospen ihrer Brüste. Meine Erregung war so stark, dass ich befürchtete, schon in diesem Moment zum Höhepunkt zu gelangen. Um das zu verhindern, entzog ich mich mit sanfter Gewalt Melanis leidenschaftlichem Griff und rutschte von ihr herunter auf den Boden. Melani lag noch mit gespreizten Schenkeln auf dem Sessel. Ich sah, wie ihr Becken vor Erregung zitterte, zog behutsam ihre äußern Schamlippen auseinander und bedeckte die inneren mit einem zärtlichen Kuss. Melani roch und schmeckte nur sehr schwach, aber unendlich gut und berauschend. Immer wieder presste ich meine Lippen auf die kleinen, zarten Hautfältchen. Ich zog mit meinen Lippen an ihnen, leckte ganz behutsam mit meiner Zungenspitze bis zu ihrer Klitoris und sog auch an dieser. Melani begann immer heftiger zu zittern. Behutsam begann ich, an ihren Schamlippen zu knabbern und auch mit meinen Zähnen an ihnen zu ziehen. Melani stöhnte und bäumte sich auf. Um sie nicht zu verletzen, gaben meine Zähne sie wieder frei und ich leckte und saugte immer intensiver an ihrer mir so fordernd dargebotenen, erregten Klitoris. Melani war gefangen in einem nicht enden wollenden Orgasmus. Zitternd, bebend und hechelnd krallte sie sich in die Armlehnen des Sessels und flehte mich an, nicht aufzuhören. Doch ich hatte gar nicht vor, aufzuhören. Viel zu erregend empfand ich selbst dieses leidenschaftliche Spiel der Ekstase. Melanis Beben und ihre Zuckungen wurden immer heftiger und unkontrollierter. Es kostete mich immer mehr Kraft, ihr Becken so fest zu halten, um sie weiter lecken zu können. Doch ich ließ mich nicht abschütteln. Und schließlich bäumte Melani sich ein paar mal hintereinander mit fast übermenschlicher Kraft auf und sank dann bewusstlos zurück ins Polster. Selbst in ihrer Ohnmacht zuckte und bebte ihr kleiner Körper noch konvulsivisch. Schnell sprang ich wieder zu ihr auf den Sessel, nahm sie in meine Arme und hielt sie ganz fest, bis sie langsam wieder ruhig wurde.

Mein wunderschöner, kleiner Engel!

Erst jetzt, als Melani friedlich in meinen Armen schlief, begannen meine Gedanken wieder zu wandern. Draußen dämmerte es bereits. Ich fragte mich, wo der Tag geblieben war und spürte die Sorge um Mia und Sintija mit neuer Macht mein Herz umklammern.

Wo seid ihr nur? fragte ich mich still, während ich gedankenverloren über Melanis Brüste streichelte. In diesem Moment ließ mich ein ferner Knall zusammenzucken. Auch Melani fuhr aus ihrem Schlaf hoch und sah mich fragend an.

„Was war das?" fragte sie mich erschrocken. Gleichzeitig sprang ich schon auf und lief, mit Melani auf meinen Armen an Deck der POSEIDON. In der Ferne erblickten wir einen leuchtenden Punkt am Himmel.

„Die Signalpistole!" stellte Melani aufgeregt fest und fügte sofort voller Hoffnung und Euphorie hinzu: „Das sind Mia und Sintija!"

Ich stellte Melani auf den Boden und gemeinsam liefen wir an die Reling. Und tatsächlich entdeckten wir in der Ferne die Silhouette der SINTIJA. Obwohl sie zu weit weg waren, um uns hören zu können, riefen wir aufgeregt winkend der Yacht und den beiden sich darauf befindlichen Mädchen zu: „Hallo, hier sind wir. Könnt ihr uns sehen?"

Die Yacht war auch zu weit weg, um Einzelheiten darauf erkennen zu können. Doch ein kleines Aufblitzen an Deck ließ mich die Überzeugung gewinnen, dass Mia oder Sintija durch das Fernglas blickten.

„Sie sehen uns!" sagte ich daher zu Melani und nahm sie überglücklich in meine Arme. Und erst bei dieser Gelegenheit wurde ich mir wieder meiner anhaltenden Erektion bewusst, da Melani meinen steil aufgerichteten Penis dabei in ihre Hand nahm und liebevoll zur Seite bog.

Doch Melanis und meine Euphorie hielt nicht lange an, denn mit zusammengekniffenen Augen mussten wir hilflos zusehen, wie die SINTIJA sich ganz plötzlich wieder von der POSEIDON entfernte und hinter dem Horizont verschwand.

„Wir müssen einen Weg finden, das Wetterfeld abzustellen, ohne die Viren freizusetzen", sagte ich nachdenklich und ernst. Melani sah mich fragend an.

„Komm mit", sagte ich sanft, nahm sie bei der Hand und führe sie wieder in den Bugturm. Dort erzählte ich ihr alles, was ich erlebt und erfahren hatte, seit wir durch die schattenhaften Geister voneinander getrennt worden waren. Melani hörte mir aufmerksam zu. Dann erzählte sie mir: „Es war der Geist des Doktors, der mich gestern befreit hat. Er kam zu mir und hat gesagt, dass ich an die Fesseln und an die Macht der Geister nicht glauben darf, weil nur mein eigener Glaube daran ihnen die Macht gibt, mich zu halten. Dann hat er mich zu Dir geführt."

„Vielleicht hab ich ihm Unrecht getan", erwiderte ich nachdenklich und Melani erzählte mir weiter, dass der Kapitän, Jeffrey van Wildenhain nicht bei der Auseinandersetzung mit den kannibalischen Meuterern umgekommen war, sondern sich totgesoffen hatte. Ich wusste nicht, ob das den Zustand seiner umherwandelnden Seele erklärte. Aber es war die einzige Erklärung, die wir hatten.

„Also", fragte mich Melani, nachdem sie mir mitgeteilt hatte, was sie während der Zeit unserer Trennung erfahren hatte, „was machen wir jetzt?"

„Wir müssen rausfinden, was es mit den Viren auf sich hat und ob man das Kraftfeld abschalten kann, ohne sie freizusetzen", antwortete ich und Melani stimmte mir zu: „Genau."

„Auf der *SINTIJA* gibt es genug Wasser und Vorräte für die nächsten Monate", meinte ich sehr nachdenklich. „Aber ich mache mir trotzdem Sorgen, weil kein anderes Schiff, das im Laufe der Zeit in das Flaute-, beziehungsweise Wetterfeld der *POSEIDON* geraten ist, noch da ist. Wenn sie aus dem Kraftfeld nicht entkommen konnten; wo sind sie dann hin?"

Melani sah mich besorgt an. Ich überlegte einen Augenblick, dann sagte ich: „Ich hab eine Idee."

Wir konnten den Horizont nicht ständig im Auge behalten und also leicht übersehen, wenn die *SINTIJA* auftauchte und wieder verschwand. Die einzige Möglichkeit zu verhindern, dass die Yacht sich wieder von der *POSEIDON* entfernte, wenn sie hier auftauchen sollte war, Mia und Sintija zu ermöglichen, die Yacht daran festzumachen.

„Wir müssen an beiden Seiten des Schiffes Seile befestigen, die bis ins Wasser reichen", erklärte ich. „Wenn Mia und Sintija wirklich plötzlich wieder neben dem Schiff auftauchen, können sie die *SINTIJA* daran festbinden."

„Warum haben wir daran nicht schon früher gedacht?" fragte Melani und ich antwortete nachdenklich: „Weil wir nicht wussten, womit wir es zu tun haben."

Das stimmte. Wir mussten uns also keine allzu großen Selbstvorwürfe machen. Entschlossen liefen wir aus dem Bugturm, um aus dem Heckturm Seile zu holen. Doch die Sonne war inzwischen untergegangen und die dunkeln Schatten der Geister warteten bereits drohend auf uns.

„Sie können uns nichts anhaben", murmelte ich vor mich hin, um mir selbst Mut zu machen. Doch irgendetwas sagte mir, dass etwas anders war, als während der vergangenen Nacht. Ich spürte ganz deutlich eine drohende Gefahr und blieb wieder stehen.

„Was ist los?" fragte Melani flüsternd und wollte mich weiter ziehen. In dem Moment sah ich etwas Dunkles aus den Schatten auftauchen und auf Melani zufliegen. Um sie zu warnen, war es zu spät. Ich hielt noch ihre

Hand und zog sie blitzschnell zur Seite. Da spürte ich auch schon einen brennenden Schmerz in meinem Bauch. Und als ich an mir nach unten blickte, sah ich den Schaft einer riesigen Harpune aus meinem Leib herausragen. Ich warf noch einen Blick auf Melani und versuchte, zu lächeln. Dann fiel ich kerzengerade rückwärts um und knallte auf das rostige Deck der *POSEIDON*.

Ende, aus, Game over!

23 TOT

Wieder einmal ging ich ein in das große, unbekannte Nichts. Ich war tot!

Zeit und Raum hörten auf zu existieren. Ich sah nicht einmal ein Licht, auf das ich zusteuerte. Ich sah gar nichts. Ich hörte nichts, ich fühlte nichts, ich dachte nichts. Jedes Bewusstsein endete und die Welt drehte sich ohne mich weiter, bis nach Äonen aus dem Nichts wieder ein neues Bewusstsein erstand. Ich befand mich noch immer auf der *POSEIDON*. Doch ich fühlte mich schwerelos und schien zu schweben. Aus dem Dunkel, das mich verschlungen hatte, tauchten die Gestalten der Besatzung des Schiffes auf, auf dem ich gestorben war; auf dem ich ermordet worden war von eben jenen Seelen, die ich hatte retten sollen. Doch jetzt sah ich sie nicht mehr als Schatten, sondern als die Männer, die sie gewesen waren, als sie noch gelebt hatten. Obwohl ich keinen von ihnen zu seinen Lebzeiten gekannt hatte, hätte ich jeden bei seinem Namen nennen können. Aber Namen hatten keine Bedeutung mehr für sie, denn ich sah noch mehr in ihnen, als nur das Abbild der Menschen, die sie einst gewesen waren; ich sah in jedem von ihnen die Summe seines Lebens, die Summe der Liebe, die er zu Lebzeiten gegeben hatte und die Summe der Liebe, die er erhalten hatte; die Summe all seiner Taten, der guten, wie der schlechten; die Summe seiner Gedanken und Empfindungen; all das, was ihn zu dem gemacht hatte, was er zum Zeitpunkt seines Todes gewesen war; eine Hülle, angefüllt mit seinem gelebten Leben. Die meisten von ihnen waren halb leer und halb verdorben. Nur wenige von ihnen hatten sich in ihrem Leben etwas Gutes bewahrt; aber keiner war ein Heiliger. Der beste von ihnen war die Seele des Mannes, der einmal Doktor Pablo Rodriguez gewesen war. Und dennoch lastete auf dieser Seele die Schuld am Tod von dreiundzwanzig Menschen; mehr als auf den meisten anderen Seelen. Einige hatten Morde begangen, andere hatten weggesehen und wieder andere hatten den Tod ihrer Mitmenschen ganz einfach in Kauf genommen. Und hier auf der *POSEIDON* hatten sie sich gegenseitig getötet und verspeist. Doktor Rodriguez hatte als junger Assistenzarzt in einem Seuchenforschungslabor *nur* ein Reagenzglas zerbrochen. Das hatte zweiundzwanzig Patienten und einer jungen Krankenschwester das Leben gekostet. Verursacht worden war sein Fehler durch den Druck der Verantwortung, der Stress erzeugt und Hektik ausgelöst hatte. Ein winzigkleiner Fehler nur, doch mit verheerenden Folgen, die sich der Doktor zu Lebzeiten selbst nie verziehen hatte. Das, was die Männer Tieren oder der Natur angetan hatten, hatte keiner von ihnen zu Lebzeiten jemals auch nur als Sünde oder Fehler angesehen; nicht einmal der Doktor. Und dennoch war der Doktor eine fast reine Seele. Da, wo ich jetzt stand, gab es keine Geheimnisse mehr. Ich konnte in jeder der Seelen lesen, wie in einem offenen Buch. Das Leben jedes einzelnen von ihnen lag offen vor mir. Ich musste darin nicht blättern. Alles war klar. Ich war froh, nicht über diese Seelen richten zu müssen.

Der Doktor machte den anderen Seelen Vorwürfe für den Mord an mir.

„Wenn er stirbt", sagte er eindringlich, „dann haben wir vielleicht unsere einzige Chance getötet, dass wir aus dieser Hölle zumindest noch ins Fegefeuer kommen."

Anscheinend glaubte er, dass ich noch lebte. Ich wollte ihm sagen, dass es für eine Hoffnung auf eine Rettung durch mich zu spät wäre, doch eigenartigerweise konnte er mich weder sehen noch hören. Zuerst glaubte ich, dass er mich nur ignorierte und dass er nicht wahrhaben wollte, dass ich ebenso tot war, wie er selbst. Doch dann erkannte ich, dass er mich wirklich nicht wahrnahm.

Wie kann das sein? fragte ich mich. Ich war ein Geist unter Geistern, eine Seele unter Seelen, und dennoch befand ich mich in einer anderen Dimension als sie. Während ich noch so grübelte, fühlte ich plötzlich, wie jemand behutsam meine Hand ergriff. Erschrocken fuhr ich herum und erblickte Ottavia, die mich sanft anlächelte. Sie war von fast überirdischer Schönheit und schien von innen zu leuchten. Ich fragte mich, warum ich plötzlich wieder Ottavia in ihr sah und nicht mehr Melani. Ich hatte diesen Namen doch schon so sehr verinnerlicht gehabt.

Was ist los mit uns? fragte ich verwirrt und mit einer unerklärlichen Angst um das Mädchen, das meine Hand hielt, ohne dabei meine Lippen zu öffnen.

Es ist Zeit, dass Du zurückkehrst, antwortete Ottavia mir ebenso.

Nein, schrie ich stumm. Ottavia war in meiner Dimension, doch ich fühlte, wie sie mir entglitt und in die Dimension der anderen Seelen hinüberwechselte. Ihre Hand wurde in meiner immer dünner, bis sie sich ganz auflöste.

Was soll das? schrie ich panisch und verwirrt. Doch Ottavia schien mich nicht mehr hören zu können. Stattdessen wurden die anderen Seelen auf sie aufmerksam und kamen in nicht sehr freundschaftlicher Weise auf sie zu. Es war die Seele des Doktors, die sich schützend vor sie stellte.

Was ist hier nur los?

Erst jetzt blickte ich mich um, um mich zu orientieren und festzustellen, an welchem Ort der *POSEIDON* ich mich überhaupt befand. Der Weg, den Ottavia zu mir gekommen war, funkelte wie die Milchstraße; eine Fährte aus Milliarden Sternen in der Finsternis. Schneller als ein einziger

Herzschlag war ich am Ausgangspunkt dieses Weges und fand Ottavia und mich leblos in einem der Labore. Ottavia lag auf einem Bett und meine leere Hülle lag auf einer Matte auf dem Boden. Mein Bauch war mit einem blutdurchtränkten Verband umwickelt, aus dem der abgebrochene Stiel der Harpune ragte und ein Schlauch führte von Ottavias Armbeuge zu meiner. Sie hatte ihr Blut für mein Leben gegeben und dabei selbst das Bewusstsein verloren. Ich sah auf den ersten Blick, dass das Blut in dem Schlauch nicht mehr floss. Ottavia war tot; so tot wie ich selbst. Doch da sah ich, dass mein Herz noch schlug und fühlte, wie ich – der Geist – zurück in meinen Körper gesogen wurde. Wieder endete jedes Bewusstsein und ich glaubte, dass der Tod nichts weiter als das Vergessen wäre. Doch auch diese Leere ging vorüber und ich erwachte in einem schmerzenden, schwachen und geschundenen Körper. Allein der Versuch, meine Augen zu öffnen, fühlte sich so an, als wenn mein Kopf explodieren wollte. Und als ich sie dann offen hatte, konnte ich nichts erkennen. Ich sah alles wie durch einen dicken Nebelschleier. Als ich versuchte, mich aufzurichten, fühlte es sich so an, als wenn ich erneut von der Harpune durchbohrt werden würde. Ich konnte mich nicht bewegen, ich konnte nichts sehen und fragte mich nur, warum ich noch lebte.

„Bleib ganz ruhig, mein Engel", hörte ich da Ottavias Stimme beruhigend flüstern und glaubte, den Hauch ihres Atems an meinem Ohr zu fühlen.

Du bist da! dachte ich erleichtert. Zum Sprechen war ich viel zu schwach.

„Ja, ich bin da!" antwortete Ottavia und küsste mich auf die Stirn. Und so schlief ich beruhigt wieder ein.

Wie lange ich schlief, wusste ich nicht. Es fühlte sich an, wie Ewigkeiten. Doch als ich langsam wieder zu Bewusstsein kam, fühlte ich mich erstaunlich erholt und beinahe schmerzfrei. Nur auf meinen Augen lag noch eine zentnerschwere Last, die es mir unmöglich machte, sie zu öffnen.

„Er wird wach", sagte eine vom Weinen heisere Stimme schwach aber aufgeregt und ich fühlte, dass meine Hand sanft gedrückt wurde.

Das ist nicht Ottavias Stimme, wunderte ich mich. Und die Stimme sagte ganz sanft und liebevoll: „Nein, ich bin nicht Ottavia, Papa. Ich bin es: Sintija!"

Sie hätte es mir nicht sagen müssen. Ich hatte ihre Stimme sofort erkannt. Ich begriff nur nicht, wie das sein konnte.

„Sintija!" flüsterte ich ganz schwach und erwiderte mit zitternden Fingern den Druck ihrer Hand.

„Oh mein Gott, Du lebst!" sagte da Elaines Stimme schluchzend. Und im nächsten Moment spürte ich heiße Tränen mein Gesicht benetzen und zärtlich mich küssende Lippen. Ich wollte so gerne die Augen öffnen. Ich wollte die Mädchen sehen. Ich wollte sie ansehen. Aber ich schaffte es noch immer nicht.

„Wo ist Ottavia?" fragte ich schwach. Sintija und Elaine schwiegen. Ihr Schweigen tat weh und ließ mein Herz wild pochen. Mühsam zwang ich mich dazu, meine Augen zu öffnen, nur um in den geröteten Augen der beiden geliebten Mädchen die schreckliche Wahrheit zu lesen: Ottavia war tot!

„Nein", schrie ich tonlos und fühlte, wie mir die Tränen in die Augen schossen. „Sie hat noch mit mir gesprochen. Und sie hat mich geküsst. Sie kann nicht tot sein!"

Der Schmerz und der Schock waren zuviel für mich. Ich sank wieder zurück in eine dumpfe Ohnmacht. Bilder von Ottavia tauchten vor meinem geistigen Auge auf; Erinnerungen an gemeinsam erlebte Momente und Träume von dem, was wir noch hätten erleben sollen:

Wir waren nackt und liefen Hand in Hand einen wunderschönen, weißen Strand entlang. Wir waren so ausgelassen und glücklich wie Kinder und tobten verliebt durch den weichen, von der Sonne erwärmten Sand. Übermütig nahm ich Ottavia bei den Hüften, hob sie hoch und drehte mich mit ihr. Doch dann wurde mir plötzlich bewusst, dass das alles nur ein Traum war. Melancholisch ließ ich sie wieder herunter und blickte in ihre wunderschönen, dunklen und geheimnisvollen Augen. Da flüsterte sie mit soviel Liebe in ihrer warmen, weichen Stimme, dass mir davon Tränen in die Augen stiegen: „Sei nicht traurig, mein Engel. Ich werde immer bei Dir sein!"

Dann küsste sie mich so sanft, wie noch nie ein Mann geküsst worden war und schmiegte ihren jungen, geschmeidigen Körper an mich. Ich hielt sie ganz fest, konnte aber nicht verhindern, dass sie sich in meinen Armen auflöste. Doch ich löste mich mit ihr auf und sank zurück in die Dunkelheit meiner Trauer.

Warum Ottavia, fragte ich mich immer wieder, *warum nicht ich?*

Ich hätte mein Leben so gern für ihres hingegeben. Warum nur lebte ich und sie war tot? Ich war ohne jeden Lebenswillen und wollte nicht mehr aus meinem Zustand des Vergessens zurückkehren. Nicht einmal den mich liebevoll und zärtlich umsorgenden Mädchen, Elaine und Sintija gelang es, mir meinen Lebenswillen zurückzugeben. Ich war für Ottavia verantwortlich gewesen. Ich hatte versprochen, sie zu beschützen. Aber sie war tot. Ich hatte versagt. Ich fühlte mich schuldig und wollte mit dieser Schuld nicht weiterleben.

Du musst aber weiterleben, schlich sich da Sintijas Stimme in meine düsteren Träume. *Wenn nicht meinetwegen, dann zumindest für Mia! Sie leidet und trauert ebenso sehr wie Du. Und wenn Du sie jetzt auch noch verlässt, dann wird sie es nicht überleben.*

Ich hatte doch schon genug Schuldgefühle. Warum musste Sintija mir jetzt noch neue aufbürden?

Du musst trauern, fuhr sie eindringlich fort. *Das ist wichtig! Aber lass nicht zu, dass Du durch Dein Selbstmitleid noch mehr Leid erzeugst. Mia und ich leben noch. Und wir lieben noch! Und Melani wird für immer in unseren Herzen weiterleben!*

Wieder fiel ich in ein schwarzes Nichts. Aber Sintijas Worte wirkten in mir nach und als ich wieder erwachte, hatten sie mein Herz ausgefüllt.

„Sintija?" fragte ich schwach und öffnete mühsam meine Augen.

„Ich bin hier, Papa", antwortete sie. Trotz der Traurigkeit in ihrer Stimme konnte ich doch auch ihre Hoffnung heraushören. Und als ich sie jetzt wie einen Engel über mich gebeugt erblickte, versuchte ich sogar ein zaghaftes Lächeln und sagte: „Ich bin wieder da, mein Engel."

Trotzdem konnte ich nicht verhindern, dass die Trauer um Ottavia mir erneut dicke Tränen aus den Augen kullern ließ. Sie hatte eine so große Leere in mir zurückgelassen, die auch Sintija und Elaine nicht ausfüllen konnten. Doch ich fühlte jetzt wieder, dass jede der beiden einen ebenso großen Teil meines Herzens besaß und ausfüllte. Ich hätte mir niemals verzeihen können, sie bewusst zu verletzen. Sintija weinte ebenfalls und schluchzte unter liebevollen Küssen: „Ich bin so froh, Papa!"

„Danke", hauchte ich schwach, da ich mir durchaus bewusst war, dass Sintija mich ins Leben zurückgeholt hatte, indem sie mir meinen Lebenswillen wieder gegeben hatte. Doch sie sagte nur abwehrend: „Mia hat Dich gerettet, Papa!"

„Wo ist sie?" fragte ich schnell. Da hörte ich Elaines Stimme aus der anderen Richtung meines Bettes heiser antworten: „Ich bin hier, mein Engel."

Langsam und unter Schmerzen drehte ich meinen Kopf und sah gegenüber von Sintija Elaine an meinem Bett sitzen. Sie hatten beide über mich gewacht. Meine Tränen flossen noch immer. Und auch Elaine weinte, als unsere Blicke sich trafen.

„Bitte halt mich", bat ich sie schluchzend. Da schlang sie sofort ihre Arme um meinen Nacken, hob meinen Kopf behutsam in ihren Schoß und wiegte mich so sanft, wie ein Baby, bis ich irgendwann wieder ruhig wurde und meine Tränen versiegten.

Es vergingen noch mehrere Tage, in denen jeder Blick auf Elaine und Sintija eine Flut von Tränen bei mir auslöste, weil meine Gedanken immer nur um Ottavia kreisten und es mir einfach nicht gelang, mich nicht mehr schuldig zu fühlen. Aber zumindest wurde ich körperlich langsam wieder stärker, obwohl ich das Gefühl hatte, von der Hüfte abwärts gelähmt zu sein. Die Mädchen hatten bisher vermieden, über meinen Zustand mit mir zu reden. Aber je klarer und kräftiger ich wurde, umso mehr grübelte ich auch über die aktuelle Situation nach. Ich hatte Fragen, auf die ich Antworten haben wollte. Und ich wollte Mia? Elaine? und Sintija auch erzählen, was Ottavia und ich erlebt hatten, seit wir die *POSEIDON* betreten hatten. Es wurde Zeit, miteinander zu reden. Also rief ich die beiden zu mir und begann mit meiner Erzählung. Ich befürchtete, dass sie mir nicht glauben würden, als ich zu dem Punkt kam, an dem die Geister der Besatzung der *POSEIDON* ins Spiel kamen. Doch sie zeigten keinerlei Überraschung oder Unglauben. Mia sah mir wohl an, dass ich mit irgendeiner Bemerkung oder Reaktion rechnete, denn sie sagte: „Melani hat uns von ihnen erzählt. Und außerdem haben wir selbst schon ihre Bekanntschaft gemacht. Erzähl bitte weiter, mein Liebling. Und dann erzählen wir, was wir erlebt haben."

Ich beendete meinen Bericht, soweit ich es vermochte. Und dann begann Mia mit der Frage: „Warum sagst Du wieder Ottavia und Elaine, nennst Sintija aber weiter Sintija?"

Ich hatte mir diese Frage selbst schon gestellt und konnte deshalb auch ohne zu zögern antworten: „Als ich auf der Kippe zwischen Leben und Tod stand, habe ich in Melani wieder das Mädchen gesehen, als das ich sie kennengelernt hatte; Ottavia. Wenn ich an Dich dachte, ging es mir genauso. Sintija habe ich als Sintija kennengelernt, deshalb ist sie auch immer Sintija für mich geblieben, obwohl ich ihren eigentlichen Namen erfahren habe."

„Ich bin Sintija!" sagte Sintija da ganz leise aber mit Nachdruck. „Der Name, auf den ich vorher gehört habe, war nur ein Klang wie eine Klingel oder eine Hupe. Er hatte keine Bedeutung."

Mia nickte zustimmend und meinte dann: „Melani ging es ebenso. Als sie starb, war sie Melani, weil sie sich dafür entschieden hatte, Melani zu sein."

„Sie hatte sich dafür entschieden, als Melani zu leben und nicht, als Melani zu sterben", erwiderte ich und begann bei diesen Worten schon wieder wie ein Schlosshund zu heulen.

Seit meine Abenteuer mit Elaine und Ottavia begonnen hatten, hatte ich zum ersten Mal in meinem Leben das Gefühl gehabt, jemand zu sein und etwas erreichen zu können. Doch all meine Heldenhaftigkeit wurde jetzt davon gespült in einer Flut aus Tränen. Ich war kein Held. Ich war nur ein jämmerlicher Waschlappen, der es nicht schaffte, seine Trauer zu beherrschen und zu verarbeiten.

Ich vermisse Dich so sehr!

„Das tun wir auch, Papa!"

Damit war unser Gespräch erst einmal wieder beendet, denn auch Mia und Sintija weinten schluchzend um Melani.

Als wir uns dann alle wieder unter Kontrolle hatten, setzten wir uns erneut zusammen; das heißt: Ich lag und Mia und Sintija saßen an meinem Bett.

„Das Wichtigste zuerst", begann Mia. „Es war Melani, die uns hierher geholt hat. Sie erschien bei uns auf der Yacht und hat uns erzählt, dass Du stirbst, wenn wir Dich nicht retten."

Irgendwie verstand ich nicht, was Mia erzählte. Wie konnte Melani auf die *SINTIJA* gekommen sein? Mia sah mir meine Verständnislosigkeit wohl an, denn sie unterbrach sich, sah mir lange, zärtlich und nachsichtig in die Augen und setzte dann von neuem an: „Die Geister der *POSEIDON* können einen Menschen nicht direkt verletzen oder ihn festhalten, wenn dieser sich weigert, daran zu glauben. Das hat Melani von dem Doktor erfahren. Aber sie können Materie bewegen. Als Melani ihnen entkommen ist, haben sie sich von euch betrogen gefühlt ..."

„Wie hätten wir sie betrügen sollen? Wir wollten ihnen doch sogar helfen."

„Ich weiß, mein Engel. Nur sie wussten es nicht und waren zornig. Und als ihr wieder an Deck erschienen seid, hat einer die Harpune auf Melani abgeschossen. Es war ein guter Schuss, der Melanis Herz durchbohrt hätte, wenn Du nicht so schnell und beherzt gehandelt hättest."

„Melani hat die Harpune gar nicht gesehen. Woher will sie wissen, dass sie ihr Herz getroffen hätte?" fragte ich bitter. „Vielleicht hätte sie gar nicht getroffen und nichts wäre passiert, wenn ich nicht so panisch reagiert hätte. Oder vielleicht hätte ich auch nur besser reagieren müssen, um nicht selbst verletzt zu werden."

Wieder fühlte ich die Schuldgefühle in mir aufsteigen, denn durch mein Handeln war ich verletzt worden und dadurch hatte Melani sich veranlasst gefühlt, mein Leben durch eine Blutspende zu retten. Dass sie dabei ihr Bewusstsein verlieren und mir mehr Blut geben würde, als sie entbehren konnte, damit hatte sie sicher nicht gerechnet.

„Der Geist des Doktors hat uns erzählt, wie präzise die Harpune abgeschossen war; und auch, dass es eigentlich unmöglich war, Melani zu retten; selbst in den Augen von Geistern, oder Seelen. Seitdem fürchten sie Dich."

„Mich braucht niemand zu fürchten", erwiderte ich in Anspielung auf meine gefühllosen Beine bitter. Mia ging darauf nicht ein, sondern fuhr fort: „Und Melani wusste, dass sie sterben würde! Was sie getan hat, das hat sie getan, um Dein Leben zu retten, und zwar in zweifacher Hinsicht: Erstens wärst Du ohne ihr Blut verblutet. Und zweitens hat sie in ihrem eigenen Tod die einzige Chance gesehen, Kontakt zu uns aufzunehmen."

„Es wäre besser gewesen, ich wäre verblutet, als sie."

„Warum glaubst Du, dass Melani Dich weniger geliebt hat, als Du sie, Papa?" fragte da Sintija. Ich blickte ihr nachdenklich in die fragenden Augen, konnte ihr aber keine Antwort darauf geben, da ich die Frage nicht verstand oder verstehen wollte. Und da sagte sie mit vollster Überzeugung: „Wenn Du an Melanis Stelle gestorben wärst, dann würde sie Dich ebenso vermissen, wie Du sie vermisst. Sie würde sich dieselben Vorwürfe deswegen machen. Und sie würde sich wünschen, dass sie tot wäre und nicht Du."

„Wenn es in meiner Macht liegen würde, dann würde ich sofort mit

Melani tauschen, damit sie noch da wäre", erwiderte darauf Mia und ihre Tränen begannen wieder zu fließen.

„Ich auch", sagte Sintija sofort und lief schluchzend davon.

Ich hätte sterben sollen, dachte ich mir nur. Doch da schrie Mia mich verzweifelt an: „Nein! Niemand von uns hätte sterben sollen. Aber jeder von uns würde sein Leben für den anderen geben. Verstehst Du das nicht?"

Ich schwieg. Aber Mias Worte drangen tief in mein Herz. Und nach einigen Minuten des Grübelns fragte ich sie mit neuen Schuldgefühlen: „Bin ich hochmütig? Stelle ich meine Liebe zu euch über eure Liebe zu mir, wenn ich euch das Recht abspreche, für mich zu sterben?"

Mia antwortete nicht, sie wischte sich die Tränen aus den Augen und versuchte in meinem Gesicht zu lesen. Und ich versuchte meine Frage mit den Worten zu erklären: „Ich weiß nicht, wie ich mit dieser Schuld leben soll. Es fühlt sich so an, als hätte ich Melani mit meinen eigenen Händen getötet."

„Das hast Du aber nicht, mein Engel!"

Mia umschlang wieder meinen Nacken, drückte mein Gesicht sanft an ihre Brüste und küsste mich zärtlich auf die Stirn. Ich schloss meine Augen und sog den betörenden Duft ihrer Haut ein. Doch das Bewusstsein, dass ich Melani nie wieder riechen, schmecken, sehen, hören, spüren oder auf sonst irgendeine Weise wahrnehmen konnte, ließ mich dieses so unglaublich schöne Gefühl nicht genießen. Normalerweise hätte ich durch Mias Zärtlichkeit schon längst eine Erektion bekommen. Doch jetzt? Jetzt fühlte ich unterhalb meiner Hüfte gar nichts. Und nicht einmal in meinem Kopf spielte sich etwas ab, außer Trauer und Schuldgefühle.

„Wir fühlen uns alle schuldig", flüsterte Mia traurig. „Sintija und ich haben uns schon so oft vorgeworfen, dass wir euch allein auf die *POSEIDON* haben gehen lassen. Wir brauchen alle Zeit, um zu lernen, mit dem Verlust umzugehen. Aber in uns wird Melani immer weiterleben; vor allem in Dir, denn in Dir fließt ihr Blut."

Ich drückte einen zaghaften Kuss durch den Stoff von Mias Bikini auf ihre Brust und flüsterte heiser: „Danke mein Engel."

Ich wusste, dass ich es ohne Mia und Sintija überhaupt nicht würde schaffen können, meine Trauer zu bewältigen. Ich hatte ja schon Fortschritte gemacht, als es Sintija gelungen war, mir meinen Lebenswillen zurückzugeben. Doch ich verfiel immer wieder in meine Trauer, Selbstvorwürfe und Depressionen. Mia hatte Recht: Wir brauchten alle Zeit!

Die Geister der Besatzung der *POSEIDON* konnten nicht in den Bugturm. Melanis Seele konnte es, weil sie zu Lebzeiten innerhalb des Wetterfeldes im Bugturm gewesen und hier auch gestorben war. Doch Melani zeigte sich nicht. Sie war in unseren Herzen und in unseren Gedanken und Träumen, aber sie erschien uns nicht als Geist und ich fragte mich mit wachsender Unruhe, warum sie das nicht tat.

Mia und Sintija erzählten mir noch einmal, wie Melanis Seele auf der *SINTIJA* erschienen war.

„Sie schien so klein und schwach zu sein", erzählte Mia, „und sie hatte Mühe, für uns sichtbar zu bleiben und uns alles zu mitzuteilen, was sie uns zu sagen hatte ... Sie sagte, dass Du im Sterben liegst und wir so schnell wie möglich auf die *POSEIDON* müssten, um Dich zu retten. Wir haben sie gefragt, was mit ihr war und warum sie uns auf diese Weise erscheinen konnte. Aber sie antwortete, dass sie keine Zeit hätte, um das alles zu erklären. Dann forderte sie uns auf, den Erste Hilfe Kasten und die Schwimmbretter zu holen und ihr zu folgen. Wir stiegen ins Wasser und paddelten in die Richtung, die sie uns zeigte, bis wir tatsächlich hier ankamen und an einem Seil, das am Bug bis ins Wasser hing, heraufklettern konnten. Melani hatte uns beschrieben, wo wir Dich finden konnten ..."

Bei der Erinnerung daran, wie sie in den Raum kamen, in dem Melani und ich gelegen hatten, brach Mia wieder in Tränen aus und Sintija saß mit geschlossenen Augen und zitterndem Kinn schweigend neben ihr. Ich tastete behutsam nach den Händen der beiden Mädchen und nach einer Weile fuhr Mia fort: „Wir haben auf den ersten Blick gesehen, dass Melani schon seit Tagen tot war. Und bei Dir waren wir uns auch nicht sicher, ob Du noch am Leben warst. Wenn Sintija mich nicht gehalten und angespornt hätte, wäre ich glaube ich zusammengebrochen. Aber solange noch Hoffnung bestand, dass Du am Leben warst und dass wir Dich retten könnten, durfte ich das nicht. Melani hatte Dich zwar verbunden und versucht, die Blutung zu stoppen. Aber die Spitze der Harpune steckte noch in Deinem Bauch. Nachdem ich mich überzeugt hatte, dass Du noch lebst und daraufhin versuchen wollte, die Harpunenspitze herauszuziehen, hab ich gemerkt, dass sie Widerhaken hat. Deswegen war es Melani auch nicht gelungen, sie zu entfernen. Und deswegen wusste sie, dass sie sterben musste, um Dich zu retten."

„Woher willst Du das wissen?"

„Deswegen!" antwortete Mia und reichte mir einen Brief, den Melani vor ihrem Tod geschrieben hatte. Bevor ich ihn aber auseinanderfalten konnte, bat Mia: „Lass mich bitte erst fertig erzählen, bevor Du den Brief liest."

Ich nickte, obwohl ich voller Ungeduld war, Melanis letzte Worte zu lesen.

„Ich bin auch fast fertig", sagte Mia und erzählte weiter. „Wir haben die Harpunenspitze ganz durch Deinen Bauch getrieben, so dass sie im Rücken wieder herausgekommen ist. Aber wir mussten sehr vorsichtig sein, weil sie bereits Deine Wirbelsäule verletzt hatte und wir nicht wussten, wie groß Deine inneren Verletzungen waren. Da Du aber innerlich noch nicht verblutet warst, hatten wir die Hoffnung, dass wir Dich noch retten könnten. Und so, wie es bis jetzt aussieht, müsstest Du es schaffen. Also mach uns unsere Hoffnungen bitte nicht damit kaputt, dass Du weiter sterben willst."

„Wo ist Melani?" fragte ich nachdenklich.

„Wir wissen es nicht. Sie hat sich nur noch einmal kurz gezeigt, um uns vor den anderen Geistern zu warnen, die ziemlich aufgebracht und bösartig wären."

„Ich meine ihren Körper!"

Melani drückte meine Hand ganz fest und kämpfte vergeblich gegen ihre Tränen an, als sie mir antwortete: „Wir haben sie der See übergeben."

„Ich hätte sie so gerne noch einmal gesehen", sagte ich heiser und mit brennenden Augen. Doch Mia erwiderte darauf: „Nicht in dem Zustand, in dem wir sie gefunden haben. Und schon gar nicht in dem Zustand, in dem sie bei den herrschenden Temperaturen inzwischen wäre."

Mia hatte Recht. Sie hätten die Leiche Melanis nicht aufbewahren können.

„Wie lange ist das inzwischen her?" fragte ich betrübt. „Wann ist Melani gestorben?"

„Vor über fünf Wochen schon!"

Ich war seit etwa einer Woche wieder bei Bewusstsein und musste demnach einen ganzen Monat im Koma gelegen haben.

Fünf Wochen schon, grübelte ich und fühlte den Verlust wieder in seinem ganzen, schmerzhaften Ausmaß. *Fünf Wochen bist Du schon tot. Wo bist Du jetzt nur? Bitte warte auf mich. Ich liebe Dich!*

Sintijas Hand zuckte ganz leicht. Ich spürte, dass sie meine Gedanken wieder gelesen hatte, doch sie schwieg und weinte mit mir.

Auch Mia brauchte einen Augenblick, um sich wieder zu sammeln. Dann beendete sie ihre Erzählung.

„Der Doktor, hat Melani uns erzählt, ist der einzige Geist, dem wir trauen dürften. Die anderen würden uns alle töten wollen. Einmal als wir an Deck waren, sind sie plötzlich aufgetaucht und haben versucht, uns einzukreisen. Da hat der Geist des Doktors uns zugerufen, dass wir um unser Leben laufen sollten und dass wir im Bugturm in Sicherheit wären, weil sie hier nicht hereinkämen. Seitdem haben wir sie öfter an Deck gesehen. Sie belauern den Bugturm, können aber wirklich nicht hier herein. Der Geist des Doktors ist auch einmal hergekommen und wollte uns sprechen. Er hat sich nach Dir erkundigt und gesagt, dass es Melani gut geht. Aber auch um ihretwillen würde er uns bitten, doch noch zu versuchen, das Flautefeld abzuschalten."

„Um ihretwillen werden wir es abschalten!" schwor ich, ohne mir über die Konsequenzen dessen, was ich schwor, Gedanken zu machen. Mia atmete tief ein und wirkte irgendwie erleichtert, als sie darauf erwiderte: „Endlich! Endlich hast Du wieder ein Ziel."

Nachdenklich und betrübt faltete ich den Abschiedsbrief Melanis auseinander und begann zu lesen. Er war in Melanis schöner, gleichmäßiger Handschrift geschrieben, der man das Zittern ihrer Hand aber ansah. Und an einigen Stellen hatten Tränen die Schrift verwischt und fast unleserlich gemacht. Ich las:

Auf der Poseidon, irgendwo im Südatlantik
Ich glaube, es ist der 2. Januar 2012

Louis, Mia und Sintija, meine geliebten Engel,

ich habe mit Euch die schönste und erfüllteste Zeit meines Lebens verbracht. Durch Euch habe ich erfahren, was es bedeutet, geliebt zu werden und lieben zu dürfen. Dafür möchte ich Euch danken!
Ich hatte vorher nicht gewusst, was Liebe wirklich sein kann, wie tief sie gehen kann und zu was sie einen befähigen kann. Wir konnten nur durch die Kraft unserer Gedanken miteinander reden. Das ist so unglaublich. Wenn mir so etwas vorher jemand erzählt hätte, dann hätte ich es ihm nicht geglaubt.

Mia, Du bist die Schwester, die ich mir immer gewünscht habe, die Freundin, die ich nie hatte, die Vertraute, mit der ich alle meine Geheimnisse und sogar meine Liebe so gerne teile. Du bist wie mein Spiegelbild, Du bist der Teil von mir, der mir immer gefehlt hat, um mich selbst zu verstehen.
Ich bin nicht lesbisch, war ich nie, aber ich wollte Dich trotzdem immer berühren, ich wollte immer Deinen Körper spüren, Deine Haut auf meinen Lippen und Deinen Geruch in meiner Nase.
Ich liebe Dich so sehr, mit meinem Kopf, mit meinem Herzen und mit meinem Körper!
Und ich bedaure, dass wir nicht mehr Zeit miteinander hatten, dass wir uns nicht intensiver miteinander beschäftigt haben und dass wir Louis nicht öfter gemeinsam verwöhnt, oder besser ausgedrückt „vernascht" haben. Er ist sooo lecker☺
Es wäre so perfekt mit uns gewesen aber jetzt muss ich leider gehen. Bitte sei nicht traurig um mich. Ich weiß, Du würdest das Selbe machen, wenn Du an meiner Stelle wärst und es die einzige Möglichkeit wäre, um unseren

Louis zu retten. Du kannst ihn retten, das weiß ich. Ich kann es leider nicht. Aber alles, was ich in den letzten Tagen über den Tod und das, was danach kommt, erfahren habe, gibt mir die Überzeugung, dass ich das richtige tue. Wenn Du diese Zeilen liest, verstehst Du, was ich meine.
Bitte rette Louis und liebe ihn für uns beide, so wie ich euch beide liebe!

Louis, Du fühlst Dich immer so klein, so schwach und so unbedeutend. Aber Du bist stärker und mutiger und hast mehr Ehre im Leib als jeder ~~Mann~~ Mensch, den ich jemals kennengelernt habe oder von dem ich jemals gehört habe. Du warst und bist immer bereit, für Sintija, Mia und mich zu sterben – so wie jetzt.
Es tut mir leid, mein Engel; ich kann das nicht zulassen. Ich kann Dein Leben nicht annehmen und habe jetzt die Möglichkeit, mich zu revanchieren. Das ist wenig genug und das Mindeste, das ich tun kann. Ich könnte nicht weiterleben in dem Bewusstsein, dass ich die Möglichkeit oder Chance gehabt hätte, Dein Leben zu retten, ohne diese Chance genutzt zu haben. Ich habe alles versucht, um die Harpunenspitze aus Deinem Körper herauszuholen. Aber das Scheißding hat Widerhaken und jeder Versuch, es herauszuziehen kostet Dich mehr Blut und wahrscheinlich das Leben. Ich schaffe das nicht und ich weiß, dass Du stirbst, wenn ich keine Hilfe holen kann. Du hast so viel Blut verloren und bist schon so schwach.
Ich habe den Geist des Doktors um Hilfe angefleht, aber er kann oder will mir nicht helfen, Dich zu retten.
Jetzt habe ich aber selbst eine Möglichkeit gefunden, Dir zumindest Zeit zu verschaffen und ich bete zu Gott, dass es mir dadurch auch möglich ist, Mia und Sintija zu Deiner Rettung hierher holen zu können.
Du weißt, dass Mia eine fantastische Ärztin ist. Sie hat Dich schon einmal gerettet und ich bin mir ganz sicher, dass sie es wieder kann. Sie ist um so vieles besser als ich und kann Dir noch so viel geben. Ich beneide Euch um die Zeit, die Ihr noch miteinander habt.
Bitte verzeih.
Ich liebe Dich mehr als mein Leben.
Bitte vergiss mich nicht, mein Engel. Ich werde immer bei Dir sein.

Liebe Sintija,

tja, was soll ich Dir noch schreiben? Genauso unerwartet wie das Schicksal oder die Vorhersehung Louis, Mia und mich zusammengefügt hat, hat es auch Dich noch zu unserer Gemeinschaft hinzugefügt.

Ich weiß noch immer nicht, wer Du bist. Unsere Fahrt auf der Sintija hat uns leider nicht allzu viel Zeit gelassen, um uns so gut kennen zu lernen, wie ich es gerne getan hätte. Aber auch Du warst mir immer wie eine Schwester. Ich bewundere Dich für all das, was Du kannst und für die Kraft Deiner Liebe. Ich konnte Deine Liebe immer fühlen. Sie ist wie elektrische Energie, die die Luft zum Vibrieren bringt.

Obwohl ich mir nicht vorstellen kann, dass irgendjemand Louis mehr lieben könnte, als ich (oder Mia), spüre ich, dass von Deiner Liebe eine ganz eigene, fast unheimliche Macht oder Kraft ausgeht.

Ich habe nur eine Bitte an Dich. Bitte werde nicht zu schnell erwachsen. Bitte lass Louis etwas Zeit, sich damit abzufinden, dass er schon eine so große 'Tochter' hat. Wir wissen alle, dass er Dich ebenso liebt, wie Du ihn. Er weiß nur nicht, wie er Dich lieben soll; wie der Vater, zu dem er so unverhofft geworden ist, oder wie ein Mann.

Bitte sei ihm eine Tochter! Und wenn Du ihn in zwei Jahren noch immer so begehrst, wie Du es jetzt tust, dann darfst Du gerne meinen Platz bei ihm einnehmen. Meinen Segen dafür habt ihr! Und ich bin mir sicher, dass Mia es genauso sieht.

Ich muss Schluss machen. Ich bin so müde. Aber ich bin glücklich, weil ich weiß, dass Louis leben wird. Ich weiß es ganz sicher!

Ich liebe Euch alle drei und bewahre Eure Liebe für immer in meinem Herzen, was auch immer auf der anderen Seite

An dieser Stelle brach Melanis Brief ab. Der letzte Absatz war schon so schwach und zitternd und anscheinend mit langen Pausen geschrieben worden, dass ich oftmals Schwierigkeiten hatte, ihre Worte zu entziffern. Und die Tränen, die mir ununterbrochen aus den Augen liefen, machten das Lesen auch nicht einfacher. Trotzdem las ich den Brief einmal, zweimal und noch einmal, bis ich ihn endlich mit zitternden Händen auf die Bettdecke nieder legte, ganz vorsichtig, wie ein heiliges Relikt.

Mia und Sintija hatten mich Melanis Abschiedsbrief lesen lassen, ohne mich ein einziges Mal zu unterbrechen. Und auch nachdem ich fertig war, schwiegen sie und ließen mich meinen Gedanken nachhängen.

Es war nicht richtig, dachte ich mir wieder. *Es war nicht richtig, dass Du Dein Leben für meines weggeworfen hast. Du warst noch so jung; Du hattest Dein ganzes Leben noch vor Dir! Sieh mich an. Ich bin nur ein Krüppel. So will ich nicht leben. Ich will Mia und Sintija nicht zur Last fallen. Warum hast Du mich nicht sterben lassen?*

Du wirst niemals eine Last für mich sein, mein Engel, mischte sich da Mia in meine Gedanken ein und Sintijas Stimme erwiderte in meinem Kopf darauf sofort: *Für mich auch nicht, Papa!*

„Außerdem wirst Du wieder gesund", versprach Mia, diesmal sprechend. „Ich weiß nicht, wie lange es dauern wird. Aber wenn Du an Dich glaubst, dann wirst Du irgendwann wieder …"

„Ich glaube an Dich!" unterbrach ich Mia. „Aber ich hab keinerlei Gefühl in meinen Beinen. Und ich …"

„Es wird wiederkommen!"

„Wann?"

Mia schüttelte den Kopf, brach von neuem in Tränen aus, schluchzte „Ich weiß es nicht, mein Engel" und wendete sich weinend ab. Sintija nahm sie tröstend in die Arme und im selben Moment spürte ich so etwas wie die Berührung einer unsichtbaren Hand. Ich wusste, dass Melani bei uns war. Suchend blickte ich mich nach ihr um, konnte sie aber nicht entdecken. Ich wollte sie schon fragen, wo sie war und warum sie sich nicht zeigte, da hörte ich ihre traurig klingende Stimme in meinem Kopf.

Bitte mache mir keine Vorwürfe, mein wunderschöner Louis. Was ich getan habe, das habe ich getan, weil ich Dich liebe und weil ich glaube, dass Du der einzige bist, der Mia und Sintija retten und die auf der POSEIDON gefangenen Seelen, also auch mich, erlösen kann.

Wo bist Du, Melani, fragte ich, ohne wirklich zu begreifen, was sie gesagt hatte.

In Deinem Herzen, antwortete Melanis sanfte Stimme. Und wirklich machte mein Herz im selben Augenblick einen Sprung, der mich zusammenzucken ließ. Ich wollte Melani noch so vieles fragen; warum sie sich nicht zeigte, wie es ihr ging, wie sie mit den anderen Seelen auskam, ob sie sich mit diesen überhaupt abgab, wie sie auf die *SINTIJA* gelangt war, wie sie Mia und Sintija auf die *POSEIDON* hatte bringen können, und und und. Bevor ich aber zu fragen beginnen konnte, sagte ihre Stimme in meinem Kopf: *Ich habe nicht viel Zeit, mein Engel. Spuken ist nicht so leicht, wie es bei der Besatzung der POSEIDON aussieht. Ich hab nur noch eine Bitte: Stoße Mia und Sintija jetzt nicht zurück. Sie lieben Dich so sehr!*

Ich fühlte, dass Melani sich wieder entfernte. Aber als ich über ihre Worte nachdachte, verstand ich, dass nur ihre Kraft schwand, um den Kontakt aufrecht zu erhalten. Sie war noch immer da; in mir und um mich herum.

Danke, mein Engel!

Ich wusste, dass ich es niemals ganz würde akzeptieren können, was Melani für mich getan hatte und dass ich meine Schuldgefühle ihr gegenüber auch niemals loswerden würde. Egal, wie sehr ich auch kämpfen würde und wie viel Sinn ich in meinem Leben wieder finden würde. Ich würde immer wieder in ein tiefes Loch fallen. Ich musste nur lernen, wieder heraus zu klettern und vor allem musste ich lernen, Mia und Sintija nicht mit in die Tiefe zu reißen.

Ich tastete zaghaft nach Mias Hand und sagte leise: „Es tut mir leid, mein Engel. Ich wollte Dir keine Vorwürfe machen. Es ist nicht Deine Schuld, dass ich in die Harpune gelaufen bin. Willst Du mir helfen, wieder laufen zu lernen?"

„Natürlich werde ich Dir helfen!" erwiderte Mia schluchzend und fiel mir weinend um den Hals. Ich legte sanft meine Arme um sie und hielt sie ganz fest, spürte dabei aber Sintijas Blick.

„Willst Du mir auch helfen?" fragte ich sie leise. Sie sah mich dankbar an und antwortete: „Du weißt, dass ich alles für Dich mache, Papa!"

Auch Sintija schmiegte sich in meine Arme.

24 DIE LANGE ZEIT DER GENESUNG

Ich hatte gehofft, möglichst bald versuchen zu können, aufzustehen und meine Beine wieder zu benutzen. Aber die Harpune hatte ein großes Loch in meinen Bauch gerissen. Ich hatte zwar wieder mehr Glück als Verstand gehabt, da anscheinend meine inneren Organe nicht oder nicht schwer verletzt worden waren, aber es dauerte Monate, bis sich die Wunden an meinem Bauch und Rücken wieder schlossen. Das Schlimmste an allem war, dass die Harpunenspitze, die mich durchbohrt hatte, rostig und verschmutzt gewesen war. Mia hatte die Wunde zwar gesäubert, so gut es gegangen war und dann zugenäht, aber immer wieder entzündete sie sich; immer wieder bekam ich Fieberanfälle, und dann musste Mia die Naht wieder öffnen, um die Eiterherde zu entfernen. Es war ein langwieriger und kraftraubender Kampf. Ich magerte in dieser Zeit extrem ab, da ich weder Hunger hatte, noch Appetit verspürte. Glücklicherweise gab es aber im Bugturm genügend Vorräte und Frischwasser, dass auch Mia und Sintija keine Angst haben mussten, zu verhungern oder zu verdursten. Von den Konserven die es noch in Massen gab, war kaum noch etwas zu gebrauchen. Aber der luftgetrocknete und in Salz eingelegte Fisch und das Fleisch hatten die Jahrzehnte unbeschadet überstanden. Und mit den Vitaminpillen, die Mia im Erste Hilfe Koffer mit auf die *POSEIDON* gebracht hatte, stellten sich vorerst auch keine Mangelerscheinungen ein.

Es war bereits Ende Mai, als Mia mir zum ersten Mal gestattete, aufzustehen. Aber nach über vier Monaten im Bett waren nicht nur meine Beine gefühllos, sondern ich war komplett kraftlos. Trotzdem wollte ich nicht länger im Bett bleiben. Gestützt auf Mia und Sintija versuchte ich immer wieder, zumindest einmal stehen bleiben zu können. Doch da meine Beine absolut taub waren, wäre ich jedes Mal umgefallen, als sie mich auf meinen Wunsch hin losgelassen hatten, wenn sie mich nicht sofort wieder aufgefangen hätten. In meinem Herzen zweifelte ich daran, je wieder gehen zu können. Aber ich behielt meine Zweifel und Ängste für mich und demonstrierte den beiden geliebten Mädchen nur einen unerschütterlichen Kämpferwillen. Allerdings konnte ich in ihren Augen oft lesen, dass sie meine Gedanken und meine innere Resignation ganz genau kannten und große Angst davor hatten, dass ich ganz aufgeben könnte.

Wenn Mia und Sintija sich nicht um mich kümmerten, versuchten sie die

Geheimnisse der *POSEIDON* und des Projekts *EDEN one* zu ergründen. Irgendwann kam Mia ganz aufgeregt angelaufen und berichtete mir, dass sie die Viren gefunden hätte, die beim Abschalten des Wetterfeldes freigesetzt werden würden.

„Sie sind in einem Labor im obersten Stockwerk", sagte sie und erklärte weiter: „Vielleicht kann ich sie neutralisieren. Aber ich möchte keine Risiken eingehen, solange Du noch nicht laufen kannst."

„Wir müssen die Möglichkeit einrechnen, dass ich das vielleicht nie wieder kann", erwiderte ich sehr ernst und gab damit zum ersten Mal seit ich um das Gefühl in meinen Beinen kämpfte preis, dass ich Zweifel hatte. „Zu dritt können Sintija, Du und ich das Wetterfeld abschalten. Also wenn Du die Viren unschädlich machen kannst, dann tue es, damit die Seelen hier endlich Frieden finden."

Obwohl ich es nicht aussprach, wussten wir beide, dass es mir vor allem um Melani ging. Mia grübelte eine Weile nach, dann sagte sie: „Es könnte gefährlich sein. Solange Du mich noch als Ärztin brauchst, warte ich lieber noch."

„Was?" fragte ich in einem Anfall von Panik. „Wenn es so gefährlich ist, wie sich das grad angehört hat, dann bleibst Du schön von dem Raum weg."

„Wenn ich die Viren nicht neutralisieren kann, können wir das Kraftfeld nicht abschalten. Dann bleiben Melani und die anderen Seelen auf ewig hier und wir können auch nicht von hier weg.

„Sag mir, was ich machen muss!" forderte ich Mia energisch auf und richtete mich auf. Mia setzte sich neben mich, gab mir einen sanften Kuss und erwiderte anders, als ich es gemeint hatte: „Du musst wieder gesund werden."

Meinen Widerspruch ließ sie nicht zu. Und so ging alles weiter seinen gewohnten Gang.

Es war bereits Oktober, als ich zum ersten Mal das Gefühl hatte, dass mein großer Zeh am linken Fuß juckte. Da ich aber Angst hatte, dass das nur Einbildung sein könnte, behielt ich dieses Gefühl und die damit verbundene Hoffnung erst einmal für mich. Ich wollte Mia und Sintija lieber keine Hoffnung machen, wenn sie sich nicht erfüllen lassen würde. Aber nach und nach weitete sich dieses Jucken zu einem Kribbeln im ganzen Fuß aus und ich gestand den beiden geliebten Mädchen diese Neuigkeit. Jeden Tag versuchte ich, meine Zehen zu bewegen. Aber erst als das Kribbeln auch im rechten Fuß begann, gelang mir das erste kleine Zucken meiner Zehen. Jetzt endlich lebte mein fast versiegter Kampfeswillen wieder auf. Mein Oberkörper war während der letzten Monate schon wieder kräftig geworden, weil ich gelernt hatte, mich auf Krücken, nur durch die Kraft meiner Arme fortzubewegen. Und kurz vor Weihnachten stand ich zum ersten Mal auf zitternden Beinen.

Mia und Sintija waren fast ständig um mich herum. Sie waren Ansporn und Stütze und bei jedem Rückschlag Trost für mich. Doch jetzt gab es keine wirklichen Rückschläge mehr. Jetzt war ich sicher, dass ich wieder gehen lernen würde. Aber nachdem ich zum ersten Mal wieder auf meinen Beinen gestanden hatte, passierte zuerst noch etwas anderes, das meinen Lebenswillen weiter stärkte, oder anders ausgedrückt; mir meine Lust am Leben zurückgab. Als Mia und Sintija an Weihnachten auf dem Dach des Bugturmes mit mir auf einer großen, runden Matratze zusammen lagen und wir in den Himmel blickten und an Melani dachten, streichelte Mia dabei über meinen Oberkörper. Und als ihre Hand langsam tiefer wanderte und meinen bis zu diesem Moment auch gefühllosen Penis zärtlich berührte und umfasste, spürte ich es und mein Penis begann in Mias Hand zu wachsen. Die Freude über diesen Umstand war so groß, dass ich ihn nicht einmal vor Sintija zu verbergen versuchte. Schweigend und ebenfalls überglücklich darüber, dass ich mich jetzt wieder als Mann fühlte, zog sie sich dezent ein Stück zurück und überließ mich Mias zärtlichen Liebkosungen.

Ausgehend von meinen Füßen war das Leben auch wieder in meine Lenden zurückgekehrt. Das Gefühl war noch nicht so intensiv, wie ich es mir gewünscht hätte, aber ich spürte Mia und mein Penis reagierte darauf. Zwar gelangte ich an diesem Abend zu keinem Höhepunkt, aber das war auch nicht wichtig. Ich wollte nicht mit Gewalt etwas erzwingen.

„Darf ich mich wieder zu Euch setzen?" fragte Sintija, als sie feststellte, dass unser zärtliches Spiel beendet war.

„Natürlich", antwortete ich sofort. „Du hättest auch nicht weggehen müssen."

„Das hast Du einmal anders gesehen, Papa."

„Seitdem ist vieles passiert. Du hast Dich mehr um mich gekümmert, als ich es je um Dich getan habe und Du bist auch älter geworden."

„Noch nicht alt genug in Deinen Augen, um Dich selbst so berühren zu dürfen!?"

Ich war mir nicht sicher, ob das eine Feststellung oder eine Frage gewesen war. Jedenfalls stimmte es. Sintija wäre noch immer zu jung für sexuelle Handlungen gewesen. Doch obwohl mir die an Sintija gerichteten Zeilen aus Melanis Abschiedsbrief wieder einfielen, in denen sie geschrieben hatte, dass Sintija Melanis Stelle bei mir einnehmen dürfte, erwiderte ich: „Du bist meine Tochter!"

Sintijas Lippen legten sich sanft auf meine und sie küsste mich mit einer Innigkeit, der ich mich nicht entziehen konnte. Ich schloss meine Augen und erwiderte Sintijas Kuss.

Frohe Weihnachten, meine wunderbare, kleine Sintija!

An diesem Abend fühlte ich mich so lebendig, wie schon lange nicht mehr.

Jetzt, wo die Hoffnung auf vollständige Genesung mich antrieb und erfüllte, schwand auch meine Befürchtung, Mia und Sintija zur Last zu fallen. Schon ein ganzes Jahr lang hatten die beiden mich gepflegt, ohne jemals zu klagen. Aber ich hatte während der ganzen Zeit darunter gelitten.

Ich hatte in meinem Leben nie viel gebetet. Und auch während dieser schweren Zeit tat ich es nicht. Aber fast immer, wenn ich allein war, weil Mia und Sintija gerade anderweitig beschäftigt waren, sprach ich in Gedanken mit Melani. Ich konnte nur selten ihre Anwesenheit spüren und sie antwortete mir auch nicht, aber ich war mir immer sicher, dass sie mich hören konnte. Und so vertraute ich ihr all meine Ängste, Sorgen und Zweifel an, mit denen ich Mia und Sintija nicht belasten wollte. Oft wenn meine Verzweiflung übermächtig wurde, bat und flehte ich, dass Melani mir antworten oder mich zumindest ihre Anwesenheit spüren lassen sollte. Aber dann entschuldigte ich mich jedes Mal wieder dafür, dass ich daran zweifelte, dass sie immer bei mir war.

Es tut mir leid, mein Engel. Ich vermisse Dich so sehr und ich weiß einfach nicht, wie ich damit umgehen soll, dass Du nicht mehr da bist, dass ich Dich nicht mehr sehen und berühren kann!

Melani antwortete mir zwar nie, wenn ich zu ihr sprach, aber sie besuchte mich während dieses Jahres, in dem ich mehr oder weniger ans Bett gefesselt war, zweimal in meinen Träumen. An zwei Mal kann ich mich zumindest erinnern.

Es ist leichter, Dir in Deinen Träumen zu erscheinen, als mich Dir zu zeigen, wenn Du wach bist, hatte sie mir beim ersten Mal erklärt. Und dann hatte sie mich bei der Hand genommen und zu dem weißen Strand geführt, an dem sie schon einmal im Traum mit mir gewesen war. Es hatte gut getan, zumindest im Traum zu laufen und zu springen und mit Melani durch das Meer zu tollen. Es hatte gut getan, meine Beine und ihre Kraft zu spüren. Und es hatte gut getan, mich dann von Melani in den weichen Sand ziehen zu lassen. Ich hatte auf ihr gelegen, zwischen ihren Schenkeln; wir hatten uns mit all unserer Leidenschaft und Liebe geküsst; dann war ich tiefer gerutscht und hatte ihre kleinen Brüste mit meinen Lippen liebkost. Die dunklen, erregten Knospen hatten sich zusammengezogen und waren hart geworden. Sie hatten sich so unbeschreiblich gut auf und zwischen meinen Lippen angefühlt. Und der Geruch vom Salz auf der zarten Haut von Melanis Brüsten war mir zu Kopf gestiegen und hatte mich berauscht. Dann hatte Melani mich gebeten: *Bitte komm in mich!*

Sie hatte selbst nach meinem bereits erigierten Penis gegriffen und ihn an ihre winzige, enge Scheide dirigiert. Dann hatte ich vorsichtig versucht, in sie einzudringen. Doch es war nicht gegangen. Melani war selbst als Geist oder Seele oder Traum noch so eng gewesen, wie im Leben.

Bitte tu es, hatte sie mich angefleht. Doch ich hatte nur erwidert, dass ich ihr nicht wehtun wollte. Da hatte sie mich übermütig von sich herunter in den Sand geworfen und sich über mich gekniet. Forsch hatte sie nach meinem Penis gegriffen, die Vorhaut über meine Eichel gezogen und die Penisspitze dann an ihre Scheide geführt. Und dann hatte sie sich einfach darauf fallen lassen. Sie hatte meinen Penis komplett in sich aufgenommen. Sie war so eng gewesen, dass es schmerzte. Aber es war ein angenehmer, schöner und erregender Schmerz gewesen. Melani hatte einen Schrei unterdrückt und nach dem ersten Moment begonnen, sich langsam auf und ab zu bewegen. Doch bevor wir zum Höhepunkt gekommen waren, hatte sie plötzlich zu weinen angefangen und war schluchzend auf meine Brust gesunken, ohne dass mein Penis dabei aus ihr heraus geglitten war.

Was ist mit Dir, mein Engel? hatte ich sie gefragt. Aber sie hatte noch mehrere Minuten gebraucht, um sich wieder so weit zu beruhigen, dass sie mir antworten konnte.

Ich hätte das so gerne im Leben mit Dir erlebt! hatte sie mir dann erklärt. Daraufhin hatte ich sie ganz zärtlich geküsst und erwidert: *Ich auch, mein Engel; ich auch!*

Das zweite Mal hatte Melani mich in meinen Träumen besucht, kurz bevor das Kribbeln oder Jucken in meinem linken Zeh begonnen hatte. Und wieder hatte sie mich auf den weißen, von Palmen gesäumten Strand entführt.

Wie kann es sein, dass wir an diesem Ort sind? hatte ich sie gefragt, da ich mir über diesen Umstand schon seit unserem letzten Besuch auf dem traumhaften Strand Gedanken gemacht gehabt hatte. *Bist Du nicht an das Schiff gebunden?*

Melani hatte mich zärtlich angelächelt und geantwortet: *Ich kann mich im Gegensatz zur Besatzung der POSEIDON frei innerhalb des ganzen Wetterfeldes bewegen, außer im EDEN one Areal. Da komme ich auch nicht hinein. Aber das hier ist nur ein Traum!*

Nur ein Traum, hatte ich traurig und irgendwie enttäuscht erwidert. Aber Melani hatte noch immer gelächelt, mir sanft über die Wange gestreichelt und erklärt: *Das macht es nicht weniger real, mein Engel. Es ist nicht nur ‚Dein' Traum, oder ‚meiner'; es ist unserer. Dieser Strand ist ein Ort, den wir uns zwar selbst erschaffen haben, der im Universum aber trotzdem den gleichen Stellenwert hat, wie jeder x-beliebige andere Ort auf der Erde oder jedem anderen Planeten.*

Ich hatte nicht gewusst, ob das, was Melani mir begreiflich zu machen versucht hatte, im Traum nur meinem eigenen Gehirn entsprungen war oder ob es der Seele Melanis möglich gewesen war, eine Quelle der Weisheit anzuzapfen, die den Lebenden verwehrt ist. Doch irgendwie war es mir logisch erschienen, als lebender Mensch, der noch immer so viele Fragen hatte, auf die es keine Antworten gab und gibt, dieses Mysterium nicht ergründen zu können.

Woher komme ich? Wohin gehe ich? Warum bin ich überhaupt da? Wann hat die Zeit begonnen? Und was war vorher? Wo endet die Unendlichkeit? Und was liegt dahinter? Woher kommt das Leben? …

Und jetzt war zu all diesen Fragen eben noch hinzugekommen: *Wo sind die Orte meiner Träume?*

Vielleicht hätte Melani mir Antworten auf all diese Fragen geben gekonnt. Doch ich hatte sie nicht gefragt. Ich war glücklich gewesen, mit ihr diesen Strand unserer Träume als Zufluchtsort vor der Realität gefunden zu haben. Ich war glücklich gewesen, Melani sehen zu können, mit ihr zu sprechen, ihrer Stimme zu lauschen, sie zu berühren und sie zu lieben; all das, was mir seit ihrem Tod im realen Leben nicht mehr möglich gewesen war. Und deshalb wollte ich daran glauben, dass dieser Strand und der ganze Traum ebenso real gewesen waren, wie mein Leben außerhalb dieses Traumes.

Es ist nur eine andere Dimension, hatte Melani mir erklärt. Und ich hatte ihr geglaubt. Die Zeit, die uns auf diese Weise miteinander geschenkt worden war, war knapp genug bemessen gewesen. Ich hatte sie nicht mit philosophischen Fragen vergeuden wollen, sondern mit Melani genießen. Und auch Melani hatte mir gestanden, dass sie sich danach gesehnt hatte, mich zu berühren und zu spüren.

Ich bin fast ständig bei Dir auf der POSEIDON, hatte sie mir erzählt, *ich versuche immer wieder, Dich zu berühren. Aber es gelingt mir nicht, in Deine Dimension zu kommen. Ich würde Dich so gerne spüren lassen, dass ich bei Dir bin ... Bitte liebe mich. Bitte liebe mich so, wie es im Leben nicht mehr möglich ist.*

Melani und ich waren in unserem Traum von Anfang an nackt gewesen. Allein Melani anzusehen hatte mich erregt. Auf ihrem schlanken, geschmeidigen Körper hatten vom Rennen durch das flache Wasser Tropfen geperlt. Die von der See her wehende Brise war warm gewesen, dennoch hatte sich auf Melanis von der Sonne gebräunten Brüsten eine verführerische Gänsehaut ausgebreitet. Die kleinen dunklen Knospen hatten sich zusammengezogen und sich mir erregt entgegengestreckt. Überwältigt von diesem Anblick war ich vor Melani auf die Knie gesunken. Meine Hände hatten ebenso zärtlich wie fordernd ihre Pobacken gepackt und meine Finger hatten sich leidenschaftlich in das feste Fleisch gegraben. So hatte ich Melani an mich herangezogen. So klein, wie sie gewesen war, hatte ich mich kaum strecken müssen, um die sich ungeduldig nach meinen Küssen verzehrenden Knospen ihrer Brüste mit meinen Lippen zu berühren. Da war es wieder gewesen, dieses berauschende Gefühl unstillbarer Begierde, das ich schon zu Lebzeiten Melanis bei der Wahrnehmung des Geruches ihrer Haut immer empfunden gehabt hatte. Melanis kleine, erregte Knospen auf meinen Lippen und den Geruch ihrer Haut in meiner Nase; das war mehr gewesen, als ich mir in meinen schönsten Träumen nur wünschen gekonnt hätte. Nur von diesem Geruch und diesem Gefühl war ich auf einer unbeschreiblich sanften Welle in die zärtlichste Ekstase davongetragen worden. Wie lange ich so verharrt hatte, nur Melanis Knospen ganz sanft mit meinen Lippen liebkosend, sie dabei kaum berührend, kann ich nicht sagen. Ich hatte mich vollkommen in diesem Gefühl verloren, ich war selbst nur noch Gefühl gewesen. Melani hatte mir mit ihren Händen zärtlich durch die Haare gestreichelt und schien durch die Liebkosungen ihrer Knospen ebenfalls in eine Art stille Ekstase gefallen zu sein. Weder hatte sie mehr gefordert, noch war sie ungeduldig geworden. Sie hatte nur mit geschlossenen Augen dagestanden und mir, wie bereits erwähnt, langsam und wie in Trance durch die Haare gestreichelt. Irgendwann war in mein Bewusstsein gedrungen, dass sie ganz leicht gezittert hatte. Die Knospen ihrer Brüste hatten vor Erregung angefangen zu vibrieren und auf meinen Lippen zu tanzen. Und ihre Hände hatten aufgehört, mich zu streicheln und sich in meinen Haaren verkrallt. Melanis ganzer Körper hatte so gewirkt, als ob er unter Strom stehen würde. Doch ich war weiter auf meiner Welle seliger Ekstase geschwommen, bis aus Melanis Brüsten Milch zu fließen begonnen hatte. Dann hatte sie sich aufgebäumt. Zwei hauchfeine Milchfontänen hatten sich in hohem Bogen in die Luft erhoben und mein Gesicht benetzt. Melani war, noch immer am ganzen Körper bebend und gehalten von mir, in den weichen Sand gesunken. Sie hatte einen unbeschreiblich schönen Anblick geboten; erschöpft, schweißglänzend und mit zwei für sie ungewöhnlich prall wirkenden Brüsten, aus deren dunkelroten Knospen noch immer die haarfeinen Milchfontänen in den Himmel schossen. Die Milch hatte ihren Körper benetzt, sich mit ihrem Schweiß vermischt und war in kleinen Rinnsalen in den Sand getropft. Melani hatte mir flehend ihre Hände entgegengestreckt und ich hatte mich über sie gebeugt, ihre Knospen zischen meine Lippen gesogen und ihre Milch getrunken. Und so, auf ihren Brüsten liegend war ich irgendwann eingeschlafen, um in meinem Bett auf der *POSEIDON* wieder zu erwachen.

Als ich nach diesem Traum die Augen aufgeschlagen hatte, hatte ich in Sintijas mich neugierig musternde, goldgrüne Augen geblickt. Lange hatten wir uns nur schweigend angesehen, bis Sintija endlich gesagt hatte: „Irgendwann musst Du mich einmal zu Eurem Strand mitnehmen, Papa."

Dann hatte sie mir mit ihrem Zeigefinger sanft über den Mundwinkel gewischt. Ich hatte einen weißen Tropfen auf ihrer Fingerkuppe bemerkt. Sintija hatte ihn abgeleckt, mich fragend angesehen und gefragt: „Milch?"

Auf der *POSEIDON* hatte es keine Milch gegeben. Deshalb war ich zu der Überzeugung gelangt, dass Melani mir auf diese Weise gezeigt hatte, dass unser Traum und unser Strand durchaus real gewesen waren.

25 EDEN 1

Während der Zeit, in der mein Zustand noch kritisch gewesen war, hatten sich Mia und Sintija um nichts anderes als um mich gekümmert. Erst als sicher gewesen war, dass ich meine Verletzung auch wirklich überstehen würde und dass keine plötzlich auftretenden Komplikationen mich doch noch das Leben kosten konnten, hatten sie begonnen, nach einem Ausweg aus unserer Situation zu suchen und nach einer Möglichkeit, die gefangenen Seelen zu befreien. Bevor Mia das Labor lokalisiert hatte, in dem sie die Quelle der Viren vermutete, die die komplette Menschheit auf der Erde auslöschen sollten, hatten sie und Sintija bereits die Aufzeichnungen des Professors Ullbrich studiert. Und als ich soweit genesen war, dass meine Wunden sich geschlossen hatten und keine neuen Entzündungen mehr auftraten, lasen sie mir einige Passagen aus dem in Leder gebundenen Werk „EDEN 1" vor:

16. Oktober 1945
Heute startet ‚EDEN 1'. Eine neue Ära in der Geschichte der Erde und der Menschheit wird eingeläutet!
Neun Jahre Arbeit und Forschung hat es mich gekostet, EDEN 1 zu erschaffen, das ist fast dreimal so lang wie der Bau der POSEIDON gedauert hat. Ich habe noch einmal ganz am Anfang begonnen und eine eigene, sich selbstständig weiterentwickelnde Vegetation erschaffen. Allein dafür gebührt mir ein Platz an der Spitze der Götter.

07:30 Uhr: Die Aufwachphase von Adam und Eva wird eingeleitet.
Nach Rekrutierung der beiden Probanden, die ich dazu auserwählt habe, das Geschlecht der Menschheit reinzuwaschen und zu erneuern, mussten sie zahlreiche Tests absolvieren.
Adam war die sportliche Hoffnung Kaliforniens, 22 Jahre alt und ungeschlagener Leichtathlet seit 1942. Doch er hat sich energisch gegen alle Tests gewehrt und wollte von EDEN 1 nichts wissen. Vielleicht war es ein Fehler, einen Kämpfer als Adam zu erwählen. Doch um die Menschheit zu erneuern, bedarf es eines starken Mannes. Wenn EDEN 1 erst läuft und er begreift, dass er der letzte Mann auf Erden ist, wird er lernen, die ihm zugedachte Rolle zu spielen.
Eva war Miss Malaysia 1944, ist jedoch disqualifiziert worden, weil sie erst 14 Jahre alt war. Jetzt ist sie 15. Ein gutes Alter, um zur Mutter der neuen Menschheit zu werden. Sie war leichter zu formen und zu beeinflussen, als Adam. Doch ihre übermäßige Furcht stellt ein weiteres Problem und möglicherweise eine Gefahr für ihre

Gesundheit dar.

Nach all den Jahren darf das Projekt jetzt nicht daran scheitern, dass die beiden Probanten zu hastig und zu voreilig ausgewählt wurden.

09:00 Uhr: Adam und Eva sind wach. Sie sind noch etwas verwirrt. Aber das wird sich bald legen.

09:30 Uhr: Adam und Eva werden in die Schleuse geführt.

09:40 Uhr: Alle Mitarbeiter müssen die Zentrale verlassen.
Ich starte EDEN 1!
Adam und Eva betreten das Areal.
Sie sind noch sehr verwirrt und wirken verängstigt, vor allem Eva. Außerdem schämen sie sich ihrer Nacktheit. Doch auch das wird sich legen.

10:00 Uhr: Mitarbeiterversammlung im Konferenzraum.
Alle Mitarbeiter sind pünktlich erschienen. Ich verriegle die Türen und setze die Viren frei.

10:03 Uhr: Alle Mitarbeiter am Projekt EDEN 1 sind tot und die Besatzung der POSEIDON wird bald verhungert sein.
EDEN 1 läuft!
Ich begebe mich wieder an die Beobachtung von Adam und Eva.

11:00 Uhr: Eva kauert am Zugang zum Areal. Sie weint und es sieht so aus, als wenn sie geschlagen worden wäre. Von Adam ist nichts zu sehen.

13:00 Uhr: Noch immer keine Spur von Adam. Er zeigt sich vor keiner der Kameras. Ich muss abwarten.

13:05 Uhr: Eva kratzt am Zugang und fleht, dass ich sie herauslassen soll. Ihre Finger sind schon blutig. Warum sieht sie sich ihr neues Zuhause nicht erst an, bevor sie so panisch reagiert?

13:35 Uhr: Eva scheint eingeschlafen zu sein.

13:42 Uhr: Adam taucht plötzlich aus dem Wald auf. Er ist blutüberströmt und erklärt Eva, dass dort im Wald etwas ist.
Was soll das? Nichts ist im Wald, außer Pflanzen; Früchte tragende Pflanzen, die Adam und Eva ernähren sollen. Warum versucht dieser Bastard, Evas Furcht zu schüren? Und wieso hat er sich diese Wunden zugefügt?
Eva weicht furchtsam vor Adam zurück. Er wird zornig und schlägt sie ins Gesicht. Warum zum Teufel tut er das?

EDEN 1 läuft gerade mal vier Stunden und es scheint sich bereits eine Katastrophe anzubahnen. Ich darf die beiden nicht aus den Augen lassen.

15:00 Uhr: Die beiden kauern in der Nähe des Zugangs und verhalten sich ruhig.

16:00 Uhr: Adam wälzt sich am Boden. Er scheint Schmerzen zu haben. Wie hat er sich nur diese Wunden zugezogen?

16:30 Uhr: Adam scheint vor einigen Minuten eingeschlafen zu sein. Er liegt ganz ruhig da.

16:37 Uhr: Endlich erwacht Eva aus ihrer Lethargie. Sie hat sich erhoben und beginnt die nähere Umgebung zu erkunden.

18:00 Uhr: Adam schläft noch immer und Eva weitet ihre Exkursion langsam aus.

19:00 Uhr: Ich habe zu wenig Kameras installiert. Immer wieder verliere ich Eva aus den Augen. Doch es geht ihr gut und sie wird mutiger.

22:00 Uhr: Adam erwacht endlich wieder. Was zur Hölle ist mit ihm passiert? Er ist verändert, hat eigenartige Beulen und überall grüne Flecken. Habe ich eine giftige Pflanze erschaffen, an der er sich verletzt hat?
Alle Tests waren doch positiv. Und die Nährwerte und Vitamingehalte der Früchte waren überragend.

Ich erinnere mich, dass einer der Gärtner, der an der Erschaffung von EDEN 1 mitgearbeitet hat, spurlos verschwunden ist. Und zwei weitere haben in der Folgezeit auch behauptet, dass etwas im Wald wäre. Aber ich bin das ganze Areal selbst immer wieder abgegangen. Da ist nichts. Da war nie etwas.

22:02: Uhr: Ich habe kurz nicht hingesehen. Adam ist verschwunden. Und von Eva kann ich auch gerade nichts sehen. Doch, da taucht sie gerade wieder auf. Sie trinkt Wasser am Flusslauf. So ist es gut.
Ich sorge mich nur um Adam.
Aber jetzt, wo beide im Areal sind, kann ich den Zugang entfernen. Wenn sie keinen Orientierungspunkt mehr haben, von dem aus sie glauben, aus EDEN 1 fliehen zu können, wird es ihnen leichter fallen, ihr neues Zuhause anzunehmen.

23:30 Uhr: Eva ist wieder zum Ausgangspunkt ihrer Exkursion zurückgekehrt. Sie ist verwirrt, weil kein Ausgang da ist und glaubt, sich in der Richtung geirrt zu haben. Ihre Furcht nimmt wieder deutlich zu. Doch sie beginnt wieder zu suchen und ruft nach Adam.
Mir wäre es lieber, sie würde wirklich ‚Adam' rufen. Doch sie ruft in ihrer Panik den

Namen des Mannes, der Adam zuvor gewesen ist.

17. Oktober 1945
02:00 Uhr: Eva ist erschöpft und müde. Sie hat sich einen Platz gesucht und schläft endlich.
Keine Spur von Adam.

02:30 Uhr: Ich begebe mich zur Ruhe. Der erste Tag von EDEN 1 ist nicht so verlaufen, wie ich es erhofft und erwartet hatte. Vor allem Adams Zustand bereitet mir Kopfzerbrechen. Ich werde mich morgen wieder an die Beobachtung machen.

07:30 Uhr: Ich habe heute Nacht kein Auge zugemacht. Mein ganzes Leben und die Zukunft der Menschheit hängen an EDEN 1.
Wie geht es Adam und Eva?
Eva ist bereits wach. Sie badet im Teich. So gefällt mir das. Von Adam ist nichts zu sehen.
Ich mache mich an die Überprüfung der Bänder von heute Nacht.

11:00 Uhr: Ich habe die Bänder überprüft. Eva hat die ganze Nacht über geschlafen, bis kurz nach 07:00 Uhr. Adam ist wie ein Verrückter durch den Wald gerannt. Er ist nur ein paar Mal vor den Kameras aufgetaucht und war so schnell, dass ich selbst in den Standbildern nicht genau erkennen konnte, ob sich seine Deformierungen zurückgebildet haben. Immerhin lebt er.
Während ich die Bänder durchgesehen habe, ist Eva losspaziert und hat eine der Früchte gekostet. Doch sie hat sie wieder ausgespuckt. Früher oder später wird der Hunger sie schon dazu bringen, etwas zu essen.
Durch die Aufzeichnungen der Nacht habe ich jetzt auch begriffen, warum ich Adam im Gegensatz zu Eva kaum zu sehen bekomme: Eva bewegt sich fast ausschließlich auf den Pfaden. Wenn sie sie verlässt, dann entfernt sie sich nicht weit von ihnen. Adam hingegen hat sich von Anfang an in den Wald begeben. An diese Möglichkeit hatte ich bei Anbringung der Kameras nicht gedacht.

14:00 Uhr: Eva hat den Rundweg vollendet. Sie erkennt den Ausgangspunkt wieder und sucht nach dem Zugang.
Keine Spur von Adam.

16:00 Uhr: Eva hat es aufgegeben, nach dem Zugang zu suchen und begibt sich wieder auf den Weg.
Von Adam ist noch immer nichts zu sehen.

16:12 Uhr: Eva kostet wieder Früchte. Diesmal scheinen sie ihr zu schmecken. Sie isst mit Appetit.

17:00 Uhr: Eva hat wieder eine Runde vollendet. Ich glaube, sie macht sich langsam Gedanken über die Größe von EDEN 1.
Wenn sie erst Kinder hat, wird die POSEIDON an der Küste Brasiliens landen und EDEN 1 wird sich öffnen. Bis dahin werden alle anderen Menschen von der Erde getilgt sein. Dann beginnt das wahre EDEN!

„Ullbrich war absolut wahnsinnig!" meinte Mia an dieser Stelle und erzählte weiter: „Zuerst habe ich mich gefragt, wie Eva und Adam auf einer virenverseuchten Erde überleben sollten, wenn die Viren doch alle Menschen auslöschen sollten. Irgendwo hat Ullbrich in seinen Aufzeichnungen ausdrücklich erwähnt, dass es für die beiden und ihre Nachkommen ungefährlich wäre, das Schiff zu verlassen. Die Viren sollen sich angeblich nach einer Weile selbst neutralisieren. Vielleicht haben wir ja Glück und sie sind inzwischen gar nicht mehr aktiv."

„Und wie geht es in seinen Aufzeichnungen weiter?" fragte ich neugierig.

„Eva hat sich während der nächsten Wochen und Monate mit ihrer Situation abgefunden", erklärte Mia. „Sie hat sich ein Lager errichtet, ist aber immer mehr abgestumpft. Adam ist weiter verschwunden geblieben. Und das hat Ullbrich einen verzweifelten Plan fassen lassen. Warte, hier ist es."

Mia hatte die Stelle im Buch gefunden und las vor:

05. Februar 1946
Eva verliert immer mehr ihre Schönheit. Sie entwickelt sich zusehends zurück, verwahrlost, ist schmutzig und lässt sich nur noch von Instinkten leiten; Essen und trinken, ansonsten läuft sie in ihrem Lager stundenlang hin und her wie ein eingesperrtes Tier.
Sie betritt niemals den Wald.
Adam ist nicht mehr aufgetaucht. Ich glaube, ich muss mich mit der Tatsache abfinden, dass die Wunden, die er sich am ersten Tag des Projektes selbst zugefügt hat, um Evas Furcht zu schüren, sich entzündet und ihn schließlich das Leben gekostet haben. Das ist die einzige logische Erklärung.

Die Besatzung der POSEIDON ist zu einem Haufen degenerierter Kannibalen verkommen, die sich gegenseitig auffressen. Keiner dieser Kreaturen ist es wert, Vater der neuen Menschen zu werden. Sollen sie sterben, so wie Jefferson, der glaubte, als selbst ernannter Kapitän der POSEIDON Forderungen an mich stellen zu dürfen. Ich habe ihn und seine Begleiter in den Konferenzraum geführt und die Viren freigesetzt.

Ich werde das System so programmieren, dass sich der Zugang morgen für eine Stunde öffnet. Dann werde ich selbst EDEN 1 betreten und Eva schwängern.

06. Februar 1946
Auf den Bändern von heute Nacht sind eigenartige Aktivitäten im Wald zu erkennen.
Irgendetwas hat sich an verschiedenen Stellen bewegt. Möglicherweise lebt Adam doch
noch.
Eigenartig ist nur, dass die Bewegungen zeitgleich an verschiedenen Stellen passiert sind.
Ich muss das Projekt doch noch weiter beobachten.

„Dann ist lange Zeit wieder nichts passiert", sagte Mia, blätterte mehrere
Seiten weiter und erklärte dabei. „Ullbrich hat schon sehr bald aufgehört,
Tageszeiten zu notieren. Und dann gibt es sogar Lücken von mehreren
Tagen in seinen Aufzeichnungen. Hier wird es wieder interessant."

23. Februar 1946
Eva hat begonnen, sich mit einem scharfkantigen Stein die Arme aufzuritzen.
Immer wieder sind auf den Bändern von den Nächten Bewegungen im Wald zu sehen.
Doch es ist niemals zu erkennen, woher sie rühren. Ich beginne zu vermuten, dass die von
mir erschaffene Vegetation während den Nächten Wachstumsschübe macht.
Da ich keinen Anhaltspunkt dafür habe, dass Adam noch am Leben ist, werde ich nun
doch selbst Eva schwängern. Ich darf nicht mehr länger warten, sonst tut sie sich noch
ernsthaft etwas an.
Ich muss versuchen, das System so zu programmieren, dass ich sie jeden Tag für eine
Weile besuchen kann. Durch den Kontakt zu ihrem Gott und das Privileg, seine Kinder
gebären zu dürfen, sollte sie sich wieder in einen Menschen zurückverwandeln, der es zu
schätzen weiß, die Mutter der neuen Menschen zu werden.

25. Februar 1946
Meine Versuche, den Zugang zu EDEN 1 neu zu programmieren, scheitern jedes Mal.
Ich bekomme immer die Meldung, dass ich keine Zugangsberechtigung habe. Das hat
mir sicher Bogart eingebrockt. Ich hätte ihn niemals unbeaufsichtigt arbeiten lassen
dürfen. Und jetzt kann ich ihn nicht mehr fragen.

03. März 1946
Ich habe eine Möglichkeit gefunden, das System manuell abzuschalten und werde
EDEN 1 heute um punkt 12:00 Uhr betreten, um Eva zu schwängern.

11:55 Uhr: Ich schalte das System jetzt ab und begebe mich in die Schleuse

Mia schlug das Buch zu und sagte: „Ende. Das war Professor Ullbrichs
letzter Eintrag."
„Und was bedeutet das?" fragte ich.
„Nach allem, was wir bisher herausgefunden haben, läuft das System.
EDEN one ist abgeschottet. Wir haben bisher zumindest noch keinen Weg
hinein gefunden. Wenn der Professor das Areal tatsächlich betreten hat,

dann nehme ich an, dass das System selbstständig einen Neustart gemacht hat und der Professor zum Gefangenen seines eigenen Projekts geworden ist."

Ich konnte mir ein schadenfrohes Lächeln nicht verkneifen und meinte sarkastisch: „Der arme Gott musste in seinem eigenen Eden zugrunde gehen."

Dann fragte ich aber nachdenklich: „Wie funktioniert das System überhaupt? Wie hängen *EDEN one*, das Wetterfeld, die Viren und die *POSEIDON* selbst zusammen?"

„Dazu haben wir auch einiges gefunden", antwortete Mia. „Wenn ich es richtig verstanden habe, dokumentiert das System die Entwicklung von Adam und Eva. Sobald Eva mindestens einen Sohn und eine Tochter zur Welt gebracht hat, wird das Wetterfeld abgeschaltet, und gleichzeitig werden die Viren freigesetzt. Dann setzt sich die *POSEIDON* in Bewegung und landet nach ich weiß nicht, wie langer Zeit an der Küste von Brasilien, das dann, so wie die ganze übrige Welt, unbewohnt ist."

„Was für ein Schwachsinn", meinte ich kopfschüttelnd. „Was hat sich dieser Verrückte eigentlich dabei gedacht, seine neue Menschheit mit Inzucht beginnen zu wollen?"

„Zum Glück hat es ja nicht funktioniert", meinte Mia. Und Sintija, die bisher schweigend zugehört hatte, stellte die hypothetische Möglichkeit in den Raum: „Vielleicht war der göttliche Professor ja impotent."

„Zumindest war er 1946 schon über sechzig Jahre alt", erklärte Mia. Dann fuhr sie fort: „Dummerweise sind das Wetterfeld und die Virenfreisetzung nach allem, was wir bisher wissen, fest miteinander verknüpft. Wenn das Wetterfeld abgeschaltet wird, sollte es möglich sein, die *POSEIDON* auch wieder manuell zu steuern. Aber dazu müssen wir erst sicherstellen, dass wir die Menschheit damit nicht ausrotten."

26 EDEN 1 RESET

Am elften März 2013 wurde Sintija siebzehn Jahre alt, wenn auch laut ihrem neuen Pass, der sich auf der *SINTIJA* befand, falls unsere Yacht überhaupt noch existierte, ihr Geburtstag erst im Oktober war. Aber das Wissen, dass sie inzwischen das Alter erreicht hatte, das Melani gehabt hatte, als ich sie kennen gelernt hatte und auch noch, als sie gestorben war, ließ mich meine angenommene Tochter dennoch mit anderen Augen betrachten.

Wir feierten diesen Tag nicht. Aber wir spürten alle, dass etwas in der Luft lag. Es war Zeit, etwas zu unternehmen. Das Trockenfleisch wurde langsam knapp und Vitaminkapseln hatten wir auch nicht mehr. Wenn wir keinen Skorbut bekommen und verhungern wollten, mussten wir endlich handeln.

„Ich vernichte jetzt die Viren", sagte Mia entschlossen. Doch ich hielt sie am Arm zurück und erwiderte: „Wenn jemand diesen Raum betritt, dann ich."

Ich war inzwischen fast vollständig genesen, auch wenn ich noch ein permanentes Kribbeln in den Beinen fühlte, das es mir unmöglich machte, zu klettern oder durch enge Schächte zu krabbeln. Wenige Tage zuvor war es Sintija gelungen, über einen Kabelschacht in die Schleuse zu *EDEN one* zu gelangen. Aber die Schleuse war ein abgeriegelter Raum, von dem aus sie nicht weitergekommen war. Der Zugang zum *EDEN one* Areal war versperrt, hatte aber in die Tür eingelassene Abdrücke für zwei rechte Hände. Sintija hatte ihre Hand neugierig in den kleineren Abdruck gelegt. Darauf hatte ein Scan ihren Körper abgetastet und eine Bandansage war ertönt. Die Stimme darauf hatte Sintija aufgefordert, ihre Kleidung abzulegen. Neugierig und aufgeregt war Sintija der Aufforderung gefolgt. Der Scan war ein zweites Mal gestartet worden. Doch wieder kam eine Bandansage, auf der die Stimme sagte, dass der Zugang verweigert würde. Aufgeregt hatte Sintija Mia und mir von ihrer Entdeckung erzählt. Da ich selbst noch nicht durch den Kabelschacht klettern konnte, war Mia Sintija in die Schleuse gefolgt. Beide Mädchen hatten sich ausgezogen und ihre rechten Hände in die Abdrücke gelegt. Aber wieder hatte die Stimme auf dem Band nach dem Scan den Zugang verweigert.

Wir hatten danach lange darüber diskutiert, wie sinnvoll oder wichtig es überhaupt wäre, das *EDEN one* Areal zu betreten und waren zu dem

Ergebnis gekommen, dass es besser wäre, uns trotz unserer Neugier davon fernzuhalten. Doch als Mia und ich jetzt darüber zu diskutieren begannen, wer von uns den Raum mit den Viren betreten würde, um diese mit einem Flammenwerfer zu vernichten, machte Sintija, die größte Befürworterin unter uns für die Erforschung von *EDEN one* noch einen letzten Versuch, um uns dazu zu bewegen, ihr zu folgen.

„Vielleicht hat der Professor in dem Areal weitere Aufzeichnungen oder Informationen hinterlassen, die uns helfen könnten, das Kraftfeld abzuschalten, ohne die Viren freizusetzen", meinte sie schlichtend. Mia und ich horchten auf und sahen Sintija neugierig an. Keiner von uns war wild darauf, sein Leben aufs Spiel zu setzen. Und wir waren deshalb gerne bereit, uns Alternativen anzuhören. Als Sintija merkte, dass wir ihr zuhörten, fuhr sie fort, ihre Überlegungen auszubreiten.

„Wir sind jetzt schon fünfzehn Monate auf der *POSEIDON*", begann sie. „Da spielt ein Tag mehr oder weniger auch keine Rolle. Wenn der Professor wirklich *EDEN one* betreten hat und dann nicht mehr daraus entkommen konnte, dann hat er doch bestimmt versucht, sein Experiment weiter zu dokumentieren. Dann muss es noch irgendwelche Aufzeichnungen von ihm geben. Außerdem hast Du doch erzählt, dass Melani etwas gesehen hat, das sich unter den Glaskuppeln bewegt hat, Papa! Wenn da noch jemand leben sollte, wäre es doch unsere Pflicht, ihn zu retten … Oder?"

Ich gab mich geschlagen und antwortete: „Natürlich mein Schatz. Es ist traurig, dass Du mich erst daran erinnern musst."

Auch Mia nickte zustimmend und meinte dann nachdenklich: „Das heißt also, dass Du durch den Schacht klettern musst, mein Engel. Wirst Du das schaffen?"

„Irgendwie wird es gehen", antwortete ich frisch motiviert, gab dann aber zu bedenken: „Bevor wir beide da reingehen, vorausgesetzt die Tür öffnet sich überhaupt, wenn ich mit in der Schleuse bin …"

„Bitte lass mich mit Dir gehen, Papa", unterbrach mich Sintija da flehend. Ich blickte fragend von ihr zu Mia. Die zuckte aber nur mit den Schultern und meinte: „Ich bin sowieso nicht wild darauf, da rein zu gehen. Ich will nur sicher sein, dass ihr in Sicherheit seid!"

„Danke", jauchzte Sintija und küsste zuerst Mia und dann mich so stürmisch, dass man ihr ihre Aufregung und Vorfreude auf das bevorstehende Abenteuer deutlich anmerken konnte. Doch ich versuchte ihre Euphorie wieder etwas zu dämpfen, indem ich noch einmal zu bedenken gab: „Wenn der Zugang sich überhaupt öffnet, müssen wir auf jeden Fall sicherstellen, dass er sich hinter uns nicht schließen kann und wir uns auf diese Weise selbst zu Gefangenen machen."

Erst jetzt wurde mir bewusst, welchem Risiko sich Sintija und Mia ausgesetzt hatten, als sie ohne alle Sicherheitsvorkehrungen die Schleuse betreten hatten. Wenn sie das *EDEN one* Areal betreten hätten und sich der Zugang hinter ihnen wieder geschlossen hätte, wäre ich doch gar nicht in der Lage gewesen, den Zugang wieder zu öffnen. Darum nahm ich eine schwere Eisenstange mit, als ich mich mit Sintija und Mia in den Kabelschacht zwängte. Probleme hatte ich nicht nur, weil meine Beine zum Klettern noch zu wenig Gefühl hatten, sondern auch, weil der Schacht so eng war, dass ich mich kaum hineinzwängen konnte. Da ich aber mit meinen Schultern fast feststeckte, nutzte ich dieses Handicap, um den fehlenden Halt meiner Beine mit den Schultern auszugleichen. Langsam zog ich mich an den Kabelsträngen vorwärts und hielt mich mit Schultern und Oberarmen im senkrechten Schacht. Die Eisenstange hatte Sintija mir abgenommen. Sie turnte flink und wendig wie ein kleines Äffchen durch den Schacht. Mia hatte darauf bestanden, uns ebenfalls bis in die Schleuse zu begleiten. Wie der Zugang sich öffnen würde, falls er sich überhaupt öffnen würde, wussten wir nicht. Unsere Idee war es, auf jeden Fall die Eisenstange sofort in die Öffnung zu klemmen, sobald sich eine auftun würde. Und wir hatten auch vereinbart, dass Mia, selbst wenn wir die Tür auf diese Weise sichern konnten, in der Schleuse auf uns warten würde.

Dass Sintija und ich nackt sein mussten, wenn wir den Durchgang öffnen wollten, wussten wir bereits. Sintija zog sich ohne zu zögern aus, als wir in der Schleuse angekommen waren. Ich hatte sie seit über einem Jahr nicht mehr nackt gesehen. So viel Zärtlichkeit und Liebe sie mir auch während der Zeit meiner Genesung geschenkt hatte; sie war immer bemüht gewesen, mich nicht in Verlegenheit zu bringen. Mit unverhohlener Bewunderung sah ich ihr mit offenem Mund zu. Sintija war in der Zeit, die wir inzwischen auf der *POSEIDON* gefangen waren, zu voller Schönheit erblüht. Ihre Brüste waren noch ein wenig gewachsen, waren aber straff und fest, wie alles an ihr.

„Wow", flüsterte ich unwillkürlich. Aber Sintija hörte mein Flüstern und strahlte mich dankbar und verliebt an. Dann sagte sie: „Du musst Dich auch ausziehen, Papa."

Zum ersten Mal seit langer Zeit, kam mir die Bezeichnung ‚Papa' unpassend vor. Ich schluckte nervös, denn mein Penis war zu lange ohne Gefühl gewesen und schwoll jetzt bei Sintijas Anblick explosionsartig an. Hilfesuchend blickte ich zu Mia. Doch der war die peinliche Reaktion meines Körpers längst aufgefallen und sie meinte nur lächelnd: „Es ist schön, dass er wieder funktioniert."

Aber doch nicht jetzt!

Bitte zieh Dich aus, Papa. Ich will ihn sehen.

Verwirrt blickte ich wieder Sintija an. Zu dieser Situation passte ihr ‚Papa' nun wirklich nicht. Aber es wäre auch ein schlechter Zeitpunkt gewesen, um ihr zu sagen, dass ich nicht mehr ihr Vater sein wollte. Also sagte ich nur verstört: „Guck gefälligst wo anders hin!"

Mia und Sintija lachten gleichzeitig über meine Verlegenheit los. Es tat gut, die beiden wieder lachen zu sehen. Zu lange hatten die Trauer um Melani und die Sorge um mich und über unsere ganze Situation sie sehr ernst und nachdenklich werden lassen. Jetzt wussten wir, dass wir an einem Punkt angekommen waren, an dem sich etwas verändern würde; an dem wir etwas verändern würden. Egal, ob die Schleuse zu *EDEN one* sich öffnen würde; wir würden handeln. Ich würde die Viren vernichten und wenn es mein eigenes Leben kosten sollte. Aber dafür würden Mia und Sintija leben und die Seele Melanis würde nebst all den anderen gefangenen Seelen auf der *POSEIDON* endlich Frieden finden. Trotz der Ungewissheit darüber, was die Veränderung, die wir herbeiführen mussten, uns bringen würde, befanden wir uns in einer Art Aufbruchstimmung. Und neben meiner inzwischen fast vollständigen Genesung trug dieser Umstand wohl am meisten dazu bei, dass die beiden wieder lachen konnten.

„Du hast mir doch auch zugeschaut, Papa." *Und ich finde es schön, wenn Du mich ansiehst. Deine Blicke fühlen sich gut auf meinem Körper an. Sie sind sanft und zärtlich und …*

Bitte hör auf, Sintija!

Ich konnte Mia ansehen, dass sie unsere stumme Unterhaltung ebenfalls gehört hatte. Sie kam zu mir, begann den Arztkittel, den ich trug, aufzuknöpfen und sagte leise und melancholisch: „Ich glaube, es ist an der Zeit, Melanis Geschenk anzunehmen, mein Engel. Sintija ist alt genug. Und wer weiß, ob die Yacht, auf der die Pässe sind, die Dich zu ihrem Vater machen, überhaupt noch existiert? Wer weiß, was morgen ist? Wer weiß, ob wir das hier überleben. Also nimm es an!"

In diesem Moment fiel der Kittel zu Boden und ich stand nackt und mit hoch aufgerichteter Erektion zwischen Mia und Sintija. Sintija hatte Mias Vortrag aufmerksam gelauscht und sah mich jetzt erwartungsvoll an. Ich spürte, wie ihre grüngoldenen Augen wieder begannen, mich aufzusaugen und senkte verlegen den Blick. Ich konnte nicht leugnen, wie sehr ich Sintija begehrte; und mein Penis konnte es erst recht nicht. Also räusperte ich mich und sagte einfach nur: „Ja."

Und dabei bedauerte ich nur, dass Melani jetzt nicht bei uns sein konnte; nicht einmal als Geist oder Seele, da die Schleuse schon zum *EDEN one* Areal gehörte. Und das konnte Melani, wie sie mir erzählt hatte, nicht betreten.

Zum Glück war jetzt keine Zeit, um mich mit Sintija zu beschäftigen und sie als Geschenk anzunehmen; zum Glück deshalb, weil ich mit der Situation überfordert war und einfach noch Zeit brauchte, um akzeptieren zu können, dass das Mädchen, dem ich ein Vater hätte sein sollen, plötzlich eine ganz andere Rolle in meinem Leben ausfüllen wollte. Natürlich wollte ich es auch, aber ich konnte einfach nicht so schnell umschalten.

Wenn es passieren soll, dachte ich mir, *dann wird es passieren.*

Aber zuerst mussten wir herausfinden, ob es uns möglich war, *EDEN one* zu betreten, neue, hilfreiche Erkenntnisse zu gewinnen und vielleicht sogar wirklich Nachkommen von Eva und Adam oder von Eva und Ullbrich aus diesem überdimensionalen Gewächshaus zu befreien.

Wir stellten uns vor die Wand, legten unsere Hände in die Abdrücke und wurden gescannt. Doch dann sagte die Stimme vom Band, dass sich eine unberechtigte Person in der Schleuse aufhalten würde. Mia war bis an die rückwärtige Wand zurückgetreten, bereit, mir sofort die Eisenstange zuzuwerfen, wenn eine Tür sich öffnen würde. Das war also nicht möglich. Mia musste zurück in den Kabelschacht.

„Ich hab kein gutes Gefühl, wenn ich Euch jetzt hier verlasse", sagte sie sehr ernst und versprach: „Wenn irgendetwas schief geht, werde ich sofort versuchen, die Viren zu vernichten, mein Engel!"

„Bitte mach nichts, was Dich in Gefahr bringt", bat ich sie eindringlich. Doch mit Tränen in den Augen erwiderte sie: „Und was machst Du die ganze Zeit?"

„Die ganze Zeit? Ich bin jetzt über ein Jahr fast nur gelegen. Ich muss mir endlich mal die Füße vertreten."

„Passt auf euch auf", bat Mia, küsste zuerst Sintija und dann mich ganz zärtlich und kroch in den Kabelschacht zurück. Ich hatte ein schlechtes Gefühl. Der Abschied von Mia hatte sich so endgültig angefühlt. Doch da wir nicht wussten, ob die Viren sich wirklich vernichten lassen und wir sie bei dem Versuch nicht vielleicht freisetzen würden, mussten wir jede Chance nutzen, Informationen zu erhalten. Deshalb war es wichtig, herauszufinden, ob Professor Ullbrich in seinem *EDEN one* noch irgendetwas hinterlassen hatte.

„Es gibt einen Rundweg", sagte ich zu Sintija. „Falls *EDEN one* sich uns öffnet, sichern wir die Tür mit der Eisenstange, spazieren einmal den Weg entlang und gehen wieder. Wir gehen keine Risiken ein und verlassen auf keinen Fall die angelegten Pfade. Okay?"

„Okay", bestätigte Sintija. Es war ihr anzumerken, dass ihre Euphorie jetzt auch einer großen Nervosität wich. Ich nahm sie in meine Arme, zog sie trotz meiner zwischen uns aufragenden Erektion an mich und küsste sie ganz zärtlich.

„Viel Glück, mein Liebling", flüsterte ich ganz leise. Irgendwie hatte ich das Gefühl dass etwas passieren würde und hätte Sintija am liebsten zurückgelassen, wenn die Tür sich wirklich öffnen sollte. Doch ich wusste, dass ich sie nicht daran hindern können hätte, mir zu folgen. Sintija presste ihren nackten Körper an mich und erwiderte ebenfalls ganz leise: „Viel Glück, Pa … viel Glück, mein geliebter Louis!"

Die Liebe, die in diesem ‚mein geliebter Louis' mitschwang, drang mir tief in mein Herz und ließ meine Furcht um Sintija nur noch größer werden. Was auch immer schlimmes passieren würde; es durfte nicht ihr passieren.

Ich würde sie mit meinem Leben verteidigen und beschützen. Wieder stellten wir uns vor die Wand; wieder legten wir unsere Hände in die dafür vorgesehenen Abdrücke, wieder startete der Scan und wieder hatte die Stimme vom Band etwas auszusetzen.

„Es befinden sich unerlaubte Gegenstände in der Schleuse", hieß es diesmal. Das war dumm. Ich reichte Mia unsere abgelegte Kleidung und die Eisenstange in den Kabelschacht und trug ihr auf, diese sofort herauszuwerfen, sobald ich ‚jetzt' rufen würde. Dann musste ich ihr noch versprechen, dass Sintija und ich auf keinen Fall durch die Tür schreiten würden, solange diese nicht gesichert war, küsste sie noch einmal und kehrte zu Sintija an die Wand zurück.

„Letzter Versuch", sagte ich nach einem tiefen Atemzug. Wir legten unsere Hände in die Abdrücke und wurden gescannt. Nichts passierte. Ohne ihre Hand aus der Vertiefung zu ziehen wendete Sintija sich mir zu und fragte unsicher flüsternd: „Und jetzt?"

Bevor ich antworten konnte, fuhr hinter uns eine halbrunde Glasscheibe aus der Decke bis zum Boden, die Wand vor uns drehte sich wie eine Drehtür und der Boden, auf dem wir standen, drehte sich mit ihr. Ehe wir überhaupt wussten, was passierte, standen wir auf der anderen Seite, im *EDEN one* Areal.

Ein dichter und undurchdringlich wirkender Urwald drängte sich bis an die Felswand, in der jetzt nur das Wandstück aus der Schleuse erkennen ließ, dass sie künstlich errichtet war.

„Scheiße!" sagte ich überrascht und verwundert und dachte mir dabei: *Das wird Mia nicht gefallen.*

Sintija blickte staunend in den Dschungel, löste sich von der Wand und machte neugierig einen Schritt auf diesen zu.

„Halt, warte" ermahnte ich sie und hielt sie am Arm zurück. „Wenn wir diesen Halbkreis verlassen und die Wand sich zurückdreht, haben wir wahrscheinlich keine Möglichkeit mehr, den Durchgang wieder zu öffnen."

„Meinst Du, dass er sich jetzt wieder zurückdrehen würde, wenn wir unsere Hände in die Abdrücke legen?"

„Wir sollten es versuchen!"

Wir versuchten es, aber nichts geschah; weder wurden wir gescannt, noch ertönte eine Stimme vom Band, und die Tür bewegte sich auch nicht. Wir waren Gefangene in *EDEN one*.

Doch plötzlich ging ein Ruck durch die *POSEIDON* und die uns bekannte Stimme vom Band sagte: „*EDEN one* reset! … Alle Systeme wurden zurückgesetzt und laufen fehlerlos. Die *POSEIDON* befindet sich auf Kurs."

„Nein, stopp, Moment", sagte ich aufgebracht. „Da stimmt etwas nicht. Die *POSEIDON* soll sich doch erst in Bewegung setzen, wenn Eva Kinder hat."

Auch Sintija begriff, was diese Ansage bedeutete: Das Wetterfeld war abgeschaltet und die Viren waren freigesetzt worden. Doch das durfte nicht sein. Selbst wenn uns die ganze Welt egal gewesen wäre; Da draußen steckte Mia noch im Kabelschacht und wartete darauf, dass ich ‚jetzt' rufen würde. Verzweifelt trommelte ich mit meinen Fäusten gegen die Wand und schrie: „Mia! … Mia! …"

Ich hoffte so sehr, dass sie mich hören und irgendwie darauf reagieren würde. Aber nichts geschah. Ich glaubte nur plötzlich Melanis Stimme in meinem Kopf sagen hören: *Leb wohl, mein Engel. Ich warte an unserem Strand auf Dich.*

Ich war so verwirrt, dass ich nicht sicher war, ob ich mir das nur eingebildet hatte.

Nach dem absoluten Stillstand, den wir erlebt hatten seit wir mit der *SINTIJA* in die Flaute geraten waren, spürten Sintija und ich die Bewegung der *POSEIDON* überdeutlich, obwohl man normalerweise die Bewegung eines so großen Schiffes kaum registrieren würde.

Was hab ich getan? fragte ich mich verzweifelt. Melani war der Meinung gewesen, dass ich die auf der *POSEIDON* gefangenen Seelen befreien und Mia und Sintija aus der Gefangenschaft des Wetterfeldes befreien könnte. Doch wenn die Viren freigesetzt worden waren, dann war Mia womöglich bereits tot. Und Sintija war mit mir in *EDEN one* gefangen und dazu verdammt, mit mir auf einer entvölkerten Welt zu leben. Das konnte nicht sein. das durfte einfach nicht sein.

Sintija klammerte sich an mir fest, oder besser ausgedrückt, wir klammerten uns aneinander. Der Urwald, in dem weit und breit kein Pfad zu erkennen war, schien voller Leben zu sein. Wir konnten zwar nichts sehen, außer fremdartigen Bäumen, fühlten es aber umso deutlicher. Die Luft war geschwängert von einem stickigen, nach Fäulnis und Verwesung riechenden Dunst, der es uns schwer machte, zu atmen.

„Das soll Ullbrichs EDEN sein?" fragte Sintija angewidert und rümpfte die Nase; und ich dachte mir nur, dass dieser Gestank kein Wunder war, wenn in diesem, wenn auch riesigen, Gewächshaus seit über sechzig Jahren nicht gelüftet worden war. Die Biologie funktionierte, da die Pflanzen lebten. Aber der Mikrokosmos, in dem hier alles im Kreislauf war, war anscheinend trotzdem zu klein. Die Pflanzen in unserer Nähe wirkten alle wie mit einer grün-braun-rosanen Schleimschicht überzogen. Das war ganz sicher nicht das Paradies. Aber mehr als das, was Sintija und ich vor uns sahen, beschäftigte uns, was außerhalb des *EDEN one* Areals passiert war, wie es Mia ging, ob sie überhaupt noch lebte. Waren die Viren freigesetzt worden? Waren sie überhaupt noch aktiv?

Mia, wo bist Du?

Nicht nur ich; auch Sintija stellte diese stumme Frage. Doch Mia antwortete nicht und wir blieben in der Ungewissheit, ob sie nur uns nicht hören konnte oder ob sie gar nichts mehr hören konnte. Ich konzentrierte meine Gedanken wieder auf Melani. Wenn das Wetterfeld abgeschaltet worden war, dann durfte es für ihre Seele keine Grenzen mehr auf der POSEIDON geben. Darum richtete ich an sie mein stummes Flehen: *Melani, bitte hilf uns.*

Doch da blickte Sintija mich traurig von der Seite an und flüsterte betrübt: „Melanis Seele ist fort, Papa. Sie wartet am Strand auf Dich und mich und …"

An dieser Stelle stockte sie. Und ich erwiderte ebenso betrübt: „Du hast sie auch gehört?"

Sintija nickte; Tränen schossen ihr in die Augen und sie erklärte heiser schluchzend: „Ich hab solche Angst um Mia, Papa … Louis!"

Ich nahm sie zärtlich in meine Arme und hielt sie ganz fest. Meine Liebe zu Sintija war so unbeschreiblich stark, dass ihre Sorgen um Mia mir fast körperliche Schmerzen bereiteten. Doch ich nahm weder ihren noch meinen Körper wahr. Meine Erektion war in sich zusammengefallen, wie ein Schlauchboot, dem man die Luft ausgelassen hat. In dieser Situation, in der wir beide uns so große Sorgen um einen geliebten Menschen und auch um den Rest der Menschheit machten, konnten keine erotischen Gefühle bestehen.

„Es tut mir so leid, Louis", schluchzte Sintija, während ihre heißen Tränen über meine Brust rannen, „es ist alles meine Schuld. Wenn ich nicht unbedingt …"

„Schhhh …" unterbrach ich ihre Selbstvorwürfe, die ich selbst bereits auf mich geladen hatte und legte meine Finger sanft auf ihre Lippen. „Du konntest nicht …"

Ein plötzliches Rascheln neben uns im Gebüsch brachte mich zum Schweigen und ließ Sintija und mich angestrengt in den düsteren, unheimlich schleimigen Wald lauschen. Entdecken konnten wir nichts und jetzt blieb es auch wieder still.

„Ist da jemand?" fragte ich in den Wald. Ich konnte deutlich spüren, dass wir beobachtet wurden und schob Sintija schützend hinter mich. „Wenn da jemand ist, dann zeigen Sie sich! Wir tun Ihnen nichts."

Alles was wir hören konnten, was das Stampfen der Maschinen aus einer nicht zu bestimmenden Richtung. Die POSEIDON fuhr und brachte uns unaufhaltsam der südamerikanischen Küste entgegen.

Sintija schlang ihre Arme von hinten um mich, um sich schutzsuchend an mir festzuklammern. Eigenartigerweise nahm ich jetzt plötzlich ihre Brüste wieder ganz deutlich wahr. Sie waren warm und weich und dennoch ganz straff, und sie pressten sich ganz fest an meinen Rücken, während Sintijas heißer Atem in meinem Nacken mir einen erregenden Schauer durch den Körper jagte. Obwohl ich die Möglichkeit, dass Mia tot sein könnte, aus meinen Gedanken zu verbannen versuchte, wurde mir in diesem Moment schlagartig bewusst, dass Sintija in diesem Fall alles wäre, was ich noch hatte, so wie ich alles gewesen wäre, was sie noch hatte.

Wenn Mia tot ist, dann sind wir allein, mein Engel, dachte ich mir und hörte gleich darauf Sintijas gedachte Antwort in meinem Kopf: *Wir sind allein, Louis! Hier sind wir allein und EDEN one ist uns nicht freundlich gesonnen. Ich kann die Feindseligkeit aus dem Wald direkt spüren.*

Ich auch, bestätigte ich Sintijas Empfindung und dachte verzweifelt darüber nach, was wir jetzt machen sollten. Zurück konnten wir nicht. Die Pfade im Wald waren zugewuchert und nicht mehr zu erkennen. Wenn wir unsere Position an der Schleuse verlassen und den Wald betreten hätten, dann wären wir mit dem die Pflanzen bedeckenden Schleim in Berührung gekommen. Das wollte ich aber tunlichst vermeiden. Darum fragte ich Sintija: „Irgendeine Idee, was wir jetzt machen, mein Engel?"

Sintija löste sich von meinem Rücken und kam wieder an meine Seite, bleib dabei aber ängstlich ganz dicht bei mir. Aufmerksam ließ sie ihren Blick über den kleinen, überschaubaren Bereich schweifen, der uns umgab. Der Urwald schien undurchdringlich zu sein. Wir konnten keine zwei Meter in ihn hineinblicken. Doch dann wandte Sintija sich um und ihr Blick wanderte an der künstlichen Felswand, in der der Zugang zu *EDEN one* lag, nach oben.

„Vielleicht kann ich hier nach oben klettern?" schlug sie vor. Doch ich protestierte sofort: „Auf keinen Fall!"

Die Wand war über zwanzig Meter hoch und wäre selbst für mich, auch wenn meine Beine schon vollständig genesen gewesen wären, wahrscheinlich zu schwierig zu erklimmen gewesen. Doch da deutete Sintija nach oben in die grünbraun beschlagenen Kuppeln und meinte: „Möglicherweise kann man die Kuppeln von innen öffnen. Es wäre eine Chance, Louis!"

Eine zwanzig Meter hohe, senkrechte Wand, die kaum Halt für Hände und Füße bot; und dann Glaskuppeln die noch einmal so weit in den Himmel ragten und nur dünne Eisenstreben als Halt hatten.

Möglich wäre es, grübelte ich, *aber nicht in meinem Zustand.*

„Weißt Du noch, was Du gedacht hast, als ich vor Dir durch den Kabelschacht geklettert bin?" fragte mich Sintija ganz aufgeregt. Ich erinnerte mich sehr gut und hatte das Bild deutlich vor Augen. Doch Sintija beantwortete ihre Frage selbst: „Du hast gedacht, dass ich wie ein kleines Äffchen klettere!"

Das stimmte. Ich wusste, dass ich meine Gedanken nicht vor Sintija verbergen konnte und versuchte deshalb auch gar nicht, diesen Gedanken zu leugnen, sondern erwiderte nur: „Es ist zu gefährlich!"

Da schlang Sintija ihre Arme um meinen Hals, presste ihren Körper wieder stürmisch an mich und flehte: „Bitte lass mich versuchen herauszufinden, ob es einen Ausweg gibt, Louis! Bitte lass mich nach Mia zu suchen."

Mia!

Die quälende Ungewissheit, was mit Mia war, war ein gutes Argument, das für Sintijas Plan sprach. Noch einmal suchten meine Augen angestrengt die Wand und die Kuppeln mit ihren Eisenstreben ab. Einige der unnatürlich wirkenden Baumriesen ragten bis in die Kuppeln; und ihre Wipfel, die nicht mehr weiter nach oben wachsen konnten, schlangen sich wirr und schleimig um sich selbst. Sintija hatte sich ohne Zweifel wunderbar entwickelt. Sie war nicht nur schön und klug, sondern hatte eine beeindruckende Sportlichkeit entwickelt. Die Geister der *POSEIDON* waren uns bis zum Schluss feindlich gesonnen geblieben. Aber während Mia sich fast ausschließlich im Bereich des Bugturmes aufgehalten hatte, hatte Sintija sich immer weiter in die Bereiche der Geister vorgewagt, was sie mir damals aber verschwiegen hatte, um mich nicht zu beunruhigen. Sie hatte die Geister immer offener herausgefordert. Da sie gewusst hatte, dass sie ihr nicht direkt etwas anhaben konnten, war sie manchmal sogar einfach durch sie hindurch gelaufen. Doch sie war immer auf der Hut davor gewesen, ob irgendwelche Gegenstände, die ihr gefährlich hätten werden können, in Bewegung gerieten und war durch ihre Umsicht, Schnelligkeit und Wendigkeit so manchem Anschlag entgangen. Ich musste mir eingestehen, dass es zu diesem Zeitpunkt, wenn überhaupt jemand, dann nur Sintija schaffen konnte, bis in die Spitzen der Kuppeln hinaufzuklettern, um zu versuchen, diese zu öffnen.

Doch dann begann ich wieder zu grübeln und meinte: „Wenn es möglich gewesen wäre, da hinauf zu klettern; hätte Ullbrichs Adam, die große, sportliche Hoffnung, es dann nicht ebenfalls versucht?"

„Er hat sich während seines ersten Ausflugs in den Wald verletzt und wahrscheinlich mit irgendetwas infiziert", erwiderte Sintija sofort, und nutzte diese Tatsache sofort für ihre Argumentation.

„Damals war der Wald bestimmt noch nicht so eklig verseucht wie heute", meinte sie und fuhr eindringlich fort: „Wir können nicht in den Wald, mein Geliebter. Wir würden uns dort sicher auch irgendetwas einfangen. Wir können auch nicht zurück. Und wie lange überleben wir ohne Wasser, wenn wir hier bleiben? Ich muss gehen, Papa ... Louis, mein Ein und Alles!"

Ich presste Sintija ganz fest an mich und verfluchte mich wegen meiner eigenen Unfähigkeit, diese Wand zu besteigen. Aber das Kribbeln in meinen noch schwachen Beinen und die immer wieder plötzlich auftretende Gefühllosigkeit in ihnen mussten mich diese Tatsache anerkennen lassen.

„Melani ist für mich gestorben", sagte ich leise schluchzend, „wir wissen nicht, was mit Mia ist ... Wenn Dir etwas passiert, dann werde ich bei Dir sein, bevor Du auch nur wieder in die Nähe des Lichts kommst."

„Ich weiß", erwiderte Sintija ganz sanft, streckte sich und legte ihre

Lippen unsicher und zitternd auf meine. So hatten wir uns noch nie geküsst. Wir hatten beide Angst, dass dieser Kuss ein endgültiger Abschied für uns werden könnte. Unsere Tränen flossen ineinander und bildeten einen dampfenden Film zwischen unseren Körpern, der zu einer Wolke aus Pheromonen verdampfte, die den ekligen Geruch des Waldes von uns fernhielt.

Die aus der Essenz unserer Liebe geborene Leidenschaft wurde durch die uns erfüllende Furcht um den anderen zu einem übermächtigen Drang, dem wir uns weder widersetzen wollten noch konnten. Vielleicht war es unsere letzte Möglichkeit, uns zu lieben; vielleicht war es unsere einzige Möglichkeit.

Unsere Lippen hingen gierig aneinander. Und als sie sich endlich wieder voneinander lösten, sprach Sintija aus, was ich fühlte und dachte.

„Bitte liebe mich, Louis", flehte sie mich an. „Bitte liebe mich."

Ich weiß nicht, wie es geschah, aber irgendwie sanken wir, uns immer weiter gegenseitig haltend und küssend, auf den Boden nieder. Wir vergaßen alles um uns herum (oder verdrängten es), den Wald, die in ihm herrschende Feindseligkeit, die Welt außerhalb von *EDEN one*, das Schicksal der Menschheit und sogar Mia. Es gab nur noch Sintija und mich; und das war möglicherweise wortwörtlich zu nehmen. Obwohl ich eben noch der Meinung gewesen war, dass ein erotisches Empfinden, oder ein sexuelles Verlangen in unserer Situation nicht möglich sein könnte, war es genau das Unvorstellbare dieser Situation, das uns diese vollkommen ausblenden und uns nur noch uns selbst gegenseitig wahrnehmen ließ.

„Ich liebe Dich so sehr, Sintija", gestand ich in dieser Situation leidenschaftlicher Verzweiflung offen ein. „Ich habe Dich schon immer geliebt!"

Sintija war inzwischen alt genug, dass ich sie nicht mehr nur im Herzen lieben, sondern mir eingestehen durfte, dass ich sie auch mit dem Körper begehrte. Es war auch niemand da, für den wir unsere Rollen als Tochter und Vater hätten weiterspielen müssen. Wir waren allein.

Sintijas Lippen verschlossen wieder meinen Mund. Sie lag auf dem Boden und ich lag über ihr. Es fühlte sich so an, als wenn ich noch niemals zuvor geliebt hätte; als wenn ich noch niemals eine nackte Frau in meinen Armen gehalten hätte. Aber vielleicht war es auch nur das Bewusstsein, dass es das letzte Mal sein könnte, das mich dieses Gefühl so intensiv erleben ließ.

Ich war mit Elaine und Ottavia; mit Mia und Melani überreich beschenkt worden. Diese beiden lieben zu dürfen und von ihnen geliebt zu werden, war mehr gewesen, als ich mir jemals hätte vorstellen können. Es war die Essenz reiner Liebe gewesen. Und dennoch erlebte ich jetzt, als ich so über Sintija lag, etwas völlig Neues. Wir verschmolzen in einem endlosen, gierigen und flehenden Kuss, der gleichzeitig Versprechen und

Gebet war; unsere Seelen flossen ineinander und wurden zu einer. Und dennoch blieben wir zwei getrennte Körper; Mann und Frau. Was auch immer ich mit Mia und Melani an Leidenschaft und Liebe erlebt hatte; niemals hatte ich ihre Körper so intensiv wahrgenommen, wie ich in diesem Moment Sintijas Körper wahrnahm. Nicht, dass das jetzt falsch verstanden wird: Ich war zu diesem Zeitpunkt noch nicht in Sintija eingedrungen. Ich lag nur über ihr, küsste sie, spürte, wie sich ihr Körper an meinen schmiegte und verlor mich im zarten und betörenden Geruch ihrer Haut. Nichts, was ich nicht schon erlebt gehabt hätte, aber dennoch um so vieles intensiver, dass ich es mit Worten weder erklären noch beschreiben kann.

Sintijas Körper war vollkommen; jung, schlank und geschmeidig; ihre Haut war makellos, samtweich und von der Sonne gebräunt, und sie verströmte diesen zarten, Pheromon geschwängerten Duft, an dem ich mich einfach nicht satt riechen konnte. Ich hätte auf jeden aktiven Sex mit Sintija verzichten können, wenn ich nur meine Lippen auf ihre Haut hätte legen dürfen, um mich am Geruch ihres Körpers zu berauschen. Doch ich musste auf nichts verzichten. Sintija schenkte sich mir vollkommen. Sie überließ sich meiner Liebe und meinem Körper und gab mir meine Zärtlichkeiten und meine Leidenschaft tausendfach zurück. Als unsere Lippen sich trennten, trafen sich unsere Blicke. Wir tauchten ineinander ein und sagten uns in diesem Blick alles, was wir mit Worten nicht auszudrücken vermochten. Wir gehörten einander; wir waren nur auf dieser Welt, um einander zu gehören. Das intensive Grün von Sintijas Augen schimmerte geheimnisvoll wie ein Bergsee, auf dem die Goldfäden wie die Strahlen der Sonne funkelten.

Bitte liebe mich, flehte sie noch einmal stumm und drängte mir ihren Körper entgegen. Noch einmal bedeckte ich ihre Lippen mit meinen und küsste dann mit der Atemlosigkeit eines Ertrinkenden ihre Wangen, ihre Augenlider und ihren Hals. Sintija erschauerte unter meinen Küssen und eine Gänsehaut breitete sich auf ihrem Körper aus. Die kleinen, dunklen Knospen, die die straffen Rundungen ihrer Brüste krönten, zitterten und zogen sich verführerisch zusammen. Winzig waren sie, kaum erbsengroß; und doch waren sie das Schönste und Erregendste, das ich jemals gesehen hatte. Gierig presste ich meine Lippen auf sie; gierig, leidenschaftlich aber dennoch mit all der Zärtlichkeit, zu der mein Körper fähig war. Sintijas Brüste waren eine Offenbarung, vollendete Formen, straff und fest und doch weich. Sie schmiegten sich an meine Lippen, als ob sie nur dafür gemacht worden wären, von mir geküsst zu werden. Zitternd umschlang Sintija meinen Kopf mit ihren Armen und presste mein Gesicht fester an ihre kleinen, harten Knospen, die in ihrer Erregung so heiß geworden waren, als wenn sie in Flammen gestanden hätten.

Wir brannten beide lichterloh und fühlten, dass nur dieses Feuer uns noch am Leben hielt. Irgendetwas geschah mit uns oder war bereits mit uns geschehen. Wir wussten es, wir fühlten es; doch wir konnten es weder begreifen, noch erklären und versuchten auch gar nicht, eine Erklärung dafür zu finden.

Liebe mich; bitte liebe mich! Sintijas Flehen klang in meinem Herzen und die Natur fügte zusammen, was zusammen gehörte. Unendlich langsam und mit aller Behutsamkeit suchte meine stolz erhobene Männlichkeit nach Sintijas geheimsten und bis zu diesem Moment unberührten Schatz; unendlich langsam, behutsam aber unaufhaltsam! Und als die geschwollene, heiße und pulsierende Spitze meines Penis an die noch verschlossene Pforte stieß, erreichte Sintija ihren ersten Orgasmus. Unter Tränen verbiss sie ich in meiner Schulter und verkrallte sich in meinem Rücken. Doch obwohl es so schien, als wenn dieser Orgasmus bereits ihre Kräfte überstieg, hörte ich noch immer ihr verzweifeltes Flehen:

Bitte liebe mich Louis!

Und mit zitternden Fingern tastete sie selbst nach unten und presste mein Glied gegen ihren jungfräulichen Schoß. Dann stieß ich zu und drang langsam in sie ein. Ich spürte, dass etwas nachgab. Sintija unterdrückte einen Schrei und etwas, das noch heißer war, als unsere Leiber breitete sich wie ein Film aus glühender Lava zwischen uns aus.

Niemals zuvor hatte eine Frau mir ihre Jungfräulichkeit geschenkt. Niemals zuvor hatte es eine Bedeutung für mich gehabt, nicht der erste Mann für eine Frau gewesen zu sein. Doch das mit Sintija war vorherbestimmt gewesen. Es hatte so sein müssen und war wie ein heiliges Ritual für uns beide.

Wegen des Blutes zögerte ich, doch Sintija presste ihr Becken immer weiter gegen meinen Körper, bis ihre kleine Scheide mein Glied vollständig in sich aufgenommen hatte. Sie war eng, doch nicht so eng wie Melani gewesen war; es war genau richtig. Noch niemals zuvor hatte ich den Eindruck gehabt, dass die Scheide einer Frau so lebendig gewesen wäre, dass sie aus so vielen Muskeln bestehen und sich so perfekt an meinen Penis anschmiegen und ihn so liebevoll halten und stimulieren könnte, wie ich es jetzt mit Sintija erlebte.

Ich hatte gedacht, dass ich bereits alles erlebt hätte und dass nichts in der Lage sein könnte, das zu toppen, was ich mit Mia und Melani erlebt hatte. Doch Sintija und ich gehörten zusammen; unsere Seelen ebenso wie unsere Körper. Und obwohl das auch auf Melani und Mia zugetroffen hatte, war es mit Sintija anders, intensiver und gefühlvoller. Ich weiß nicht, wie ich es beschreiben soll. Wie soll man erklären, dass etwas noch besser ist, als etwas Vollkommenes? Und doch war es so.

Ich bewegte mich nicht in Sintija. Ich wollte ihr keine weiteren Schmerzen bereiten. Doch das Pulsieren unserer erregten Körper hob uns ganz behutsam empor in eine so friedliche und sanfte Ekstase, wie ich sie noch niemals erlebt hatte. Alles an diesem Erlebnis war neu. Nichts davon hatte ich zuvor jemals so erlebt oder empfunden.

Wie lange wir in diesem Zustand gefangen waren, wusste ich nicht; eine Sekunde oder tausend Jahre. Doch am Ende waren wir so erschöpft, dass wir aus unserer Ekstase in einen todesähnlichen Schlaf hinüberdämmerten. Ich hatte vorher nicht gewusst, dass körperliche Liebe so sehr den Hauch des göttlichen in sich tragen konnte. Ja, ich weiß, wie geschwollen das klingt. Und doch war es so. Sintija und ich hatten nicht mehr aktiv agiert; wir hatten nur noch gefühlt, wir waren selbst zu reinem Gefühl geworden.

Als ich dann schlief und im Traum durch die Unendlichkeit von Zeit und Raum reiste, begann sich Melani in diesem Traum zu manifestieren. Sanft lächelnd stand sie vor mir und ließ mich in meiner Reise innehalten. Und noch während ich sie bewundernd und sehnsüchtig betrachtete, nahm sie zärtlich meine Hand und fordere mich stumm auf:

Komm mit, mein Engel!

Und im nächsten Augenblick befanden wir uns bereits auf unserem Strand.

Wo ist Mia? fragte ich nicht ohne Sorge. Doch Melani schüttelte ihren Kopf und antwortete so stumm, wie unsere ganze Unterhaltung in diesem Traum verlief: *Sie ist nicht hier.*

Langsam setzte meine Erinnerung an das Geschehene ein und ich fragte noch immer besorgt: *Was ist mit den Viren? Sind sie freigesetzt worden?*

Melani sah mich sanft an, ohne aber zu antworten. Erst als ich meine Frage mit wachsender Beunruhigung wiederholen wollte, erklärte sie mir: *Ich darf es Dir nicht sagen, mein Engel.*

Verunsichert versuchte ich in ihren dunkeln Augen zu lesen. Doch sie gaben nichts preis und Melani fuhr sanft fort: *Du und ich; wir können hier alles sein. Wir können über uns reden, über die Vergangenheit, über das, was wir gemeinsam erlebt haben und was wir denken und fühlen. Aber ich darf Dir nichts von der Zukunft erzählen und nichts von dem, was Du selbst noch nicht erfahren hast.*

Lange grübelte ich über Melanis Worte nach. Dann sagte ich traurig: *Also bist Du doch nur ein Traum.*

Es liegt an Dir, ob ich ‚nur' ein Traum bin, erwiderte Melani, nun ebenfalls traurig klingend. Da nahm ich sie schweigend und tröstend in meine Arme, hielt sie ganz fest und gestand ihr: *Ich habe Angst, mein Engel! Ich habe Dich verloren und ich weiß nicht, ob Mia noch am Leben ist. Weißt Du, was Sintija und mich verbindet und was wir erlebt haben?*

Ja, ich weiß es und ich bin glücklich über Eure Liebe!

Aber was geschieht mit uns?

Melani schwieg und ich wusste, dass ich wieder zuviel gefragt hatte. Sie durfte mir nicht antworten. Sanft zog sie mich in den warmen Sand und sagte: *Ruh Dich aus, mein Engel. Du musst bald zurückkehren.*

Ich schloss meine Augen und Melani streichelte mir zärtlich und liebevoll durch die Haare. Ich wurde ganz ruhig und schlief in ihren Armen ein.

27 LEBEN UND STERBEN IN EDEN 1

Als ich erwachte, lag ich auf Sintijas Busen. Obwohl ich sehr gut lag, richtete ich mich vorsichtig ein wenig auf und betrachtete das geliebte Wesen, das noch friedlich schlief. Sie war so unbeschreiblich schön. Mein Penis ruhte noch immer in ihrer warmen Scheide und vertrocknetes Blut klebte unsere Schenkel zusammen.

Aus den Augenwinkeln nahm ich eine Bewegung wahr. Irgendetwas zog sich bei meinem Erwachen schnell wieder in den uns feindlichen gesonnenen Wald zurück. Irgendetwas lebte hier. Aber es hatte uns nichts getan, während wir geschlafen hatten und ihm wehrlos ausgeliefert gewesen waren.

Vielleicht fühlt es sich von uns genauso bedroht, wie wir von ihm, überlegte ich.

Sintija erwachte. Mit einem wohligen Seufzer öffnete sie ihre Augen und sah mich lange, sanft und forschend an.

„Was ist?" fragte ich verunsichert. Sintija dachte einen Augenblick nach, dann antwortete sie: „Ich frage mich, ob Du wirklich real bist, Louis."

„Natürlich bin ich real!"

Sanft streichelte ich ihr über die Wange, legte meine Lippen in einem scheuen Kuss auf ihre und flüsterte: „Guten Morgen, meine wunderschöne Sintija!"

„Guten Morgen?" wiederholte Sintija und es klang wie eine Frage. Gleichzeitig strich sie mir nun ihrerseits zärtlich über die Wange. Ich hörte das Knistern und fasste mir neugierig selbst ans Kinn. Als wir *EDEN one* betreten hatten, war ich frisch rasiert gewesen. Jetzt hatte ich einen ausgeprägten Dreitagebart, oder eher noch einen Einwochenbart. Angestrengt überlegte ich, wie das sein konnte. Da sagte Sintija nachdenklich verträumt: „Ich mag die Denkfalte zwischen Deinen Augenbrauen."

Ich mag alles an Dir, mein Engel!

Sintija lächelte mich sanft an. Ich wusste, dass sie meinen Gedanken gehört hatte. Dieses Erwachen war eine seltsame Situation. Lange sahen wir uns nur an und fragten uns, was mit uns geschehen war, was mit Mia geschehen war und ob die Welt außerhalb dieses verfaulenden Edens noch existierte. Schließlich kam Sintija auf ihre ursprüngliche Frage, ob ich real wäre zurück und versuchte, ihre Gedanken und Gefühle in Worte zu kleiden.

„Ich habe im allerersten Moment, in dem ich Dich gesehen habe, gespürt, dass Du etwas Besonderes bist; dass Du eine Bedeutung für mich und mein Leben haben würdest. In diesem Moment hat das Wort ‚Schicksal' ein Gesicht für mich bekommen: Deines! Ich hab die ganze Zeit über gespürt, dass etwas Schlimmes passieren würde. Aber ich war ganz fest überzeugt davon gewesen, dass wir zusammen mit Mia und Melani vor dieser Bedrohung, vor diesem Schlimmen fliehen könnten. Jetzt weiß ich, dass alles, was geschehen ist, Schicksal war. Und trotzdem kann ich Dich noch nicht begreifen. Seit Melani, Mia und Du im Laden in Marseille aufgetaucht seid, habe ich mich danach gesehnt, Dich zu berühren und von Dir berührt zu werden. Und jetzt kann ich nicht begreifen, was mit uns geschehen ist. Ich habe immer gehört und gelesen, dass vor allem das erste Mal für Frauen sehr schmerzhaft und deswegen nicht gerade schön ist. Aber ich wusste, dass es mit Dir anders sein würde. Nur ... so anders? Wo waren wir während der letzten Tage? Ich habe das Gefühl, dass *EDEN one* die Hölle auf Erden ist. Und trotzdem hast Du mir den Himmel gezeigt."

Wieder sah mir Sintija fragend ins Gesicht, so als ob sie erwartete, dass ich ihr eine Erklärung geben könnte. Doch alles, was ich erwidern konnte, war: „Du bist mein Himmel!"

Behutsam legte ich mich wieder auf Sintija. Ich schob meinen Arm unter ihren Nacken, hielt sie ganz fest und ließ meinen Kopf auf ihrem Busen ruhen, während sie mir so sanft wie Melani in meinem Traum durch die Haare streichelte.

„Ich werde niemals ihren Platz einnehmen können", flüsterte Sintija melancholisch und mir war klar, dass selbst meine Erinnerungen an den Traum von Melani wie ein offenes Buch vor ihr lagen.

„Aber das will ich auch nicht", fuhr sie fort. „Melani und Mia sind Teile von Dir. Die kann und will ich Dir nicht nehmen. Ganz im Gegenteil: Wenn es mir möglich gewesen wäre, an Melanis Stelle zu sterben, damit ihr zusammen ..."

„Sag so was nicht, mein Engel", bat ich traurig. Sintija verstand mich. Sie litt wie ich unter dem Verlust Melanis und unter der Ungewissheit über Mias Schicksal. Keiner von uns hätte sterben sollen. Aber jeder wäre bereit gewesen, für den anderen sein Leben zu geben. Und wir, die wir jetzt noch lebten, machten uns Vorwürfe dafür, dass wir noch lebten. Sintija atmete hörbar tief ein und ich fühlte, wie ihr Busen sich hob.

„Es wird Zeit für mich", sagte sie bekümmert. Ich wusste, was sie meinte. Sie hatte überprüfen wollen, ob sie in eine der Glaskuppeln klettern könnte, um zu versuchen, diese zu öffnen. Aber dann hatte unsere Lust aufeinander sie davon abgehalten; unsere Lust, die durch die Angst, dass es unsere letzte Chance sein könnte, uns zu lieben, übermächtig geworden war. Doch wie viel Zeit war inzwischen vergangen? Mein sprießender Bart war noch immer mein einziger Anhaltspunkt dafür. Und dieser Anhaltspunkt gab uns allen Grund zur Besorgnis. War wirklich schon eine Woche vergangen? Und wenn ja: Was war mit Mia während dieser Woche geschehen. Ganz plötzlich waren sie wieder da, unsere Selbstvorwürfe.

Wir hätten unserem Drang nicht nachgeben dürfen, schalt ich mich reumütig und erhob mich von Sintijas Körper. Erst jetzt spürte ich die Erschöpfung meines Leibes. Ich taumelte benommen und fühlte meine trockene Kehle. Auch Sintija konnte sich nur mit Mühe erheben. Sie schwankte und hielt sich an mir fest.

„So kannst Du nicht klettern", sagte ich mit Nachdruck. Sintija sah mich mit großen Augen flehend an. Sie wollte helfen und war bereit, für Mia ihr Leben zu wagen. Doch wir wussten nicht, ob Mia überhaupt noch lebte und ich war nicht bereit zu akzeptieren, dass Sintija aus Schuldgefühlen heraus ihr eigenes Leben wegwerfen wollte. Deswegen schüttelte ich entschieden den Kopf und erklärte: „Du bist zu schwach, mein Liebling. Du musst etwas trinken!"

Das bedeutete, dass wir den Wald betreten mussten; zumindest einer von uns. Ich!

„Warum Du?" fragte Sintija mit einer Leidenschaft, die ich ihr in diesem Moment nicht zugetraut hätte.

„Weil ich, … weil Du, … weil ich es sage, basta!"

„Du kannst jetzt nicht mehr den Vater herauskehren, Louis; nicht nachdem, was wir miteinander erlebt haben!"

„Was? Ich will doch nicht … Du bleibst hier! Und damit Schluss. Ich hole Wasser!"

„Nein!"

So energisch hatte ich Sintija noch nie erlebt. Überrascht sah ich sie an und sie erklärte in einem Ton, der keinen Widerspruch duldete: „Wenn Du in den Wald gehst, dann geh ich auch!"

„Und wenn Du da hochkletterst, dann klettere ich ebenfalls", erwiderte ich trotzig.

„Du kannst mit Deinen Beinen noch nicht klettern."

„An der Wand nicht, aber auf die Bäume schaffe ich das!"

Ich deutete auf die Baumriesen, die bis in die Spitzen der Glaskuppeln hinaufragten. Sintija folgte meinem Blick, nickte und meinte: „Wenn wir ohnehin in den Wald müssen, können wir auch auf die Bäume klettern."

Und damit wollte sie sich schon ihren Weg durch das mit Schleim überzogene Dickicht bahnen. Doch ich hielt sie zurück.

„Warte", sagte ich besorgt, bückte mich und blickte am Grund entlang in den Wald.

„Wenn wir am Boden entlang kriechen, können wir vielleicht den Kontakt mit dem ekligen Schleim vermeiden", meinte ich nachdenklich. Wieder nickte Sintija. Und sie erwiderte bestätigend: „Das könnte funktionieren. Da hinten scheint es auch wieder heller zu werden. Vielleicht ist der Wald nicht überall so wie hier."

„Wollen wir es hoffen."

Ich gab Sintija einen schnellen Kuss, legte mich flach auf den Boden und kroch unter den schleimigen Ästen hindurch in den Wald. Sintija folgte dicht hinter mir. Und ich muss gestehen, dass es ein gutes und beruhigendes Gefühl war, sie in meiner Nähe zu wissen. Der Waldboden war feucht und modrig. Eigenartige Pilze wuchsen unter den Bäumen und Insekten, wie ich sie noch nie gesehen hatte, krabbelten überall herum. Wir mussten uns ganz flach am Boden halten, um mit den schleimüberzogenen Ästen der Bäume nicht in Berührung zu kommen. Nach etwa zehn bis zwölf Metern gelangten wir auf eine Art Lichtung, auf der keine Bäume standen. Wir richteten uns auf und überblickten staunend die freie Fläche.

„Was ist das?" fragte Sintija furchtsam flüsternd, während ihr Blick gebannt auf ein eigenartiges, etwa sechs Meter hohes Gebilde in der Mitte des Platzes gerichtet war.

„Wenn ich das mal wüsste", erwiderte ich und näherte mich vorsichtig dem Objekt, das entfernt an einen riesigen Termitenbau erinnerte. Ich hatte erst knapp die Hälfte des Weges zurückgelegt, da warnte mich Sintijas Ruf: „Vorsicht!"

Reflexartig fuhr ich herum und sah ein aus den Ästen eines der Baumriesen auf mich herab springendes Wesen, das mehr Affe als Mensch zu sein schien. Umdrehen, Gefahr erkennen und Ausweichen geschah in einer einzigen Bewegung. Die kleine, nackte und schmutzige Kreatur krachte mit einem schrillen Kreischen, das mir in den Ohren schmerzte, auf den Boden. Ich versuchte, sie zu greifen; doch so schnell wie sie aufgetaucht war, huschte sie jetzt hinter das Gebilde und verschwand so aus meinem Blickfeld. Sintija war sofort an meiner Seite und klammerte sich furchtsam an meinen Arm.

„Danke", bedankte ich mich flüsternd für ihre Warnung und ließ meinen Blick dabei nach möglichen weiteren Angreifern durch die Äste der umstehenden Bäume schweifen. Die Frage ‚*Was war das?*' stand Sintija deutlich ins Gesicht geschrieben. Doch ich konnte ihr keine Antwort darauf geben. Das Wesen war nicht einmal einen Meter groß gewesen, hatte sich bewegt, wie ein Affe, war aber völlig unbehaart gewesen.

„Kann das ein Nachkomme Evas gewesen sein?" fragte Sintija schließlich. Ich zuckte mit den Schultern und antwortete: „Ich wüsste nicht, was es sonst sein könnte. Aber es scheint kaum menschlich zu sein."

„Vielleicht ist es auch das, was von Anfang an im Wald war?" überlegte Sintija weiter. Ich sah sie grübelnd an und fragte: „Du meinst das, was Adam verletzt hat?"

Jetzt zuckte Sintija mit den Schultern und meinte unsicher: „Es wäre doch möglich, oder?"

„Was auch immer es ist, es ist mit Sicherheit noch keine sechzig Jahre alt."

Vorsichtig machten wir einen weiteren Schritt auf das merkwürdige Ding in der Mitte der Lichtung zu. Da ertönte plötzlich ein lautes Kreischen aus dieser Richtung. Es klang so ähnlich wie der Schmerzensschrei des nackten Wesens, als es neben mir auf den Boden gekracht war. Und in dieses Kreischen fielen weitere Stimmen aus dem Wald um uns herum ein.

„Es sind mehrere!" flüsterte Sintija erschauernd. Und im selben Augenblick flog von der Spitze des Gebildes ein dunkler Brocken auf uns herab und traf mich an der Schulter.

„Das Mistvieh schmeißt mit seinem Kot", stellte ich ebenso zornig wie angeekelt fest und wollte zornig weitergehen. Sofort schwoll das Gekreische wieder an und neue dunkle Klumpen wurden aus dem Wald auf uns geschleudert. Wir konnten den Geschossen gerade noch ausweichen. Sintija zog mich furchtsam am Arm zurück und bat mich leise: „Nicht, Louis!"

Da ich Sintija beschützen und nicht in Gefahr bringen wollte, gehorchte ich ihrer Bitte und stellte dabei fest, dass das Kreischen sofort nachließ, als ich nicht mehr versuchte, mich dem termitenbauähnlichen Ding zu nähern. Auch Sintija machte diese Beobachtung, denn sie flüsterte mit der einsetzenden Neugier eines Forschers: „Anscheinend wollen sie das Gebilde beschützen. Vielleicht soll es so etwas wie ein Altar sein oder wie die Statue einer Gottheit."

Sintija und ich umrundeten das ‚Was auch immer' in einem großen Bogen. Zwar spürten wir dabei die uns aufmerksam beobachtenden Augen im Wald. Doch weder konnten wir die Wesen entdecken, noch machten sie sich sonst irgendwie bemerkbar. Als wir die gegenüberliegende Seite der Lichtung erreicht hatten, stellten wir nicht nur fest, dass der Wald hier nicht mehr so schleimig war, sondern wir konnten in dem Gebilde tatsächlich so etwas wie eine Statue erkennen. Das grob behauene oder modellierte Material erinnerte entfernt an eine nackte Frau. Die Rückseite dieser Statue, die wir zuerst gesehen hatten und die mich an einen Termitenbau hatte denken lassen, sollten möglicherweise lange, bis zum Boden reichende Haare darstellen. Aber vielleicht war die Rückseite auch einfach nicht bearbeitet. Aus der Entfernung war es mir nicht einmal möglich, das Material dieser abstoßenden und Furcht einflößenden Statue zu bestimmen.

„Wenn sie irgendwelche Götzen anbeten, dann müssen sie wohl doch menschlich sein", grübelte ich mit einem unguten Gefühl. Sintija nickte und meinte: „Dann soll das bestimmt Eva darstellen."

„Schwer zu glauben. Ich dachte, sie soll eine Schönheitskönigin gewesen sein."

In Sintijas Blick lag eine eigenartige Faszination, während sie die Züge der Statue studierte.

„Wahrscheinlich hat Eva schon gar nicht mehr gelebt, als die Statue errichtet worden ist", überlegte sie und machte ganz in Gedanken einen Schritt auf die Statue zu. Eigenartigerweise blieb es ruhig im Wald. Doch als ich Sintija folgen wollte, setzte sofort das ohrenbetäubende Kreischen wieder ein. Ich blieb stehen und der Lärm verstummte. Sintija und ich sahen uns fragend an. Dann machte sie einen weiteren Schritt auf die Statue zu. Nichts geschah. Sintija hinderte mich mit einem leichten Kopfschütteln daran, ihr zu folgen und ging ganz langsam weiter.

„Sei vorsichtig mein Engel!" ermahnte ich sie. Langsam, vorsichtig und mit Ehrfurcht einflößender, majestätischer Anmut schritt sie ungehindert bis vor die Statue. Dort blieb sie stehen, betrachtete das Kunstwerk und legte ihre Hand auf seine Oberfläche. Im Wald um uns herum und auch wieder aus Richtung der Statue selbst setzte ein leises Gemurmel ein, das ich nicht zu deuten wusste. In der Befürchtung eines neuen Angriffs ließ ich den Wald nicht aus den Augen und machte mich innerlich bereits auf einen neuen Angriff gefasst. Doch das Gemurmel blieb ein Gemurmel. Es schwoll zu keinem feindseligen Kreischen an und weder Sintija noch ich wurden mit Kot beworfen. Doch plötzlich bemerkte ich eine Bewegung auf der Spitze der Statue. Das kleine, nackte Wesen, das mich kurz zuvor angegriffen hatte, kletterte von der Rückseite der Statue auf ihren Kopf. Dort hockte es, hob seine langen, dürren Arme in den von einer Glaskuppel überspannten Himmel und begann einen eigenartigen Singsang. Sintija blickte überrascht aber furchtlos nach oben und fragte den Kleinen: „Hey, wer bist Du denn?"

Das Wesen hielt in seinem Gesang inne, musterte Sintija eine oder zwei Sekunden lang mit weit aufgerissenen, staunenden Augen und sprang dann plötzlich von der Spitze der Statue, also aus gut sechs Metern Höhe über Sintija hinweg auf den Boden. Ich war drauf und dran, einzuschreiten. Doch Sintija wandte sich sofort nach dem kleinen, nackten Wesen um, dieses fiel vor ihr auf die Knie, legte seine Stirn auf den Boden und breitete seine Hände aus. Sintija kniete sich ebenfalls hin, nahm vorsichtig die Hand des Wesens und sagte ganz sanft: „Steh auf. Du musst nicht …"

Sie wirkte wirklich wie eine Königin, die einem Untertanen Audienz gewährte. Doch weiter kam sie nicht. Das nackte Wesen kroch furchtsam vor ihr zurück und sagte in seiner krächzenden, kaum menschlich klingenden Stimme: „Ewa!"

„Ewa!" klang es ringsum aus dem Wald wie ein tausendfach zurückgeworfenes Echo. Und im selben Augenblick begannen von oben weiße Blüten auf Sintija und die Statue niederzuregnen. Ich konnte nicht feststellen, wo der Ursprung dieses Blütenregens war und beobachtete fasziniert dieses Schauspiel. Sintija war keine Königin; sie war eine Göttin!

Dennoch bereitete mir Sintijas Anbetung mehr Sorge als Zuversicht.

Was, wenn die kleinen Wilden feststellen, dass Sintija nur ein Mensch ist? fragte ich mich beunruhigt und forderte Sintija ganz leise und ruhig auf: „Es ist besser, Du kommst jetzt wieder her."

„Ja", nickte Sintija und ging langsam und würdevoll an dem am Boden liegenden Wesen vorbei, das nicht wagte, seinen Blick zu ihr zu heben. Als sie mich erreichte, nahm sie meine Hand, kniete sich vor mir auf den Boden und küsste meine Hand.

„Was machst Du da?" fragte ich verwirrt. Sintija erhob sich ehrfürchtig und mit gesenktem Kopf und erwiderte: „Wenn sie mir mit Ehrfurcht begegnen, dann müssen sie auch akzeptieren, dass Du zu mir gehörst. Komm mit."

Und damit zog sie mich ganz langsam hinter sich her in Richtung der Statue. Doch wir hatten kaum zwei Schritte gemacht, da setzte wieder das feindselige Gekreische ein. Das kleine nackte Wesen sprang vom Boden auf und versuchte mir unartikuliert knurrend und mit ausgebreiteten Armen den Weg zu der Götterstatue zu versperren. Sintija sprach beruhigend auf das kleine, nackte Wesen ein. Doch sie hatte noch keinen ganzen Satz herausgebracht, da sprang der Kleine auf uns zu, packte unsere Handgelenke und riss unsere Hände mit mehr Kraft auseinander, als ich ihm zugetraut hätte. Gleichzeitig lösten sich rings um uns weitere nackte Gestalten aus den Schatten der Bäume und sprangen auf uns zu. Zwei der kleinen Wilden konnte ich abwehren und zurück in den Wald schleudern. Dann traf mich eine Keule am Kopf und ich verlor das Bewusstsein.

Als ich wieder zu mir kam, blickte ich aus ziemlicher Höhe auf eine Art Thron hinab, auf dem Sintija saß. Sie war geschmückt mit weißen Blüten, rührte sich aber nicht. Vor ihr lag ein gutes Dutzend der kleinen, nackten Wilden mit ausgestreckten Armen und Beinen auf den Bäuchen. Es war ein sehr befremdlicher Anblick. Nichts rührte sich; weder Sintija, noch die Wilden. Ich wollte Sintija rufen, brachte aber keinen Ton heraus. Meine Kehle war wie gelähmt und ich musste froh sein, in diesem Zustand überhaupt atmen zu können. Langsam drangen die Schmerzen meines Körpers in mein Bewusstsein. Der Schlag, der mich am Kopf getroffen hatte, pochte und machte es mir schwer, meinen Kopf überhaupt zu bewegen. Außerdem fühlten sich meine Arme und Beine merkwürdig taub an. Mühsam drehte ich meinen Kopf, um festzustellen, in welcher Situation ich eigentlich war. Und da sah ich, dass ich mit um Hand- und Fußgelenke gebundenen Seilen oder Lianen zwischen zwei der gigantischen Baumriesen gespannt war. Die Blätter der Bäume raschelten verräterisch, als ich meine Muskeln in dem Versuch anspannte, mich zu befreien. Doch die Knoten waren zu fest und die Seile zu stabil. Nichts gab nach. Ich hing wie eine tote Spinne in ihrem eigenen Netz. Ganz offensichtlich war ich versorgt worden, bevor ich in diese Lage gebracht worden war, denn ich fühlte keinen Durst mehr. Hätte der Schlag mit der Keule mir keine Kopfschmerzen bereitet, hätten die Seile an Hand und Fußgelenken mir nicht das Blut abgeschnürt und wäre mein Hals nicht gelähmt gewesen, so dass ich Sintija nicht rufen konnte, dann hätte ich mich trotz der ungünstigen Lage, in der ich mich befand, stärker und ausgeruhter gefühlt, als vor dem Überfall der kleinen, wilden Kreaturen.

Plötzlich geriet die Szenerie unter mir in Bewegung und ich fragte mich, ob es mein Erwachen oder das von mir verursachte Rascheln der Blätter gewesen war, das den Auftakt zu der Zeremonie gebildet hatte, die jetzt begann. Ein kleines, vertrocknetes, mumienartiges Wesen, das einmal ein Mensch gewesen sein mochte und schon ein paar Jahrhunderte alt zu sein schien, löste sich aus dem Schatten der Bäume hinter dem Thron, auf dem Sintija saß. Ob es sich bei diesem Wesen, das vollkommen mit dem Wald und seinen Farben verschmolz, um eine Frau oder einen Mann handelte, konnte ich beim besten Willen nicht feststellen. Es trat an Sintijas Seite, fasste unter ihr Kinn und hob ihren Kopf. Soweit ich es erkennen konnte, waren Sintijas Augen geöffnet. Trotzdem schien sie zu schlafen oder in Trance zu sein. Noch einmal versuchte ich vergeblich, Sintijas Namen zu rufen. Dann besann ich mich, ging in mich und konzentrierte mich auf das geliebte, kleine Wesen unter mir.

Sintija, rief ich stumm. *Kannst Du mich hören?*

Sintija antwortete nicht, wodurch ich die Gewissheit erlangte, dass sie wirklich betäubt oder vielleicht sogar getötet worden war. Verzweifelt zerrte ich an meinen Fesseln. Aber die Pflanzenfasern schnitten mir nur ins Fleisch. Die Schnitte waren eigentlich harmlos und unbedeutend, aber es brannte, als wenn mir jemand Salz auf offene Wunden gestreut hätte. Was hatte Ullbrich hier nur für eine Vegetation geschaffen? Und wie hatte er sie geschaffen? Ich fragte mich, ob er durch Gentechnik sein Paradies hatte schaffen wollen und ob dieses Experiment fehlgeschlagen war. Aber eine Antwort darauf konnte weder ich mir geben, noch irgendein anderer lebender Mensch.

Verzweifelt beobachtete ich, wie die schrumpelige Mumie Sintija bei den Füßen packte und von dem Thron herunter zog. Dabei schob sie die kleinen, nackten Kreaturen grob mit ihren Füßen beiseite. Doch diese reagierten nicht. Sie schienen ebenfalls betäubt, in Trance oder tot zu sein. Ich wurde aus der ganzen Zeremonie nicht schlau und zerrte immer weiter an meinen Fesseln, obwohl ich den Eindruck bekam, dass die Pflanzenfasern eine Art Säure enthielten, die mir langsam meine Hände abfraßen.

Die Mumie ordnete die leblosen Kreaturen neu an und legte Sintija mit ausgestreckten Armen und Beinen nackt in deren Mitte. Sie war so unbeschreiblich schön; im Kreis dieser kleinen, kaum menschlich wirkenden Wesen, wirkte ihre Schönheit beinahe überirdisch. Sintija lag als einzige auf dem Rücken. Die um sie verteilten Wilden lagen dagegen auf dem Bauch.

Nachdem die Mumie alles so dekoriert hatte, setzte sie sich selbst auf den Thron, nahm irgendein Gefäß in die Hand und schlug mit einem Knochen darauf. Ein eigenartig schellender und lange nachhallender Klang ertönte.

Sintija, rief ich wieder stumm, *Du musst jetzt aufwachen. Du bist in Gefahr. Bitte mein Engel, wach auf!*

Sintija blieb stumm, auch in meinem Kopf. Ich konnte sie mit meinen Gedanken nicht erreichen. Doch als ich nach außen und innen auf eine Antwort von ihr lauschte, hörte ich etwas anderes. Irgendetwas bewegte sich hinter mir durch den Wald. Und es kam näher. Vergeblich versuchte ich, meinen Kopf zu drehen, um etwas sehen zu können. Dann schritt ein Wesen, das mehr als doppelt so groß war, wie die kleinen Wilden unter mir hindurch und blieb zwischen den gespreizten Schenkeln Sintijas stehen. Es schien ein Mann zu sein; doch er wirkte so unförmig wie aufgepopptes Popcorn. Sein ganzer Körper war bedeckt mit Beulen, die teilweise die Größe einer Männerfaust hatten. Mir fielen Ullbrichs Aufzeichnungen über Adam ein. Doch ich hatte keine Zeit, um mir Gedanken darüber zu machen. Als ich in meiner Verzweiflung wieder an meinen Fesseln zerrte, wandte der Riese sich nach mir um und warf mir einen kurzen Blick zu. Seine kleinen Augen funkelten kalt, aber schlimmer war, dass ich seine Erektion entdeckte, als er sich umdrehte. Sein Penis hatte die Ausmaße meines Unterarmes; und es war klar, was er zwischen Sintijas Schenkeln vorhatte.

Sintija, wach auf!

Ich zerrte und riss wie ein Wahnsinniger an meinen Fesseln und brachte trotz der Lähmung meines Halses einen langen, unartikulierten Schrei heraus. Doch ich konnte niemand damit beeindrucken. Der Riese kniete sich zwischen Sintijas Schenkel, beugte sich über sie und dirigierte sein überdimensionales Glied an ihre fast noch jungfräuliche Scheide. Die Ohnmacht, Sintija nicht helfen zu können, war unerträglich. Ich war nahe dran, wirklich mein Bewusstsein zu verlieren. Wieder schrie ich meinen Schmerz heraus.

Da sprang plötzlich etwas aus dem Wald auf den Riesen zu und schlug ihm mit einer langen Stange auf den Kopf. Es gab ein dumpfes, knackendes Geräusch, die Mumie kreischte und der Riese brach leblos über Sintija zusammen. Unter seinem Kopf bildete sich schnell eine dunkle Blutlache. Er war tot. Die Mumie versuchte noch kreischend, sich vom Thron zu erheben, sank dann aber zuckend in sich zusammen und purzelte ebenfalls leblos zu Boden.

Die Gestalt, die aus dem Wald gesprungen war und Sintija gerettet hatte, wälzte den Riesen von Sintija herunter und fühlte deren Puls. Dann wandte sie sich mir zu und lächelte mich an. Es war Mia!

„Mia!"

Sofort kletterte sie auf einen der Bäume und befreite mich aus meiner

Situation. Erst jetzt fiel mir auf, dass sie noch kein Wort gesprochen hatte. Außerdem war sie nicht nur schmutzig, sondern ihr Körper war auch überzogen mit lauter kleinen Wunden.

„Was ist mit Dir passiert?" fragte ich besorgt und versuchte sie in meine Arme zu nehmen. Doch sie schob mich abwehrend zurück und sagte: „Kümmere Dich um Sintija."

Ich konnte hören, dass das Sprechen ihr schwer fiel. Meine Sorge um sie flammte von neuem auf. Doch als ich Sintija in meine Arme zog, sagte Mia stockend: „Ich hab nicht mehr viel Zeit, mein Engel, also unterbrich mich bitte nicht, wenn ich Dir erzähle, was passiert ist."

Ich wollte sofort etwas erwidern, aber Mia hielt mich mit einer energischen Geste zurück und fuhr fort: „Ich weiß, was Adam passiert ist. Es gibt hier Bäume, die schießen mit kleinen Stacheln oder Dornen, wenn man sich ihnen nähert, oder wenn man sich zu schnell bewegt. Also bewegt euch vorsichtig, solange ihr hier seid. Ich hab das Gift schon in meinem Körper."

„Mia", rief ich entsetzt über diese Mitteilung, legte Sintija sanft ab und wollte noch einmal versuchen, Mia in meine Arme zu ziehen. Doch sie wehrte wieder ab und bat mich flehend: „Bitte nicht. Ich glaube, es ist ansteckend. Und …"

Weiter kam sie nicht. Ich zog sie an mich und hielt sie ganz fest. Mia begann herzzerreißend zu weinen. Ich ließ sie. Doch nachdem sie wieder ruhiger geworden war, stand ich auf und trug sie schnell zu der Wasserstelle, die ich aus meiner erhöhten Position zwischen den Bäumen wahrgenommen hatte. Ich stieg mit Mia ins Wasser und wusch ihre Wunden aus.

„Das tut gut", sagte sie müde. „Aber ich glaube, es ist zu spät, mein Engel."

„Nein", widersprach ich energisch. „Du lebst! Und Du bleibst am Leben!"

Das Sprechen fiel mir noch schwer. Doch es ging. Mia lächelte mich dankbar an und bat mich: „Bring mich zurück zu Sintija. Ich habe kein gutes Gefühl dabei, sie allein zu wissen."

Das hatte ich auch nicht. Ich trug Mia zurück zu dem Platz vor dem Thron, der voller Leichen zu sein schien. Die alte hässliche Mumie war ebenfalls tot. Mia untersuchte sie und sagte: „Das war Eva!"

Ich konnte sehen, dass es Mia schwer fiel, sich auf den Beinen zu halten und half ihr auf den Thron.

„Es fließt bereits durch meine Adern", sagte sie nach einer Weile. Es tat so weh, hilflos zusehen zu müssen, wie sie litt. Mia lächelte mich sanft an und forderte mich auf: „Du musst versuchen, Sintija aufzuwecken."

„Ich bin gleich wieder da", krächzte ich. Die Lähmung meines Halses wich langsam einem unangenehmen Brechreiz. Aber es gelang mir, ihn weitestgehend zu ignorieren. Auch meinem Körper hatte das Wasser gut getan. Das Brennen an meinen Handgelenken, dort wo die lianenartigen Fesseln in mein Fleisch geschnitten hatten, war verschwunden. Die säurehaltigen Pflanzensäfte hatten sich zumindest abwaschen lassen. Jetzt hoffte ich, dass Wasser auch Sintija wieder beleben könnte und trug sie zu der Wasserstelle. Ich stieg mit ihr ins Wasser und kühlte so ihren Körper. Und wirklich erwachte sie nach wenigen Minuten. Sie stöhnte und schien Schmerzen zu haben, als sie langsam die Augen öffnete. Doch als sie mich erblickte, strahlte sie mich so glücklich an, als wenn nichts geschehen wäre.

„Wie geht es Dir, mein Schatz?" fragte ich erleichtert.

Anstatt einer Antwort legte Sintija nur ihre Lippen auf meine. Doch diesmal konnte ich den Kuss nicht lange genießen. Ich löste mich von Sintijas Lippen und sagte: „Wir müssen zu Mia zurück."

Und ohne erst zu versuchen, eine Erklärung abzugeben, trug ich Sintija zum Thron zurück, auf dem Mia inzwischen eingeschlafen war. Zu ihren Füßen lagen noch die Leichen von Eva und dem Riesen. Aber von den kleinen Wilden war keiner mehr da.

„Was ist passiert?" fragte Sintija sofort, sprang zu Mia und nahm sie ganz sanft und behutsam in ihre Arme, damit sie sie nicht aufweckte.

„Mia hat uns gerettet", erklärte ich und gab Sintija dann einen kurzen Bericht über das, was seit meinem Erwachen passiert war. Sintijas Augen füllten sich mit Tränen, als ich von Mias Infektion erzählte. Sie klammerte sich noch fester an sie und sagte flehend: „Wir müssen doch irgendetwas tun können, um ihr zu helfen."

Mia war die Ärztin von uns. Wie sollten wir ihr helfen können, wenn sie selbst keine Idee hatte. Je länger das Gift in ihrem Körper war, umso schwieriger würde es für sie werden, noch klar zu denken; zumindest wenn Ullbrichs Aufzeichnungen über Adam stimmten und Mias Verletzungen auf die gleiche Weise entstanden waren, wie die von Adam. Daher meinte ich nach kurzem Überlegen: „Wir wecken sie auf!"

Sintija rüttelte Mia sanft und flüsterte zärtlich: „Wach auf Mia; bitte, wir brauchen Dich!"

Mia stöhnte nur und Sintija schluchzte unter einem Strom neuer Tränen: „Sie glüht, Louis."

Ich fühlte Mias Stirn. Sie hatte wirklich Fieber. Und ich überlegte fieberhaft, was ich tun konnte, um ihr zu helfen. Was hatte Ullbrich über Adam geschrieben? *Er war mit Wunden übersät aus dem Wald zurückgekehrt, aggressiv gewesen, unter Schmerzen eingeschlafen und mit Beulen und Verfärbungen aufgewacht. Dann war er wieder in den Wald geflüchtet.*

Mein Blick wanderte zu dem unförmigen Riesen mit dem eingeschlagenen Kopf. Konnte das Adam sein? Adam hätte über neunzig sein müssen. Das war bei diesem Mann kaum vorstellbar. Vielleicht war es ein Nachkomme von ihm? Egal; er war tot. Mia hatte ihn ohne Warnung und ohne Zögern erschlagen. War das schon auf eine einsetzende Aggressivität zurückzuführen? Oder war es wirklich die einzige Chance gewesen, die sie gesehen hatte, um Sintija und mich zu retten? Wir konnten nicht tatenlos darauf warten, dass Mia sich während ihres Schlafs veränderte.

„Vielleicht können wir die Infektion aufhalten, wenn wir das Fieber senken", überlegte ich. Sintija sah mich nur fragend an. Ich musste also allein entscheiden, was zu tun war. Und obwohl ich mir absolut nicht sicher war, ob es die richtige Entscheidung war, sagte ich zu Sintija „Komm mit", hob Mia vom Thron auf und trug sie wieder in die Wasserstelle. Ich kniete mich ins Wasser und legte sie über meine Knie. Ihr Körper lag vollständig im Wasser. Nur ihr Gesicht ragte heraus, damit sie atmen konnte. Ich kühlte aber auch ihre heiße Stirn. Sintija kauerte am Ufer und sah mir schweigend zu.

Während ich Mias Körper auf diese Weise kühlte, besah ich mir noch einmal die kleinen, von den Dornen der Bäume herrührenden Wunden. Mia hatte sich die Dornen herausgezogen, aber ich entdeckte winzige, schwarze Punkte in den entzündeten Hautstellen. Ich übergab Mia an Sintija, die sie weiter im kühlenden Wasser hielt, nahm mir eine Muschelschale aus dem flachen Wasser und zertrümmerte diese mit einem Stein. Dann begann ich, eine der Scherben an dem Stein zu schleifen. Sintija beobachtete mich schweigend. Sie wusste zwar nicht, was ich vorhatte, fragte aber auch nicht, da ihr klar war, dass, was immer es war, ich meine ganze Konzentration darauf verwenden musste. Mia schwebte in Lebensgefahr. Was auch immer ich für eine Idee hatte, um sie zu retten; ich durfte keine Zeit verlieren.

Innerhalb weniger Minuten hatte ich aus der Muschelscherbe eine kleine, rasiermesserscharfe Klinge hergestellt. Damit sprang ich wieder zu Sintija und Mia ins Wasser. Und während Sintija Mia hielt, operierte ich mit der Muschelklinge die abgebrochenen Spitzen der Stacheln oder Dornen aus Mias Haut. Ich war Stunden beschäftigt. Die Spitzen waren haarfein und nur zwei bis höchstens drei Millimeter lang, hatten aber winzige Widerhaken. Als ich fertig war, war Mia wieder blutüberströmt und sah schlimmer aus, als vor der Operation. Die Dornenspitzen hatten zwar nur knapp unter der Haut gesteckt, aber es waren so unendlich viele gewesen. Vor allem Mias Vorderseite und ihre rechte Seite waren vom Kopf bis zu den Oberschenkeln von den Dornen übersät gewesen. Sie hatte Glück gehabt, keine Dornen in die Augen bekommen zu haben.

Als ich endlich sicher war, alle Dornenspitzen in Mias Haut entdeckt und daraus entfernt zu haben, atmete ich erleichtert und erschöpft auf. Sintija wusch die kleinen, aber stark blutenden Wunden sorgfältig und behutsam aus. Die Wasserstelle hatte einen Zu- und einen Ablauf. Und ich war froh, dass zumindest die Wasseraufbereitung in diesem verkommenen Garten Eden so gut funktionierte. Was auch immer weiter geschehen würde, wir würden auf jeden Fall nicht verdursten.

Auch nach der Operation schwieg Sintija. Sie hatte gesehen, was ich gemacht hatte und klammerte sich so wie ich an die Hoffnung, dass die Deformation von Mias Körper durch die Entfernung der Dornenspitzen verhindert werden würde. Mehr konnten wir im Moment nicht machen; zumindest wussten wir nicht, was wir sonst noch hätten machen können. Sintija saß Stunde um Stunde mit Mia im Wasser. Die Wunden hatten zu bluten aufgehört und Mia schlief ruhig und tief. Als es dämmerte, fragte Sintija: „Meinst Du, sie kann langsam aus dem Wasser raus?"

Ich fühlte Mias Stirn. Sie war kühl, was aber wahrscheinlich am kühlenden Wasser lag.

„Wir versuchen es", antwortete ich, hob Mia auf meine Arme und trug sie zurück zum Thron. Dort erwartete uns ein grauenvoller Anblick. Die mumienartige Alte, in der Mia Ullbrichs Eva erkannt zu haben glaubte, lag noch so, wie zuvor am Fuß des Thrones. Aber um die Leiche des unförmigen Riesen kauerten drei oder vier der kleinen Wilden und nagten an seinen Eingeweiden. Als sie uns erblickten, fauchten sie uns zornig an, so wie wilde Tiere, die Angst davor haben, dass man ihnen ihre Beute streitig machen will. Voller Entsetzen starrte ich auf die grauenvolle Szene. Sintija unterdrückte nur mühsam einen Schrei. Ohne die kleinen, nackten Kannibalen aus den Augen zu lassen, trug ich Mia ganz langsam weiter zum Thron, wo ich sie ablegte.

„Pass auf sie auf", forderte ich Sintija leise auf und ging langsam auf die Wilden zu. Sie begannen zu kreischen, so wie zuvor auf dem Platz mit der Statue, richteten sich drohend auf und schickten sich an, mich anzugreifen. Als der erste lossprang, packte ich ihn in der Luft und schleuderte ihn gegen den Stamm einer der Bäume zwischen die ich vorher gehängt worden war. Winselnd flüchtete er in den Wald, aus dem aber ein vielstimmiges Kreischen erscholl. Ganz langsam und ohne die übrigen Kannibalen aus den Augen zu lassen, bückte ich mich nach der Stange, mit der Mia den Riesen erschlagen hatte. Es war die Eisenstange, mit der ich vorgehabt hatte, den Zugang zu *EDEN one* offen zu halten. Damit fühlte ich mich erheblich sicherer. So bewaffnet zog ich mich langsam wieder bis zum Thron zurück. Die kleinen, nackten Wilden wussten anscheinend nicht, ob sie mir folgen oder in den Wald flüchten sollten. Als ich den Thron erreicht hatte, auf dem Sintija sich mit Mia gekauert hatte, stürmte die ganze Horde aus dem Wald. Ich zählte vierzehn dieser Kreaturen. Zähnefletschend und knurrend standen sie uns gegenüber, wagten aber nicht, uns anzugreifen. Es schien so, als wenn es eine unsichtbare Linie vor dem Thron gegeben hätte, die sie nicht übertreten konnten oder durften. Unsicher und uns aus kleinen, bösen Augen anfunkelnd, zogen sie sich wieder zurück und zerrten die Leiche des Riesen, aus dessen Bauch seine Gedärme hervorquollen, in den Wald. Zurück blieb nur eine blutige Schleifspur.

„Vor denen haben wir hoffentlich erst mal Ruhe", sagte ich zu Sintija und fühlte dabei Mias Stirn. Sintija blickte zu mir auf und fragte sorgenvoll: „Was, wenn sie wieder Hunger bekommen?"

Meine Hand schloss sich fester um die Eisenstange und ich antwortete: „Dann verteidigen wir uns!"

Mia hatte offensichtlich kein Fieber mehr. Sie brauchte noch Ruhe, aber hier, auf diesem blutigen Thronplatz wollten wir mit ihr nicht bleiben. Ich gab Sintija die Eisenstange und sagte: „Ich sehe mich mal auf dem Pfad hinter dem Thron um. Falls sich irgendeines dieser kleinen Arschlöcher hier blicken lässt, rufst Du mich sofort."

„Ja."

Ich gab Sintija einen sanften Kuss und sah in ihre fragenden Augen. Seit wir in den Wald von *EDEN one* aufgebrochen waren, war so vieles passiert, was selbst für mich kaum noch zu begreifen war. Sintija war noch so jung; sie war so zart. Wie sollte sie diesen Wahnsinn, diesen Horror verarbeiten können, wenn es mir schon nicht möglich war?

„Bist Du okay?" fragte ich sie besorgt und strich ihr sanft über die Wange. Sie nahm meine Hand in ihre und drückte ihre Lippen in meine Handfläche, bevor sie antwortete: „Mir geht's gut."

Ich nickte, gab ihr noch einen zärtlichen Kuss und machte mich auf, den schmalen Pfad, der hinter dem Thron in den Wald führte, zu erkunden. So zügig, wie es meine Vorsicht erlaubte, folgte ich dem schmalen, gewundenen Pfad und gelangte schließlich an einen geschützten Platz an der falschen Felswand, die *EDEN one* begrenzte. Anscheinend war das der Ort, an dem sich Eva ihr Lager errichtet hatte. Jetzt war alles heruntergekommen, doch ich war überzeugt, dass es möglich wäre, sich mit ein wenig Mühe hier ein gemütliches, wenn auch hoffentlich nicht dauerhaftes Heim zu schaffen. Also eilte ich schnell zum Thron zurück, auf dem Sintija mit Mia ungeduldig auf meine Rückkehr wartete.

„Und?" fragte sie mich sofort, als ich auftauchte.

„Ich habe einen Platz gefunden, wo wir ziemlich geschützt sind", antwortete ich und wollte Mia bereits vom Thron aufheben. Doch da fiel mein Blick noch einmal auf die Leiche Evas. Ich konnte sie nicht so liegenlassen und begann mit Hilfe der Eisenstange ein Grab für sie auszuheben. Sintija half mir. Als wir dann die verschrumpelten Überreste der einstigen Schönheitskönigin zur letzten Ruhe betteten, erwachte Mia.

„Was ist passiert? Wo sind wir?" fragte sie und blickte sich verwirrt um. Sofort waren Sintija und ich bei ihr. Und ohne auf ihre Fragen zu antworten fragte ich sie: „Wie fühlst Du Dich mein Engel?"

„So als hätte mir jemand mit einem Messer die Haut vom Leib gezogen."

„Das war ich", gestand ich reumütig ein. Und Sintija erzählte schnell, was passiert war, seit Mia eingeschlafen war. Mia dachte eine ganze Weile über das nach, was Sintija berichtete, dann sagte sie nachdenklich: „Ich hab jemanden erschlagen?"

„Um uns zu retten: Ja!"

„Es ist alles so neblig. Ich kann mich kaum daran erinnern, was passiert ist, seit ich in den Wald gelaufen bin."

„Wir können nachher reden", schlug ich vor. Dann schaufelte ich schnell das Grab von Eva zu, wusch mir die Hände und trug Mia zu dem Lagerplatz am Ende des Pfades hinter dem Thron. Sintija folgte uns mit der Eisenstange. Obwohl es bereits Nacht war, erlaubte es uns das matte Licht des durch die beschlagenen Glaskuppeln scheinenden Vollmonds, uns sicher auf dem Pfad zu bewegen. Nach kurzer Zeit erreichten wir das geschützte Lager. Ich legte Mia behutsam auf ein Lager aus frischen Blättern, das Sintija schnell für sie errichtete. Sintija fand auch eine Decke aus irgendwelchen Pflanzenfasern, mit der sie Mia zudeckte. Es gab in dem Lager auch einige Vorräte an uns unbekannten Früchten, die sich aber als sehr schmackhaft herausstellten. Nachdem wir uns alle gestärkt hatten und Mias Zustand sich nicht weiter verschlechtert hatte, erzählte Sintija, wie sie und ich nach *EDEN one* gelangt waren, ohne den Zugang sichern zu können. Und sie erzählte weiter, was bis zu Mias Auftauchen passiert war, wobei sie auch unser Liebesspiel nicht ausließ, das uns ungefähr eine Woche unserer Zeit gekostet hatte. Mia lächelte nachsichtig über dieses Geständnis und erzählte dann ihrerseits: „Ich konnte in dem Kabelschacht nicht hören, dass der Zugang sich für euch geöffnet hat. Aber ich hab die Stimme gehört, die plötzlich gesagt hat, dass alle Systeme zurückgesetzt werden. Dann sind die Schiffsmotoren gestartet. Da ich nicht wusste, was das bedeutet, bin ich schnell wieder in die Schleuse geklettert und hab die Luke zum Schacht geschlossen, weil ich befürchtet habe, dass die Viren freigesetzt worden sind. Ihr wart nicht mehr in der Schleuse, dafür aber eine halbkreisförmige Glaswand, hinter der ein Stück von diesem Eden-Areal war. Jetzt war mir klar, wie die Schleuse funktioniert. Und ich hab mir gedacht, dass die Drehtür sich wieder zurückdreht, sobald ihr aus dem Bereich raus wärt. Deswegen hab ich versucht, die Glaswand mit der Eisenstange zu zerschlagen. Aber ich habe, glaube ich, zwei ganze Tage auf sie eingeschlagen müssen, bevor sie endlich einen Sprung bekommen und schließlich zerbrochen ist. Weil ich barfuss war, musste ich mein Kleid ausziehen, um die Scherben zu bedecken. Dann hab ich gewartet. Aber nichts ist passiert. Zurück durch den Schacht hab ich mich wegen der möglicherweise freigesetzten Viren nicht getraut. Und als ich dann schon befürchtet hatte, zu verdursten, hat sich die Tür plötzlich doch gedreht und mich ebenfalls hier herein gebracht, ohne dass ich die Tür mit der Eisenstange hätte offen halten können. Das Schlimmste war im ersten Moment dieser Gestank nach Fäulnis. Eine ganze Weile stand ich unschlüssig da. Ich wusste nicht ob ich euch rufen sollte, weil mir der Wald so bedrohlich erschien. Ich war auch zu erschöpft, um mich darauf konzentrieren zu können, euch mit meinen Gedanken zu erreichen. Aber dann habe ich plötzlich dieses Gekreische aus dem Wald gehört. Und ich hab gespürt, dass ihr in Gefahr wart. Da bin ich ohne zu zögern losgerannt. Der Schleim dieses Waldes war ekelig, aber schlimmer waren die Dornen, mit denen irgendwelche Pflanzen mich beschossen haben. Sie waren nur klein. Und anfangs hab ich sie kaum bemerkt. Aber dann hat es zu brennen angefangen, obwohl ich die Dornen schon herausgezogen hatte. Ab da ist meine Erinnerung nur sehr undeutlich. Ich bin weiter durch den Wald gerannt und wieder von einer Pflanze beschossen worden. Dann weiß ich erst wieder, dass ich euch auf bei der Zeremonie entdeckt habe. In dem Moment wusste ich zumindest wieder, dass ich euch retten musste und hab mit der Eisenstange zugeschlagen."

„Du hast uns gerettet", bestätigte ich dankbar und gab Mia einen liebevollen Kuss. Das Reden hatte sie angestrengt; die Augen fielen ihr zu und sie schlief wieder ein.

„Hoffentlich können wir Dich auch retten", flüsterte ich und deckte sie sanft zu. Hoffnung und Verzweiflung kämpften um die Vorherrschaft und trieben mir wieder Tränen in die Augen. Sintija umarmte mich zärtlich und gab mir Halt.

„Wir leben, Louis", sagte sie sanft. „Wir leben und wir bleiben am Leben: Alle drei!"

„Ja", erwiderte ich, um Sintija an der Hoffnung teilhaben zu lassen, die sie mir gab.

Es war spät und obwohl wir während der letzten Woche sehr lange geschlafen hatten und bewusstlos gewesen waren, waren wir müde. Ich ließ Sintija an Mias Seite schlafen und wachte über die beiden. Ich wagte nicht, Mia unbeobachtet schlafen zu lassen, denn wenn irgendeine Veränderung ihres Zustandes eingetreten wäre, dann hätte ich schnell reagieren müssen. Doch zum Glück geschah nichts. Mia schlief die ganze Nacht friedlich durch, ohne dass ihr Körper sich veränderte.

28 EWA

Am nächsten Morgen hatte ich Kopfschmerzen. Es war anstrengend für die Augen gewesen, Mia während der ganzen Nacht zu beobachten. Außerdem bereitete mir der modrige Gestank von *EDEN one* noch immer Übelkeit, obwohl ich ihn schon weit weniger bewusst wahrnahm, als am ersten Tag. Sintija erwachte mit einem herzhaften Gähnen. Es tat gut, sie anzusehen, als sie sich streckte.

So schön, dachte ich mir wieder voller Bewunderung und Liebe.

Danke für das Kompliment!

Sintija schenkte mir ein liebevolles Lächeln und untersuchte dann sofort Mia.

„Ich glaube, sie hat wieder Fieber", sagte sie besorgt. Ich fühlte Mias Stirn. Sie war wirklich wieder heiß, glühte aber nicht mehr so sehr, wie am Tag zuvor. Deshalb glaubte ich, dass ihr jetziges Fieber eine normale Reaktion ihres Körpers war. Vielleicht oder hoffentlich würde sie die Reste des Giftes, die sie noch in sich hatte, jetzt ausschwitzen können. Jedenfalls hatten sich keine Beulen gebildet und das machte mir schon sehr viel Hoffnung.

Sintija übernahm die Wache, so dass auch ich noch etwas Schlaf fand. Und als ich wieder erwachte, waren meine Kopfschmerzen verschwunden und ich fühlte mich ausgeruht und munter.

Auch Mia war inzwischen erwacht. Sie mit all den kleinen, noch nicht verheilten Wunden zu sehen, tat mir anscheinend mehr weh, als ihr selbst, denn sie sagte, es würde ihr gut gehen.

„Warum", fragte sie mich fast vorwurfsvoll, „glaubst Du, dass immer nur Du alles abbekommen musst?"

Die Antwort darauf war einfach. Ich ertrug es einfach nicht, sie oder Sintija leiden zu sehen. Meine Schuldgefühle wegen Melanis Tod waren bereits mehr, als ich ertragen konnte.

Mias Fieber sank im Laufe des Vormittags. Sie sagte, dass die Nebel in ihrem Kopf sich langsam auflösen würden und kam dann noch einmal auf das zu sprechen, was Sintija ihr über ihre Absicht erzählt hatte, in eine der Glaskuppeln zu klettern, um zu versuchen, diese von innen zu öffnen, um Mia zu retten.

„Zum Glück bist Du dazu nicht gekommen", sagte sie erleichtert und erklärte ihre Erleichterung auch gleich.

„Wenn die Viren wirklich freigesetzt worden sind, was wir bisher nicht mit Sicherheit wissen, … wenn sie freigesetzt worden sind und es wäre Dir gelungen, die Glaskuppel zu öffnen, dann wären sie auch hier herein gekommen."

Sintija und ich sahen uns bestürzt an. Wir waren wirklich im Begriff gestanden, den möglicherweise einzigen sicheren Platz auf dieser Erde den todbringenden Viren Professor Ullbrichs zu öffnen. Aber als Sintijas Bestürzung sich wieder gelegt hatte, meinte sie nachdenklich: „Wenn die Viren freigesetzt worden sind und sie tatsächlich die Menschheit ausgelöscht haben, dann wäre es wahrscheinlich am besten, wenn wir auch sterben würden."

Ich nahm Sintija tröstend in meine Arme und Mia sagte: „Ich hatte während der Zeit, die ich in der Schleuse war, viel Zeit zum Nachdenken… Ich glaube nicht, dass irgendwelche, hier im Südatlantik freigesetzten Viren der Menschheit ernsthaft gefährlich werden können. Der Wind trägt die Viren nur in eine Richtung. Angenommen sie erreichen tatsächlich irgendwo das Festland; könnten sie dann tatsächlich die ganze Welt infizieren? Ich glaube nicht. Die Menschheit hat schon so viele Seuchen überstanden. Und selbst wenn sie es könnten, gäbe es genug Seuchenspezialisten, die Impfstoffe entwickeln würden, bevor eine ernsthafte Bedrohung für die Menschheit entstehen würde."

Mia hatte Recht. Ullbrichs größenwahnsinniger Plan, die Menschheit auszurotten, um die Erde mit den Nachkommen seiner Eva und seines Adams zu bevölkern, konnte nicht funktionieren. Aber kurz nach der Freisetzung der Viren wäre es für uns sehr riskant gewesen, wenn wir *EDEN one* geöffnet hätten.

Da es Mia verhältnismäßig gut ging, wagte ich, die beiden Mädchen eine Weile allein zu lassen, um mich in *EDEN one* umzusehen. Es war wichtig für uns, die Verhältnisse, in denen wir während der nächsten Zeit leben mussten, kennen zu lernen. Ich musste Mia versprechen, vorsichtig zu sein und den Wald nach Möglichkeit nicht zu betreten. Da es aber nur einen Pfad von unserem Lager bis zum Thronplatz gab, ließ es sich nicht vermeiden, dass ich von dort aus den Wald betrat. Bevor ich das aber tat, kehrte ich noch einmal zu den beiden Mädchen zurück. Die Wilden hatten vor dem Thron große, holzige Blätter mit verschiedenen Früchten darauf abgelegt. Und da ich annahm, dass sie uns diese als Opfer dargebracht hatten, trug ich sie ins Lager. Dort hatten Mia und Sintija, die auch nicht untätig bleiben wollten, bereits angefangen, das Lager aufzuräumen und eine interessante Entdeckung dabei gemacht. Mia führte mich zu der künstlichen Felswand, in der eine Art Regal für Vorräte eingelassen war. Darin hatten sich auch einige Blätter, ähnlich denen, auf denen die Wilden uns das Obst geopfert hatten, befunden. Und diese Blätter waren eng beschrieben. Die Schrift war zwar so ausgebleicht, dass man sie kaum noch erkennen konnte; und außerdem bestand sie aus asiatischen Schriftzeichen, die keiner von uns lesen konnte; aber auf einem Blatt lasen wir auf Englisch:

Ullbrich ist tot. Ich habe ihm seine Hoden abgeschnitten und ihm beim Ausbluten zugesehen.

Cik Indah

Wir nahmen an, dass Cik Indah der Name der ehemaligen malaiischen Schönheitskönigin sein müsste und dachten uns, dass Ullbrich jenes Schicksal verdient hatte. Wir trauerten jedenfalls nicht um ihn. Das Geständnis von Eva war alles, was wir jemals von der Existenz Professor Ullbrichs in *EDEN one* entdeckten. Es gab keine Aufzeichnungen von ihm, die uns geholfen hätten, seinem kranken Paradies zu entfliehen.

Nach dieser Neuigkeit machte ich mich erneut auf, um *EDEN one* zu erkunden. Ich hoffte, im dichten Dschungel noch die ursprünglich angelegten Pfade finden zu können. Aber es war alles zugewuchert. Zum Glück war von der Schleuse an der Bugseite aus nur ein etwas mehr als zehn Meter breiter Waldstreifen mit dem ekligen Schleim überzogen, der Sintija und mich am Anfang davon abgehalten hatte, den Wald zu betreten.

Die Mumie, die wohl einmal Eva, Cik Indah, Miss Malaysia 1944 gewesen war, hatte sich anscheinend nur zwischen ihrem Lager und dem Thronplatz bewegt. Aber die kleinen, nackten Wilden lebten im Wald, aus dem auch der unförmige Riese gekommen war, um über Sintija herzufallen. Sie mussten im Laufe der Jahre irgendwelche Pfade gebildet haben, auf denen es sicher war. Doch ich konnte keine Pfade finden, außer dem von Eva.

Die Eisenstange hatte ich bei Sintija und Mia zurückgelassen, damit die beiden sich im Notfall verteidigen konnten. Ich war also wieder nackt und unbewaffnet. Meine eigene Nacktheit empfand ich inzwischen als normalen Zustand. Nur der Anblick von Sintijas und Mias Nacktheit hörte niemals auf, mich zu faszinieren, zu fesseln und zu erregen. Ich verlor niemals die Ehrfurcht vor ihrer Schönheit, auch wenn Mias Körper im Moment noch ziemlich lädiert war. Doch selbst mit all diesen nur langsam heilenden, blutverkrusteten Wunden, die von ihrem Gesicht bis zu ihren Oberschenkeln reichten, war sie wunderschön! Seit Melani tot war und sie mich gepflegt hatte, war sie ernster und reifer geworden. Obwohl sie niemals versucht hatte, sich in den Vordergrund zu spielen, hatte Sintija in ihr nicht nur eine ältere Schwester, sondern auch so etwas wie einen Mutterersatz gefunden. Wir brauchten uns alle gegenseitig; und wir liebten uns. Doch obwohl ich erkannt hatte, dass die Liebe zwischen Sintija und mir noch über die Liebe zwischen Mia und mir hinausging; was ich aber weder erklären, noch begreifen konnte; war es doch Mia, die wie ein ruhiger Pol in dieser Zeit der Ungewissheit, alles im Gleichgewicht, in Balance hielt.

Sie war die Besonnenste von uns; sie war diejenige, die sich am besten mit der Situation, in der wir uns befanden, arrangieren konnte. Ihr gelang es, das ‚Außerhalb von *EDEN one*' vollkommen zu verdrängen, und sich nur auf Sintijas und mein Wohlbefinden zu konzentrieren.

„Welchen Sinn …", fragte sie nach etwa einer Woche, in der ich noch immer nicht weiter, als nur bis zum Thronplatz gekommen war, „welchen Sinn soll es machen, wenn wir uns jetzt den Kopf darüber zerbrechen, was in der Welt vor sich geht? Wir sind hier und wir sind hier in Gefahr. Eure Sicherheit ist im Moment das einzige, was mich interessiert! Wenn die *POSEIDON* das Festland erreicht, dann und nur dann interessiert mich, was dort los ist."

Mia hatte zweifellos Recht. Doch ich konnte nicht aufhören, darüber nachzudenken, ob Ullbrichs Viren vielleicht doch etwas angerichtet hatten. Selbst wenn es nur die Menschen irgendeines entlegenen Küstenstreifens getroffen hätte, hätte ich mir als Auslöser dieser Katastrophe die Schuld daran gegeben. Und Sintija ging es ebenso. Sie wurde immer unruhiger und bat Mia und mich, den Wald erkunden zu dürfen.

„Ich kann auf die Bäume klettern", drängte sie, doch ich hielt dagegen: „Das kann ich auch."

Ich wäre auch wirklich dazu in der Lage gewesen, wollte meine Beine aber noch schonen. Noch immer verließ sie manchmal plötzlich das Gefühl und die Kraft. Und es wäre nicht gut gewesen, wenn mir das passiert wäre, während ich versuchte, auf einen Baum zu klettern. Auch Mia, deren Wunden langsam abheilten, bat Sintija, nicht allein in den Wald zu gehen.

„Erstens sind da draußen die kleinen Wilden, die uns zwar Opfergaben vor den Thron legen, die Euch zuvor aber angegriffen und gefangen genommen haben", erklärte sie sehr ernst. „Und zweitens, ist der Wald gefährlich, wie ich leider am eigenen Leib erfahren musste."

„Aber die kleinen Wilden sind doch auch im Wald", meinte Sintija. „Sie können sich dort bewegen, ohne von den Bäumen angegriffen zu werden."

„Vielleicht sind sie auch immun", schlug Mia als Möglichkeit vor. Doch als auch Sintija ein weiteres Argument dafür anbringen wollte, warum es so wichtig wäre, den Wald zu erkunden, bat Mia sie schnell: „Bitte warte noch ein paar Tage, mein Liebling. Mir geht es jeden Tag besser. Wenn ich mich nur noch ein paar Tage schonen kann, dann gehen wir danach gemeinsam in den Wald."

„Kommt gar nicht in Frage", widersprach jetzt ich, weil ich weder Sintija, noch Mia erneut der Gefahr aussetzen wollte, von den giftigen Dornen der Bäume getroffen zu werden. Mia lächelte mich dankbar für meine Sorge an, widersprach mir aber, indem sie sagte: „Ich kenne die Bäume, die mit Dornen schießen, inzwischen. Wenn wir alle zusammen gehen, kann ich sie euch zeigen. Dadurch geratet ihr nicht in die Gefahr, sie auf die gleiche Weise kennenzulernen, wie ich."

Sintija und ich sahen uns fragend an und Mia bat uns eindringlich: „Bitte wartet noch ein paar Tage. Wir sollten wirklich zusammenbleiben."

„Ja", nickte ich und auch Sintija nickte trotz ihrer kaum noch zu beherrschenden Neugier und Ungeduld zustimmend.

In dem von Eva geerbten Lager hatten wir uns inzwischen gemütlich eingerichtet. Wir hatten Wasser gleich nebenan, fanden im näheren Umkreis immer genug Beeren und Früchte und wir fanden außerdem auch alle paar Tage wieder eine Schale mit Opfergaben beim Thron vor. Wir litten also keine Not und konnten die Zeit nutzen, um uns zu erholen.

Mia untersuchte staunend die uns unbekannten Früchte des künstlichen Waldes. Wenn wir nicht auf Nahrung angewiesen gewesen wären, hätten wir sie vielleicht verschmäht. Wir probierten jede uns noch unbekannte Frucht zuerst in winzigen Dosen, um sicherzugehen, dass sie genießbar war. Aber zumindest in dieser Hinsicht schien Ullbrichs *EDEN* perfekt zu sein. Nur als wir die zweite Schale mit Opfergaben erhielten, schmeckte Mia in einer Frucht etwas Bitteres heraus. Sie spuckte das Stück, das sie probiert hatte, wieder aus und meinte skeptisch: „Ich glaube, das sollten wir besser nicht essen!"

Seitdem waren wir den Opfergaben gegenüber sehr skeptisch. Wir nahmen sie zwar mit, um die wilden Waldbewohner nicht zu beleidigen, vergruben die uns dargebrachten Früchte dann aber im Wald zwischen dem Thronplatz und unserem Lager.

Seit wir in *EDEN one* waren, fiel es mir schwer, ein Zeitgefühl zu bewahren. Doch Mia meinte, dass wir bereits vierzehn Tage in diesem Garten Eden gefangen waren, als wir beschlossen, uns endlich über den Thronplatz hinaus zu wagen.

„Wenn die *POSEIDON* auf die südamerikanische Küste zusteuert", hatte Sintija als Argument dafür gebracht, nicht länger tatenlos abzuwarten, „dann müssen wir damit rechnen, früher oder später auf Grund zu laufen. Dann sollten wir einen Weg nach draußen kennen, wenn wir hier nicht ertrinken wollen."

Das leuchtete sowohl Mia, als auch mir ein. Mias Wunden waren inzwischen weitestgehend abgeheilt. Sie hatte nur an einigen Stellen noch schorfige Stellen. Ansonsten waren ihr Gesicht, ihr Hals, ihre Brüste, ihr Bauch und ihre Oberschenkel zwar noch gerötet und von winzigen, vernarbten, weißen Linien durchzogen. Doch die Wunden hatten sich geschlossen. Seit einer Woche hatte sie auch schon keine Fieberschübe mehr, was uns die größte Hoffnung gab, dass sie noch einmal Glück gehabt hatte. Deshalb stimmte sie Sintija ebenso zu, wie ich.

„*EDEN one* ist nur etwa dreihundert Meter lang und sechzig Meter breit", rief ich mir ins Gedächtnis zurück und rekapitulierte für Mia, Sintija und mich: „Beim Zugang ist ein Steifen von ungefähr zehn Metern, in dem der Wald mit einem ekligen Schleim überzogen ist."

„Und dahinter kommt ein Platz mit einem Durchmesser von ungefähr dreißig bis vierzig Metern", nahm Sintija meine Gedanken auf, „in deren Mittelpunkt eine Statue steht, die wahrscheinlich Eva darstellen soll."

„Ich bin rechts an diesem Platz vorbei durch den Wald gelaufen, weil ich mich verborgen halten wollte", erklärte Mia. „Dort bin ich zum ersten Mal von den Dornen getroffen worden. Ich hab mir nichts dabei gedacht und sie mir einfach abgewischt, weil sie nur oberflächlich, in der obersten Hautschicht, zu stecken schienen. Aber dann hat es plötzlich zu brennen angefangen und es hat so stark geblutet, dass ich das Gefühl hatte, das Blut würde aus jeder Pore meines Körpers strömen. Außerdem hab ich mich plötzlich sehr benebelt gefühlt. Ich glaube, wenn ich das Kreischen der kleinen Wilden, die euch überwältigt und mitgenommen hatten, nicht noch aus dem Wald gehört hätte, dann hätte ich mich nicht einmal mehr daran erinnert, weshalb ich überhaupt dort war. Ich hab mich also zusammengerissen und bin dem Kreischen gefolgt, kann aber nicht mehr sagen, wie weit und in welche Richtung ich gelaufen bin. Ich bin dann noch ein zweites Mal von einem Baum beschossen worden. Erst bei diesem Mal habe ich ihn mir genauer betrachtet. Und als ich den nächsten entdeckt habe, und langsam an ihm vorbei gegangen bin, ist nichts passiert; und auch beim übernächsten nicht. Irgendwie bin ich dann auf dem Thronplatz gelandet. Ich hatte noch die Eisenstange in der Hand und hab beim Anblick dieses unförmigen Monsters, das über Sintija herfallen wollte, im wahrsten Sinne des Wortes rot gesehen."

Wir wussten also nicht, wo wir uns im Bereich von *EDEN one* befanden. Weit sehen konnten wir im dichten Urwald nicht. Und da der Blick nach oben durch die hohen Bäume sehr eingeschränkt war, konnten wir uns nicht einmal an den Glaskuppeln über uns orientieren. Unser Lager war an der Außenwand auf der rechten, also auf der Steuerbordseite der *POSEIDON*. Der Pfad von unserem Lager bis zum Platz mit dem Thron war etwa zwanzig Meter lang. Wir beschlossen aber, ihm diesmal nicht zu folgen. Wenn wir *EDEN one* erkunden wollten, dann konnten wir diese Erkundung auch von unserem Lager aus beginnen, wo wir glaubten, von den kleinen, nackten, wilden Kannibalen nicht beobachtet zu werden. Wir stiegen also in die Wasserstelle, die direkt bei unserem Lager lag und durch einen künstlichen, kleinen Wasserfall aus der künstlichen Felswand gespeist wurde, und folgten dem kleinen Bachlauf durch einen düstern Tunnel im Urwald. So kamen wir zu dem kleinen Teich, in dem ich Mia die Dornenspitzen aus der Haut operiert hatte. Ein kleines Stück des Puzzles wurde erkennbar für uns; ein kleines Dreieck, das aus unserem Lager, dem Teich und dem nicht weit davon entfernt liegenden Thronplatz gebildet wurde. Und in diesem Dreieck begannen wir, den Wald mit seiner Pflanzenvielfalt zu studieren. Mia zeigte Sintija und mir einen dornenverschießenden Baum. Ich bat die beiden Mädchen zurückzubleiben und näherte mich ihm ganz langsam. Der Baum war nicht besonders hoch; nur etwa drei bis vier Meter, was ihn zwischen all den Baumriesen dieses Waldes sehr unscheinbar erscheinen ließ. Er hatte große, fleischige Blätter und schien der Ursprung des Gestanks in *EDEN one* zu sein. Es war kaum möglich, sich ihm zu nähern, ohne sich angewidert von ihm abwenden zu müssen. Nur Stacheln oder Dornen konnte ich nicht an ihm entdecken. Auch Mia konnte nicht erklären, woher die Dornen genau gekommen waren, die sie verletzt hatten. Aber sie war sich sicher, dass es genau so ein Baum gewesen war, der sie beschossen hatte. Um in *EDEN one* unbeschadet überleben zu können, war es wichtig, seine Gefahren zu kennen. Deswegen musste ich herausfinden, was es mit diesen Dornen auf sich hatte. Ich bewarf den Baum aus sicherer Entfernung mit einem faustgroßen Stein. Nichts geschah, als der Stein ein Blatt streifte und den Stamm traf, von dem er wieder abprallte. Aber als der Stein zu Boden fiel und durch sein verhältnismäßig geringes Gewicht nur eine minimale Erschütterung verursachte, richteten sich alle Blätter des Baumes auf der Seite des Ursprungs der Erschütterung nach dieser aus und tausende kleiner Dornen flogen aus den Blättern heraus wie eine Wolke aus winzigen Pfeilen in diese Richtung. Mia klammerte sich an meinen Arm und flüsterte betroffen: „Jetzt wird mir erst klar, wie viele dieser Dornen mich getroffen haben müssen."

Während der nächsten Tage weiteten wir unsere Streifzüge immer weiter aus. Wir entdeckten das Versteck der kleinen Wilden, deren Existenz oder Erscheinungsform wir uns noch immer nicht erklären konnten. Eva war klein und zierlich gewesen; Adam, falls er das von Mia erschlagene Monster gewesen sein sollte, war ein Riese. Keiner der kleinen Wilden war größer als einen Meter. Irgendwie passte das alles nicht zusammen. Außerdem hatte Eva, selbst als sie noch lebte, wie eine vertrocknete Mumie ausgesehen. Dem Riesen war durch seine Unförmigkeit kein Alter anzusehen gewesen. Aber er schien voller jugendlicher Kraft gewesen zu sein. Mia stellte eine Theorie auf.

„Eva hat anscheinend nur in dem Bereich ihres Lagers gelebt und sich möglicherweise nur von den Opfergaben der Wilden ernährt; zumindest während der letzten Jahre oder Jahrzehnte. Ich denke grad an die bittere Frucht. Wenn die Bitterstoffe darin hochprozentige Gerbstoffe sind, könnten sie einem Körper auf Dauer vielleicht die Feuchtigkeit entziehen und ihn so aussehen lassen, wie den von Eva. Adam wurde so wie ich von den Dornen verletzt. Aber er hatte niemanden, der ihm die Spitzen aus der Haut operiert hat. Durch das Gift der Dornen verändert sich nicht nur der Körper, sondern, wie ich selbst festgestellt habe, auch die Wahrnehmung. Ich nehme an, er hat sich geistig wirklich zu einem Wilden zurückentwickelt. Vielleicht hatte das Gift der Dornen aber auch einen Einfluss auf den Alterungsprozess."

„Und was ist mit den Kleinen?" fragte ich. „Wie erklärst Du Dir ihre Gestalt?"

Mia zuckte mit den Schultern und meinte nach kurzem Überlegen: „Adam war zwar selbst ein Riese. Aber wenn das Gift auf seine Gene gewirkt hat, wenn es seine Erbanlagen verändert hat, dann könnte das eine Erklärung sein. Eine andere habe ich zumindest nicht."

Nach allem, was wir wussten, hatte Professor Ullbrich *EDEN one* mit Pflanzen besiedelt, die er gentechnisch verändert hatte. Für mich als Laien klang es durchaus plausibel, wenn das Gift genmanipulierter Pflanzen auch Auswirkungen auf die Gene eines Menschen haben konnten. Sintija spann den Gedanken sogar noch weiter, denn sie fragte besorgt: „Wenn Pflanzengift die Erbanlagen verändern kann, könne Früchte dann nicht ebenfalls so eine Wirkung haben?"

„Ich hoffe nicht", antwortete Mia sehr ernst und nachdenklich. Doch trotz dieser Hoffnung und obwohl wir bisher keine andere Wirkung der Früchte, als Sättigung festgestellt hatten, aßen wir ab diesem Tag nur noch sehr wenig; gerade Mal genug, um uns bei Kräften zu halten.

Die kleinen, nackten, wilden Kannibalen lebten nicht, wie wir vermutet hatten, auf den Bäumen, sondern sie hatten sich eine Höhle gegraben, deren Eingang sich in der Nähe der Lichtung mit der Evastatue befand. Wir wagten zwar nicht, die Höhle zu betreten, aber es war ein beruhigendes Gefühl, zu wissen, wo sich die anderen Bewohner dieses Gewächshauses aufhielten.

Die Zeit verging. Mia, Sintija und ich hatten bald ganz *EDEN one* erforscht. Wir kannten den Standort von jedem einzelnen dornenverschießenden Baum und hielten uns von diesen fern, um nicht versehentlich deren Verteidigung auszulösen. Nach etwa einem Monat in dieser stinkenden Welt wurde die Ungewissheit immer unerträglicher. Wenn wir auf die Küste zusteuerten, so überlegten wir, dann hätten wir diese doch schon längst erreichen müssen. Die *POSEIDON* fuhr. Daran gab es keinen Zweifel. Aber wohin fuhr sie? Durch die beschlagenen Glaskuppeln über uns, war es uns nicht möglich, uns an der Sonne oder den Sternen zu orientieren. Und das permanente Dämmerlicht drückte auch auf unser Gemüt.

„Wenn die Viren beim Start der *POSEIDON* wirklich freigesetzt worden sind", überlegte ich, „dann müssten sie doch zumindest inzwischen vom Schiff verschwunden sein."

Mia gab mir Recht. Und da meine Beine inzwischen ihre Kraft zurückgewonnen hatten und auch Mia wieder vollständig genesen war, entschlossen wir uns, doch in die Glaskuppeln hochzuklettern, um zu versuchen, durch sie wieder an Deck der Poseidon zu gelangen. Ich weiß nicht mehr, aus wie vielen einzelnen Kuppeln das Dach von *EDEN one* bestanden hat. Aber wir kletterten in jede einzelne hinauf ohne auch nur die

Spur einer Möglichkeit zu entdecken, wie wir sie hätten öffnen können. Es war zwecklos. Die beste Entdeckung, die wir bei diesen Versuchen machten, war, dass die Luft am Boden und unter den Glaskuppeln am stickigsten war. Auf halber Höhe konnten wir endlich wieder einmal durchatmen. Und obwohl wir damit rechneten, dass die *POSEIDON* jeden Moment an der Küste zerschellen würde und wir dann entweder sterben würden oder, wie wir hofften, uns aus dem Wrack befreien könnten, beschlossen wir, unser Lager auf einen dieser unwirklichen Baumriesen zu verlagern. Durch den Bau eines kleinen, provisorischen Baumhauses, das eigentlich nur aus einer Plattform bestand, weil ein Dach überflüssig war, waren wir zumindest eine Zeitlang beschäftigt. Und Beschäftigung ist gut, wenn man ansonsten nichts zu tun hat und es auch keine Möglichkeit gibt, seinen Geist in Bewegung zu halten. Mein einziger Lichtblick, meine einzige Freude war es, Mia und Sintija bei der Arbeit zuzusehen. Mia war inzwischen genauso sehnig wie Sintija, was aber ihrer Weiblichkeit und ihrer erotischen Ausstrahlung keinen Abbruch tat. Den beiden zuzusehen, wie sie nackt und mit vollem Körpereinsatz mit mir zusammen arbeiteten und dabei das Spiel der schlanken Muskeln unter ihrer Haut zu beobachten, war in diesem Gefängnis das Einzige, dass mein Empfinden für Schönheit und Ästhetik aufrechterhielt. Obwohl wir immer auf der Hut vor den kleinen Wilden und deswegen in ständiger Anspannung und Alarmbereitschaft waren; obwohl wir wie ein Uhrwerk miteinander harmonierten und zusammen arbeiteten, ließ ich es mir nicht nehmen, mir die Zeit zu nehmen, Sintija und Mia so oft und ausgiebig zu betrachten, wie es nur möglich war. Und im Gegenzug spürte ich auch die Blicke der beiden sehr oft auf mir.

Langsam stellte sich eine Routine ein. Wir wussten und akzeptierten, dass wir abwarten mussten, bis die *POSEIDON* die Küste erreichte. Und wir wollten uns nicht dadurch verrückt machen oder machen lassen, dass wir in jeder Sekunde auf diesen Moment harrten. Wir kannten jetzt *EDEN one*. Wir konnten uns sicher in seinen Grenzen bewegen und fühlten uns sogar vor den Wilden halbwegs sicher, seit wir festgestellt hatten, dass sie niemals so hoch in die Bäume stiegen, wie wir es taten. Und so konnten wir uns endlich auch wieder aufeinander konzentrieren und uns miteinander beschäftigen. Jede kleine Geste und jede Berührung war ein Geschenk. Und wir bekamen niemals genug davon, uns gegenseitig zu beschenken. Wenn wir schon sonst nichts mehr hatten; eines war uns geblieben: Unsere Liebe!

Unter Umständen wie diesen, in denen Mia, Sintija und ich jetzt lebten, konnte eine Liebe verdorren oder sie konnte aufblühen. Unsere blühte auf; sie bewährte, vertiefte und erneuerte sich jeden Tag. Und so war es kein Wunder, dass wir nach der Zeit, die wir mit Bangen um Mias Genesung verbracht hatten, uns jetzt, wo wir uns unseres Lebens und Überlebens zumindest im Moment wieder sicher waren, auch wieder nach einer körperlichen Nähe sehnten, die wir während der Zeit der Sorgen und der Ungewissheit kaum hatten genießen können. Schon während der Arbeit an unserer Plattform begannen wir, uns gegenseitig mit zärtlichen Berührungen neu zu entdecken; im Vorbeilaufen ein sanftes Streicheln über den Po, ein zarter Kuss auf die Schulter oder den Nacken, während wir Seite an Seite arbeiteten, oder eine liebevolle Umarmung während einer kurzen Verschnaufpause. Es tat gut, uns wieder auf unsere Gefühle füreinander einlassen zu können, sie neu zu entdecken und uns selbst auch gegenseitig wieder neu zu erforschen und zu erleben. Endlich setzte wieder ein Prickeln ein und eine Sehnsucht, die gestillt werden wollte. Unsere Herzen schlugen wieder schneller und unsere Körper reagierten aufeinander. Kurz: Es lag Erotik in der Luft.

Nachdem Mia, Sintija und ich unsere Bleibe in luftiger Höhe fertig gestellt, mit den uns zur Verfügung stehenden Mitteln gemütlich eingerichtet und mit ausreichend Proviant versehen hatten, gönnten wir uns ein ausgiebiges Bad in der Wasserstelle oder dem kleinen Teich, der genau unter unserem Baum lag. Ganz zärtlich wuschen wir uns gegenseitig Schweiß und Schmutz von unseren Körpern. Zu lange schon hatten wir uns nicht mehr so intensiv und bewusst berührt. Meine Hände glitten über Mias schlanken Rücken und befreiten ihn von den Spuren der Arbeit. Es tat gut, ihre Haut und die sehnige Muskulatur darunter unter meinen Fingern zu spüren, während ich das Wasser des Teichs über ihren Körper laufen ließ und Sintija ihr gegenüber saß und sie vorne ebenso zärtlich wusch. Ganz behutsam begann ich, Mias Nacken zu massieren. Sie schnurrte leise und ließ ihren Kopf entspannt nach vorne fallen. Über ihre Schuler sah ich, dass Sintija Mias volle Brüste in ihren kleinen Händen hielt und sanft massierte. Ein Schauer durchlief Mias Körper. Sie hatte es verdient, sich ein bisschen verwöhnen zu lassen. Sintija schien das auch so zu sehen, denn sie fragte Mia ganz leise: „Sollen wir nach oben gehen? Dort kannst Du Dich ausstrecken und Louis und ich können Dich gemeinsam massieren."

Mia sah mich fragend an und ich nickte nur bestätigend. Die Idee gefiel mir. Also kletterten wir auf unsere Plattform und Mia legte sich auf unserem Lager auf den Bauch. Fasziniert beobachtete ich, wie Sintija ganz behutsam Mias Schenkel etwas öffnete. Dann kniete sich Sintija unterhalb von Mias rechtem Fuß auf den Boden und bedeutete mir mit einem Blick, mich bei Mias linkem Fuß niederzulassen. Das tat ich und dann begannen wir ganz sanft und unendlich langsam, Mias Füße zu massieren; zuerst die Fußsohlen mit den Ballen, dann nacheinander jeden einzelnen Zeh, an denen wir auch behutsam zogen, wieder die Sohlen bis zu den Fersen, die Außenkanten und die Fußrücken. Obwohl wir uns nicht absprachen, außer mit kleinen Blicken, massierten Sintija und ich absolut synchron.

„Mmmm, tut das gut!" schnurrte Mia leise. Uns tat es gut, ihr etwas Gutes tun zu können und zu sehen, dass sie es genoss. Sintija und ich lächelten uns glücklich an. Und für einen winzigen Augenblick glaubte ich, Melani in ihr zu erkennen. Überrascht? Fasziniert? Nachdenklich? Ich weiß nicht genau, was ich war. Aber ich hielt im Massieren inne und betrachtete lange Sintijas Gesicht.

„Was ist los?" fragte Mia wegen meiner Unterbrechung und richtete sich auf die Ellenbogen auf, um über ihre Schulter zu mir blicken zu können.

„Nichts", antwortete ich verträumt. „Mir ist nur gerade Melanis Abschiedsbrief eingefallen."

„Ich werde niemals ihren Platz einnehmen können", erwiderte Sintija, die meinen Gedankengang verstand, traurig. Und ich gab ihr Recht.

„Nein, das kannst Du nicht", sagte ich verliebt. „Du wirst immer Du bleiben. Trotzdem hat sich meine Liebe zu Dir verändert!"

Ich weiß!

Es war inzwischen ein normaler Zustand, dass sowohl Sintija, als auch ich nackt waren. Wir hatten, oder besser gesagt: Ich hatte keine Scheu mehr davor, Sintija zu berühren und von ihr berührt zu werden. Sintija konnte Melani nicht ersetzen, sie konnte ihren Platz in meinem Herzen nicht ausfüllen; aber ich konnte sie jetzt so lieben, wie ich Melani geliebt hatte und vielleicht sogar noch mehr.

Mit wehmütigen Gedanken an Melani nahm ich die Massage Mias wieder auf und Sintija schloss sich mir sofort sanft lächelnd an. Mia legte sich wieder auf den Bauch und Sintija und ich arbeiteten uns mit sanften, kreisenden Bewegungen unserer Finger ganz langsam über Mias schlanke Waden weiter nach oben. Über ihre Kniekehlen und die Oberschenkel näherten wir uns ganz langsam ihrem Po und dem kleinen, langsam zu zucken beginnenden Spalt zwischen ihren leicht geöffneten Schenkeln. Ich sog den zarten und erregenden Duft, den sie verströmte, wie ein Schwamm in mich auf und bemerkte, dass auch Sintija tief einatmete und ihre Nasenflügel dabei vor Erregung leicht zitterten. An den Gestank in *EDEN one* hatten wir uns inzwischen schon so sehr gewöhnt, dass er uns oft kaum noch bewusst war. Und hier, etwas mehr als zehn Meter über dem Boden war die Luft ohnehin am erträglichsten. Wie gut tat es da, endlich wieder einmal bewusst zu atmen und etwas so Gutes zu riechen, wie Mias vom Bad noch feuchten Körper, der durch Sintijas und meine Berührungen langsam in sanfte Schwingungen versetzt wurde und den zarten Duft ihrer sich ausbreitenden und auf Sintija und mich überspringenden Erregung verströmte. So intensiv hatte ich nichts mehr wahrgenommen, seit Sintija und ich uns geliebt hatten. Unwillkürlich warf ich Sintija einen kurzen Blick zu. Sie war vertieft darin, mit beiden Händen zärtlich Mias rechten Oberschenkel zu massieren. So wie ich am linken Bein, strich sie ganz langsam an der Außen- und Innenseite entlang und näherte sich dabei immer weiter Mias ungeduldig auf die Berührung wartenden, erregten Scheide. Doch noch erreichten unsere Finger sie nicht. In kleinen Kreisen entfernten sie sich wieder und steigerten Mias Erregung damit nur noch mehr. Ohne den kleinen, vor Ungeduld zitternden Spalt zwischen Mias Schenkeln berührt zu haben, eroberten Sintijas und meine Finger zärtlich und mit leichtem Druck massierend, Mias kleine, straffe Pobacken. Als Sintijas und mein Zeigefinger sich genau an dem Punkt trafen, an dem Mias Pokerbe begann, schrie Mia leise auf und ein Schauer durchlief ihren Körper. Auch Sintija und mich hatte die zarte Berührung wie ein Stromstoß getroffen. Ganz kurz trafen sich unsere Blicke. Und zum ersten Mal seit langer Zeit sah ich wieder diesen grüngoldenen Glanz darin, was möglicherweise daran lag, dass es auf unserer Plattform erheblich heller war, als am Boden dieses Gewächshausurwalds. Sintija schenkte mir ein unbeschreiblich zärtliches Lächeln, in dem sich all ihre Liebe widerspiegelte. Ich drohte, in ihren Augen zu versinken. Doch Sintija lenkte meinen Blick wieder auf Mia. Wir hatten vielleicht nur eine Sekunde innegehalten, seit unsere Finger sich berührt hatten. Jetzt strich ich mit der Spitze meines Zeigefingers ganz langsam und so zärtlich, wie es mir nur möglich war, Mias Pokerbe entlang, während Sintijas Finger so sanft wie Federn über Mias Pobacken kreisten. Unendlich langsam näherte sich mein Finger Mias kleiner, zuckender Spalte. Je näher er ihr kam, umso langsamer wurde er. Und als er sie schon fast berührte, verharrte er für einige quälend lange Sekunden. Mia zitterte am ganzen Körper und biss sich vor nur mühsam beherrschter Erregung in die Hand. Da glitt mein Finger ganz sanft über ihre Spalte und fühlte eine leichte Feuchtigkeit. Wieder unterdrückte Mia einen Schrei. Für einen Moment verharrte mein Finger auf Mias Scheide. Ganz zärtlich, ohne Druck und ohne ihn zu bewegen, ließ ich ihn darauf liegen; dann zog ich ihn ganz langsam wieder zurück. Die Reibung, die dabei entstand, war so leicht, dass sie kaum zu spüren war. Trotzdem war das Prickeln, das von meinem Finger aus meinen ganzen Körper durchströmte, fast unerträglich; unerträglich schön und unerträglich intensiv.

Mia bekam im selben Moment einen unglaublich intensiven Orgasmus. Unter einem neuen, unterdrückten Schrei spannte sich ihr ganzer Körper an; sie drückte ihren schlanken Rücken durch, zog ihre Beine etwas an, ohne die Schenkel dabei zu schließen und streckte ihren kleinen, strammen Hintern zuckend in die Luft. Der Anblick war ebenso erregend, wie einladend. Mein Penis stand hart und aufrecht wie ein Baum und pulsierte vor Verlangen. Am liebsten hätte ich diese Gelegenheit ausgenutzt und wäre in Mias kleine, enge Scheide, die sich mir so verführerisch darbot, eingedrungen. Doch ich beherrschte mich. Sintija und ich hatten Mia massieren wollen. Und damit waren wir noch nicht fertig. Es wäre mir als sehr selbstsüchtig erschienen, wenn ich mein eigenes Vergnügen oder Verlangen bei der erstbesten sich bietenden Gelegenheit über Mias Entspannung gestellt hätte. Sintija schien das nicht so zu sehen. Ihre kleine

Faust umschloss ebenso zärtlich wie entschlossen den zuckenden Schaft meines Penis und versuchte ihn zu Mias ebenso zuckender Scheide zu dirigieren, auf der ich noch immer sanft meinen Zeigefinger ruhen hatte, da er seine Bewegung in dem Moment eingestellt hatte, in dem Mia zum Orgasmus gekommen war. Doch ich sah Sintija, die meine Erregung mit ihrem Griff nur noch weiter steigerte, mit dem letzten Rest mir noch verbliebener Selbstbeherrschung benommen an und schüttelte ganz leicht meinen Kopf. Sintija machte ein eigenartiges Gesicht, dessen Ausdruck auf drollige Weise irgendwo zwischen fragend und mitleidig wechselte. Dann beugte sie sich schnell nach vorne und drückte einen ganz zärtlichen Kuss auf meine dunkelrote, pulsierende Eichel, während sie den Druck ihrer kleinen Faust leicht verstärkte. Damit brachte sie mich endgültig an den Rand eines Orgasmus. Gerade noch rechtzeitig entließ sie mich wieder aus ihrer mir geschenkten Zärtlichkeit. Doch mein Penis zuckte noch lange verdächtig und brauchte mehrere Minuten, um wieder einen erträglichen Zustand zu erreichen. Dass ich während dieser Zeit nicht ruhig bleiben konnte, ist glaube ich, nachvollziehbar. Trotz aller Konzentration begann mein sanft auf Mias Scheide liegender Zeigefinger ebenso zu zucken, wie der Rest meines Körpers. Und damit steigerte er Mias anhaltenden Orgasmus nur noch weiter.

Mia hätte sich darüber gefreut, hörte ich Sintijas Stimme als leichten Vorwurf in meinem Kopf. Doch sie lächelte mich dabei zärtlich an. Und ich glaube, sie verstand, dass ich beim ersten entspannten Austausch von Zärtlichkeiten seit Wochen nichts überstürzen wollte. Mia erlebte einen Orgasmus. Es tat gut und war schön, sie dabei zu beobachten. Doch Mia war eine Frau. Ich war überzeugt davon, dass sie nach diesem Orgasmus Sintijas und meine Massage weiter genießen und dabei entspannen konnte. Ich war ein Mann. Meine Erregung war bereits so unerträglich, dass ich im Falle eines Höhepunktes danach vor Erschöpfung sicherlich zu nichts mehr in der Lage gewesen wäre. Ich genoss diese kaum noch auszuhaltende Lust und das Ziehen in meinen Lenden und ließ mich vom Anblick der Ekstase Mias; von ihrem sich mit Sintijas vermischenden, zarten Geruch nach Liebe und Leidenschaft und auch vom Anblick Sintijas, die mir mit sanft wippenden Brüsten gegenüber kauerte und mit ihren Fingerspitzen ganz zärtlich über Mias Rücken und Po streichelte, solange die in ihrem Orgasmus gefangen war, davontragen. So glücklich, wie in diesem Moment waren wir alle drei schon ewig nicht mehr gewesen. Endlich lebten wir wieder, endlich fühlten wir wieder, endlich eroberten wir uns unser eigenes kleines Paradies zurück, das wir in *EDEN one* schon fast verloren hatten. Wir hatten diese Pause, in der wir aufhörten, nur zu funktionieren und wieder begannen zu fühlen, mehr als verdient.

Mias Orgasmus dauerte über eine halbe Stunde, obwohl mein auf dem zarten, rosigen Fleisch ihrer schmalen, leicht geöffneten Schamlippen ruhender Finger sich nicht mehr bewegte. Ganz langsam wurde sie wieder ruhiger, bis sie in einen wohligen Schlaf zu sinken schien, den nur ein gelegentliches, von ihrer Scheide ausgehendes Zucken unterbrach. Lange lag sie ganz ruhig da, während Sintija nicht aufhörte, mit ihren Fingerspitzen langsam und zärtlich über ihren Rücken und Po und bis zu den Ansätzen ihrer Brüste zu streicheln. Irgendwann ließ sie einen leisen Ton hören, der irgendwo zwischen Stöhnen und Schnurren lag und sagte ganz leise: „Ich hätte nicht gedacht, jemals mit soviel Zärtlichkeit beschenkt zu werden."

Wie auf Kommando beugten Sintija und ich uns nach vorne und drückten unsere Lippen in zärtlichen Küssen auf Mias so unglaublich schönen und verführerischen Po. Es tat gut, das feste Fleisch von Mias strammen Pobacken auf meinen Lippen zu spüren und den zarten Duft ihrer Haut so intensiv wahrzunehmen. Doch während ich mich nach diesem Kuss wieder aufrichtete, bewegte sich Sintija so, dass die kleinen, erregten Knospen ihrer Brüste von Mias Po ganz langsam über ihren Rücken strichen. Ein Schauer nach dem nächsten durchlief Mias Körper. Und mit zitternder Stimme flüsterte sie: „Ich liebe Euch so sehr!"

„Ich liebe Euch auch, meine wunderschönen Engel", stimmte ich sofort zu und wünsche mir dabei nur, dass Melani noch bei uns wäre.

Sintija drückte einen zärtlichen Kuss auf Mias Nacken und flüsterte ihr sanft ins Ohr: „Ich liebe Dich, Mia."

Dann wendete sie sich mir zu, nahm mein Gesicht zwischen ihre feingliedrigen Hände, die so unendlich viel Zärtlichkeit geben konnten, und legte ihre weichen Lippen in einem ganz zarten und innigen Kuss auf meine.

„Und ich liebe Dich!"

Lange sahen Sintija und ich uns in die Augen. Und wieder schien es mir, als wenn ich in ihre eintauchen und darin versinken würde. Ich schlang meine Arme um sie, zog sie an mich und hielt sie ganz fest. Doch als sich ihre kleine Faust wieder um meinen noch unvermindert erregten und erigierten Penis schloss, schob ich sie sanft lächelnd wieder zurück und sagte: „Nein, nein, nein … Jetzt ist noch Mia dran!"

Sintija lächelte mich verschmitzt, aber ganz bezaubernd an, verstärkte noch einmal den Druck ihrer Faust und zog spielerisch und wie ein Raubtier knurrend an meinem Penis. Und wie um ihre katzenartige Raubtierhaftigkeit noch zu unterstreichen, beugte sie sich ganz schnell nach unten und schlug ihre weißen, blitzenden Zähne in meine pralle, aus ihrer Faust herausragende Eichel. Es war nur dieser eine Biss. Er war unerwartet stürmisch, wild und fest, dabei aber so unglaublich erregend, dass ich trotz des plötzlichen und heftigen Schmerzes, der mich erschrocken zusammenzucken ließ, im selben Moment, gefangen zwischen Sintijas Zähnen, explodierte. All meine aufgestaute Erregung entlud sich durch diesen einen Biss. Ohne dass ihre Zähne meine zwischen ihnen pulsierende Eichel freigaben, schloss Sintija ihre Lippen und sog so stark, dass meine Eichel, aus der sich in immer neuen Stößen mein Samen ergoss, durch den Unterdruck immer weiter anschwoll, wodurch der Biss immer schmerzhafter, gleichzeitig aber auch immer erregender wurde. Selbst als schon kein Samentropfen mehr in mir sein konnte, gab Sintija meine Eichel nicht frei. Unbarmherzig hielt sie ihre Zähne und Lippen geschlossen und sog, während ihre Zunge die in ihrem Mund gefangene Spitze meiner fast platzenden Eichel unaufhörlich liebkoste.

Der Orgasmus wollte kein Ende nehmen. Auf der einen Seite wollte ich mich Sintijas leidenschaftlichem Liebesbiss, der mich weit über die Grenzen mir bekannter und vor allem erträglicher Lust hinauskatapultiert hatte, entziehen. Aber auf der anderen Seite wollte ich nicht, dass dieses unbeschreibliche Gefühl, das mich in diesem Zustand der Ekstase gefangen hielt und mich das Bewusstsein verlieren zu lassen drohte, jemals wieder endete. Doch alles endet irgendwann. Und dieser Orgasmus endete wirklich durch den Verlust meines Bewusstseins.

Das erste, das in mein wieder erwachendes Bewusstsein drang, war der noch anhaltende, pochende aber erregende Schmerz in meiner Eichel. Sintija hatte sie nicht mehr zwischen ihren Zähnen; sie beugte sich bei meinem Erwachen über mich und flüsterte schuldbewusst: „Es tut mir leid, mein Engel. Das wollte ich nicht. Ich wollte weder so fest zubeißen, noch, dass Du einen Orgasmus bekommst."

„Wie lange hat er denn gedauert?" fragte ich so erschöpft, als wenn ich einen Marathon gelaufen wäre. Sintija zuckte mit den Schultern und schüttelte den Kopf. Doch Mia, die sich von der anderen Seite über mich beugte, meinte schmunzelnd: „Zwischen einer und zwei Stunden würde ich schätzen."

„Und wie lange war ich weg?"

„Nur etwa zehn Minuten."

Ich atmete erleichtert ein und sagte beruhigt: „Dann ist es ja noch nicht zu spät, um Deine Massage fortzusetzen."

Mia lachte so entzückend, unschuldig und ansteckend, dass Sintija mit einstimmte und ich ebenfalls lächeln musste, obwohl ich nicht wusste, was so lustig an dem gewesen war, was ich gesagt hatte. Als Mia sich wieder beruhigt hatte, sagte sie ganz sanft und liebevoll: „Du bist wirklich ein Engel, Louis. Kannst Du nicht einfach mal an Dich selbst denken und es genießen, selbst einmal verwöhnt zu werden?"

„Ich hab schon zu viel an mich selbst gedacht, als Sintija und ich uns geliebt haben, während wir nicht einmal wussten, ob Du noch am Leben bist", erwiderte ich im Gefühl, mich schuldig gemacht zu haben. Doch Mia wehrte entschieden ab und erklärte: „Ihr hättet nichts tun können, um mir zu helfen, selbst wenn ihr gewusst hättet, ob ich noch am Leben war. Wenn ich von einem von Euch Abschied nehmen müsste, ohne zu wissen, ob ich ihn lebend wieder sehe, würde ich ihn vorher auch noch einmal spüren und berühren wollen."

„Wenn nur die ‚Liebe' mit Euch nicht immer so ausufern würde."

„Bereust Du es?" fragte da Sintija ganz leise und betrübt. Ich blickte lange in ihr schönes Gesicht, schüttelte den Kopf und erwiderte: „Nur, dass Melani es nicht mehr miterleben kann."

Sintija schlang ihre Arme um mich, klammerte sich zärtlich an mir fest und flüsterte mir ins Ohr: „Melani wird immer bei uns sein!"

Mia legte schweigend ihre Arme um Sintija und mich. In diesem Moment dachten wir alle drei an Melani und jeder von uns wünschte sich, dass sie nicht nur in unseren Herzen bei uns wäre. So kauerten wir lange eng umschlungen zusammen, hielten uns und machten uns gegenseitig wieder Mut. Und als wir uns wieder voneinander lösten, war die Stimmung entspannt genug, dass ich zu Mia sagen konnte: „So, und jetzt leg Dich wieder hin. Deine Massage war noch nicht beendet."

Mia lächelte mich glücklich an, küsste mich mit ihren verführerischen Lippen und folgte meiner Aufforderung wortlos. Auch Sintija lächelte wieder. Es tat gut, die beiden lächeln zu sehen. Die Trauer um Melani und die daraus erwachsene Melancholie, die von uns allen dreien Besitz ergriffen hatte, würden wir wohl nie wieder ganz ablegen können. Aber uns konnten wir zumindest gegenseitig noch ein bisschen Glück und Liebe schenken.

Sintija und ich knieten uns wieder rechts und links neben Mia. Wir begannen ganz sanft mit unseren Fingerspitzen über Mias Rücken zu streichen. Doch nach einigen Minuten setzte ich mich über Mias Po. Als ich dabei auf meinen angenehm schmerzenden Penis hinunterblickte, bemerkte ich erstens, dass er trotz des vorausgegangenen Orgasmus schon wieder vollkommen erigiert war und zweitens, dass in seiner dunkelroten, prallen Eichel noch deutlich die Abdrücke von Sintijas Zähnen zu sehen waren. Sie hatte wirklich fest zugebissen. Und bei der Erinnerung daran zuckte mein Penis sehnsüchtig und wurde noch eine Spur praller. Es war wirklich unglaublich schön und erregend gewesen, auf diese Weise zum Höhepunkt gebracht zu werden.

Doch jetzt konzentrierte ich mich auf Mia. Mit meinen Daumen strich ich mit leichtem und sich nur ganz langsam steigerndem Druck die Muskelstränge rechts und links von ihrer Wirbelsäule entlang. In kleinen Kreisen massierte ich so von ihrer Hüfte bis in ihren Nacken. Mia schien wirklich verspannt zu sein. Ihre Muskeln waren hart und lockerten sich nur langsam. Zuletzt konzentrierte ich mich nur noch auf ihren Nacken. Mia war ganz ruhig geworden. Sie schien unter meiner Massage eingeschlafen zu sein. Doch als ich einmal kurz innehielt bat sie mich leise schnurrend: „Bitte hör noch nicht auf!"

Das hatte ich auch noch nicht vor. Ich küsste zärtlich ihren Hals und massierte weiter; zuerst wieder ihren Nacken und nach einer Weile begann ich der Linie ihrer Wirbelsäule über ihren Hals bis auf den Kopf zu folgen, wo ich, in ihren schweren Locken wühlend, ihre Kopfhaut massierte. Ich ließ mir damit sehr viel Zeit und achtete dabei auch nicht auf Sintija, die sich neben Mia gelegt hatte und meine Massage sanft lächelnd beobachtete. Erst als sie anfing, ganz leise irgendein altes, mir unbekanntes, französisches Lied zu singen, wurde ich wieder auf sie aufmerksam und lauschte fasziniert ihrer angenehmen Stimme.

„Das war schön", schnurrte Mia unter meinen sie zärtlich streichelnden und massierenden Fingern, als Sintija ihr Lied beendet hatte. Sintija lächelte dankbar über das Lob und begann ein weiteres Lied zu singen.

Warum nur kann es nicht immer so sein? fragte ich mich. *Warum nur kann nicht immer so ein tiefer Frieden über uns liegen und wir mit dem, was wir uns gegenseitig zu geben vermögen, glücklich sein?*

Die Antwort auf meine Fragen war einfach. Wir trauerten um Melani und *EDEN one* war nicht unser Zuhause. Wir würden in diesem Gefängnis, denn genau das war es für uns, niemals glücklich werden können. Wir konnten ihm nur solche Momente wie diesen abringen.

Ich stieg von Mia herunter und bat sie ganz leise, um Sintijas Lied nicht zu stören: „Dreh Dich um mein Engel!"

Mia gehorchte und legte sich auf den Rücken. Ich kniete mich wieder zu ihren Füßen und begann noch einmal, von den Fußrücken aus über ihre Beine nach oben zu massieren. Als Sintija das sah, richtete sie sich sofort wieder auf, kniete sich rechts neben mich und übernahm Mias linkes Bein, ohne ihr leises Lied dabei zu unterbrechen. So arbeiteten wir uns wieder ganz langsam und zärtlich über die Unterschenkel und Oberschenkel nach oben. Als wir uns wieder in langsam kreisenden Bewegungen ihren zarten, leicht geöffneten Schamlippen näherten, ging Mias Atem immer lauter. Ganz behutsam glitten meine Finger über die winzigen, kaum noch erkennbaren Narben in Mias Haut.

Sintija kroch vorsichtig zwischen Mias Schenkel und legt ihre Lippen ganz zärtlich und liebevoll auf deren rosig schimmernde Schamlippen. Mia zuckte mit einem leisen Schrei zusammen, überließ sich dann aber sofort wieder der zärtlichen Liebkosung. Und während Sintija Mia auf diese Weise mit ganz sanften Küssen liebkoste und verwöhnte, glitten meine Fingerspitzen weiter über Mias Körper, bis sie deren wunderschöne, volle Brüste erreichten. Ganz langsam und behutsam erkundete ich tastend die straffen Rundungen, die unter meinen Fingern zu zittern begannen. Mias kleine Knospen zogen sich zusammen, wurden hart und streckten sich mir erwartungsvoll entgegen. Eigentlich hatte ich Mia noch weiter massieren wollen. Doch der Anblick Sintijas, die mit ihren Lippen, ihrer Zunge und ihren Zähnen Mias Klitoris und Schamlippen liebkoste, während ihr Zeigefinger ganz sanft zwischen diese hinein und wieder herausglitt und

Mia damit in eine sanfte Schwingung der Ekstase versetzte, gab mir in Verbindung mit den sich mir erwartungsvoll entgegenstreckenden Brüsten genug Grund zur Annahme, dass Mia im Moment eine andere Art der Massage bevorzugen würde. Also bedeckte ich ihre heißen, erregten Knospen ganz sanft mit meinen Lippen. Ich küsste sie mit all meiner Liebe und Zärtlichkeit, mit meiner sich immer weiter steigernden Erregung und wachsender Leidenschaft. Aus zärtlichen Küssen wurde ein leidenschaftliches Lecken und Saugen und schließlich ein fast hemmungsloses Knabbern. Mia roch und schmeckte so unendlich gut. Sie bäumte sich unter Sintijas und meinen stürmischen Küssen und Zärtlichkeiten in immer unkontrollierterer und neu aufwallender Ekstase auf. Und als ich schon glaubte, dass sie am Ende ihrer Kräfte angelangt wäre, packte Sintija mich plötzlich am Handgelenk und zog mich mit sanfter Gewalt zwischen Mias Schenkel. Und im Zustand meiner eigenen, überbrodelnden Erregung wehrte ich mich diesmal nicht, als sie meinen wild pochenden Penis packte und an Mias zuckende Scheide dirigierte. Übermannt von meiner Leidenschaft stieß ich zu. Mia bäumte sich unter mir auf, passte sich meinem Rhythmus aber sofort an und spornte mich so zu immer neuer, ungezügelter Lust an. Ihre enge Scheide umschloss zuckend meinen Penis. Und obwohl ich erst kurz zuvor einen Orgasmus gehabt hatte, katapultierte unsere gemeinsam entfesselte Lust Mia und mich in eine unbeschreibliche Ekstase, die in einem gewaltigen, gemeinsamen Orgasmus gipfelte. Erschöpft, keuchend und am Ende meiner Kräfte blieb ich auf Mia liegen. Sie schlang, noch am ganzen Körper zitternd, ihre Arme um mich und klammerte sich weinend an mir fest.

„Mein Liebling", flüsterte sie kaum hörbar aber voller aufrichtiger Liebe, während sich ihre vollen Brüste zitternd an mich schmiegten. Es dauerte lange, bis unsere Körper sich wieder beruhigten. Und als Mia dann ganz ruhig unter mir und ich ganz ruhig auf ihr lag, da wollte ich mich vorsichtig von ihr herunterrollen, um sie von meinem Gewicht zu befreien. Doch zu meinem Erstaunen ging es nicht. Mein noch zuckender Penis war in Mias, wie ein Schraubstock um ihn geschlossenen Scheide gefangen. So sehr ich auch zog; Mias Körper gab mich nicht frei. Amüsiert über diese absurde Situation, die wir nun schon zum zweiten Mal erlebten, auch wenn ich vom ersten Mal nichts mitbekommen hatte, ließ ich mich auf den Rücken fallen und zog Mia auf mich. Mia setzte sich, ebenfalls kichernd, auf mir auf, stellte ihre Füße auf den Boden unserer Plattform und versuchte dann aufzustehen. Doch dabei zog sie mich an meinem Penis nur vom Boden hoch, was für uns beide sehr schmerzhaft war. Also setzte sie sich wieder zurück auf meinen Schoß und sagte entschuldigend: „Wir werden wohl abwarten müssen, bis sich mein Körper wieder entspannt."

Ich zog Mia wieder auf mich, legte meine Arme um sie und flüsterte verliebt: „Ich habe heute nichts mehr vor, mein Engel."

Zumindest hatten wir dieses Mal nicht während unserer Ekstase das Bewusstsein verloren, sondern waren uns unserer lächerlichen Situation bewusst und konnten sie deshalb sogar genießen; nur leider nicht allzu lange.

Waren wir bisher noch überzeugt davon gewesen, dass die kleinen Wilden nicht bis auf unsere Höhe in die Bäume hochkletterten, so mussten wir jetzt plötzlich, in einer Situation, in der Mia und ich im wahrsten Sinne des Wortes feststeckten, feststellen, dass wir uns geirrt hatten. Wie aus heiterem Himmel sprangen fünf oder sechs dieser Kreaturen auf unsere Plattform, überwältigten Sintija und nahmen sie mit sich, ohne dass ich hätte eingreifen können.

Mia und ich hatten weder eine Creme, noch irgendein Öl, mit dem wir hätten versuchen können, voneinander loszukommen. Verzweifelt versuchten wir, auseinander zu kommen, doch je mehr wir zogen, umso mehr schien sich Mias Scheide zu verkrampfen und zusammenzuziehen.

Aus dem Dschungel unter uns hörten wir das unheimliche Kreischen der wilden Kreaturen und eine Art Trommel wurde in gleichmäßigem Takt geschlagen.

„Das kann doch alles nicht wahr sein", sagte ich verzweifelt und zog fieberhaft und mit aller Kraft, bis Mia vor Schmerzen schrie. In meiner Resignation griff ich bereits nach meiner Muschelklinge, um mich von meinem Penis zu trennen und Sintija zu Hilfe eilen zu können. Doch Mia packte mit beiden Händen mein Handgelenk und beschwor mich unter Tränen: „Bitte Louis; Du kannst Sintija nicht retten, wenn Du verblutest!"

In diesem Moment kamen die kleinen, keulenschwingenden Wilden zurück. Den ersten konnte ich gerade noch abwehren und mit einem Schlag in die Tiefe befördern. Doch als ich schnell nach der Eisenstange greifen wollte, bekam ich einen so heftigen Schlag auf dem Kopf, dass ich wieder das Bewusstsein verlor.

Als ich wieder zu mir kam, hing ich zum zweiten Mal wie ein X zwischen den Bäumen. Meine Hände und Füße waren wieder mit den ätzenden Lianen gefesselt und ich war dadurch zur Tatenlosigkeit verdammt. Nur dieses Mal war alles noch schlimmer. Ich hing nicht allein zwischen den Bäumen; mir gegenüber hing, mit ebenfalls gespreizten Armen und Beinen, Mia. Und als wenn das noch nicht schlimm genug gewesen wäre, hingen wir wie zwei Hampelmänner mit verknoteten Schnüren in unserer Körpermitte zusammen. Mias Scheidenkrampf hatte sich trotz des Überfalls auf uns noch nicht gelöst, und so hingen wir jetzt wie zwei miteinander verbundene X, oder wie ein absurder Stern über dem Thronplatz, in dessen Mitte Sintija mit ebenfalls gespreizten Armen und Beinen und anscheinend ohne Bewusstsein auf dem Boden lag und die kleinen Wilden in wilder Ekstase um sie herum tanzten.

„Endlich bist Du wieder wach", flüsterte Mia erleichtert, als ich mit hämmernden Kopfschmerzen meine Augen aufschlug und die Situation zu begreifen versuchte.

„Was ist mit Sintija?" fragte ich ebenfalls flüsternd zurück.

„Ich glaube, sie haben sie betäubt."

Irgendwie wirkte die Szene unter uns so, als wenn die Wilden darauf warteten, dass der Riese wieder auferstehen würde, um Sintija zu schwängern. Mia war bis auf die Situation, in der sie mit mir steckte, unversehrt. Die kleinen Wilden hatten sie überwältigt, ohne ihr eine Keule auf den Kopf zu schlagen. Was hätte sie gegen die Angreifer auch ausrichten sollen, so wie sie mit mir verbunden war?

Allein war es mir schon unmöglich gewesen, mich aus dieser Situation zu befreien. Dass Mias Körper meinen Penis nicht mehr loslassen wollte oder konnte, und wir so unfreiwillig aneinander gebunden waren, erschwerte jeden Befreiungsversuch nur noch mehr. Diesmal würde niemand kommen, um die Situation mit einer Eisenstange zu klären.

„Der Riese ist tot", erklärte Mia. „Er kann sich nicht mehr an Sintija vergreifen. Aber was bedeutet diese Zeremonie sonst?"

Ich konnte deutlich hören, wie schwer Mia das Sprechen fiel. Die Pose, in der wir zwischen den Bäumen wie gekreuzigt aufgehängt waren, machte uns das Atmen schwer. Etwas musste geschehen. Und es musste schnell geschehen; bevor die Zeremonie unter uns ihren Höhepunkt erreichte und irgendein Ritual an Sintija vollzogen wurde, das nicht an ihr vollzogen werden durfte.

Mein Penis schmerzte durch den Druck von Mias Scheide und den permanenten Zug; doch er war noch immer, und vielleicht auch durch genau diese Umstände, erigiert.

Wenn ich ihn nicht rausziehen kann, dachte ich mir, *dann muss ich ihn eben wieder weiter reinstecken.*

Mia sah mich fragend an. Ich weiß nicht, ob sie meine Gedanken las oder mir nur ansah, dass ich nachdachte. Jedenfalls erklärte ich ihr meinen Gedankengang, als ich ihren Blick auf mir spürte.

„Vielleicht ist es nur eine Blockade in einer Richtung meinte ich", und war mir dabei bewusst, wie lächerlich es klang. Aber konnte irgendeine Idee lächerlicher sein, als die Situation, in der wir steckten?

„Es tut mir leid, dass mein Körper so absurd auf Dich reagiert", erwiderte Mia mit niedergeschlagenen Augen, griff dann aber meinen Gedanken auf und fuhr fort: „Vielleicht hast Du Recht und der Krampf löst sich, wenn wir nicht mehr aneinander ziehen."

Obwohl unsere Lage aussichtslos erschien und dieser Umstand keine wirklichen erotischen Gefühle aufkommen ließ, war der Anblick Mias direkt vor und Sintijas weit unter mir, durchaus ansprechend. Beide waren hilflos und ausgeliefert; und beide waren wunderschön und nackt! Meine Erektion hatte in Mia den Überfall der Wilden überstanden. Alles weitere musste jetzt die Natur erledigen. Ich versuchte in meinen einschneidenden Fesseln nach vorne und hinten zu schwingen. Zuerst passierte nichts, außer dass bei jedem Zurückschwingen schmerzhaft an mir gezogen wurde. Dann setzte Mia in meine Bewegung mit ein. Wir schwangen aufeinander zu; unsere Körper berührten sich und langsam setzte ein erotisches Prickeln ein, obwohl es für uns beide sehr schmerzhaft war, wenn wir wieder auseinander schwangen. Doch die Schmerzen wichen mehr und mehr einer leidenschaftlichen Lust. Ganz allmählich setzte eine Bewegung innerhalb von Mias Scheide ein; ein Pulsieren und Beben; und eine leichte Feuchtigkeit breitete sich aus und ermöglichte es meinem Penis zuerst ein kleines Stück weiter in sie einzudringen, um dann wieder ein kleines Stück zurück zu gleiten.

Doch genau in diesem Moment unseres ersten Erfolges kam jemand aus dem Wald und begab sich zielstrebig zwischen Sintijas Schenkel. Er war fast so groß wie ich, aber so unförmig wie der Riese und noch voller frischer Wunden von den giftigen Baumdornen.

„Er ist einer von ihnen", stellte Mia voller Entsetzen fest. „Ein Auserwählter, der durch die Dornen zu dem Monster wird, das Eva schwängern darf."

„Lass sie in Ruhe", schrie ich in meiner Verzweiflung nach unten. Doch weder das noch relativ kleine Monster, noch einer der kleinen, nackten Wilden reagierte auf meinen Ruf. Verzweifelt zerrte und riss ich an meinen Fesseln. Doch Mia forderte mich streng auf: „Sieh mich an, Louis!"

Mit Tränen in den Augen blickte ich in ihre Augen. Und Mia spornte mich an: „Wir müssen weitermachen, mein Engel!"

„Wozu?" fragte ich resigniert, da das Monster sich bereits zwischen Sintijas Schenkel kniete.

„Erinnerst Du Dich an die Handschellen, mit denen wir bei den Rizzos aneinandergefesselt gewesen waren? Wenn wir es schaffen, auseinander zu kommen, kann ich mich vielleicht von den Fesseln befreien."

Es war schwer, mich jetzt noch auf Mia zu konzentrieren, wo ich doch wusste, dass das kleine Monster jeden Moment Sintija vergewaltigen würde. Aber wenn Mia es tatsächlich gelingen konnte, sich zu befreien, dann war das unsere einzige Chance, Sintija noch zu Hilfe zu kommen. Ohne zu zögern verfiel ich mit Mia wieder in unseren schwingenden Tanz. Etwas dabei zu fühlen war fast unmöglich. Und doch fühlten wir etwas, während das unförmige Monster mit seinem ebenso unförmigen Penis bereits brutal in Sintijas kleine Scheide einzudringen versuchte. Ein schmerzhaftes Stöhnen war das erste Lebenszeichen, das Sintija von sich gab, seit ich wieder bei Bewusstsein war.

Ganz langsam bauten Mia und ich unseren Spielraum weiter aus. Mein Penis glitt immer weiter in sie hinein und kam immer weiter wieder heraus, bis er endlich ganz aus ihr herausglitt. Ohne sich mit diesem kleinen Erfolg weiter zu befassen, wand Mia ihre kleine, schmale Hand aus der Lianenschlinge.

Ich hatte keine Ahnung, was sie vorhatte. Mit nur einer befreiten Hand konnte sie die Schlingen an ihren Fußgelenken nicht erreichen. Schließlich zog sie auch ihre zweite Hand aus der Schlinge, sah mich kurz an und flüsterte wie zum Abschied: „Ich liebe Dich, mein Engel!"

Dann ließ sie los. Wir hingen in mindestens sechs oder sieben Meter über der Erde. Als Mia jetzt in die Tiefe stürzte, erwartete ich schon, sie auf dem Waldboden oder dem Monster unter uns aufschlagen zu sehen. Doch sie blieb wie ein Bungee-Jumper kurz über ihm hängen, hangelte sich blitzschnell zu den Schlaufen an ihren Füßen und löste sie. Und erst jetzt ließ sie sich wie eine Wildkatze auf das Nachwuchsmonster hinunterfallen. Sie packte den unförmigen Wilden an den Ohren und zog ihn mit aller Gewalt von Sintija herunter, während die Kleinen staunend, aber tatenlos zusahen. Wenn ich mich nur ebenfalls aus meinen Fesseln hätte befreien können. Aber meine Hände waren nicht so schmal, wie Mias. So sehr ich mich auch bemühte, ich blieb zwischen den Bäumen hängen.

Das Monster schleuderte Mia brutal zurück und ich sah, dass sowohl sein Penis, als auch Sintijas Schenkel voller Blut waren. Doch jetzt kam sie zu sich und erhob sich taumelnd. Sofort überblickte sie die Situation und sah Mia verzweifelt aber aussichtslos gegen das Monster kämpfen.

„Holt die Eisenstange", rief ich verzweifelt nach unten. Die Eisenstange war unsere einzige Waffe, wenn man die kleine Muschelklinge, die ich zum Rasieren benutzte, nicht mitrechnete. Mia hatte noch nicht bemerkt, dass Sintija zu sich gekommen war. Als sie jetzt meinen Zuruf hörte, schlug sie sich sofort in den Wald, um auf der Plattform unseres Baumes die Eisenstange zu holen. Und das Monster wendete sich wieder der noch benommenen Sintija zu. Die schlug mit ihren kleinen Fäusten jetzt ebenfalls auf das Monster ein. Das warf sie aber brutal zu Boden und machte sich noch brutaler wieder über sie her, während die Kleinen in rhythmischem Singsang immer wieder „Ewa ... Ewa ... Ewa ..." riefen. Sintija schrie vor Schmerzen und Pein. Und ich war nicht in der Lage, ihr zu helfen.

Quälend lange Minuten vergewaltigte das Monster Sintija, ohne dass Mia zurückkehrte. Und als sie endlich kam, tat sie das nicht, wie ich erwartet hatte, mit der Eisenstange auf dem Thronplatz, sondern sie kletterte im Schutz der angrenzenden Bäume zu mir, und zerschnitt mit der Muschelklinge zuerst die Fesseln an meinen Füßen und dann an meinen Händen. Die Höhe war mir egal. Ich sprang nach unten, packte das Monster, hob es hoch und schleuderte es gegen den Stamm eines Baumes. Wutschnaubend kam es wieder auf die Beine. Doch bevor es auch nur einen Schritt machen konnte, rammte ich ihm meinen Handballen unter das unförmig verbeulte Kinn und brach ihm das Genick.

Die kleinen Wilden kreischten wieder ohrenbetäubend, wagten aber nicht, einzugreifen und warfen sich plötzlich demütig vor mir in den Staub. Hätte in diesem Moment nicht mein ganzes Interesse Sintija gehört; ich glaube, ich hätte die kleinen Bestien bis zum letzten erschlagen. Mia kniete schon bei Sintija und hielt sie tröstend in ihren Armen. Ich hob Sintija auf meine Arme und trug sie zu unserem Lager. Zuerst wusch Mia ihr in der Wasserstelle unter unserem Baum Blut und Sperma vom Körper und versuchte, die Blutung zu stillen. Doch es hörte lange nicht auf zu bluten. Schließlich brachte ich Sintija nach oben auf unsere Plattform und legte sie auf unser Lager, und Mia legte ihr einen Verband aus Pflanzenfasern an.

„Bitte hilf ihr", flehte ich sie an. Dann zog ich mich sofort zurück. Nach dem, was Sintija eben durchgemacht hatte, war die Gesellschaft eines Mannes sicher das letzte, das sie ertragen konnte. Ich schämte mich dafür, ein Mann zu sein.

Das, was an diesem Tag passiert war, veränderte alles. Ich erkannte, dass ich nicht in der Lage war, Sintija und Mia zu beschützen. Doch in *EDEN one* waren sie auf Schutz angewiesen. Ich erkannte, dass sich nichts geändert hatte. Ich war immer noch der kleine Niemand, der Versager, der ich immer gewesen war. Ich schämte mich vor Mia und mehr noch vor Sintija, die mir all ihre Liebe geschenkt hatte, die mir vertraut hatte und die ich nicht davor hatte bewahren können, von dieser Kreatur auf so brutale und grausame Art vergewaltigt zu werden.

Fieberhaft suchten meine Augen den Boden unserer Plattform ab. Ich hatte einen Entschluss gefasst. Ich würde diese kleinen, wilden Kreaturen auslöschen. Sie würden sich kein neues Monster mehr erschaffen, das Sintija oder Mia Gewalt antun konnte. Es war ein Fehler gewesen, sie so lange zu ignorieren und zu glauben, dass wir friedlich nebeneinander überleben könnten, bis die *POSEIDON* wieder Land erreichte.

„Was suchst Du?" fragte Mia, während sie besorgt zu mir aufblickte.

„Die Eisenstange! Ich erschlage diese Wilden!"

„Das wirst Du nicht tun, mein Engel!" erwiderte Mia ebenso sanft, wie resolut. „Du bist nicht wie sie. Du bist kein Wilder!"

„Du hast den Riesen getötet, ich seinen Nachfolger. Von den Kleinen mussten auch schon welche dran glauben… Ich bin wie sie!"

„Nein. bisher haben wir nur gekämpft, um uns zu verteidigen. Ich lasse nicht zu, dass Du Deine Menschlichkeit verlierst!"

„Sieh sie Dir an", forderte ich Mia aufgebracht auf und deutete dabei auf Sintija. „Sieh Dir an, was sie mit ihr gemacht haben. Glaubst Du, sie hören jetzt auf? … Sie werden sich ein neues Monster züchten, um ihre Rasse am Leben zu erhalten. Beim nächsten Mal bist Du vielleicht dran. Ist es das, was Du willst?"

Ich hatte mich in Rage geredet. Der Schmerz um das, was die Wilden Sintija angetan hatten und meine eigenen Schuldgefühle, weil ich es nicht hatte verhindern können, trieben mir die Tränen in die Augen und ließen einen unbändigen Hass in mir entstehen. So hatte ich in meinem ganzen Leben noch nicht gehasst. Ich wollte sie töten, diese kleinen, hässlichen Bastarde und fragte deshalb mit einer Kälte, die mich selbst frösteln ließ: „Wo ist die Eisenstange?"

Mia sah mich traurig an und antwortete: „Sie ist nicht mehr hier. Ich nehme an, die Wilden haben sie mitgenommen, als sie uns überfallen haben."

Das erklärte, warum Mia nur mit der kleinen Muschelklinge auf den Thronplatz zurückgekehrt war und damit erst mich befreit hatte, anstatt gleich das Monster zu erschlagen, das sich an Sintija vergangen hatte. Ich nickte verstehend und erwiderte: „Dann erschlage ich sie mit bloßen Händen! Keiner von ihnen, egal ob klein oder groß wird jemals wieder Hand an Sintija oder Dich legen."

„Bitte tu es nicht", flehte Mia mich an, als ich mich von der Plattform auf den Boden schwingen wollte. Ich mochte mich selbst nicht so. Doch irgendetwas in mir war zerbrochen und hatte einer Leere und Kälte Platz gemacht, die nach Rache schrie. Ich wendete mich noch einmal zu Mia um, da bat auch Sintija, die noch immer schwach und zitternd auf unserem Lager lag: „Bitte Louis, hör auf Mia!"

Der Anblick Sintijas, deren kleiner, zierlicher Körper auf so grausame Weise missbraucht worden war, tat mir in der Seele weh. Sie lag da, wie ein Häufchen Elend; missbraucht, geschunden und zerbrochen. Und dennoch bat sie mich, diejenigen zu verschonen, die ihr das angetan hatten. In meinem Wahn und in meiner Mordlust, dachte ich mir nur, dass sie noch zu verwirrt war. Trotzdem erkannte ich an, dass Mia und Sintija mich im Moment überstimmt hatten. Ich nickte also den beiden geliebten Mädchen, von denen ich überzeugt war, dass sie mich jetzt wegen meiner Unfähigkeit, sie zu beschützen, hassen würden, zu und erwiderte: „Ich halte Wache."

Damit kletterte ich weiter nach oben in die Bäume und behielt unsere Plattform und den umliegenden Wald im Auge. Wenn die kleinen Bastarde wieder auftauchen sollten, dann wäre ich vorbereitet.

29 REISE IN DIE UNGEWISSHEIT

Tag um Tag, Woche um Woche, hielt ich so Wache und verließ meinen Posten nur, um Mia und Sintija Essen zu bringen. Ich mied die Gesellschaft der beiden wegen meiner eigenen Schuldgefühle ihnen gegenüber und weil ich ein Mann war; die Verkörperung all dessen, was sie meiner Ansicht nach jetzt hassen mussten; vor allem Sintija. Doch nach einer Weile kam Mia zu mir in mein erhöhtes Lager in einer Astgabel geklettert und fragte mich vorwurfsvoll: „Was glaubst Du eigentlich, was Du tust?"

Ich verstand die Frage nicht, schüttelte den Kopf und antwortete: „Ich wache über Euch, damit nie wieder so etwas passiert, wie … wann? Wie lange ist das jetzt schon her?"

„Drei Wochen, mein Engel; drei Wochen, in denen Du uns meidest, wie die Pest. Du …"

„Ich meide Euch nicht. Ich will Euch nur nicht zu nahe treten und …"

„Sintija glaubt, dass Du sie wegen diesem Vorfall nicht mehr liebst. Sie gibt sich die Schuld an allem."

Ich starrte Mia verständnislos an und erwiderte: „Ich dachte, sie könnte mich nicht mehr lieben."

„Sie liebt Dich über alles, mein Engel. Und sie braucht Dich jetzt mehr, denn je."

Mia zögerte einen Augenblick, dann gestand sie mir: „Sintija ist schwanger. Und sie wird durch die inneren Verletzungen, die das Monster ihr zugefügt hat, immer schwächer."

„Kannst Du ihr nicht helfen?"

„Womit denn? Ich habe keine Instrumente, ich habe keine Medikamente; ich kann noch nicht einmal irgendetwas aus Pflanzenextrakten verwenden, weil ich die Pflanzen hier und ihre Wirkungen nicht kenne und einschätzen kann."

„Wir müssen doch irgend etwas tun können."

„Als erstes könntest Du ihr zeigen, dass Du sie noch liebst."

„Ich bin ein Mann, ein Vertreter der Gattung, die ihr das angetan hat. Sie wird …"

„Glaubst Du wirklich, Sintija oder ich könnten nicht unterscheiden? Glaubst Du wirklich, eine von uns würde Dir die Schuld an dem geben, was passiert ist? Glaubst Du wirklich, sie oder ich könnten Dich jemals hassen?… Vertraust Du unserer Liebe so wenig?"

Mia beschämte mich mit dem Vorwurf, den ihre Frage enthielt. Ich sah ihr traurig in die Augen und erwiderte: „Ich glaube nicht an mich, vor allem nicht mehr, seit passiert ist, was passiert ist."

„Wir sind alles, was wir haben, mein Engel, Sintija, Du und ich. Jeder von uns zweifelt an sich selbst. Aber keiner von uns hat das Recht, an der Liebe der anderen zu zweifeln!"

Erst jetzt erkannte ich, wie sehr auch Mia verletzt war und wie sehr auch sie darunter litt, dass ich mich seit Sintijas Vergewaltigung zurückgezogen und distanziert hatte. Sie war seit dieser Zeit voll und ganz in der Pflege Sintijas aufgegangen. Darauf hatte sich ihr ganzes Denken und Fühlen konzentriert, während ich nur aus der Ferne über die beiden gewacht hatte. Jetzt war Mia an einem Punkt, an dem ihre medizinischen Fähigkeiten nicht mehr ausreichten. Sintija lebte, sie war schwanger; schwanger von diesem durch giftige Baumdornen deformierten Wilden; und sie hatte innere Verletzungen, die Mia hier nicht versorgen konnte.

„Könntest Du ihr helfen, wenn wir in den Bugturm kommen würden?" grübelte ich, während ich mit Mia zu Sintija hinunterkletterte.

„Ich weiß es nicht; aber auf jeden Fall eher, als hier."

Ein paar Augenblicke später standen wir an Sintijas Lager. Sie sah elend aus; eingefallen, mit fahler Gesichtsfarbe und glasigen Augen. Als sie mich erblickte, lächelte sie mich glücklich an. Doch ihr Lächeln machte sofort einer großen Traurigkeit Platz und sie flüsterte schwach: „Es tut mir leid, mein geliebter Louis; es tut mir so leid, dass ein anderer Mann, oder was auch immer er war, sich genommen hat, was nur Dir gehört."

„Sprich jetzt nicht, mein Liebling. Du musst Dich schonen."

„Ich habe mich geschont, seit es passiert ist. Aber ich werde immer schwächer. Mia hat alles versucht. Aber sie kann mir nicht mehr helfen. Ich sterbe, Louis!"

„Noch habe ich Dich nicht aufgegeben, Sintija", schaltete sich da Mia energisch ein. „Du wirst nicht sterben! Du wirst kämpfen und Du wirst leben. Hörst Du?"

Sintija zwang sich zu einem Lächeln und antwortete schwach: „Ja, ich höre Dich, meine wunderschöne Schwester."

Tränen sammelten sich in ihren Augen und kullerten über ihre Wangen. Dann fügte sie ganz leise hinzu: „Du musst Dich um Louis kümmern, wenn ich nicht mehr bin! Und Du …", dabei wendete sie sich an mich. Weiter kam sie aber nicht, denn ich packte sie bei den Schultern, sah ihr mit ebenfalls feuchten Augen in ihre Augen und unterbrach sie ganz energisch mit den Worten: „Du wirst nicht sterben, Sintija! Mia hat's Dir schon gesagt. Und ich lasse es ebenfalls nicht zu."

Sintija lächelte mich liebevoll an und ein neuer Tränenstrom rann über ihre eingefallenen Wangen, während sie mir sanft über meine Wange strich.

Verzeih mir, dass ich nicht bei Dir war, mein Engel.
Jetzt bist Du da!

Ich schlang meine Arme um Sintija, drückte sie an meine Brust und hielt sie, bis sie eingeschlafen war. Dann legte ich sie wieder vorsichtig auf ihr Lager und wendete mich an Mia.

„Warum hast Du mich nicht früher geholt?" fragte ich sie voller unausgesprochener Angst um Sintija.

„Sintija wollte es nicht."

Ich verstand. Und die Erkenntnis, dass nicht einmal die größte und reinste Liebe vor Missverständnissen schützt, machte mich sehr traurig. Ich hatte gedacht, dass Sintija und Mia mich nicht sehen wollten; und Sintija hatte gedacht, dass ich sie wegen einer Vergewaltigung, deren Opfer sie gewesen war, nicht mehr lieben könnte. Warum fällt es Menschen nur so schwer, miteinander zu reden?

Lange betrachtete ich grübelnd Mia. Sie erwiderte meinen Blick ebenso nachdenklich und fragte schließlich: „Was hast Du vor, mein Engel?"

„Als erstes hole ich unsere Eisenstange zurück!"

„Und dann?"

„Dann bauen wir uns eine Ballista und schießen die Stange durch das verdammte Glasdach!"

Mia dachte einen Augenblick lang nach, dann erwiderte sie: „Ich komme mit."

„Und wer passt auf Sintija auf?"

„Du hast uns gut beschützt, während der letzten Wochen. Wenn die kleinen Scheißer in unserer Nähe wären, dann hättest Du sie bemerkt!"

„Ja, das hätte ich."

Ich küsste Sintija sanft auf die Stirn; dann begab ich mich mit Mia zu der Höhle der kleinen Wilden. Bewaffnet mit einem langen, dicken Ast und einer Fackel drangen wir langsam und vorsichtig in die Behausung der Wilden ein. Ein ekelhafter Gestank, der den im Wald noch bei Weitem übertraf und uns Übelkeit bescherte, drang uns aus der Tiefe entgegen. Lautlos setzten wir einen Fuß vor den anderen. Die Fackel warf ihr flackerndes Licht auf die Wände des engen, durch die Wurzeln der Baumriesen gegrabenen Tunnels. Und aus der Finsternis vor uns, von dort, wohin das Licht der Fackel nicht reichte, hörten wir ein unheimliches Getuschel und Gemurmel, das mich an die Geister der *POSEIDON* erinnerte. Meine Fäuste schlossen sich fester um die Holzstange, mit der ich die Eisenstange zurückerobern wollte, die die Wilden uns gestohlen hatten. Doch mir wurde sehr schnell bewusst, dass ich in diesem engen Gang zu wenig Bewegungsfreiheit gehabt hätte, um den krummen Stab wirkungsvoll als Waffe einsetzen zu können. Mia ging hinter mir und leuchtete mit der Fackel.

Nach einer Weile, in der die Geräusche vor uns immer noch nicht näher gekommen waren, stellte sie nachdenklich fest: „Sie weichen vor uns zurück."

Und als ich darauf nichts erwiderte, fügte sie noch hinzu: „Hoffentlich locken sie uns nicht in eine Falle."

Gewarnt durch Mias Überlegung blieb ich stehen und wandte mich zu ihr um.

„Sollen wir wieder umkehren?" fragte ich mit mehr Sorge um Mia, als um mich selbst. Mia blickte mir fragend in die Augen und stellte die Gegenfrage: „Wir brauchen die Eisenstange, oder?"

„Sie ist unsere einzige Chance, durch die Glaskuppel zu kommen. Und sie ist unsere beste Verteidigung."

„Dann gehen wir weiter!"

Ich war froh, dass Mia mir diese Entscheidung abgenommen hatte. Das Bewusstsein, sie und auch Sintija schon wieder in Gefahr zu wissen, ließ mein Herz schneller schlagen. Ich durfte nicht versagen; nicht dieses Mal. Meine Hände waren feucht. Es ist schwer zu schätzen, wie weit und tief der Tunnel der kleinen Wilden durch den Waldboden führte. Aber ich denke, dass es mindestens fünfzig Meter gewesen sein müssen, die Mia und ich dem engen und niedrigen Gang folgten, bis wir in eine fast kreisrunde Höhle mit einem Durchmesser von fünf bis sechs Metern gelangten. Von den Wilden war keiner zu sehen. Doch zwei weitere Tunnel mündeten in diese Höhle, in deren Mittelpunkt unsere Eisenstange wie eine heilige Reliquie im Boden steckte. Ich zögerte und Mia klammerte sich furchtsam an meinen Arm und flüsterte: „Das ist ganz sicher eine Falle!"

Aufmerksam musterte ich die Höhle. Ich konnte nichts erkennen, was eine Falle auslösen würde, wenn ich die Eisenstange an mich nähme. Doch das lauter werdende Getuschel aus den Gängen, und zwar auch aus dem, aus dem wir gekommen waren, machte sehr deutlich, dass wir bereits in der Falle saßen. Und zu allem Überfluss teilte Mia mir besorgt mit: „Die Fackel geht gleich aus, mein Engel!"

Ohne länger zu überlegen, sprang ich in die Mitte der Höhle und griff nach der Eisenstange. Doch ich konnte sie nicht aus dem Boden ziehen. Sie war wie einbetoniert. Im selben Moment dröhnte aus den drei sich hier treffenden Gängen das schrille Kreischen der Wilden, das in diesem Raum so sehr anschwoll, dass es uns in den Ohren schmerzte. Ich riss mit aller Gewalt an der Eisenstange und warf mich mit meinem ganzen Gewicht dagegen. Die Fackel flackerte ein letztes Mal auf und erlosch. Ich hörte, wie sie zu Boden fiel und rief Mia in der Finsternis zu, sich zu Boden zu werfen. Meine Augen gewöhnten sich schnell an die Dunkelheit. Und da sah ich sie; unheimliche, phosphoreszierende Augen, die aus allen Richtungen auf uns zukamen und uns umringten.

„Bist Du unten?" fragte ich flüsternd. Und Mia antwortete mir sofort: „Ja."

Im Gang wäre es zu eng gewesen. Doch hier hatte ich genug Platz, um den Stab einsetzen zu können. Ich wirbelte um die Eisenstange herum und der Stab wirbelte um mich herum, bis das letzte Licht der unheimlich glühenden Augen erloschen war.

„Mia?" fragte ich sofort in die mich umhüllende Dunkelheit, „bist Du in Ordnung?"

„Ja, mein Engel."

Ich spürte Mias Hand nach mir tasten und half ihr auf die Füße. Doch auch mit gemeinsamer Kraftanstrengung gelang es uns nicht, den Eisenstab aus der Erde zu ziehen. Die sich wieder nähernden Geräusche aus den Tunneln zeigten uns an, dass ich die meisten der Wilden wohl nur in die Flucht geschlagen hatte. Jetzt hatten sie sich anscheinend wieder neu formiert und kamen zurück.

„Schnell, wir müssen raus", flüsterte ich Mia zu, nahm ihre Hand und zog sie in der Dunkelheit hinter mir her in den Gang, von dem ich hoffte, dass es derjenige wäre, durch den wir in die Höhle gelangt waren. Vor uns tauchten einige der Wilden auf. Ohne Mias Hand loszulassen, wehrte ich sie in der Dunkelheit ab und drängte sie zurück. Zum Glück konnten sie in den engen Gängen ihre Keulen ebenso wenig einsetzen, wie ich meinen Stab. Zu meiner Enttäuschung kamen wir aber nicht zu dem erhofften Ausgang, sondern zu einer weiteren, noch größeren Höhle, die aber durch ein großes, rundes Loch in der Mitte der Decke erhellt wurde. Auf stinkenden Lagern aus fauligen Blättern und Gräsern lagen im Hintergrund der Höhle drei Nachwuchsmonster, die noch nicht ganz die Größe dessen erreicht hatten, der Sintija vergewaltigt hatte. Die kleinen Wilden bauten sich drohend vor den dreien auf und Mia stellte überrascht fest: „Sie wollen sie verteidigen. Sie glauben anscheinend, dass wir hier sind, um ihre ... was auch immer, zu töten."

„Damit könnten sie recht haben", erwiderte ich grimmig. Ich hatte mich bereit erklärt, die Kleinen am Leben zu lassen. Aber wenn die sich neue Monster züchteten, damit die über Mia und Sintija herfallen sollten, dann wollte ich nicht abwarten, bis es dazu kommen würde. Ich machte einen Schritt auf die vier Kleinen zu, die die Monster beschützen wollten. In der Stimmung, in der ich war, wäre es mir ein leichtes gewesen, ihre Mauer zu durchbrechen, um die Monster zu töten. Aber Mia hielt mich am Arm zurück und bat mich: „Tu es nicht, mein Engel. Bitte lass uns gehen."

Ich sah sie verwirrt und fragend an und Mia erklärte mir: „Wenn wir ihnen zeigen, dass wir ihnen nichts tun, dann lassen sie uns vielleicht auch in Frieden."

„Glaubst Du, die Monster, die sie sich hier züchten, sehen das auch so?"

„Ich will keinen Krieg führen. Ich will nur Sintija retten!"

Das wollte ich auch. Die kleinen, nackten Wilden, in denen es schwer war, eine menschliche Abstammung zu erkennen, sahen mich ebenso furchtsam an, wie sie bereit schienen, die drei zukünftigen Monster, die mit aufgeplatzten und blutigen Beulen stöhnend auf ihren Lagern lagen, mit ihrem Leben zu beschützen. Nach kurzem Zögern senkte ich meinen zum Schlag erhobenen Stab. Doch ich drohte den Wilden, die mich ohnehin nicht verstanden, zum Abschied: „Wenn ihr uns noch ein einziges Mal zu nahe kommt, dann werdet ihr euch wünschen, niemals aus dem Bauch eurer Eva gekrochen zu sein."

„Ewa!" antwortete der erste von ihnen und streckte beide Hände in die Luft. Und „Ewa, Ewa …" wiederholten die anderen und ahmten die Geste nach. Mia und ich sahen uns kurz fragend an. Doch da sich aus dem Gang hinter uns die Geräusche weiterer Wilder näherten, wollten wir nicht länger abwarten. An der Wurzel, die durch das Loch in die Höhle eine natürliche Leiter nach draußen bildete, kletterten wir nach oben und begaben uns unverrichteter Dinge zurück zu Sintija. Sie schlief noch immer.

„Was sollen wir jetzt nur tun?" fragte ich niedergeschlagen. Und Mia antwortete ebenso bedrückt: „Ich weiß es nicht."

Zärtlich zog ich sie in meine Arme. Und so standen wir lange, schweigend und uns gegenseitig haltend da und überlegten, was wir tun konnten, um Sintija zu retten. Warum nur hatte die POSEIDON noch kein Land erreicht? Mia hatte als erste von uns einen Gedanken, den es sich auszusprechen lohnte, denn sie sagte irgendwann: „Am wichtigsten ist im Moment, dass Sintija Deine Liebe spürt. Das ist das einzige, das ihr genug Lebenswillen geben kann, damit sie selbst wieder kämpft."

„Unsere Liebe!" korrigierte ich Mia. Doch sie widersprach mir, indem sie sagte: „Sie musste niemals befürchten, meine verloren zu haben."

Sintija hatte meine Liebe niemals verloren. Ihre Befürchtung war unbegründet gewesen; so unbegründet wie meine Befürchtung, ihre Liebe verloren zu haben. Mia hatte Recht: Ich musste Sintija meine Liebe nicht versichern und nicht demonstrieren; ich musste sie sie spüren lassen!

Während der nächsten Wochen wich ich kaum noch von Sintijas Seite. Mia und ich hegten und pflegten sie mit all unserer Liebe. Langsam wurde ihr Bauch dicker. Aber sie erholte sich. Ihr Gesicht bekam wieder Farbe und war auch nicht mehr so eingefallen, obwohl sie noch immer über Schmerzen im Unterleib klagte.

Mia hatte in dieser Zeit begonnen, die Wirkstoffe der Pflanzen zu erforschen. Sie hatte Blätter und Wurzeln zerstoßen und zu Brei zermahlen und am Anfang sich selbst kleine Wunden, Kratzer nur, zugefügt, auf die sie diese Pasten dann verstrichen hatte, um eine mögliche heilende Wirkung festzustellen. Doch als ich sah, was sie tat, bestand ich darauf, dass sie ihre Pasten und Cremes an mir ausprobierte. Ein paar kleine Kratzer taten mir nicht weh; und Mia wurde dadurch nicht in ihrer Forschung beeinträchtigt. Zur Behandlung äußerer Wunden taugte nichts von alledem, was wir versuchten. Doch da wir gelernt hatten, trotz der hohen Luftfeuchtigkeit, die sich überall in *EDEN one* niederschlug, Feuer zu machen, braute Mia auch Tees, die ich in kleinen Dosen versuchte. In unserer Not (wir hatten schließlich keine metallenen Töpfe, die wir über dem Feuer hätten erwärmen können, sondern nur Behältnisse aus Holz) griffen wir auf andere Möglichkeiten zurück, von denen wir gehört hatten und die wir uns ins Gedächtnis riefen. Wir warfen glühende Steine in die mit Wasser oder Sud gefüllten Behältnisse.

Einer dieser Tees hatte eine eigenartig berauschende Wirkung auf mich. Aber während der Zeit, in der es sich nach einem Rausch anfühlte, verheilten alle noch offenen Kratzer, von denen einer durch die Salbe, die Mia darauf verrieben hatte, sogar entzündet war. Andere Nebenwirkungen konnten wir nicht feststellen. Und da Sintijas Schmerzen im Unterleib noch nicht vergangen waren und sie anscheinend immer noch innerlich blutete, gab Mia ihr diesen Tee zu trinken. Natürlich hatten wir vorher abgewogen, welche Wirkung der Tee auf das ungeborene Baby haben konnte. Aber oberste Priorität hatte für Mia und mich das Überleben Sintijas. Und auch Sintija selbst stand dem, was in ihrem Bauch heranwuchs, mit mehr Skepsis als Liebe gegenüber. Sie hatte furchtbare Angst, dass ihr Baby ein unförmiges Monster werden würde. Nachdem sie einige Tage lang den Tee getrunken hatte, gingen ihre Schmerzen merklich zurück. Sie klagte nur noch mehr über Übelkeit als sie es zuvor schon getan hatte.

Aus Wochen wurden Monate. Von den Wilden und ihren selbst erschaffenen Monstern hörten und sahen wir nichts. Mia hatte die Theorie aufgestellt, dass die Monster so etwas wie Priester für die Wilden waren; dazu ausersehen, ihr Volk am Leben zu erhalten. Sie waren es gewesen, die die ursprüngliche Eva geschwängert hatten, so lange ihr Körper in der Lage gewesen war, Kinder zu gebären. Darum blieb ich in ständiger Alarmbereitschaft. Wenn die Wilden nicht nur in Sintija, sondern auch in Mia eine Reinkarnation ihrer ‚Ewa' sahen, dann konnten sie jederzeit wieder einen Überfall auf uns verüben, unabhängig davon, wie weit Sintijas Schwangerschaft fortgeschritten war. Deshalb hatte ich auch bald schon begonnen, Waffen herzustellen; Speere und Keulen mit Stein- und Muschelspitzen. Ursprünglich hatte ich vorgehabt, mir Pfeil und Bogen zu bauen. Doch in ganz *EDEN one* schien es keinen einzigen Baum oder Strauch zu geben, dessen Äste auch nur halbwegs so gerade wuchsen, dass ich sie als Pfeile hätte verwenden können.

Sex hatte ich während der Wochen und Monate, die wir so in Hoffnung und Ungewissheit verbrachten, weder mit Sintija, noch mit Mia. Sintija war schwanger. Und selbst wenn sie es nicht gewesen wäre und keine Schmerzen gehabt hätte, hätte ich nach ihrer Vergewaltigung nicht gewagt, sie von mir aus zu irgendeiner sexuellen Handlung zu drängen. Und nach Mias und meiner peinlichen Sexpanne, die es uns unmöglich gemacht hatte, uns während des Überfalls der kleinen Wilden gegen diese zu verteidigen, wagten auch wir nicht, uns erneut einer solchen Gefahr auszusetzen, solange wir davon ausgehen mussten, dass die Wilden eine Gefahr für uns darstellen würden.

Wir hatten die Hoffnung, dass die *POSEIDON* irgendwann Land erreicht, schon fast aufgegeben. Und als Sintijas Zustand wieder stabil war, trat ein Zustand zwischen Routine und Resignation ein. Alles, was uns aufrecht hielt, war unsere gegenseitige Liebe und vor allem die Sorge um Sintija, deren Bauch immer größer wurde. Ich glaube, es war im sechsten Monat ihrer Schwangerschaft, als Mia mir besorgt zuflüsterte: „Ich habe noch niemals einen so dicken Babybauch gesehen. Wenn das, was da drin ist, noch weiter wächst, wird Sintija die Geburt nicht überleben."

Wir sprachen mit Sintija. Mia hatte genug Ahnung von einer Geburt, dass sie sich unter normalen Umständen zutraute, einen Kaiserschnitt zu machen. Es war keine normale Situation. Trotzdem fragte sie Sintija, ob sie deren Bauch aufschneiden sollte, um das Baby herauszuholen. Mir wurde allein schon von der Vorstellung flau im Magen. Ich wäre bei dieser Operation also sicher keine große Hilfe gewesen. Aber dazu kam es nicht, denn Sintija hatte trotz aller widriger Umstände begonnen, Muttergefühle für ihr Baby zu entwickeln. Sie fragte Mia, ob es überleben würde, wenn es jetzt schon aus ihr herausgeholt werden würde.

„Wahrscheinlich nicht", antwortete Mia, „aber Du hättest eine Chance!"

Sintija lehnte diesen Vorschlag ab. Trotz der Schmerzen, die das Baby ihr bereitete und trotz der immer größer werdenden Gewissheit, dass sie selbst die Geburt nicht überleben würde, sagte sie: „Ich kann es nicht töten!"

Mia und ich ließen Sintija nicht mehr aus den Augen. Ihr Bauch wurde so prall, dass er zu platzen drohte. Und sie konnte kaum noch atmen. Wir waren in ständiger Sorge, dass Sintijas Körper schon vor der Geburt ihres Babys schlapp machen würde.

Es war erst am Anfang des achten Monats, als Sintijas Fruchtblase platzte. Ich war so konfus und zappelig, dass ich Mia wahrscheinlich mehr im Weg stand, als ich ihr helfen konnte. Es dauerte eine ganze Nacht lang, bis Mia endlich sagte: „Es kommt!"

Und dann zog sie ein winziges Baby aus Sintija heraus. Und als wir noch stutzten, wie so ein kleines Würmchen einen so großen Bauch verursachen konnte, schrie Sintija plötzlich unter Schmerzen auf und in einem Schwall aus Blut und Fruchtwasser wurden noch zwölf weitere so kleine Wesen aus ihr herausgespült. Ich taumelte und war kurz davor, das Bewusstsein zu verlieren. Doch Mia rief mir zu, dass ich Sintija halten und ihr Tee einflößen sollte. Und während ich tat, was sie mir aufgetragen hatte, kümmerte sie sich um die Babys. Dreizehn Babys, aber keines davon gab ein Lebenszeichen von sich. Und ich wusste nicht, ob Sintija selbst noch atmete.

„Ich glaube, sie ist tot", rief ich Mia in Panik zu. Doch Mia konnte mir nicht helfen. Sie war dabei, die Nabelschnüre der kleinen, hässlichen Babys zu durchschneiden, um sie von Mia zu trennen. Sie trug mir auf, Mund zu Mund Beatmung zu machen. Und das tat ich dann auch, so gut ich konnte, bis Sintija zu husten begann. Immerhin atmete sie wieder, wenn auch nur ganz schwach. Aber sie kam nicht zu sich. Ich bekam selbst nur schemenhaft mit, was Mia machte. Aber schließlich hatte sie alle Nabelschnüre durchtrennt und untersuchte jedes einzelne der Babys, nur um voller Verzweiflung festzustellen oder zu vermuten, das keines von ihnen je gelebt hatte. In Sintija waren dreizehn Leichen herangewachsen.

Ich machte Wasser warm und half Mia damit, unsere Plattform von dem Blut zu reinigen. Und während wir noch damit beschäftigt waren, tauchte ein einzelner der kleinen Wilden auf. Er kündigte sich mit dem Ruf „Ewa", an, den er immer wieder wiederholte, und zeigte uns zum Zeichen seiner friedlichen Absicht seine geöffneten Handflächen. Wir ließen ihn unsere Plattform betreten. Und während ich den uns umgebenden Wald aufmerksam beobachtete, damit uns nicht plötzlich weitere dieser Wilden überraschen konnten, besah er sich die leblosen Babys. Wie ein Priester zum Gebet hob er seine Hände und ließ sie über den kleinen Leichen ruhen. Dann nahm er eine von ihnen und hob sie mit geheimnisvollem Gemurmel über seinen Kopf.

„Was hat er vor?" fragte ich flüsternd Mia. Die schüttelte zum Zeichen dafür, dass sie es nicht wusste, nur den Kopf. In dem Moment begann der Wilde sein ohrenbetäubendes Kreischen, das von überall aus dem Wald um uns herum beantwortet wurde. Unwillkürlich nahm ich eine meiner Keulen in die Hand. Und das keinen Augenblick zu früh. Der Wilde versuchte plötzlich, Sintijas totes Baby, das er noch hoch über seinem Kopf hielt, in die Tiefe zu werfen. Ich entriss ihm das Baby und schlug ihn mit der Keule von der Plattform. Da sprangen aber auch schon die übrigen Wilden aus den Bäumen ringsum auf unsere Plattform. Ich rief Mia zu, Sintija zu beschützen und stürzte mich auf unsere Angreifer. Wie ein Berserker stand ich vor den beiden Mädchen und den Leichen der Babys und fegte die kleinen, nackten Wilden, die keulenschwingend auf mich eindrangen, von der Plattform. Die letzten beiden ergriffen schließlich die Flucht. Doch da sah ich, dass die drei von ihnen gezüchteten Monster, die fast schon die Größe des von Mia getöteten erreicht hatten, auf den Baum kletterten, auf dem wir unsere Plattform errichtet hatten. Ich bereitete mich gut vor und tauschte die Keule in meiner Hand gegen einen langen, krummen Stab, an dessen Enden ich viele kleine Muschelklingen angebracht hatte. Jetzt bewährte sich meine Voraussicht. Es war gut gewesen, sich gegen einen Angriff zu rüsten. Dem ersten Monster, das über die Kante der Plattform zu klettern versuchte, zog ich den Stab mit seinen rasiermesserscharfen Klingen über das unförmige Gesicht. Blutfontänen spritzten daraus hervor.

Das Monster stürzte ohne einen Laut in die Tiefe, schlug auf dem Waldboden aber mit dem deutlichen, knackenden Geräusch brechender Knochen auf. Ich hatte ihm einen Moment zu lange hinterher gesehen, denn das zweite Monster hatte die Plattform inzwischen erklommen. Aufgeschreckt durch Mias Warnruf fuhr ich herum und entging so gerade noch dem ersten Ansturm dieser monströsen Kreatur. Sie packte meinen Stab und zerbrach ihn wie eine rohe Spaghetti. Also standen wir uns unbewaffnet gegenüber. Und das dritte Monster erklomm die Plattform und bewegte sich zielstrebig auf Mia und Sintija zu. Ich hatte keine Zeit zu verlieren. Während ich noch aus den Augenwinkeln beobachtete, dass Mia sich erhob und mit einer Keule bewaffnet furchtlos dem dritten Monster entgegentrat, sprang ich meinen Gegner schon an. Mein Ansturm konnte ihn kaum erschüttern. Er schien schwer wie eine aus Blei gegossene Statue zu sein und fest wie ein Felsen zu stehen. Aber er war langsam. Ich unterlief seinen Arm, mit dem er mich von der Plattform zu schleudern versuchte, umklammerte seine Hüfte und hob ihn trotz seines Gewichtes auf meine Schultern. Und dann ließ ich ihn über die Kante der Plattform in die Tiefe fallen. Diesmal blickte ich meinem Gegner nicht hinterher. Ich wendete mich sofort um und sprang dem letzten Monster, das Mias Handgelenke mit nur einer Faust umklammert hielt, von hinten in die Kniekehlen. Es stürzte und ließ Mia im Fallen los. Mia bückte sich sofort nach der am Boden liegenden Keule, hob sie auf und warf sie mir zu. Und im Schwung der Bewegung, in der ich die Keule auffing, schlug ich zu.

Wir hatten gewonnen. Doch plötzlich brach ich zusammen. Ich glaubte, ich hätte einen Schlaganfall, als ich wie vom Blitz getroffen in die Knie ging. Benommen und verwirrt öffnete ich meine Augen und sah die nackten Gestalten von zwei Mädchen vor mir. Ich sah sie nur von hinten und dachte mir im ersten Moment, dass Sintija wieder erwacht wäre. Doch keines der beiden Mädchen, die ich nur sehr verschwommen wahrnahm, hatte die blonden Haare Mias. Ich fasste mir an die Stirn. Und da wendeten die beiden Mädchen sich zu mir um. Es waren Sintija und Melani. Jetzt konnte ich sie deutlich sehen. Sie standen auf dem Strand, auf dem ich in Träumen oder Visionen schon mit Melani gewesen war. Und sie lächelten mich sanft an.

Hab keine Furcht, mein Engel, sagte Melani voller Liebe und Zärtlichkeit in ihrer Stimme, ohne dabei aber ihren Mund zu öffnen. *Sintija hat jetzt keine Schmerzen mehr.*

Ich wollte auf die beiden zueilen, kam aber nicht vom Fleck. Sintija streckte mir ihre kleinen Hände entgegen und bat mich ebenfalls stumm: *Bitte verzeih mir, mein Geliebter. Ich wollte für immer bei Dir sein; ich wollte mein Leben mit Dir teilen. Aber jetzt bin ich Dir vorausgeeilt und muss mit Melani auf Mia und Dich warten. Bitte seid nicht traurig.*

Ich wollte schreien, konnte es aber nicht; nicht einmal stumm. Selbst die

Gedanken, die meinen Schmerz hinausbrüllen wollten, schienen gelähmt zu sein. Es hätte noch so vieles gegeben, was ich Melani und Sintija hätte fragen wollen. Doch ich konnte es nicht. Das Bild; die Vision von den beiden löste sich so schnell wieder auf, wie sie entstanden war.

Als ich mich benommen am Boden unserer Plattform neben der Leiche des erschlagenen Monsters wieder fand, trafen sich für einen winzigen Moment Mias und meine Augen. Ich konnte in ihrem Blick sehen, dass sie gesehen hatte, was ich gesehen hatte. Im nächsten Moment knieten wir schon bei Sintija. Aus ihren während der Schwangerschaft groß und prall gewordenen Brüsten floss noch Milch. Doch sie war tot!

Poseidon hatte gewonnen, denn diesmal war es mir nicht möglich, Sintija zurückzuholen. Geduldig hatte der grausame und rachsüchtige Gott darauf gewartet, mir mein Herz aus der Brust zu reißen.

Zwei Tage lang kauerte ich auf der Plattform und wiegte Sintija in meinen Armen. Auch Mia bewegte sich nicht weg. Vom Weinen waren unsere Augen gerötet. Unsere Hälse schmerzten und unsere Stimmen waren heiser, als wir uns dann aufgrund des immer unerträglicher werdenden Gestanks dazu durchrangen, Sintija, ihre Babys und die Leichen der kleinen Wilden und der Monster zu begraben.

Für Sintija fanden wir einen schönen Platz, nicht weit von unserer Plattform. Wir hätten sie lieber dem Meer übergeben, als sie hier zu beerdigen. Aber das konnten wir nicht. Ihre Babys, die ich nicht auf der anderen Seite gesehen hatte, begruben wir in ihrer Nähe. Und die Leichen unserer Feinde schafften wir so weit wie möglich weg, um sie zu beerdigen.

Wenn ich es richtig mitbekommen hatte, dann waren jetzt nur noch zwei der kleinen Wilden übrig. Die Wahrscheinlichkeit, dass die uns noch gefährlich werden würden, war sehr gering. Trotzdem waren wir auch weiterhin für mögliche Überfälle gerüstet.

Mia und ich sprachen in der nächsten Zeit nicht viel miteinander. Keiner von uns wusste, was er sagen sollte, oder wie er dem anderen Trost hätte spenden können. Doch wir lagen uns oft stundenlang schweigend in den Armen und hielten uns weinend aneinander fest. Melanis Tod war schon kaum zu ertragen gewesen. Jetzt auch noch Sintija; das war einfach zuviel. Wir hatten keine Reserven mehr, aus denen wir noch hätten zehren können. Alles schien dunkel, sinnlos und leer zu sein. Wir waren allein. Aber wir hatten noch uns. Wir hatten nur noch uns. Und wieder einmal machte ich mir Vorwürfe. Ich musste mir eingestehen, dass ich meine Liebe zu Sintija noch über die zu Melani und Mia gestellt hatte. Doch Sintija war jetzt tot; und Mia lebte.

Mia ließ mich an ihrer Brust ebenso weinen, wie ich sie an meiner. Wir verstanden uns stumm und teilten unseren Schmerz. Jeden Tag saßen wir an Sintijas Grab. Aber weder sie noch Melani erschien uns in Visionen. Und unsere Träume von den beiden waren auch nichts anderes, als Träume.

Irgendwann, als Mia und ich wieder einmal an Sintijas Grab saßen und es mit Blumen schmückten, meinte Mia mit einem tiefen Seufzer: „Das einzig Tröstliche ist das Wissen, dass wir sie dort drüben, auf der anderen Seite wieder sehen; und dass es ihnen gut geht und sie über uns wachen."

Und dann begann sie wieder schluchzend zu weinen und ich nahm sie tröstend in meine Arme. Ich hatte zu dieser Zeit keine Tränen mehr.

30 DAS UNFASSBARE

Mehrere Monate verbrachten Mia und ich so noch in einer nicht enden wollenden Trauer. Und während in meinem Kopf schon der Gedanke Gestalt anzunehmen begann, diesem Dasein ein Ende zu bereiten, geschah es plötzlich: Mia und ich schreckten gleichzeitig aus dem Schlaf und lauschten angespannt in die Stille des Urwaldes. Es dauerte einen Moment, bis ich die Ursache dessen erkannte, das uns geweckt hatte. Mia sah mich fragend an und ich sagte beinahe ehrfürchtig flüsternd, um die Stille nicht zu stören: „Die Motoren stehen."

Die *POSEIDON* hatte ihre Fahrt beendet. Und während wir uns noch furchtsam aneinanderklammerten, wie zwei Kinder, die sich im Wald verirrt hatten, ertönte eine Lautsprecheransage, die sagte: „Projekt *EDEN one* ist abgeschlossen."

Und aus der Richtung der Schleuse hörten wir ein mechanisches Geräusch.

„Die Tür", sagte ich aufgeregt und kletterte mit Mia sofort von unserer Plattform, um uns davon zu überzeugen, ob sie sich wirklich, so wie wir es schon so lange erhofften, geöffnet hatte.

Die Schleuse stand offen. Nach so langer Zeit war es uns endlich möglich, *EDEN one* zu verlassen. Und dennoch zögerten wir, durch die geöffnete Tür zu treten.

Was, wenn es nur ein Traum ist? fragte ich mich. *Oder ein Test? Was, wenn jenseits dieser Tür nur neues Unheil und neuer Schmerz auf uns warten?*

Mia drückte meine Hand ein wenig fester und ich hörte sie in meinem Kopf antworten: *Wir werden es nur erfahren, wenn wir sie durchschreiten.*

Sie hatte Recht. Zu lange waren wir in diesem missglückten, verfaulenden und stinkenden Paradies Professor Ullbrichs gefangen gewesen. Wenn es nur den Hauch einer Chance gab, ihm endlich entkommen zu können, dann durften wir nicht zögern, diese Chance zu ergreifen. Und dennoch traten wir fast ehrfürchtig in die Schleuse und dachten dabei wehmütig an Sintija. Sie hatte mehr, als wir gehofft, in *EDEN one* Antworten zu finden. Doch alles, was sie gefunden hatte, war der Tod gewesen.

So lange hatte ich nicht mehr geweint. Doch das Bewusstsein, *EDEN one* ohne Sintija zu verlassen, trieb mir heiße Tränen in die Augen. Mia verstand meinen Schmerz und teilte ihn mit mir.

Nackt, schmutzig und mit Keulen bewaffnet stiegen Mia und ich die Stufen im Bugturm bis auf die Ebene des Decks hinauf. Nach all der Zeit, die wir wie Wilde in einem künstlich erschaffenen Wald gelebt hatten, wirkten die hellen Gänge mit den weißen Wänden sehr befremdlich und drückend auf uns. Irgendwie machte sich die Befürchtung in mir breit, dass uns plötzlich aus einer der Türen eine Delegation von Wissenschaftlern in weißen Kitteln entgegentreten würde, um uns zu untersuchen und weitere Experimente an uns durchzuführen, oder uns wieder in *EDEN one* einzusperren. Je weiter wir kamen und je höher wir stiegen, umso mehr beschleunigten wir unsere Schritte. Und dann standen wir vor der Eisentür, die an Deck der *POSEIDON* führte. Unsicher sah ich Mia an. Sie nickte ermutigend und ich öffnete. Kühle, frische Luft drang uns entgegen. Wir traten nach draußen und atmeten seit Monaten? Jahren? zum ersten Mal wieder bewusst ein. Minutenlang standen wir nur an Deck und füllten unsere Lungen wie Ertrinkende mit der reinen, klaren Luft eines anbrechenden Tages. Dann liefen wir an die Reling.

Land! Wir sahen tatsächlich Land. Nach Jahren der Gefangenschaft auf diesem verfluchten Schiff und in seinem Gewächshaus genossen wir den ungetrübten Blick bis zum Horizont. Doch das Land verhieß uns Freiheit.

Wir lagen ungefähr einen Kilometer vor der Küste und einer Stadt, über der eben die ersten Strahlen der Sonne aufblitzten.

„Wir müssen uns etwas anziehen", meinte Mia nervös. „Sie schicken bestimmt bald ein Boot, wenn so ein großes Schiff vor ihrer Küste liegt."

Ein Boot, das uns in die Freiheit bringt. Das klang fast zu schön, um wahr zu sein. Mia und ich fielen uns vor Glück weinend in die Arme. Wir waren frei. Wir hatten es tatsächlich überstanden. Und wir hatten überlebt. Doch bevor wir uns auf die Konfrontation mit unseren Rettern vorbereiteten, wollte ich noch etwas anderes erledigen. Ich holte ein großes Leintuch aus einem der Labore, und begab mich damit an Sintijas Grab in *EDEN one*, während Mia die Tür sicherte, damit ich nicht wieder in Gefangenschaft geraten konnte. Ich wollte nicht, dass Sintijas Überreste in diesem riesigen, schwimmenden Sarg verrotteten, grub sie aus und übergab sie mit Mias Beistand schließlich dem Meer.

Ich überlasse Dich nicht dem Meer, und wenn ich gegen Poseidon selbst um Dich kämpfen müsste, hatte ich ihr versprochen, nachdem ich sie aus den Tiefen des Ozeans an die Oberfläche zurückgeholt hatte. Doch das Meer war besser und reiner, als die *POSEIDON* und ihr *EDEN one*.

Als ich mit den in das Leintuch gewickelten Überresten Sintijas schon auf dem Rückweg aus *EDEN one* gewesen war, hatten mir plötzlich die zwei verbliebenen kleinen Wilden gegenübergestanden. Sie hatten sehr verwirrt gewirkt und mich fast unterwürfig und flehend angesehen, ohne, dass sie sich aber verständlich hätten machen können. Ich hatte ihnen bedeutet, mir zu folgen, denn was auch immer zwischen uns vorgefallen war; kein denkendes und fühlendes Wesen hatte es verdient, an einem solchen Ort zu leben und zu sterben. Doch die beiden hatten nicht gewagt, die Schleuse zu betreten. Und so hatten wir sie dort zurückgelassen. *EDEN one* war alles, was sie kannten. Es war ihre ganze Welt.

Nachdem Mia und ich Sintijas Überreste schweigend, andächtig und mit wehmütigen Erinnerungen an das kleine, geliebte Mädchen an das Meer übergeben hatten, machten wir uns frisch und kleideten uns in die weißen Kittel der Wissenschaftler Professor Ullbrichs.

Kein Boot kam, um uns abzuholen und erneut machten sich eine innere Unruhe und böse Vorahnungen in uns breit.

„Wenn es an Land niemanden interessiert, dass wir da sind, dann müssen wir wohl schwimmen", meinte ich aufmunternd und versuchte, die Ängste, die mich erfüllten, damit zu überspielen. Mia stimmte mir zu. Also zogen wir uns wieder aus, weil wir in den Kitteln nicht schwimmen konnten, kletterten an einem Seil ins Wasser und schwammen dem rettenden Ufer entgegen.

Eine Mole ragte vor einem ins Meer mündenden Fluss ein Stück ins Meer. Wir gerieten in die Strömung des Flusses und schwenkten parallel zum Ufer hin ab, um nicht auf das offene Meer getrieben zu werden. Erst als wir aus dem Bereich der Flussströmung heraus waren, schwammen wir wieder dem Ufer entgegen. Obwohl es ein weites Stück war, das wir schwimmen mussten, genossen wir das angenehme und belebende Gefühl des lebendigen Wassers auf unseren Körpern. Einen Vorteil hatte unser Leben in *EDEN one* zumindest gehabt: Wir waren zäher und ausdauernder geworden, als wir es jemals zuvor in unseren Leben gewesen waren. Schließlich erreichten wir den der Stadt vorgelagerten Strand. Er war menschenleer.

Überglücklich warfen wir uns in den Sand und fühlten das Land in unseren Händen und unter unseren Körpern. Wir waren gerettet; endlich!

Doch nach einer Weile erhob sich Mia auf ihre Knie und blickte sich suchend um.

„Warum sind keine Leute hier?" fragte sie mit einem deutlich hörbaren Gefühl der Beklemmung, und gab damit zum ersten Mal etwas von der Befürchtung preis, die wir zu verdrängen versuchten, seit wir *EDEN one* betreten hatten.

„Vielleicht ist es noch zu früh", erwiderte ich in dem kläglichen Versuch, die Hoffnung zu bewahren.

Die Luft war kühl. Nackt und nass, wie wir waren, fröstelte es uns. Doch wir genossen selbst dieses Gefühl. Zum ersten Mal seit unendlich langer Zeit betrachtete ich Mia im Licht der Sonne. Sie schien ihre Strahlen aufzusaugen und wie eine Rose zu erblühen. Ihren Körper überzog eine verführerische Gänsehaut und ihre kleinen, rosigen Knospen zogen sich zusammen, wurden hart und stellten sich auf.

„Du bist so unglaublich schön", flüsterte ich, und meinte dabei nicht nur den erregenden Anblick ihres nackten Körpers, auf dem noch feuchter Sand klebte. Es tat gut, einen Moment lang alle Sorgen und Ängste zu vergessen und mich nur auf Mia zu konzentrieren. Sie lächelte mich sanft an und erwiderte: „Du auch, mein Engel."

Wir wussten, dass wir jetzt keine Zeit für uns hatten, aber wir stahlen uns zumindest einen kurzen Augenblick. Wir nahmen uns in die Arme, pressten unsere so lange vernachlässigten Körper aneinander und hielten uns ganz fest. Dann liefen wir noch einmal ins Meer und wuschen uns gegenseitig den Sand von den Körpern. Wie gerne hätte ich in diesem Moment alles andere vergessen und mich nur den sanften Berührungen und Liebkosungen Mias überlassen. Aber die Unruhe und die Ungewissheit trieben uns beide wieder ans Ufer.

„Na dann los", sagte ich auffordernd. Und Hand in Hand liefen wir den Strand entlang auf die Mole zu. Über uns am Himmel kreischten einige Möwen. Es gab also noch Leben. Ungeduldig beschleunigten wir unsere Schritte und wandten uns kurz vor der Flussmündung der Stadt zu. Die Straßen waren menschenleer. Aber es standen einige verlassene Fahrzeuge darauf. Ein paar Straßenköter stritten sich um eine tote Ratte und knurrten uns an, als wir ihnen zu nahe kamen. Da entdeckten wir ein riesiges Feld, auf dem Militärzelte mit Rotkreuzzeichen darauf standen. Doch alles war verlassen. Die Menschen schienen sich einfach in Luft aufgelöst zu haben. Alles andere war zurückgeblieben; Feldbetten mit Decken darauf und leere Kleidung.

„Können Viren Menschen so zerfressen, dass nichts von ihnen übrig bleibt?" fragte ich Mia beklommen. Sie schüttelte nur den Kopf. Doch in ihren Augen spiegelte sich ein unsagbares Entsetzen wider.

Wir fanden eine Zeitung, die nach Mias Rechnung schon über ein Jahr alt sein musste. Daraus erfuhren wir erstens, dass wir uns in Porto in Portugal befanden. Die Zeitung war voll mit Berichten über die große Seuche, die sich überall auf der Welt rasend schnell ausgebreitet und jeden Infizierten innerhalb weniger Minuten getötet und zerfressen oder aufgelöst hatte.

Es war also wirklich wahr. Professor Ullbrich hatte die Menschheit ausgelöscht. Und doch war sein Plan fehlgeschlagen. Nicht Adam und Eva und deren Nachfahren waren *EDEN one* entstiegen, sondern Mia und ich.

Fassungslos standen wir da und hielten uns an den Händen. Wir waren allein; die letzten Menschen auf der Erde; das Mädchen aus der Torte und ich.

ENDE

ÜBER DEN AUTOR

Jürgen Lill ist ein Künstler mit Leib und Seele. Begonnen hat er als Stuntman, bevor er Schauspielunterricht genommen und neben Filmauftritten, wie zum Beispiel als Elefantenreiter in „Asterix & Obelix gegen Caesar", vor allem auf Bühnen in Deutschland und Österreich Erfolge gefeiert hat. Von Karl Mays ‚Dr. Karl Sternau' und ‚Old Shatterhand' über Alexandre Dumas' ‚Aramis' bis hin zu ‚Hercules' hat er immer wieder in Heldenrollen geglänzt. Doch das Spielen allein hat ihm nie genügt. Er wollte immer selbst etwas erschaffen und hat deshalb schon früh begonnen, zu schreiben und zu fotografieren.

So konnte er unter anderem schon einige Kurzfilme und ein Theaterstück selbst realisieren. Neben dem Schreiben von Drehbüchern und Theaterstücken war er unter anderem als Bildjournalist und Pressefotograf tätig und hat inzwischen drei Romane und einen Sammelband mit erotischen Kurzgeschichten und Gedichten herausgebracht.

Mit „Das Geheimnis der Poseidon" liegt sein inzwischen vierter Roman vor.

Alle Bücher sind als Printausgabe und E-Book bei Amazon erhältlich

JÜRGEN LILL

DIE MÄDCHEN
VON ST. BERNADETTE

ISBN-13 978-3-9816303-0-5

Josh Barker ist ein Lehrer mit Prinzipien. Niemals würde er sich mit einer Schülerin einlassen, denn ihm sind die Konsequenzen eines solchen Verhaltens nur allzu deutlich bewusst. Doch mit den Konsequenzen, die das Zurückweisen eines verliebten Mädchens für ihn haben würde, hätte er niemals gerechnet. Mit einem Schlag verliert er alles und nur drei Personen halten noch zu ihm, die Waisenmädchen Marijana, Lian und Victoria, die er auf die Internatsinsel St. Bernadette begleitet.

Doch damit fangen die Probleme erst richtig an, denn eigentlich gibt es keine Männer auf St. Bernadette. Oder etwa doch?

Während „Die Mädchen von St. Bernadette" zu Beginn noch wie eine zarte Liebesgeschichte daherkommt, in der drei Waisenmädchen ihre ersten erotischen Erfahrungen machen, entlädt sich die sich ständig steigernde Spannung schließlich in einem blutigen Kampf ums nackte Überleben.

JÜRGEN LILL

DER SCHNEEENGEL

eine erotisch-philosophische
Liebes-Dramödie

ISBN-13 978-3-9816303-2-9

Als der erfolglose und frustrierte Autor Fred nach der Trennung von seiner Lebensgefährtin im Gartenhäuschen der resoluten Frau Krün eine Bleibe findet, beginnt er mit einer neuen, erotischen Kurzgeschichte. Nicht nur, dass sich die Protagonisten dieser Geschichte andauernd verselbstständigen und ihn damit fast in den Wahnsinn treiben; die ständigen Streitgespräche mit Frau Krün tragen ebenfalls nicht gerade zu seiner Konzentration bei. Doch vor allem die Faszination, die deren Enkelin Manuela auf ihn ausübt, stürzt ihn in ein Gefühlschaos, in dem die Grenzen zwischen Realität, seiner Geschichte und wirren Träumen immer mehr verschwimmen.
Und dann ist Weihnachten!
Alles ist gut; besser, als Fred es sich je erträumt hätte; viel besser sogar... bis ihm die verführerische Protagonistin seiner eigenen Kurzgeschichte selbst eine Geschichte erzählt, in der Fred sich und auch Manuela wieder erkennt.

So wie Fred in seinem Gefühlschaos zwischen der höchsten Euphorie und den tiefsten Depressionen schwankt, so meistert auch die Geschichte fast spielerisch die Gratwanderung zwischen überschäumendem Humor, in dem sich die Fabulierfreude des Autors widerspiegelt, und ganz leisen Tönen, wobei auch die Erotik nicht zu kurz kommt.

JÜRGEN LILL

LUSTVOLLE LEKTÜRE ÜBER DIE LIEBE

ISBN-13 978-3-9816303-3-6

Wenn Jürgen Lill zur Feder greift, um die Protagonisten seiner Geschichten in erotische Abenteuer zu stürzen, kann vieles passieren. Doch ob er mit gnadenloser Romantik die Herzen der Leser zum schmelzen bringt, die Magie der Liebe zu entschlüsseln versucht, ob er die Absurdität zwischenmenschlicher Beziehungen und unvorhergesehener Situationen mit Tränen in den Augen auf die Spitze treibt oder ob er in die Abgründe der menschlichen Seele eintaucht; eines ist in seinen Geschichten immer zu spüren: Die Liebe am Erzählen und die Liebe zu den Menschen mit all ihren Eigenheiten und Problemen!

Nur selten fühlt man sich als Leser den handelnden Figuren so nah, wie in den Geschichten von Jürgen Lill

JÜRGEN LILL

DIE CF...
WAS FÜR'NE PARTY?

ISBN-13 978-3-9816303-2-9

Der vom Leben enttäuschte Jace steht gelegentlich Modell in Aktzeichenkursen. Als er das Angebot erhält, auf einer Party als Modell aufzutreten, hat er keine Ahnung, worauf er sich überhaupt einlässt. Doch weil er das Geld gebrauchen kann, sagt er zu. Erst nachdem er einen Vertrag unterschrieben hat, ohne ihn vorher gelesen zu haben, erfährt er, dass er als nacktes Appetithäppchen den Damen auf einer CFNM (Clothed Female Nude Male) Party zur Verfügung stehen soll. Das allein wäre ja noch gar nicht so schlimm. Genau genommen hat Jace sogar die Hoffnung, dass sich auf dieser Party ein erotisches Abenteuer für ihn ergeben könnte.

Doch kaum hat die Party begonnen, da entdeckt er Aimee, die erwachsen gewordene Tochter seiner ehemaligen Lebensgefährtin.

Dass Jace vor Aimee, die er damals wie eine eigene Tochter geliebt hatte, nicht als nacktes Sexspielzeug auftreten möchte, ist klar. Doch seine Flucht vor der Vergangenheit und der Versuch, die Mauer aus Zynismus, die er um sich errichtet hat, aufrecht zu erhalten, entwickelt sich nicht nur für ihn und Aimee zu einer Achterbahnfahrt der Gefühle.

In „Die CF... Was für 'ne Party?" zündet Jürgen Lill wieder einmal ein Feuerwerk aus prickelnder Erotik, tiefen Gefühlen und jeder Menge Humor.

www.ingramcontent.com/pod-product-compliance
Lightning Source LLC
Chambersburg PA
CBHW050559260626
47157CB00002B/635